PITER

UNIWERSUM METRO 2033

SZYMUN WROCZEK

PITER

Przekład Paweł Podmiotko

insignis

Tytuł oryginału *Метро 2033: Питер*

Pomysł serii „Uniwersum Metro 2033" Dmitry Glukhovsky, 2009

Przekład z języka rosyjskiego Paweł Podmiotko
Projekt okładki Ilja Jackiewicz
Mapa oraz przygotowanie okładki Krzysztof Kibart, www.designpartners.pl
Projekt logotypu serii Jacek Doroszenko, www.doroszenko.com
Redaktor prowadzący Piotr Mocniak
Redakcja i korekta Danuta Porębska, Dominika Pycińska
Projekt typograficzny i skład Robert Oleś, d2d.pl

ISBN 978-83-61428-46-6

Insignis Media
ul. Sereno Fenna 6/10, 31-143 Kraków
telefon / fax +48 12 636 01 90
biuro@insignis.pl
www.insignis.pl
facebook.com/Wydawnictwo.Insignis

Druk i oprawa Opolgraf SA, www.opolgraf.com.pl
Wyłączna dystrybucja Firma Księgarska Olesiejuk, www.olesiejuk.pl
Wydrukowano na papierze Creamy 70 g, vol. 2.0
dostarczonym przez firmę Zing, www.zing.com.pl

Spis treści

ZAMIAST PROLOGU

My wszyscy już umarliśmy.

Swoją ostatnią prośbę kieruję do tych, którzy czytają to przesłanie. Wyobraźcie sobie:

Załóżmy, że wypuściliśmy dżina z butelki.

I nie zapędzimy go z powrotem. Teraz będziemy musieli wypowiedzieć życzenie.

Wypowiadamy życzenie.

Tysiące, miliony naszych życzeń spełniają się jednocześnie.

Które z nich było najskrytsze, najsilniejsze i najmniej egoistyczne?

Chcę, żeby ten świat po prostu zginął.

By spłonął w nuklearnym ogniu.

Wymarł od zarazy.

Zadławił się odpadkami.

Teraz wszystko się spełniło.

Wszystko naraz.

...To może jedyne z ludzkich pragnień, które rzeczywiście mogło się spełnić.

Amen.

I spoczywaj w pokoju.

„...szczęście dla wszystkich za darmo i niech nikt nie odejdzie skrzywdzony"*.

---

* Życzenie z powieści Arkadija i Borysa Strugackich, *Piknik na skraju drogi*, tłum. Irena Lewandowska, Warszawa 2007 (przyp. tłum.).

CZĘŚĆ I

SUROWA ZIEMIA

Jak staremu psu, co się skulił pod płotem
na co mu teraz, mała, na co mu potem
w zziębniętej kafejce zimne sny się śniły
że na tej zimnej ziemi nigdy wojny nie było
na tej zimnej ziemi
na tej zimnej ziemi
na tej zimnej ziemi
Więc nie płacz, ptaszyno, póki pali się w piecu,
póki są zapałki i w fajce co nieco
trochę węgla i łóżko, co zmieści wszystkich nas
i surowa ziemia, co będziemy w niej spać
w tej surowej ziemi
w tej surowej ziemi
w tej surowej ziemi

Cold, Cold Ground, Tom Waits
(na podstawie wolnego tłumaczenia D. Siergiejewa)

ROZDZIAŁ 1

TYGRYS

Iwan odczekał chwilę i zanurzył się w wodzie po pas. Z początku nawet nie zauważył, że to woda – tak była ciepła i nie do odróżnienia od dusznego, rozgrzanego powietrza Tunelu Primorskiego. Podniósł automat nad głowę i zaczął powoli brnąć naprzód. W wąskiej strudze światła latarki ukazywał się a to kawałek tubingu, a to resztki porwanych kabli. Gładź wody zdawała się nieskończona i przerażająca. W tej zielonkawej, mętnej cieczy coś się kryło. Jakieś swoiste życie. Iwan szedł, wodorosty (czy na pewno wodorosty?) owijały mu się wokół pasa. Woda przesiąknęła już przez ochronne spodnie, chłód dotarł do skóry. Kroczył, trzymając automat wysoko nad głową – w odblasku latarki przemykał rozmyty cień kałacha.

Brzęk! Iwan zamarł.

To gdzieś przed nim.

Przyłożył automat do ramienia, podniósł rękę i wyłączył czołówkę. Pstryk. Światło zgasło. Otoczyła go bezwzględna, głęboka ciemność. Dźwięki. W tej ciemności coś chlupotało, węszyło, rzucało się, mlaskało, przeżuwało, rozrywało jakieś stworzenie na strzępy krzywymi, ostrymi zębami i szło dalej.

Iwan czekał, walcząc z pokusą włączenia latarki i puszczenia serii z automatu.

Zupełnie nie w porę przypomniały mu się opowieści o krokodylach w kanalizacji i ucieczce zwierząt z ogrodu zoologicznego na Gorkowskiej. Spokojnie. Tylko spotkania z tygrysem nam tu brakowało.

Odczekał kilka minut i włączył latarkę. To było jak powrót do domu. Człowiek może obejść się bez wielu rzeczy – bez jedzenia, bez wody – ale bez światła po prostu kładzie się i czeka na śmierć, jakby ciemności wysysały z niego ostatnie siły. Iwan poruszył głową. Zielonkawa woda przyjemnie kołysała się w wąskiej smudze światła.

Za jakieś dwieście metrów będzie wyjście na peron. Miał nadzieję, że schody ocalały.

Zwierzęta. Najśmieszniejsze, że Gorkowską, przy której było zoo, otworzyli akurat tuż przed tym, jak wszystko się zaczęło. Mówiło się, że przerażeni pracownicy ogrodu pobiegli na dół, do metra, żeby się ratować, a zwierzęta porzucili. I mówią, że na górze dzieją się tam teraz takie rzeczy… Iwan pokręcił głową, światło latarki obróciło się wraz z nim.

„Gdzie ja to coś widziałem? Dobra, zorientujmy się w terenie".

• • •

Stacje w petersburskim metrze zwykle budowano na tak zwanych górkach, na wzniesieniu tunelu. Dlatego w najgłębszym miejscu wody było po pas, a bliżej Primorskiej – tylko po kostki. Iwan zwolnił kroku. Dioda mrugnęła ociężale, światło zrobiło się zupełnie blade. Trzeba było wytężać wzrok.

No i masz. Baterie siadły.

Znalazł nieco bardziej suche miejsce, wyciągnął zapalniczkę i zaczął grzać baterię nad płomieniem. Rozgrzewał ją do chwili, kiedy nie dało się jej utrzymać nawet w rękawiczkach; wtedy włożył baterię do latarki i wziął następną. Jeśli zrobić wszystko jak należy, pociągną jeszcze ze dwadzieścia minut – zanim ostygną.

Fizykę trzeba, kurna, znać.

A potem przejdzie się na karbid. Na skład karbidu Iwan natknął się przypadkiem. Było tego pewnie z z pięćset kilogramów. W czterech metalowych beczkach. Świetna rzecz taki karbid, tylko nosić ciężko. Ale światło daje najlepsze – lampa karbidowa nie oślepia, a oświetla wszystko wokół równym, ciepłym światłem.

Nawet dioda (Iwan syknął z bólu, kiedy metalowy korpus baterii się nagrzał), jego ukochana dioda, która nieraz ratowała go z największej kaszany, jest niczym w porównaniu ze zwykłą karbidówką, jeśli chodzi o jakość światła. Iwan schował zapalniczkę, wetknął rozgrzaną baterię do latarki i zatrzasnął pokrywkę. I dopiero potem zaczął machać ręką. Kurna. Oż kurna! Jednak poparzył sobie palce.

Białe światło, nieco bardziej przyćmione niż zwykle, buchnęło z latarki. Iwan zmrużył oczy. Podmuchał dłoń, zacisnął palce, potem je rozluźnił. Przed oczyma migotały mu ciemne plamy. Boli – trudno. Trzeba ruszać, póki ma się jeszcze światło.

Iwan założył hełm, ściągnął pasek – nie od razu, palce go nie słuchały. Szybciej, szybciej. Huczało mu w skroniach.

Najwyżej dwadzieścia minut. Potem jeszcze raz podgrzać. I wtedy jakieś piętnaście minut, jeśli dobrze pójdzie.

Trzeba zdążyć.

Zarzucił automat na ramię i pobiegł, chlupiąc wysokimi butami. Zna drogę do listwy wyznaczającej koniec peronu – potem trzeba być ostrożniejszym.

Tunele walą się od ciągłej wilgoci, można zwyczajnie oberwać w ciemię kawałkiem tynku. Dobrze, że maszyny wypompowujące wodę z tuneli wciąż działają. Tak mówił wujek Jewpat, a Iwan mu wierzył. Huczenie, które było słychać w niektórych przejściach… „Słyszysz?" – mówił wujek Jewpat i zagadkowo podnosił gruzłowaty palec.

Jest i listwa.

Podniósł głowę i oświetlił czarno-biały pas metalu, zardzewiały od upływu czasu. Kapała z niego woda. Kap, kap. Kiedyś to właśnie za tę listwę trzeba było biec, jeśli spadło się z peronu na szyny. Pociąg nie jedzie dalej niż do listwy, to punkt orientacyjny, za nim jest bezpiecznie. Powinny tu być schody. Zmrużył oczy. Aha, są.

Gdzieś tutaj poprzednim razem widział tę rzecz.

Iwan przesunął kałacha z owiniętym szmatkami łożem lufy pod pachę i ruszył naprzód. Przed wejściem na schody zadarł głowę i uważnie obejrzał peron. Ciemna plama w świetle latarki rzuciła się w bok. Podniósł automat... Nie. To tylko szczur. Co więcej, zupełnie normalnych rozmiarów. No nic. Na opuszczonych przez ludzi stacjach pojawia się różne plugastwo... Ciekawe, co one żrą? Wodorosty? Pleśń? Mech, który pokrywa sklepienie stacji i gdzieniegdzie zaczął obrastać filary i ściany?

Zresztą dziwny to był mech. Całe girlandy zwisały z północnego krańca peronu, szczególnie dużo było ich w prawym tunelu, gdzie opadały do samej wody. Nie, tam nie pójdę. Nawet nie proście.

Upewniwszy się, że na peronie nic się nie rusza (parę razy powiódł światłem latarki po suficie), przesunął automat na plecy i chwycił za barierkę. Spod rękawiczek posypała się wilgotna, brudna rdza. Wszystko się rozpada. Wszystko ma swój koniec.

A to przecież była zamieszkała stacja! Iwan pamiętał: jeszcze niedawno pod wysokim, wygiętym sklepieniem paliły się tu lampy sodowe, oświetlając czworoboczne filary, wyłożone szarym marmurem z żółtawozielonymi żyłkami. Fakt, miejscami brakowało kafelków, działała tylko co druga lampa. Ale mimo wszystko było... przepięknie. Tam dalej, u północnego szczytu stacji, jak wejdzie się po stopniach i skręci w lewo, zaczynają się potrójne ruchome schody. Wrota są zamknięte – sprawdzał.

A pachnie tu Zatoką. Ale nie dobrą Zatoką, jak wcześniej, kiedy na Primorskiej mieszkali ludzie, lecz złą – czarną, w której głębinach żyją ogromne szare ryby i potworne półprzezroczyste stwory. Zatoka, która lśni w ciemnościach. A za dnia, kiedy świeci słońce, i tak nikt nie wychodzi na powierzchnię, do miasta. Nie ma głupich.

A raczej są, ale, jak widać, niedługo się pożenią.

Iwan chrząknął.

Przeszedł przez kraty i wszedł na służbową pochylnię. Jeśli dobrze pamiętał (Iwan odwiedzał „Primę" nie raz – zarówno kiedy stacja była zamieszkała, jak i później, kiedy ją porzucono), dalej z wąskiego pasa peronu w prawo będą prowadzić drzwi do pomieszczeń służbowych stacji.

Stop. Nie śpiesz się.

Pierwsza zasada: w metrze nie ma nic stałego. Wszystko może się zmienić w okamgnieniu.

Druga zasada: każda zmiana jest niebezpieczna.

Stanął na peronie. Obracając głowę, przeczesywał światłem latarki otaczającą go przestrzeń. Oświetlił resztki marmurowej okładziny ściany tunelu (część kafelków odpadła, ziały tam czarne kwadratowe dziury), na wpół zgniłe worki z piaskiem, którymi blokowano przejścia między filarami, kałuże na peronie, i… no jasne.

Z półokrągłego sklepienia zwisała girlanda znajomego już szarego mchu. Wydało mu się nawet, że mech lekko fosforyzuje w ciemności. Radiacja? Wątpliwe.

Promieniowanie, sądząc ze wskazań licznika, nie było tu takie duże.

A to co za zapach? Strzeżonego pan Bóg…

Iwan cofnął się o krok, wyjął z torby maskę przeciwgazową. GP-9, dobra, niemal nowa. Kosztowała dwa magazynki nabojów, niczego sobie. I jeszcze filtry po dwie dychy. Wściec się można, jakie są dzisiaj ceny. Za to zamiast dwóch okrągłych okularów jak w normalnej cywilnej PG-5 i gumowego namordnika z trąbą ma duże trójkątne szkła o szerokim polu widzenia i dwa wejścia po bokach – możesz wstawić filtr z prawej albo z lewej strony. Świetna rzecz.

Odpiął pasek hełmu. Kochana dioda świeciła czystym białym światłem – szkoda, że niedługo wyczerpią się baterie. A tam jest zapasowa latarka i powrót. Niech to szlag. Iwan przykląkł na jedno kolano, rozwinął rulon z dywanikiem, położył na nim hełm, obrócił go tak, żeby światło padało do przodu, wzdłuż peronu.

Dokładnie zaczepił maskę przeciwgazową o podbródek i naciągnął ją na twarz. Oddychanie stało się trudniejsze. Teraz każdy wdech był głośny niczym tryskające wody gruntowe, kiedy przebijają ściany tunelu. Zapach i smak tego powietrza był specyficzny: sterylny i wyraźnie chemiczny.

Filtr z czerwonym oznaczeniem: aerozole i pył radioaktywny. Półtorej godziny.

Tylko żeby to nie była podróbka. Teraz w metrze nie takie rzeczy robią. Kiedyś podrabiali kwasa, teraz filtry do masek i naboje do kałacha. Bydlaki. Iwan wspomniał, jak proponowano mu kupno dwururki i pół setki ładunków do niej. Kartacze, gruby śrut, pociski kulowe. Kosztowało to tak niewiele, że od razu nabrał podejrzeń. A potem zobaczył na nabojach ślady wypełniania dziur. I nie kupił.

Może niesłusznie. Dwururka by mu się przydała. Ładunek kartaczy do oporu na to cholerstwo, które czasem wyskakuje z ciemności – to by było to. Kałach to dobra rzecz, nawet bastard z krótką lufą, jak jego, ale automat potrzebuje dystansu. Z bliska lepsze jest coś wygodniejszego i żeby nie trzeba było tyle celować.

Iwan zrobił kilka głębokich wdechów, na próbę. To nie podróbka, normalne filtry. Pasek maski przeciwgazowej boleśnie wpił mu się w potylicę. Nie wyregulował porządnie. No nic.

Założył hełm z latarką i zamienił się w słuch.

Gdzieś daleko kapała woda. I blisko kapała woda. Coś ledwo słyszalnie szeleściło – być może ten szczur, którego przestraszył. Kiedy kropla rozbijała się o powierzchnię wody, echo niosło głuchy odgłos.

Niby nic. Trzeszczenie tunelu – to już zwyczajna rzecz, zawsze je słychać.

„To ziemia ciśnie" – mówił wujek Jewpat, który służył kiedyś na łodzi podwodnej i o ciśnieniu wiedział nie ze słyszenia. Podobnie jak i o wielu innych rzeczach.

Na przykład dlaczego zaczęła się tamta wojna. Gwoli sprawiedliwości, trzeba przyznać, że prawdę o przyczynie Katastrofy zna w metrze każdy. Tylko że każdy swoją, jedynie prawdziwą. Jak się zbiorą staruszki, to dawaj kłócić się aż do zdarcia gardła, kto winien!

A odpowiedź jest prosta – to wy jesteście winni.

Ważniejsze jest co innego. Co teraz robić?

Krąży legenda o tygrysie, który wydostał się z ogrodu zoologicznego i dobiegł do metra. Zdążył, włóczęga jeden. Starzy opowiadają, że na własne oczy widzieli, jak pręgowany kot wbiega na stację, zeskakuje na tory i znika w tunelu. Jedni mówią, że tygrys pobiegł w stronę Newskiego Prospektu, inni – że w stronę Pietrogradki. Najprawdopodobniej to po prostu piękna legenda, pomyślał Iwan z żalem.

Bajka.

Tak jak i opowieści Wodianika o Hiszpanii, w której był tuż przed Katastrofą. Iwan słuchał profesora i myślał: kolejna bajka. Nie ma już, Wodianik, twojej Hiszpanii, nie ma zielonych parków Barcelony, w suchy pył rozsypały się zamki Gaudiego (kto to w ogóle był?), a twoi Hiszpanie odwalili kitę.

A u nas to może lepiej?

Na widok szerokich, wymarłych ulic Petersburga przechodzą człowieka ciarki. Kronsztad zaludniają widma marynarzy; po Carskim Siole, z jego ogromnym parkiem i pałacem, zostało tylko wspomnienie.

– Były takie cukierki, batoniki – opowiadał Wodianik. – Żeby zrobić człowiekowi zdjęcie, nie mówiło mu się „uśmiechnij się", tylko „powiedz no: Mój ulubiony cukierek to »kis-kis«". No, spróbujcie tak powiedzieć... Widzicie, od razu pojawia się uśmiech. A hipopotam... taki dowcip był... jak to szło? Niech no sobie przypomnę. Był sobie wielki hipopotam i powiedział: „Mój ulubiony cukierek to batooonik". Rozumiecie? To znaczy, jak to nie rozumiecie? Coś pominąłem? Aha! Bo to były jego ulubione słodycze. Bardzo smaczne. I powiedział: batooonik. Teraz jest śmieszne? Nie? Dziwne.

Iwan uśmiechnął się niewesoło. Batooonik to też bajka.

Rozejrzał się po peronie. A oto brutalna rzeczywistość, martwa stacja.

Usłyszał za plecami głuchy, niski ryk; wzdrygnął się. Powoli się odwrócił. I zamarł bez tchu.

Przed nim stał tygrys.

Prawdziwy, jak na obrazku w encyklopedii dla dzieci. Ogromny, piękny. I biały. W zielonkawych oczach niknął poszarzały odblask światła latarki.

No to mamy Hiszpanię, pomyślał Iwan.

W pierwszej chwili nie zrozumiał. Dopiero po tym, jak ściana zaczęła się na niego walić, przewróciła go, uderzyła w ramię, rzuciła w mętną, błotnistą ciecz, a bryzgi wody zachlapały szkła jego maski przeciwgazowej – uświadomił sobie, że coś jest nie tak.

Tygrys, myślał Iwan, leżąc na lewym boku.

Woda zalała do połowy okular jego maski. Latarka jakimś cudem nie zgasła. Widział, jak w stożek światła wchodzą czyjeś nogi… nie, to nie nogi. Usłyszał własny oddech. Udało mu się. Jeszcze trochę i ogarnęłaby go panika… Ale woda nie przedostała się przez filtr, obliczony na gazy i radioaktywny pył, dlatego nagle zabrakło mu powietrza. I to go otrzeźwiło.

Nagle zrozumiał, że to nie była żadna ściana.

Ożeż w mordę, został zaatakowany.

W piersi mu waliło: łup, łup. A on leży na ziemi, bezradny, i nie może nawet podnieść automatu. Kurna!

Wyrzut adrenaliny był tak silny, że serce zrobiło mu się ze trzy razy większe. Nagle wyostrzonym wzrokiem widział, jak w świetle latarki porusza się to, co wziął za nogi człowieka… Nie nogi. Macki. Bladoprzezroczyste, wyginały się płynnie, jakby były z miękkiego szkła.

Iwan nawet nie zauważył, jak wstał. W jego rękach znalazł się automat. Nie zdążył o niczym pomyśleć, gdy broń szarpnęła. Ra, ta, ta. Dźwięk był taki, jakby ktoś wbijał gwoździe w żelazną beczkę.

Seria maleńkich fontann przebiegła na ukos po powierzchni wody, zahaczyła o przezroczystą kolumnę, a ta cofnęła się jak oparzona. Iwan z wysiłkiem skierował automat niżej i bardziej w lewo, i znów nacisnął spust. Bastard szarpnął powoli, jak we śnie – raz, dwa, policzył – i cofnął palec. W ciągnącym się niczym guma, hipnotycznie zwolnionym tempie widział, jak wzbija się fontanna wody: jedna, druga… trzecia kula wbija się w cienki przezroczysty pałąk. Pommm, plusk. Wyginająca się, przejrzysta kolumna, podobna do trąby od maski przeciwgazowej, wzlatuje i kryje się, już jej nie ma.

Łżesz, gnido.

Iwan podniósł automat, przyłożył kolbę do ramienia. Przed oczami pojawiła mu się ramka celownicza. Wdech. Wydech. Teraz był gotowy strzelać, żeby zabić. Krew, paląca niczym kwas, pulsowała mu w żyłach. Bicie serca odzywało się w prawej skroni…

Łup. Łup.

Łup.

Chwilę później macka znów wysunęła się zza rogu. Iwan czekał. Walenie serca stało się nieznośnie głośne, niemal bolesne. Zostało mu najwyżej pół magazynka. Kiedy zaczął strzelać, nawet nie liczył wystrzałów. Idiota.

Gdyby otworzył ogień teraz, stwór – a było to najprawdopodobniej coś, co zamieszkało tu niedawno… przedostało się z morza? – ocaleje, on zaś straci pozostałe naboje. Do magazynka taśmą klejącą przymocowany był drugi, zapasowy, ale żeby je zmienić, potrzeba będzie kilku sekund, których, co bardzo możliwe, nie będzie miał.

Co robić?

Iwan odsunął się w prawo, trzymając mackę na muszce. Czy to ta sama, którą trafił? Czy już inna? Przez sekundę poczuł dziwny ucisk na czole, jakby wzrósł ciężar ziemi nad jego głową. Wydało mu się nawet, że sklepienie stacji powoli opada. Poczuł chęć, by się schylić, położyć na mokrej posadzce, żeby nie zgniótł go ogromny ciężar.

Oż, ty gnido! Iwan poczuł nagle złość i to wrażenie zniknęło. Atak na psychikę, kurna. Przypomniała mu się opowieść o blokadnikach, robiących człowiekowi takie pranie mózgu na odległość, że idziesz do nich jak królik w paszczę węża. Opowiadał o tym znajomy z Newskiego, który też diggował – i można było mu wierzyć. Czasami.

Tylko że ja nie jestem królik, pomyślał. Ani świnka morska.

Przesunął się w prawo, ile tylko można, i oparł się ramieniem o marmurową ścianę. Macka opadła nagle w miejsce, gdzie stał przedtem. Aha, czyli inteligentny. To tak jak ja.

Jak mam cię dorwać? Gdzie masz głowę?

Ostrożnie, starając się nie hałasować, rozpiął pasek hełmu. Był to pomarańczowy, później przemalowany na ochronny szary kolor, kask budowniczego metra. Gotowe. Macka niespokojnie dotykała posadzki, potem ściany, dokładnie tam, gdzie stał jeszcze przed chwilą. Na oślep. Iwana olśniło. Dobrze powiedziane! Macka przemieszczała się za plamą światła.

Położył kask na ziemi. Stuk! Potem przysiadł i nieco go obrócił, tak żeby światło padało na podstawę filaru. Wyprostował się i z automatem przy ramieniu zrobił krok w prawo... jeszcze jeden. Macka wciąż badała kolumnę, zaczepiała o kafelki. Jeden z nich odpadł i rozbił się na kawałki. Brzdęk!

Macka drgnęła, ale kontynuowała poszukiwania. Iwan czekał. Ramię na razie go nie bolało – być może ból pojawi się później. Zdaje się jednak, że porządnie oberwał.

Stwór najwidoczniej stracił cierpliwość. Zza rogu niespiesznie wysunęła się druga macka, kierując się tam, gdzie pierwsza. Iwan przesunął się jeszcze kawałek. Teraz pozostało zdecydować się na ostatni zryw, dobiec do rogu, wyjrzeć...

I niczego nie zobaczyć.

Dlatego, że teraz to macki dysponują światłem. Kask. A bateryjki pociągną tam najwyżej pięć minut. No, dziesięć. Dioda nie żre prądu tak jak żarówka, ale nawet ona już przygasa.

Czyli czekamy.

Atak na Primorską zaczął się jakieś pół roku wcześniej. Przedtem była to zwyczajna, zamieszkała stacja, chociaż graniczna – z powodu tunelu wydrążonego w kierunku brzegu Zatoki, do sztucznego nasypu, gdzie zamierzano zbudować jeszcze jedną stację metra. Tyle że wprawdzie tunel wykopali niemal cały, ale ze stacją nawet nie zaczęli. I niedługo po Katastrofie ze ślepej uliczki zaczęła napływać morska woda, niezbyt czysta, napromieniowana. Było jej coraz więcej. Choć radiacja wzrosła, nie doszła do niebezpiecznych poziomów. Ale reszta...

Na początku w tunelu pojawiły się wodorosty.

Potem stwory. Odstrzeliwali je. Dopóki bezmyślnie lazły w stronę światła, nie stanowiły problemu. Później było ich już tylko więcej. I przybywało wody. To było najgorsze. Aż nastała chwila, kiedy Primorską trzeba było opuścić. Chociaż mieszkańcy trzymali się swojej stacji do samego końca. Co jednak począć?

Morze po Katastrofie to w ogóle zagadka. Cały Wszechocean to jedna cholernie wielka zagadka. Co się tam w tej żywej zupie upichciło?

O, na przykład to przezroczyste bydlę.

Iwan wciąż powoli przesuwał się ku skrajowi peronu, trzymając macki na muszce. Sądząc po długości – miały po kilka metrów – ich właściciel musiał być całkiem spory.

„Jednak mnie załatwił z tym tygrysem – pomyślał Iwan. – Bajeczkę na dobranoc opowiedział.

A może to nie kałamarnica jest winna, tylko ten mech?" Przypomniał sobie ostry, szorstki, nieco słodkawy zapach. Czyżby dostał halunów, jak od kwasa? Wziął słabo świecące punkciki na końcach macek za oczy tygrysa, tak?

A cholera wie.

„Może – pomyślał – źle zrobiłem, że przyszedłem tu sam. Nie digguje się w pojedynkę. Ale przecież nie jestem tu po to, żeby szukać łupów, tylko wziąć pewną rzecz.

A jeśli ją znajdę, to jakbym znalazł czyste złoto".

Na dobrą sprawę, trzeba by stąd spieprzać. Gdyby był z partnerem, ten już by się wycofał, bo tak powinno się robić. Oszczędzać ludzi, zamiast niepotrzebnie ryzykować.

Ale teraz jest sam. I musi dostać się do tego pomieszczenia i znaleźć ową rzecz.

Jutro będzie za późno.

Myślimy, Iwanie, myślimy.

Tymczasem macki zaczęły się rozchodzić. Jedna z nich, obmacując filar, dotarła do rozerwanego w szwach starego worka z piaskiem. Raz. Złapała go i podniosła. Iwan tylko mrugnął, tak szybko się to stało.

Piasek z chrzęstem wysypał się do wody. Macka cofnęła się, ale zaraz wróciła. Brudne płótno worka upadło w kałużę.

Nagle wysunęła się druga macka i popełzła w stronę kasku.

Iwan patrzył na słabnące światło latarki. Szkoda. Widać trzeba będzie przejść na zapasowe. Lampa karbidowa. W końcu nie na darmo taszczy ze sobą kilka kilogramów suchego karbidu...

Wtem zamarł. Właśnie!

Opadł na ziemię, przykląkł na jedno kolano. Automat na ramię. Wyjął lampę z plecaka. To jest w sumie prosta maszynka. Miniaturowy palnik, reflektor, krzemień i metalowe kółko do zapalania, plastikowy zbiorniczek o dwóch częściach: górna na wodę, dolna na karbid. Wszystko bardzo proste.

Woda, siłą własnego ciężaru, spływa rurką i kapie na karbid. Ten syczy i wydziela acetylen, który płynie przez rurkę do palnika. Zapalamy, wkładamy lampę w specjalny uchwyt na kasku i gotowe. A bez kasku nie wolno.

Bo acetylen może wybuchnąć.

Iwan otworzył torbę, wsunął rękę do środka. Namacał foliowy woreczek z karbidem, wyciągnął go. Ciężki, trudno go utrzymać jedną ręką. Na trzy godziny pracy karbidówki potrzeba mniej więcej trzysta, może czterysta gramów. Plus zapas nienaruszalny na kilka dni – ogółem ma ze sobą siedem kilo karbidu. Ciężka rzecz. Zwykle używał karbidówki jako podstawowego źródła światła, ale tym razem zamierzał zaoszczędzić i skorzystać z pomocy diody – baterie można kupić, można też znaleźć je na powierzchni. Koniec końców, robią je nawet na Technolożce – chociaż marne.

A z karbidem jest trudniej.

Nawet Technolożka nie jest w stanie odbudować przemysłu chemicznego. Niestety.

Wyciągnął torebkę, udało mu się jakoś rozsupłać węzeł. Na początku ślizgały mu się palce. Cholerne rękawiczki. Ale potem jednak dał radę. Tak, dalej będzie łatwo.

No to tankujemy lampę. Nasypał karbidu (od wilgotnych rękawiczek substancja cicho syczała i prychała) do zbiorniczka lampy, wyregulował dopływ wody. Ciche, lecz żywe syczenie. Zaczęło się.

Szczęknął zapalniczką. Języczek płomienia. Nagle acetylen zapłonął tak jasno, że Iwan mimowolnie się odsunął. Cholera.

Szybkie spojrzenie na macki. Ciepłe, jasne światło sprawiło, że zamarły w miejscu, potem znów zaczęły się ruszać.

No, teraz tempo.

Z lampą w jednej ręce i torbą z karbidem w drugiej Iwan podbiegł do krawędzi peronu. Schylił się. Półprzezroczyste macki wystawały zza rogu około metra nad jego głową.

Bang, bzyk.

Odwrócił się. Macka dotarła do kasku z diodą i ciągnęła go teraz po granitowej posadzce. Kask zgrzytał. Spróbuj tylko zniszczyć, gnido.

Trzymając lampę w lewej ręce, Iwan położył się na peronie i wysunął zza rogu.

W pierwszej chwili pomyślał nawet, że to znów halucynacje. Widział coś podobnego podczas ostatniego wyjścia z Koślawym na powierzchnię, kiedy specjalnie poszli nad morze, żeby zobaczyć, co tam jest.

A na brzegu leżały resztki przezroczystego stwora.

Przeszli wtedy tylko kawałek nabrzeżem, nikt w końcu nie zaryzykował zbliżenia się do wody. Oprócz Koślawego, ale on zawsze miał nierówno pod sufitem.

I zawsze miał farta. Digger wynurzył się z czarnych fal uderzających o granit. Płetwy przecinały za nim wody portu;

w oddali, przy grobli, w ciemnej wodzie, rozbryzgując świecącą wodę, miotało się coś ogromnego. Ni to pożeranie, ni to kopulacja. Iwan przypomniał sobie oślepiająco biały, niczym sierp księżyca przecinający ciemność, uśmiech Kośla-wego. Farciarz.

A w drodze powrotnej okazało się, że Koślawego opuściło szczęście.

Iwan patrzył na wyciągnięte dwuipółmetrowe cielsko, obłe niczym okręt podwodny. Przez przezroczystą skórę widać było wnętrzności: zielonkawe skrzela, bladoróżowe skupisko nerwów (mózg?), splot żółtawych jelit. Taka szklana panienka. Ogarnęła go fala obrzydzenia. Flaki w foliowej torebce... Za plastikowym stworem ciągnęły się dziesiątki cienkich macek, poruszających się nieustannie. Jakby ktoś zalał wrzątkiem duży (bardzo duży!) talerz makaronu, a później wylał zawartość do kałuży...

Wujek Jewpat opowiadał, że w oceanie, na wielkich głębokościach, tam gdzie nie ma światła, żyją przezroczyste ryby.

Ale po jaką cholerę to głębinowe stworzenie tutaj, w metrze? My – wiadomo po co, a ci tu czego?! Znalazły sobie śmierdziele arkę Noego.

Stwór o ogromnych różowych oczach spoglądał niezmąconym wzrokiem. Iwanowi wydało się, że patrzy nawet jakoś ironicznie.

Kiedy padło na niego światło karbidówki, ten szarpnął się jak oparzony. Cały zaczął się ruszać. Macki uniosły się do góry i na boki w poszukiwaniu oprawcy.

Cielsko leżało w mętnej wodzie, w połowie z niej wystając. Iwan pomyślał: no, cholera. Wziął zamach i rzucił worek z karbidem bliżej stwora. Torebka rozchyliła się w locie, karbid poleciał do wody – plusk, syk – zabulgotało, zasyczało, niczym gigantyczny rosół z kostki. Podniosła się para, zakrywając stwora przed jego wzrokiem.

Odsunął się do tyłu. Jeśli powstanie wystarczająco dużo acetylenu, wystarczy nawet iskra, żeby wszystko się zapaliło.

Lub nawet eksplodowało.

Ale czy wystarczy karbidu? A niech to! Przeturlał się w bok, unikając macki. Za nim wciąż syczało i bulgotało. Teraz? Nie, jeszcze chwilkę.

Iwan skoczył na nogi z karbidówką w dłoni. Rzucił się w kierunku kasku. Przeskoczył przez mackę, chwycił kask. No, kurna. I raz! Doskoczył do filara, poślizgnął się. Co znowu... Zdążył wystawić przed siebie kolano i ustał, nie upuściwszy lampy. Rzepka w kolanie zapłonęła bólem. Obrócił się w kierunku, z którego buchał gęsty acetylenowy dym.

Ułamek sekundy później coś chwyciło go za ramię.

Oż w mordę!

Uczucie było takie, jakby rozpalony pręt przebił mu mięśnie. Iwan szarpnął, coś stuknęło – automat upadł na posadzkę. Macka skurczyła się i rzuciła go plecami o filar. Potem niespiesznie zaczęła wprasowywać go w marmur.

Spojrzał na swoją rękę z lampą, potem na mackę.

– Mój ulubiony cukierek – powiedział do macki. – Słyszysz? Batooonik.

Iwan odchylił się do tyłu, uwolnił rękę i szarpnął, naciskając całym swoim ciężarem w przód, padł na kolana i rzucił karbidówkę w gardziel tunelu. A masz!

Macka schwyciła go w poprzek klatki piersiowej i ścisnęła.

Jego głowę jakby poraził prąd, poczuł wznoszącą się od piersi czarną falę duszności. Rozchwiana Primorska przechyliła mu się przed oczami. Trafiła kosa na kamień. Dźwięki zaczęły się oddalać.

W huczącej, pulsującej ciszy widział, jak leci lampa – pięknie, płynnie, długim łukiem. I jak zaczyna spadać tam, na tory. Zamknął oczy. To tyle.

Eksplozja.

Nie minęła chwila, a na twarz chlusnął mu wrzątek.

Kiedy otworzył oczy, było już po wszystkim. W powietrzu unosił się dym. W uszach mu dzwoniło. W piersi czuł ból jak po uderzeniach młotem.

Opuścił głowę. Urwana macka wciąż wiła się u jego nóg. Tfu, żywotna zaraza!

Ściągnął z twarzy maskę przeciwgazową, konwulsyjnie wciągnął powietrze. Woń Primorskiej uderzyła go w nos z taką siłą, jakby ktoś wciskał mu ją pięścią. Czuł posmak spalonej gumy na języku. Skrzywił się, splunął. Obmacał się. Ręce i nogi całe, reszta też... hmm, na miejscu. Miał rozpaloną twarz i głucho huczało mu w skroniach.

Obejrzał się za siebie.

Latarka na kasku nadal działa, czyli ma jeszcze parę minut zapasu. Iwan przeszedł nad macką, szybko, żeby nie wdychać tlenku węgla, schylił się i podniósł z kałuży kask. Obok znalazł swój automat. Wyprostował się, odetchnął. Założył kask. Otworzył zamek bastarda, wyjął nabój z lufy, wylał wodę. W teorii automat trzeba na nowo wyczyścić, a naboje wysuszyć. Na szczęście kałach to niezbyt wymyślna konstrukcja, i tak będzie dało się strzelać. Na wszelki wypadek wymienił magazynek. Szarpnął zamek i zabezpieczył automat.

Ta zupa z kalmarami kosztowała go karbidówkę. A dioda za moment padnie.

Szybciej.

Wyjrzał za róg. Osmalony sufit, sczerniałe marmurowe kafle, wypalony mech. Lekko parująca woda. Z przezroczystej gnidy zostało tylko ugotowane, zwęglone mięso – nic dziwnego, temperatura wybuchu wynosiła z tysiąc stopni. Palnikiem acetylenowym można ciąć metal. Iwan nie zatrzymywał się, żeby nie tracić czasu. Szybko przeszedł skrajem peronu.

W ścianie po prawej pojawiły się zardzewiałe drzwi z napisem: „B2-PIIA". Podniósł automat i pociągnął drzwi do siebie... Zżż – ponure skrzypnięcie zardzewiałego żelaza.

Pusto.

Przeszedł przez próg. Kiedyś było tu pomieszczenie, w którym odpoczywał personel stacji, potem dostosowano go do potrzeb komendanta. W głębi, bokiem do ściany, stało wykrzywione od wilgoci kancelaryjne biurko z pulpitem. Sterta starych, pokrytych pleśnią czasopism. Kiedy indziej przejrzałby je uważnie, ale teraz nie ma czasu. Światło latarki przesunęło się dalej. Na ścianie tabliczka: „MIEJSCE DO PALENIA". Dalej! Szare szafy pod ścianą... regał...

Tu jest ta skrzynka – metalowa, pewnie na sprzęt obrony cywilnej. Obdrapany zielony metal. Spróbował otworzyć – nie poddaje się, przyrdzewiało; zbił kolbą rygiel, zajrzał do środka...

A jednak miał rację.

Wreszcie. Włożył rękę do skrzynki i wyciągnął przedmiot, który się w niej znajdował. Potem przez długie dziesięć sekund patrzył na znalezisko, zapominając o dogorywającej diodzie.

Było przepiękne.

ROZDZIAŁ 2

PREZENT

Kiedy do posterunku Wasilieostrowskiej zostało tyle co nic, z pięćdziesiąt metrów może, baterie ostatecznie padły. Przed oczami migotały mu plamy światła. Idąc w całkowitych ciemnościach, Iwan orientował się względem żółtego ognika awaryjnego oświetlenia stacji. Buty chlupotały w płytkiej wodzie, echo odbijało kroki.

Zauważyli go późno, chociaż się nie krył. Zasnęli tam, czy co?

– Stój, kto idzie! – I natychmiast włączyli reflektor.

Chwilę później Iwan schylił się, osłaniając oczy ramieniem i przeklinając przez zęby. Czy oni kompletnie zgłupieli?! Biały snop z lampy, rozpalonej tak, że aż chrzęściła szybka, zdawał się rozcinać ciało niczym otwieraczem do konserw.

– Swój! – krzyknął Iwan.

Poczuł na karku, jak w jego stronę obraca się cekaem zamocowany na masywnym, zespawanym z rur statywie; jak metalicznie zgrzytnął zamek karabinu, wchodząc w położenie bojowe.

Struga światła była zabójcza. Iwan zamknął oczy i odwrócił się do reflektora plecami, lecz zdawało się, że bezlitosne światło przeszywa jego ciało na wskroś. Poprzez ubranie, skórę, włókna mięśni, krwinki i kości docierało do oczu. Pod powiekami piekło i płonęło.

– Będę strzelać! – zawołał ktoś przy karabinie. Głos był rwany, niemal histeryczny. Głos typu „zaraz się załamię". Znowu Jefiminiuk na warcie, zrozumiał Iwan. Cholera.

– Wróć! – Iwan przeszedł na spokojny ton dowódcy. – Hasło! Słyszycie? Hasło: „Wesele"!

Pauza.

Podczas tych kilku sekund Iwan, zlany zimnym potem, zdążył dziesięć razy pomyśleć, że Jefiminiuk jednak go zastrzeli. „Najwyższy czas. Farci mi się, jak... Przecież prosiłem – pomyślał – nie stawiać świrów na warcie". „Ludzi nam nie starcza, Iwan, sam rozumiesz... – chyba tak mówił Postyszew? – Nie ma kim utykać dziur". „Aha. Jak mi ten idiota pośle serię, to sytuacja się poprawi. Wszystkie dziury pozatykamy – moimi krwawymi strzępami. Karabin maszynowy NSW 12,7 milimetra, takie stały na posterunkach wojskowych. Zresztą właśnie stamtąd go wzięto. Pocisk o stalowym rdzeniu przebije każdą kość bez specjalnych ceregieli".

– Hasło: „Wesele"! – krzyknął Iwan jeszcze raz, nie mając już nadziei, że go usłyszą.

Cisza.

– A kto idzie? – padło w końcu pytanie.

– Pan młody idzie! – odparł.

Jeszcze jedna przerwa. Potem ciche szczęknięcie. Karabin zdjęto z położenia bojowego.

– Iwan, to ty, czy jak?

Iwan chciał głośno zakląć, ale zabrakło mu sił, zresztą złości też.

Odpowiedział po prostu:

– To ja.

– Ale numer! – odezwał się głos na posterunku.

Rzeczywiście: niezły numer.

– Zgaś tę swoją lampkę, bo tu zaraz oślepnę!

Wymazany od stóp do głów żółtym, gliniastym błotem, Iwan doczłapał do posterunku i przyjrzał się wyprężonemu na baczność Jefiminiukowi.

– Kto jest dowódcą warty? Dlaczego jesteś sam?

– Znaczy tego… – powiedział Jefiminiuk. – Ja tego…

– Kto dowodzi? – Iwan podniósł głos.

Jefiminiuk zaciął się, zaczął uciekać wzrokiem.

– Sazonow dowodzi – wyznał w końcu. – Przepraszam, dowódco, za ten karabin. Ja to nie specjalnie tak. A Sazonow tutaj był… Tylki go na chwilę zawołali – dokończył z ukraińska.

Tak. A więc Sazonow.

– Kto go zawołał?! – spytał ostro.

– A czo ja, z kraja? Nie wiem.

– Rozpasaliście się – powiedział Iwan. – Ale nic to, już ja was poustawiam.

Odsunął Jefiminiuka na bok, przelazł przez worki z piaskiem. Poszedł w stronę światła.

Wasilieostrowska to stacja typu zamkniętego, dlatego na noc zamykano wszystkie wejścia oprócz dwóch: jedno prowadziło na lewy tor, drugie – na prawy. Czasem wystawiano też wartowników na peronie pomocniczym, który znajdował się dalej, w stronę Primorskiej, ale nie zawsze. Tylko wtedy, gdy w Zatoce zaczynała się „pora kwitnienia" i wszelkie cholerstwo wyłaziło z tunelu, że ledwo dało się nadążyć z naciskaniem spustu.

„Ale dzisiaj dał ciała zwykły posterunek kontrolujący tunel. Sazonow – przecież stary z ciebie lis, to ty miałeś taki genialny pomysł? To żeście się, kurna, wyluzowali".

W żargonie diggerów nazywa się to Fenomenem Bo. Kiedy skucha zdarza się osobie, po której wcale się tego nie spodziewano. Przed czymś takim nie da się zabezpieczyć.

Wasilieostrowska nigdy nie należała do zbyt pięknych stacji, takich jak Plac Powstania z wysokim sklepieniem, ciężkimi kinkietami z brązu, filarami ze sztukaterią i bogatym, „stalinowskim" wystrojem holu. Waśka, jak poufale nazywali ją sąsiedzi z Admiratielskiej i Newskiego, była stacją ascetyczną i surową, gotową, by znieść głód, chłód, napaść potworów i wymuszony celibat obrońców. Prawdziwa piterska stacja twierdza.

Iwan wszedł na peron przez jedyne otwarte drzwi. Pozostałe były zamykane na noc – na wszelki wypadek. Jeszcze na podejściu do stacji usłyszał, jak szumi wentylacja. Był to huk filtrów tłoczących powietrze z powierzchni. Wasilieostrowska dawno straciła centralne oświetlenie (takich stacji zostało w metrze może trzy, a może w ogóle tylko jedna), ale wszystkie systemy filtracji powietrza oraz pompy odciągające wody gruntowe wciąż tu pracowały. Kosztowało to tyle, że lepiej nie mówić. „Mazuty" z Technolożki dużo biorą za swoje usługi.

Bo gdzie byśmy się podziali?

Za to tunele są niemal suche. I jest czym oddychać na stacji, nawet zamkniętej na noc.

Słabe światło lampek zapasowych sprawiło, że odzwyczajony, zmrużył oczy. Teraz, gdziekolwiek by popatrzył, wszędzie widział tańczące kolorowe plamy.

Na stacji panowała noc. Główne lampy, zasilane przez agregat z silnikiem Diesla stojący w osobnej maszynowni, były w tym czasie wyłączane. Działały tylko lampki oświetlenia zapasowego, które korzystały z akumulatorów – chińskie lampki choinkowe przeciągnięte nad futrynami drzwi. Dlatego nocą stacja robiła się przytulniejsza. Dobry czas.

Kaszel, chrapanie dorosłych, senne westchnienia maluchów – i czerwone, niebieskie, żółte drobne światełka.

Iwan przeszedł wąskim korytarzem między namiotami, które pokrywały większą część stacji. To była centralna ulica Wasilieostrowskiej, jej Newski Prospekt, istniejący tylko nocą. Za dnia namioty zabierano, zwijano, żeby zwolnić miejsce do pracy, a w weekendy i święta do zabawy. U południowego krańca stacji, za żelazną kratą, wznosiły się widoczne nawet stąd rzędy klatek – hodowla trzody na mięso. Od czasu do czasu dochodził stamtąd ostry, zwierzęcy zapach.

W oddzielnym namiocie spały dzieci, poczynając od czteroletnich. Przedszkole.

Szedł wzdłuż wyliniałych, połatanych namiotów, słyszał oddechy, kaszel, chrapnięcia, czasem ktoś zaczynał mamrotać we śnie, potem przewracał się na drugi bok. Stara dobra Wasilieostrowska.

Jutro wyczyszczą cały peron i postawią stoły. Jutro stacja będzie hulać. Zostało jeszcze… – odwrócił się i spojrzał na stacyjny zegar wiszący nad wyjściem do ruchomych schodów; żółte cyfry przeskoczyły na czwartą dwadzieścia trzy – jeszcze trzy godziny.

Długo się woził. Szedł i czasem zdawało mu się, że spada w głąb granitowej posadzki. Podnosił głowę i otrząsał się ze snu.

Spać.

Ale najpierw powinien zdać ekwipunek i się umyć.

– Gdzieś ty był? – Katia, zarządzająca sprzętem i oddziałem medycznym Wasilieostrowskiej, zmrużyła oczy.

– Dobre pytanie. A co, nie widać? – Zainteresował się, ściągając alladyna. Kombinezon ochrony chemicznej i radiologicznej L-1 to wartościowa rzecz, bez niego w niektórych miejscach nie zrobisz nawet kroku. Szczególnie jeśli choć trochę cenisz sobie to, co masz poniżej pasa.

– Jak można nie widzieć? Cały wysmarowany, gorzej niż jakiś gnilak.

Iwan skończył z alladynem, wrzucił go do metalowego pojemnika do dezynfekcji. Zdjął ubłocone gumowe buciory i odłożył w to samo miejsce. Teraz onuce. Odwinął je i odsunął twarz. Ten odór. Odparzone stopy pięknie parowały na wolnym powietrzu, jakby nie mogły się nacieszyć. Wrzucił onuce do pojemnika i pospiesznie położył na nim pokrywę. Koniec.

– To gdzie cię nosiło? – zapytała Katia, puszczając go przodem. Niewyspana i rozdrażniona była jeszcze piękniejsza. Ściślej, stawała się piękna zawsze wtedy, kiedy się złościła.

– A jak myślisz?

Teraz trzeba zdać sprzęt według spisu. Część rzeczy to jego własność, reszta należała do wspólnoty. Zaczął ściągać przez głowę cienki golf, jęknął, złapał się za prawy bok. Co za kaszana! Skrzywił się, znieruchomiał z bólu. Chyba jednak żebra. Katia natychmiast rzuciła się mu na pomoc, pomogła zdjąć bluzę.

„Kobiety – pomyślał Iwan. – Jesteście takie przewidywalne... Tylko byście kocięta ratowały. Albo tygrysy".

– Z kim się biłeś? – spytała Katia i bezceremonialnie dźgnęła go palcem w pierś, prosto w krwiak. Kurna. Iwan jęknął przez zęby.

– Co, boli? – spytała Katia ze słabo skrywanym sadyzmem w głosie.

– Nie.

– A teraz?

Od kolejnego pchnięcia Iwan zgiął się wpół, powietrze uwięzło mu gdzieś między łopatkami. Zawył cicho, pokręcił głową.

– Aha – stwierdziła Katia. – Dobrze. Będziemy leczyć...

Po chwili wróciła z miseczką i gazą.

Iwan wyprostował się, otworzył usta. Katia wzięła się pod boki, odrzuciła głowę:

– Jeśli powiesz teraz to swoje idiotyczne „batooonik", to strzelę cię przez łeb... o, tą miską, rozumiesz?!

Kiedy rany i zadrapania były już opatrzone, Katia poszła opróżnić miednicę. Potem przyniosła Iwanowi wodę do picia. Osuszył duszkiem szklankę z grubego szkła, zaraz jeszcze jedną – poczuł się lepiej. Katia nie wyglądała już na tak rozzłoszczoną. Kiedy się mył, wyjęła z torby czyste ubranie na zmianę. Położyła je na łóżku, obok Iwana, wyprostowała się, zapytała niedbale, jakby mimochodem:

– Więc to jutro?

– Jesteś piękna – powiedział Iwan. Katia spojrzała na niego. – I bardzo mądra. I rzeczywiście mogło coś z tego wyjść.

– Ale nie wyszło – Katia cicho wypuściła powietrze. – Obejmij mnie na koniec, Odyseuszu.

Iwan pokręcił głową.

– Nie mogę. Wybacz.

– Dlaczego?

Dotknął jej włosów, odgarnął ciemny kosmyk z twarzy. Uśmiechnął się samymi oczami.

– Jestem prawie żonaty. To chyba głupota, jak myślisz? – Ująwszy pod brodę, podniósł jej głowę. Spojrzał w oczy. – Głupota?

– Nie – powiedziała Katia. – Sukinsyn z ciebie. Szczęściarz. Powinieneś się tarzać u jej stóp i dziękować za nią Bogu, ty cholerny głupcze! Rozumiesz?!

– Tak.

W ciemności za ścianą słyszeli chrapanie. Lampki nad wejściem przełączyły się na inny kolor – to zadziałał timer. Teraz namiot zalało czerwone światło i wyglądał jakby był pełen krwi.

– Ty moja Królowo Saby. Moja Judyto.

– Lizus – powiedziała. – Widzę, że dobrze znasz Biblię. – Katia odwróciła się, zaczęła przeglądać przybory. Wzięła elastyczny bandaż. – Podnieś rękę.

– Łatwo zapamiętuję historie o kobietach.

Uśmiechnęła się mimo woli. Skończyła przewiązywać mu żebra, zacisnęła supeł. Znów zabrzęczała pojemnikiem z instrumentami. W namiocie zapanowała dziwna, pełna napięcia cisza.

– A ona? – spytała w końcu.

– Co z nią?

Katia stanęła i popatrzyła na niego:

– Kim ona dla ciebie jest? Według Biblii.

– Moją przyszłą żoną – odpowiedział z prostotą.

Katia czy to zapłakała, czy się zakrztusiła – Iwan dokładnie nie wiedział. Odeszła na moment i wróciła ze słoiczkiem. Żółta, zastygła maść.

– Udało ci się, głuptasie. No, wyżej!

Podniósł głowę. W źrenicach Katii ujrzał białą sylwetkę wbiegającego w tunel tygrysa... Mrugnął. Wydawało mu się. Katia schyliła się i zaczęła mu smarować czoło zimną, cuchnącą maścią. Jej oddech łaskotał i chciało mu się śmiać. W następnym momencie usta Katii znalazły się tuż obok jego.

– Iwan, patrz, co dostałem!

Paszka wpadł do namiotu. Zamarł. Iwan i Katia odskoczyli od siebie. Paszka przeszedł między nimi, z łoskotem postawił na stole beczułkę, cofnął się. Niezręczna pauza. Przyjrzał się obojgu i powiedział:

– Co ci się stało w gębę?

– Tak w ogóle to należy pukać! Pawle, cholera jasna, Aleksandrowiczu – powiedziała gniewnie Katia.

Paszka tylko machnął ręką.

Iwan podniósł rękę i dotknął czoła. Boli. Dziwne, niby było schowane pod maską przeciwgazową. Ale numer.

– Poparzyłem się.

– Naprawdę? – Paszka patrzył na niego z jakimś dziwnym wyrazem twarzy. Iwan nijak nie mógł się zorientować z jakim. – A jak to się stało?

Długo by opowiadać.

– No... tak jakoś. Karbidówka wybuchła – Iwan powiedział szczerą prawdę – to się poparzyłem.

– Taak?! – Paszka teatralnie klasnął w dłonie. – Daj spokój! A ty co, całowałeś się z nią, czy jak? Z tą karbidówką?

– Paszka! – syknęła Katia.

– Co Paszka? – ten udał zdumienie.

Iwan dawno zauważył, że ci dwoje nie mogą się znieść – jeszcze od czasu, kiedy miał z Katią romans. Ciekawe, że kiedy poznał Tanię, Paszka jakoś się uspokoił... Prawdę mówiąc, Iwan znał ją od dawna, ale wcześniej jakoś nie zwracał na nią uwagi. Idiota. A wtedy, po bezsensownej śmierci Koślawego...

Cholera.

Iwan wstał, pomacał bandaż opasujący mu żebra. Opaska była żółta, stara, prana nie raz. Pieprzona cywilizacja wielorazowego użytku! Czy tak to nazwał profesor Wodianik? Opowiadał też, że niegdyś, w średniowieczu, w klasztornych szpitalach przechowywano bandaże ze śladami starej krwi i ropy, poprzecierane prawie na wylot. Mówili, że jeszcze święty Tomasz, czy ktoś taki, za ich pomocą leczył rannych. Przykładał do wrzodów. Taaa... A wyrzucić nie było wolno, bo ręce świętego dotknęły, więc bandaże teraz lepiej uzdrawiają... Wodianik mówił, że świętością jednak trudniej się zarazić niż mikrobami. Bo inaczej wszyscy już chodzilibyśmy w metrze z aureolami.

Iwan wstał z łóżka, podszedł do dużego lustra o wyszczerbionych krawędziach, które stało na stole. Przypatrzył się sobie. Siniak na piersi rzeczywiście fantastyczny. I czerwona smuga na czole też niczego sobie. Iwan pokręcił głową w prawo, w lewo. Idealnie na jutrzejszą uroczystość.

Rozmowa za jego plecami zmieniła się w regularną bitwę.

– Iwan, dla twojej informacji... – mówił Paszka zjadliwie. – Z karbidówkami się nie całuje. Dlatego, bo... masz co?

– No co? – zapytała Katia ze złością.

– Diodę! Porządną diggerską diodę. A nie jakąś karbidówkę lafiryndę!

Katia znieruchomiała. Twarz miała bladą i przerażająco piękną. Meduza Gorgona do kwadratu.

– Pa-sza – powiedział, cedząc sylaby Iwan. – Wyjdź, proszę.

– Co ja...

– Wyjdź.

Kiedy Paszka wyszedł, Iwan wrócił do łóżka. Nie wstydząc się nagości (przed Katią? bez żartów), szybko zdjął spodnie, które miał pod skafandrem, założył czyste. Wsunął ręce w rękawy koszuli, zaczął zapinać guziki. Spojrzał na uparty kark Katii, która znów zaczęła dzwonić swoim żelastwem.

Piękna szyja. Iwan skończył z guzikami i wstał. Ze zmęczenia cienko dźwięczało mu w głowie. Taki lekki rausz, jakby walnął sobie pięćdziesiątkę czegoś mocniejszego.

– Gotowy? – zapytała Katia, nie odwracając się.

– Tak – potwierdził Iwan. Podszedł do niej. – Nie bądź zła na Paszkę.

– Nie będę. On ma rację. Dziwka ze mnie.

– Paszka jest głupi – powiedział Iwan. – Dla niego wszystko jest albo czarne, albo białe.

– Dla mnie też. Dała, nie dała, czyż nie tak?!

Odwróciła się do Iwana, wpiła się w kraj stołu, aż zbielały jej palce.

– To nie tak. – Iwan podniósł rękę, dotknął policzka Katii, przesunął w dół. Poczuł, jak drży. – Równa z ciebie dziewczyna. Paszka też swój chłop, tylko głupiec.

– Dlaczego mam takiego pecha, co? – Mierzyła go wzrokiem z dołu do góry, jakby rzeczywiście czekała aż Iwan odpowie.

Iwan westchnął: „Pocieszyciel ze mnie żaden".

– Daj spokój – powiedział. – No... wystarczy. Twoje przeznaczenie jest gdzieś niedaleko, Penelopo. Jestem tego pewien.

Mruknęła przez łzy:

– Głuptas z ciebie, Odyseuszu. Zguba kobiet. Od razu to zrozumiałam, jak tylko zjawiłeś się na stacji.

Do diabła z regułami! Iwan wyciągnął rękę, objął Katię w talii, przyciągnął do siebie. Mocno przytulił, czując jakąś pustoszącą czułość. To jednak zawsze pozostaje – choćby minęło nie wiadomo ile czasu.

– Wszystko... będzie... dobrze...

– Piękny jesteś – powiedziała Katia nonszalancko. – A twoja Tania... brawo. Wszystkie inne się starały, a ona jak królowa. Brawo. Tak właśnie trzeba. No i wpadłeś. – Nagle porzuciła tę manierę. – Słuchaj. Będziesz Tańkę zdradzał, to sama ci utnę jaja. O, tymi nożycami. Rozumiesz, Odyseuszu?

– Rozumiem – powiedział Iwan. Przytulił ją i trzymał mocno, czując jak jej ciało przestaje drżeć. Jej piersi oparły się o jego splot słoneczny. Iwan westchnął. Kobiety. Kręciło mu się nieco w głowie, z pewnością ze zmęczenia. Czerwone światło zdawało się zbyt ostre.

„Dobra, czas już iść. Tylko..."

– Wiesz, po co tam szedłem... – zaczął Iwan.

W tym momencie do namiotu wszedł Paszka. Nie patrząc na nich, kroczył ponuro w kierunku stołu; podniósł beczułkę z piwem, burknął: „Przepraszam, zapomniałem", i wyszedł przez drzwi obok osłupiałych byłych kochanków.

– No i dupa – powiedział Iwan, spoglądając w ślad za przyjacielem, który zniknął za progiem.

Katia popatrzyła na niego, na jego zakłopotaną minę i nagle zaczęła chichotać.

Iwan wyszedł z ambulatorium jedynie z torbą i automatem. Cała reszta ekwipunku została w środku, do dezynfekcji. Iwan skrzywił się. Z torby wyraźnie cuchnęło spaloną gumą. Zdobyć teraz trochę wody, umyć się, wyczyścić automat i spać. Właściwie, najlepiej od razu spać. Oczy kłują, jakby ktoś sypnął w nie piaskiem. Głowa zrobiła się ciężka jak z żelaza i dźwięczała niczym pokrywa studzienki kanalizacyjnej.

Chociaż jest jeszcze jedna sprawa.

– Paszka! – zaczął Iwan i urwał. W pobliżu namiotu nikogo już nie było. Z pewnością się obraził.

– ...jest to pewnego rodzaju odpowiedź na słynną frazę Dostojewskiego: szeroki jest człowiek rosyjski, zbyt nawet szeroki! Ja bym go zwęził*.

Słysząc znajomy głos, Iwan zatrzymał się. Wyjrzał zza rogu namiotu. Obok sztucznej choinki obwieszonej ozdobami ręcznej roboty, a nawet paroma prawdziwymi szklanymi bombkami, siedziała grupa nocnych marków. Dyżurny sznur światełek na choince nie był wyłączany – kolorowe diody pożerały minimalną ilość energii, a nocnej zmianie całkowicie wystarczało ich światło. Można posiedzieć, zapalić i poczytać. A jak trzeba – nawet coś przekąsić.

– Co z tego wynika. Zawęziliśmy swój świat – mówił masywny starszy człowiek ze zwichrzoną czarną brodą – do tego żałosnego metra, do żywych (jeszcze!) stacji. A przecież to koniec, moi drodzy. Na powierzchni nie ma dla nas życia i boję się, że już nie będzie. Tak zwani diggerzy to nasz najbardziej niebezpieczny zawód po...

– Po elektryku – podpowiedział ktoś z ciemności.

– Święta racja – powiedział Wodianik. – Po elektryku.

Profesor cierpi na bezsenność, dlatego Iwan nie był zdziwiony, że go tutaj zastał. Pod choinką było coś na kształt klubu, do którego przychodzili wszyscy, którzy nie mogli spać. Zdarza się, że człowieka nosi. Należałoby spać, a dusza niespokojna. Jeden ukradkiem pije, inny chodzi pod choinkę, powydzierać się, pośpiewać piosenki i posłuchać opowieści. Zresztą z każdego powodu obcować z Wodianikiem było

* Właściwie: „szeroką naturę ma człowiek, zbyt nawet szeroką, ja bym ją zwęził". Fiodor Dostojewski, *Bracia Karamazow*, tłumaczenie Aleksander Wat, przejrzał i poprawił Zbigniew Podgórzec, Londyn 1993, s. 127 (przyp. red.).

warto. Krążył żart, że spotkawszy profesora w drodze do ubikacji, można przy okazji zdobyć średnie wykształcenie techniczne.

Żartowano też, że opowiedziany przez Wodianika dowcip ma siłę małej wojny atomowej. Przez jego niszczące i nieodwracalne skutki.

Profesor nie umiał opowiadać dowcipów, chociaż z jakiegoś powodu bardzo lubił to robić.

– Niech pan opowie o Saddamie, Grigoriju Michajłowiczu! – poprosił ktoś, kogo Iwan nie potrafił dostrzec. Iwan słyszał o Saddamie Wielkim. Zresztą wszyscy o nim słyszeli.

Na samym początku, kiedy to wszystko się stało i zamknęły się śluzy, ludzie wpadli w odrętwienie. Jak króliki w światłach samochodu. A potem króliki zaczęły umierać – okazało się, że hermetycznych zapór nie da się otworzyć, automatyka jest ustawiona na określony czas. Trzydzieści dni. A więc jednak wskazówki Zegara Zagłady wskazały północ, nastał czas apokalipsy. Promieniowanie na powierzchni było takie, że można było grillować kurczaka, spacerując z nim pod pachą.

I wtedy ludzi złapało.

Wujek Jewpat opowiadał, że wprost na ich oczach jeden dyrektor wysokiego szczebla – siedział w płaszczu i kapeluszu, w rękach miał teczkę, drogą, z brązowej skóry – że ten wysoki dyrektor siedział tak i siedział w milczeniu, a potem wyjął z teczki pistolet, włożył sobie do ust i nacisnął spust. Krew, mózg – na wszystkie strony. A ludzie wokół siedzą ściśnięci, dużo ludu weszło, nie ma gdzie się ruszyć. Zabryzgało wszystkich wokół.

– I nagle ludzie zaczynają się śmiać – opowiadał wujek Jewpat. – W życiu takiego strasznego śmiechu nie słyszałem. Wyobraź sobie, siedzi facet z urwaną połową bańki, nie ma nawet gdzie się przewrócić, a ci rżą. Histeria, a co myślałeś. Taka komedia sytuacyjna…

– Przedziwna sprawa – opowiadał dalej Jewpat. – Dużo śmierci widziałem, ale tę jakoś zapamiętałem. Pamiętam go, był spokojny. Nie denerwował się, nie szarpał, tylko zerkał na zegarek. Jak automat. Najpierw spojrzy na zegarek, potem tam, gdzie wrota – i siedzi dalej. Ciągle o tym myślę – na co on tam czekał?

Że okaże się, iż to ćwiczenia?

– Jeśli tak, to nie był jedyny – powiedział Jewpat. – Ja też miałem nadzieję, że to ćwiczenia.

Kiedy minęło trzydzieści dni, zaczęła się depresja i panika. Wszystkie etapy, tak jak to bywa u pacjenta, który słyszy śmiertelną diagnozę, po kolei: najpierw negacja, potem szukanie wyjścia, rozdrażnienie, gniew, potem łzy i akceptacja nieuchronnego końca. Ręcznie otworzyli wyjście awaryjne, wysłali na górę dwóch ochotników. Nie wrócili. Wysłali pięciu. Wrócił jeden i opowiedział: na górze jest piekło. Licznikom brakuje skali. I umarł – choroba popromienna. Zbliżyli do ciała miernik – wył jak opętany. I wtedy zaczęło się stadium gniewu, złości i łez.

Zaczął się chaos.

– ...zaczął się chaos. I w tym momencie na scenie pojawia się Saddam – powiedział Wodianik. – Wielkim nazwano go później, a przed Katastrofą był czy to hydraulikiem, czy to kierownikiem robót na budowie... poganiał Tadżyków, taaak... albo jakimś emerytowanym kapitanem wojska – historia o tym milczy. Pewne jest co innego: były kapitan wziął metro w swoje ręce – i to mocno, że ani piśniesz... Kiedy rozkazał znów zamknąć śluzy, rozkaz wykonano...

Nogi się pod nim ugięły.

Iwan zrozumiał nagle, że jeśli nie pójdzie do siebie, to zaśnie tutaj, wprost na nagiej posadzce.

– Zagrasz w „Monopol"? – Iwan usłyszał głośny szept za płótnem namiotu. – Ja zaczynam!

– Cicho tam, głąby. Ma ktoś latarkę?

W dużym namiocie dla nastolatków, w którym nocowali wszyscy razem, najwyraźniej też nikt się nie nudził. Nie powinni przypadkiem padać z nóg? Iwan pokręcił głową. Najzdrowszy i najmocniejszy sen miałem właśnie w ich wieku. A do tego mogłem nie spać dwie–trzy doby z rzędu. I być w doskonałej formie.

Spróbowałbym tylko teraz tak zrobić. Proszę, tylko jedna noc na nogach, a głowa już jak z ołowiu. Zasypiam na stojąco.

Iwan chciał już pójść w kierunku południowego krańca stacji, ale raptem usłyszał:

– Stać! Hasło!

Zaskoczenie trwało ułamek sekundy. Iwan gwałtownie się odwrócił i przykucnął. Złapał automat...

– Spokojnie – powiedział Paszka, uśmiechając się bezczelnie. – Swój.

Serce łup, łup.

– Paszka! To się już w pale nie mieści! – Iwan opuścił kałacha, wstał.

Czuł ból w piersiach od przypływu adrenaliny, trudno mu było oddychać. – Kurna no.

– Ale masz minę. – Paszka uśmiechał się, siedząc na ziemi. Beczułka z piwem stała koło jego nogi – zresztą niezła beczułka, godna uwagi. Iwan przyjrzał się jej. Biała, gliniana, jakieś pięćsześć litrów. Etykietka była wypłowiała, ale można jeszcze było dojrzeć napis i rysunek. „Kölsch – przeczytał Iwan. – Niemieckie. I skąd Paszka je wytrzasnął? Dwadzieścia lat leżakowania – nawet dla wina to dużo, a dla piwa to już w ogóle.

– Jaką?

– No, taką... ślubną – powiedział Paszka. – A ja cię, nawiasem mówiąc, szukałem. Cały wieczór pałętałem się po stacji, wypytywałem – nikt cię nie widział. Sazon też mówił, że nic nie wie. A ty byłeś o, tam.

Iwan milczał przez chwilę.

– Poszedłem na Primorską – powiedział w końcu.

– Taak? – Paszka z uporem kiwał głową. – Naprawdę? – popatrzył na Iwana uważnie. Pauza. – Poleciałeś po prezent, czy jak? Nieźle. No, nie daj czekać, pokaż. Znalazłeś?

„Coś niecoś znalazłem – pomyślał Iwan. – I prezent też".

– Znalazłem, znalazłem. Jutro zobaczysz. Teraz nie ma co.

– Bydlę! – Paszka zerwał się na nogi. – Ja dla niego... A ten... – wspomniawszy, co zrobił „ten", Paszka znów spochmurniał. – Taak. Zdecydujesz się kiedyś, która jest ci potrzebna?

– Już się zdecydowałem – powiedział Iwan.

– Tak, widziałem.

Iwanowi drgnęła szczęka:

– Paszka, daj mi spokój. I tak czuję się podle... – powiedział i spostrzegł się. – A... cholera...

– Rozuuumiem – powiedział przeciągle Paszka. – Ech ty. Gdybym był na twoim miejscu, nosiłbym tę twoją Tanię na rękach... Sam powiedz: na co ci ta Katia? Wszystko ci idzie jak po maśle, to nie, musisz zepsuć. Czy do reszty zgłupiałeś?!

– Coś widzę, że mocno cię ta sprawa dotknęła.

Paszka wyprostował się.

– Tak, bardzo. Zobacz, zamieniasz skrzynkę nabojów na puszkę zepsutej tuszonki.

– Pa-sza.

– Co Pasza?! – wybuchnął. – Myślisz, że miło jest patrzeć, jak twój najlepszy przyjaciel marnuje sobie życie?!

– Między Katią a mną nic nie ma.

– Jasne. Z bliska widziałem to „nic"!

– To było pożegnanie. – Iwan odczekał chwilę. – W ogóle nie bierz sobie tego do serca.

Paszka przez kilka chwil patrzył przyjacielowi prosto w oczy, potem westchnął.

– To pokażesz ten prezent? – spytał w końcu.

Iwan uśmiechnął się. Otworzył torbę, włożył do niej rękę i wyciągnął to, po co poszedł na Primorską. Paszka ostrożnie odebrał znalezisko z jego rąk.

– Eee, niczego sobie. Ale że nie wyschło?

– Uhm – powiedział Iwan. – Bywa i tak. Jak ci się podoba?

– Niezłe. Mówię poważnie. To jest niezłe. Trzymaj, bo jeszcze stłukę, znasz mnie.

Na dłoni Iwana znalazła się szklana kula. Wypukły szklany świat wypełniony przezroczystą gliceryną. W środku na zaśnieżonej polanie stał domek z czerwonym dachem i kominem, wokół niego – maleńkie choinki i płotek. Iwan potrząsnął zabawką. Zabulgotało. I zaczął w niej padać najprawdziwszy biały, puszysty śnieg.

Śnieżynki powoli padały na dach domku, na choinki, na białą przestrzeń wokół.

– Myślisz, że jej się spodoba? – Iwan popatrzył na Paszkę, który siedział zadumany z miną, jakby upił się na smutno.

– Co? – Paszka wzdrygnął się, oderwał wzrok od kuli. – Wybacz, przyjacielu, ale głupiec z ciebie. Prezent – fantastyczny.

Żelazna krata z metalowymi literami „WASILIEOSTROWSKA" oddzielała mieszkalną część peronu od gospodarczej. Anodowany metal lekko połyskiwał. Iwan popchnął drzwi, skinął wartownikowi, tyczkowatemu chłopakowi w wieku około szesnastu lat:

– Jak leci, Misza?

– Świetnie, dowódco. – Kuzniecow miał u pasa wytartą kaburę z makarowem. Pistolet trafił do Miszy jako spadek po ojcu, który służył w liniowym oddziale milicji, kiedy to wszystko się stało. – Możesz przejść.

W sumie, to nie był dla Kuzniecowa żadnym „dowódcą". Chłopaczek należy do stacyjnej drużyny, Iwan zaś dowodzi zwiadowcami... Gliny to odrębna kasta. Tak jak chłopcy Iwana – diggerzy. Kasty zaś odznaczają się tym, że ciężko do nich wejść i ciężko je opuścić.

Ale Iwan nie chciał poprawiać chłopaka. Każdy powinien mieć jakieś marzenie.

– Jest Tania?

– Nie wiem, dowódco. – Kuzniecow nie wiedzieć czemu speszył się. – Dopiero co zacząłem zmianę.

Iwan kiwnął głową: w porządku.

Ferma hodowlana.

Rzędy klatek wznosiły się pod sufit stacji. Drewniane i metalowe skrzynki pokryte zardzewiałą drucianą siatką. W powietrzu unosił się duszący wilgotny zapach gryzoni, nieświeżych wiórów i starego łajna. Iwan przeszedł między rzędami, rozglądając się i witając ze znajomymi lokatorami klatek. W ciągłym chrupaniu, chrobotaniu, poświstywaniu i mlaskaniu było coś z żywiołu.

„My żremy, a życie płynie dalej. Nie wyobrażam sobie, jak to jest być świnką morską – pomyślał Iwan. – W tych klatkach prawie nie ma miejsca, żyją w ścisku, jedzą i wydalają. Groza".

Z oddzielnej klatki, zrobionej z plastikowego białego pudełka z czerwonym napisem „Quartz Grill", patrzyła na Iwana utuczona, biała w ciemne plamki świnka morska. Iwan wyjął przygotowaną wiązkę wodorostów i wsunął przez siatkę.

– Cześć, Borys. A ty jak tam?

Świnka przestała chrupać i spojrzała na Iwana. „Kurna, jeszcze ty na mojej głowie" – dało się odczytać w małych wypukłych oczkach. Świnka wyznawała monogamię i tumiwisizm.

Lubiła tylko Tanię i olewczo żarła wszystko, co przyniosą pozostali.

Tak, typowy przedstawiciel rodzaju męskiego.

– Taniu – zawołał Iwan. – Jesteś tu?

Głos tonął wśród chrupania i chrobotania świnek morskich. Iwan przeszedł między skrzynkami, wszedł do boksu biurowego. Stało tu biurko, Tania wypełniała na nim plany i grafiki, nanosiła na karty księgi ewidencyjnej przyrosty wagi i udój – czy jak to się nazywa. Obok były ułożone worki z karmą: wysuszona trawa, wodorosty, skrawki botwiny, resztki jedzenia i inne rzeczy, które najodważniejsze gryzonie mogły wziąć na ząb. A mogły naprawdę wiele.

Dalej, za ścianką z dykty, zaczynała się Hacjenda, zawsze zalane światłem lamp światła dziennego szklarnie, działkowe gospodarstwo Wasilieostrowskiej. Dochodził stąd zapach wilgotnej ziemi, a w powietrzu kręciły się meszki, wieczni towarzysze uprawy roli. Za ścianką zaczynało się panowanie Tryndyczychy, rosła tam marchew, kapusta, kartofle, cebula, szczaw, a nawet sałata. I jedno drzewko cytrynowe – przedmiot zawiści sąsiadów z Admiratielskiej.

Zasoby żywnościowe.

To bardzo wygodne – odchody gryzoni jako nawóz, odpady roślinne (i same rośliny) jako karma dla świnek.

A świnki wiadomo po co – na patelnię i do garnka.

Kiedyś próbowano przystosować tunele, aby rozszerzyć Hacjendę, ale nie mogli sobie poradzić z problemem szczurów – żywnościowi, kurna, terroryści. Nawet żelazo przegryzają. Okazało się też, że był kłopot z elektrycznością – nie starczało energii, nie ta moc generatora.

Tak więc w tunelu wentylacyjnym uprawiano teraz pieczarki i czarne grzyby. Lubią jak jest ciemno. Rzędy grzybów wisiały w mroku – szczerze mówiąc, nieco straszne miejsce. Boczniaki, pieczarki, nawet japoński grzyb shiitake. Smaczne, oczywiście, ale Iwan czuł się tam nieswojo.

– Wyobraź sobie tylko: grzybnia – mówił wujek Jewpat – to przecież gotowy kolektywny mózg. Taka grzybnia może się rozpościerać na setki metrów, łączyć tysiące i tysiące grzybów w jedną całość. I wiesz, co jest najstraszniejsze?

– Co?

– Ni wała nie wiemy, o czym one myślą.

Wujek Jewpat. Wspomnienia. Fragmenty czarno-białej mozaiki.

„Starzeję się – znów pomyślał Iwan. – Tak, wybrałem doskonały moment, żeby się ustatkować. Założyć rodzinę. Dobra żona, dobra stacja, dobra robota – jeśli ludzie nie kłamią, Postyszew szykuje mnie na jednego ze stacyjnych pułkowników. Czego jeszcze trzeba człowiekowi, żeby godnie wyjść na spotkanie starości?

Taak".

– Taniu, gdzie jesteś? – Iwan wyszedł do przedsionka między fermą a Hacjendą.

Na długim stole (składał się z kilku starych krzeseł, na nich położono szeroką deskę) stała stara waga, metalowe szalki były wytarte na błysk. Żelazne odważniki ustawiono w szeregu. Tu Tania i jej koleżanka ważyły świnki, prowadziły ewidencję. Obok stało krzesło. Drzemała na nim spokojnie starsza kobieta, siwe włosy miała związane w kok. Na dźwięk skrzypiącego drewna wzdrygnęła się, odwróciła... – Iwan! A fe, mało co serce mi nie wyskoczyło...

– Dobranoc, Mario Siergiejewna. Przepraszam, że obudziłem. A gdzie jest Tania?

Maria Siergiejewna trzymała rękę na piersi, zupełnie jakby rzeczywiście bała się, że serce się z niej wyrwie i gdzieś poleci.

– Nie wiem, Wania – pokręciła głową. – Ahaaa... W namiocie, tym... Pewnie tam, gdzie mieszkają panny. Tylko tam nie idź. – Przestrzegła go Maria Siergiejewna i zaczęła się krzątać. – Zobaczyć narzeczoną w sukni ślubnej to przynosi nieszczęście.

– Nie pójdę – powiedział Iwan.

– Zresztą powinna już spać. A ty, dlaczego nie śpisz? Aha! – Przypomniała sobie. – Przecież ona cię szukała... i jeszcze twój przyjaciel przychodził... taki wysoki...

– A... Sazonow? – domyślił się Iwan. – Słyszałem. Dobrze, pójdę się położyć.

– Idź, bo jesteś całkiem blady. Stój... – Maria Siergiejewna zmrużyła oczy. – Co ci się stało z twarzą?

Na Wasilieostrowskiej (zresztą tak jak i na wielu innych stacjach) rytuałom pozostałym z czasów przed Katastrofą nadawano szczególne znaczenie. A już zwyczaje ślubne to była cała gałąź nauki. Święta krowa wasilieostrowskiej społeczności.

Iwan jeszcze raz przeszedł się po stacji, ale Tani nigdzie nie spotkał. Czyżby rzeczywiście spała? Nie ma co, wrócił do swojego namiotu. Zdjął z ramienia automat, schował torbę pod wezgłowie legowiska. Godzina – na zegarku na rękę było wpół do czwartej rano. Niesamowicie chciało mu się spać. Ale najpierw broń. Iwan omal nie jęknął. O broń trzeba dbać, nawet jeśli to niezawodny sowiecki kałach. To jak mycie zębów. To znaczy z zębami jest tak, że stracisz i żyjesz dalej, a bez broni jesteś martwy.

Tak, olej. Szmatki. Wycior. Do roboty!

Iwan kończył czyszczenie praktycznie w malignie. Czasem budził się w jakimś momencie i nie potrafił zorientować, co właściwie robi. Kiedy wepchnął wyciorem szmatkę do lufy (po co?!), zrozumiał, że tak się nie uda. Pedantycznie rozłożył części na szafce nocnej – rano, wszystko rano – i padł bez rozbierania się. Zakopał się twarzą w poduszce. Cudownie. Spać, spać, spać. Obrócił się na plecy...

Z góry patrzyła na niego Tania. Iwan się uśmiechnął: „Piękny sen. Teraz to już naprawdę wszystko jest dobrze".

– Gdzie tak sobie czoło poparzyłeś, obiboku? – zapytała.

– To nic, do wesela się zagoi – odparł odruchowo. I dopiero potem sobie przypomniał.

– Aaa… – powiedział. – Śmiesznie wyszło.

– Właśnie, właśnie… do wesela – podchwyciła Tania. – Jeszcze nie zapomniałeś? Nie? Dziwne. À propos – momentalnie zmieniła temat – przymierzyłeś już garnitur?

Kurna, faktycznie. Iwan nawet na chwilę się obudził.

– Oczywiście – zełgał.

Mimo wszystko zdołał zapomnieć o garniturze. Do tego noc była szczególna, o wszystkim można zapomnieć. „Dobra, rano zdążę – postanowił Iwan. – Nastawię budzik na wcześniejszą godzinę. Muszę pospać chociaż dwie godziny, inaczej w ogóle umrę.

A jutro cały dzień hulanki. Uroczystość.

Ale by było – pomyślał Iwan – obudzić się, a tu już wszystko się skończyło. Nie mogę znieść tych wszystkich ceremonii. Co innego bawić się na cudzym weselu, a co innego na własnym. Gorzej niż wyjść na powierzchnię.

A jakby sobie przypomnieć, jak wtedy z Koślawym ciągnęli tego Diesla? Toż to zdechnąć można, taki to był ciężar…"

– Spałaś dziś? – zapytał Iwan.

– Oczywiście – kompletna beztroska.

– Aha. Kłamczucha.

– Muszę iść, mam jeszcze mnóstwo roboty…

– Właśnie, właśnie – powiedział Iwan. – Idź do swojego Borysa.

– On jest kochany! – powiedziała Tania. – Dlaczego go nie lubisz?

„Każdy ma jakieś mankamenty – pomyślał Iwan. – Ja spalam karbidem potwory i całuję się z byłymi dziewczynami, Tania rozpieszcza spasionego gryzonia".

– Między nami panuje zbrojna neutralność. Jesteśmy o ciebie zazdrośni.

– Wania, to jest przecież zwierzę rzeźne!

– Nas żrą, a życie płynie dalej – zgodził się Iwan i wyrzucił ręce za głowę. Aha. Tu mi kaktus wyrośnie, jak pozwoli zjeść swojego pupilka. Ze zmęczenia kręciło mu się w głowie. I kręcił się też namiot dookoła niego. Ale to było przyjemne.

– Posiedzę u ciebie chwilę – powiedziała Tania. Przysiadła na skraju łóżka, dotknęła go ciepłym udem.

– Dobrze, posiedź chwilę – zgodził się łaskawie. Nie otwierając oczu, wyciągnął rękę i położył ją między nogami Tani. Ciepło i przytulnie. Po raz pierwszy od dłuższego czasu wrócił do niego spokój. „Jestem tam, gdzie powinienem być" – pomyślał. Ziewnął tak, że przestraszyłby krokodyla. – Nie mam nic przeciwko.

– Cham!

– Widziałem tygrysa – powiedział Iwan przez sen. Chciał coś dodać, ale już nie mógł, płynął przez senne mgły, spadał w głąb poduszki i posadzki, w dół, w bok i znowu w dół. I to było dobre.

– Śpij – poleciła mu Tania. – Jutro trudny dzień.

Iwan otwiera oczy. W namiocie jest ciemno. Wstaje – nie wiedzieć czemu ma na sobie panterkę i buty. Iwan wychodzi z namiotu i zatrzymuje się. Gdzie ja jestem?

Peron z rzędami spiralnych czarnych kolumn. Na ścianach płaskorzeźby. Na murze nazwa stacji na literę „A", ale Iwan w żaden sposób nie może jej odczytać. Ale rozumie najważniejszą rzecz.

To inna stacja, nie Wasilieostrowska. I nikogo tu nie ma. Zupełnie nikogo. Pusto.

Iwan idzie po peronie.

Przy peronie stoi pociąg.

W jednym z wagonów widać światło. Idzie w tamtym kierunku. Wybite szyby, rdzawe listwy ogradzają otwory okien.

Po pewnych oznakach można odgadnąć dawny kolor wagonu – był granatowy. Siedzenia niegdyś pokryte były brązową imitacją skóry. Po białawych, zakopconych ścianach wagonu pląsają cienie tworzone przez świece – tu jest przeciąg. Wiatr z tuneli przewiewa wagon na wskroś, przeczesuje rzadkie włosy na wyschłym czole mumii. Krasowe zapadliska oczodołów. Starożytny pergamin opinający szkielet – jej skóra. Brylantowy kolczyk w uchu przypomina o tym, co było niegdyś.

Duża mumia trzyma na kolanach małą. Zwiniętą w kłębek, powykręcane nadgarstki. Kiedy człowiek umiera, ścięgna wysychają i kurczą się. Właśnie dlatego obie mumie, duża i mała, mają jednakowo wykręcone nadgarstki. Zupełnie jakby płynęły pieskiem. Mają też jednakowe, wymuszone uśmiechy. To też ścięgna. I śmierć.

Duża mumia trzyma na kanciastych kolanach śpiącą małą.

Trzyma w dłoni grubą, zapaloną świecę. Płomień drga od przeciągu. Palce zalane przez strużki parafiny.

Wokół pierwszej mumii z małą są dziesiątki takich samych. Wszystkie siedzenia zajęte.

Obok każdej dużej po jednej, czasem po dwie małe.

Każda z dużych mumii trzyma w dłoni świecę. Pachnie ogniem i stopioną parafiną.

Wagon płonących świeczek.

Iwan wchodzi do środka i zatrzymuje się.

Wagon macierzyńskiej miłości.

Mówią, że według instrukcji o schronach przeciwlotniczych kobiety z dziećmi do dwunastego roku życia wpuszczali najpierw, jeszcze przed ogłoszeniem sygnału „Alarm atomowy". Miały prawo zostać na samej stacji lub w pociągu stojącym przy peronie. I zostały. Wszystkie. Iwan czuje gulę w gardle. Potem widzi to, czego wcześniej nie zauważał. Przez skórę mumii gdzieniegdzie przebijają szarobłękitne pędy. Przypomina to kiełkujące kartofle. Iwan wyciąga rękę…

– Nie ruszaj – mówi głos.

Iwan odwraca głowę. Stoi przed nim wysoki starzec. Oczy starego migoczą zielonkawym ogniem, jak u tamtego tygrysa.

– Inny ekosystem – mówi starzec. Patrzy na Iwana; oczy zaczynają mu się topić niczym świece, ściekają po policzkach strużkami parafiny. – Rozumiesz? Ro... – Twarz starca trzęsie się i zapada gdzieś w głąb...

– Mierkułow!

Ktoś potrząsał go za ramię. Iwan otworzył oczy, czując niewiarygodne, potworne przerażenie. Zaspał.

– Zaspałem?! – Poderwał się. W głowie ugrzęzła mu ciężka, mokra cegła.

Miał uczucie, jakby spał nie dłużej niż minutę. Zatrzęsło nim. – Gdzie? Co się stało? Ślub?! Co?!

Ostrość widzenia nie wracała. Iwan widział nad sobą tylko rozmytą, ciemną sylwetkę – i nie mógł pojąć, gdzie się znajduje, ani czego od niego chcą. Serce biło mu szybko i boleśnie.

– Mierkułow, do komendanta! – powiedział ciemny kształt. – Natychmiast!

Wasilieostrowska była oświetlona tylko dyżurnymi lampami. Krocząc sztywno w ślad za przewodnikiem, Iwan próbował zgadnąć, która jest teraz godzina. Długo spał? Znowu jest noc, czy co? Jak na wielu stacjach, na których zachowało się coś w rodzaju porządku, na Wasilieostrowskiej sztucznie podtrzymywano podział doby na dzień i noc. Za dnia pracowały lampy światła dziennego, cisza zapełniała się ich brzęczeniem, nocą zaś przechodzono na oświetlenie dyżurne, z akumulatorów. Iwan zamrugał, próbując pozbyć się mgły przed oczami. Niech to cholera. Dawno nie czuł się tak źle.

Weź się w garść, sukinsynu. I obudź się wreszcie.

W pokoiku wydzielonym dla Postyszewa i jego rodziny paliła się przykręcona do połowy mocy lampa karbidowa, jej światło padało na potężne dłonie komendanta leżące na drewnianym stole.

– Nie lubisz siedzieć w miejscu – powiedział Postyszew.

– Tak.

– Prosiłem cię: samemu nie chodź? Prosiłem?

Iwan kiwnął głową.

– I co? – Postyszew patrzył na niego spode łba mądrymi, przenikliwymi niczym wycie syreny przeciwpożarowej oczami i czekał na odpowiedź. Miał wielką głowę z rzadkimi, żółtawymi włosami.

– A ja poszedłem – powiedział Iwan.

– I po co? Co ja powiem twojej Tani, jeśli coś się z tobą stanie? Hę?

Iwanowi drgnął podbródek, ale zmilczał. Patrzył prosto, bez mrugania.

– Nie powiesz, po co tam szedłeś? Może choć raz byś odpowiedział.

– To rozkaz?

– A niech cię cholera – powiedział Postyszew. – Nie chcesz, nie mów. Jesteś człowiek dorosły, dowódca, pan młody i tak dalej. Orientujesz się chociaż, że kiedy się tam zabawiałeś, doszło u nas do sytuacji nadzwyczajnej?

– Tak. Nie ma światła.

– Światła? – Postyszew gwizdnął. Wstał. – Chodźmy. Pokażę ci, czego tu teraz nie ma.

ROZDZIAŁ 3

WOJNA

Iwan nie pamiętał, jak to się stało. Z roztrzaskanych, wybitych kopniakiem jak szyby w porzuconym pociągu, dziecięcych wspomnień nijak nie tworzyła się jedna całość. Pamiętał ogród zoologiczny. Czasem zamykał oczy i widział jasne niebo, wypalone jak na starej fotografii, czarne kontury liści, ukośne zawijasy metalowego ogrodzenia. Zdaje się, że było lato i świeciło słońce. Obok budka z napisem WATA CUKROWA – dolatuje od niej słodka, gorąca woń. Zdaje się, że umiał już wtedy czytać… chociaż może i nie. Nie pamiętał. Pamiętał za to, jak bezgłośnie idzie, a może biegnie. Jeśli opuścić głowę – przed oczami migają nogi w sandałkach. Jeśli podnieść: wszystko skrzy się, śpiewa, szczebiocze i wszystko jest ogromne – tak ogromne, że nie da się objąć ramionami. I wzrokiem też nie. A potem widzi kobietę. Z jakiegoś powodu to wspomnienie jest najbardziej wyraziste.

Mama.

I znowu bieg. Pękający asfalt, chłopiec widzi czarne, wijące się szczeliny, ziemia chwieje mu się pod nogami. Iwan – jeszcze tamten Iwan – biegnie do mamy. Ta ma na sobie długą, ciemną spódnicę, białą bluzkę… czy może sukienkę? Wyciąga ręce, nachyla się, żeby wziąć go w objęcia. A on biegnie z rozpostartymi rękami i ziemia zaczyna się przechylać.

I w żaden sposób nie może dobiec po tej pochyłej, popękanej ziemi do swojej mamy.

Świat nadal wali się na bok i schody za plecami mamy, gmach z wesołym hipciem na ścianie i ogrodzenie, niski budynek kawiarni przykrywa gigantyczny cień. Prze do przodu i pochłania wszystko na swojej drodze. Iwan biegnie, biegnie ostatkiem sił, bo jeśli zdąży i dobiegnie do rąk mamusi, to nic strasznego się nie stanie.

Nic się nie stanie.

A ziemia wciąż się zapada. Wycie syreny wyskakuje niczym skręcona żelazna sprężyna, wzlatuje w niebo. „Alarm atomowy!" – wściekle dudni megafon. „Wszyscy mają udać się do schronu przeciwlotniczego. Stacje metra są otwarte tylko dla wchodzących. Powtarzam... tylko dla wchodzących". Od tej prostującej się twardej sprężyny twarze wykrzywiają się, gniotą jak folia. I biegnie z mamą. Wśród rzeki takich samych ludzi ze zmiętymi twarzami.

„Trzynaście minut do zamknięcia zapory" – brzmi głos.

„Dwanaście minut..."

– Chodźmy, pokażę ci, czego tu teraz nie ma. – Postyszew wstaje.

Maszynownia to osobne pomieszczenie z odprowadzaniem spalin na zewnątrz poprzez system rur. Pod drzwiami stało dwóch ludzi – jeden z kałachem, drugi ze strzelbą własnej roboty. Iwan znów pożałował, że nie kupił wtedy tej dwururki. Zrobiłby sobie w końcu obrzyna...

Obrzyn dobra rzecz. W broni palnej najszybciej zużywa się lufa, a jej nie zrobi się ręcznie, potrzebna jest specjalna obrabiarka i znający się na rzeczy rusznikarz. Dlatego trzeba mieć na to swój sposób. Jak się precyzyjnie odpiłuje lufy strzelby myśliwskiej, to otrzymamy broń na krótkie dystanse. A do tego pozostają dwie zapasowe lufy odpowiedniego kalibru.

Wyjścia na powierzchnię na razie pozwalały uzupełniać zapasy amunicji, ale to się wkrótce skończy. Chyba żeby rozgrabić jakiś magazyn wojskowy... À propos: całkiem kusząca myśl. Iwan pokręcił głową. Tylko skąd wytrząśnie taki magazyn...

Najciekawsze, że osobiste gnaty mieli tylko komandosi Iwana oraz stacyjna drużyna, resztę broni trzymano w zamknięciu u komendanta. Na wypadek inwazji.

A tu – od razu dwóch ludzi pod bronią, i to takich, którzy w normalnej sytuacji nawet by jej nie powąchali.

– Gdzie jest Sazonow? – spytał komendanta.

– Prowadzi pościg...

– Pościg?

Iwan pokręcił głową. Zdaje się, że przez sen słabo jeszcze kojarzy. Z niewyspania dzwoniły mu zęby i drżały kolana. Zaraza. Ledwo się powstrzymywał, żeby nie oprzeć się o ścianę dla większej stabilności. Albo w ogóle położyć się na posadzce i zamknąć oczy. Wszystko wokół było zniekształcone, rozedrgane, spowite widmową, wyostrzającą mgiełką, kiedy to słabe światło zdaje się zbyt jasne, a wyblakłe kolory krzyczą. Bolało go w piersiach. Czuł kłucie w oczach.

„Niewiele ze mnie teraz pożytku – skrzywił się Iwan. – Czekaj, myślisz nie o tym, co trzeba".

– Co to za pościg? – powtórzył.

Postyszew potrząsnął głową – nie teraz. Wszedł do maszynowni między wartownikami.

Iwan podążył za nim.

– Teraz widzisz? – powiedział Postyszew, nie odwracając się. Iwan popatrzył na szerokie, zmęczone plecy komendanta – no jasne, a marynarka tak mu się rozeszła, jak ta żona o niego dba. Potem rozejrzał się dookoła. Byli w maszynowni – osobnym pomieszczeniu, pomalowanym kiedyś na ohydny zielony kolor, jak to zwykle w pomieszczeniach gospodarczych. Sufit, pierwotnie biały, teraz żółtawoszary ze starości, pokryty czarnymi smugami spalenizny. Pod ścianą blaszane i plastikowe zbiorniki na olej napędowy.

Z sufitu wychodziła zardzewiała, osmalona rura, w kilku wygięciach opadając w dół, do agregatu Diesla. Wypuszczano przez nią spaliny. Kolejna rura – do zasysania powietrza z powierzchni.

Niechlujne wiązki kabli. Tablica rozdzielcza była otwarta na oścież, pęczki przewodów owiniętych taśmą izolacyjną sterczą z niej jak włosy z nosa.

Na ścianie ktoś ręcznie napisał: „Miejsce do palenia", na tabliczce z dykty przekreślono i dopisano pismem Postyszewa: „Jak złapię, to zabiję!" i podpis „Komendant". Dokładnie pod napisem na posadzce stał słoik z niedopałkami. Iwan przyjrzał się uważnie: żadnych trupów w pobliżu nie zauważył. Widać dotąd nikogo nie złapał.

Potem zobaczył stół z pulpitem, leżała na nim gruba zielona teczka z instrukcjami technicznymi na wszystkie życiowe wypadki; obok stało krzesło.

Drugie krzesło nie wiedzieć czemu leżało na ziemi.

Postyszew odsunął się Iwanowi z linii wzroku, podszedł do krzesła. Schylił się, podniósł je i usiadł – twarzą do środka pomieszczenia.

Minutę wcześniej Iwan myślał, że to po prostu szerokie plecy komendanta wszystko mu zasłaniają. Oż w mordę. Jak szybko znikają złudzenia. Milczał przez chwilę, odwrócił się do Postyszewa.

– No i? – spytał komendant.

– W jakim kierunku poszli? Sazonow z chłopakami? Dawno? – Jeśli Sazonow ściga złodziei, to należy mu pomóc. – Zaraz! Trzeba zadzwonić na Admiratielską... Niech zamkną tunele.

– Już próbowałem – powiedział Postyszew. Podrapał się w podbródek, popatrzył na Iwana z dołu do góry. Komendant w jednej chwili postarzał się o dwadzieścia lat. Uśmiechnął się z wysiłkiem. – Nie ma łączności.

– Z nikim?
– Z nikim.
Kiepska sprawa. Dopiero teraz, spoglądając na resztki mocowań silnika, Iwan zaczął zdawać sobie sprawę, jak całe to życie jest do dupy.
– Cholera – powiedział. – Tylko czemu tym bydlakom tak się spodobał nasz agregat?

• • •

Nie istnieją decyzje bez motywów.
Istnieją ukryte pragnienia, które w końcu wyszły na jaw.
– Dokąd teraz, szefie? – Jegor Gładyszew patrzył pytająco. Poszukująco. Oczywiście na razie jeszcze nie tak jak na Iwana – Iwan, Iwaniadze, Dupadze, ale widać już pierwsze zalążki świętej wiary we wszechwiedzącego dowódcę, które kiedyś dadzą obfite plony. Sazonow przeciągnął pauzę. Tego też nauczył się od Iwana.
Daj podwładnemu zobaczyć, jak podejmujesz decyzje.
Daj mu uświadomić sobie, jakie to niełatwe.
Niech prześledzi cały tok myślienia na twojej twarzy i zrozumie, że on sam nie jest do tego zdolny...
Bo to prawda.
Większość ludzi nie potrafi podejmować samodzielnych decyzji, boją się pierwotnej siły tkwiącej w zdaniu: „robię to, co uważam za słuszne”. Chcę i robię. Ludzie boją się błędu, obawiają się sprawić, że będzie gorzej, niż jest teraz. To słabość, infantylizm. Gorzej – to głupota! Zdolność do podejmowania decyzji i przyjmowania wywoływanych przez nie porażek, do kształtowania, lepienia świata pod siebie – to cechy przywódcy.
– W lewo – powiedział Sazonow.

Na początku trzeba wymyślić, nakreślić, faktycznie ulepić, jak z gliny, gołymi rękami, człowieka, którym chcesz zostać. A potem tego prawdziwego siebie, z krwi i kości, wcisnąć w obmyślone ramy. Tam, gdzie trzeba – przyciąć, gdzie trzeba – wypchać watą. To bardzo proste. To nie nazywa się samowychowaniem – nie, co tam pięknoduchostwo! To się nazywa wymarzyć sobie samego siebie. Chcesz, żeby ludzie postrzegali cię jako silnego człowieka, to zachowuj się jak silny człowiek.

Nie udawaj.

Ludzie doskonale wyczuwają fałsz, ale jeśli uwierzysz, że jesteś silny, nikt nie zauważy podmiany.

– W lewo – powtórzył Sazonow.

– A jak dali nogę do drugiego tunelu? – Gładysz podrapał się w głowę pod hełmem. – Co wtedy?

– Wtedy daliśmy ciała – odparł Sazonow. „Cholerny zasraniec, ciągle by się kłócił".

– Aha – powiedział Gładysz. Potem do diggera dotarło. Otworzył usta, nie najpiękniejsze, ze spróchniałymi zębami. – I... co robić?

– Masz ochotę wybrać na własną rękę? – spytał przymilnym głosem Sazonow. Ten chwyt zapożyczył nie od Iwana, lecz od szefa służby bezpieczeństwa Admiratielskiej – Jakowa Orłowa. Spotkanie z nim było... powiedzmy... zapadające w pamięć. – Czemu nie? Wybieraj.

Gładysz zamknął usta. Burknął coś, potem spojrzał z nadzieją na Sazonowa:

– Czyli w lewo?

Sazonow wzruszył ramionami.

– Czyżbym mówił co innego?

– Rozumiem. – Gładysz kiwnął głową. Głośno charknął, wytarł nieogoloną gębę rękawem i poszedł naprzód, w ciemność, tnąc światłem latarki mrok tunelu.

• • •

Iwan oparł czoło o przepierzenie. Przymknął oczy. Uczucie nadciągającej katastrofy – gigantycznej, dudniącej, w zimnym polerowanym metalu i starej miedzi – jeszcze się wzmogło. Prawie słyszał szum i zgrzytanie jej rozklekotanych, nienasmarowanych trybów. „Myślisz nie o tym, co trzeba – przywołał się do porządku. – Myśl w innym kierunku. Myśl – nakazał sobie – jak i kto to zrobił.

I na początek – po co?

Ukradziono najcenniejszą rzecz, jaka była na Wasilieostrowskiej. Ukradziono jej skarb, jej słońce. Dieslowski agregat oświetlał stację w ciągu dnia, ładował akumulatory na noc… I teraz – na resztkach baterii – awaryjne oświetlenie na razie świeci. I będzie świecić, żeby nie wzbudzać paniki.

Ale panika i tak wybuchnie. Szydło wyjdzie z worka. Świadkami agonii Wasilieostrowskiej staną się umierające z braku światła marchew, kapusta i pozostałe warzywa. Można liczyć, że szlag trafi połowę racji żywnościowych, a to są prawie wszystkie witaminy. Szkorbut. Głód.

Katastrofa.

Teraz jest jasne, gdzie zniknął Sazonow. A raczej wcale nie jest jasne. Gdzie on teraz jest? Jeśli pościg był skuteczny, to gdzie silnik?

Mój automat jest rozłożony na części”. – nie w porę przypomniał sobie Iwan.

Dookoła diggera kotłowało się od roboty. Ludzie wchodzili i wychodzili, przedstawiając sobą obraz gorączkowego działania. Zaczęli biegać jak karaluchy.

– Patrzcie! – powiedział ktoś z tyłu.

– Co tam jest? Co?

Maszynownia wypełniła się stacyjnymi glinami. Kasta, kurna. Krzątanina jak miedź brzęcząca i cymbał brzmiący…

Pracusie. „Luki w systemie ochrony!” „Cholera! A niech to!” Głosy zlewały się w niezrozumiały, groźny zgiełk. Iwan stał pod ścianą, z lekko wyciągniętym łokciem, żeby nie urazić kontuzjowanych żeber. W lewym boku powoli pulsował ból.

To oczywiście nie jego sprawa. Ludzie Iwana to zwiadowcy, diggerzy, których rzuca się w strefę wroga (czy to na obcą stację, czy do zburzonego miasta na powierzchni), zaprowadzanie porządku nie należy do ich obowiązków. A wyjaśnienie, kto przebił się przez ochronę maszynowni (i wychodzi na to, że stacji też) – to nie ich zmartwienie.

– Patrzcie! – powtórzył ktoś z tyłu. Iwan, wciąż jeszcze pogrążony w swoich myślach, odwrócił się. W kącie pomieszczenia stał gliniarz. Kiedy zauważył, że Iwan patrzy, ukucnął i odsłonił brezent. Nawet z miejsca, gdzie stał digger, było widać, że na ziemi przed nim ktoś coś narysował. Iwan wstał i niewyspanym, obolałym krokiem przeszedł przez pomieszczenie. Popatrzył na rysunek i stanął zaskoczony.

– Dowódco! – ktoś go zawołał.

Iwan skinął głową, spoglądając na znak. Co by to miało znaczyć?

– Kwitnie u was sztuka ludowa? – zapytał.

– Że jak? – Kuzniecow się speszył. – Nnie. Tak w ogóle, to zabili nam człowieka.

Iwan odwrócił się powoli, spojrzał na Kuzniecowa:

– Żartujesz?

• • •

Człowiek leżał na gołej ziemi z bezwolnie odrzuconą do tyłu głową. Na twarzy zastygła mu znana Iwanowi mina „a czo ja, z kraja?”, taką samą obserwował na tej twarzy kilka godzin wcześniej. W skroni Jefiminiuka widniał regularny okrągły otworek. Jedna jedyna strużka krwi...

– Przyszliśmy go zmienić, a tu coś takiego – porządkowy machnął ręką. – Ech, ludzie...

Iwan przykucnął i przyjrzał się uważnie. Ze skroni Jefiminiuka (nie stawiać świrów na warcie!) sterczał ledwo w tym świetle dostrzegalny metalowy szpikulec. – Czym oni go...?

– Drutem do szycia – powiedział Iwan. – Cios z bliskiej odległości, silny, przy czym ewidentnie się go nie spodziewał. Swój?

– A kto go tam wie, kto dla niego był swój – rozsierdził się Sołocha, digger z oddziału Iwana, który dzisiaj miał dyżur na stacji. – U niego zawsze wszystko było nie po ludzku. A ja ciągle nie kapuję, czemu nie wzięli cekaemu?

Iwan wzruszył ramionami:

– A jest sens? Trudniej by im było, taszcząc go na plecach.

– No, ale Diesla taszczyli.

– Racja.

„Kto cię zabił? – spytał w myślach Iwan nieboszczyka. – »A czo ja, z kraja?« – mógłby odpowiedzieć ten. I miałoby to sens. Czy to naprawdę wszystko ci od Diesla?

Myśl, Iwan.

Wychodzi na to, że praktycznie deptali mu po piętach. Po tym, jak minął posterunek (i przez pół nocy łaził po peronie), zabili Jefiminiuka i przeszli do maszynowni. Tak? Czyli tunelem dla pociągów jadących w przeciwnym kierunku? Czy zeszli szybem wentylacyjnym? No, to akurat wątpliwe. Drabina tam dawno spróchniała...

Zabrali Diesel i poszli dalej. A dokąd mieliby iść? W stronę Admiratielskiej, nigdzie indziej”.

Iwan wstał.

Gdzie jest Sazonow, kiedy go potrzebuję?!

Sołocha nachylił się i rozsunął poły kurtki... taaak. Iwan zamrugał.

Na piersi trupa, na białej (względnie) podkoszulce narysowano czymś czerwonym znajomy znak. A to takie buty. Czyli nie znaleźli czasu, żeby wyjąć szpikulec ze skroni, ale żeby znaki rysować, to się nie ochrzaniali?

Ciekawostka.

...Prosto namalowana gwiazda w kole. Co to za znak?

– Aż dziwne, jakieś kpiny – powiedział Sołocha.

• • •

Postyszew wtargnął niemal biegiem – i od razu do trupa.

– Komuniści, czy co? Z Kupczino? Ci, co kopią tunel?

Iwan pokręcił głową:

– Nie wydaje mi się. Niech pan patrzy, gwiazda jest nieprawidłowa – nie wygląda jak sowiecka, raczej jak pentagram. I wpisana w okrąg. I jeszcze te znaki – widzi pan? Myślę, że trzeba zawołać Wodianika, on to wyjaśni lepiej niż ja.

– Dobrze – powiedział Postyszew. – Zapytamy profesora.

Wodianik długo przyglądał się gwieździe, potem zaproponował ciekawskim, żeby łaskawie poszli z maszynowni w cholerę. Postyszew podniósł brwi. Potem, dojrzawszy coś w wyrazie twarzy profesora, skinął głową. Komendant podniósł się ciężko jak niedźwiedź. Gapie nie mieli ochoty wychodzić, więc Postyszew trochę pokrzyczał i wygonił ciekawskich. W maszynowni zostali tylko oni dwaj i Iwan.

– Więc jak, Profesorze? – komendant odwrócił się do Wodianika.

– Świetnie. Znacznie wygodniej się tak pracuje. Nikt nie przeszkadza, nie plącze się pod nogami...

Postyszew popatrzył na profesora w milczeniu.

– Nie mam nastroju do żartów, Grigoriju Michajłowiczu.

– Gdybym ja chociaż, do diabła, żartował! Jak pan myśli, Glebie Siemionowiczu, dlaczego poprosiłem, żeby wszyscy wyszli?

– Wciąż czekam na odpowiedź – przypomniał Postyszew. Zmarszczki, głębokie jak marsjańskie kanały, przeorały mu czoło. – Co oznacza ta gwiazda? Po co pozaklinałem tych ludzi w żywy kamień?

Iwan wyjął z kieszeni zapalniczkę. Nie nauczył się w końcu palić (tytoń przynoszono z powierzchni, dlatego był drogi. Nałogowi palacze suszyli wodorosty, ktoś wyćwiczył się w uprawie marihuany), ale akurat podczas akcji zapalniczka jest nie do zastąpienia. Tę skonstruowali miejscowi majsterkowicze z łuski naboju do automatu. Dobra rzecz.

Szczęknął zapalniczką. Popatrzył na płomień.

– Słyszeliście o Nabuchodonozorze? – zapytał Wodianik.

Iwan kiwnął głową, nie odrywając wzroku od języczka ognia. Biblia, jako jeden z filarów dziedzictwa kulturowego ludzkości, choćby nawet unicestwionego w dniu Katastrofy, była jedną z głównych książek służących do nauki. Przynajmniej tutaj, na Wasilieostrowskiej. Tam, skąd Iwan przyszedł, Biblii nie było, a nauczano ze starego szkolnego podręcznika. Nadrabiał już na miejscu – musiał. System polityczny Wasilieostrowskiej wymagał, by się w niego wczuć, przyjąć jego rytuały i zasady. Dzieci uczyły się tu według określonego programu, jednego dla wszystkich. Potem następował już podział na kasty. „W gruncie rzeczy panuje u nas oświecony feudalizm – ironizował Wodianik – z lekką nutką anarchii". Komu innemu daliby za coś takiego kopa na do widzenia. Profesorowi było wolno.

Podział na kasty plus wybrany przez lud feudał. Dziedziczne przekazywanie obowiązków. W średniowiecznej Japonii syn aktora zostawał aktorem, dziedzicząc nawet nie tyle profesję, opowiadał Wodianik, co samą rolę. Wszyscy gramy swoje role – farmer, glina, digger. I spektakl pod tytułem „Wasilieostrowska" trwa…

– I co? – Wzrok Postyszewa stał się cięższy o jakieś dziesięć ton. Pojawił się w nim niebezpieczny ołowiany błysk.

– Nabuchodonozor, król Babilonii zburzył miasto Izraelitów, ale też stworzył proroka Jeremiasza. Idźmy dalej. Baltazar, co ciekawe, też był królem Babilonii. Ognisty napis, który pojawił się na murze, podczas gdy król ucztował, świętując zwycięstwo, głosił, że do końca jego panowania pozostało trzydzieści dni. *Mene-mene, tekel, ufarsin*… Policzony, zważony, uznany niegodnym.

Postyszew słuchał cierpliwie, ale było widać, że nic z tego nie rozumie. Wprost biło z niego pragnienie: szybciej, szybciej. Dalej no, do sedna!

Czas naprawdę wiele kosztuje.

– I co? – Tym razem nie wytrzymał Iwan.

– Cierpliwości, Wania! – Profesor machnął ręką. – Zaraz wszystko wyjaśnię. Diesel, który mieliśmy, oznaczał nasz złoty wiek. Obawiam się, że dziś się on zakończył. A ten oto znak na ziemi to zaszyfrowane przesłanie.

Król Nabuchodonozor wsławił się tym, że zniszczył państwo żydowskie – tym samym dając Żydom do zrozumienia, że, prawda, nie idźcie tą drogą, towarzysze. Baltazar – to wiadomo. W obu przypadkach pojawia się wiadomość od Boga. To jest coś związanego z religią – powiedział profesor. – Ten, kto ukradł nasz agregat, czytał Stary Testament i ewidentnie czuje, że wypełnia świętą misję. Cóż… – Profesor odczekał chwilę, podrapał się po brodzie. – Dostaliśmy ostrzeżenie. Co dalej?

– Czyli co, teraz jesteśmy Żydami? – zapytał Iwan. Z jakiegoś powodu wydało mu się to teraz świetnym żartem.

– Wania!

– Już nic nie mówię.

– Innymi słowy – podsumował Postyszew. – Mamy do czynienia… z kim?

– To nie komuniści – powiedział Wodianik.

• • •

– Może i Japończycy przeżyli. Jeśli Japonii nie zatopiło tsunami – powiedział ten z Admiratielskiej. – Metro tam mają bardziej wypasione niż nasze. Tylko nie wiem, czy obliczono je na wojnę nuklearną. W Tokio, na przykład, metro jest po prostu gigantyczne, gdzie tam do niego moskiewskiemu. Dwieście czy trzysta stacji, wyobrażacie sobie? Może skośni do tej pory żyją pod ziemią. Technologię mieli że ho, ho, gdzie tam do nich Technolożce – wartownik zaczął mówić wolniej. – A może dawno poszli na dno. U nich w Japonii to bez problemu…

– Tak jak i u nas – Sazonow uśmiechnął się. Dlaczego by nie, jak już dookoła sami kretyni. Czyli jak my mu o agregacie, to on nam o Japonii. Doskonale. Po prostu doskonale.

Nad posterunkiem Admiratielskiej wisiała wilgotna atramentowa czerń, rozpędzana światłem dwóch reflektorów diodowych, które kroiły ją niczym ser. Bogata stacja z tej Admiratielskiej, jeśli może sobie na coś takiego pozwolić. W ogóle się w ostatnim czasie rozwinęli, gdzie tam do nich „Waśce". Spójrzcie tylko, a niby tworzymy jeden Alians…

Karbidówka płonęła równym żółtym światłem. Kompletnie nie chciało się człowiekowi znowu wstawać i wkraczać w wilgotny mrok tunelu. Można by latami tak siedzieć i słuchać opowieści o tokijskim metrze. I patrzeć na wodę. Tunel schodził tu w dół pod kątem czterdziestu tysięcznych, potem zmieniał nachylenie i biegł praktycznie poziomo – do Admiratielskiej i nieco dalej przez równy odcinek – a potem znów się wznosił. Sto piętnaście metrów, najgłębiej położona stacja na świecie. Trzecią część drogi do niej trzeba pokonywać po wodzie – w łodziach. Posterunek przed Admiratielską służył jednocześnie jako port rzeczny.

Drugi, równoległy tunel jest mniej więcej taki sam jak ten, tyle że zamknięto w nim hermetyczne wrota. Poprzednim razem niby były prowadzone rozmowy, żeby go otworzyć, ale w końcu się nie dogadali. Bywa. Przede wszystkim nie wiadomo, czego oni się boją. Że Wasilieostrowska zacznie przemycać mięso świnek morskich do restauracyjek Gostinego Dworu i Sadowej-Siennej? Hmm. Sazonow uśmiechnął się. Właściwie to niegłupi pomysł – Alians Aliansem, ale Admiratielska zdziera za mięso niezłe cło...

Tylko że Admiratielskiej i tak się nie da ominąć.

– Czyli nikogo nie widzieliście? – uściślił jeszcze raz. Dowódca warty pokręcił głową.

Nie widzieliśmy. Nie wiemy. Absolutnie nikogo nie było.

– Wybaczcie, chłopcy – powiedział dowódca wartowników. Poskrobał się w potylicę, postawił czajnik na spirytusowej maszynce. Czajnik był pogięty i powyginany, stary. – Teraz będziemy pili herbatę.

Eleganciki.

Akurat wyposażenie tych z Admiratielskiej cieszyło oczy i sprawiało, że człowiek zieleniał z zazdrości – porządne panterki, kamizelki taktyczne, dobre buty. I najważniejsze – broń. U dowódcy warty Sazonow zauważył colta pythona z oksydowanej stali, z długą lufą. Rękojeść z czarnej gumy o anatomicznym kształcie.

Jeden miał „kostur" (AK-103 ze składaną kolbą), drugi sajgę – samopowtarzalną strzelbę, trzeci angielski karabin powtarzalny. Dobry mieli sprzęt – wszystko fabryczne, prawie nowe – widać z daleka, a to w końcu prości żołnierze. Czy może nie tacy prości? Na Wasilieostrowskiej nawet diggerzy są o wiele gorzej wyposażeni. A na Admiratielskiej to normalna rzecz...

Burżuje.

Sazonow skrzywił się. Głupio jest zazdrościć. Szczególnie cudzego bogactwa. Nigdy, odkąd pamiętał, nie zazdrościł przedmiotów (może oprócz broni) ani dostatku. Nigdy i nikomu. Obejdzie się. A ten z pythonem... Sazonow uśmiechnął się. Proszę bardzo, zmierzymy się na dwadzieścia kroków i niech spróbuje ustać naprzeciw mojego starego nagana.

Nigdy i nikomu nie zazdrościłem, pomyślał Sazonow z jakąś zaciętością. Słyszycie?

– Można? – zapytał dowódcę.

Ten zastanowił się i skinął głową.

– Cudowna maszynka – powiedział Sazonow, wyciągnął rękę z pythonem, wycelował w ciemność. – Po prostu fantastyczna. Mówisz, że amunicja magnum 44?

Nikomu. Co najwyżej Iwanowi – pannom się podoba. Iwan, Iwaniadze, Dupadze.

I jeszcze jednemu człowiekowi...

– Jak tam wasz generał? – spytał Sazonow niedbale. – Nadal wojuje?

Ten z Admiratielskiej spojrzał na niego spode łba z dziwnym wyrazem twarzy.

– Kto? Memow? A co ci do naszego Memowa?

– A bo zawsze chciałem spytać. Mieszkacie na Admiratielskiej, tak? A dowódcą nie wiedzieć czemu jest u was generał.

– A co to dla ciebie za różnica?

– Po prostu dziwne.

Dokładnie w tym momencie Gładyszew głośno się wysmarkał. Przeczyścił gardło, soczyście splunął pod nogi, popatrzył na wszystkich wyłupiastym czarnym okiem. Drugie miał zmrużone. Przystojniaczek, kurna. Morda aż się prosi o cegłę – i to niejedną. Wartownicy nieprzyjaźnie umilkli.

– Co? – Gładyszew poruszył ramieniem. – Nie podobam się?

– Jakoś tak nie bardzo – powiedział ten z „kosturem".

– No bardzo mi przykro! Nie przyszedłem się całować.

Pierwszy raz w życiu Sazonow był wdzięczny Gładyszowi za jego chamskie maniery. Co za zbieg okoliczności, ten przygłup mu pomaga. Choćby nawet niechcący...

– Spokojnie, chłopaki – Sazonow niespiesznie wstał z miejsca. – Bez urazy. On zaraz was przeprosi. Gładysz?

– Hę?

Admiralcy spojrzeli po sobie. Dowódca warty wyciągnął rękę po swój rewolwer...

– I jeszcze jedna sprawa – powoli powiedział Sazonow z nie swoim coltem pythonem w rękach. – Akurat chciałem spytać...

• • •

– To nie komuniści – powiedział Wodianik.

– To nie komuniści – odezwał się inny, ale też dobrze znajomy głos. – To Chodniki.

Iwan gwałtownie się odwrócił. W wejściu do pomieszczenia stał wysoki, barczysty mężczyzna o szlachetnych, czystych rysach, cienkim nosie, lodowoszarych oczach. Długi płaszcz, który miał na sobie, był brudny i podziurawiony, tak jakby ktoś próbował zerwać go z właściciela. Miał przewieszony przez ramię pasek z kaburą, sterczała z niej rękojeść rewolweru.

– Każdy myśliwy chce wiedzieć – zaczął Iwan (mężczyzna podniósł wzrok, uśmiechnął się znajomym krzywym uśmiechem) – ...gdzie się kryje Sazon. Cześć, Sazonow! Witamy po powrocie.

• • •

Wadim Sazonow pochodził z miejscowej „szlachty", jak żartobliwie nazywano pracowników Metrostroju i obsługę metra – dyżurnych, techników, maszynistów. Na stacji (razem z gliniarzami) tworzyli elitę, klasę panującą. Syn maszynisty miał od dziecka przygotowaną karierę: od brygadiera konserwacji tuneli do pomocnika komendanta. A wtedy tylko patrzeć, aż sam zostałby komendantem – około trzydziestego roku życia. Zresztą, pomyślał Iwan, może jeszcze zostanie...

Jednak Sazonow, jak mówiło się na stacji, „wierzgnął" i wyprosił sobie przydział do grupy zwiadowców. Próbowali mu to wyperswadować – bezskutecznie. Zaparł się do końca, jak zaklinowana śluza. Z początku Koślawy odnosił się do dziwnego nowicjusza podejrzliwie, starał się złapać go na błędzie, zrobić mu test, którego nie zda. Jeszcze czego – elegancik, karierowicz, błękitna krew. A ten tu chce do diggerów! Lecz po wypadzie do Uniwersamu Andriejewskiego, kiedy to nowy osłaniał odwrót grupy (z zimną krwią odstrzeliwał jednego psa Pawłowa po drugim), nawet Koślawy się poddał. Sazonowa przyjęli jak równego sobie.

I żaden z niego teraz glina, żaden maszynista. Autentyczny digger.

Ale i tak dostanie ode mnie kopa, pomyślał Iwan. Po naszemu, po diggersku...

– Czym nas pocieszysz? – Postyszew patrzył spode łba.

– Niczym, szefie – powiedział Sazonow. – Nie mam dla pana dobrych wiadomości, Glebie Siemionowiczu, przykro mi. Przeczesaliśmy tunele, to raz. Żadnych śladów, nikt nie przechodził, nikt nic nie widział. W szybach wentylacyjnych i na podstacjach pusto – to dwa. Doszliśmy do posterunku Admiratielskiej. Tamci klną się, że nikogo nie widzieli. To trzy. – Milczał przez chwilę. – Takie mam gówniane wiadomości...

– A karawany?

– Dawno żadnych nie było – Sazonow pokręcił głową. – Sam pan wie. Chyba że zwiali przez kolektor... ale byłoby im ciężko. Agregat to nie pudełko zapałek, do kieszeni go nie schowasz.

– Jasne. W takim razie jak go przecisnęli? Oto, co mnie interesuje. No, panowie-towarzysze diggerzy? – Postyszew sapnął i wstał. – Wstyd. Zaraz – nagle sobie przypomniał. – Mówiłeś przecież o Chodnikach... skąd wiesz?

Sazonow uśmiechnął się:

– Ale ja jeszcze nie skończyłem, szefie.

– No to kończ!

• • •

– Jedno pytanie... – Sazonow chwycił dowódcę wartowników za kołnierz kurtki. Powoli, starannie... palec za palcem.

I nagle ostro szarpnął go do siebie. Biaława głowa poleciała do przodu, powieki zatrzepotały... Sazonow kopnął nogą, przewrócił maszynkę. Czajnik potoczył się na bok, hałasując i rozchlapując wrzątek. Buchnęła para. Ludzie krzyknęli.

– Gdzie?!

– Co gdzie? – Ten z Admiratielskiej spróbował się oswobodzić. Sięgnął do pasa. Przez zaskoczenie zapomniał, że nie miał broni.

– Gdzie twoje trzydzieści srebrników?! – ryknął Sazonow wprost w pobladłą twarz. – Dawaj, śmieciu, wywracaj kieszenie!

– Co ty? – zmieszał się tamten. – No co ty?

– Kieszenie! – Sazonow podniósł colta pythona i przycisnął lufę do podbródka dowódcy. – Wywracaj! I spróbuj tylko się wyrywać, śmieciu. – Odwiódł kurek kciukiem. Cyk. Jaki przyjemny dźwięk. – Gładysz!

– Jestem.

Ci z Admiratielskiej w końcu zorientowali się, że dzieje się tu coś niedobrego. Ledwo rzucili się w kierunku broni, ułamek sekundy… Gładysz stał już nad nimi z kałachem.

– Zdziwieni? – powiedział Gładysz, pogłaskał swoje AKSU po lufie. – Dobry piesek, dobry… – Patrzył na tych z Admiratielskiej, nie odrywając od nich wzroku, obnażone żółte zęby sterczały mu do przodu jak u borsuka. Wymięta, nieogolona gęba. – I co my tu mamy? Malutki problemik. Co z nimi robić, szefie? Od razu do utylizacji, czy najpierw ich pomęczymy?

Jednak jest bystrzejszy, niż się wydaje. Sazonow skinął głową: tak trzymać, i pociągnął dowódcę posterunku za sobą, w stronę przystani łódek. Prowadził go tak szybko, że wartownik chwilami padał na kolana i praktycznie trzeba go było wlec.

– Chcesz się wykąpać? – nieomal czule zapytał Sazonow. Czarna woda falowała, pobłyskiwała.

– A idź ty! – Dowódca zaczął dochodzić do siebie. Odepchnął rękę Sazonowa z rewolwerem. Ach tak…

Sazonow rzucił tamtego na drewniany pomost. Głucho jęknęły deski. Do wąskiej przystani, do pali były przywiązane cztery łódki. Były lekko rozchybotane i w świetle latarki ich cienie kołysały się na ścianach tunelu.

– Ile ci zapłacili? – spytał spokojnie Sazonow. – Ostatnia szansa. No! – Chwycił rewolwer za lufę. Dowódca zaczął się podnosić…

– Nie wiem, o czym mówisz… och!

Sazonow uderzył go rękojeścią w obojczyk, usłyszał chrzęst – chyba złamał.

Dowódca z bezwładną prawą ręką runął na kolana:

– Aaa! Aaa!

Za plecami Sazonowa ktoś krzyknął. Wesoło się robi, kurna, a czas leci! Wszystko trzeba robić w tempo.

– Ty śśmieciu – powiedział dowódca z Admiratielskiej. – To my z tobą herbatę piliśmy… śśmieciu, jak boli… o matko. Ja nic nie… ja…

– Ostatnia szansa – Sazonow cofnął się o krok i podniósł rewolwer. Wycelował dokładnie w środek bladego czoła. – Liczę do pięciu. Raz!

Wartownik się rozpłakał. Łzy spływały mu po policzkach, pozostawiając brudne strużki, kapały z podbródka. Płynęły i płynęły.

– Nie rób tego… nie rób!

– Ile masz lat? – spytał Sazonow.

– Cco?

– Opuścić broń – rozkazał głos.

Sazonow powoli odwrócił głowę. Niech to cholera. A ty skąd się wziąłeś?

Patrzyła na niego lufa pistoletu automatycznego. Trzymał go ubrany na czarno mężczyzna.

– A ty to kto znowu? – zapytał Sazonow.

– Kapitan Marynarki Kmicic – przedstawił się czarny, trzymając Sazonowa na muszce. Mankiety zabłysły mu srebrem. Ale numer… Sazonow zaskoczony o mało nie upuścił rewolweru. Kapitan Kmicic był w czarnym mundurze oficera floty, Sazonow widział takie tylko w książkach.

– Służba Bezpieczeństwa Admiratielskiej – powiedział kapitan. – Proszę opuścić broń. – Odwiódł kurek. – Jestem zmuszony nalegać.

– Opuszczę – łatwo zgodził się Sazonow. – Tylko niech tamten wyjaśni mi dwie rzeczy. Skąd to wszystko – kiwnął w kierunku rozsypanych paczek papierosów i opakowań z antybiotykami – i jak przenieśli przez ten tunel ukradziony z Waśki agregat?

Kmicic odwrócił głowę do klęczącego dowódcy posterunku.

– Wyjaśnijcie towarzyszowi – rozkazał spokojnym głosem.

Tamten drgnął.

– To… nie moje…

– A czyje?! – Sazonow się rozjuszył. – Trzy!

– Ja… niczego nie brałem… nie dla…

– Nie dla siebie, rozumiem – powiedział miękko Kmicic. Sazonow zauważył, jak we wzroku kapitana zapaliło się światełko zrozumienia. – A dla kogo?

– Cztery! – rzucił Sazonow.

Dowódca ryczał już jak bóbr. Łzy lały mu się z oczu, na piersi zrobiła się mokra plama. Sklejone łzami białe rzęsy.

Ohyda.

– Moja mama… jest chora… ona… musi…

No jasne. Antybiotyki są na wagę nabojów. Nawet przeterminowane.

Kmicic przeniósł wzrok na dowódcę warty, potem znów na Sazonowa. Ledwo zauważalnie skinął głową – kontynuuj.

– Więc kto ci zapłacił? – Sazonow pojął aluzję. – No, powiedz i to wszystko się skończy.

– Ja… nie…

– Nie zmuszaj mnie, żebym powiedział „pięć". Proszę.

Dowódca poderwał opuchniętą czerwoną twarz.

– Jeden z nich powiedział… – zaszlochał – że muszą dziś zdążyć na… na…

– Dokąd?!

– Słyszałem, że na Majak…

Sazonow milczał. To by było tyle. Po wszystkim. Opuścił rewolwer. Dobra rzecz, taki python. I rękojeść ma wygodną, z porowatej gumy, ręka się nie ślizga.

– Na Majak, czyli na Majakowską? – Postanowił uściślić, chociaż w sumie nie było to już potrzebne. Ale dla Kmicica… – To były Chodniki?

– Ttak.

– Na pewno Chodniki?!

– Tak!

– Teraz rozumiesz? – zapytał Sazonow kapitana. Ten odczekał chwilę i opuścił pistolet.

– Absolutnie. – Kmicic obejrzał się. – Muszę zadzwonić. Rozkażcie swojemu człowiekowi, żeby przestał celować w tych ludzi. Tego... – Zacisnął usta. Ze wstrętem. – Tę sprzedajną szmatę aresztować. Spróbujemy przechwycić ich na Gostince.

– Myślisz kapitanie, że się uda?

Kmicic pokręcił głową.

– Nie wiem. Spróbujemy.

• • •

– Ogólnie rzecz biorąc, tak się mają sprawy – zakończył Sazonow. Podszedł do stołu z wyrazem wyczerpania na twarzy – nawet policzki miał zapadnięte. – Kto to? – Zmęczonym ruchem wskazał przykrytego brezentem trupa.

– Jefiminiuk... Powiedz mi jedną rzecz – odezwał się Iwan. – Po co Chodnikom nasz generator?

Sazonow wzruszył ramionami:

– Nie wiem, Wan. Może mają problemy z centralnym?

Iwan kiwnął głową. Brzmi logicznie. Ujdzie, jako wersja robocza.

– I co proponujesz? Iść na wojnę z Placem Powstania?

– Aha – powiedział Sazonow. – I na początek opanować Majak. W sumie, jeśli się pospieszymy, to do rana zdążymy.

– Fakt – powiedział Iwan.

Plac Powstania był jedną z najstarszych stacji leningradzkiej kolejki podziemnej, wybudowano ją w odległym pięćdziesiątym piątym roku, jeszcze w stylu stalinowskiego empire – wystawnym, monumentalnym, kiedy na wykończenie stacji nie żałowano środków. Od samego początku była planowana jako jedna z centralnych stacji na wypadek wojny atomowej, dlatego w tamtejszych tunelach co dwieście metrów znajdują się węzły sanitarne, stacje drenażu i instalacje filtrująco-wentylacyjne. I jeszcze mnóstwo różnych tajnych przejść, schronów obrony cywilnej i wojskowych bunkrów. W poziomie zagmatwania, otoczenie Placu Powstania może konkurować nawet z metrem moskiewskim, a to już trzeba się postarać.

Zasadniczo leningradzkie metro budowano w prosty, a nawet nudny sposób, ze względu na luźny grunt, wodę i inne przyjemności, ale mimo to Plac Powstania wyróżniał się jakimś po moskiewsku wyrafinowanym, wręcz azjatyckim zagmatwaniem. Widać nie przypadkiem przypadł w udziale Chodnikom...

Jest w tym jakiś głębszy sens.

– Jasne, może od razu imperium Wegan podbijecie? – dorzucił zjadliwie Postyszew. – Zamykam oczy i już widzę, jak to robicie! Machniecie z rozpędu. Wojacy, w mordę, jakbyśmy mało mieli kłopotów...

Sazonow się wyprostował.

– Otóż właśnie o tym mówimy, towarzyszu komendancie – powiedział. – W życiu nie damy im rady.

– I? – Wokół zaciśniętych ust Postyszewa pokazały się guzki mięśni. – Co proponujesz?

Sazonow przyjrzał się obecnym.

– Trzeba przywrócić Alians.

Milczenie.

– No tak, kurna – powiedział w końcu Postyszew. – Doigraliśmy się.

• • •

Kiedyś w skład Aliansu wchodziło sześć stacji: Primorska, Wasilieostrowska, obie Admiratielskie, Gostinyj Dwor i Newski Prospekt. Ale po tym, jak trzeba było opuścić Primę, stacji zostało pięć. I równowaga zachwiała się. Ludzie z Primorskiej osiedlili się gdzie się dało, ale głównie na Admiratielskiej – specjalnie ich nawet do tego zachęcano. Koś tam oczywiście został na Wasilieostrowskiej, ale takich było niewielu. Biedna stacja, czego więc oczekiwać.

Ciasna, a do tego straciła teraz osłonę przed potworami. Zamierzali więc zamknąć śluzy w przejeździe między Wasilieostrowską a Primorską – i w rezultacie tak właśnie zrobili. Tamtym razem Iwan poszedł tam, omijając zaporę specjalnymi bocznymi drzwiami.

– Podsumowując, zwiadowco – powiedział cicho Postyszew. – Twoje wesele na razie odłożymy. Wybacz. Sam rozumiesz, trudne czasy.

Iwanowi zadrżał podbródek. Tania... Zmilczał i skinął głową.

– Potrzebne mi twoje słowo, Iwan.

– Tak – zgodził się. – Najpierw agregat.

– I jeszcze jedno – rzekł Postyszew. – Przywróciliśmy łączność. Nawiasem mówiąc, przewód był przecięty, jeśli kogoś to interesuje. Kogoś to interesuje?! – podniósł głos.

Sazonow z Paszką umilkli zakłopotani. Gaduły.

– Tak więc, orły... – Komendant zgarbił się, ciężko opadł na krzesło. – Słuchajcie, co mam do powiedzenia.

Pełne zadumy fizjonomie Paszki i Sazonowa.

• • •

– Połączyłem się telefonicznie z Admiratielską. Przyślą swojego człowieka do koordynacji wspólnych działań. A póki tu idzie... a właściwie inaczej – póki będziemy się tu układać z ich wysłańcem, wy, panowie bracia, powinniście być już na przedpolu Majakowskiej–Powstania. Zrozumiano?

– Tak – odpowiedział za wszystkich Iwan.

– Dobrze. Na przygotowania daję wam trzy godziny. Jeszcze pół godziny – na pożegnanie. To wszystko, do dzieła. Czas ucieka.

• • •

Tania milczała przez cały czas, kiedy szli do namiotu Iwana.

– Jednak się zdecydowałeś?

Iwan spojrzał na nią. Samymi oczami odpowiedział: tak.

– A dlaczego milczysz?

Nie wiedział, co powiedzieć. Jasna sprawa, ostatnie wydarzenia wytrąciły Tanię z równowagi – narzeczona, przygotowywała się, by zostać żoną... i znów narzeczona, na razie nie wiadomo na jak długo. Póki Iwan nie pójdzie na tę wojnę, póki nie wróci – i daj Boże, żeby wrócił. Tfu, tfu, tfu, odpukać w szynę i splunąć. Minie wiele czasu. Dla niektórych wręcz wieczność...

Mimo wszystko ciekawe, czy chodziła pod Drzewo Rur, czy nie? Iwan zamrugał.

Wszystkie chodzą.

Pan Tuneli.

– Dobra, jak wolisz. Mam dużo spraw do załatwienia – oznajmiła Tania, odwróciła się i odeszła peronem.

Iwan popatrzył w ślad za nią. Obraziła się, czy co?

Poszedł do namiotu – czasu zostało tyle co nic. Spakować rzeczy i parę godzin pospać. To wszystko. Iwan usiadł na łóżku, opadł na poduszkę i założył ręce za głowę. Zamknął oczy. Gwałtownie je otworzył.

Nie, to nie wszystko.

Za plecami usłyszał dźwięk rozpinanego suwaka namiotu i szelest materiału.

Jednak wróciła. Nie wytrzymała.

– Nie trzeba mi pomagać w pakowaniu – powiedział Iwan, nie odwracając się. – Lepiej sam to zrobię.

– Wania – powiedziała. Jakoś tak bardzo znacząco.

– Co? – Iwan podniósł się. Odwrócił… O cholera.

W jednej chwili jakby zwalił się na niego cały dzisiejszy dzień. Co tam dzień! Cały ostatni rok. Tania, Tania, coś ty narobiła?

Nie wierzę w znaki.

– Dlaczego? – Iwan umilkł.

Tania stała przed nim w śnieżnobiałej ślubnej sukni z odkrytymi ramionami. Obłąkańczo, niemożliwie piękna… Włosy spięte u góry, w wysoką fryzurę, niesforny kosmyk opadał na łuk obojczyka.

Panna młoda.

Czemuś nie rzuciła się, Mariuszko, w rzeki toń…

– Dlaczego?

Podeszła do niego i stanęła obok. Nagle Iwana przeszedł dreszcz, zadrżały mu kolana. Małomówna Tania. Skoncentrowana. Decydująca o wszystkim sama.

– Dlaczego? – powtórzył Iwan. – Cholera!

– Tak trzeba – powiedziała Tania. Wzięła jego dłoń i położyła ją sobie na talii. Iwan poczuł pod palcami wzór materiału. Ciepło kobiecego ciała…

– Masz lodowate ręce – powiedział.

• • •

Na peronie pomocniczym paliła się jedna jedyna lampka. Iwan pewnym krokiem skierował się w tamtą stronę, omijając po drodze zapory z worków pełnych skamieniałego cementu, puste szpule po kablach, sterty odpadków budowlanych i sterczące z betonu pordzewiałe pręty zbrojeniowe.

– Do walki stają tylko starcy – powiedział Jewpat, podnosząc głowę. – Czołem, Iwan! To co, bohaterowie Mordwinowie, pokażemy młodzieży, jak się dawało czadu w naszych czasach? – Obejrzał się. – Coście tak ucichli, hę? Nie słyszę!

Iwan przyjrzał się. Za plecami wujka było pusto. Tylko wiatr poruszał przymocowaną do zardzewiałego flagsztoka białą szmatką. Wujkowa bandera samotności. Jewpat sam wybrał przesiedlenie na porzucony peron pomocniczy, gdzie nawet siostrzeniec nie zawsze zachodził. A ściślej – robił to rzadko.

Czasem Iwanowi zdawało się, że wujek jest trochę nie tego. A może i nie tylko trochę. Zresztą, każdy ma jakieś mankamenty...

– Czołem, wujku. – Iwan opadł bezsilnie na zniszczoną szpulę po kablu. – Posiedzę u ciebie minutkę, dobrze?

– Siedź już, siedź... nie będę wyganiał.

Wujek głośno ziewnął, podrapał się w ucho. Obaj milczeli przez chwilę. Z sufitu odrywała się jedna kropla za drugą, spadały do blaszanej miednicy. Rozpryski wody dźwięcznie bębniły o ocynkowane ścianki. Karbidowy palnik płonął, dając przytulne światło, nad płomieniem w okopconym garnku gotowała się woda – zaraz będzie herbata. Podziemna idylla. Wujek Jewpat wyjął okulary z futerału i założył je na nos (plastikowe oprawki owinięte taśmą klejącą), spojrzał przez szkła na siostrzeńca. Pauza.

– Coś złego, Iwan? – spytał Jewpat.

Iwan wzruszył ramionami. Bywało gorzej...

– W porządku.

Wujek kiwnął głową:

– Rozumiem. Posiedź sobie na razie, a ja zaparzę herbaty...

Grzejąc dłonie o pogięty blaszany kubek, Iwan słuchał gadaniny wujka. Jewpat był jego jedynym pozostałym przy życiu krewnym – wprawdzie dalekim, ale zawsze.

Czasem trzeba opuścić towarzystwo kobiet i mężczyzn, żeby wysłuchać pewnego pokracznego staruszka.

– A słyszałeś historię o aniołach? – mówił Jewpat. – Nie? To posłuchaj, zrozumiesz więcej z tego, co się dzieje w metrze. Słyszałeś kiedyś o błędzie Saddama Wielkiego? W tamtych dniach na stacjach było już tyle ludzi, że wkrótce, gdyby wciąż miały rodzić się dzieci, musiał się zacząć głód. Wiele rzeczy ludzie wzięli do metra, ale, za przeproszeniem, nie kondomy...

I wtedy Saddam Wielki zgromadził dzieci z jednej ze stacji... Z Jelizarowskiej, zdaje się... I pod pozorem zajęć szkolnych wysłał je do oddalonej odnogi tunelu, niby dla bezpieczeństwa (szczury bardzo się wtedy rozzuchwaliły). Tam dzieci uśpili i wytrzebili. Wszystkich chłopców, co do jednego. Kilku nawet umarło. A potem dzieci się ocknęły. Matki, kiedy zdały sobie sprawę z tego, co się wydarzyło, podniosły bunt. To jak z Neronem, który chciał być bogiem i się doigrał. To właśnie kobiety zrzuciły Saddama z tronu, nikt inny. Rozerwały go po prostu na strzępy, nawet kawałka jego ciała nie dało się potem znaleźć. Ochrona próbowała strzelać – ale gdzie tam! Bab nie zatrzymasz.

I tak zakończyło się panowanie Saddama. Ale co robić dalej? W końcu dzieci są okaleczone. I zaczęli uczyć je śpiewać. Kastraci. Normalnie Farinelli. Jeden w drugiego.

Do tej pory śpiewają. W końcu ich słyszałem, Iwanie, wyobrażasz sobie? Dziwna rzecz. Jakby cały tunel wibrował. Głosy czyste i mocne, przejrzyste jak kryształ.

Śpiewają jak anioły.

Wujek milczał przez chwilę, poprawił garnek.

– A są tacy, co mówią, że Saddam Wielki miał gdzieś rozrodczość. Saddam chciał żywcem iść do nieba. I do tego były mu potrzebne anioły.

– Czyli… – Iwan nie dokończył.

– Właśnie, synku – uśmiechnął się Jewpat. – Saddam tworzył anioły, a nie potwory. Chciał jak najlepiej, taki był z niego dziwak. Ale go nie zrozumiano. To jest w ogóle problem ludzkości, nie uważasz?

Iwan milczał.

– A co ze stacją? – spytał w końcu. – Z Jelizarowską?

– A co ma być? – Jewpat podniósł brwi.

– No… po tym, co się stało? Wymarła?

Wujek wzruszył ramionami:

– Z jakiej racji? Urodziły następnych. Co to, długo trzeba czekać? Baby, to zawsze baby, daj im tylko możliwość. Wypełniły program demograficzny w ciągu jednej nocy. Teraz te bobasy mają już po dwadzieścia lat…

• • •

Żołnierskie pożegnania.

Na początku planowano wesele, a po nim wojnę. Potem stwierdzili, że to połączą.

– Ogólnie sprawa przedstawia się tak – Postyszew powiódł wzrokiem po zebranych. – Jeśli ktoś nie jest na bieżąco. Zaczynamy wojnę z Placem Powstania – z Chodnikami. Znacie przyczyny: zabójstwo, kradzież, naruszenie granic… Wszystkie stacje Aliansu wyznaczą do tego zadania żołnierzy. Ale główny ciężar i tak spoczywa na nas, to jasne. To nasz krzyż i my go poniesiemy.

W tłumie ktoś mruknął ze złością:

– No jasne!

Postyszew spojrzał na Iwana, przymknął zmęczone oczy, znów popatrzył na zgromadzonych. Westchnął. Powiedział cicho:

– Mam nadzieję, że dożyję chwili, kiedy agregat powróci na swoje miejsce. Liczę na was, chłopcy. Nie zawiedźcie. Maestro, graj marsza!

Sołocha wcisnął guzik. Zabrzmiała muzyka. Żwawo, lekko charcząc przy wysokich tonach, zaśpiewał głośnik starej japońskiej wieży stereo:

Wstawaj, burżuju, nastał twej śmierci czas!
Przeciwko tobie lud biedny cały powstał…

Dźwięki unosiły się nad peronem, pełen wigoru głos wiele obiecywał swojej ukochanej:

To nic, to nic, to nic…
Szable i kule, bagnety, wszystko jedno.
Byś ty kochana, ty czekała mnie,
A ja… powró… powró…

Trzask, niebieski rozbłysk. Dźwięk się urwał. Obok milczącej wieży ponuro szli żołnierze z Wasilieostrowskiej, zeskakiwali na tory, ginęli w czeluści tunelu. Pachniało spaloną izolacją. Iwan popatrzył na tłum odprowadzających ich ludzi – kobiety, dzieci, starcy, zbyt starzy, by utrzymać broń. Wielu z nich płakało. Ze stacji odchodzili prawie wszyscy mężczyźni – nawet profesor Wodianik szedł na wojnę. Został wujek Jewpat; gdzie miałby iść z tą swoją nogą? Zostawał Postyszew – stacja nie może zostać bez komendanta…

Iwan rozejrzał się dookoła. No… tak, smutek. Do niczego takie pożegnanie.

Żegnać się trzeba na wesoło.

– Dawaj – Iwan odwrócił się do Gładysza. – Śpiewaj!

– Którą?

– Naszą.

Tamten zrozumiał w mgnieniu oka, rozciągnął gębę w uśmiechu. Wydarł się, zahuczał ochrypłym gardłem:

Motor hamuję, gdy piję i pić już więcej nie mogę,
Jedziemy, chłopie, do domu, zaraz pokażę ci drogę!

I nagle zaskoczyło, refren ryczał już chór głosów:

Wu-wu-wu, Leningrad! Es-pe-be, kropka, ru!
Wu-wu-wu, Leningrad! Es-pe-be...

• • •

Iwan zatrzymał się, poświecił latarką. Paszka zwolnił, odwrócił się...

– Idź – powiedział Iwan. – Dogonię was.

Drzewem Rur lub Drzewem Życzeń nazywano zardzewiałe kłębowisko rur, które przez wilgoć oddzieliło się od ściany tunelu i niebezpiecznie wisiało nad przejściem. Iwan pokręcił głową. Rzeczywiście przypomina drzewo. Trochę tu strasznie.

Na każdej „gałęzi" Drzewa Rur, na każdym pniu wiszą kolorowe tasiemki – białe i czerwone. Trzepoce nimi przeciąg, od każdego porywu wiatru rdzawy metal żałobnie skrzypi.

Według legend Wasilieostrowskiej, aby życzenie się spełniło, należało przyjść tu nocą, wypowiedzieć je i zawiązać kolorową tasiemkę.

Najważniejsze: pragnąć czegoś zawzięcie, namiętnie, aż do utraty świadomości.

I wtedy Pan Tuneli spełni twoje życzenie.

Jeśli zechce.

Ciekawe, czy przychodziła tu Tania. Iwan pokręcił głową. To nie twoja sprawa, Odyseuszu.

Odyseusz i Penelopa – to była gra, jego i Katii, kiedy dopiero zaczynało się coś między nimi dziać. Dziwne…

Penelopą nazwał jedną, a czekać na niego będzie druga.

Głupiec z ciebie, Odyseuszu, słusznie powiedziała Katia.

W tunelu zerwał się wiatr. Różnobarwne tasiemki na Drzewie Rur zaszeleściły, zaterkotały. Pełnym rdzy głosem zawył metal.

„Nie wrócisz. Nigdy".

ROZDZIAŁ 4

GENERAŁ

Z początku długo szli za drezyną, która wiozła ich rzeczy. Stary pojazd przygnębiająco skrzypiał, ścierając koła na zardzewiałym metalu. Pochyłość tunelu była tu może nie największa, ale w pełni odczuwalna. Admiratielska na linii zielonej to najgłębiej położona stacja leningradzkiej kolejki podziemnej. Tunel zauważalnie prowadził w dół. Iwan rozumiał, że schodzą coraz głębiej, może nawet do samego środka Ziemi. Do piekła.

Zresztą żadnej czułości wobec Admiratielskiej nie odczuwał. Tak więc można i tak: do poczekalni piekła.

Pod nogami było coraz więcej wody. Im dalej szli, tym głębiej buty pogrążały się w ciemnej, chlupoczącej cieczy. Na początku wody było po kostki. Potem po kolana. Latarki oświetlały jedynie niewielką część drogi, koniec tunelu ginął w ciemności.

Iwan potknął się o śliski podkład kolejowy, skrzywił się. Noż w mordę. Nie wykonuj gwałtownych ruchów, przypomniało mu się błogosławieństwo, jakie otrzymał od Katii na drogę. Czyli co – to teraz moje motto na całe życie?

– Boli? – spytał Paszka.

Już drugą godzinę kroczyli wzdłuż torów w ciemnym tunelu. Drezyna skrzypiała z wysiłkiem, podskakiwała i trzęsła się na nierównych, zardzewiałych szynach. Kilka razy trzeba ją było przenosić ręcznie – miejscami droga była całkowicie zniszczona. Iwan próbował pomóc, ale go odpędzili. „Idź, idź, urodzony kaleko!” W jednym miejscu torowisko było rozerwane, tak jakby spod ziemi coś wylazło, powyrywało deski (jedna z nich leżała parę metrów od wyrwy, druga była złamana na pół) i poszło dalej – czy to w dół tunelu, czy w ogóle przez sufit.

Iwan pokręcił głową.

– Nie boli? – kontynuował przesłuchanie Paszka. Stacyjny kontrwywiad, kurka wodna.

Iwan stanął przy wyrwie w torach, odrzucił głowę do tyłu i poświecił diodą. Jakieś wgłębienie tam rzeczywiście było, faktycznie dziura, ale mogły to zrobić i wody gruntowe.

– Odwal się, Paszka – powiedział Iwan zmęczonym głosem. – Już setny raz o to pytasz. Nie zachowuj się, jakbyś był moją żoną, bardzo cię proszę. Po pierwsze nie jestem żonaty, a po drugie…

– …sam się odwal! – obraził się Paszka i podreptał do tyłu, do zamykającego nieliczną karawanę Sołochy.

Po kolejnej półgodzinie oddział z Wasilieostrowskiej dotarł do miejsca, gdzie cumowały łodzie.

Stali tu ludzie z Admiratielskiej z kałachami – kompania honorowa, kurna. Iwan się im przyjrzał. Automaty były nowiutkie… no, albo świetnie zachowane. Błyszczały wesoło. Za to ci z Admiratielskiej patrzyli na przybyłych bez cienia entuzjazmu.

Dzięki, Sazon. Sława o twoich czynach… taaak.

Ludzie, którzy wyszli im na spotkanie, mieli jednakowe zielone kurtki marynarskie, niczym prawdziwe wojsko. Paru było w hełmofonach. Jeden posterunek wojskowy na powierzchni mniej, odnotował w myślach Iwan.

Ciekawe, gdzie był? Na Nabrzeżu Angielskim?

W dzień Katastrofy zginęli wszyscy, którzy pozostali na górze. A żołnierzy w Piterze było sporo – wujek Jewpat mówił, że zapędzili wtedy na ulice całą dywizję.

Chociaż co to jest dywizja dla takiego miasta jak Piter?

Minimum trzy setki cekaemów NSW i kord, podliczył Iwan w pamięci, kilka tysięcy kałachów – AK 103 i 74, naboje, suchy prowiant (szukać w czołgach i BWP wyposażonych w ochronę przed bronią masowego rażenia), liczniki promieniowania, a nawet granaty.

No i w ogóle dużo ciekawych rzeczy. Tylko w pobliżu stacji metra wszystko już zostało rozgrabione przez diggerów i gnilaków, sprzedane, odsprzedane, zużyte i zjedzone.

Ale jak widać, jeden posterunek gdzieś się zawieruszył. I sądząc po hełmofonach, był tam czołg.

Naprzeciw Iwana wystąpił człowiek w czarnym płaszczu.

– Miło cię poznać, Iwanie Daniłowiczu. – Wyciągnął rękę.

– I wzajemnie – powiedział Iwan, otwarcie przyglądając się nieznajomemu. A więc to ty jesteś tym Kmicicem, o którym mówił Sazon. Przyjemna, wyrażająca silną wolę twarz, lekko wschodnie rysy, ciemne oczy, ciemnoblond włosy.

– Wszystko gotowe. Łódki czekają – powiedział Kmicic. – Ilu macie ludzi?

– Ja mam pięciu – Iwan chrząknął. – Diggerzy. Kułagin – machnął głową: tam, z tyłu – ma trzydziestu jeden.

Kmicic potwierdził skininieniem.

– Obrócimy dwa razy. Zapraszam na pokład.

Łódki popłynęły wąskim korytarzem wzdłuż pali. Gdzieniegdzie przymocowano lampy oświetlające czarną niczym nafta wodę. Od wody czuć było ostry, wywracający żołądek odór amoniaku. Iwan wsunął wiosło do wody i płynnie poprowadził – i raz. I dwa... cholera! Ścisnęło go pod żebrami. Nie mógł złapać tchu i wszystko wokół jakby się oddaliło.

Tunel zaczął się wywracać w bok.

– Trzymaj go! Trzy... no złap go w końcu! – oddalone głosy. Jakby gdzieś uciekał.

Iwan ocknął się pod wpływem dziwnego uczucia spokoju. Płynęli tunelem między obrośniętym palami wytyczającymi szlak, zrobionymi widocznie z desek podkładów ze stacji. Białawe plamy grzybów na wilgotnym drewnie zdawały się brudne.

Dalej tunel zbliżał się do peronu. Dolna Admiratielska – nieukończona stacja, prawie zaczęli ją kończyć, kiedy to wszystko się zaczęło. Stacja typu zamkniętego, tak jak Wasilieostrowska. Tylko większa. No i zakopana czterdzieści metrów głębiej.

– Misza – zawołał do Kuzniecowa, który nie wiedzieć czemu znalazł się w jednej łódce z nim. – Gdzie są wszyscy?

– Wszyscy? – Misza nagle się uśmiechnął. Jakimś zupełnie obcym, rozciągniętym jak kauczuk uśmiechem. – Wszyscy nie żyją, dowódco. W tunelu doszło do zawału, zasypało cię. A wszyscy pozostali zginęli.

– I ty też?

– I ja też, dowódco – przytaknął Kuzniecow. – Pamiętasz cokolwiek?

– Ukradli nam agregat…

Obcy, nieznajomy Misza zaśmiał się. Szczekliwy śmiech, w którym dudniło zardzewiałe żelazo i spadały czarne ptaki, zaczął odbijać się od tubingów, od ciemnej wody, odleciał w dal, w obu kierunkach tunelu. I gdzieś w oddali, bardzo daleko, Iwan usłyszał, jak głucho i strasznie śmieje się jeszcze jeden obcy Misza.

– Nie, dowódco – powiedział obcy Misza, który siedział obok niego. – To ci się przywidziało.

– Czyli… – Iwan milczał przez chwilę. – Nie ukradli nam generatora?

– Nie.

– A Jefiminiuk?

Obcy Misza pokręcił głową:

– Jedyni martwi ludzie są tutaj – to ty i ja, dowódco. Wybacz. Karbid na Primorskiej… pamiętasz?

Iwan pochylił się do przodu:

– Za dużo było acetylenu?

– Nie – powiedział obcy Misza. – Acetylenu było tyle, co trzeba. Zabiłeś stwora. Ale zapomniałeś o suficie, szefie. Ledwo się trzymał, spadł i cię przygniotło. Tak bywa. Bardzo mi przykro.

Iwan przemyślał sytuację.

– Jestem martwy? – spytał na koniec.

– Nie całkiem. Tak naprawdę leżysz wciąż pod zawałem, ale jeszcze żyjesz. Wkrótce tlen przestanie dopływać do mózgu i umrzesz na amen. – Obcy Misza uśmiechnął się. – Właściwie to już przestaje. To, co teraz widzisz, to umieranie twoich komórek mózgowych. Tak naprawdę mnie tu nie ma. Jest śmierć tlenowa twojego mózgu, dowódco. To wszystko trwa ułamek sekundy.

– Tania? Co z nią?

– Z nią wszystko będzie w porządku – powiedział obcy Misza. – Będzie cię opłakiwać i niedługo wyjdzie za mąż.

– Za kogo?

Obcy Misza podniósł brwi, spojrzał na Iwana – w ciemnych oczach czaiły się iskierki.

– Naprawdę chcesz to wiedzieć?

– Tak.

– Jak chcesz. Została nam nanosekunda. To będzie...

Iwan nie dowiedział się w końcu, co chciał powiedzieć obcy Misza. Dlatego, że nagle obudził się naprawdę.

Leżało się wygodnie. Ktoś podłożył mu pod głowę zwinięty koc. Czyżby Paszka?

Iwan poleżał jeszcze, serce biło mu szybko. Nakazał mu się uspokoić. Wszystko będzie dobrze. To tylko kolejny głupi sen...

Płynęli między palami. Łodzie bezdźwięcznie przecinały atramentowo czarną, gęstą jak płynny asfalt, wodę.

Admiratielska 2 powitała ich pracowitym gwarem i, o dziwo, obojętnością. Krocząc po betonowych stopniach: wyszczerbionych, potłuczonych, a później – korytarzem łączącym dolną stację z górną, Iwan nie mógł się uwolnić od myśli, że wszystko skończone. Złote czasy pokoju minęły. Kiedyś małżeńska, tuszonko-konserwowa przyszłość wydawała się Iwanowi nudna aż do niestrawności – po co mi to? Teraz jednak, kiedy przed samym nosem pojawiły mu się kłopoty – poczuł wielkie pragnienie powrotu. I żeby przed oczami znów majaczyło mu to długie, nudne życie...

Za kolejnym zakrętem pojawiła się hermetyczna zapora, wartownik z samopowtarzalnym karabinkiem pneumatycznym stanął na baczność. Widząc Kmicica, wyprostował się jeszcze bardziej (choć i tak był wyprężony jak struna) i energicznie podniósł dłoń do skroni.

– Spocznij – powiedział Kmicic.

Iwan spojrzał na szare wdzianko wartownika i nic nie powiedział. Ciekawe tu mają porządki.

– Jak podróż? – W ich kierunku szedł Grecznikow, komendant Admiratielskiej, widocznie wezwany przez owego wartownika. – Wyobraźcie sobie, że wasze zapasy jeszcze niegotowe! Co może być gorszego niż burdel na wojnie?

Uścisnęli sobie ręce. Iwan spojrzał w twarz Grecznikowa i pomyślał, że widzi przed sobą nieszczęśliwego człowieka. Ludzie z Wasilieostrowskiej w sumie też nie tryskali radością życia, ale to było zrozumiałe, zwędzili im agregat. A temu co się stało?

– Kto u was dowodzi? – spytał Grecznikow.

– Ja dowodzę – powiedział Iwan. I uściślił: – Zwiadem. A naczelnym dowódcą... jest on – ruchem głowy wskazał Olega Kułagina.

Formalnie dowódcą wciąż był Kułagin, ale operacjami bojowymi będzie kierował Iwan – ustalono tak już wcześniej...

Komendant skinął głową.

Wasilieostrowska, a było to częścią tajnego porozumienia, wysłała na wojnę prawie wszystkich mężczyzn. Wiek poborowy, smutno żartował Postyszew, patrząc na zbiórkę. Czternaście–piętnaście lat – to już nie dzieci. To rezerwa strategiczna stacji.

– Serdecznie witamy na Admiratielskiej! – powiedział Grecznikow.

Czterech ludzi... Cały, kurna, tłum, witających. Wizyty u sąsiadów zwykle przypominały święto – imprezowali wszyscy. I prezenty, i popijawa, i wspólna biesiada z tańcami. Ale jak tu teraz tańczyć?

Iwan rozejrzał się dookoła.

– Gdzie u was można coś wszamać?

Grecznikow machnął ręką:

– Nakarmimy. Nie martwcie się. Na razie rozlokujcie ludzi na odpoczynek, ja się tym zajmę...

• • •

Admiratielska była zadziwiającą stacją. Iwan myślał, że się przyzwyczaił – w końcu tu już bywał – ale okazało się, że nie całkiem. Mimo wszystko był zdumiony, jakby przyjechał tu pierwszy raz.

Po pierwsze, stacja była dłuższa od Wasilieostrowskiej mniej więcej o pięćdziesiąt metrów. Po drugie – była stacją kolumnowo-ścienną, a nie „poziomą windą". To jest zamiast żelaznych drzwi w ścianach były otwarte arkady. I to natychmiast wywoływało poczucie niewiarygodnej lekkości, przestrzeni i szerokości.

Wysoka i jasna, wykończona złocistym marmurem. Czarne marmurowe filary wzdłuż centralnego peronu, pozłacane lampy nad gzymsem. W oddali, na południowym krańcu stacji, widniała ciemna plama. Czarne, mozaikowe panneau przedstawiające Piotra Pierwszego w otoczeniu Szwedów. Czy może towarzyszy broni? Iwan nie pamiętał.

W ogóle na Admiratielskiej wszystko porażało dobrobytem i przepychem. Nawet bazarek na peronie wydawał się jakiś naprawdę cywilizowany i nie wyglądał niczym targ rupieci, jak podobne na innych stacjach.

Przybysze z Wasilieostrowskiej porozłazili się na różne strony. Iwan napomniał swoich diggerów: nie odchodzić daleko, chodzić kupą. Czas jest na wagę złota.

A nuż wyślą ich na Newski już za parę godzin?

Diggerzy zawsze idą w awangardzie. Taki los.

Bazę rozbili w mgnieniu oka. Tak naprawdę była to baza tylko z nazwy – zwalili rzeczy na kupę i rozbiegli się po stacji.

Turyści, w mordę.

Iwan rozejrzał się. Diggerzy starannie złożyli graty oddzielnie od reszty i postawili na warcie Sołochę – znając miejscowych, nie była to zbędna ostrożność… zresztą, ludzie wszędzie są tacy sami. Tym bardziej że Admiratielska pełniła funkcję punktu przeładunkowego dla karawan z fioletowej linii i trafiali się tu ludzie zewsząd. Na stacji panował taki gwar, że nieprzyzwyczajony Iwan od razu poczuł zmęczenie. Obiecano ich wkrótce nakarmić, ale to „wkrótce" wciąż nie nadchodziło. Admiratielska, pomyślał Iwan z pogardą. Nawet ten ich klawy generał tego nie zmienił. Niezorganizowani, śliscy…

Kiedy obiecanego karmienia nie było nawet po upływie godziny, ludzie zaczęli szemrać. W brzuchach burczało im już gorzej niż w transformatorach pod napięciem.

– Konserw nie ruszać! – chodził i krzyczał Kułagin. Iwan pokręcił głową. Jego diggerzy przywykli, inni zaś jedzą obiady według rozpiski – więc się męczą.

– Wszyscy na miejscu? – Iwan popatrzył na swoich. Zauważył Wodianika, rozczesującego palcami swoją kosmatą czarną brodę. – Profesorze, jest pan z nami?

Ten kiwnął głową.

– To tyle. Ruszamy.

• • •

Jeśli nie szukasz przygód, przygody znajdą cię same.

W tym momencie przygoda stała przed nimi pod postacią ryżawego faceta w długiej do kolan kurtce puchowej. Kurtka była skrupulatnie zalepiona taśmą klejącą. Iwan z trudem stłumił chęć, by wyjąć dozymetr i sprawdzić poziom napromieniowania.

– Siemanko, łosie! – powiedział facet.

– Dlaczego łosie? – Paszka ze zdziwienia aż zapomniał się obrazić.

– Dlatego, że wasz Ostrów Wasiliewski jest na dodatek Wyspą Łosi – ochoczo wyjaśnił facet. – To kim jesteście? Zgadza się! Wychodzi na to, że Klanem Łosia. Tak więc mordeczka w kubełek, łosie.

Iwan wprost się zachwycił. Ależ bezczelni się zrobili ludzie na Admiratielskiej! A wystarczyło tylko parę razy skutecznie rozgromić maruderów, którzy przyczaili się w tunelach za Uniwersytecką. Chodziły uporczywe słuchy, że Admiratielska powolutku sięga też po samą stację.

– Odpowiesz za tego łosia – ostrzegł Sazonow z uśmieszkiem. Jego ta sytuacja też bawiła. Obrazek rzeczywiście nie mieścił się w głowie – jeden cywil najeżdża na oddział diggerów.

– Łoś to wspaniałe zwierzę – wmieszał się profesor Wodianik. Negocjator pieprzony. – Mądre, silne…

– Rogate! – przytaknął ryży.

Bum.

Iwan spojrzał na rozpostarte na ziemi ciało, potem na leciwego diggera. Westchnął.

– Ty to się zawsze pospieszysz, Gładysz.

– A co ja? Ja nic – odparł tamten, z zakłopotaniem pocierając pięść. – Po prostu przechodziłem obok, a to już tutaj leżało.

W ich kierunku biegł już patrol…

• • •

Oczywiście nie dali im wiary. Patrząc na nieogoloną mordę Gładysza, w ogóle trudno zachować wiarę w ludzkość.

Iwan wyprostował się. No dobra, zaczyna się.

– Mój ulubiony cukierek – powiedział. – Przygotujcie się… Batooonik!

…W gabinecie naczelnika Służby Bezpieczeństwa Admiratielskiej (słowo „kanciapa" nie przechodziło przez gardło) ledwie słyszalnie szumiał stojący na stole wentylator. Kiedy się obracał, jego łopatki zaczynały tykać, niczym tasiemki na Drzewie Rur… Iwana owiał strumień chłodnego powietrza. Westchnął, przestąpił z nogi na nogę, tupnął, stanął na palcach, żeby pobudzić krążenie. Opadł na pięty.

Zawsze tak jest. Przypomnisz sobie coś nie w porę i żegnaj spokoju. „Nie wrócisz. Nigdy".

– No, co pan, Iwanie Daniłowiczu? – Orłow, szef SB Admiratielskiej, patrzył na niego z łagodnym wyrzutem. Iwanowi drgnął podbródek.

– No przecież tak nie można – ciągnął Orłow. – Zrobiliście awanturę, zniszczyliście stragan…

– W kwestii straganu, to się stało przypadkiem – powiedział Iwan ochryple. – A co do awantury… tak, przyznaję. Ta pokraka…

– Ta pokraka, jak pan go nazwał, ma złamaną szczękę. – Orłow pokiwał głową, jakby strofował nieposłusznego syna. Narozrabiał, ale komu się to nie zdarza. – I wstrząs mózgu.

– Zdarza się. – powiedział Iwan. Orłow kiwnął głową: wiem, wiem. Nudny chleb powszedni diggerów…

– Przypuśćmy, że obywatel Aliansu W.L. Szczetinnik sam jest sobie winien. Chociaż gdyby się temu przyjrzeć… tylko błagam, niech mnie pan tak nie świdruje wzrokiem, Iwanie Daniłowiczu!… ale patrol, proszę mi powiedzieć, czym wam, panowie diggerzy, zawinił patrol?

Iwan milczał.

– A może z patrolem też tak wyszło przypadkiem?

– Przypadkiem – powiedział Iwan. – Od początku ich uprzedzaliśmy…

– Przed czym, jeśli to nie tajemnica? Że stawicie opór legalnym władzom? Rozumiem, czego tu nie rozumieć. Tylko czy wy, zupełnym przypadkiem, nie zapomnieliście, gdzie się znajdujecie? Jaka to stacja – pańskim, diggerskim zdaniem?

Żeby moja noga nie postała przez sto lat na tej waszej Admiratielskiej, pomyślał Iwan po cichu. Bez szwanku się nie da. Ramię i ręka wciąż jeszcze go bolały. Na pewno niepotrzebnie osobiście przyładował temu żołnierzowi – ale co zrobić. To że jesteś dowódcą patrolu nie oznacza jeszcze, że możesz się zachowywać po chamsku. Iwan skrzywił się. W sumie kiepsko to wszystko wyszło…

Gładysz, niech cię szlag! Ty mnie wciągnąłeś w tę historię. Niech no tylko stąd wyjdę, pogadam z tobą jak kolega z kolegą.

– Zawiniłem – powiedział Iwan. – Jestem gotów ponieść karę…

– Oj, niech pan przestanie, Iwanie Daniłowiczu – skrzywił się Orłow. – To już śmieszne, jak Boga kocham. Za chwilę będziemy mieli wojnę i co według pana, mam was rozstrzeliwać? Według prawa wojennego?

– A co, wojna została już oficjalnie wypowiedziana?

Orłow patrzył na Iwana bez uśmiechu. Potem wziął ze stołu zwykły ołówek, poobracał nim w palcach. Całe metro teraz takich używa. Czarno-zielone...

– Mogę zadać pytanie? – spytał wreszcie Orłow.

Iwan popatrzył na bezpieczniaka z niedowierzaniem, wzruszył z ramionami:

– Czemu nie?

– W co pan wierzy?

– Że co?

Orłow westchnął. Wziął ołówek w dwie dłonie.

– I to jest problem z waszym pokoleniem. Rozumie mnie pan, co? To pytanie, które niezmiennie zapędza każdego z was w kozi róg. W co pan wierzy, Iwanie Daniłowiczu – może w sprawiedliwość? W zapłatę za nasze uczynki? W zielone ludziki? W życie po śmierci? W Boga? Niech to diabli, czy pan w ogóle w coś wierzy?

Milczenie. Terkotanie wentylatora wśród ciszy.

Iwan patrzył na bezpieczniaka. Orłowa widział już wcześniej, nawet z nim rozmawiał, ale dzisiaj mamy dzień otwarty. Zupełnie inny człowiek. Nie oszukuj się, spostrzegł się Iwan, to może być zwykła gra. Czyżbyś patrzył na Orłowa podczas bezpośredniego pełnienia obowiązków? Zaraz, zaraz..., pilnuj lepiej kieszeni, to naboje nie wpadną.

– Wierzę w siebie. I w swoich przyjaciół.

– A w przyszłość Aliansu? – Orłow pochylił się do przodu. – W przyszłość pan wierzy?

– Czego pan chce?

– Potrzebni mi ludzie...

Tu Iwan wreszcie zrozumiał, co chcą od niego uzyskać. Werbuje, swołocz.

– Bycie kapusiem jakoś mi nie pasuje – powiedział Iwan. – Horoskop na dziś mi odradza. Rano specjalnie sprawdzałem.

Ołówek w rękach Orłowa złamał się z trzaskiem. Palce mu zbielały.

– A gdyby tak bez pajacowania?

– Bez pajacowania… Idź pan łaskawie do diabła.

Jakąś minutę Orłow patrzył na niego bez mrugania.

– Więc tak?

– Więc tak – zgodził się Iwan.

– Trudny z pana człowiek, Iwanie Daniłowiczu.

– A co, muszę być łatwy? – Iwan gwałtownie wzruszył ramionami, jakby gotował się do bójki. Stał teraz lekko przygarbiony, z luźno opuszczonymi rękami, i patrzył kontrwywiadowcy prosto w oczy.

– Niczego pan nie musi, Iwanie Daniłowiczu – odezwał się Orłow łagodnie, tak jak na początku rozmowy. Znów wziął się w garść. – Absolutnie. Nie jest pan mi nic winien. Tylko że przecież ma pan wiele innych długów.

Iwan nie rozumiał na razie, do czego tamten zmierzał, ale ton szefa służby bezpieczeństwa kompletnie mu się nie podobał.

– Ja swoje długi spłacam – powiedział powoli. Bierz rybko, i mała, i duża.

– Nie wątpię, Iwanie Daniłowiczu. – Orłow miękko się uśmiechnął. – Nie wątpię. Powiedzmy, że w pańskiej mrocznej przeszłości…

– Co? – Iwan podniósł głowę.

– W końcu dużo o panu wiem – powiedział Orłow. – Niech pan mi łaskawie wybaczy, taka praca. Przecież, na przykład, nie jest pan stąd? Z Aliansu?

– A co to, zbrodnia?

– Boże uchowaj! Banalna ciekawość, to wszystko. Pieczątkę w paszporcie ma pan nie z Wasilieostrowskiej. A takie teraz czasy, że nawet stempelek z danej stacji może o człowieku dużo opowiedzieć. Na przykład…

– Proszę nie mówić tak szybko, nie nadążam za panem.

Orłow poderwał głowę, utkwił wzrok w Iwanie:

– Czyli znowu żarty… – Poruszył białawymi brwiami. – Rozumiem. Wiesz pan, gdzie was mam z tymi waszymi kpinami? – Przejechał sobie grzbietem dłoni po tętnicy szyjnej. – O, tutaj. Klauni z cyrku, w mordę kopani…

• • •

Jednak oddali mu naboje. I broń. Spróbowaliby nie oddać. Iwan zacisnął zęby, policzki mu się napięły.

Spokojnie, Iwanie. Rozluźnij się.

Iwan pół godziny bluzgał, prosił, namawiał, obiegał całą stację, starając się, żeby uwolniono jego ludzi. Ci z Admiratielskiej patrzyli na niego nieprzyjaźnie, nie chcieli gadać. Iwan machnął na to ręką, odnalazł Kmicica, ten wysłuchał go, skinął głową: „zobaczymy, co da się zrobić". Było widać, że kapitan nie ma specjalnie złudzeń…

I jakoś nad podziw szybko załatwił sprawę.

No… tak. Jeden porządny człowiek na całą stację, a i to zastępca Orłowa.

Po załatwieniu wszystkiego Iwan wyszedł się przejść. I prawie natychmiast odkrył to, czego szukali, jeszcze zanim zderzyli się z patrolem. Niewielki blaszany kiosk z napisem wielkimi literami SHOARMA. To się nazywa w samą porę. Nie dało się przed bitką? Może i byśmy jej uniknęli…

– Po ile shoarma? – zapytał Iwan, przyglądając się ladzie z wystawionym towarem. Trzeba przyznać, że niezły wybór. Z dziesięć sałatek, solone grzyby, duszone wodorosty, marynowany czosnek, nawet gotowane kartofle (co prawda w cenie jak za cekaem).

– Tfa – sprzedawca pokazał rozczapierzone palce. Czyli dwa naboje.

– Dawaj. Wezmę jeszcze sałatkę z morskiej kapusty – powiedział Iwan. I gulasz tatarski… nie, gulaszu nie trzeba.

– Mogu jeszcze zaproponowacz mięso po francuzu. Chse pan?

Tak? Iwan podniósł głowę, spojrzał na sprzedawcę z zaciekawieniem.

– Francuz chociaż świeży był? – spytał ironicznie.

– To potwarz, drogi panie! Świeszutki, jak pocałunek przepięknej ziewczyny.

– Aż tak? A co to?

– Szwinina, cebula, ser, majonez – sam robiłem. Paluszki lizacz.

Co do sera, to Iwan miał wątpliwości. Co najwyżej ze starych zapasów w opakowaniu próżniowym. Albo w puszce. Majonez też wątpliwy… niemniej…

– A skąd ta świninka? Nie z długim gołym ogonem biegała?

– Czo ty opowiadacz! – Sprzedawca się zdenerwował. – Najlepsi szwininka. Z Wasy przyjechał. Dylikates!

„Czyżby z Wasilieostrowskiej? Cześć, Borys – pomyślał Iwan. – Co u ciebie? Zabawne".

– Masz gadane, przekonałeś mnie – powiedział. – Dawaj ten swój „dylikates".

Pół godziny później grupa z Wasilieostrowskiej opuściła Admiratielską – syta i z pieśnią na ustach. W ślad za nimi poszedł pierwszy oddział z Admiratielskiej.

Wojna cały czas nabierała rozpędu.

• • •

Gostinka wydała się Iwanowi znacznie przyjaźniejsza od Admiratielskiej. Jasna sprawa. Prawie jak w domu: znajomy typ stacji – „pozioma winda", znajomy jasny marmur, znajome żelazne drzwi po obu stronach peronu – tyle że stacja była szersza i o wiele dłuższa od Wasilieostrowskiej. Drzwi prowadzące do tuneli były otwarte. Czego się tu mają bać? Co najwyżej… Iwan rozejrzał się wokół. Zgadza się. Przy wejściu mignęła mu znajoma żołnierska kurtka. Tutaj też ludzie z Admiratielskiej na każdym rogu. Czy oni rozmnażają się przez podział?

Przybyszy z Wasilieostrowskiej już witano – rzeczowo, spokojnie, bez niepotrzebnego zamieszania. Tutaj, na Gostince, Iwan znów zaczął się czuć jak pełnoprawny obywatel Aliansu. Starszy facet w granatowym, starożytnym, niczym wyjście Żydów z Egiptu, uniformie maszynisty wyciągnął rękę, skinął głową.

– Czasy są złe – powiedział – ale goście dobrzy. Daj Bóg, jeśli Pan Tuneli pozwoli, odzyskamy wasz Diesel.

Oświetlenie na stacji było tradycyjne: lampy sodowe schowane za gzymsami oświetleniowymi z aluminium, gdzieniegdzie na sznurach zwisały zwyczajne spiralne świetlówki energooszczędne. W ostatnich latach przed Sądnym Dniem, opowiadał Wodianik, pół kraju na takie przeszło. W odróżnieniu od Admiratielskiej, oszczędzano tu elektryczność. Peron był oświetlony nie tyle skąpo, ile bez specjalnej rozrzutności. Na stacji panował przytulny półmrok. Tylko dalej, na północnym krańcu stacji, z przejścia na Newski Prospekt wlewało się czyste, białe światło – tam, jak pamiętał Iwan, pod sufitem wisiały lampy światła dziennego. A pod nimi, cały długi korytarz zajmowały plantacje warzyw i place zabaw. Dzieci otrzymywały pożyteczne promieniowanie ultrafioletowe, i za jednym zamachem pomagano zapewnić stacji zieleninę.

Diggerzy wyszli na peron. Gładyszew gwizdnął. Paszka, z zadartą głową i otwartymi ustami, gapił się na sięgający sufitu blok mieszkalny na cztery piętra. Kipiało tam życie. Kobiety rozwieszały pranie – nad peronem rozpostarto sznurki, na nich suszyły się koszule i spodnie, prześcieradła i zasłony. Kapała woda. Dzieci biegały i bawiły się, cała gromadka zastygła na trzecim piętrze, przyglądając się gościom z Wasilieostrowskiej. Blok mieszkalny zajmował około trzeciej części stacji, od wrzasku i dziecięcych krzyków dzwoniło w uszach. Gdzieś na górze płakało niemowlę.

Dalej, za blokiem, był targ, jeszcze dalej namioty dla przyjezdnych i kafejki. Wszystko na ludzką miarę. Może by tu spędzić miodowy miesiąc? Ciekawe, czy Tani by się tu spodobało.

Tylko bardzo tu głośno.

– Chodźcie za mną – powiedział maszynista. Poprowadził ich za sobą przez cały peron. Po drodze Iwan przyglądał się zejściom do podziemnego łącznika prowadzącego do stacji Newski Prospekt. W pale się nie mieści, jakie rozmiary ma ta stacja. W piłkę można by grać.

Przed Iwanem i kompanią przeszły dwie dziewczyny – ubrane według miejscowej mody, w kolorowe chusty (jedna miała żółtą, druga czerwoną), nogi po szyję, zgrabne.

– Ty patrz – Sazonow się zatrzymał. – Chłopaki, jesteśmy w raju!

Dziewczyny się uśmiechnęły. Ta w żółtej chustce rzuciła na Sazonowa ciekawe spojrzenie. A jak, chłopak jest postawny, przystojny. Iwan przez ułamek sekundy poczuł żal, że to nie na niego tak patrzą. I tu ta w czerwonym spojrzała na niego, opuściła oczy… znów popatrzyła. Jak oparzona. Iwanowi od razu zrobiło się wesoło.

A więcej mężczyźnie nie potrzeba…

Właśnie.

Mówiło się, że na Gostince i Newskim mieszkały najpiękniejsze dziewczyny w całym metrze.

– Bo widzisz – powiedział Paszka z ożywieniem – przed Katastrofą na powierzchni były tu centra handlowe dla najbogatszych. I wybierali tam taki personel, żeby na sam widok serce się klientowi cieszyło. Tylko prawdziwe piękności. A potem wszystkie te piękności znalazły się na dole. Na stacji. No i niektórym się poszczęściło!

– Taaak? – Iwan podniósł brwi.

Paszka się speszył.

– No, tak słyszałem. I zobacz – przecież nie kłamali! Jest na co popatrzeć.

– Patrz sobie, ale gęby za szeroko nie otwieraj – zwrócił uwagę Sazonow. – Za gwałt są tu podobno najostrzejsze kary w całym metrze. Tu się takie rzeczy działy po Katastrofie, że… sam rozumiesz.

– Kiedy ja w sumie nic takiego nie planowałem – zmieszał się Paszka.

– Trzymaj się mnie.

• • •

– Pamiętacie, jak naukowcy mówili: po wojnie atomowej na Ziemi przeżyją tylko szczury i karaluchy? Pamiętacie? Ja też. No to gdzie te karaluchy? Chociaż jednego w metrze widziałeś, hę? Ja też nie. No to się pytam: jak tym naukowcom w ogóle wierzyć?

– No, ale ze szczurami się nie pomylili… – powiedział Kuzniecow. Młody gliniarz nieźle się odnalazł w towarzystwie tutejszej młodzieży.

– A ja słyszałem – wtrącił się małomówny chudy chłopak z Newskiego – że na Frunzeńskiej szczury zniknęły. Całkowicie.

– Zalewasz, prawda? Dlaczego zniknęły?

Newski uśmiechnął się.

– I w tym cały trik, chłopaki. Nikt tego nie wie. Po prostu zniknęły i już. Mówią, że coś je tam zjada…

Iwan kiwnął Kuzniecowowi, ten odczekał chwilę i skinął w odpowiedzi. Iwan pokazał mu wzrokiem: chodź tutaj. Tamten wreszcie zrozumiał. Wstał i skierował się w stronę zwiadowcy, obchodząc ognisko. Za jego plecami – co obserwował Iwan – przyniesiono gitarę, całą w naklejkach i napisach, podali ją łysawemu facecikowi. Ten przeciągnął palcem po strunach. Brzdęk… – i zaczął stroić.

– Tak, dowódco? – Kuzniecow stał wyprężony.

– Spocznij, Misza. Masz minutkę?

Przy ognisku gadali dalej:

– Gdybym mieszkał na Lizie, u Wegan, to na miejscu szczurów dawno bym uciekł. Wiecie chociaż, co oni jedzą? O, to, to! A wy tam coś o szczurach…

I nie dokończył. Zabrzmiały pierwsze akordy. Iwan skrzywił się – gitara była źle nastrojona – aż zabolały go zęby.

– Chodźmy trochę dalej, Misza.

– Szczurzy król – doszło ich od ogniska. – Nie… to szczurzy wilk! Szczur, który żre tylko inne szczury. Mówię ci… nie, o szczurzym królu możemy mówić wtedy, jak się zrosną ogonami. À propos: opowiadali mi, że na Puszkińskiej się taki zalągł…

Głos zagłuszyła nowa fala akordów.

– Więc tak, Misza – powiedział Iwan. – Mam dla ciebie odpowiedzialne zadanie…

• • •

Iwan oparł głowę na prawym ramieniu, mruknął.

Jakieś takie dobrze znajome te plecy.

– Saszka! – zawołał.

Chłop jak dąb obejrzał się.

– Wan!

Objęli się, poklepali nawzajem po plecach. Iwan już ze sto lat nie był na Newskim, na którym mieszkał Szakiłow z rodziną. Ogromnego wzrostu, silny, Saszka też dość często „diggował".

Charakterystyczny narastający terkot licznika Geigera.

– Ożeż – zmieszał się Szakiłow. Do tej pory mówił z lekkim ukraińskim akcentem – przyjechał do Petersburga tuż przed Katastrofą. – Coś mi dzisiaj wariuje. Wyje i wyje.

– A co to za sprzęt? – Takiego cuda Iwan jeszcze nie widział. Szary, ogumowany korpus jak w latarce Petzla, niewielki pulpit z ekranem LCD.

– Wojskowy radiometr. Natowski, rozumie się, nie nasz. My tam całą skrzynkę takich rzeczy przytargaliśmy. A to badziewie wychodzi poza skalę przy naszym zwyczajnym poziomie promieniowania, czujesz? Zresztą jak chcesz, to podrzucę ci parę. – Szakiłow podrapał się w krótko ostrzyżoną potylicę, spojrzał na Iwana, jakby pierwszy raz go zobaczył. – A ty co tu robisz?

– To ty nie wiesz? Mamy wojnę.

Szakiłow cmoknął.

– Jasne. A ja się zastanawiam, czemu dziś rano tak wcześnie nas pogonili.

Iwan rozejrzał się. Gostinka–Newski to jest jednak dobry węzeł. Jeśli chciałbym gdzieś mieszkać poza Wasilieostrowską, to właśnie tu.

– A swoje potwory to gdzie chowacie?

– No, no! – Szakiłow się zasępił. – Uważaj na słowa!

Kiedyś w przejściu podziemnym ze stacji Gostiny Dwor do Newskiego Prospektu w ścianie były żelazne drzwi. To znaczy nawet nie drzwi, a zamurowane wejście do jakichś ściśle tajnych pomieszczeń. Chodziły słuchy, że przed Katastrofą w tajnych laboratoriach biologicznych hodowano tam ludzkie potwory, superżołnierzy – najpierw dla sowieckiej, a potem dla rosyjskiej armii. Ponoć gdy się przytknie ucho do żelaznych płyt w korytarzu, można usłyszeć, jak te ofiary zakazanych eksperymentów błąkają się tam, w ciemności.

– A co oni tam nadal robią? – spytał wtedy Iwan opowiadającego.

– A nic. Po prostu chodzą – przyznał ten. Zastanowił się i dodał: – I wiesz co? Przez to robi się jakoś jeszcze straszniej. To ich człap, człap, człap. I cisza. A potem znowu: człap, człap. Jakby mieli mokre stopy. I tak chodzą.

Iwan złapał za rękaw spieszącego się dokądś Wodianika.

– Profesorze, a co tu było dawniej?

– Dawniej, czyli kiedy? – uściślił Wodianik. Przez ramię miał przerzucony ręcznik, w dłoni gazetę.

– No... przed wojną.

– Oddział Instytutu Radowego im. Chłopina. – Profesor wzruszył ramionami. – Podziemne laboratorium, izolowane od wszelkiego zewnętrznego promieniowania. Mówiło się, że szukano tam ciemnej materii wszechświata. A co?

Iwan i Szakił spojrzeli po sobie.

– A tak sobie – powiedział Iwan. – Takie tam głupoty. Proszę się nie przejmować.

Kiedy profesor odszedł, by zająć się swoimi sprawami, Szakiłow zawahał się, przestąpił z nogi na nogę, zupełnie jak pluszowy miś. Popatrzył na Iwana i chytrze zmrużył oczy:

– Myślisz o tym samym, co ja?

– Nie wiem, Sasza. Chciałoby się zrobić wjazd, ale... – Iwan znów zobaczył człowieka z Admiratielskiej i umilkł. Szakiłow podążył za jego wzrokiem, westchnął. Wyjaśnił ściszonym głosem:

– Wczoraj odwołali wartę. Dzisiaj przyszli zmiennicy – po połowie nasi i tamci.

Patrol przeszedł skrajem peronu, zaczął schodzić na tory. Trzech w zielonych mundurach, trzech w czym popadnie – tutejsi, wiadomo. No patrz, ci z Admiratielskiej czują się tu jak w domu…

Iwan podniósł głowę, zmrużył oczy. Zapytał niedbale:

– Wczoraj odwołali, powiadasz?

Szakiłow zerknął na Iwana. Podrapał się w okrągłą głowę.

– Nie ufasz Admiratielskiej?

– Nie ufam. A ty? Po takich numerach?

Szakił podrapał się w potylicę, zmarszczył czoło.

– Wiesz co, masz rację. Z waszym Dieslem wyszło jakoś nieładnie. Ja też ni wała im nie ufam. A z twojego Sazona jest gość. Dobrze się zachował. Przekaż mu to…

• • •

– Patrz, jacy pięknisie – powiedział Szakił.

Iwan obrócił głowę.

– Kto to? – zmrużył oczy.

– Ekolodzy.

– Niby kto?

– Imperium Wegan.

Iwan odprowadził ich wzrokiem. Weganie mieli na sobie ładne zielone mundury, błyszczące rękawiczki i buty. W dłoniach trzymali nawet szpicruty – taki oficerski szyk. Niczego sobie. W porównaniu z nimi nawet ci z Admiratielskiej zdawali się wychodźcami z jakiejś marnej prowincjonalnej stacji. A więc to ekolodzy?

– Mają noktowizor – zauważył Szakił, przyglądając się Weganom. – To jednak dobra rzecz. Cały czas próbuję gdzieś taki zdobyć, ale nijak się nie udaje. O, tamten ma, widzisz?

Iwan kiwnął głową. Sam by nie pogardził, gdyby mu coś takiego wpadło w ręce.

– Aha, widzę.

Noktowizor. Życie w zielonym świecie.

– Co oni tu robią?

– Mówię ci, zupełnie nie mam pojęcia – Szakił wzruszył ramionami. – Może jakieś poselstwo?

– Ładne mają mundury. – Iwan obserwował Wegan bez żadnego skrępowania. Coś go w nich drażniło, coś, czego w żaden sposób nie potrafił nazwać. – Jak dla mnie, to mają w sobie jakieś cholerstwo, coś niezdrowego. To znaczy, patrzę na nich... i ciarki mi chodzą po plecach.

Szakił skinął głową. Diggerzy są nawykli szanować intuicję innych.

– Słyszałem o nich dużo różności – wzruszył ramionami Szakił. – Ponoć z jeńców od razu robią nawóz. No, ale w metrze opowiada się dużo historii. I co, we wszystko teraz wierzyć?

– Jasne, że nie. – Choć o tej historii Iwan mógł powiedzieć, że to czysta prawda.

– Słyszałem też – ciągnął uparcie Szakił, spoglądając na oficera, który zatrzymał się przy straganie (Weganin oglądał towar. Iwan widział tylko jego wyrazisty, wyniosły profil.) – że robią człowiekowi dziurkę w czaszce i sadzą tam specjalny rodzaj grzyba. Ten grzyb produkuje psylocybinę, która jest halucynogenna. Niczym kwas, jak nie lepiej. Dobrze tam rośnie, na tym mózgu. Ten, co mu przewiercają czaszkę, też cały czas ma haluny, więc chodzi zadowolony. A kiedy grzyb się rozrośnie, Weganie go ścinają i wykorzystują.

Człowiek, co prawda, ma potem przerąbane. Odwyk i koniec. Zresztą do tego czasu z mózgu już mało co zostaje. Podłoże pokarmowe dla grzybni.

– Wierzysz w to? – Iwan przeniósł wzrok na Szakiłowa. Ten wzruszył ramionami.

– Kto go tam wie. Rozmawiałem z nim czo nieczo – powiedział z ukraińska – i wiesz co, można coś takiego podejrzewać.

Iwan skinął głową.

– Rozumiem cię. A wiesz co? – Zmrużył oczy. – To wyższa półka, Sasza. To nie noktowizor. To termowizor.

Szakiłow gwizdnął.

• • •

Pojawił się Kuzniecow z meldunkiem.

– Przybyli tu sami, szefie. Niedawno. Chłopaki Uberfuhrera – tak nazywają ich przywódcę. He, he. – Misza rozpłynął się w głupkowatym uśmiechu. – Uberfuhrer, zupełnie jak na starych filmach...

Na Wasilieostrowskiej raz w tygodni organizowano seans filmowy. Całe przedstawienie. Cała stacja siedzi rzędami przed telewizorem i patrzy. Ostatnim razem Iwan widział *Dwóch żołnierzy* – czarno-biały, o wojnie. Dobry. Wszystko tam wyglądało jak w metrze: ciemno i z pieśniami. Tylko na dwór wychodzili bez masek przeciwgazowych. Ot i cała różnica...

Iwan intuicyjnie rozumiał, że tamta wojna toczyła się na długo przed Katastrofą i nie ma żadnego związku z dniem dzisiejszym... Ale mimo wszystko zdawało się, że ten związek jest. W filmie, po napisach początkowych nasi wycofali się do metra, a czarni, z krótkimi automatami, przejęli kontrolę nad powierzchnią. I wybili tam wszystko, co żywe.

Idiotyzm, oczywiście.

– Kto to w ogóle jest? – zapytał Iwan, żeby wyrzucić z głowy „czarnych".

– Ludzie – wzruszył ramionami Kuzniecow. – Kmicic ich przyprowadził, mówi, że będą za nas walczyć. Tfu, to znaczy razem z nami, przeciwko Chodnikom.

– A po co im to? Hmm... – Iwan zmrużył oczy. – Najemnicy?

– Coś w tym rodzaju. Zdaje się, że faszyści.

Iwan milczał przez chwilę i skinął głową. Nawet jeśli tak jest – nie wypada mu teraz wybierać sojuszników. Ujdą i faszyści. W czym są gorsi od, na przykład, krysznowców?

Też na łyso.

– To mówisz, że gdzie są ci twoi faszyści?

• • •

– ...Anton, Kuźma – przedstawił swoich towarzyszy Uberfuhrer. – A to jest Siwy.

– Siwy? – zdziwił się naiwnie Kuzniecow. – Przecież jest łysy?

– Jedno drugiemu nie przeszkadza.

Skinhead pogładził się po połyskującym, wypolerowanym niczym kula bilardowa ciemieniu. Uśmiechnął się.

– Tak – powiedział. – Nie przeszkadza.

Skinów było ośmiu. Jak na oddział diggerów trochę dużo. Ale Uberfuhrer – wygolony na łyso typ, na oko w nieokreślonym wieku: mógł mieć i dwadzieścia sześć, jak Iwan, i czterdzieści pięć lat – Iwanowi nawet się spodobał. A przynajmniej prawdziwie go zainteresował.

– Wiesz, dlaczego w metrze nie żyją Murzyni? – spytał Uberfuhrer zamiast przywitania.

– Dlatego, że wy im nie dajecie? – domyślił się Iwan.

– Prawie. – Uberfuhrer chrząknął. – My tak naprawdę jesteśmy postronnymi obserwatorami, jeśli ktoś jest tutaj winien, to Darwin.

– Darwin? A ten to kto? – udał prostaczka Iwan. – Też ktoś od was?

Siwy skin zarżał.

Uberfuhrer uśmiechnął się cierpliwie.

– Darwin nie jest od nas, jak to ująłeś, ale stworzył teorię ewolucji. Czytałem różne książki, mnie nie oszukasz. Niby że pochodzimy od małp. To znaczy, kto pochodzi, to akurat można banalnie prosto wyjaśnić.

My jesteśmy Aryjczykami. To znaczy, pochodzimy od jakiejś aryjskiej pramałpy. – Wywnioskował Uberfuhrer. – Zdaje się, że ona też dużo sobie wyobrażała na swój temat.

A trick z Murzynami jest prosty. Nie ma tu światła słonecznego, zgadza się? A bez światła słonecznego w skórze nie wytwarza się witamina D. To jest, nawet u nas, u białych, prawie się nie wytwarza, nawet pod lampami światła dziennego, jak na Placu Powstania czy na Sadowej. A u Murzynów to w ogóle. Biedaczyny są przecież stworzeni do południowego słońca Afryki, do ojczystych dżungli ze słoniami. No i masz – powiedział, jakby to wszystko wyjaśniało.

– Co „masz"?

– Wiesz do czego jest potrzebna witamina D?

Iwan wzruszył ramionami.

– Odpowiada, brachu, za orientację w przestrzeni. Nasi biedni Murzyni w metrze zaczęli się gubić. Całkiem biedaczyska pobłądzili. Po prostu nie potrafią znaleźć drogi. No i pozdychali w cholerę. Syndrom, kurna, Susanina.

Czyli Kuzniecow jednak się nie pomylił, pomyślał Iwan. Ale rozpaczliwie potrzebuję jakichkolwiek sojuszników. Cel uświęca środki. A w tym celu trzeba zrobić jakiś zwód… A właściwie nawet dwa.

Postawić, że tak powiem, kropkę nad i.

– Nie lubię faszystów – powiedział Iwan beznamiętnym tonem. – Debile z nich, z odmrożonym mózgiem. Tak uważam.

Uberfuhrer zmienił się na twarzy.

Tu Iwan uznał, że zaraz będą go bić w mordę i przygotował się. Zamiast tego Uberfuhrer zaczął chichotać. To było…

niespodziewane. Szczególnie kiedy w ślad za przywódcą zaczęli rżeć pozostali skini. Stado przypakowanych świnek morskich, kurna. Szkoda, że jeszcze nie poświstują…

– Przestraszyłeś się? – zapytał Uberfuhrer. Uśmiechnął się. – Nie bój się.

Iwan podniósł brwi. Gdzieś się pomyliłem. Nie ta reakcja.

– Powiedziałem coś śmiesznego?

– Widzisz w czym rzecz, brachu. My przecież też nie lubimy faszystów.

Żydzi nienawidzący Żydów? – pomyślał Iwan. No… tak.

– My jesteśmy inni – powiedział Uberfuhrer.

– Inni? – Iwan rozejrzał się, skinów było ośmiu, wszyscy łysi i z chamskimi gębami. – Coś mi się nie wydaje.

Uber chrząknął.

– My jesteśmy prawdziwi skini. Czerwoni. Patrz, brachu. – Uberfuhrer podwinął rękaw, odsłaniając żylaste przedramię z tatuażem – sierp i młot otoczonym przez wieniec laurowy. – Widzisz? Nie jesteśmy jakimś tam nazistowskim łajnem… Mówi ci coś nazwisko Che Guevara? *Hasta siempre, comandante*. Do wieczności, brachu. Taak. To był człowiek!

Skin – to po angielsku „skóra". A wiesz jakie ma zadanie skóra? Chronić ciało przed wszelkimi drobnymi syfami i ostrzegać, nawet za pomocą bólu, kiedy zbliża się jakiś większy. Powiedzmy, przysuwasz płomień zapalniczki do dłoni… aha, zrozumiałeś?

Iwan przytaknął skinieniem głowy.

– Jeśli jest ból, to znaczy, że jeszcze żyjesz, brachu – powiedział Uberfuhrer. – Takie buty.

Skóra ginie jako pierwsza.

I to my jesteśmy „skórą" metra. Gdyby nie my, już by was zjedzono. Albo siedzielibyście na swoich tłustych kapitalistycznych tyłkach i czekali, aż w końcu wszyscy wyginiecie. A my wprawiamy was w ruch. Czy tego chcecie, czy nie.

My jesteśmy ci źli, tak? Wyrodki, tak? Debile z odmrożonym mózgiem, powiadasz?!

Niech tak będzie. Ale za to się nie poddajemy.

Iwan milczał przez chwilę.

– I jak to się nazywa? Ta wasza... misja?

– Jednak nie jest taki głupi – powiedział Uberfuhrer do siwego skina. Odwrócił się do Iwana: – Brzemię białego człowieka – tak się nazywa nasza misja. Kipling, brachu. Nie pogadasz. I tak właśnie żyjemy...

• • •

Stoi na wierzchołku gigantycznego, na wpół zburzonego budynku. Ogromna wysokość. Dookoła rozpościera się kolosalna, dźwięcząca w uszach, nieobjęta pustka. Wieje wiatr – każdy poryw sprawia, że gigantyczna konstrukcja brzęczy i chwieje się. Aaaha. Iwan przesuwa wzrok w dół. Stoi na skraju pochyłej platformy widokowej. Wiszące nisko szare chmury otaczają budynek kilka pięter niżej. Jego podnóża nie widać.

Stąd musi się długo spadać.

Iwan patrzy przed siebie, zahacza wzrokiem o taflę wody i prześlizguje spojrzeniem wzdłuż rzeki. To Newa, milcząca i kruczoczarna, kamienne brzegi zarosły szarą roślinnością. Nabrzeża tu i ówdzie zasłaniają drzewa... Jeśli można je tak nazwać. Mięsiste szare pnie, poskręcane liście...

Most. Jeszcze jeden, tym razem zburzony.

W oddali widać budynki. Znajoma iglica budynku Admiralicji.

Dalej Iwan widzi niemal okrągły obszar ruin, tamtędy przeszła fala uderzeniowa, zrównując budynki z ziemią. Profesor Wodianik powiedziałby pewnie, że doszło tu do powierzchniowego wybuchu jądrowego. Bomba neutronowa. Nie ma zbyt wielu zniszczeń, natomiast skażenie terenu trwa pięćdziesiąt lat.

W końcu Iwan orientuje się w przestrzeni i rozumie, gdzie się teraz znajduje.

To „świeczka" Gazpromu. Ochta Centrum.

Symbol falliczny, który zaburzył panoramę miasta. W budynku pod jego stopami jest coś strasznego, nie do oddania słowami. Martwa, pozbawiona życia budowla huczy i wyje, kołysze się na wietrze. Amplituda: kilka metrów w jedną stronę, kilka z powrotem. Iwan pamięta, że nie zdążyli zbudować wieżowca do końca, postawili tylko puste pudełko. Zdążyli wstawić okna, ale wybiła je fala uderzeniowa. Wewnątrz budynku wszystko było martwe. Gdy wybiła godzina zagłady, nie było tu ludzi – może oprócz budowniczych.

Iwan przenosi wzrok i na drugim brzegu Newy widzi bladoniebieski gmach Soboru Smolnego. Wytworne niegdyś wieżyczki wyblakły, większość w ogóle zniknęła. Zachowała się jedna, ale poczerniała z upływem czasu. Z wysokości Ochta Centrum wszystko to wydaje się malutkie jak dziecięce zabawki.

Bam.

W budynku chyba coś jest. Jakieś życie. Iwan odwraca głowę i widzi oko.

Czarne, okrągłe oko patrzy na niego przez splot zardzewiałych belek, przez wyrwę w platformie widokowej.

Iwan czuje, jak dreszcz przebiega mu po skórze.

To nie jest oko ptaka.

Klekot. Długi zębaty pysk wysuwa się z szybu windy. Rzuca się, szarpie. Długa wyciągnięta szyja pokryta szarym puchem. Drobne trójkątne zęby.

Iwan odsuwa się. Kłapanie dzioba i niezadowolony, skrzeczący głos stwora. Poryw wiatru szturcha go w plecy. Iwan cudem utrzymuje równowagę, chwyta się metalowej ramy wiodącej pionowo w górę. Budynek powoli zaczyna się kołysać. Zimny, mokry metal pod palcami. Śliska rdza.

Iwan wczepia się ile sił, ale palce się ześlizgują.

Jeden palec odrywa się od belki. Drugi…

Nie czuje strachu. Jest tylko dziwne odrętwienie, jakby to, co się dzieje, jego, Iwana, nie dotyczyło.

Trzyma się na dwóch palcach. Są białe z wysiłku.

W następnym ułamku sekundy Iwan wolną ręką wyjmuje nóż: zamach, błysk ostrza, cios. Ciach. Klinga przecina palce ciut poniżej drugiego paliczka.

Iwan w milczeniu patrzy, jak bryzga… nie, nie ma krwi. Ani kropli.

Palce powoli oddzielają się od dłoni. Szczelina między nimi a śródręczem staje się coraz szersza. Z cienkiego kanalika zmienia się w szerokie koryto Newy.

Iwan wypuszcza nóż. Ten, koziołkując, leci w dół i niknie we mgle.

Iwan widzi równy, biały przekrój palców z punkcikami kości…

I zaczyna spadać.

Wiatr gwiżdże mu w uszach. W brzuchu czuje coraz silniejsze ssanie. Przed oczyma migają mu piętra. Wieża stoi pod kątem, dlatego są coraz dalej od niego.

W następnym momencie Iwan wpada w szarą, mokrą mgłę.

Niespodziewana ślepota.

Przepaść w żołądku.

Uderzenie.

• • •

– Wan, słyszysz? – głos Sołochy. – Coś się dzieje, jakaś rozróba.

Otworzył oczy, przesunął czapkę z włóczki na czoło. Zwykle nosił ją pod hełmem i żeby zatrzymać ciepło ciała, a teraz naciągnął do samego nosa – żeby podrzemać przy świetle lamp. Lepiej było nie próbować. Śni się człowiekowi różne badziewie…

– Biją się! – ryknął ktoś w pobliżu. Tłum na stacji zafalował. Zupełnie jakby ktoś rzucił w wodę ogromny kamień i rozeszły się kręgi.

Wrócił Paszka:

– Aaale w dechę! Znowu Newscy z Admiratielską się czymś nie podzielili… Zaraz będą się naparzać!

Iwan skoczył na nogi, jęknął pod wpływem niespodziewanego bólu w boku. Noż w mordę… To niby nie jego sprawa, ale są tam przyjaciele.

Kiedy dobiegł na miejsce, na peronie zebrał się już tłum, i znajomy głos zarządzał kryzysem.

– Proponuję rozstrzygnąć sprawę pokojowo – powiedział Szakiłow.

– Czyli jak?

Szakił uśmiechnął się, stając się nagle dobroduszny jak pluszowy misio. Tylko taki z automatem i rozkwaszoną gębą.

– Przenieśmy naszą dyskusję na inną płaszczyznę, przyjacielu.

– Streszczaj się – nabity gość się nabzdyczył. Pod okiem ciemniał mu purpurowy siniak. – Czyli co proponujesz?

– Piłkę nożną.

• • •

Szybko wybrali drużyny. Znaleźć piłkę, zwolnić trochę miejsca, zrobić bramki, oznaczyć boisko – to wszystko betka. Pół godziny i po wszystkim. Najdłużej kłócili się o nazwy drużyn.

Jedni i drudzy chcieli się nazywać Zenit. Nic dziwnego. Długo dyskutowali, ktoś zaproponował nazwać drużyny Zenit 1 i Zenit 2. Z początku rozwiązanie poparli prawie wszyscy, ale tu zaczęły się spory o to, która z drużyn będzie „Zenitem numer dwa". Potem przerzucili się na inne nazwy.

– Pietrotriest!

– Sam jesteś Pietrotriest... i co jeszcze, Ałyje Parusa? Już lepiej Dynamo...

Szakiłow zabrał swoich graczy na naradę, wrócił i oznajmił, że oni jednak będą Zenitem.

– To my jesteśmy Manchester United – postanowił nabity. – Dobra, jedziemy.

• • •

– Jak to, piłka nożna? – spytał Iwan.

– Nie, łyżwiarstwo figurowe... jasne, że piłka.

Gwizdek.

Sąsiad szturchnął Iwana łokciem – patrz, patrz. Digger aż zgiął się z bólu.

Sędzia w czerni żwawo wyprzedził gracza z piłką i błyskawicznie się odsadził. Całkiem nieźle. W porównaniu z nim młodzi chłopcy zdawali się ruszać jak muchy w smole.

Sąsiad obrócił się – twarz mu poczerwieniała, oczy płoną. Fanatyczny, gorączkowy błysk w spojrzeniu. Pewnie pijany, stwierdził Iwan. Albo najarany.

– Widziałeś?! – zapytał sąsiad.

– Widziałem – powiedział Iwan. Dać mu w mordę, czy nie warto? W żebrach czuł piekący ból.

– Alee, stary – powiedział sąsiad. – Przed wojną nie można by było o tym pomarzyć. Wiesz, kto sędziuje? Słynny Gajfulin!

– A kto to? – Iwan na moment zapomniał o bolących żebrach i pokręcił głową. Ale na słynnego Gajfulina jakoś nie wyglądał. Całkiem zwyczajny starszy facet w czarnych spodniach i z gwizdkiem. Biegał po opróżnionym peronie i klął pod nosem.

Inna sprawa, że biegał szybko. Znacznie szybciej od piłkarzy.

– O, jego by dać do ataku – powiedział Iwan, uznawszy, że po mordzie zawsze będzie czas dać, a gada się ciekawie.

I nie pomylił się.

– Teraz to pojechałeś, chłopcze! – gwizdnął sąsiad. – Czyżbyś nie poznał? To przecież sam Dżochar Gajfulin, sędzia klasy międzynarodowej! Rozumiesz? Sędziował Mistrzostwa Świata w 2010. Włochy–Brazylia, dasz wiarę? Nawet ci się coś takiego nie śniło. Wyobraź sobie, boisko było długości trzech takich stacji. Zielone, piękne, równe. Tam na samych tylko trybunach było ponad sto tysięcy ludzi. I setki milionów widzów przed telewizorami. Miliardy ludzi! A teraz gość sędziuje amatorski mecz…

Chlip.

Iwan przeniósł wzrok.

– Co z panem, profesorze?

– Teraz wszyscy jesteśmy zawodowcami – powiedział Wodianik drgającym głosem. Oczy miał dziwne. Profesor zadarł brodę do góry, wstał i niezręcznie przepraszając, zaczął przeciskać się w stronę wyjścia. Iwan popatrzył w ślad za nim. Profesor ma jakieś takie nieregularne plecy.

Co on, pomyślał Iwan, płacze?

Iwan zastanowił się, wcisnął siedzącemu obok kibicowi tackę z pieczonymi wodorostami i poszedł w ślad za Wodianikiem…

Sąsiad gapił się na boisko z otwartymi ustami.

Iwan znalazł profesora za filarem na najdalszym końcu Gostinki. Stał na skraju peronu, przed otwartymi drzwiami, plecy mu się trzęsły. Niżej, na torach, wśród przekleństw rozładowywano towarową drezynę.

– Co z panem, Grigoriju Michajłowiczu?

– A przecież nie lubię piłki nożnej – powiedział nieoczekiwanie Wodianik. Głos miał drżący i rwany. – Kiedy grałem w „Co? Gdzie? Kiedy?", nigdy nie brałem pytań z piłki nożnej. To nie moja działka. A teraz patrzę i brak mi tchu. Rozumiesz, Iwan? Szczególnie kiedy... – Profesor zakasłał zakłopotany. – No już, nie słuchaj mnie... Wybacz, zaraz mi przejdzie... Idź, Wania, ja dojdę później...

Iwan wrócił akurat na czas, żeby zobaczyć, jak Manchester United wtoczył piłkę do bramki Zenita. Tłum ryczał i wył.

Szakiłow, czerwony i ogromny, wyszedł sam na sam z bramkarzem Manchesteru... Uderzenie.

Faul. Sąsiad aż podskoczył. Opadł na siedzenie.

– Nie było! – krzyknął w rozpaczy, chociaż nawet Iwan, wcale niespecjalny kibic, wyraźnie widział, że „było".

„Słynny Gajfulin" uznał inaczej niż sąsiad Iwana. Czerwona kartka!

Widzowie jęknęli.

– Sędzia kalosz! – krzyknął naraz ktoś z rzędów kibiców. Sędzia nagle znieruchomiał i odwrócił się w tamtym kierunku. Z jego twarzą działo się coś niesamowitego. Nie może być, pomyślał Iwan. A jednak, o w mordę...

Sędzia płakał. Iwan widział strużki łez na jego policzkach.

– Sędzie kalosz! – zawołał ktoś inny.

„Słynny Gajfulin" podniósł głowę. Spojrzał na widzów. Pierwszy raz widzę tak szczęśliwego człowieka, pomyślał Iwan mimo woli. Gajfulin podniósł czerwony kartonik i niespiesznie przebiegł się dookoła, wzdłuż rzędu kibiców.

Jakby znów prowadził mecz Brazylia–Włochy.

Kółko. Jeszcze jedno.

...Mecz zakończył się wynikiem 2 : 2. Remis.

– Widział pan?! – Młody gliniarz o mało nie podskakiwał z podniecenia. – Sędzia się pobeczał, nie?

Iwan kiwnął głową.

– I Wodianik też – powiedział. – Coś całkiem Profesora przypiekło...

– Starzy ciągle płaczą – powiedział Kuzniecow. – Prawda, szefie?

Iwan spojrzał na młodego mądralę i powiedział:

– Nieprawda, Misza.

• • •

Iwan znalazł Kułagina w pomieszczeniach magazynowych, które znajdowały się pod peronem.

– Tracimy czas – powiedział. – Oleg!

– Wan, nie lataj mi przed oczami, i bez ciebie jestem zawalony robotą. Co ty mi tu sypiesz?! – ryknął Oleg na łysego magazyniera. – Co ty sypiesz?! Ja ci po rosyjsku, kurna, powiedziałem: dawaj „piątkę"! A co ty mi przyniosłeś?

Iwan zajrzał towarzyszowi przez ramię i zobaczył naboje kalibru 12 w kartonowym pudełku. Taa...

– Zjechali się, kurrr... – warknął magazynier.

Kułagin ostatecznie się wkurzył.

– Powiedziałeś coś?! Nie, nie dosłyszałem, co ty mi tu gadasz?

– Oleg, spokojnie – powiedział Iwan. Popatrzył na magazyniera. – Widzisz, towarzysz kierownik magazynu pomylił nas z Admiratielską. A tak naprawdę jesteśmy z Wasilieostrowskiej. A mój przyjaciel... – Iwan klepnął Olega po ramieniu – to w ogóle z Primorskiej. Kiedy ją opuścili, został u nas... Wybacz nam, przyjacielu, że się tu pieklimy, po prostu mamy kompletny bajzel z tym Dieslem. Rozumiesz?

Mina magazyniera zupełnie się zmieniła. Dobrze odgadłem, zrozumiał Iwan.

– Czemu nie powiedzieliście od razu? – burknął tamten. – A ja myślałem, że przyjechał sobie jakiś „Admirał" i się rządzi... Zaraz wam znajdę „piątkę"...

Iwan i Oleg spojrzeli po sobie. Iwan rozłożył ręce – co robić. Dyplomacja.

Ledwo skończyli sprawę z amunicją, kiedy pojawił się Kmicic, posępny i wygnieciony. Oczy miał czerwone ze zmęczenia.

– Wszędzie was szukam... Jesteście zaproszeni na radę wojenną.

• • •

Pierwsza rzecz, którą Iwan zobaczył, to biała szrama na skroni.

Potem – dopasowany szary mundur.

Potem...

Niewielkiego wzrostu, krępy, fryzura na jeża. Mężczyzna zrobił krok naprzód, natychmiast przytłaczając swoją charyzmą wszystkich zebranych.

Zapanowała cisza.

– Dla tych, którzy mnie nie znają. Jestem Memow.

Generał... generał... generał... – zaszeleściło między słuchającymi. Iwan z zaciekawieniem przypatrzył się legendarnemu generałowi z Admiratielskiej. „Gdzieżeś ty bywał, czarny baranie". Tak mawiał wujek Jewpat, ale wpadło to Iwanowi do głowy i wydawało się teraz bardzo na miejscu.

– Teraz krótko. Szeregowi rozejść się do swoich oddziałów i pododdziałów, pełna gotowość. Rozkazy otrzymacie w ciągu godziny.

– Dowódcy – do mnie!

Po zwolnieniu pozostałych Memow przyjrzał się licznej armii w osobach nielicznych dowódców.

– Tak więc panowie towarzysze – powiedział. – Co będziemy robić? Jakieś przemyślenia na temat Majakowskiej i Placu Powstania? – pauza. – Żadnych? – Generał spojrzał na zebranych. Uśmiechnął się. – W takim razie słuchajcie moich rozkazów...

ROZDZIAŁ 5

MAJAK

Przed Katastrofą stacja Plac Powstania była połączona podziemnym przejściem z Dworcem Moskiewskim. Kiedy zabrzmiał sygnał „Alarm atomowy" major milicji z tej linii, Achmetzianow, Tatar i arogancka morda, wziął pistolet i zagnał pasażerów prosto na stację. Chcesz, czy nie, musisz iść. Moskwianie, ze swoimi stołecznymi nawykami, stawiali opór, ale major miał dar przekonywania. Pistoletu i kilku „suczek" (automatów AKSU) raczej nie zignorujesz. I tak stacja zapchała się głównie przyjezdnymi z Moskwy i innych miast z kierunku południowo-wschodniego. Major Achmetzianow automatycznie został dyktatorem, jego następcy władali tą monarchią (czy raczej azjatycką tyranią) ze szczególnym okrucieństwem.

Przez nietypowe dla mieszkańców Petersburga podejście do kwestii „winkli" i „trotuarów" przezwano ich Chodnikami.

Z tego, co Iwan słyszał, Chodniki wierzyli, że w Moskwie absolutnie wszyscy się uratowali, wyjechali tajnym metrem D6 poza zburzone miasto (w stolicę tak czy inaczej walili głowicami jądrowymi, czy czym tam jeszcze; trudno, żeby było inaczej), i teraz ocaleli przedstawiciele władz rządzą krajem z zapasowego punktu dowodzenia.

A jest tam taki tajny punkt. Gdzieś w górach Uralu, pod ziemią. Nie zrobi mu krzywdy nawet bezpośrednie trafienie bomby atomowej.

Podsumowując, wzięli tam władzę w swoje ręce. I pomoc jest blisko.

Chciałbym i ja w to wierzyć, pomyślał Iwan.

No to sobie, kurna, przyjechali.

• • •

Mokra mgła wisi nad stacją, widocznie nie włączyły się jeszcze wentylatory. W przesyconym wilgocią powietrzu, które można kroić na kawałki, toną dźwięki.

Iwan budzi się, wstaje – w namiocie jest ciemno. Robi krok i nieruchomieje przed wyjściem. Przez gruby materiał ledwie zauważalnie przebija się światło. Drgający otwarty płomień. Karbidówka, myśli Iwan, po czym odsuwa zasłonę i wychodzi na peron. Pierwsze, co widzi: nogi w gumowcach, podeszwy starte niemal do skóry. Wyżej zaczynają się spodnie w panterkę, pasek, nagi tors ze śladami walk. Iwan wzdryga się. Potem jego ręka sama podnosi się do lewego boku. Aj! Gojące się żebra.

Iwan podnosi wzrok wyżej.

Człowiek, który leży na ziemi z rozrzuconymi rękami, to on, Iwan. Nawet ogromny krwiak na boku jest dokładnie tam, gdzie Iwan go teraz ma…

Otwórz oczy.

Przy ręce leżącego stoi lampa karbidówka. Żółty płomień trzepoce, rzuca ciepłe odblaski na twarz tego człowieka.

…i człowiek ten nie żyje.

Otwórz oczy, do diabła!

Iwan otwiera oczy. Przesuwa czapkę na czoło. Rozgląda się. Obok niego, oparty plecami o filar, drzemie Paszka. Gładysz głośno sapie przez sen. Sazonow rozmyśla. Sołocha czyta.

W każdym śnie widzę siebie martwego.

Oczekiwanie. W odróżnieniu od nawykłych diggerów, którzy dosypiają teraz ostatnie sekundy, cywile nie są nauczeni, by spać przed walką. Na stacji panuje zgiełk. Ludzie z Admiratielskiej, z Newskiego, z Wasilieostrowskiej siedzą na peronie rzędami, z bronią w rękach, i czekają. Niebieskawy dym ze słodkawymi nutkami marihuany sunie nad ich głowami. Dziwaczne widowisko, myśli Iwan. Zresztą, gdzieś już coś takiego widziałem...

– Co nam tam Chodniki! – Iwan usłyszał czyjś głos. – Rozerwiemy ich na strzępy!

Aha, pomyślał, jeden już rozerwał.

Z rzędów siedzących wstał jeden z Newskich, krzepki starszy facet.

– No co, Achajowie? – zwrócił się żartobliwie do zebranych. – Sprawdzimy wytrzymałość murów Troi?

W odpowiedzi – zdziwione milczenie.

Starszy facet rozejrzał się, przygasł.

– Przecież wy nawet tego nie znacie – powiedział z głębokim smutkiem. – Skąd mielibyście znać? Biedne dzieci. Ech! „W dniu trzecim, gdy rumiana Eos nam zaświeci, dźwignąwszy maszty, żagiel zawiesiwszy biały...” – zadeklamował. – Homer, *Iliada**...

– Papasza – powiedział ktoś z tłumu. – Usiadłbyś może, czy co, jeszcze się zaziębisz.

Między nich szybkim krokiem wszedł Kmicic.

– Kończymy pogaduszki! Wyruszamy.

• • •

---

* W rzeczywistości fragment *Odysei* Homera, Pieśń IX, w przekładzie Lucjana Siemieńskiego (przyp. tłum.).

Czynniki rażenia wybuchu jądrowego: po pierwsze rozbłysk światła, po drugie fala uderzeniowa, po trzecie promieniowanie przenikliwe. Wszystko to Iwan znał na pamięć. Bezużyteczne informacje. To tak jakby w epoce kamienia łupanego studiować charakterystykę balistyczną pocisku kalibru 5,45 mm. Być może... – a właściwie na pewno – na świecie pozostała gotowa do użycia broń jądrowa, ale z kim tu do cholery wojować? Z potworami na powierzchni? Przecież eksplozja atomowa to dla nich tatko z mamusią, i na dodatek ulubiona chrzestna. My przy tym poziomie radiacji zdychamy, dostajemy raka, pokrywamy się wrzodami, broczymy krwią ze wszystkich możliwych otworów ciała, tracimy odporność i wzrok, a one, te stwory, przeciwnie – parzą się i rozmnażają. „Inny ekosystem", wspomniał Iwan słowa starca ze snu. Właśnie.

To sobie porozmawiał z podświadomością.

– Przygotować się – powiedział cicho Iwan. – Idziemy, z Bogiem.

Dane: tunel do Majakowskiej. Długość przejazdu wynosi około dwóch kilometrów. Prędkość ruchu: dwa–trzy kilometry na godzinę. Szukane: ile czasu będzie potrzebne, żeby dotrzeć do stacji?

Odpowiedź: ni wała nie wiadomo.

Awangarda Aliansu posuwała się naprzód, przechwytując po drodze pojedynczych straganiarzy, a nawet całe karawany. Z 312. szybu wentylacyjnego wypędzili gnilaków, pięciu... jak ich nazwać? Przecież nie ludźmi? Pięć osób. Zgarnęli ich razem zresztą. Iwan z diggerami patrzył, jak prowadzono ich obok, poganiając kolbami karabinów...

Odesłali ich na tyły.

W pobliżu gnilaków, zarosłych błotem i strupami, kontrolny dozymetr zaczynał podejrzliwie potrzaskiwać. Nic dziwnego. Ciekawe, pomyślał Iwan, gdzie oni znajdują wyjścia na powierzchnie? Bo przecież znajdują. I znoszą stamtąd wszystko, co przyklei im się do łapy, nawet jeśli cholerstwo świeci w ciemnościach.

Najśmieszniejsze jest to, że gnilaki są całe w strupach i łajnie, a jak przyjrzysz się bliżej, to prawie wszystkie mają zęby w komplecie, i włosy, i oczy normalne, i w ogóle są podejrzanie zdrowi, chociaż rozsiewają skarzenie na całe metro. Czy oni też są z innego ekosystemu? Iwan pokręcił głową. Dawki promieniowania na osobę przyjęli z pewnością potworne. Normalny człowiek dawno by odwalił kitę, a ci jak gdyby nigdy nic. Dostają po trzysta, po czterysta procent dawki śmiertelnej – i żyją sobie. Zresztą widział ktoś kiedyś chorego gnilaka? Iwanem zatrzęsło. Selekcja naturalna, kurna. Kto zachorował, tego zeżarli. Nie przypadkiem takie słuchy chodzą...

Iwan i jego ludzie dotarli do odnogi tunelu prowadzącej w prawo. Tam czekał już na nich jeden z żołnierzy Admiratielskiej.

– Sprawdzić to – rozkazał ten z Admiratielskiej i pospieszył dalej. Iwan spojrzał w ciemną czeluść kolektora. Splunął z zadumą.

Fantastycznie, przydzielili nam wychodek.

– Gładysz pierwszy, ja za nim, Sazon zamyka. – Iwan przechylił głowę. Zachrzęściły kręgi szyjne. – Granat by się... dobra, dajemy. Naprzód.

Węzeł sanitarny to segment z prysznicami, segment z umywalniami, plus dwa segmenty toaletowe – męski i damski. Światła oczywiście nie ma. Cóż... do roboty.

Diggerzy mają latarki przymocowane do luf automatów. Sazon zdjął z pleców strzelbę, skinął głową. Gotowy.

Gładysz miękkim kocim krokiem wślizgnął się do środka.

Iwan odczekał chwilę, popatrzył przed siebie – dalej w tunelu migotały plamki latarek. Pierwsze oddziały zbliżały się do posterunku Majakowskiej.

Westchnął. Policzył do trzech. I w ślad za Gładyszem wkroczył w ciemność.

• • •

– Plac Powstania to niełatwa stacja. Admiratielska i w ogóle Alians Primorski już od dawna łamie sobie na niej zęby. A dlaczego to wszystko? Dlatego, że jest to stacja szczególna. Wokół Placu Powstania mieści się masa podziemnych pomieszczeń i tuneli, których nie zaznaczono na żadnej mapie. Obiekty Obrony Cywilnej, bunkier Ministerstwa ds. Sytuacji Nadzwyczajnych i tak dalej. Samych tylko węzłów sanitarnych zbudowali taki zapas, że upchałoby się tam parę dywizji. A teraz w labirynt wykuty dookoła Placu Powstania zamierzamy wleźć my. Miejscowi wyduszą nas tam jak kocięta. Jak szczury świnki morskie.

Iwan zacisnął zęby.

– Co, kiepski przykład? – wujek Jewpat uśmiechnął się. – Bądź twardy, żołnierzu. I myśl.

• • •

„Alarm" – zasygnalizował Gładysz, oczy i uszy drużyny. Pokazał trzy palce. „Widzę trzech". Niebezpieczeństwo.

Iwan gestem odpowiedział – „przyjąłem". Przyłożył automat do ramienia. No dobra, jedziemy...

Węzły sanitarne w metrze to w ogóle cała historia. Budowano je z zapasem, tak żeby starczyło dla każdego, kto po ogłoszeniu alarmu znajdzie się w tunelach. Liczebność ludzkości nie jest teraz zbyt wielka, dlatego węzły sanitarne są w większości porzucone. Uwidacznia się tu też brak elektryczności. I do tego trzeba je czyścić. W ogóle łajno i trupy to główny problem życia w zamkniętej przestrzeni.

Szczególnie mocno odczuli to ludzie za Saddama Krwawego – i zaraz potem, kiedy ludność stacji skurczyła się trzy-, cztero-, czy pięciokrotnie. Nikt nie wie dokładnie o ile. Po śmierci Saddama przez metro przetoczyła się fala przemocy. Ludzie nie bali się krwi, zabijali za nic... Ot tak. Okazało się, że zwyrodnialców bez piątej klepki jest tak wielu, iż ludzie, by przeżyć, zaczęli zbijać się w stada pod wodzą jakiejś silnej jednostki. To wtedy powstały kryminalne klany, czyli kirowcy. Tylko w klanie można było liczyć na pewną ochronę. A i to tylko jeśli nie było się kobietą lub dzieckiem...

Bez wyjątków.

Dochodziło do przerażających gwałtów.

I trupów w metrze było od cholery i jeszcze trochę. Jeść ich nie wolno (ten, kto próbował ludzkiego mięsa, przekraczał granicę, był skończony jako człowiek, stawał się bydlęciem, takich zabijano bez dyskusji), a nie ma gdzie ich podziać. Na powierzchnię też nie ma jak ich transportować – po pierwsze promieniowanie, po drugie głębokość petersburskiego metra. Spróbuj wciągnąć trupa na linie siedemdziesiąt metrów... niech nawet będzie tylko pięćdziesiąt. A po trzecie na górze sam ryzykujesz, że zostaniesz trupem.

Ogólnie rzecz ujmując, to skomplikowany problem. Do tego rozkładające się ciała grożą poważną epidemią. W metrze nie ma gdzie się przed nią ukryć. Pech.

I wtedy wydzielono stacje na cmentarze. Grupy pogrzebowe zabierały zmarłych i wiozły ich na wyznaczone miejsca, gdzie ich składowali... czy może robili coś innego?

Iwan słyszał, że spalali.

Grabarze mieszkają na południu, na linii fioletowej.

Bukaresztéńska, Mieżdunarodna – to wszystko grabarze. Mówi się, że ślepy korytarz w kierunku niedobudowanej stacji Prospekt Sławy jest w całości zapchany zwęglonymi ludzkimi szczątkami.

To już bzdura, pomyślał Iwan. W metrze nie ma nawet tylu trupów, żeby wypełnić cały tunel.

Zresztą wszystko jeszcze przed nami. Iwan westchnął. Serce szybko mu łomotało.

„Fałszywy alarm" – zasygnalizował nagle Gładysz.

Iwan wyprostował się, światło latarki prześlizgnęło się po brudnym lustrze, ukazując przez ułamek sekundy ciemną sylwetkę diggera. Iwan zamrugał. Odwrócił się.

Drzwi do kabiny były otwarte.

Trupy siedziały i stały. Wyschłe jak mumie.

Iwan opuścił automat. W skroniach huczała krew. Tfu, niech to cholera…

– Dziwne. – Gładysz pokręcił głową.

Iwan spojrzał na niego kątem oka. Zwykle niewzruszony, Gładysz stał i marszczył niskie czoło.

– Co jest dziwne?

– Tu jest wilgoć, szefie. A nieboszczycy są jak ususzeni.

– Fakt – powiedział Iwan.

Podszedł i starannie przymknął drzwi kabinki. Skrzypnięcie zardzewiałego metalu. Nawet zmarli mają prawo do jakiejś prywatności.

• • •

– Idziemy – powiedział Iwan, kiedy wrócili do tunelu. Cholerny „Admirał". Teraz musimy się ciągnąć w ogonie kolumny.

– Piter górą, Moskwa kanałami! – zakrzyknął nagle w oddali samotny głos.

– Huraaa!

– Walić Piter! – zabrzmiało w odpowiedzi.

Na spotkanie atakujących błysnęły strzały. Dał się słyszeć potworny łoskot, jakby rozsypała się góra żelaznych kul, wypełniając cały tunel, aż do Gostinki. Krzyki ludzi. Gwizd kul, wizg rykoszetów... Iwan nie miał czasu się zastanawiać, instynktownie przysiadł, podniósł automat.

Szybkie błyski.

Wzdłuż tunelu walili z korda. Pociski kalibru 12,7. Nieważne, w co taka kula trafi, nawet jeśli w rękę – śmierć z szoku wywołanego bólem masz gwarantowaną...

– Na ziemię! – Ułamek sekundy później Iwan zdał sobie sprawę, że w ten sposób zostaną zadeptani przez uciekających. – Odwrót, do łazienki! Szybciej!

Ledwo zdążyli dobiec z powrotem do przejścia, kiedy obok nich przemknęli oszalali ludzie. Przy drzwiach przeleciało kilka kul, pozostawiając świetlny ślad na tęczówce.

Przewalone.

No i przydał się wychodek, pomyślał Iwan. A ja jeszcze narzekałem.

Ledwie zdążyli. Mieli szczęście, że ten z Admiratielskiej ich tu wyprawił, bo dostaliby się pod ogień karabinów. Chodniki ścięły pierwszą falę napastników, jakby kosili wysyp świeżych grzybów. Została tylko goła grzybnia. W oddali zagrzmiał wybuch. Tunelem przeszła fala gorąca. Granat! Mijając węzeł sanitarny, poganiani wystrzałami, uciekali ludzie. Łoskot.

Jeden z biegnących upadł i zaczął się rzucać w konwulsjach.

Błyski.

Jakby jakiś szaleniec dorwał się do reflektora i teraz pstrykał wyłącznikiem z prędkością dźwięku.

Ra-ta-ta-tam. Ra-ta-tam.

– Zabierajcie ich stamtąd! – powiedział Iwan.

Wyciągnął się i chwycił za rękaw płowowłosego chłopca w za dużej kurtce w panterkę. Jakieś piętnaście lat, oczy kompletnie jak ze szkła. Ten krzyknął, zaczął się wyrywać. W mordę... Iwan zakołysał się i odciągnął go w głąb łazienki. Gładysz przechwycił chłopaczka i wytrącił mu z rąk automat. Chłopak, nie rozumiejąc, co się dzieje, zaczął bezładnie opędzać się pięściami. Gładysz wykręcił mu rękę za plecami, przycisnął do ziemi. Chłopak nagle krzyknął. Cholera. Iwan zacisnął zęby. Takiego strasznego, rozdzierającego serce wycia, że aż się zimno robiło, dawno nie słyszał.

Przez tunel przelatywały kule. Jedna odbiła się rykoszetem od zagięcia w pierścieniu tunelu, uderzyła w ścianę tuż nad głową Iwana. Posypał się na niego betonowy pył. Digger schylił się z opóźnieniem. Kurna. A przecież mógł dostać w głowę.

Chłopak wciąż wył. Gładysz przewrócił go na plecy, wymierzył mu policzek. Na oko delikatny, ale głowa chłopaka odskoczyła. Jeszcze jeden…

– Starczy! – rozkazał Iwan.

Cekaem nagle umilkł. Przez pierwsze kilka minut Iwanowi zdawało się, że ogłuchł – jakby przestrzeń wokół ktoś wypchał watą. W uszach mu dzwoniło. Iwan przesunął dłonią po twarzy, ściągnął czapkę – włosy stały mu dęba. Ciemię, potylica, dalej po karku i w dół po kręgosłupie – wszystko miał skute jakby lodową skorupą – aż do samych pośladków.

– No to przewalone – powiedział Iwan. Diggerzy milczeli. Głos zdawał się należeć do kogoś obcego.

To sobie, kurna, powojowaliśmy. Wiele krwi będzie nas kosztował ten Diesel.

• • •

Z pękniętej manierki wylewała się woda. Ciekła przez cienką szczelinę, wijącą się aż do samej szyjki. Taką dobrą manierkę miałem, pomyślał Iwan. Kiedyś. Wszystko staje się bezużyteczne – wcześniej czy później.

Schylił się, podstawił dłonie.

– Lej – polecił Paszce.

Ten przechylił manierkę, porcja wody chlusnęła Iwanowi na ręce, zmoczyła rękawy wojskowej kurtki. Iwan szybkim ruchem zatarł ręce, otrząsnął.

Poleciały bryzgi wody.

– Jeszcze – powiedział.

Polała się woda. Spoglądając na przejrzysty równy strumień spadający mu na dłonie, Iwan nagle pomyślał o Katii. Nabrał wody i parskając, wtarł sobie w twarz. Dobra woda, zimna, smaczna. Za trzecim razem nabrał wodę do miseczki ze złożonych dłoni i wypił. Tak, doskonała.

Newskim udało się ze stacją. Dwie studnie artezyjskie, plus dwie zapasowe – żyć, nie umierać. Agregat dieslowski mają po dziś dzień własny. Staruszek, ale jeszcze dycha. Idące od niego przewody są rozciągnięte po całej stacji. Jeśli chodzi o moc, silnik z Wasilieostrowskiej to przy „staruszku" mały pikuś. Co prawda, tutejszy agregat jest stacjonarny, zrobiono go na wypadek wojny atomowej – ze wszystkimi urządzeniami towarzyszącymi. Maszynownia, skład paliwa, skład z częściami zamiennymi i narzędziami, nawiew i wyciąg. Pokój mechanika i przedsionek. Życie jak w Madrycie.

Ale paliwa żre zaraza niezmierzone ilości.

Dobra stacja. Na Wasilieostrowskiej w życiu nie było tyle oleju napędowego, co tu.

Iwan kiwnął Paszce – na razie starczy. Potem wytarł ręce w ręcznik, wrócił do swoich rzeczy i odszukał, choć nie od razu (opierał się, kurna), metalowy kubek. Czas się napić jak człowiek.

Nalał wody i, stojąc na skraju peronu, zaczął pić małymi łykami. Iwan pił i patrzył jak żołnierze Aliansu dochodzą do siebie. Ktoś gada, ktoś je, ale większość śpi – ta część peronu jest gęsto usłana ciałami w zielonych i czarnych kurtkach. I słusznie. Sen to najlepsze lekarstwo.

Oddechy i chrapanie. Gdzieś z prawej strony, zza niegdyś białych filarów obramowanych paskami aluminium, co jakiś czas dochodziły jęki. Tam są ranni. Lazaret.

Atak na Majakowską spełzł na niczym. Chodniki byli przygotowani na natarcie.

Grupa, która szła na Majakowską równoległym tunelem, miała więcej szczęścia. Chodniki mieli tylko jednego korda, dlatego tamtych powitał zaledwie ogień automatów i strzelb. Dlatego też mieli mniejsze straty.

Kułagin i Newscy zdołali zdobyć pierwszy posterunek i gotowali się do szturmu na drugi, kiedy nakazano im się wycofać.

Pierwszy nieudany szturm kosztował Alians czternastu zabitych i ponad trzydziestu rannych.

• • •

– Mierkułow, generał wzywa!

A ten czego znowu chce? Iwan umyślnie powoli się odwrócił, westchnął, niechętnie podniósł wzrok.

Stał przed nim chłoptaś. Spasiony, z pulchnymi policzkami.

– Słyszysz, Mierkułow? – powiedział chłoptaś. – Ogłuchłeś czy co? Do generała.

– A co ja z tego będę miał? – Iwan ziewnął. Wyprostował nogi, przeciągnął się. Aż zamruczał z zadowolenia. – Co tam masz?

– Do tego oślepłeś, Mierkułow – powiedział chłoptaś. – Uważaj, bo się doigrasz. Generał cię wzywa. Powiedział, że masz iść natychmiast, szoruj...

– Tyłek sobie wyszoruj – przerwał zza pleców Iwana wyraźny głos Gładyszewa. – A my jak te robaczki... – ciągnął głos. – O takie precelki. I drożdżówki z makiem... O takiego...

W powietrze wzbijały się wyświechtane eufemizmy.

– Co?! – chłoptaś zrobił się ze trzy razy większy. Zdawało się, że jeszcze troszkę, i pęknie w szwach, tak się nadął ze wściekłości. Czerwony jak…

– …ja! I siedem tysięcy z hakiem!

Chłoptaś pomidor obrócił się do Iwana, pałając gniewem sprawiedliwym i niesprawiedliwym zarazem, i ryknął:

– Diggerze, zdyscyplinujcie swoich ludzi!

– No – powiedział Iwan i dopiero teraz zauważył, że Pomidor ma na ramionach pagony pułkownika. Zupełnie jak w dawnej milicji. Czyli co, wprowadzili już nawet stopnie wojskowe? Ledwo od czterech dni tu siedzimy. – Może by tak ciszej, chłopcy – odezwał się sennym głosem na próbę Iwan. Pułkownik drgnął. – No… jak by to… eee… pora spać.

Tu Iwanowi odechciało się grać komedię, więc umilkł. Jakoś nie szło. Może by rzeczywiście iść spać, czy co? Tak czy inaczej, szturm przełożony.

– Co tam mamroczecie, diggerze?!

Iwan podniósł brwi.

– Przecież nie będę wrzeszczał, jak jakiś debil? – powiedział uprzejmie. I dodał półgłosem: – Prawda? Gładysz – Iwan odwrócił się w stronę starszego diggera. – Zostały nam jakieś granaty?

Pułkownik Pomidor za jego plecami zakrztusił się z oburzenia.

Gładyszew leniwie podniósł rękę i podrapał się w nieogoloną gębę. Ostry metaliczny zgrzyt szczeciny.

– W sumie tak…

– Nie słyszę – powiedział Iwan.

– Mówię, że zostały… – Gładysz obrócił głowę i napotkał wzrok Iwana. Podskoczył jak oparzony, wyprostował się aż chrusnęło mu w kręgosłupie, ręce przy szwach, szklany wzrok, podbródek prosto w sufit. Ryknął, że aż ślina doleciała na drugi koniec stacji.

– Tak jest!

– Teraz to inna rozmowa – zgodził się Iwan. – Spocznij, żołnierzu. Tak więc, co pan mówił, pułkowniku?

– Jest pan proszony do generała – powiedział uprzejmie pułkownik. W oczach płonęła mu rozpalona do białości wściekłość. – Towarzyszu diggerze, proszę za mną.

Iwan się uśmiechnął. Podniósł się żwawo.

– Słowo generała jest dla mnie rozkazem, pułkowniku. Proszę, niech pan prowadzi.

• • •

– Prowadzimy walkę pozycyjną... – zaczął Orłow.

Iwan wstał.

– Jaką, do cholery, walkę?! – powiedział ostro. – Tam jest normalna rzeźnia. Nie możemy się przebić przez posterunki w tunelach. Próbowaliśmy; kładą tam naszych z łatwością. Straciłem już dwóch ludzi. Mówi pan, walka pozycyjna? Rzeczywiście, pozycyjna.

Memow patrzył ze spokojem na dowódcę diggerów.

– Co pan proponuje, Iwanie Daniłowiczu?

Iwan chrząknął. Kurna, po imieniu i po ojcu. Spojrzał po obecnych – wśród Newskich jeden drzemie, drugi patrzy obojętnie, trzeci dłubie w nosie. Admiratielska nie lepiej. Twarze takie, że najlepiej by kolbą przyłożyć, ale nie wolno.

– Szturm – powiedział Iwan.

Zadziałało. Zrobił się ruch, jakby podpalił szczurze gniazdo.

Memow podniósł brwi, skinął głową.

– Rozumiem... może pan siadać, podoficerze. Pan – zwrócił się do sąsiada Iwana, z Newskiego Prospektu. – Co pan proponuje?

Ten wstał z przestrachem, zaczął mamrotać. Generał spokojnie wyczekał, aż Newski zaplącze się we własnych słowach i umilknie, potem zwrócił się do następnego.

Iwan słuchał. Większość opowiadała się za kontynuacją „powolnej" wojny. Niby na wyniszczenie. Poprzednia niesławna próba wielu przestraszyła.

Zresztą mnie samego też przestraszyła, pomyślał Iwan. Rozerwiemy ich – mniej trzeba było krzyczeć, że „rozerwiemy"...

– A więc decyzja. Co dla nas wyniknie z natychmiastowego szturmu? – Memow obrzucił wzrokiem zebranych, zatrzymując spojrzenie na każdym z osobna – jakby przyszpilał zdjęcia do ściany. Albo żuki w gablotce. Raz – Wojnowicz, dwa – Taras, trzy – Kułagin, cztery... Mierkułow skulił się, kiedy wzrok zwierzchnika zatrzymał się na nim.

Wodianik opowiadał na lekcjach o Północnym Oceanie Lodowatym. A tutaj północny lodowaty wzrok. Zastygły. Parująca czarna woda. I pływają w niej kawałki lodu.

– Co tak panowie pułkownicy przycichli? – Memow uśmiechnął się. – Co powiecie? Ile nas będzie kosztował szturm na Plac Powstania?

Iwan w myślach wytężył mózg – obie półkule, aż do móżdżku. Jednak szkoda, że mózg to nie mięsień. Byłoby znacznie prościej. Przypakowałbyś i nic by cię nie obchodziło...

Myśl nie mogła się przebić. Widocznie trzeba było poświęcać więcej uwagi ćwiczeniom fizycznym.

– Iwanie Daniłowiczu, proszę. – Teraz generał patrzył właśnie na niego.

Iwan westchnął. Jedyny sposób to wstać i szybko wykręcić się sianem.

Tylko nie mów nic zbędnego. Niech panowie pułkownicy sami się pomęczą.

Powiedz cokolwiek, na odwal się.

– Pierwsza rzecz – powiedział Iwan – rozpuścić słuchy, że zaatakujemy za jakieś trzy dni. Druga: wysłać Chodnikom ultimatum z żądaniem zwrócenia Diesla i wydania winnych zabójstwa Jefiminiuka. Dać im te trzy dni na zastanowienie się, że niby potem będą mogli mieć pretensje tylko do siebie. Po trzecie… – zatrzymał się.

W pokoju narastał oburzony zgiełk. Okrzyki: „jakie znowu negocjacje!", „kto to w ogóle jest?", „dobrze gada!", „bzdury!", „brednie!".

Jedynie Memow spokojnie czekał, aż Iwan skończy. Twarz generała nie wyrażała niczego.

– Słucham, Iwanie Daniłowiczu – przypomniał, kiedy pauza się przeciągnęła.

– Po trzecie – powiedział Iwan – zrobić to wszystko… i zaatakować dzisiaj w nocy.

Harmider skończył się jak nożem uciął.

Ludzie zaczęli spoglądać po sobie nawzajem.

– W czasie danym na zastanowienie? – Memow patrzył z uwagą. – Dobrze rozumiem?

– Tak. – „Co ja gadam?"

– W jaki sposób?

– Grupy diggerów zdejmą posterunki. – powiedział Iwan. – Potem błyskawiczny szturm. Szybkie zdobycie Majaka to nasza jedyna szansa. Jeśli Chodniki będą uciekać, musimy wsiąść na nich i przebić się na Plac Powstania. A tam się nie utrzymają. Ale jeśli zamkną nas w tunelach… – Iwan zrobił ruch ramieniem. – Odetną się od tuneli hermetyczną zaporą… i to na długo. Nie wiem jak wy – zmrużył oczy, spojrzał na zebranych – ale ja osobiście nie mam czasu, żeby się tu rozsiadać.

Kiedy rada wojenna się zakończyła i wszyscy się rozeszli, z hurgotem przesuwając skrzypiące krzesła, Iwana zawołał generał:

– Iwanie Daniłowiczu, mógłby pan zostać chwilę dłużej?

No tak, pomyślał digger. Doigrałem się. Mądrala, kurna.

Kiedy zostali w cztery oczy, Memow podszedł do stołu, postawił na nim butelkę koniaku i dwa metalowe kieliszki. Rozlał. Skinął głową: proszę.

Bursztynowe ciepło wsączyło się Iwanowi do żołądka i tam rozgorzało na cały regulator.

Zrobiło mu się dobrze.

– Mój syn miałby pewnie tyle lat, co ty – powiedział generał. – Być może bylibyście nawet teraz przyjaciółmi. Niestety słabo go pamiętam. Cały czas był z matką, ja cały czas w rozjazdach... Teraz tego żałuję. A ty jesteś do mnie podobny. Tylko, zdaje się, w twoim wieku byłem jednak trochę łagodniejszy.

Iwanowi drgnął podbródek.

– I co? Teraz mam się rozczulić i zastąpić panu syna?

Memow chrząknął. Pokręcił głową:

– Jesteś zbyt gwałtowny, Iwanie Daniłowiczu. To niby nie jest złe, ale czasem się przejada. Zbytnio się upodabnia do chamstwa. A ja niezbyt lubię chamów.

– Ja też niespecjalnie.

Memow uśmiechnął się.

– Niech pan idzie, podoficerze.

No to sobie porozmawiali. Od serca.

W drzwiach Iwan nie wytrzymał, odwrócił się:

– Wie pan, ile razy słuchałem takich spowiedzi? – powiedział. – Co trzeci z pańskiego pokolenia, generale. I to jest prawda. Każdy z was miał dzieci – wiem. I każdemu z was te dzieci zginęły – wiem. I każdemu z was jest ciężko – wierzę. Ale wie pan, co sobie myślę? Chce pan, żebym był szczery? Jest pan na to gotów?! – Iwan napierał na Memowa, właściwie przypierał go do ściany. W oczach generała zapaliły się ogniki. – Sami przesraliście swój przepiękny stary świat. A teraz próbujecie zmienić nasz nowy, nie taki już, kurna, przepiękny, na podobieństwo waszego, starego. Nie trzeba. Dlatego, że to żałosne i wstrętne – całkiem jak gnilak grzebiący w odpadkach… Zastanowimy się nad tym bez was. Niepotrzebna nam wasza pomoc. Słyszy pan?!

– Nie krzycz – skrzywił się Memow. – Słyszę. Powiedz mi jedną rzecz… – zrobił pauzę. – Teraz, na naradzie, nagadałeś różnych rzeczy – rzeczywiście tak uważasz?

Iwan milczał przez chwilę.

– Zło – odezwał się w końcu – powinno być ukarane. Sprawiedliwość może być kulawa, głupia, ale powinna być. Tak uważam. Chodniki powinni zapłacić za to, co zrobili.

Pauza.

– Mój rewolwer jest szybki – powiedział w zadumie Memow, spoglądając na diggera.

– Co to ma znaczyć? – Iwan poderwał głowę. Zabrzmiało to ostro, jak wystrzał.

– Fraza z jednego starego filmu – powiedział generał. – O amerykańskich kowbojach. – Memow pokręcił głową. – Masz rację, Iwanie Daniłowiczu, teraz mamy nowy świat. Bardziej nawet ziemię niczyją. Pas między starym światem a nowym, który rodzi się na naszych oczach. Zdobycie Ameryki. Oswajanie dziewiczych terenów. Młode gnojki, które zetrą nas z powierzchni ziemi. Metro stało się strefą pogranicza.

– Nie rozumiem.

Memow jakby nie słyszał.

– Że też wcześniej na to nie wpadłem… – W zadumie potarł podbródek. – Frontier. Pogranicze. Miejsce, w którym rządzi rewolwer. Jak się okazuje, wszystko jest bardzo proste… Dziękuję, Iwanie Daniłowiczu, za interesującą i treściwą rozmowę. Może pan odejść, podoficerze!

Iwan gwałtownie skinął i poszedł do drzwi. Na progu zwolnił. Opanuj się, wreszcie! – nakazał sobie w myślach. Odwrócił się…

Generał, siedząc przy stole, czytał papiery.

– Czegoś zapomniałeś? – Memow podniósł głowę.

– To nie rewolwer – powiedział Iwan.

– Co?

– Myli się pan, generale. Tym miejscem nie rządzi rewolwer. – Iwan milczał przez chwilę. A może nie zrozumie? – Tym miejscem rządzi odwaga.

Memow wyprostował się na krześle. Z zainteresowaniem przyjrzał się Iwanowi.

– Zapamiętam pańskie słowa, podoficerze.

– I jeszcze coś – powiedział Iwan.

– Tak?

– Pańskie pogranicze, to po naszemu: tunel między liniami.

• • •

W kierunku stacji ruszyli nad ranem, kiedy Chodniki śnili ostatni sen. „Godzina byka" – nazwał tę porę Wodianik. „Czas, kiedy bydło kładzie się na ziemi". Czas monterów, kiedy ciemne siły są szczególnie potężne. W gęstej mgle granatów dymnych, nie zapalając latarek, na oślep, ruszyły grupy Szakiłowa i Zonisa, drobnego Żyda, zdolnego kantem dłoni zabić jednego człowieka, a rozwlekłymi przemowami zanudzić na śmierć wszystkich pozostałych. I to prawie nie jest żart.

Drużynę Iwana, wzmocnioną przez żołnierzy z Newskiego Prospektu, umieszczono w oddziale szturmowym. Jeśli grupom dywersyjnym nie uda się bezszelestnie zdjąć wartowników i otworzyć drogi dla atakujących sił Aliansu, w bój pójdą właśnie oni.

Pójdziemy w ciemnościach, jak gnilaki. Iwanem zatrzęsło. Jego małemu oddziałowi wydano po dwa granaty na żołnierza, w sumie dziesięć, jedenasty zapasowy miał Iwan. Generalnie, optymalna drużyna piechoty dla działań w małych pomieszczeniach to czterech ludzi, ale nie wypada grymasić. Obserwatora z Admiratielskiej wtrynili mu prawie siłą, nie chciał go przecież brać – to był przymus.

Tak, sprawdźmy jeszcze raz. Iwan wymacał palcami zimny, metalowy korpus granatu. Hukowy – z zapasów OMON-u, jeśli chodzi o bojowe, to w mieście jest ich deficyt. Ale to nawet lepiej. Dodatkowo Iwan otrzymał sygnałową rakietnicę i dziesięć ładunków. Zasypać granatami. Oślepić racami. Ogłuszyć. Zdezorientować. Zdobyć stację zuchwale, szturmem. I mieć gdzieś straty własne...

Iwan wpatrywał się w ciemność, aż bolały go oczy. Ani przebłysku. Czas płynął powoli.

Obok niego z nogi na nogę przestępował Kolian z Admiratielskiej. Fanatyk, jak go przezwali za zamiłowanie do wschodnich sztuk walki. Nie mógł się doczekać szturmu.

To dzisiaj, pomyślał Iwan, wpatrując się w ciemność. Dym stworzy zasłonę, przez którą obrońcy stacji nie dojrzą atakujących... taką mamy nadzieję. W żołądku czuł ssanie pustki, jakby spadało się w ogromną dziurę. Dzisiaj wszystko się rozstrzygnie. Jeśli zjednoczonym siłom Aliansu uda się przechwycić Majak, to zdobycie Placu Powstania będzie już łatwiejsze. Majakowska to stacja-forteca. Tak jak i Wasilieostrowska.

Iwan westchnął. Nie wiedzieć czemu przypomniał sobie wyraz twarzy Tanii, kiedy powiedział: wybacz, jest wojna. Będę musiał iść.

Niedowierzanie. Nie dlatego że odchodzi, lecz że jak to: na jednej szali i wojna, i szczęście? Kobiety mają własne kryteria szczęścia. My, mężczyźni, nie jesteśmy tak przywiązani do formalnych symboli. Co dla nas znaczy obrączka na palcu? I tak wiemy, kiedy kobieta jest nasza. Albo nie nasza. I obrączka nie ma tu nic do rzeczy. To czysto kobiece sztuczki.

Kobiety! Dopóki nie powiedzą sobie „teraz można", nie mogą być szczęśliwe.

Gdzieś obok brzęknął metal. Iwan miał ochotę podejść i wymierzyć winnemu porządnego kopniaka. Kretyn, kurna. Tunel jest prosty na przestrzał, Chodniki na pewno, jeśli tacy z nich paranoicy, jak się mówi, zawczasu ustawili cekaemy, żeby walić na ślepo. Sam bym tak zrobił. Czy może tych wartowników nie ma już wśród żywych? Ale w takim razie gdzie jest Szakił?

I gdzie sygnał do ataku?

Dłonie mu się spociły, Iwan wytarł je o kurtkę. Planów nigdy nie realizuje się od A do Z. Zawsze ktoś coś namiesza.

Żeby tylko się udało. Żeby tylko…

Wokół stacji jest skomplikowany wieniec tuneli, mnóstwo węzłów sanitarnych, kolektorów, tuneli wentylacyjnych, łączników i skrzyżowań. Niezły dom wariatów mają na tej stacji. A my tu chcemy wojować.

Iwan spojrzał na zegarek. W ciemności oznaczenia ledwo zauważalnie świecą się na zielono, kupił zegarek w tym sklepie na 5. linii. Jak mechanizm dobry, to co mu zrobisz? Kupił i wszystko pięknie. Dlatego kiedy Memow powiedział „zsynchronizujmy zegarki", Iwan tak zrobił. Jest czwarta trzydzieści rano.

Tak, Szakiłow poszedł dwadzieścia minut temu. Wieczność.

Ale sygnału wciąż nie ma.

Co robić?

– Już czas? – słyszy obok szept. – Dowódco, już czas?

Iwan ma ochotę dać jeszcze mocniejszego kopniaka.

– Cicho – powiedział ruchem ust. – Milczeć.

Śluza (czyli hermetyczna zapora) jest absolutnie nieodzowna przy zagrożeniu zatopieniem metra. Ogromne metalowe drzwi, kwadratowe, grube na jakieś pół metra, są zainstalowane w tunelach między stacjami i w wyjściach na schody ruchome. Na każdy tunel przypadają po dwie do czterech sztuk.

Mechanizmy automatycznego zamykania już nie działają, za to jest tam ręczne sterowanie. Za pomocą specjalnego klucza i korby można zamknąć takie wrota w ciągu mniej więcej ośmiu–dziesięciu minut. Norma mówi, że nawet pięciu.

A więc jeśli Chodniki otrząsną się i zdołają się utrzymać dostatecznie długo, żeby zamknąć wrota na wylocie tunelu (jakieś dwadzieścia metrów od końca peronu) i te, które znajdują się między Majakiem a Placem Powstania, to można uznać, że wojna została przez nich wygrana.

I nic na to nie poradzisz. Bo co, wysadzać w powietrze? Ale kto przy zdrowych zmysłach będzie wysadzał śluzę? Iwan pokręcił głową. A kto przy zdrowych zmysłach będzie wykradał agregat?

Przeklęte bydlaki. Teraz muszę tu z wami sterczeć.

Napięcie tak urosło, że trzeba było uważać, by człowieka nie poraziło. Iwan zmrużył oczy, dając im odpocząć, po czym znów je otworzył. Jego grupa szturmowa czekała na rozkazy. Kiedy opuszczali stację, Wodianik nazwał ich grenadierami Piotra Wielkiego. Sam profesor był teraz razem z głównymi siłami. Biega słabo, a bystrą inteligencją nie zdoła ukarać Chodników – nim go wysłuchają, wpierw zastrzelą.

Iwan chrząknął. Nagle przypomniała mu się twarz Koślawego, jego pożegnalny uśmiech przebijający się przez ciemności.

Też, kurna. Kiepski moment.

• • •

Iwan drgnął. Sygnał!

Ułamek sekundy później zaczął biec naprzód z pochylonym kałachem.

– Przygotować granaty! – rozkazał w biegu.

Bezładny tupot wojskowych buciorów przypomniał mu, że jego oddział nie jest znowu taki liczny. Iwan słyszał obok rozpaczliwy ochrypły oddech. Kolian z Admiratielskiej dyszał jak lokomotywa. Był uzbrojony w karabin SKS na naboje 5 mm, wersja myśliwska, półautomat, aż miło strzelać. Niezła broń. Tylko jakoś zaufania do tego gościa nie miał za grosz.

Żeby tylko wszystkiego nie zepsuł.

Iwan zacisnął zęby. Przed nimi coś mignęło, błysk, zabrzmiały wystrzały. Przeraźliwy krzyk. Iwan przyspieszył kroku, popędzając pozostałych.

– Do boooju! – Z czym tu się jeszcze kryć. Z rozpędu przesadzili posterunek, przebiegli po workach z piaskiem. Za nim kilka ciał w szarych mundurach leżących na szynach. Chodniki, oczywiście. Martwi. Nic dziwnego. Iwan kątem oka zauważył jeszcze jednego, ten siedział oparty o ścianę tunelu. Gardło Chodnika było przecięte, pierś miał zalaną ciemną krwią. Z bezładnej ręki wypadł biały kubek.

Naprzód!

Drugi posterunek. Tu trupów było jeszcze więcej. Przed nimi słychać było wściekłe wrzaski i wystrzały.

Zasłona dymna. Zapach spalonego plastiku.

Wpadli na peron. Jasno! Od natężenia światła zakręciło mu się w głowie. Starszy człowiek w pomarańczowej kurtce puchowej wyskoczył z naprzeciwka, całkiem oszalały. W rękach miał dwojaka. Iwan strzelił w niego – pum! Spudłował. Strzelił jeszcze raz. Pum. I po wszystkim.

Podbiegając, zobaczył już jak tamten zaczyna padać. Zakłopotana twarz.

Przed natarciem założyli na lufy strzelb i automatów plastikowe butelki. Wypchali je watą szklaną. Tłumiki własnej roboty. Niemniej nieźle działają. To Szakiłow podsunął ten pomysł – jest znanym ekspertem od broni.

Ten w pomarańczowym padł. Iwan przeskoczył przez ciało, na spotkanie diggera biegło trzech ludzi w szarych uniformach Ministerstwa ds. Sytuacji Nadzwyczajnych – wiekowych jak samo metro. Wystrzał. Kula gwizdnęła, odbijając się od granitu. Iskry. Iwan jednym skokiem dopadł krwistoczerwonej ściany. Płynnym ruchem – i raz! – znalazł się za występem. Bardzo wygodna stacja. Za każdym występem w ścianie można schować jednego strzelca. No, nie śpimy. Iwan opuścił rękę do pasa. Zerwał zimną metalową kulkę. Zawleczka, łyżka, raz, dwa!

– Zamknąć oczy! – wrzeszczy.

Poleciał.

Granat. Iwan siada na ziemi i zatyka uszy palcami. Oczy ma zamknięte. BUMMM. Wybuch widać nawet przez spuszczone powieki. Iwan otwiera oczy, zrywa się...

– Naprzód!

Dobiega do przejścia podziemnego. Wejście jest obłożone workami z piaskiem. Widzi, jak ze szczeliny między nimi wysuwa się lufa automatu...

– Padnij! – krzyczy Iwan.

Seria trafia w biegnącego na przedzie Koliana, ścina go z nóg. Iwan zdąża paść na ziemię i przeturlać się na bok. Odnajduje na pasie drugi granat. Tak, zawleczka, łyżka...

– Oczy! – wrzeszczy Iwan i rzuca.

BADUMMM. Przez dłonie prześwieca czerwień, światło sięga tylnej ścianki czaszki, odbija się i wraca. Przed oczami kolorowe plamy.

Iwan, leżąc, podnosi bastarda do ramienia. Prawie bezdźwięczne w tym hałasie wystrzały. Bastard wpił mu się kolbą w ramię. Chyba trafił? Iwan nie jest pewny. Naprzód, nie ociągać się.

– Do boooju! – krzyczy ktoś obok. Na tle jasnego granitu peronu czernieją ciała. Huk wystrzałów jest ogłuszający.

Iwan przebiega obok leżącego „Admirała" (zdaje się, że już po Kolianie), doskakuje do barykady wokół zejścia do korytarza, blokada sięga mu do pasa, prześlizguje się wzdłuż ściany worków z piaskiem, przygięty, prawie na czworakach. Podnosi automat nad głowę i strzela na oślep nad barykadą. Rykoszet od granitu. Jęk. Czyżby trafił?! Odczołguje się do tyłu, gwałtownie wygląda zza barykady. Nieruchome ciało. Dobrze. Zrywa się i skacze na przegrodę. Zaczepia o coś i spada piersią na worki z piaskiem. W mordę. Dziwaczne wrażenie, że szturmuje własną stację, Wasilieostrowską. Naprzód, nie zastanawiać się – zrywa się na nogi…

I staje twarzą w twarz z człowiekiem w wymiętym szarym mundurze, który właśnie wyskoczył z przejścia.

Rude włosy, blada, porowata skóra.

Chodnik podnosi głowę, przez mgnienie oka patrzy na Iwana. Jego jasne oczy otwierają się szerzej… Iwan podrywa automat do ramienia. Trzask. Skończyła się amunicja. Naciska na spust jeszcze raz, tak jakby naboje za chwilkę miały się pojawić. W palcu skurcz napięcia. Chodnik zaczyna podnosić broń. Iwan doskakuje do niego, uderza go w nos automatem – płazem, tak jak trzymał. A masz! Zgrzyt zębów. Chodnik leci do tyłu, z zadartym podbródkiem… Ułamek sekundy. Patrzy na Iwana. Otwiera usta, zupełnie jakby zamierzał coś powiedzieć. Z nosa tryska mu ciemna strużka. Rudy Chodnik mruga. Zdziwienie. Iwan obraca bastarda kolbą do przodu i uderza jeszcze raz. A masz! Pod palcami mokry metal. A masz! No padaj już! Chodnik w końcu pada.

Stojąc nad powalonym wrogiem, Iwan rozgląda się dookoła.

CZERWIEŃ.

Biała twarz Majakowskiego na krwistej ścianie – potworna, ogromna – kołysze się przed oczami Iwana. Zdaje się, że widać ją przez warstwę krwi.

Pół stacji zasnuło się dymem. Ryk syreny przeciwpożarowej. I światło – ile tu jednak jest światła!

Seria pocisków z dołu, z przejścia podziemnego. Kule, świszcząc, odbijają się od ścian, wybijając w nich kawałki krwistoczerwonej smalty. Jedna z kul trafia w gzyms oświetleniowy, stuk, z głośnym trzaskiem eksploduje lampa. Światła ubywa. Iwan się schyla. W migoczącej chmurze odłamków i pyłu widzi (a to numer!) sylwetkę biegnącego tygrysa. Potrząsa głową. Mruga. Nie teraz. Obok niego przebiegają ludzie w panterkach. Iwan już prawie szarpie… wydech. To swoi.

Ostra woń prochu i rdzawy zapach krwi. Dym.

CZERWIEŃ.

• • •

Z wypełniającego stację dymu wychodzi Szakiłow, krzywi się, trzyma za policzek. Twarz ma zalaną krwią, lewa strona to jeden wielki siniak.

– Co z tobą? – pyta Iwan. Szakiłow krzywi się, spluwa krwią.

– A, poszlyznąłem się – mówi. – Spadłem mordą prosto na schody. Wszystko sobie porozwalałem. Wiżysz – obnaża zęby w uśmiechu. Dwóch czy trzech z przodu brakuje. Parę kolejnych stoi krzywo. Różowe od krwi. – No jak, zabawny widok?

– Jeszcze jak – mówi Iwan. – A co ze stacją?

Szakiłow podnosi rękę. Chwyta w dwa palce, obluzowuje i wyciąga ząb – twarz wykrzywia mu ból, robi się purpurowy z wysiłku. I raz.

Rzuca ząb na posadzkę. Spluwa – zakrzepła krew czerwienieje na jasnym marmurze. Biały ząb wygląda jak kawałek plastiku...

– To szystko – mówi Szakiłow. – Majak jest nasz. Kurna.

Podnosi rękę i zaczyna obluzowywać kolejny ząb.

– A Plac Powstania? – pyta Iwan. – Udało się przebić?

Szakiłow kręci głową w milczeniu. Wyciąga rękę z ust, pluje czerwienią. Jego kurtka jest upaćkana krwią i czymś szarym, zdaje się gliną. Zabawnie rusza wargami, sprawdza językiem zęby. Potem patrzy na Iwana z krwawym uśmieszkiem i mówi:

– Zdążyli, śmierdziele. To nie są jacyś tam frajerzy. Barykadę postawili.

– W obu tunelach?

– Aha. – Szakiłow krzywi się: A niech się walą. A tego czemu kolbą?

ROZDZIAŁ 6

CHEMICY

Pogrzeby są potrzebne żywym.

Iwan patrzył, jak na peronie układają ciała równymi rzędami. Spostrzegł się, ściągnął z głowy czapkę. Brudne, dawno nie myte włosy. Wiejący z tuneli wiaterek wywoływał na potylicy zapomniane uczucie chłodu.

Grabarze – w płaszczach z brezentu, w białych maseczkach na twarzy. Niektórzy mieli aparaty oddechowe. Byli złowieszczy, jak... jak, w sumie, powinni być słudzy śmierci. Iwan patrzył. Grabarze zawijali każde ciało oddzielnie w materiał, zaklejali taśmą klejącą. Potem przykrywali brezentem. W ich niespiesznych ruchach była szczególna rezerwa, nawet powściągliwość.

Dzisiaj wypadło im dużo pracy. Samych zabitych na stacji było ponad trzydziestu.

A będzie więcej.

Iwan słyszał, że w zapuszczonym szybie wentylacyjnym przy Prospekcie Sławy grabarze zrobili gigantyczny piec-krematorium, żeby spalać trupy. Doprowadzili powietrze z powierzchni, komin, wiadomo. Wyszła z tego rura o długości pięćdziesięciu metrów. Cug ma taki, opowiadał wujek Jewpat, że ryk płomieni słychać z odległości kilku stacji.

Mimo wszystko, nie jest to jednak prawdziwe krematorium, bo nie spala kości. Do tego jest potrzebna znacznie wyższa temperatura.

Dlatego w ślepym tunelu za stacją Prospekt Sławy grabarze składują osmalone, nagie szkielety, jeden za drugim. I teraz są ich tam tysiące. Całe miasto szkieletów.

I będzie o trzydzieści z hakiem więcej.

– Przygotować się do oddania ostatnich honorów – wydał głuchym głosem polecenie główny grabarz, kiedy wszystkie ciała były przygotowane do ostatniej drogi. – Minuta ciszy ku czci poległych. Od teraz.

Iwan pochylił głowę. Cisza rozlała się po stacji, połykając pojedyncze ogniki rozmów i hałasu.

Żołnierze z Wasilieostrowskiej, z Admiratielskiej, Newskiego, Gostinki, najemnicy – wszyscy stali i milczeli. Oto co tak naprawdę łączy ludzi, pomyślał Iwan. Śmierć.

Chcę do domu. Iwan stał, wiaterek owiewał mu tył głowy i kark.

Ja. Chcę. Do domu.

– Minuta minęła – powiedział główny grabarz. – Pożegnanie zakończone.

Iwan założył czapkę, popatrzył, jak w tunelu znika karawana grabarzy. Potem ruszył w kierunku swoich ludzi.

Jeść się chce, brakuje już sił.

• • •

Nad metalowym grubościennym kubkiem unosiła się para. Iwan wciągnął ją – wilgotną, gorącą – nozdrzami i podniósł kubek do ust. Ostrożnie upił łyk, starając się nie poparzyć. Wrzątek miał niewielki, ledwie wyczuwalny posmak słodyczy. Kubek nie był gorący, specjalna technologia z czasów przed Katastrofą – podwójne ścianki, między nimi próżnia, która nie przewodzi ciepła. Kiedyś dawno, kiedy żył jeszcze Koślawy, Iwan znalazł ten kubek w opuszczonym supermarkecie wśród innych przydatnych rzeczy. Składana siekierka. Termos w barwach maskujących. Pomarańczowe koszulki polo.

Był tam jeszcze ogromny globus z żółtego kamienia. Iwan przesunął wtedy palcami po gładkim obliczu Ziemi. Nazwy miast, których już nie ma. Nowy Jork, Meksyk, Buenos Aires, Santiago de Chile, Twer, Bołogoje, Niżny Nowogród, Moskwa. Sklep dla podróżników, powiedział Koślawy. Dokładniej dla tych, którzy chcą poczuć się podróżnikami – siedząc przy tym w domu.

Tak, Moskwa…

Coś Moskwianie nie spieszą na pomoc Chodnikom, hę? Iwan sarknął. Nie dziwne.

Od zdobycia Majaka minęło pięć dni. Chodniki odparli wszystkie ataki Aliansu, a nawet próbowali kontratakować. Co oni tam wrzeszczeli poprzednim razem? Iwan skrzywił się. „Car Achmet wzywa was do poddania się, Petersburżanie, a zostaniecie oszczędzeni!" Aha, pilnuj kieszeni, ktoś tu ściemnia. Tak naprawdę sytuacja była patowa. I jeszcze herbata się, kurna, skończyła.

Iwan upił jeszcze trochę, postawił kubek na ziemi. Jego oddział wycofali na Newski, żeby odpoczęli. Namoczył sucharek w kubku, odgryzł kęs rozmiękłej kromki, zaczął żuć.

Kubek wrzątku, kawałek cukru i para twardych jak marmur sucharków to podstawowe żołnierskie przysmaki.

A niektórym nawet to się nie trafiło. Iwan znów wspomniał ceremonię pogrzebową.

– Znalazłem sposób – powiedział Sazon.

Iwan przełknął z wysiłkiem niedożuty kawałek sucharka, odwrócił się w stronę przyjaciela.

– Jaki znów sposób? – Nie od razu nawet zrozumiał, o czym mówi Sazon.

W głowie wciąż jeszcze miał pożegnanie ze zmarłymi – ciała owinięte taśmą, minuta ciszy. Szklanki z samogonem przykryte sucharkami. Iwan chciał się podrapać w głowę, ale zorientował się, że w prawej ręce trzyma nadgryziony suchar. Podrapał się lewą.

– Aha! Mówisz o Placu Powstania, tak?

– Atak gazowy – powiedział Sazonow.

– To znaczy?

– Patrz, Wan. Podpalimy na przykład stare opony. Nastawimy wentylator na dużą moc, doprowadzimy przewody do Gostinki – tunel w tym miejscu jest krótki, powinno starczyć kabla. I zapodamy im dymku z palonej gumy jak trzeba. Pewnym interesującym otworem.

– Przecież mają maski przeciwgazowe – powiedział Iwan, nie rozumiejąc jeszcze, co dokładnie Sazon proponuje.

– Co, wszyscy?

Iwan spojrzał na niego nieledwie z zachwytem. Oczywiście, że nie wszyscy. Daj Boże, żeby mieli tam z dziesięć–dwadzieścia masek na ponad dwieście osób. Kobiety, dzieci…

I tu wreszcie do niego dotarło.

Zagazować ich. O cholera.

– No, Sazon, ty to jednak jesteś swołocz.

– W służbie Aliansu Primorskiego! – Sazonow skrzywił się. – Wybacz, Wan. Coś zmęczony jestem.

Iwan skinął głową. Wszyscy jesteśmy zmęczeni.

– Wiesz co, mój drogi? – powiedział. – Pomyślmy jeszcze, hę? – Usłyszał kroki, odwrócił się. – Gładysz, masz?

Leciwy digger postawił koszyk na ziemi. Leżały w nim żółte piłeczki tenisowe, stare, poczerniałe od upływu czasu i spoconych dłoni. Skinął głową. Płaska, pocięta zmarszczkami niczym nożem, twarz Gładyszewa niczego nie wyrażała. Co najwyżej nudę.

– Aha.

– Dziękuję – powiedział Iwan; podniósł się. – No to jedziemy. Rozstawcie się, chłopaki.

– Rany, znowu? – burknął Paszka, wstając niechętnie.

– Nie znowu, tylko cały czas. Jedziemy! Sołocha, chcesz specjalne zaproszenie? Sołocha!

– Idę, idę. – Odłożył książkę.

Sołocha – wysoki, nieco niezgrabny, z burzą kręconych jasnych włosów – czytał, półleżąc, oparty plecami o swój plecak. Małe okularki bez oprawy miał zsunięte na sam koniuszek nosa. Każdą wolną chwilę spędzał z książką, ale z jakiegoś powodu preferował tylko takie o niestrawnych tytułach, typu *Nauki don Juana: Wiedza Indian z plemienia Yaqui*. Iwan by czegoś takiego nie wziął do ręki. A raczej kiedyś spróbował, ale przebrnął tylko przez parę pierwszych stron.

Choć nie można powiedzieć, żeby całkiem nie lubił czytać.

Po prostu...

Zaczęło mu z lekka odbijać od wylewającego się ze stronic sensu życia, i usunął mu się z drogi.

Ale Sołosze, jak widać, się spodobało.

– Gotowi? – Iwan popatrzył na diggerów. Lepiej by było odsunąć oddział dalej od zgiełku i hałasu, ale nie mieli specjalnie wyboru. Zresztą, niech się przyzwyczajają do pracy w każdych warunkach. Przyda się. – Jedziemy! Kółko graniaste, czworokanciaste.

Na początku zaczęli ćwiczenie jedną piłeczką. Iwan miękko rzucił ją Paszce, powiedział „IW". Następny ma powiedzieć „IWA" i tak dalej, aż powstanie imię „Iwan". Potem imię kolejnego diggera. Potem słowa wymawiane od tyłu. Potem piłeczki są dwie. Potem trzy. Tego ćwiczenia nauczył ich Koślawy. Rozwija zdolność uwagi, koordynację i wyczucie partnera. Koślawy w ogóle znał dużo takich ćwiczeń. „Lustro", na przykład, kiedy dwóch diggerów stoi naprzeciwko siebie i jeden wykonuje ruchy, a drugi je powtarza – jak odbicie w lustrze. Generalnie, zmysł orientacji, „wyczuwanie partnera" tyłem głowy – to być może najważniejsze z diggerskich nawyków.

– Najpierw złap spojrzenie tego, komu rzucasz – powtarzał Iwan zwyczajową formułę. – Jak nawiązałeś kontakt, to rzucaj. Miękko. Z wyczuciem. Wszystko dla partnera.

Piłeczki latały od jednego diggera do drugiego. Iwan jednym uchem słyszał głosy i śmiech ludzi wokół – żeby popatrzeć na trening diggerów, zebrał się spory tłum. Taka sobie, ale zawsze rozrywka.

Ale dzisiaj trening jakoś nie wypadł najlepiej.

– Sazon! – zawołał Iwan, kiedy ten po raz kolejny wypuścił piłeczkę. – Co ty, śpisz dzisiaj, czy co? Weź się w garść.

Ułamek sekundy później Iwan ledwo zdołał złapać piłkę rzuconą z taką siłą, że aż zabolał go nadgarstek. Palce mu zdrętwiały.

– Kurna!

W tłumie rozległy się śmiechy.

– Wybacz, Wan – powiedział Sazonow bez specjalnej skruchy. – Coś dzisiaj... Przepraszam.

– Dobra, wystarczy na dzisiaj – Iwan machnął ręką. Palce wciąż go jeszcze bolały. – Gładysz, zbierz piłeczki. To tyle, chłopaki, show się skończył! – W tłumie dało się słyszeć westchnienia rozczarowania. Kiedy Gładyszew zbierał piłeczki, Iwan zwrócił się do przyjaciela: – Sazon, wszystko u ciebie w porządku? Wydajesz się jakiś udręczony.

– Wan, lepiej spójrz na siebie. Gębę byś sobie chociaż oskrobał, albo co – Sazonow krzywo się uśmiechnął, odwrócił się i poszedł. Beżowy płaszcz świecił w półmroku stacji.

Dokąd on tak codziennie chodzi? – pomyślał Iwan.

Znalazł sobie na Gostince dziewczynę, czy jak? I do tego roztargniony...

Iwan odprowadził przyjaciela wzrokiem i przesunął dłonią po zarośniętym policzku, prychnął.

Właściwie to ma rację, nie zaszkodziłoby się ogolić.

• • •

Iwan wziął garnek z gorącą wodą, włożył do niej ostrze groźnej brzytwy, żeby się nagrzało. Spróbował usadowić się tak, by w małym lusterku w plastikowej oprawie wielkości dłoni widzieć chociaż część podbródka. Wyjął brzytwę z wody i starannie poprowadził ją po namydlonym policzku. Dotyk gorącego metalu. Zarost ustępował z cichym chrobotem.

I właśnie wtedy się pojawili. Z tunelu prowadzącego na Gostinkę wyskoczył – niemal biegnąc – ogromny Kułagin, a za nim malutki okrągły człowieczek w garniturze. No jasne.

– No, po jaką cholerę ty za mną chodzisz, co? – Odwrócił się do niego rozdrażniony Kułagin. – Co?

Cywil zmieszał się, potem oświadczył prosto w twarz dowódcy z Wasilieostrowskiej.

– Żądam!

– Czego znów żądasz? – Kułagin otworzył usta.

Cywil nabrał już trochę śmiałości i nawet na oko zrobił się większy.

– Żądam zakazu używania granatów błyskowo-hukowych jako broni niehumanitarnej! Międzynarodowa społeczność metra...

– Szczam na twoją społeczność – powiedział z godnością Kułagin. – Ciepłym moczem.

– Ludzie ślepną...

Rzeczywiście, jasność granatów okazała się nadmierna. Szczególnie dla samych atakujących. Na stacjach Aliansu nie ma centralnego oświetlenia, ludzie nie przywykli do jasnego światła, którym zalana jest Majakowska. A tym bardziej do granatów błyskowo-hukowych. Kilku ludzi odesłali na tyły, na Newski Prospekt, z wypaloną siatkówką. Jednym wzrok powróci, innym nie. Iwan przesunął ostrzem po policzku, wypłukał je w garnku.

– Kim ty w ogóle jesteś? – Kułagin napadł na cywila. Ogromny, w ubłoconej wojskowej panterce, porwanej na łokciu. – Co ty tu robisz? Zaraz według prawa wojennego... stuknę cię na miejscu. No, stawaj pod ścianą.

– Nie ma pan prawa! – podniósł głos cywil. Jego słabiutki i wstrętny głosik nabrał mocy syreny przeciwpożarowej. – Jestem obserwatorem z ramienia światowej rady metra! Jestem neutralny...

– Dobra, neutralny, powiedz pa, pa.

Kułagin wyciągnął pistolet, odciągnął zamek. Cywil zbladł, zupełnie jakby wypuścili mu całą krew.

– To samowolka! – krzyknął niepewnie.

Zawsze tak z nimi jest. Iwan poruszył brodą, skierował brzytwę w dół. Ścinał zarost z ledwie słyszalnym chrzęstem... Wystarczy, żeby idealiści zetknęli się z prawdziwą przemocą, a cały entuzjazm od razu się ulatnia.

– Oleżka – zawołał niegłośno Iwan. Kułagin odwrócił się, napotkał jego wzrok. Iwan pokręcił głową. Nie wolno.

Kułagin oprzytomniał. Splunął, zaklął od serca, wsunął pistolet do kabury i poszedł. *Finita la commedia*. Za to cywil został. Ajajaj, pomyślał Iwan.

– Od razu widać, że z pana kulturalny człowiek! – Cywil podbiegł i wyciągnął dłoń. Nie wiedzieć czemu, cały czas poruszał się biegiem, śmiesznie drobiąc kroczki. – Niech pan pozwoli uścisnąć sobie rękę.

Iwan popatrzył najpierw na swoją lewą dłoń – garnek z wodą, potem na prawą – groźna brzytwa, po czym przeniósł wzrok na cywila.

– Proszę wybaczyć – zmieszał się ten, ale nie na długo. – Możemy porozmawiać?

Iwan jęknął w myślach.

• • •

– Napadliście na pokojową stację! Jak tak można?!

– Jasne – powiedział Iwan. Jakoś od razu odechciało mu się spierać. – A to, że nam gwizdnęli jedyny agregat, to nic. Rozumiem. Każdemu się może zdarzyć.

– Jeszcze tego nie udowodniono!

Oczywiście, nie udowodniono. Kiedy Wasilieostrowska wymrze, wtedy będzie dowód. A teraz niech się tam bawią w ciemnościach, przyzwyczajeni są. Zresztą ten chomik z manierą walczącego o prawdę i tak tego nie zrozumie.

– Jestem wami zmęczony – powiedział szczerze Iwan. – Miłośnicy prawdy, kurna. Tylko jak tak patrzę, to prawda was nie bardzo miłuje.

– Pan nie rozumie!

Ale Iwan już nie słuchał.

– Kuzniecow! – zawołał młodego gliniarza. Ten podbiegł, rześki jak pies Pawłowa w wiosenne gody.

– Szefie – Misza wyprężył się jak struna.

Oczy mu lśnią. Kiedy mu to przejdzie? Iwan pokręcił głową. Czyżbym kiedyś ja też był takim młokosem, gotowym dla jednego uśmiechu Koślawego na bohaterskie wyczyny? Nie, nie byłem. Kiedy przybyłem na Wasilieostrowską żadnego zachwytu już we mnie nie pozostało. A Koślawy był mi przyjacielem i starszym towarzyszem, nie zaś idolem, którego miałbym czcić.

– Słuchaj rozkazu, żołnierzu – powiedział Iwan. – Bierz tego tu cywila i wyprowadź.

– Rozumiem. A... dokąd? – Kuzniecow poprawił pas, na którym wisiał automat, rozejrzał się.

Cywil zaniepokoił się. Dobry ma węch – jak obity nos na spracowaną pięść.

– Niedaleko – Iwan poruszył szczęką. Zmrużył oczy, które jakby mu zgasły. – Zaprowadź do tunelu za posterunek, tam jest podstacja drenażowa. Teraz jest nieczynna, ale to nieważne.

– Co pan ch… chce… – Cywil zabulgotał, jakby się udławił.

– Zaprowadzić na podstację – skinął Kuzniecow. Oczy płonęły mu jasnym bojowym światłem. Smarkacz, kurka wodna. – Rozumiem. Co dalej?

– I tam go zastrzel – zwyczajnym tonem powiedział Iwan. – Wrócisz, zdasz meldunek. Wykonać.

Niezauważalnie dla cywila puścił młodemu oko – zrozumiałeś, tak? Kuzniecow znieruchomiał, potem mrugnął w odpowiedzi.

– Tak jest, towarzyszu dowódco!

Cywil, nie wierząc własnym uszom, przeniósł wzrok z Iwana na Kuzniecowa i z powrotem.

– Co wy… poważnie? Ja…

– Oczywiście – powiedział Iwan. – Chce pan wiedzieć, co to jest prawdziwa wojenna samowolka? To masz pan samowolkę. W najlepszym wydaniu.

– Ale ja! Ja jestem ze społeczności międzynarodowej!

Kuzniecow zdjął z ramienia automat i powiedział poważnym tonem:

– Ty, społeczność, idziemy.

Kiedy odeszli – cywil dreptał posłusznie, jakby tylko na to czekał przez całe swoje cywilne życie – Iwan kontynuował golenie.

Nastrój stopniowo mu się poprawiał.

– Śpiewajmy, towarzyszu broni… – zaśpiewał półgłosem. Pieśń z filmu *Dwaj żołnierze* – …o sławie Leningradu – Przymierzył się w lusterku, jak tu się wziąć za lewą połowę twarzy…

A nuż?

Niech to cholera. Iwan rzucił brzytwę do garnka i pobiegł. Po drodze wsadził garnek w ręce Sołosze – ten z ogłupiałą miną odprowadzał dowódcę wzrokiem. Ogolona do połowy twarz Iwana sprawiała, że napotkani ludzie uskakiwali mu z drogi. Zeskoczył na tory, poślizgnął się... Cholera. Wyrównał krok i zwiększył tempo. Stukot butów w tunelu brzmiał sucho i niepokojąco.

Żeby tylko zdążyć.

– Wróć! – Wtargnął do pomieszczenia podstacji drenażowej, zatrzymał się.

Kuzniecow zamrugał z zakłopotaniem, opuścił automat. Czy on rzeczywiście zamierzał strzelać?

– Misza – Iwan westchnął. Oparł się dłońmi o kolana, żeby ustabilizować oddech. Mięśnie okropnie bolały. – Ty... to... jesteś... – Iwa wyprostował się. – Przecież żartowałem! Myślałem, że wyprowadzisz go za granicę stacji i wypuścisz.

Kuzniecow spojrzał z zakłopotaniem na automat, który trzymał w rękach, potem na Iwana.

– A – powiedział. – A ja... myślałem. Oj, kurde. Ja go przecież o mało co...

– To nic – powiedział Iwan. – To moja wina, wybacz. Dobra, Misza, zasuwaj na stację, jak przyjdę to porozmawiamy. A ja tu z towarzyszem wszystko wyjaśnię.

– Panie! Jak pan śmie! – Cywil w końcu odzyskał głos.

Zabawne: kiedy bez gadania stawiają go pod ścianą, to jest zadowolony. A jak ratują mu życie, to od razu pretensje.

– Jak się nazywasz? – spytał Iwan, kiedy Kuzniecow wyszedł

Cywil się zakrztusił. Potem powiedział:

– Borys Jewgieniewicz... w skrócie Boria.

Znam jednego Borysa, pomyślał Iwan. Nawet trochę podobny...

Iwan wyciągnął dłoń. Cywil popatrzył na nią z obawą, potem spojrzał Iwanowi w oczy i przełknął ślinę. Niepewnie wyciągnął rękę. Iwan mocno ją ścisnął, potrząsnął. Palce miał cywil miękkie, ale chwytne, jakby ze sprężynkami w środku. Iwan podniósł brwi, prychnął.

– No, miło poznać, Boria. Przepraszam za głupie żarty. Napijesz się? W celach, że tak powiem, leczniczych.

– Ee… cała społeczność mię… Khem – cywil urwał. Potarł nos. – Nie odmówię.

• • •

– …wylazły dżdżownice gigantycznych rozmiarów. Do dwóch metrów długości i więcej – niektóre nawet z zębami. Przegryzają się przez ziemię, beton, żwir. Drewno to w ogóle ciachają na rozgrzewkę. I tylko metalowe obręcze tuneli są ponad ich siły, i chwała Bogu. A najgroźniejsze z nich są tachometry, co to reagują na dźwięk kroków. Idziesz tylko trochę szybciej, pospieszysz się, przyspieszysz kroku – i koniec, żegnaj. Dogonią cię i nogi odgryzą przy samym tyłku. Dlatego tam, gdzie występują – na przykład na stacji Udielna, wszyscy chodzą powolutku. Jakby w wodzie.

– To wszystko lipa – odezwał się drugi głos. – Jakie dwa metry, do cholery? Najwyżej półtora. Grube mniej więcej na palec. Trochę blade, ale z wyglądu całkiem zwyczajne, takie jakie były przed Katastrofą. Sam widziałem, nie? Co ja ci będę łgał? Przecież na tamtej stacji robią z nich farsz i kotlety, kołduny lepią bez proszenia, gotują i podają pod wódeczkę. Pyszności podobno takie, że palce lizać. Chiński przepis.

Iwan słuchał tej paplaniny jednym uchem. Po zdobyciu Majaka jego oddział wycofali na Newski, żeby odpoczął.

I bardzo dobrze. Admiratielska organizacyjnie staje się jednak coraz lepsza. Gromadzi się doświadczenie.

Jeszcze parę miesięcy akcji bojowych i będzie z nich precyzyjna machina wojenna…

Dziękuję, postoję. Po kiego mi takie szczęście.

Przewrócił się na drugi bok: nie otwierając oczu, naciągnął na głowę cienki koc. Głosy brzęczały, przeszkadzały w zaśnięciu. Dawno nieprany koc śmierdział moczem.

– A u nas był taki jeden, cholera, takiego upartego w całym metrze nie znajdziesz – rzekł trzeci głos. – Mówimy mu: nie kładź się tak po prostu, koniecznie coś twardszego podłóż pod zadek. Nie posłuchał. Położył się wprost na ziemi. Pamiętam jeszcze, że zanim zamknąłem oczy, przewrócił się na lewy bok. I rano pobudka, wstajemy, mycie, poranna toaleta, wszystko jak zwykle – i wszyscy wstali, tylko on jeden nie wstaje. Jak leżał na boku, tak leży. I mówi: coś się, brachy, rozespałem. Noga mi zdrętwiała. Pomóżcie wstać, mówi. I ręka mnie boli. Zaczęliśmy go podnosić, a ten wrzeszczy jak obdzierany ze skóry. Co to za historia? Przesuwamy go – matko i córko! On dlatego wstać nie może, że mu się robak ciągnie przez biodro na przestrzał... Pamiętam jak dziś: wychodzi z ziemi, przechodzi przez ciało i znowu do ziemi. Jak go zaczęliśmy ciągnąć, żeby mu w środku... nie został. A gdzie tam. Wije się, cienki, człowiek nawet brzydzi się go dotknąć...

Gaduły. Iwan skrzywił się. Lekko pobolewała go głowa po wczorajszym „pojednaniu" z cywilem Borią.

Czyli dżdżownice?

Iwan westchnął.

Żebym ja miał takie problemy...

• • •

Nóż był dziwny. Iwan jeszcze takiego nie widział. Z ostrzem szerokim jak u siekiery, ale w kształcie liścia, zagiętym pod kątem do środka. Ciężki. Rękojeść z szorstkiego drewna dobrze leży w dłoni, tylko ornament jest zbędny. Iwan przymierzył – tak, takim nożem można komuś uciąć łeb. Z łatwością.

– Mówisz, że jak się nazywa?

Uberfuhrer uśmiechnął się. Gorzej niż dziecko.

– Kukri.

– Szo to? – Szakiłow aż podszedł bliżej.

– Nóż Gurkhów – wyjaśnił z dumą Uberfuhrer, jak gdyby sam był co najmniej „honorowym Gurkhiem". – Była taka elitarna jednostka wojskowa w armii brytyjskiej. Rekrutowali się spośród rdzennych Nepalczyków. No, z takich, co to ich palcem nie robili... Świetni żołnierze. Najlepsi w angielskim wojsku.

Szakiłowi zapaliły się oczy:

– Skąd go fsiąłeś?

– Skąd wziąłem to wziołem, więcej nie ma – uciął Uberfuhrer. – Jeszcze przed Katastrofą zdążyłem go zdobyć. Najprawdziwsza nepalska robota. Oni tam u siebie rąbią takimi drwa. A kiedy są na wojnie – to głowy.

Zastanowił się i dodał.

– Rąbali, rzecz jasna. Może gdzieś w londyńskim metrze paru Gurkhów przeżyło. No, mam taką nadzieję.

– A to przypadkiem nie Murzyni? – dociął mu Iwan.

– Nie, gdzieś tam z Indii... – Uberfuhrer umilkł, potem chrząknął. – A zresztą nie pamiętam.

– A ty szeczyfiszcie jesteś rasistą? – zainteresował się niewinnie Szakiłow. – Bo jakieś podejszanie szerokie masz horyzonty...

• • •

– Drzwi pancerne, widzisz? – Szakiłow wskazał ruchem głowy. – A, o tam, w suficie... co to według ciebie jest?

Iwan zmrużył oczy. Cholera, niedługo trzeba będzie szukać okularów, wzrok mi całkiem siadł.

– Pręt ze zbrojenia – powiedział w końcu. – Albo rura.

– Rura? – spytał Szakiła.

Ten prychnął.

– Coś z wyższej półki.

– Czyli cekaem. Czyżby automatyczny?

– Najprawdopodobniej. Obiekt specjalny – powiedział Szakiłow szeptem. – To nie jakieś ploty z targu na Siennej: poważni ludzie tu kiedyś mieszkali. Pod ziemią. Dawny Piętnasty Zarząd KGB, potem operacje specjalne Federalnej Służby Ochrony. Podobno najpierw strzelają, potem zadają pytania. Nie wiem, osobiście jeszcze się nie zetknąłem... chwała Pierwszemu Diggerowi.

– I co jest za tymi drzwiami?

Szakiłow wzruszył ramionami, oparł głowę o kamienną ścianę. Odchylił się do tyłu.

– Nie wiem.

– A próbowałeś się dowiedzieć?

Szakiłow uśmiechnął się.

– Zupełnie nie mam na to czasu. Mam żonę, dziecko...

– ...i motorek w tyłku – skończył tym samy tonem Iwan: „Na siebie popatrz".

Tak w ogóle to taki motorek ewidentnie miał nie tylko Szakiłow. Inaczej Iwana by tu nie było.

Siedziałby teraz na Gostince i gapił się na dziewczyny. Iwan westchnął. Trochę ich obu poniosło – żeby szukać przygód, gdzie nie trzeba. Jedno słowo – diggerzy.

I drugie – maniacy.

– Dobra, opowiadaj – powiedział Iwan. – Co widziałeś?

Szakił podniósł brwi, rozpłynął się w uśmiechu. Dobroduszny jak diabli.

– Nic, uwierzysz? Któregoś razu dwie doby przesiedziałem bez wychodzenia, wypatrywałem.

– I co?

– I nic. Nikt nie wchodził, nikt nie wychodził. Stwierdziłem potem, Wania, że spróbuję zbadać te drzwi. No, rozumiesz… Żeby sprawdzić.

– I?

– Nie ma żadnych „i". Bo nie doszedłem. Przestraszyłem się.

Iwan nie wierzył własnym uszom. Żeby coś powstrzymało ciekawość Szakiła? Nawet jeśli powstrzymało, to gwóźdź w jego tyłku jak tkwił, tak tkwi – długo w miejscu nie usiedzi. Póki na froncie panował zastój, postanowili z Szakiłem to sprawdzić: wspomnieć stare czasy i „zrobić wjazd". Wyłącznie po to, żeby nie wyjść z wprawy. Ehe.

Iwan zdjął plecak. Do nadgarstka przymocował latarkę. Teraz mały łom i śrubokręt do kieszeni, automat na plecy.

– A ty co? – spytał Szakił, chociaż wiedział już dobrze co.

– Pójdę się przespacerować – powiedział Iwan.

– Nie rób głupstw.

– Przecież nie pójdę jak głupi. Tylko z sensem.

– Ja myślę.

Iwan wyjrzał zza rogu, rzucił kamieniem. Przyjrzał się uważnie. Jest ruch – kamień poleciał, spadł jakieś dwa metry od drzwi. Białe światło latarki rozjaśniało ślepy zaułek, Iwan widział nawet rysy na drzwiach, zdartą szarą farbę.

Kamień poleciał i upadł w plamie światła. Pauza. Nic, żadnego… Lufa cekaemu obróciła się o jakieś piętnaście stopni, wycelowała w stronę kamienia. I leciutko w bok.

Patrz no, działa.

Zaraz wystrzeli. Ale cekaem milczał. Po prostu wycelował i to wszystko.

Może tam, za drzwiami, siedzi oficer w mundurze FSO, w szarym kombinezonie z małymi wyblakłymi odznakami podziemnych wojsk Operacji Specjalnych na kołnierzu i trzyma rękę na przycisku? Nacisnąć, nie nacisnąć? Iwan podniósł następny kamień, rzucił. Pum. Kamień upadł kawałek dalej niż pierwszy. Znów pauza. Iwan liczył sekundy: raz, dwa, trzy... przy czwartej lufa ledwo zauważalnie się przekręciła. Gdyby w wyobraźni przedłużyć linię lufy, to będzie akurat drugi kamyk.

Trzeci.

Trzeci upadł o kolejny metr bliżej drzwi. Cekaem milczał. Lufa znów wyrównała i znieruchomiała.

Iwan zrobił krok, drugi. Cekaem milczał.

Z każdym krokiem szło się coraz trudniej, tak jakby brnęło się przez grząskie błoto i z trudem wyciągało z niego buty.

Iwan przypomniał sobie nagle, jak to było na Primorskiej, kiedy tamten stwór atakował go telepatycznie. Czy to jednak mech był winien? Specyficzny, ostry zapach.

I jeszcze ten tygrys... Stop.

A to, nawiasem mówiąc, trzeba przemyśleć. Iwan zatrzymał się, podniósł powoli głowę. Lufa cekaemu patrzyła teraz wprost na niego. Zdawało się, że czarny otwór rozszerza się i wciąga Iwana do środka. Tak jakby stało się na skraju pionowego szybu i patrzyło w dół, w ciemność. I ciągnie cię, żeby zrobić krok naprzód i wszystko skończyć.

Jeśli zostanę przy życiu...

– No i co? – zapytał Szakił, kiedy Iwan wrócił, nie dochodząc do tajemnych wrót bliżej niż na kilka kroków.

– A nic – powiedział Iwan. – Bzdurami się tu zajmujemy, przyjacielu, ot co. A mamy rodziny... ty to na pewno. A ja mam Tanię.

Szakił prychnął, spojrzał na Iwana. Odchylił do tyłu okrągłą czarnowłosą głowę z przedwczesną siwizną i uśmiechnął się.

– Jednak do ciebie dotarło. Witaj w klubie!

– Jeszcze jak – powiedział Iwan. – Najwyższy czas.

• • •

Iwan przeskoczył niewysoką barierkę peronu, miękko opadł na ziemię, przykucnął. Rozejrzał się wokół. Przymocowaną do lufy automatu latareczkę miał wyłączoną – spróbujemy bez. Słabego światła miejscowej latarni powinno wystarczyć.

Oczywiście, jeśli to nie pułapka.

Nieszczególnie przyjemna myśl. Iwan powiódł lufą automatu z lewa na prawo – nic. Położył broń na granitowej posadzce, delikatnie, żeby nie zabrzęczał metal. Wyciągnął nepalski nóż kukri, ciężki, zagięty, można nim ciąć gałęzie jak siekierą. Przygotował się. Kukri został mu w spadku po Uberfuhrerze. Fantastyczna rzecz.

No, z Bogiem.

Starając się nie oddychać zbyt głośno, wyjrzał zza filara. W oświetlonej przestrzeni żadnego ruchu. Peron Placu Powstania, wyłożony bordowym marmurem, był doskonale widoczny – chociaż światło dawała tylko latarnia w ciężkim mosiężnym obramowaniu, stojąca przy przejście na Majakowską. A gdzie są ich wartownicy?

Iwan schował się starannie, w lewej ręce miał lusterko na długim wysięgniku. Dostosowując się do wygiętego kształtu filara, wyciągnął rękę z lusterkiem. Widniał w nim pusty (pusty!) peron w stronę Czernyszewskiej. Na dalszej ścianie mozaikowe panneau. Jacyś ludzie w dziwnych strojach. Iwan przekręcił lusterko. Nadal pusto.

Co to za bajzel?

Gdzie się wszyscy podziali?

Pułapka?

Iwan zamierzał już wrócić do automatu i spróbować przedostać się na drugą stronę peronu (cholera, przez otwartą przestrzeń), gdy w lusterku coś mignęło.

Ruch. Widział ruch.

Iwan bezszelestnie przyklęknął na jedno kolano. Znów wysunął lusterko. Żeby tylko nie błysnęło, to go łatwo zdradzi, ciężko będzie potem ujść stąd z życiem. Iwan wstrzymał oddech...

Kiedy, jak się zdawało, można już się było rozluźnić, zobaczył, jak jeden z czarnych jak atrament cieni poruszył się – i coś blado błysnęło. Oksydowany metal. Broń.

Cóż, zobaczymy kto kogo.

Iwan zaczął iść dookoła filara. Kukri sunął przed nim, rozcinając gęste duszne powietrze swoją ciężką klingą.

Iwan zrobił krok i zatrzymał się. Zobaczył. Brwi uniosły mu się aż na czoło.

Przed nim leżeli śpiący ludzie. Wielu ludzi. Okryci kocami Chodniki. Bez straży. Dziesiątki, jak nie całe dwie setki ludzi.

Zrobił krok, podnosząc kukri do ciosu...

Ścinać głowy, powiadacie?

Nóż opadł z potężną siłą, jak topór. Buchnęła ciemna, niemal czarna krew...

Iwan obudził się z bezdźwięcznym krzykiem. Długo nie mógł dojść do siebie, pozbyć się lepkiego uczucia, że dopiero co własnymi rękami zabijał kobiety, dzieci i starców.

Co to było?

Co to, kurna, było?!

• • •

– Substancje halucynogenne? – Sołocha patrzył badawczo. – Masz na myśli trip po LSD? Grzybki?

– Ee... Coś w tym rodzaju. – Iwan potarł nos: nie wiedzieć czemu miał ochotę kichnąć. – Opowiedz mi o nich.

Sołocha odczekał chwilę, przestąpił z nogi na nogę.

– Cóż, mówiąc w skrócie. Znane są od dawna. Należą do dwóch rodzin związków chemicznych – nie pytaj jakich, nie pamiętam. Najbardziej znanym halucynogenem, to jest psychodelikiem, jest LSD. Na pewno o nim słyszałeś. W naszych warunkach najłatwiej dostępne psychodeliki są w grzybkach. Łysiczka lancetowata i łysiczka gnojowa zawierają psylocybinę. Grzyb należy zjeść, w ten sposób substancja aktywna dostaje się do krwi poprzez ścianki jelit.

– A nie przekręcisz się?

Sołocha uśmiechnął się.

– Cóż... Jeśli potrafisz zjeść parę ton takich grzybów...

– Rozumiem – powiedział Iwan. – Dostaje się to do krwi i co dzieje się dalej?

– Działanie psylocybiny jest mniej więcej takie: euforia, potem zdaje ci się, że twoje ciało bez twojej woli zmienia rozmiary, czasem chwyta cię przeraźliwy, dławiący strach. Ale to rzadkie. I jeszcze synestezja – no, to kiedy słyszysz kolory i widzisz dźwięki. Tak, i jeszcze figury geometryczne – obłędnie piękne, przy czym widać je nawet z zamkniętymi oczami. Ale to przede wszystkim od LSD, kwas mocniej grzeje. Aha! – przypomniał Sołocha. – Niektórzy mają przeżycia religijne. Zmienia się „punkt scalający"...

Iwan machnął ręką. Przeżycia religijne zupełnie go teraz nie interesowały.

– Halucynacje? Wizje?

Sołocha spojrzał na dowódcę z ciekawością.

– To też? A co cię to tak zainteresowało, dowódco?

– Potrzebne. Powiem, powiem. Agresja?

– To idź i spytaj tam, gdzie kwasa uprawiają – obraził się Sołocha. – Pomagasz człowiekowi, a ten...

Iwan podrapał się w głowę.

– A gdzie to jest?

– Ulica Dybienki. Grzybiarze tam zasiali co trzeba, cały kwas w metrze stamtąd pochodzi, co ty, nie wiedziałeś? Teraz tamtą stację nazywają „Wesoła Osada".

– Kto ją tak nazywa?

Sołocha wzruszył ramionami. Że niby czego tu nie rozumieć…

– No, grzybiarze.

• • •

– Czy ktokolwiek słyszał o Szóstej Linii?

Przez jakiś czas wszyscy milczeli. Całkiem jakby wybuchła bomba i wszystkich ogłuszyła.

– Złota! – Kuzniecow ocknął się pierwszy.

– Tak. – Powiedział Wodianik. – Nazywają ją też Rajską Linią. Inaczej D7.

– Co?

– Tak. – Profesor objął rozmówców znaczącym spojrzeniem. W oczach błyskały mu elektryczne wyładowania. – Właśnie o nim mówię… – pauza. – Tajne metro Petersburga istnieje!

Pauza. Uberfuhrer niespiesznie wstał, podszedł i przyłożył profesorowi dłoń do czoła.

– A nie, jednak zimne.

– Co pan robi? – Profesor oburzył się, odepchnął rękę.

– Bo panu chyba trochę przygrzało… nie?

Wodianik spojrzał na Uberfuhrera z gniewem. W oczach zapłonęły mu ogniki.

– Młody człowieku – wycedził dokładnie. – Co pan ma na myśli?

Uberfuhrer ledwo powstrzymywał się od śmiechu.

– Za to właśnie uwielbiam Piter. Tu każdy facet aż do podeszłego wieku jest „młodym człowiekiem". A co do tajnego metra… – Uberfuhrer uśmiechnął się. – To przecież żadna tajemnica, profesorze. Są bunkry, tajne laboratoria też – pod Fabryką Kirowa, na przykład, jest jeszcze dużo różnych rzeczy.

Węzeł Łączności „Działkowiec" dla przykładu. Wie pan, co to takiego? Mówi pan, że grał pan dawniej w CGK? Nie, profesorze, wziął pan niewłaściwe pytanie. Nagroda przechodzi w ręce telewidzów.

– No wie pan! – Profesor poczerwieniał.

Dla Iwana wszystkie te „cegieka" i inne „telewidze" brzmiały jak zaklęcia kryszaitów. *Hare Kryszna, Hare Rama. Kryszna, Kryszna, Hare*. I wchodzi akordeon.

Ale o tajnym metrze wiedział znacznie więcej od profesora. Spotykał nawet parę razy „podziemnych" twarzą w twarz. Dziwni goście. Wycofani i tajemniczy do niemożliwości. Stoją, patrzą na ciebie i uśmiechają się zagadkowo.

Całkiem jakby urodzili się ze srebrną łyżeczką w zadku i trzymają ją teraz, napinając pośladki.

– To są wszystko bzdety – powiedział Uberfuhrer. – Proszę zrozumieć, profesorze, w Piterze „Metra-2" jako takiego nigdy nie było. Pojedyncze podziemne laboratoria, schrony, punkty dowodzenia OPL, obiekty specjalne, to wszystko tak. Ale tajnego metra nie ma. Niestety. Tak więc, Profesorze, proszę wybaczyć, ale nagroda trafia jednak do mieszkańca wioski Wasiuki Małe, Obwód Czelabiński.

– A tunel do Kronsztadu? – zapytał Kuzniecow. – Słyszałem, że było coś takiego…

– Bajki! – uciął Uberfuhrer. – Macie, zaraz wam opowiem, że jest tajne przejście na tyły Chodników. Pójdziemy nim, a tam sypialnia cara Achmeta. Bierzemy go gołymi rękami i wojna skończona. To przecież bzdura, rozumiecie?

– Hmm – powiedział Iwan.

„Dlaczego od razu bzdura?"

Zdaje się, że oprócz planu A, który zaproponował Sazon, znalazł się też plan B.

• • •

Wypytywanie niczego nie dało.

– Może Dzięcioł wie... – zaczął ktoś z Newskiego i zaciął się. Ale Iwan nauczył się już wyłapywać takie momenty. Ludzie czasem najważniejsze rzeczy wyjawiają w przejęzyczeniach.

– Dzięcioł? A to kto znowu?

Newski wzruszył ramionami – zirytowany, że się wygadał.

– Taki lokalny filozof. Przygłupi. Ale nie róbcie mu krzywdy, bo się to chłopakom nie spodoba. To święty człowiek.

– Czyli jurodiwy – powiedział Sazonow, patrząc Iwanowi przez ramię.

– Sam jesteś jurodiwy – burknął Newski. – To jest prorok. Nie ruszajcie go, jasne?

– Jasne – powiedział Iwan. – Czyli mówisz, że gdzie go można znaleźć?

• • •

Siedziba świętego człowieka przypominała grobowiec faraona. Albo srocze gniazdo.

Dzięcioł mieszkał w tunelu między Majakowską a PLAN-em – Placem Aleksandra Newskiego, w opuszczonej ślepej uliczce. Iwan przyjrzał się kracie, za którą znajdowały się zardzewiałe cyferblaty, napis na ścianie głosił „NIE WŁAŹ, ZABIJE", a obok – zieloną i czerwoną farbą sakralne „Enigma dobry człowiek TM". Ten drugi napis można było spotkać praktycznie w każdym zakątku metra. Legendy głosiły, że najstarsi diggerzy – z czasów sprzed Katastrofy – potajemnie schodzili do metra, by umieścić w nim te oznaki czci dla Pierwszego Diggera. A łapali ich Monterzy, słudzy Pierwszego Montera. Generalnie, taka bajka dla małoletnich. Iwan prychnął.

Na kracie wisiały błyszczące brzękadełka – zrobione częściowo z folii, częściowo ze szkła i kamyków. Zakrętki od butelek, nawleczone na sznurek. Całe girlandy monet.

Prorok siedział w kącie, na wygniecionym materacu. Zapach, który tu panował, był całkiem cywilizowany. Widocznie świętemu ktoś regularnie pierze bieliznę i ubrania.

Na małym stoliku przed nim stała zapalona maszynka spirytusowa. Niebieskawy płomień wyginał się i rzucał tańczące cienie na ściany.

Dzięcioł podniósł głowę. Włosy miał zaplecione w warkoczyki. Przyjrzał się Iwanowi. Zamrugał.

– Do mnie przyszedłeś?

– Do ciebie. – Iwan skinął głową. Usiadł obok i wyciągnął ręce do niebieskiego płomyka. Ciepło maszynki oblało mu dłonie. Przyjemne uczucie. Iwan niespiesznie sięgnął do plecaka, postawił na stole butelkę mętnej księżycówki z Wasilieostrowskiej, pędzonej na japońskich grzybach shiitake. Mocna rzecz.

Wzrok proroka stał się znacznie bardziej rozumny.

– Człowiek – powiedział Dzięcioł z przejęciem. – Tyś prawdziwie człowiek.

– Amen – zakończył Iwan. Odkorkował butelkę. – Znajdą się u ciebie jakieś szklanki, święty?

– A jakże! Nie obrażaj mnie.

• • •

– Metro to w ogóle straszna rzecz – powiedział Dzięcioł. – Ludzie nadal tego nie zrozumieli. Myślisz, że to my chcieliśmy tamtej wojny? Nie, koleś. Bo czy ty jej chciałeś?

– Nie, oczywiście, że nie. To znaczy, miałem wtedy ledwie sześć lat… albo pięć…

– I ja jej nie chciałem. Teraz rozumiesz? – Dzięcioł patrzył na Iwana, jakby oczekiwał od niego prawidłowej odpowiedzi. Jak nauczyciel na ucznia, który jest oczywiście patentowanym leniem, ale czasem coś kojarzy, zbierze resztki intelektu i się domyśli. – Kumasz, człowieku?

– Nie do końca.

– Nikt nie chciał wojny. To znaczy byli różni tam surwiwalowcy, goci i inni tacy – ale oni też nie chcieli wojny. Oni po prostu wyczuwali Jego pragnienie. – Dzięcioł rozłożył ręce niczym modlący się muzułmanin. – Słabi ludzie, duża podatność. Jeśli pragnienie jest silne, to można zahipnotyzować każdego. To Ono chciało wojny. Ono, a nie my.

– Ono, czyli kto? – zapytał Iwan, chociaż wiedział już, że odpowiedź mu się nie spodoba. Masz ci, kolejny psychol na mojej głowie. Cholera.

– Metro – powiedział Dzięcioł poważnie. – Rozumiesz? Wszyscy, którzy nim jeździli, miliony ludzi na całym świecie. Metro jest przecież i w Moskwie, i w Londynie, i w Nowym Jorku, i nawet w Meksyku podobno było. Miliony ludzi. Metro chciało tej wojny. Jest chciwe, ale głupie... Chytre, tak, inaczej nic by mu się nie udało – ale głupie.

Patrz dalej. Wcześniej ludzie z niego wychodzili, a teraz sprawiło, że nie mają dokąd. Teraz przez cały czas są w jego wnętrzu. I ono tych ludzi pożera. Zjada ich powolutku i nigdzie się nie spieszy. My wszyscy znikamy, a ono nie.

– Metro? – spytał Iwan jeszcze raz.

– Metro – powiedział Dzięcioł. – Byłeś w dwieście pierwszej IFW?

– Nie wydaje mi się – powiedział Iwan. Szyby wentylacyjne, szczególnie stare, powstałe przed latami siedemdziesiątymi, były wyposażone w instalacje filtrująco-wentylacyjne – IFW, z pełnymi systemami filtrów węglowych, chłodzeniem powietrza i tak dalej. Ta, o której mowa, sądząc po numerze, była jedną z najstarszych.

– Metro – przecież ono już dawno powinno było zgnić i się rozpaść. A jest jak nowe. I cała rzecz w dwieście pierwszej IFW. Rozumiesz?

– Jasne – powiedział Iwan. Wstał. – Dziękuję za gościnę. Czyli mówisz, że kolektor istnieje?

– Tak – skinął głową Dzięcioł.

• • •

Bawimy się, a potem wpadamy w wir wątpliwości.

Iwan dotknął na próbę ściany kolektora. Wilgotna. Przeciągnął po szorstkim betonie w dół, popatrzył na rękawiczkę – tak, wilgotna.

Ten kolektor, sądząc z planu, jaki naszkicował Dzięcioł, omija tunel z torowiskiem i najprawdopodobniej łączy się z tym właśnie dwieście pierwszym szybem wentylacyjnym, który znajduje się za Placem Powstania, przy łączniku między stacjami.

Miejmy nadzieję, że nie ma tam patroli.

To paranoicy. W końcu są z Moskwy. Iwan uśmiechnął się. Opinia Szakiłowa na temat Chodników nie zmieniła się z czasem, a raczej nabrała szlachetnego dębowego posmaku, jak w starej whisky. Ale w naszym świecie została tylko wódka.

Iwan włączył latarkę i położył się na ziemi. Jak już iść na rzeź, to obowiązkowo nogami do przodu. Jak się uwięźnie, to zawsze można wyjść z powrotem. Jeśli zrobi się odwrotnie, to potem znajdą (a prędziej nie znajdą) twoje wyschłe ciało. Te kanały budowano cholera wie kiedy, łatwo można zabłądzić. I od dawna nikt tu nie właził. Nawet gnilaki.

Iwan skrzywił się. Też miało się co przypomnieć. Gnilaki zamieszkiwali porzucone stacje, tunele, stare szyby wentylacyjne czy zapomniane węzły sanitarne. Żywili się nie wiadomo czym: odpadkami, rosnącymi w tunelach grzybami, wszystkim, co można ukraść, albo wyżebrać od mieszkańców cywilizowanych stacji. Kradli. Krążyły uporczywe plotki, że gnilaki jedzą ludzkie mięso.

Iwan przypomniał sobie, ile razy natykał się na ludzkie kości, oprawione i obgryzione, czasem rozrąbane uderzeniami czegoś ostrego. Na początku myślał, że to szczury. Może wcale nie szczury...

O gnilakach w ogóle takie rzeczy możne usłyszeć...

Niby, że porywają dzieci i trzymają solone w beczkach. Na Frunzeńskiej był chyba najprawdziwszy bunt, kiedy się okazało, że gnilaki rozbili cały obóz na porzuconej podstacji. Ludzie się wzburzyli, skopali tyłki milicji i poszli tych gnilaków palić.

Iwan spochmurniał...

I zdaje się, że spalili.

...no i jest, ramię zaczęło dotykać ściany. Zwężenie.

Cholera, żeby tylko przejść... Żeby tylko...

Nogi oparły się na czymś twardym. Iwan wygiął się, poświecił latarką... a niech to!

Ślepa uliczka. Kolektor był zatkany betonowym korkiem. No tak.

Tak więc plan B odpada. Do sypialni Achmeta się nie dostaniemy.

Pozostaje plan A. Wątpliwy, ale jednak...

Iwan westchnął i zaczął wracać.

• • •

– Pamiętasz, jak mówiłeś o ataku gazowym? – zapytał Iwan.

Sazonow błyskawicznie skojarzył, gwałtownie zawrócił. Poły beżowego płaszcza wzleciały i opadły. Żółtawo-szare, jasne oczy.

– Co żeś wymyślił?

Iwan spojrzał na niego, żartobliwie mrużąc oczy.

– A jak myślisz?

– Dawaj, nie przeciągaj. Opowiadaj – zażądał tamten. – Ale już!

– Słuchaj, Sazon... – Iwan wciąż się uśmiechał. – A jakie mamy środki przeciwpożarowe?

– Jak to? – Tamten podniósł brwi. – Łopaty, bosaki, piasek, woda, wiadra, brezent – wszystko, jak powinno być. A co ty, sam nie wiesz? Po kiego grzyba ci to potrzebne?

Iwan pokręcił głową.

– A tak sobie – mruknął. – Jest pewna idea... idea, idea, i-gdzie-ja jestem teraz? – zaśpiewał.

• • •

Iwan w żaden sposób nie mógł dojrzeć całej jego twarzy. Wzrok łatwo wychwytywał fragmenty: oto mięsisty, nieco rozdwojony podbródek. Oto włosy podstrzyżone wokół ucha, szpakowate, oto oko – bardzo jasne, z ciemną obwódką, punkcik źrenicy jakby nakłuty szpilką. Oto palce – owłosione, mocne. Oto kieszonka koszuli wojskowej, wyblakłej, z plamami kamuflażu. Oddzielnie te fragmenty były wyraźnie widoczne, i każdy z nich wzbudzał rozdrażnienie, a nawet wstręt, ale nie układał się z tego pełny obraz.

Zamknąwszy oczy, jak przywykł robić, ćwicząc pamięć wzrokową pod kierunkiem Koślawego, Iwan spróbował zobaczyć Memowa, poskładać fragmenty w jeden obraz generała Admiratielskiej. Ale nie. Nic się nie udawało.

Proces uwagi składa się z trzech działań, mówił Koślawy. Pierwsze działanie: trzymać obiekt, drugie – przyciągać go do siebie, trzecie – wnikać w niego w myślach. Tak uczył Koślawy. Mówił coś o systemie aktorskim Czechowa, ale Iwana pisarz niezbyt interesował, za to Blokadniki jak najbardziej. Ale wtedy Koślawy o Blokadnikach mu nie opowiadał...

A teraz znów Memow.

Jeśli przyjrzeć mu się jak należy, można zadawać pytania. I obraz człowieka będzie odpowiadać tak, jak odpowiedziałby on sam. Nie słowami – pokaże, co by zrobił.

Iwan znów zupełnie się rozluźnił i zaczął przywoływać w wyobraźni obraz generała.

Grube palce, na nich kędzierzawe włoski. Palce leżą na stole – z jakiegoś powodu są rozmyte, jak przez mgłę, widok jest nieostry.

• • •

Memow nachmurzył się.

– Więc jaki masz pomysł? Tylko krótko.

– Mech – powiedział Iwan.

Gęste brwi Memowa podniosły się ze zdziwieniem.

– Co? – Generał patrzył rozkazująco. – Jaki znowu mech?

Iwan uśmiechnął się.

– Baaardzo ciekawy mech. A pomysł jest taki...

• • •

– Śmiałe – ocenił generał.

Potarł podbródek. Potężny, nieco blady, niedawno ogolony. Iwan znów pomyślał, że z taką twarzą trzeba bić po głowach przechodniów, a nie dowodzić armią. Szpetna gęba. Ale facet jest przecież inteligentny – aż strach pomyśleć jak bardzo. Wzrok przenikliwy, że aż dreszcz przechodzi, jasne oczy, źrenice jak wykłute szpilką:

– Myślisz, że się uda? Masz pewność?

A w życiu. Iwan podniósł wzrok.

– Zobaczymy.

– Dobrze myślisz – powiedział generał. – Niesztampowo. Nie boisz się ryzyka. Podoba mi się to.

Iwan wzruszył ramionami.

– W końcu jestem diggerem.

– U mnie tych diggerów jest od cholery i jeszcze trochę – wyznał szczerze Memow. – Ty jesteś inny... – Pauza. – Jak to wszystko skończymy, przyjdziesz do mnie? Będziesz zastępcą... Potrzebuję takich nieszablonowych ludzi. Masz talent, Iwan. Ja takich ludzi szanuję i cenię.

Iwan z początku nawet nie wiedział, co odpowiedzieć. Od otwierającej się przed nim perspektywy zakręciło mu się w głowie. Zastępca pierwszego człowieka w Aliansie? Zwariować można. Zwyczajnie zwariować.

„Tanię będzie można zabrać ze sobą – pomyślał. – Wychodziła za mąż za diggera, a zostanie żoną wielkiego naczelnika. To się nazywa szczęście rodzinne. Nie tego chciał?"

– A jak nie wypali? – zapytał.

– Mniejsza o to, Iwan. Wierzysz mi?

Iwan spojrzał na Memowa. Patrzcie, drań nie kłamie. Poważny gość.

– Wierzę.

• • •

Po dwóch dniach zamówienie przybyło w końcu z Wasilieostrowskiej.

– Jak myślisz, uda się? – zapytał Paszka przytłumionym głosem.

Podniósł pałkę i mocno uderzył. Bum! Podniosła się chmura fioletowego pyłu. Trzeba było pracować w aparatach oddechowych i maskach przeciwgazowych, inaczej dawno wszyscy by leżeli i z radosnym uśmiechem patrzyli w sufit. I tak cały „namordnik" Paszki był zachlapany fioletowo-szarym błotem.

Iwan kiwnął głową. Pasek maski GP-9 znajomo uciskał mu głowę.

Uśmiech Koślawego.

– Mam fart.

Iwan zamachnął się i uderzył. W powietrze wzbiła się chmurka, część fioletowego pyłu osiadła na szybkach maski przeciwgazowej.

„Taniu. Niedługo będę w domu. Tylko na mnie zaczekaj. Iwan".

ROZDZIAŁ 7

ZWYCIĘSTWO

To jest to miasto.

Szary zziębnięty słoń.

Pada deszcz.

Strugi deszczu chłostają zawilgotniałe fasady, wiele z nich zniszczyły pożary, lecz zachowały pewien dziwny kolor... Powidok. Kiedy dom umarł, umarli jego mieszkańcy, ale budynek wciąż stoi.

Kiedy pada deszcz, widoczność w masce przeciwgazowej spada niemal do zera. Zalane szkła, bryzgi wody chlapiące na okulary, gęsty stukot kropli na gumowej masce, na gumowanej tkaninie płaszcza.

Iwan stanął. Wyciągnął dozymetr (krople zabębniły o szkło), sprawdził wskazanie. Żeby cokolwiek zobaczyć, trzeba zgiąć się wpół. Chwilami szkło stukało o plastik. Trzaski licznika tonęły w szumie deszczu. Leje dziś jak z cebra. Ale deszcz ma tę zaletę, że stwory nieszczególnie go lubią – psy Pawłowa, to na pewno. Oczywiście jeśli nie spotkasz się z nimi twarzą w twarz...

Pięć rentgenów na godzinę. Iwan gwizdnął. To już sporo. Tak jakby gdzieś niedaleko było źródło skażenia. Przeszedł wzdłuż ściany budynku – do narożnika – poziom radiacji wzrósł o parę rentgenów. Rzeczywiście, coś tam jest. Iwan schował licznik pod płaszczem, szczęknął bezpiecznikiem bastarda. Krople deszczu rozbijały się o czarny metal łoża lufy.

Poczekał. Z daleka powoli płynął do niego zniekształcony, rozmoknięty w wilgotnym powietrzu smutny krzyk. Czy to człowiek, czy zwierzę – nie wiadomo.

Wychodzić za róg jakoś nie miał ochoty.

Spojrzał na stojącego dęba konia z brązu. Był już całkowicie, na wskroś zielony i mokry. Krople rozbijały się o zielony zad statui. Most prawie się zawalił, ale konie na razie ocalały. Dziwne.

W końcu się zdecydował. Jego głowa stała się ciężka jak z ołowiu, ale przemógł się i zrobił krok naprzód. Jeszcze jeden.

Wysunął się zza rogu.

Drgnął.

Przy balustradzie na nabrzeżu, zgarbiony i z szeroko rozstawionymi, kościstymi łokciami siedział Blokadnik. W zadumie rozszarpywał nieproporcjonalnie długimi palcami psią tuszę, po każdym ruchu bryzgała krew. Szum deszczu. Po jezdni, zmywając lejącą się z martwego psa krew, płynęły strugi wody. Gdzieś daleko zagrzmiał piorun.

No to koniec, pomyślał Iwan.

Blokadnik oderwał od tuszy kawałek i odwrócił głowę. W czarnych oczodołach stwora kryła się kosmiczna mądrość. Krople bębniły po jego szarej gładkiej skórze.

– Cześć, Iwan – powiedział Blokadnik skrzypiącym głosem. Na jego dźwięk, po plecach diggera przeszedł dreszcz. – Czekam na ciebie od dawna...

• • •

Iwan otworzył oczy – przerażony, że zaspał. Opuścił bose stopy na posadzkę, wstał.

Otworzył usta, żeby wrzasnąć „pobudka!"...

Zatrzymał się.

Zegarek na rękę ze świecącymi się na zielono oznaczeniami pokazywał wpół do piątej rano. Jeszcze wcześnie.

Wrócił więc i usiadł na łóżku. Skrzypnięcie materaca. Nocowali teraz na podstacji, żeby nie odrywać się od pracy.

Znów tu jest. I, chwała Bogu, żadnych Blokadników. Zadrżał. Wszystko się skończyło. Na sąsiednim łóżku sapał Misza Kuzniecow, obok niego poświstywał przez nos Paszka. W głębi podstacji ciemniało łóżko, z którego dochodziło ciche chrapanie i mamrotanie Sołochy. Poprzedniego dnia wszyscy tak się napracowali, że na skoki Iwana nikt nie zastrzygł nawet uchem.

Łóżko profesora było puste – chociaż to zrozumiałe, on cierpi na bezsenność.

Wszyscy są na miejscu. Wszyscy żyją. Dobrze.

Niech pośpią jeszcze pół godziny. Dziś mamy dużo pracy.

Właśnie.

Iwan dotknął opatrunku na żebrach, skrzywił się. Znów wilgotny. Uszkodzone przez stwora na Primorskiej żebra ciągle się nie goją. Co to za dziwna historia?

Zamiast pęcherza moczowego czuł gorącą, mokrą cegłę. Iwan, kuląc się z zimna, założył spodnie, buty i wyszedł z podstacji.

• • •

Przygotowanie materiału zajęło cały dzień. Iwan napracował się jak wół. Dobrze chociaż, że na jednej ze stacji znalazł się kompresor, żeby wpompować do butli sprężone powietrze. Teraz trzeba umieścić je w szafkach oznaczonych literą „H" jak hydrant i w skrzynkach ze sprzętem przeciwpożarowym, oraz takie same butle w systemie wentylacji Majakowskiej. Potrzebne są jeszcze mechaniczne budziki. Albo elektroniczne timery na baterie. Ale lepiej mechaniczne – są bardziej niezawodne.

W sumie roboty jest od cholery. I wszystko z zachowaniem tajemnicy. Taa.

I jest jeszcze jeden problem.

– W sumie to należałoby zrobić próbę… – Profesor popatrzył na butlę z mętnym fioletowym płynem.

Rozejrzał się bezradnie dookoła. W drenażowej podstacji, którą wyznaczono na tajne laboratorium, odbywał się przegląd osiągnięć naukowych dokonywany przez wyższe dowództwo. Ale jak dotąd niespecjalnie było co pokazać.

– Potrzebny nam ochotnik – powiedział Memow.

Iwan zrobił krok do przodu.

– Ja się zgłaszam.

Memow pokręcił głową.

– Nie. Nie ty. Potrzebny nam zdrowy człowiek.

To znaczy, że wie o jego kontuzji? Nieźle.

– W takim razie kto?

• • •

– Dlaczego akurat ja? – zdziwił się Sołocha.

Profesor uśmiechnął się dobrodusznie. Zbliżył się, jakby niechcący odcinając diggera od drzwi.

– Tak trzeba, Sienia, tak trzeba. Proszę zdjąć okulary.

Sołocha cofnął się o krok.

– Uprzedzam, nadwrażliwie reaguję na niektóre środki medyczne! – Ale okulary jednak zdjął.

– Alergia? – lodowatym tonem zapytał Wodianik. – Śmiertelna?

– Niby nie… ej, co pan robi?!

– Zaraz zobaczymy – powiedział Wodianik, zakładając maskę przeciwgazową. Chwycił butlę, skierował rozpylacz w stronę diggera. – Gotowy? – spytał głucho profesor.

– Mamo – powiedział Sołocha.

Krótkie uderzenie strumienia płynu pod ciśnieniem, który zamienił się w powietrzu w delikatną wodnistą mgiełkę. Bezbarwny praktycznie obłoczek zawisnął w powietrzu, szybko się rozpraszając.

Sołocha odczekał chwilę i zrobił ostrożny wdech. Wszyscy czekali. Nic się nie działo.

Digger popatrzył na eksperymentatorów wesołym wzrokiem i uśmiechnął się:

– Niech pan powie, Profesorze, czy aby Józef Mengele to przypadkiem nie pański idol z dzieciństwa?

• • •

– Zasadniczo jestem zadowolony z eksperymentu – powiedział Memow. Skinął w stronę materaca. – On, zdaje się, również.

Iwan parsknął.

Sołocha leżał i radośnie się uśmiechał. I, oprócz rozszerzonych źrenic, nie odróżniał się niczym od dawnego, nie spryskanego Sołochy. Co najwyżej Iwan nie pamiętał, żeby kiedykolwiek widział go tak rozluźnionego.

Sołocha po prostu promieniował szczęściem. W małym, zagraconym pomieszczeniu bił od niego swoisty blask, z łatwością tłumiąc słabe światło karbidówki.

– Agresja zero – powiedział Profesor, podchodząc do generała i Iwana. – Nasz mech przypomina chyba LSD – też blokuje wydzielanie adrenaliny. U obiektu zauważono pobudzenie. Synestezja. Przy tym efekt pojawia się szybko i w łagodny sposób. Pewne dość silne oznaki paraliżu mięśni, chociaż jest to stan przejściowy. Przy czym reakcja jest bardzo silna, starczyło zaledwie jednej dziesiątej wyznaczonej dawki...

– Profesorze, wszystko jasne – przerwał Iwan, chociaż nie zrozumiał jakiejś połowy słów. – To co? – Spojrzał na generała. – Opuszczamy Majak?

– Chyba znalazłem „punkt scalający" – powiedział Sołocha, zanim Memow zdążył odpowiedzieć. – Słyszycie mnie? Nie da się tego opisać... Ale spróbuję. Sens życia – widzę go: jasno i wyraźnie.

Generał chrząknął.

– Doskonałe wieści – powiedział Wodianik uspokajającym tonem. – Wprost doskonałe. – I poszedł do Sołochy. Widać chciał nanieść na papier znaleziony przez tamtego sens życia.

Memow uśmiechnął się.

– Przystępujemy do „Planu Mierkułowa", panowie-towarzysze.

• • •

– Stacja tych, którzy odeszli – powiedział profesor Wodianik. – To oczywiście legenda. Pewnego razu zebrali się wszyscy – mężczyźni, kobiety, dzieci, starcy – i wyszli z metra na powierzchnię. Otworzyli śluzę i weszli po schodach ruchomych. Na co liczyli? Że przedrą się przez strefę skażenia? Od terkotania liczników Geigera pewnie uszy bolały...

Że z dala od megalopolis można żyć?

Nie wiem.

Ale żaden z nich nie wrócił.

Nie dał znaku życia. Może dotarli do nieskażonej (no, względnie nieskażonej) okolicy i urządzili tam sobie życie? Albo znaleźli tam innych, którzy też uwierzyli?

Albo wszyscy zginęli od choroby popromiennej, epidemii i z głodu.

– Obawiam się, że nigdy się tego nie dowiemy. – Profesor Wodianik pokiwał głową. – Jesteśmy dziećmi cywilizacji technicznej. Każdy czukocki Eskimos czy australijski Aborygen ma większe szanse na przeżycie niż my. Znacznie większe. Chociażby dlatego, że nie przygina go do ziemi poczucie, że wszystko – wszystko! – się skończyło. Nawet internetu już nie ma. Zresztą – profesor spojrzał na Iwana i pozostałych, którzy znaleźli się w metrze jeszcze w dzieciństwie. – Wam to słowo i tak nic nie powie… Wyrażę się inaczej: wszystko skończone. I winni temu jesteśmy my. My, ludzkość, wszyscy ludzie razem, dokonaliśmy grupowego samobójstwa. Włożyliśmy sobie pistolet do ust i nacisnęliśmy spust. Bach – i mózg na ścianie. Nie wiem, na co można mieć w takiej sytuacji nadzieję. Że nasze mózgi samoczynnie sklejają się w nową inteligentną formę życia?

– Pesymista z pana, profesorze – powiedział Sazonow z ironią.

– Naprawdę? Czyżby?! – odparł ten zgryźliwie. – Cała stacja optymistów odeszła w poszukiwaniu lepszego życia. Szansy dla ludzkości. I gdzie oni teraz są? Kto ich widział?! Nie, nie, mój drogi, pozwólcie mi dalej być pesymistą.

– A ja myślę, że znaleźli – powiedział niespodziewanie Kuzniecow. – Lepsze życie, znaczy się. To jest… chciałbym tak myśleć.

Nikt mu nie odpowiedział.

– W gruncie rzeczy – powiedział profesor po chwili milczenia. – To jest historia o tym, jak groźna jest nadzieja.

– Fałszywa? – Iwan popatrzył na Wodianika uważnie.

– Każda.

• • •

Chodniki nie są głupi. Niespodziewana cisza po stronie Aliansu musiałaby wzbudzić ich czujność, dlatego, mimo przygotowywania planu ataku gazowego, postanowiono przeprowadzić jeszcze jeden, ostateczny szturm Placu Powstania.

Jak powiedziano, tak zrobiono.

Kiedy Iwan pojawił się na Majakowskiej, była pełna posępnych, przesiąkniętych zapachem prochu żołnierzy, którzy właśnie wrócili z walki. Jęczeli ranni, których natychmiast ładowano na drezyny i odsyłano tunelem w stronę Gostinki. Oddzielnie leżeli polegli. Dziewięciu ludzi. Nieźle jak na manewr odwracający uwagę.

Przywitał go Szakiłow – zabłocony i w bandażach. Podali sobie ręce. Iwan rozejrzał się wokół. Pod filarem, na ławce rozbili obóz skinheadzi. Rozpoznał Siwego, starszego skina ze szramą na potylicy. Siwy polewał coś z wygniecionej plastikowej piersiówki.

Skinheadzi podnieśli kubki i, nie trącając się, wypili. Dziwne.

– Co się stało? – Iwan wskazał głową w stronę skinów. – Ktoś umarł?

Na twarzy Szakiłowa żyło tylko jedno oko, drugie zniknęło pod obrzękiem po upadku i tak już pozostało. Wąska szczelina, trochę jak w czołgu. Połowę twarzy miał fioletowo-czarno-żółtą, silnie nabrzmiałą, jak bęben. Mocny widok.

– F szumie nie. – Mowa Szakiła osiągnęła minimalny poziom zrozumiałości. – Dowódca ich chyba tam został. Szy go zabili, szy nie, tego nie wiem. Nie potrafię powiedzieś. Ale nie wrósił z tunelu, to na pewno.

Tak. Jeden sojusznik mniej. Uberfuhrer drażnił go od samego początku, ale w sumie… Niby był z niego faszysta, rasista i tak dalej – ale porządny. Dotrzymywał słowa i łatwiej się było z nim dogadać niż z intendentami z Admiratielskiej.

Iwan zazgrzytał zębami. Zaopatrzenie było beznadziejne. Zwykły czy wojskowy, burdel jest burdelem.

Ale skinheada z jego Kiplingiem było żal.

Żegnaj, Uber.

• • •

Barykady, barykady.

Iwan zszedł po schodkach w ślad za kapitanem z Newskiego. Miał na nazwisko Wojnowicz, ale wszyscy nazywali go „kapitanem Kostią". Kapitan Kostia umówił się z Chodnikami na spotkanie. Oby wypaliło.

Na dole przejścia między filarami były od góry do dołu zastawione workami z piaskiem, z małych otworów strzelniczych wyglądały lufy karabinów. Iwan ocenił nachylenie posadzki – nie, granatem się nie da, sturla się. Zresztą nie po to przyszedłem.

– Stójcie! – nakazano zza worków.

– Ramil, to ja, Kostia – zawołał kapitan Kostia. Lampy światła dziennego na suficie nie działały, za to w kierunku Iwana i kapitana biło światło dwóch latarek diodowych. Cieło po oczach. Ni cholery nie było widać.

Pauza.

– Kto z tobą jest? – spytano zza barykady.

– Mój przyjaciel. Chce cię o parę rzeczy zapytać, Ram.

Długa pauza.

– Daję słowo, przyszliśmy tylko porozmawiać – powiedział kapitan Kostia.

– Dobra – powiedział tamten.

W wąskie przejście wszedł wysoki człowiek. Jego twarzy prawie nie było widać. Iwan zmrużył oczy. Latarki były bezlitosne.

– Siadajcie – polecił człowiek.

Usadowili się na ziemi, Iwan wyciągnął spod tyłka łuskę po naboju, odrzucił na bok. Cała posadzka była tu nimi zasłana. W odróżnieniu od zabitych, których zabrali poprzednim razem, łusek nikt nie sprzątał. Kiedy usiedli, człowiek podszedł bliżej – pod butami pobrzękiwały mu łuski – i usiadł naprzeciwko.

– Kim jesteś i o czym chcesz rozmawiać? – zwrócił się do Iwana.

– Digger. Mówią mi Iwan. Mój przyjaciel zniknął.

– Chcesz się dowiedzieć, czy jest u nas?

– Nie było go wśród zabitych – powiedział Iwan.

– A jaki jest mój interes, żeby opowiadać ci o twoim przyjacielu? – Głos był cichy, spokojny. Obojętny.

– Sądzę – powiedział Iwan – że moglibyśmy się dogadać.

Człowiek wolno pokręcił głową.

– Wątpię.

Iwan zdołał wreszcie zobaczyć go wyraźnie. Szaroniebieska kurtka, na piersi naszywka MSN z ośmioramienną białą gwiazdą. Twarz chyba przystojna, ale nie dało się z całą pewnością stwierdzić.

– Jak wygląda?

– Wygolony na łyso, wzrost powyżej średniej. Jakieś trzydzieści–czterdzieści lat, trudno powiedzieć. Niebieskie oczy. Mówią na niego Uber. Aha… poza tym ma tatuaż, o tutaj – Iwan pokazał, poklepując się po ramieniu. – Młotek i tak zaokrąglony nóż. I wieniec dookoła. Z daleka widać.

– Nikogo takiego nie pamiętam.

Iwan na moment zamknął oczy. Wieczne odpoczywanie, Uber. Chociaż rasista z ciebie.

– To wszystko? – zapytał człowiek.

– Jeszcze jedno pytanie – Iwan odczekał chwilę. – Po co wam nasz agregat?

Pauza.

– Myślisz, że to my go mamy? – Człowiek pokręcił głową. – Mylisz się. Niczego wam nie zabraliśmy.

Znowu kłamstwo, pomyślał Iwan.

– Idźcie – rozkazał człowiek. – Za dwie minuty otwieramy ogień.

Wstali. Iwan zauważył, że przemókł do cna. Ściągnął czapkę i otarł twarz.

– Kto to był? – spytał kapitana Kostię.

– Ramil Kandagariew. Jeden z wyżej postawionych. Dowódca ochrony Achmeta. W porządku, ale czasem... nie całkiem.

Cóż.

Sami się prosiliście, pomyślał Iwan z zawziętością.

Zło powinno być ukarane.

O tak.

• • •

Wieczorem, przed samym rozpoczęciem operacji, Iwana wezwano do generała.

– Co to?

Iwan przyglądał się znajomemu emblematowi – widział już taki u niektórych żołnierzy Admiratielskiej. Białe kółko z szarą obwódką, w środku stylizowany obrazek przedstawiający zaciśniętą pięść. Pięć szarych palców.

– Symbol – powiedział Memow. – Każde imperium miało swój symbol. Oto nasz.

Podniósł dłoń z rozcapierzonymi krótkimi palcami, zacisnął je powoli jeden po drugim w porządną pięść.

– Pięć stacji – oddzielnie są słabe. Ale razem jesteśmy jedną pięścią. To będzie nasz symbol. Trzymaj.

W dłoni Iwana znalazło się wyszyte kółko.

– Idź spać – powiedział generał. – Jutro ciężki dzień. Liczę na ciebie.

• • •

Otwórz swoje życie jak kopertę z dopiskiem „pilne".

Poufne.

Do rąk własnych.

Po przeczytaniu spalić.

– Zaczynamy – powiedział Iwan półgłosem. Obok szli ponurzy i przygnębieni żołnierze Admiratielskiej, Newskiego, Wasilieostrowskiej. Zjednoczone siły Aliansu porzucały Majak – nie rozumiejąc, dlaczego właściwie to robią.

– Wan, chociaż ty mi wyjaśnij – podszedł do Iwana Kułagin. – Co to za historia? Dlaczego się wycofujemy?! Przecież to kompletna bzdura!

Iwan pokręcił głową. To są właśnie kłopoty z tajemnicą. Nawet swoim nie wolno niczego powiedzieć.

– Nie wiem, Oleżka – powiedział niechętnie. – Idź.

– A Diesel?! – Kułaginowi nabrzmiały mięśnie wokół zaciętych ust. – Co z naszym Dieslem?

– Idź. Zaufaj mi, tak trzeba.

Kułagin przez jakiś czas patrzył Iwanowi w oczy.

– Dogadałeś się z nimi, tak?

– Co? – Iwan był tak zaskoczony, że się pogubił.

– Widzę, że już cię ten generał urobił – powiedział gorzko Kułagin. – Ech ty, diggerze. Jednak jak byłeś obcy, tak i zostałeś.

Iwan znieruchomiał.

Z wściekłości pociemniało mu przed oczami.

– Oleżka – powiedział. Podbródek mu drżał. – Tylko dlatego, że to ty, to ci to wybaczę. A może i nie wybaczę. Jeszcze nie wiem. A teraz – bierz ludzi i prowadź ich tam, gdzie ci powiedziano. Rozumiesz, palancie?!

Kułagin wyprostował się, już chciał się odciąć... Iwan patrzył na niego obojętnym, martwym wzrokiem. Dowódca sił Wasilieostrowskiej zakrztusił się. Już chciał otworzyć usta...

– Jeszcze jedno słowo – uprzedził cichym głosem. – Lepiej nie, Oleg. Uwierz mi.

– Ja... – powiedział Kułagin.

– Wynoś się – powiedział Iwan. Wyprostował się, zmienił ton na oficjalny: – Wykonać rozkaz generała, towarzyszu kapitanie!

Ogromny Kułagin zachwiał się, potrząsnął z uporem głową. Potem machnął ręką i ruszył doganiać swoich ludzi.

Iwan gwałtownie wypuścił powietrze nosem. Atak wściekłości nie mijał. Pomacał ręką twarz – wrażenie było takie, jakby miał maskę przeciwgazową. Szorstka, gumowa, bez czucia. To nic, powiedział sobie. To nic. To normalne. Choćbyś się dla nich dał pokroić, i tak będziesz obcym.

Na zawsze.

Wasilieostrowska.

To mój dom.

Wrócę i wyrwę język każdemu, kto powie, że jest inaczej.

Podszedł Sazonow. Iwan obrzucił wzrokiem jego wysoką postać w niezmiennym jasnym płaszczu. Przez ramię miał przewieszoną kaburę. Czarna rękojeść rewolweru.

– Wan, wszystko gotowe – powiedział Sazonow. – W szybie trzeba było wymienić timer – psuło się cholerstwo. Przy drugim hydrancie butla jest chyba nieszczelna. Ale Profesor powiedział, że jest w porządku, przed godziną X ciśnienie nie zdąży mocno spaść... – Sazonow przyjrzał się uważnie twarzy Iwana. – Co ty taki jakiś?

– Jaki?

– Poruszony.

Iwan milczał przez chwilę.

– A niech to wszystko szlag – powiedział w gniewie. – Prawda, Sazon? I ty, i ja sami sobie poradzimy ze swoim życiem.

Sazonow uśmiechnął się.

– Jasne, Wania. Zaczynamy?

Iwan odczekał chwilę. Obejrzał się. Ostatnie oddziały Aliansu opuszczały Majakowską.

Skinął głową. Zaczynamy.

• • •

– Broń chemiczna? – Profesor podniósł brwi. – Była aktywnie stosowana właściwie tylko podczas pierwszej wojny światowej. Już druga wojna obyła się praktycznie bez niej.

Dla Iwana wszystko to były tylko słowa. Katastrofa też obyła się bez broni chemicznej, i co, jest nam od tego łatwiej?

– Były powody? – spytał.

– Tak. Po pierwsze, to niehumanitarne, po drugie niebezpieczne dla samych atakujących...

– A po trzecie?

– To nieefektywne – powiedział Wodianik. – To być może główny i podstawowy powód rezygnacji ze stosowania broni chemicznej. Według statystyk z bilansu pierwszej wojny – po to, by pozbawić zdolności bojowej lub zabić jednego nieprzyjacielskiego żołnierza było potrzeba około pięćdziesięciu pocisków artyleryjskich z iperytem albo czymś w tym rodzaju. Tymczasem użycie zwykłej amunicji daje lepszy efekt – na jednego zabitego potrzebowano ledwie trzynaście pocisków. Prosta arytmetyka. Do tego zwykłą amunicję łatwiej produkować i składować... Zwyczajna księgowość działa bardziej niezawodnie od wszystkich konwencji haskich razem wziętych.

– Tak – Iwan milczał przez chwilę. – Coś jeszcze?

– Amerykanie próbowali użyć broni chemicznej podczas Wojny w Korei... Fiasko.

– Coś jeszcze?

Profesor zamyślił się.

– Seria eksperymentów CIA o nazwie MK-ULTRA. Miały one na celu kontrolę nad ludźmi. Naukowcy pracowali w kilku kierunkach naraz: pranie mózgu, tortury psychiczne, elektrowstrząsy, psychochirurgia, wymazywanie pamięci, elektroniczne urządzenia kontroli nad zachowaniem człowieka, potem określono to terminem „psychotronika"... Jednym z kierunków było badanie możliwości stosowania preparatów w rodzaju LSD-25, aby zmieniać osobowość człowieka. Podatność na sugestie i tak dalej. Jednym z eksperymentów, jakie w tamtym czasie przeprowadzono, było rozpylenie LSD na obszarze stu dwudziestu kilometrów, w tym nad zamieszkałą miejscowością. Jakieś amerykańskie miasteczko. Ludzi, oczywiście, nikt nie uprzedzał... Szczerze mówiąc, nie wiem, czym zakończył się eksperyment. Jakoś niespecjalnie zgłębiałem ten temat. Ale podejrzewam, że taka miejscowość, jeśli uznać ją za miasto należące do hipotetycznego nieprzyjaciela, po rozpyleniu raczej nie mogła stawić jakiegokolwiek poważnego oporu. LSD nie trzeba koniecznie wdychać albo pić. Teoretycznie może przenikać przez skórę.

– To znaczy...

– To nie taki znowu głupi pomysł, Iwan – powiedział Wodianik. – Pomijam kwestie etyczne... Ale przecież chcemy akurat ograniczyć straty własne... Prawda?

Iwan milczał przez chwilę. Z tego punktu widzenia jeszcze tego problemu nie rozpatrywał.

– Coś w tym rodzaju.

– To interesujące – powiedział Profesor. Wsunął palce w brodę, szarpnął, jakby chciał ją urwać. – Bardzo interesujące.

Iwan spojrzał jednak na Wodianika: w każdym naukowcu jest mały chłopiec, który wyrywa nóżki konikowi polnemu, żeby zobaczyć, jak będzie potem skakał.

Uczeni potwory rozwijają naukę znacznie efektywniej od uczonych pacyfistów.

• • •

Biegli tunelem, w każdej chwili oczekując, że w ślad za nimi zaczną strzelać.

Iwan potknął się, zaczął padać na ziemię – Paszka błyskawicznie się zorientował, złapał go za rękaw.

Ile czasu będą potrzebować Chodniki, żeby zauważyć, że stacja jest pusta?

Majakowska została za ich plecami – krwistoczerwona, złowieszcza, jakby zalana świeżą krwią. I rozgrabiona. Zdjęli część lamp znad gzymsu.

Teraz na stacji panował półmrok.

I dym. Iwan ze swoim oddziałem zarekwirował i podpalił zapasy marihuany ludzi z Admiratielskiej. Generał tak wytresował swoich żołnierzy, że żaden nawet nie pomyślał o protestach. Brawo. Mimo wszystko w te dwa tygodnie generał stworzył swoją machinę wojenną. Czy to dobrze, czy źle – nie wiadomo. Ale stworzył.

Teraz ważne jest co innego: dym, zapach, półmrok – wszystko po to, żeby ukryć rozpylenie fioletowej substancji.

Dobiegli do posterunku. Tutaj trzeba zatrzymać Chodników do czasu, kiedy będzie można przejść do natarcia.

Jeśli zrobiliśmy wszystko prawidłowo, ten moment nastąpi – Iwan popatrzył na zegarek – za cztery godziny. Do tego czasu Chodniki odważą się zająć porzuconą stację. Włączniki czasowe zadziałają i butle zaczną rozpylać fioletowy pył.

Działanie fioletowego LSD trwa około dwunastu godzin, najsilniejszy efekt występuje jakieś trzy godziny po użyciu. Do chwili naszego kontrataku Chodniki powinni czuć błogość, dezorientację i być niezdolni do wykonywania czynności bardziej skomplikowanych od drapania się w nos (a i to przy pełnym skupieniu woli). Zobaczymy.

I trzymajmy kciuki, żeby to wypaliło.

Dotarli do posterunku, zajęli miejsca za piechotą Admiratielskiej. Iwan rozejrzał się wokół. Słabe światło czołówki padało na grube, ociężałe sylwetki w okrągłych hełmach z przyłbicami. Takich żołnierzy Iwan tu jeszcze nie widział. Kamizelki kuloodporne, automaty z doczepionymi pod lufą granatnikami. Wszyscy mieli na rękawach naszywki z „szarą pięścią". Jeden z towarzyszy broni siedział, a za plecami miał ocynkowany zbiornik. Mocna woń paliwa nie przeszkadzała żołnierzowi z apetytem przeżuwać placek.

– Miotacz płomieni. – Sazonow wskazał głową na żołnierza. – Rozpyla naftę pod ciśnieniem i podpala. Mordercza rzecz.

Iwan zmilczał. Proszę, jak to się wszystko zmienia. Miotacze płomieni były w metrze zabronione od dawna, jeszcze od czasów Saddama.

Grubo generał pogrywa.

Prawdziwa wojna. Nie ma odwrotu, prawda?

– Wan, przekąsisz? – Paszka włożył mu w ręce kociołek – sądząc po zapachu, kasza z grzybami. Iwan chciał już odmówić, ale potem stwierdził, że jedzenie pomoże mu zabić czas. Cztery godziny – ja tu oszaleję, czekając! Iwan pokręcił głową. A jak nie wypali „plan Mierkułowa", to co, do boju pójdą ci pięknisie w specnazowskich hełmach i z miotaczami płomieni?

Przyjemna perspektywa.

A idźcie do diabła.

Z buta wyjął zawiniętą w ściereczkę aluminiową łyżkę. Tak po prawdzie, służyła Iwanowi jeszcze od czasów, kiedy dopiero co przyszedł na Wasilieostrowską. Kasza była nieco przypalona i zalatywała dymem, ale i tak była smaczna.

Łyżka w krótkim czasie zazgrzytała o metal.

Iwan skończył i poprosił o herbatę. Wujek Jewpat mawiał, że ten surogat ma się do prawdziwej herbaty tak, jak piterskie metro do moskiewskiego, ale co począć. Herbata zachowała się w blaszanych opakowaniach próżniowych w supermarketach, w zamkniętych magazynach. Jak radiacja nie była zbyt duża, to brali. Ale na swoją odpowiedzialność. Zresztą, rak gardła to bzdet w porównaniu z głodem.

Główne zapasy z powierzchni rozszabrowano jeszcze w latach głodu. Diggerzy pracowali wtedy każdej nocy. Niediggerzy też próbowali.

Iwan siorbnął z kubka i kaszlnął. Cholera, gorące.

Teraz spojrzenie na zegarek. Minęło ledwie dwadzieścia minut.

Taa. Iwan ciężko westchnął.

Można tu dostać świra.

• • •

Z wybiciem godziny X gaz pod ciśnieniem, z pomocą systemu wentylacyjnego Majakowskiej, rozprzestrzenił się po całej stacji.

O godzinie X + dwie godziny siły Aliansu przeszły do natarcia. Odkryły one, że duża część Chodników jest całkowicie niezdolna do stawiania oporu, ale pozostali bili się do końca. Mieli maski przeciwgazowe, co przeszkodziło działaniu gazu. Część miała czarne marynarskie kurtki. Ci opierali się szczególnie wytrwale.

Ciężka piechota z Admiratielskiej przycisnęła ich w ślepym tunelu i wybiła wszystkich co do jednego. Rozbłyski miotaczy ognia. Tunele wypełniła woń spalonych ciał…

• • •

Ludzie z Wasilieostrowskiej zagnali do łącznika między liniami maleńki oddział.

– Poddajemy się! – krzyknął ktoś z tamtych. – Nie strzelajcie!

Kułagin popatrzył na Iwana. Czyli co robimy? Został jeszcze gaz w powietrzu?

Iwan kiwnął głową: wszystko w porządku. Kułagin ściągnął maskę, wyprostował się, złożył dłonie w tubę:

– Rzuć broń! Wychodzić z podniesionymi rękami!

Do stóp Kułagina, zgrzytając po granicie, doleciał Ak-103 „kostur". W ślad za nim poleciały kolejne.

Iwan ściągnął maskę przeciwgazową z mokrej twarzy.

Było po wszystkim.

Majakowska i Plac Powstania zdały się na łaskę zwycięzców.

ROZDZIAŁ 8

ZDRAJCA

Iwan usiadł na ziemi, oparł się plecami o betonową ścianę. Ostre światło lamp było tu prawie nieodczuwalne – chroniła go przed nim dziwna konstrukcja z aluminiowych rur, coś w rodzaju przenośnego pomostu, z jakich zwykle zmieniano żarówki w lampach. Teraz był on przykryty brezentem i Iwan był mu za to wdzięczny. Cień wieżyczki kończył się u jego stóp.

Wyprostował nogi, odchylił się w stronę ściany. Plecy mu ścierpły, jakby zamieniły się w jedną wielką grudę mokrej gliny. Ruch łopatkami. Iwan jęknął przez zęby. Czuł ból w całym ciele. Poruszył głową – krąg szyjny wskoczył na miejsce z trzaskiem. Niespecjalnie było tu czym oddychać: betonowy pył, ostry, wyraźny posmak gazów prochowych, lekko kwaśny zapach niemytych, rozgorączkowanych ciał. Woń strachu i nienawiści.

Taki dzisiaj specyficzny dzionek. Bądźcie przeklęci, cholerne Chodniki! Iwan odrzucił głowę do tyłu, oparł się potylicą o szorstką ścianę. W uszach zagrał mu akordeon. Spokój. Spokój, którego nie doznawał od chwili, gdy leżał na Wasilieostrowskiej z ręką między nogami Tani. Tania. Myśli zniknęły, pozostały gdzieś tam, daleko, teraz już w tyle głowy Iwana panował przytulny mrok. Bezmyślność.

Drapało go w gardle. Iwan przełknął ślinę. Przeziębił się, czy co? Albo (Iwan skrzywił gębę) nawrzeszczał się dzisiejszego dnia. Koniec, odpoczywamy. Odpoczywam. Odpoczywam.

Przedłużyć tę chwilę. Zwyciężyliśmy. Po wszystkim. Koniec. Zwyciężyliśmy.

Za jaką cenę, to już nieważne.

Teraz posiedzieć tak w cieniu, potem iść zajmować się wartami, rozkazami, czyszczeniem broni i całą resztą. Z jakiegoś powodu Iwan przypomniał sobie przerażone, zapadnięte wgłąb twarze nieprzyjacielskich jeńców. Trzeba było nie zabierać nam agregatu… Nie było w nim złości. Jakaś płynąca ze zmęczenia irytacja. I kac.

Jakby zrobił coś nie całkiem właściwego…

Nie myśl o tym. Odpocznij.

Trup wroga dobrze pachnie.

A może nie w metrze? Iwan zmrużył oczy i zatrząsł się w ataku ni to płaczu, ni to spóźnionych dreszczy. Ścisnęło mu mięśnie w brzuchu. Zaraz, jeszcze chwileczkę i wszystko przejdzie. Póki nikt nie widzi. Skurcz był taki, iż zdawało mu się, że mięśnie skręciły się w węzeł i nigdy już się nie rozwiną.

Po wszystkim.

Iwan zacisnął zęby, odchylił się. Błoga niemoc rozlała się po jego ciele. Iwan czuł, jak ciemną strugą wycieka z niego czarna zwierzęca wściekłość. Uwalnia ciało.

Daliśmy wam szansę.

– Dowódco! – Ktoś go zawołał. Nie od razu odpowiedział, dał sobie te dwie sekundy w błogich ciemnościach. Otworzył oczy. Nie wiedzieć czemu paliła go twarz, uszy też. Co to za lipa?

Rozchorował się, czy jak? Tego by jeszcze brakowało. Iwan wspomniał epidemie, kiedy to stacje były zamykane, a do każdego człowieka, który pojawił się w tunelu, strzelano bez gadania. System zamknięty. Jakkolwiek poważna epidemia – i koniec, już po ludzkości. Chrząknął. Otworzył oczy.

Nad nim stał Sołocha.

– Czego chcesz? – Iwan podniósł brwi.

Sołocha przestąpił z nogi na nogę. Przy jego tyczkowatej figurze wyglądało to komicznie, jak cyrkowy numer. Człowiek na szczudłach. Był taki pokaz cyrkowy… Przyjeżdżali wędrowni artyści. Akrobatka na kuli, żonglerzy, wróżenie z kart. Iluzjonista. Nawiasem mówiąc, coś dawno ich nie widział. Dziwne, zwykle robią pełną trasę po metrze – sami cyrkowcy opowiadali, że to dla nich zwyczajna rzecz. Jak się nazywał ten z jasnymi włosami? Signor Antonelli? Tak, Anton.

– Tam jest bajzel. – Twarz Sołochy jakby wykręcił ból zęba. – Kurde. Straszny bajzel, dowódco.

Iwan pomyślał przez chwilę. Chciałby znów wrócić w ciemność, powspominać artystów. I ta drobniutka na kuli – ależ ona była, tak…

– Chodźmy, popatrzymy na ten twój bajzel – powiedział Iwan i zaczął się podnosić.

• • •

Rozbłysk kolorów wśród ciszy. I bezszelestny lot balonika aż pod sklepienie stacji.

Różowo-brązowe romby. Iwan pamiętał: tamta dziewczynka na piłce była w obcisłym trykocie w różowo-brązowe romby. Drobniutka, gibka. Zresztą nie aż taka młoda. Grała muzyka. Wędrowni artyści przywieźli ze sobą chiński magnetofon owinięty izolacją i taśmą klejącą. W środku co jakiś czas coś trzaskało, zagłuszając muzykę (cyrkowy marsz, Iwan właśnie tak go sobie wyobrażał. Zawadiacko-smutny z uderzeniami w kotły), ale widzowie mieli to w nosie. Mieszkańcy Wasilieostrowskiej oglądali przedstawienie. Dziewczynka wyginała się na kuli, potem skakała po naciągniętym drucie, chodziła na rękach, ogromny siłacz z wygoloną, tępawą twarzą podnosił ją na rękach, stawiał sobie na ramionach. Ta zakładała nogę za głowę… wyginała się.

Bili brawo. Stacja eksplodowała, jakby coś się waliło – czy to jej sklepienie, czy peron pod nogami. I Iwan zdał sobie sprawę, że dotąd panowała nieomal martwa cisza, to znaczy na odwrót: całkowicie pełna cisza, przeciągnięta między widzami a artystką. Mówili na nią Eleonora von Weisskeitze. Lera. Kiedy po występie Iwan podszedł do niej powiedzieć „dziękuję" (a w gruncie rzeczy popatrzeć na nią z bliska, przyjrzeć się jej, już wtedy wzrok zaczynał mu szwankować), to na jej gładkiej twarzy, w kącikach oczu, zobaczył ledwo dostrzegalne, jakby poprowadzone szpilką, zmarszczki.

Podziękował i dał jej kwiatek, papierowy. I zobaczył jej oczy. Ciemne oczy, które wiele przeżyły.

Dogasał w nich jeszcze zachwyt widzów, artystyczna fantazja, aż pozostała samotność i zmęczenie.

Zaczęli rozmawiać.

Tak naprawdę Eleonora była po trzydziestce. O tym, co było przed Katastrofą, pamiętała znacznie lepiej od Iwana.

Chociaż jakoś wyjątkowo wybiórczo.

Kobiety w ogóle mają dziwnie skonstruowaną pamięć. Eleonora-Lera pamiętała zapachy, dźwięki. I melodie, które wtedy brzmiały w powietrzu. Ale nie pamiętała niczego z tego, co interesowało Iwana.

Opowiadała jeszcze o stacji Parnas, która była rajem dla ludzi sztuki. Podobno wszystko było tam piękne i uduchowione…

Młode i piękne.

Artystyczne i dobre.

Tam panuje pokój i łagodność.

Ciekawe, pomyślał Iwan, krocząc w ślad za Sołochą, czy znalazła swój raj?

• • •

Bajzel był i to jeszcze jaki.

– Przygotować się – rozkazał pułkownik.

Na ramieniu miał naszywkę w rodzaju tej, którą Memow pokazywał Iwanowi.

Przecież to były normalne chłopy, pomyślał Iwan z goryczą.

A wy coś takiego.

Seria z karabinów uderzyła w ścianę, ludzie zaczęli padać na ziemię. Od huku dziesięciu automatów w ciasnej przestrzeni aż zatkało uszy. Iwan widział: w błyskach serii z automatów – ciągłym migotaniu – jakby do wtóru bicia bębnów padają ludzie, wiją się…

Umierają.

Krzyki dźwięczały mu w uszach, jeszcze kiedy stamtąd wyszedł. Żołądek miał ściśnięty.

Kiedy zamykał oczy, znów widział, jak wzdłuż stacji idą ludzie z Admiratielskiej, Newskiego, Wasilieostrowskiej i dobijają pozostałych przy życiu.

Po czyjej jesteś stronie, żołnierzu?

Niech was.

Dlaczego z normalnej wojny nagle robi się krwawą jatkę?

A co? – przeskoczył nagle Iwan w myślach. – Czy wojna kiedykolwiek jest normalna?

Kiedykolwiek?!

• • •

Plac Powstania ma kolor starej zakrzepłej krwi. Widać nasi przodkowie nie na darmo tak ją pomalowali. Iwan oparł się czołem o zimny marmur, zmrużył oczy. Postał tak w nadziei, że to wszystko okaże się kolejnym koszmarem. Obudź się, nakazywał sobie. No już! Obudź się!

Znów wszystko się powtarza.

Iwan zamykał oczy i widział.

– To lazaret – powiedział porucznik.

Dookoła stały łóżka, zalane białym elektrycznym światłem, ranni leżeli na nich i siedzieli, spoglądając na przybyłych z ponurym wyczekiwaniem. W drugim końcu izby stały nieliczne pielęgniarki i lekarz w białym kitlu zachlapanym krwią.

Porucznik przeszedł między łóżkami, przypatrując się rannym. Niektórzy odwracali wzrok, inni patrzyli mu prosto w oczy. Iwan szedł za nim, nie wiedząc, kim jest i co tu robi.

– Co z nim robić?

Porucznik zatrzymał się. Lekarz wyszedł mu na spotkanie, zadarł podbródek. Twarz miał podłużną, kanciastą, nierówno uformowaną.

– Proszę rozkazać, żeby wydano nam wodę – powiedział lekarz. – Tu są ranni.

Porucznik rozejrzał się, nie odpowiadając.

– Ranni? – zdziwił się, spojrzał na lekarza.

Ten przełknął ślinę. Grdyka podskoczyła pod bladą pomarszczoną skórą. Iwan widział niedogolone białawe włoski na szyi lekarza.

– Gdzie tu są ranni? Widzę tylko wrogów imperium.

Lekarz znieruchomiał. Iwan widział, jak krew odpłynęła mu z twarzy.

– Tu są chorzy ludzie. Potrzebna im pomoc! Czy pan nie rozumie?! Nie mam ani wody, ani medykamentów, wyczerpały się materiały opatrunkowe. Moje pomocnice…

– Pańskie pomocnice – powiedział porucznik z dziwną intonacją. Lekarz umilkł w pół słowa. Porucznik przyjrzał się siostrom w białych ubraniach: – Faktycznie, pańskie pomocnice.

– Nie rozumiem, co tu…

Błysk. Huk. Porucznik mrugnął. Twarz lekarza zastygła, jakby zalał ją przezroczysty epoksydowy klej, zachwiał się. Krzyknęły siostry. Krzyk narastał.

– Milczeć – cicho powiedział porucznik. Opuścił wzrok na swój rewolwer. Podniósł go, spojrzał na niego tak, jakby widział go po raz pierwszy. Odczekał jeszcze sekundę i schował go do kabury.

Lekarz padał na ziemię. Iwan widział, jak pada, jak na piersi rośnie mu malusieńka, czerwona kropka, od której po kitlu rozlewa się ogromna, płomiennoczerwona plama, zajmując całą przestrzeń wokół, zalewając wszystko czerwoną falą. Zniknął szpital i ludzie, widział tylko tę krew. Uderzenie serca huczące w uszach. Zmieszany, nie wiedział nawet, co należy uczynić. Zrobić krok do przodu, czy do tyłu?

Co tu się w ogóle dzieje?!

Ja w tym nie uczestniczę.

To jest jakiś koszmar.

Iwan podniósł głowę. Porucznik patrzył na pielęgniarki, jego wzrok był zimny, obojętny jak wąż dusiciel, który wypełzł, by poleżeć na piasku.

Cisza rozlała się w białym, przesyconym elektrycznym światłem powietrzu.

Usta porucznika poruszyły się.

– Zabijcie wszystkich – powiedział. Popatrzył na siostrzyczki ze strasznym, nieludzkim uśmiechem. – Panie… zapewne muszą mi wybaczyć?

Lekarz upadł na bok, bum, martwe ciało odbiło się od posadzki – Iwan zrobił krok do przodu. Ciało znów uderzyło o ziemię, drgnęło, zatrzęsło się i znieruchomiało. Głowa lekarza z bezsensownie otwartymi oczami. W tych szarych oczach z żyłkami zmęczenia na białkach Iwan widział niedowierzanie. Lekarz znieruchomiał.

Porucznik wyciągnął rękę, która zachowała jeszcze chłód stali rewolweru.

– Panie?

I dopiero wtedy siostrzyczki zaczęły krzyczeć…

Iwan pokręcił głową, odganiając niechciane wspomnienia. To było dawno i nieprawda.

Tego nie było.

A może jednak?

Niestety było.

Weganie zdobyli wtedy Plac Aleksandra Newskiego – Plan, jak go nazywają. I zaczęła się rzeź. Iwan miał wtedy jakieś siedemnaście lat, odsłużył jako najemnik w armii Wegan zaledwie trzy miesiące. I w rzeczywistości to była jego pierwsza walka. I ostatnia.

Następnej nocy Iwan poderżnął porucznikowi gardło i uciekł.

Iwan wspomniał, jak zieloni gonili za nim tunelami, potem gramolili się szybem wentylacyjnym na powierzchnię. Walka w ciemnościach. Błyski wystrzałów. Ale jednak nie zaryzykowali wyjścia na powierzchnię. Iwan zaś zaryzykował – zresztą i tak nie miał innego wyjścia. Zostać niewolnikiem, albo, co gorsza, nosić w głowie halucynogenny grzyb – o nie, walcie się!

Mordercy.

Iwan jęknął przez zęby. To właśnie od tego uciekałem na Wasilieostrowską, na drugi koniec metra.

A tutaj wszystko jest takie samo.

– Wan! – zawołał Sołocha. Iwan odwrócił się. Digger był blady jak śnieg na kopule soboru Izaaka. – Tam… Gładysz…

I Iwan zrozumiał, że to tylko początek.

• • •

Bajzel, inaczej tego nie nazwiesz.

– Gdzie jest nasz Diesel? – Gładysz wyszczerzył zęby, lepiej chwycił rękojeść łomu.

Chodnik patrzył na niego bezradnie. No walnij go w jaja, idioto – pomyślał Iwan w biegu. Odepchnął z drogi Admiralca, ten złapał go za rękaw. Iwan krótkim ruchem łokcia przyłożył mu w szczękę. Pada na ziemię. Wybacz, kolego.

– Jaki Diesel?! – przestraszona twarz Chodnika.

– Liczę do trzech. – Gładysz wyszczerzył się. – Raz, dwa...

– Piterczaki to bydlaki! – krzyknął jeniec.

Stuk. Chrzęst.

Ludzie krzyknęli.

– Nieprawidłowa odpowiedź – powiedział Gładysz. Pokręcił łomem i wyciągnął go z martwego ciała. Chluśnięcie krwi. Twarz i ubranie miał całe zabryzgane.

– Następny pacjent – powiedział.

– Stać! – Iwan szedł w kierunku Gładysza wściekły i rozpalony do białości jak wolframowy drucik.

Digger zmienił się na twarzy. Odsunął się, wycofał pod ścianę. Iwan wyrwał łom z rąk Gładysza, odrzucił na bok. Brzęk. Ręce mu się trzęsły, miał ochotę zadusić tego kretyna. Iwan zamachnął się i uderzył. Gładysz poleciał do tyłu, wyrżnął plecami w ścianę. Zaczął się osuwać. Iwan zrobił krok do przodu, złapał go za fraki i podniósł go góry.

– Co ty wyprawiasz, idioto?!

Gładysz nagle się uśmiechnął. Krwawo wyszczerzone, krzywe, spróchniałe zęby.

– Wszystko w porządku, dowódco. Przesłuchuję pojmanych zwyrodnialców.

Iwan zbliżył twarz do mordy Gładysza.

– Roz-wa-lę – powiedział, cedząc sylaba po sylabie.

Potrząsnął diggerem, ten uderzył tyłem głowy o ścianę. Gładysz nie przestawał się uśmiechać.

– Dowóóódco. No co ty, dowóóódco.

Ach tak!

Iwan wyrwał Gładyszowi zza pasa makarowa, odwiódł kurek. Przyłożył diggerowi lufę do czoła. Przycisnął z taką siłą, że skóra wokół lufy zbielała.

– Teraz jaśniej? – zapytał. – Każę cię rozstrzelać, rozumiesz?!

– Rozumiem – Gładysz uśmiechnął się, patrząc na Iwana. – Czego tu nie rozumieć, dowódco? Byłeś obcy i pozostałeś obcy. Co ci tam nasz Diesel, prawda? U ciebie i tak wszystko gra.

Iwan cofnął rękę z makarowem, uderzył na skos, w skroń. Gładysz umilkł i osunął się po ścianie.

– Co, obudziłeś się? – Iwan obrócił się do ostatniego wartownika. – Weź wszystkich jeńców i wyprowadź za posterunek. Tam wypuścić. Zrozumiano?! I żeby im włos z głowy… Osobiście to sprawdzę. Zrozumiano?

– Tak jest – skinął głową tamten. Przerażenie w jego oczach było wielkie jak sobór Izaaka.

Na peronie ktoś krzyknął – kobiecy głos. I zaraz znajomy ryk Szakiłowa.

Co to za dzień!

– Sołocha, za mną – zakomenderował Iwan.

• • •

Po wybuchu nie ma czym oddychać.

Jedni się duszą.

Inni nie.

Powietrze już nie jest takie, jak kiedyś…

– Niech pan powstrzyma swoich ludzi – ostrzegł Iwan. Rozluźnił ręce i nieco się zgarbił. Po jego prawej stronie stał Sołocha, po lewej Szakił. Dobrze chociaż, pomyślał mimochodem, że nie wzięli ze sobą Kuzniecowa. Wygląda na to, że trzeba zrobić gruntowne porządki.

– A ty to kto? – zapytał ten z Admiratielskiej. Na ramieniu miał naszywkę z szarą pięścią w kółku. No jasne, ci też. To już prawie prawdziwy mundur. Iwan zmrużył oczy.

– Digger.

– A chcesz po łbie, digger?

– Spróbuj.

Admiralec wyszczerzył zęby. Jego podwładni przenieśli całą uwagę na Iwana i zostawili dziewczynę w spokoju. Ta odczołgała się od nich i zatrzymała, obserwując wydarzenia.

Jakaś zahukana.

– Trzymaj ręce na widoku – powiedział Iwan. – Albo stuknę cię na miejscu, żeby wszyscy zrozumieli. Nie słyszę? Zrozumiano?!

Ci z Admiratielskiej zaczęli buczeć. Oburzyli się, bydlaki. Ofiara wymyka im się z rąk.

Tylko proporcje nie najlepsze. Jest ich tylko trzech, a tamtych pięciu, ale tolerować maruderów i gwałcicieli – do diabła z taką tolerancją! Admiralec uśmiechnął się – on też ocenił rozkład sił.

Trzech przeciwko pięciu. Iwan westchnął. Cóż... Raz kozie śmierć!

Ci z Admiratielskiej w mgnieniu oka podnieśli broń. No popatrz, jacy odważni.

Iwan spojrzał na tamtych i prychnął.

– I co ty na to, baranie? – spytał dowódca, który przed chwilą trzymał dziewczynę.

– Mój ulubiony cukierek to... – powiedział Iwan, przypatrując się mordzie Admiralca, nalanej, z dużą brodawką na policzku. – Słyszysz? Batooonik.

– Co?

Iwan uderzył. Ten z brodawką drgnął, znieruchomiał i zaczął się osuwać. Oczy uciekły mu wgłąb. Iwan zasłonił się nim jak tarczą, wyrwał mu automat z rąk i przełączył bezpiecznik na ogień ciągły. Trzymając automat w obu rękach, podniósł lufę i skierował ją na tych z Admieratielskiej.

Pauza.

Siedem luf wymierzonych w siebie nawzajem.

Ci z Admiratielskiej zaczęli wrzeszczeć. W odpowiedzi zaczęli wrzeszczeć ci z Newskiego. Atmosfera zaogniła się do tego stopnia, że jeden wystrzał – i wszystko zaleje krew…

Iwan już coś takiego widział.

– Spokój! – zawołał i skierował broń lufą w sufit. – Już, już! Spokój! Wszyscy zabrać broń!

Jeszcze sekunda i może się stać coś nieodwracalnego. Dziewczyna, od której wszystko się zaczęło, siedziała z nieobecną miną. Tak jakby to nie ją tu zamierzano zgwałcić. I to nie ją ratowano.

– Cisza! – nakazał Iwan.

– Kim ty w ogóle jesteś? – spytał jeden z tamtych, chudy i łysy. Drugi przysunął się do niego, szepnął mu coś do ucha.

– Tak? Serio, Mierkułow? – Ten z Admiratielskiej wyprostował się. – Dobra, chłopaki, bez urazy. Rozejdziemy się każdy w swoją stronę.

Drugi z nich nachylił się i coś powiedział. Iwan nie dosłyszał co, ale nagle chudy znów zaczął zmieniać się na twarzy.

– Który z was to Sazonow? – zapytał.

A tak dobrze się wszystko zaczynało, pomyślał ze smutkiem Iwan.

– Powiedzmy, że ja – powiedział Szakiłow. Brak przednich zębów sprawił, że zabrzmiało to jak „powieżmy sze ja".

– Ty jesteś Sazonow? – uściślił chudy. – Na pewno? Słyszałem, że nie jest taki gruby.

– W posządku, kolezy – powiedział Szakił. – Nie uwieszycze. Teraz na powasznie szę obraziłem…

Z tego, co było dalej, Iwan nie zapamiętał niczego. Tylko migotanie rąk i nóg, cienie, odgłosy uderzeń, rzężenie. Pulsujący ból żeber. Każdy cios wyprowadzany przez Iwana odzywał się właśnie tam. Wreszcie wszystko się skończyło. Ci z Admiratielskiej, którzy mogli jeszcze ustać na nogach, wycofali się.

Iwan z trudem wstał, dotknął językiem rozciętej górnej wargi. Zęby na miejscu, to dobrze. Można powiedzieć, że wywinęli się małym kosztem. Szakiłow to potężna maszyna bojowa, a ci z Admiratielskiej to w końcu tchórze.

Wystrzał.

Saszka nagle zamarł i bezsilnie osunął się na ziemię. Twarz biała jak prześcieradło.

– Szakił, ty...

Iwan podniósł dłoń, była czerwona. Jak to?

– Bzdura – powiedział Saszka. – Poleżę chwilę i będzie dobrze. Tylko jakoś spać mi się zachciało...

Iwan podniósł głowę, rozejrzał się po peronie. Tego z brodawką zabrali jego kumple. Dziewczyna zniknęła.

– Sołocha, sprowadź doktora! – zawołał Iwan. – Szybko!

• • •

Znalazł generała w niewielkim pokoiku na stacji Powstania, przekształconym w tymczasowy punkt dowodzenia. W zdemolowanym podczas szturmu pokoju złamany w połowie stół (jak to zrobili?) był odsunięty w kąt, na krzywym blacie leżały zwalone papiery. Samotne drewniane krzesło. Na ścianie schemat linii metra z powbijanymi kolorowymi szpilkami. Iwan zmrużył oczy. Dolna część zielonej nitki, poczynając od Placu Aleksandra Newskiego aż do Obuchowa, jest oznaczona zielonymi szpilkami. To należy do Wegan. Rybackie – czarna szpilka. Jasne, ta stacja jest na powierzchni, nie ma tam życia. A właściwie jest, ale to „inny ekosystem", taa.

Majak i Plac Powstania zaznaczono na szaro. Zresztą tak samo jak Wasilieostrowską.

Rozwijamy się, co?

– Niech pan zatrzyma egzekucje – powiedział Iwan.

– Już – odparł krótko Memow. – Winni zostaną ukarani. Powiedz mi jedno: znaleźliście swój agregat? – Generał spojrzał diggerowi prosto w oczy.

– Nie. Szukamy. Nie zaszkodziłaby nam pomoc.

Generał skinął głową.

– Dobrze, oddeleguję ludzi.

Iwan mocno przeciągnął dłonią po twarzy. Zmęczył się. Gdzie oni mogli ukryć ten agregat, co? Bydlaki. To wszystko bydlaki – i Chodniki, i nasi też nie lepsi. Iwan podszedł do stołu i ignorując dyscyplinę, zwalił się na jedyne krzesło. Skrzypnięcie starego drewna. Przymknął oczy, posiedział tak przez chwilę. Słysząc bulgotanie, Iwan podniósł głowę. Zobaczył, jak generał nalewa koniak.

Memow podał mu blaszany kubek.

– Wypijmy i idź odpoczywać – polecił generał. – Wyglądasz jak śmierć. Twój agregat na pewno się znajdzie. Zrobimy wszystko, co możliwe. – Podniósł swoją szklaneczkę. – No, za zwycięstwo.

Stuknęli się.

Palenie w przełyku. Przyjemnie.

Rozlewające się wewnątrz ciepło rozluźniało, ubarwiało świat na ciepłoróżowy odcień. Życie znów stawało się... do zniesienia.

Iwan podniósł głowę, spojrzał na generała nieomal wesoło.

– Sam nie wierzę, że się udało. Bo przecież się udało? Prawda?

Generał milczał przez chwilę.

– Jeśli mam być szczery... nie do końca.

– Jak to?!

– Naprawdę myślałeś, że twój plan był jedyny?

Jakby ktoś chlusnął na Iwana zimną wodą.

– Ale…

– Twój atak gazowy był manewrem odwracającym uwagę – wyjaśnił Memow. – Główne siły nacierały od strony Czernyszewskiej i Władimirskiej. Zaczęliśmy przygotowywać tę operację jeszcze tydzień temu. Jedna grupa wpadła… odkryto ich podczas podejścia. Druga utknęła w szybie wentylacyjnym przy próbie zejścia. Jeden z diggerów spadł na dół, pozostali próbowali go uratować, ale zlikwidowali ich Chodniki. Granat. I koniec.

– Ale trzecia… – Memow spojrzał na Iwana. – Trzecia grupa zajęła pozycję wyjściową. I wtedy twój atak gazowy ściągnął uwagę Chodników i pozwolił otworzyć drogę naszym chłopakom.

Iwan milczał przez chwilę. To normalne, że każdy plan zaczyna się pieprzyć, ale żeby do tego stopnia…

– Kto to wymyślił?

– Znasz go. Kapitan Kmicic.

Iwan podniósł brwi. Aż tak?

– Jedyny przyzwoity człowiek u was, a i on jest zastępcą Orłowa. – powiedział z gorzkim szyderstwem. – Znajdę Kmicica, pogratuluję dobrego pomysłu…

– Nie pogratulujesz – powiedział Memow.

– A gdzie oni teraz… – Iwan urwał. Milczał przez chwilę. – Czyli nie żyją?

– Zostali zlikwidowani podczas natarcia. Przypadkowo. – Memow zamknął oczy. Otworzył. – Przez swoich. Kmicic zginął. Dowodził trzecią grupą. Wieczne odpoczywanie.

Iwan nagle zrozumiał.

– Czarne mundury?

– Tak.

– „Plan Kmicica" – powiedział Iwan.

– Tak. Ale wszyscy zapamiętają go jako „Plan Mierkułowa". Ciesz się, Iwanie. Zwycięzców się nie sądzi.

Cieszę się, kurna, pomyślał Iwan. Tak się cieszę, że robi mi się niedobrze od tej radości.

• • •

– Ja... ja tu dłużej nie wytrzymam! Rozumie pan, Iwanie?! – Profesor biegał po podstacji, dawnym laboratorium chemicznym, i w żaden sposób nie mógł się uspokoić. Karbidówka paliła się na stole, jej żółte światło zamieniało twarz Profesora w wyciętą toporem maskę z naukowej tragedii.

Uczeni obudzili się któregoś ranka i odkryli, że stworzyli bombę atomową. Ehe.

– Rozumie pan?!

Iwan kiwnął głową. Oczywiście, że rozumiem.

Profesor odwrócił się i wyszedł w mrok. Wyczerpane, pozbawione sił plecy... Cholera, jeszcze skręci nie tam, gdzie trzeba.

– Kuzniecow! – zawołał Iwan młodego.

Ten zerwał się na nogi, kończąc przeżuwać po drodze.

– Dowódco?

– Idź za nim, jeszcze się zgubi – nakazał Iwan. – Tylko starannie. Dopilnujesz, żeby cały i zdrowy dotarł do Gostinki, potem wrócisz. Po drodze nigdzie nie zbaczaj. Ni-gdzie. Zrozumiano? Profesor tak lubi. – Iwan zastanowił się i dodał na wszelki wypadek: – Żebym was potem w Kupczino, u komunistów, nie musiał szukać.

Kuzniecow uśmiechnął się. Rozumie, szczawik. Cóż... może i będzie kiedyś z niego digger. Jak podrośnie.

– Tak jest, dowódco.

Iwan obrzucił wzrokiem dawne laboratorium i wyszedł do tunelu. Wciąż musi znaleźć ich generator Diesla.

• • •

– Iwan – powiedział ktoś skryty w cieniu filara.

Iwan zmrużył oczy. Opuścił rękę za plecy, chwycił za rękojeść pistoletu. Zdobyczny makarow – lepsze to niż nic.

– Kto tam? No, pokaż się.

Właściciel głosu posłuchał. Iwan popatrzył na niezgrabną, pulchną figurkę i prychnął. Wykapana świnka Borys. Zbrojna neutralność.

– Witam, Iwanie – powiedział Borys, cywilny wysłannik świata. – Mam… mam do pana sprawę.

Coś w jego spojrzeniu było nie tak.

Iwan westchnął, zabezpieczył makarowa, schował za plecami i wsunął za pasek.

– Znowu samowolka wojskowych? – zapytał zmęczonym głosem. Przez ostatnie dwa dni Iwan naoglądał się ich wystarczająco. W najrozmaitszych formach. Po dziurki w nosie. Jeszcze trochę i zacznie mu się uszami wylewać.

– Co? – Borys zamrugał. Nie, nie… To znaczy tak.

Z wami Borysami to jest jednak trudno, pomyślał Iwan.

– Więc tak, czy nie?

– Rozumie pan… – Wysłannik społeczności międzynarodowej zaciął się. – Wszystko tu jest skomplikowane. Może pan pójść za mną? To bardzo ważne.

– Bardzo? – Iwan nie miał ochoty nigdzie iść. Chciałoby się zebrać rzeczy i po cichutku, niepostrzeżenie wybrać się do domu. Do domu. I o wszystkim zapomnieć. – Wracam do domu.

– To bardzo, bardzo ważne – powiedział półgłosem Borys. Iwan znów, tak jak wtedy przy Kułaginie, dostrzegł w nim twardość stali wewnątrz miękkiej pulchnej powłoki. Ech ty, Boria. – Musi pan ze mną iść. Pan… i nikt więcej.

Lecz i ci, co źli byli,
Ci też muszą spać

– Dobra – powiedział Iwan. – Dokąd?

• • •

Tunele, przejścia, kolektory, łączniki.

Metro.

W ciemności błysnął metal i ukazała się mroczna postać.

– Ręce za głowę – rozkazał nieznajomy.

– To właśnie ta pańska sprawa? – zapytał Iwan, nie patrząc na Borysa. – Dziękuję. – Powoli, płynnie podniósł ręce. Borys, Borys, ty draniu. Gdyby tak rzucić się pod nogi... to można zdążyć.

– Nie rób tego. – Głos był niski i spokojny jak granitowa balustrada nabrzeża. – Nie zdążysz.

Sukinsyn, czyta w myślach, czy co? Iwan patrzył przed siebie w milczeniu, z nieruchomą twarzą.

– Obiecał mi pan! – oburzył się Borys. – Powiedział pan, że nic mu nie grozi!

Człowiek z pistoletem wkroczył w krąg światła. Jego twarz wydała się Iwanowi znajoma – czyżby gdzieś już ją widział? Przystojna, nieco spłaszczona, lekko skośne oczy. Ciemne, krótko ostrzyżone włosy, zadrapanie na policzku. Szara wojskowa kurtka, ściśnięta paskiem, na piersi naszywka: logo Ministerstwa Spraw Nadzwyczajnych, biała gwiazda.

O w mordę, pomyślał Iwan. A miałem wracać do domu.

– Racja, obiecałem – powiedział Chodnik. Skośne oczy mrugnęły. – To nic. Trzymaj ręce w górze, nogi na szerokość barków... szybko!

Chwilę później okazało się, że dookoła było znacznie więcej ludzi niż Iwan przypuszczał. Z kolektora najpierw wyszedł wyrostek z zabandażowaną ręką, w drugiej trzymał składany AK-103; potem stary z obrzynem. I jeszcze jeden byczek. Iwan został sprawnie przeszukany. Znali się na rzeczy, obmacali mu nawet klejnoty, nikt się nie wzdragał.

– Jest czysty, Ramil – powiedział byczek. Skośnooki skinął. I tu Iwan go rozpoznał. No jasne!

Noż, w mordę.

Skośnooki był dowódcą ochrony Placu Powstania – i szefem osobistej ochrony Achmetzianowa, cara Achmeta. Nazywał się Ramil Kadangariew i chyba też był Tatarem. Serce Iwana weszło nagle na szalone obroty, odczuł to w gardle i skroniach. No to wpadł.

Na tej zimnej ziemi…

Na tej zimnej ziemi…

– Za mną – nakazał skośnooki. I dodał uprzejmie: – Proszę.

Zawiązali mu, jakby szyderczo, oczy. Nie rozśmieszajcie mnie, miał ochotę powiedzieć Iwan. Policzę liczbę kroków w ciemności. Z łatwością.

Po kilku zakrętach wepchnęli go do oświetlonego pomieszczenia i zdjęli przepaskę z oczu. Kiedyś był to magazyn budowniczych metra, teraz, najwidoczniej, baza Chodników.

Na Iwana patrzył niewysoki przystojny mężczyzna. Oczy pobłyskiwały mu w świetle elektrycznych latarek. Mężczyzna był ubrany w skórzaną kurtkę, przed nim, na stole, leżał pistolet. Nie, nie makarow, tylko coś poważniejszego. Czyżby glock?

– Jego Wysokość Achmet Drugi – powiedział Ramil. Mężczyzna skinął głową. Kątem oka Iwan zauważył ruch. No jasne, kobieta. Oczywiście młoda. Podeszła i stanęła za plecami Achmeta. Na razie Iwan widział tylko jej kształtny profil.

Dziewczyna odwróciła się…

Iwan prawie nie był zdziwiony.

– To on – powiedziała dziewczyna. – To on opracował „Plan Mierkułowa". To on mi pomógł. Dlaczego zamierzasz go zabić?

– Uratował ci życie? Twoją cnotę? Niewinność?

– Po prostu mnie uratował.

Achmet Drugi skinął głową.

– Bardzo dobrze. Ale dlaczego mam go nie zabijać? Wymień powód… choćby jeden.

– Chociażby z wdzięczności.

– Jaka na wojnie może być wdzięczność? – Achmet podniósł brwi. Przy tym zadziwiająco europejska twarz, bardziej przypomina Włocha niż Tatara. – Człowiek ratuje ci życie, a ty wbijasz mu szpilki pod paznokcie i łamiesz kolana młotkiem torowym. Tak jest honorowo. To są prawa wojny.

Iwan czekał.

– Protestuję! – odezwał się z rogu pokoju Borys. – Nie możecie!

Achmet skrzywił się.

– To ja decyduję o tym, co mogę, a czego nie mogę. Ramil, czy ten człowiek jest niebezpieczny? – zwrócił się do swojego ochroniarza.

– Tak – powiedział zwyczajnie Ramil.

– Widzisz? – powiedział Achmet do dziewczyny. – Teraz nie mam wyboru.

– Możecie mnie zabić w zemście – powiedział Iwan. – Wasza sprawa. Ale na początek powiedzcie, po co mnie tu w ogóle wezwaliście. Chcecie się poddać? – ciężko westchnął. – Nie mam oczywiście zbyt wielu pełnomocnictw… No dobra, mogę przyjąć waszą kapitulację.

Pauza. Achmet patrzył na Iwana szeroko otwartymi oczami – to ci jeniec. Ramil uśmiechnął się i od razu to ukrył.

– Ależ ty jesteś bezczelny – powiedział Achmet prawie z zachwytem. – Prawie cię już szanuję. – Zmrużył oczy i spojrzał na Iwana. Chrząknął: – Waj, waj. Herbatki?

Więc jednak nie będą mnie zabijać?

To miło.

• • •

No i to by było na tyle, pomyślał Iwan. Zaczyna się bura.

– Dlaczego nie możecie się uspokoić? – zapytał Achmetzianow. – Dyktatura, powiadacie? Tak? Tak, mamy dyktaturę i dzikie obyczaje. Ale przecież nie zwalamy się wam na stację, żeby ustanawiać tyranię? To po jaką cholerę przyczepiliście się do nas ze swoją demokracją? Hę?!

Popatrzył na Iwana, jak gdyby czekał na odpowiedź. Pauza. Iwan wzruszył ramionami:

– Jeśli mnie pan pyta, to wybrał pan niewłaściwego rozmówcę. W dupie mam waszą demokrację, dyktaturę i całą resztę tego badziewia. Ja chcę wrócić do domu.

Milczenie.

– Ja też – powiedział Achmet Drugi. – Tylko że w moim domu panują okupanci. Przyszli i napadli nas jak gnilaki, bez honoru... nie mówię już o naruszeniu rozejmu i ataku gazowym.

Iwan słuchał z zaciśniętymi zębami.

– Trzeba było, kurna, nie kraść naszego agregatu! – W końcu nie wytrzymał. Przejadła mu się już ta farsa.

– Co? – Achmet junior podniósł brwi ze zdziwieniem. Była w nim jakaś wewnętrzna siła, szlachetność drapieżnego zwierzęcia. Niebrzydki facet, ale jakiś taki nerwowy.

– Jaki znowu agregat? – Achmet zamrugał. – O czym on mówi? – zwrócił się do dowódcy ochrony. Ten wzruszył ramionami.

– Oj, dajcie już spokój – powiedział Iwan. – Mi te wasze wykręty...

– Przyhamuj język – ostrzegł łagodnie Ramil. Iwan zrozumiał, że jeszcze troszkę i będzie bolało. Ramil dobrze się ruszał, jak wytrenowany tancerz. Wściekły pies. Znamy twoje wyczyny. Iwan poruszył ręką. Zabrali makarowa, mam nadzieję, że chociaż potem go zwrócą.

– A po co? – Iwan się uśmiechnął. – Masz strzelać, to strzelaj, co ja się będę ograniczał.

– Wyjaśnij mu, Achmet – powiedziała nagle bezimienna dziewczyna – proszę cię.

– Co tu wyjaśniać? – zapytał Iwan. I wtem poczuł, że po karku, w dół pleców przebiega mu dreszcz. Cholerna intuicja. Lepiej, żebym tego nie usłyszał... Iwan wyprostował się. – Co?

Jego wysokość Achmet Drugi uśmiechnął się. Lśniący ma uśmiech drań, równe, białe zęby, jakby nie mieszkał w metrze.

– Nie zabraliśmy waszego Diesla.

– Ehe – powiedział Iwan.

– Mówię prawdę. Nie słyszeliśmy o żadnym agregacie. Po co nam on? Jak zauważyłeś, mamy centralne.

Centralne oświetlenie pozostało w metrze na trzech stacjach, a dokładniej w trzech węzłach: Plac Lenina, węzeł Sadowa–Sienna–Spasska i węzeł Majak–Powstania.

– Słyszałem, że macie z nim kłopoty.

– Kłopoty? – Achmet podniósł ładne, delikatnie zarysowane brwi. – Jakie? Oprócz was oczywiście?

Iwan poruszył podbródkiem. Błagam, niech to będzie kłamstwo, poprosił w myślach. Oszukaj mnie, Achmet. Chcę, żeby to było kłamstwo.

– Za to – rzekł Achmet – na krótko przed tym wszystkim przybyło do mnie poselstwo z propozycją zjednoczenia. Pokój, przyjaźń i wzajemna pomoc. Pięknie brzmi, prawda? Domyślasz się, kto to był, a raczej czyj to był wysłannik?

– Czyj? – Iwan z całej siły starał się nie myśleć.

– Nazwisko Orłow coś ci mówi?

No ładnie. Iwan poczuł, jak ziemia zaczyna mu się usuwać spod nóg.

– Odmówiłem – powiedział Achmet. – Dlatego że rzecz ładnie powiedziana często nie zawsze równie pięknie wygląda. Wasz Alians chce się rozszerzać? Chwała Bogu. Ale nie na mój rachunek. Nie za cenę mojej stacji. Co tak milczysz, Pitercu?

– Myślę – powiedział Iwan przez zęby.

– To świetnie. – Usta Achmeta wygięły się szyderczo. – Myśl, diggerze, myśl. To pożyteczne. Krew napływa do głowy. Ale nie miej wątpliwości, Weganom odpowiedziałem tak samo. Dziękuję za propozycję i spadajcie na drzewo.

– Też chcieli pokoju, przyjaźni i wzajemnej pomocy? – zapytał Iwan.

– Zgadza się – powiedział Achmet. – Jak na to wpadłeś? Powinienem był przyjąć ich propozycję. A teraz... – Odczekał chwilę, spoglądając na Iwana nieco wschodnimi oczami o miękkim wykroju – ...kiedy wszystko już sobie wyjaśniliśmy... Umrzesz.

– Ale! – odezwał się z kąta Borys. Achmet skrzywił się. Cywil umilkł.

Tak, niezawodnych mam przyjaciół, pomyślał Iwan. Śmiałych.

– Ramil – powiedział Achmet.

No i koniec. Skończył ci się fart, diggerze.

Dziewczyna nachyliła się do Achmeta, jakby zamierzała szepnąć mu coś do ucha – długie, ciemne włosy opadły byłemu carowi na ramię... Niczym wodospad. Piękne włosy.

Ech, pomyślał Iwan. Chociaż coś dobrego na koniec...

W mgnieniu oka dziewczyna podniosła pistolet i wycelowała Achmetowi w skroń. Szczęk kurka.

– Wypuść go.

– Czyś ty zwariowała?! – Achmet chciał się szarpnąć, ale się rozmyślił. Dziewczyna mocno trzymała pistolet w rękach.

No ładnie, pomyślał Iwan. A ja myślałem, że jest zahukana.

– Niewdzięczna suka!

Dziewczyna pokręciła głową.

– Akurat bardzo wdzięczna. – Popatrzyła na Iwana. Piękne oczy. – On powiedział prawdę. Nie ruszali waszego agregatu. To tchórz i podły człowiek, ale tym razem mówi prawdę. Teraz idź.

Iwan wstał. Ramil patrzył na niego z nieruchomą twarzą.

– Ucieknie... a powinien zapłacić! – Achmetowi zadrżały wargi.

– Popatrz na jego twarz – zauważyła dziewczyna. – Mało ci?

– Jak się nazywasz? – spytał Iwan.

Dziewczyna nie od razu odpowiedziała.

– Iluza.

– Jesteś bardzo piękna, Iluzo – powiedział i wyszedł.

• • •

Ramil podał mu makarowa – rękojeścią do przodu. Magazynek na miejscu. Czyli najprawdopodobniej bez naboi. Szkoda.

– Jego ojciec był prawdziwym władcą – powiedział ochroniarz. – Silnym, okrutnym, mądrym. Sprawiedliwym. A ten jest słaby.

Iwan wyciągnął rękę po pistolet. Ułamek sekundy później potwornie silny cios zwalił go z nóg. Poczerwieniało mu przed oczami.

– Ale mimo wszystko jest moim panem – powiedział Ramil.

Iwan głucho jęknął. Ból był ogromny jak ujście Newy. Jak Zatoka. Większy niż to cholerne metro.

Pewnie nawet niż cały cholerny Piter.

– Żegnaj, Mierkułow. I może darujmy sobie kolejne spotkania. Następnym razem cię zabiję.

– Taa... – Iwan zrobił wydech, przewrócił się na plecy. – ...Idź ty.

Ramil uśmiechnął się.

– W makarowie są naboje. Chcesz się zastrzelić, to proszę bardzo. A na razie żegnaj.

• • •

Poprzez czerwoną mgłę.

Iwan nie pamiętał, jak dobrnął na Plac Powstania, nie pamiętał, jak minął patrole – ale jakoś je minął, to znaczy, że mówił i podawał hasło? Zapewne. Ból odpuścił dopiero, kiedy dotarł do swoich rzeczy i wrzucił w siebie od razu cztery tabletki benalginu. Rozgryzł. Usta napełniła mu analgetyczna gorycz.

Cholera, przecież to zapas na czarną godzinę, pomyślał Iwan. A teraz to jaka? Niby biała?

Biały, biały dzień, kurna.

Bok mu zdrętwiał. W kręgosłup jakby ktoś wbił metalową rurę.

W tunelu ktoś znów zaczął strzelać i krzyczeć „hurra!". Zwycięzcy. Na stacji czuć było krwią i spalenizną.

Rozejrzał się.

Paszki nie było. Jeden Sołocha siedzi ze swoją nieodłączną książką i patrzy na Iwana przez szkła okularów. Niezmącony spokój. I gdzieś ma powszechne świętowanie.

Iwan wskazał w kierunku stosu metalowych płyt, łagodnie powyginanych jakby do kształtu ciała. Co najmniej dwadzieścia sztuk. Jeśli nie więcej.

– Co to?

Sołocha machnął ręką.

– A, to te przygłupy, ochotnicy. Wydano im kamizelki, a ci powyjmowali z nich płyty kuloodporne – że niby nosić ciężko. Czyż nie idioci?

– Aha – Iwan potwierdził ruchem głowy. Ściągnął kurtkę, rzucił na peron, zaczął odwijać bandaże. Teraz by się przewiązać jak trzeba... Spojrzał na Sołochę. – Pomożesz mi?

• • •

Memow przyglądał mu się z zainteresowaniem. Spokojnie. Nie wiedzieć czemu Iwan był pewny, że to, co powie, poruszy generała, roztrzaska tę spokojną maskę wodza i opiekuna.

A gdzie tam. Otwórz oczy, Iwanie.

– Czyli wszystko wiesz? – Generał kiwnął głową. – To nawet lepiej.

– Co jest lepiej?

Pauza. Generał patrzył na niego, jakby widział na wylot.

– Wybieraj – powiedział Memow i nachylił się do Iwana. – Albo żeby niczego nie było, albo żeby było wszystko. Wybór należy tylko do ciebie. To się nazywa „wolność". Nowe słowo w twoim leksykonie, prawda?

– Może – Iwan patrzył i rosła w nim złość.

– W takim razie słuchaj.

Jeśli wybierzesz „niczego nie było", to o wszystkim zapominasz, wszystko pozostaje bez zmian, wracasz na Wasilieostrowską, żenisz się z przepiękną kobietą, masz z nią dzieci. Jeśli wybierzesz „żeby wszystko było"..., to – Memow spojrzał na niego ze spokojem – to powinieneś iść ze mną. Potrzebuję takich ludzi jak ty.

Co cię bardziej interesuje: przeszłość czy przyszłość?

– Zabił pan Jefiminiuka.

– Ja? – Memow podniósł brwi. – Po co?

– Więc kto?

Generał skrzywił się.

– Tracimy czas na drobnostki, a mamy go mało. Decyduj się szybciej. Idziesz z nami czy bez nas?

– Idę własną drogą – powiedział Iwan.

– To onanizm, a nie życiowy wybór. – Memow patrzył już bez uśmiechu. Straszne, jasne oczy, źrenice przekłute szpikulcem. – Ostatni raz pytam… z szacunku do ciebie… Jesteś ze mną?

Pytanie.

Pauza.

Odpowiedź.

– Nie – powiedział Iwan. – Ja po staremu, towarzyszu generale – jestem ze swoją przyszłą żoną. Niech pan wybaczy.

Nieprzenikniona maska Memowa wreszcie pękła.

– Daj spokój, Iwan! To nie są gierki słowne, to gra o życie.

– Właśnie. Czyli chce pan, żebym odpowiedział wprost? – Nagle się uśmiechnął. – Dobrze. Zaraz ją pan otrzyma. Ale na początku chcę się dowiedzieć, po co to wszystko było? Ta kradzież, to zabójstwo? Wreszcie ta wojna?

– Wszyscy chcą wyjaśnień.

– Ja chcę to zrozumieć. Potrzebuje pan przecież pomocnika, a nie marionetki, zgadza się?

Memow patrzył Iwanowi w oczy.

– Uparty jesteś. Będzie strasznie mieć cię za wroga.

Ciebie też, pomyślał Iwan.

– Więc jesteś ze mną? – Memow wciąż patrzył. – Tylko uprzedzam, odpowiadaj szczerze. Zresztą, nawet jeśli skłamiesz… – Memow milczał przez chwilę. – Widzisz, mam szczególny zmysł, bardzo przydatny u polityka. Zawsze widzę, kiedy człowiek kłamie. A więc… – Poruszył głową. – Jesteś ze mną?

„Wybacz, dowódco, za karabin".

Jefiminiuk. Rzadki okaz przygłupa.

I co teraz, każesz za niego umierać?

Milczenie.

– Jaka jest twoja decyzja? – zapytał Memow.

– Jestem z panem.

Wzrok Memowa przeszywał na wskroś. Iwan słyszał puls własnej krwi w żyłach.

– Dobrze – powiedział Memow. Poruszył głową, jakby kołnierz obcierał mu szyję. – Wierzę.

• • •

Iwan patrzył na śnieg. Specjalnie wybrał ten moment. Wokoło kipiała wesoła krzątanina – zwycięstwo, zwycięstwo, niedługo wracamy do domu – Gładysz pakował plecak, Iwan kątem oka widział jego szerokie plecy.

Przedziwne, dlaczego los daje takie zdolności motoryczne nie tym, którzy są najlepsi? Gładysz jest idealnym zabójcą, rusza się miękko, wręcz z gracją, praktycznie tańczy, zabijając – cudowna koordynacja – a przy tym jest niedouczonym, ograniczonym typem. Gwałcicielem, maruderem i zabójcą.

Komuś takiemu potrzebna jest muzyka. A Gładysza raczej czeka sznur – i będzie wisiał trzy dni, jak postępują z gwałcicielami na Newskim Prospekcie. Iwan nie mógł nawet patrzeć w jego stronę, zbierało mu się na mdłości.

Wygląda na to, że to koniec twojej drużyny. Prawda, Iwan?

Ledwo zauważalnie pokręcił głową. Śnieg wciąż padał – powoli, pięknie. Opadał na zaśnieżoną równinę, na regularne miniaturowe choineczki, na biały, gruby od zasp daszek domku. Dziwne. Domek wyglądał jak żywy – w odróżnieniu od miasta tam, na górze.

Iwan wspomniał tamten powoli padający martwy śnieg, kiedy on i Koślawy wyszli na dwór. Zamarznięta Newa kryła się pod lodem, ulice były zaśnieżone – i martwe.

Potworne poczucie majestatu śmierci.

Iwan wyszedł wtedy na szóstą linię. Aleja. Po prawej zobaczył przekrzywiony czerwony szyld „Białoruskie obuwie". Znajdujące się pod nim drzwi były otwarte na oścież, śnieg leżał również wewnątrz.

Rzędy martwych czarnych drzew prowadziły w dal, w stronę nabrzeża Porucznika Szmidta.

Zasypane śniegiem granitowe fontanny.

Iwan szedł. Skrzypienie śniegu pod nogami. Było zimno. Padające śnieżynki sprawiły, że lufa automatu pokryła się kropelkami wody. Wciąż jeszcze była cieplejsza od otaczającego ją powietrza. Z lewej strony słyszał takie samo miarowe skrzypienie, tylko w nieco innym rytmie. To szedł Koślawy. Daleko z lewej Iwan widział ruiny soboru św. Andrzeja. Jedna z kopuł dawno temu zwaliła się na aleję, przekrzywiając drzewo. Teraz była pokryta śniegiem, ściemniała pozłota gdzieniegdzie przebijała się zza białej zasłony.

Szli i trzymali się nawzajem w polu widzenia praktycznie bez patrzenia. Śnieg wciąż padał. Niebo stało się niemal czarne, ale na razie jeszcze, dzięki leżącemu dookoła śniegowi, można było coś dojrzeć.

Niedługo trzeba będzie zapalić latarki.

Po drugiej stronie skrzyżowania Iwan ujrzał czerniejący gmach Pasażu Andriejewskiego. Należało go obejść bokiem, zresztą (Iwan spojrzał w prawo) podobnie jak fontannę. Kościół luterański zaraz za soborem, tam mogło być gniazdo.

To znaczy dokładnie nie wiadomo. Ale mogło.

Bo skąd one się wzięły ostatnim razem, co? Nie odwracając głowy, poczuł, jak rytm Koślawego się zmienił. I że zbliża się do Iwana.

Czyli będziemy zmieniać trasę. I jeszcze parę rzeczy. Zaschło mu w gardle. Dzisiaj prowadzącym był Koślawy, ale po pewnych nieoczywistych objawach, po drżeniu przeczucia, po lodowatym ssaniu w żołądku domyślał się: dziś nie będzie prostego zrzutu.

Dziś będzie egzamin.

– Bądź uczciwy – powiedział Koślawy głuchym głosem.

Przez zimę odrosła mu broda i wąsy, lecz Iwan teraz ich nie widział. Przez przezroczystą maskę dostrzegał tylko oczy Koślawego. Płonęły zimnym, niebieskim ogniem, niczym radioaktywne oznaczenia na tarczy zegarka.

Nadszedł czas.

Iwan popatrzył na perforowaną membranę, z której dochodził głos Koślawego. Skinął głową. Śnieg padał na plastikową maskę Koślawego, rozlewał się w krople wody. Maska zaparowała po bokach. Iwan słyszał jak miarowo pracuje aparat oddechowy diggera, membrana wzmacniała dźwięk.

– Bądź uczciwy. Możesz okłamywać kogo chcesz, nawet mnie. Ale zawsze powinieneś odpowiadać przed sobą. To proste. Gdzieś w tyle głowy zawsze będziesz czuł, czy to, co robisz, jest słusznie, czy nie. Miarka z nacięciami. Czy twój czyn zbliża cię do świetlistego znacznika, czy przeciwnie, oddala. Ktoś powie, że moralność jest względna. To prawda. A ten stalowy znacznik, lśniący, zimny i bezlitosny, który sterczy ci w tyle głowy – on powie ci prawdę.

Oddech Koślawego, jego głos. Iwan patrzy jak w szklanej kuli spadają ostatnie śnieżynki i wspomina.

Co ci mówi twój znacznik? Co, Iwan?

– Idziemy – powiedział Koślawy. – Teraz ty prowadzisz.

Dlaczego nie ma prostych odpowiedzi na trudne pytania?

Jakby to wszystko uprościło, prawda, Iwan?

Więc co ci mówi ten idiotyczny metalowy znacznik z nacięciami, ten idiotyczny imperatyw moralny?

Co jest teraz słuszne?

Myśl, Iwan, myśl.

Zapomnij o wszystkim. I wszystko będzie po staremu.

Iwan potrząsnął kulą ostatni raz, wyczekał, aż ostatnia śnieżynka opadła na ziemię. Schował kulę do torby. Zamknął oczy, policzył do pięciu. Otworzył.

Wstał.

• • •

– Nie widziałeś Szakiłowa?

Sołocha oderwał się od książki, poprawił okulary, zmierzył Iwana z dołu do góry.

– Widziałeś, czy nie?! – Iwan zaczął tracić cierpliwość.

– Jest w lazarecie. Co ty, dowódco?

Cholera! Na śmierć zapomniałem.

– A Paszkę?

Sołocha pokręcił głową, spoglądając na Iwana jakimś dziwnym, badawczym wzrokiem. Jakby pierwszy raz go widział. Po swoim „przeżyciu religijnym" był w ogóle jakiś przesadnie spokojny. Brać Sołochę? A nada się?

Iwan zamyślił się.

– Zgubiłeś coś, Wan? – Za jego plecami rozległ się znajomy głos.

Sazonow. To nawet lepiej. Paszka ma zbyt wiele skrupułów, jest zbyt miękki, wtedy kiedy nie trzeba. A tu jest potrzebna twardość, nawet okrucieństwo…

– Właśnie ciebie potrzebuję – powiedział Iwan, odwracając się. – Masz przy sobie gnata?

Znajomy krzywy uśmieszek.

– A jak myślisz?

Iwan opuścił wzrok. Rękojeść rewolweru wystawała Sazonowowi z kabury, blado połyskując odbitym światłem.

– Aha – powiedział Iwan. Podniósł głowę. – Idziemy, jest sprawa.

– Tak natychmiast?

– Aha. Sprawa jest, a czasu nie ma.

Sazonow uśmiechnął się.

– Zrozumiano, dowódco. Dokąd?

– Za mną.

Kości zostały rzucone. Zaczynamy przewrót wojskowy.

• • •

Tunele, tunele, tunele.

Iwan odetchnął pełną piersią. Tutaj, w rezonującej pustce tuneli znów czuł się sobą.

– Znajdziesz generała – nakazał człowiekowi z Admiratielskiej. – Powiesz, że Iwan Mierkułow będzie go oczekiwać przy łączniku. Że chodzi o przyszłość. – Uśmiechnął się sztywno. – Powiedz mu, że wiem, gdzie jest teraz Achmet.

„Mam nadzieję, że to kupi – pomyślał Iwan. – W końcu jestem teraz z nim, prawda?"

Ten z Admiratielskiej pomyślał chwilę i pobiegł.

Dlaczego wszystko zawsze kończy się w ten sposób? Dlaczego?

– Iwan – usłyszał głos za plecami. Odwrócił się, wciąż jeszcze pogrążony w swoich myślach… zamarł.

W dłoni Sazonowa był rewolwer.

I ten rewolwer był wycelowany w Iwana.

– Rzuć broń, dowódco – powiedział Sazonow półgłosem. – Wiesz, jak potrafię strzelać.

Jeszcze jak. Iwan ostrożnie podniósł ręce i zsunął z ramienia pas, na którym nosił bastarda. Położył automat na szynach, zadźwięczał metal. Iwan wyprostował się.

– Co to znaczy? – zapytał.

– Okłamałeś generała, zgadza się? – Sazonow uśmiechnął się. – A generał okłamał ciebie. To wszystko proste.

Iwan milczał.

Głupio zrobił. Trzeba było działać szybciej. Ale jak to, Sazon?

I tu wszystkie kawałki układanki wreszcie zaczęły pasować.

– Przecież to ty zabiłeś Jefiminiuka? – zapytał Iwan, spoglądając na byłego przyjaciela.

Czyli to dlatego Sazonowa nie było na posterunku, gdzie powinien był stać na warcie razem z Jefiminiukiem! W tym czasie Sazonow pomagał oddziałowi z Admiratielskiej przekraść się do agregatu. A potem wrócił i zabił Jefiminiuka… ale po co?

A po to, bo agregat jest Admiratielskiej na wała potrzebny. Nie ciągnęliby go przez dwie stacje Aliansu. Zamiast tego ukryli go gdzieś obok Wasilieostrowskiej… Może nawet na Primorskiej. I Jefiminiuk im przeszkadzał.

Już wtedy Sazonow prowadził podwójną grę. Jak „skutecznie" rozmiękczył wartownika z Admiratielskiej, żeby ten wskazał na Chodników. I rzuciliśmy się do wojowania. Iwan zacisnął zęby pod wpływem palącego wstydu. A ja nic nie zrozumiałem! Nic.

Ech, Sazon, Sazon…

Każdy myśliwy wiedzieć chce…

– To był idiota – powiedział Sazonow. – Przecież i ty go nie lubiłeś, tak, dowódco? Wiem, że nie lubiłeś.

Iwan milczał.

– Nie ma tu twojego Paszki? I Gładysza też nie? Ajajaj. – Sazonow pokręcił głową. – Nie pofarciło ci się, Waniadze. Wygląda na to, że nie wrócisz na Waśkę.

Iwan wciąż milczał. Nie wiedzieć czemu zupełnie nie dotknęło go „Waniadze", ale zabolało poufałe, pogardliwe „Waśka".

Czym to się różni? A nastawieniem.

– Wańka nie wróci na Waśkę.

Sazonowa wyraźnie poniosło. Denerwuje się.

– Wiesz, co jest interesujące – powiedział Iwan półgłosem.

Sazonow natrafił na jego wzrok, umilkł. – Ty przecież nie jesteś złym człowiekiem, Sazon. Tylko zagubionym. Teraz sam w sobie budzisz odrazę. Przecież widzę.

– Gadaj, dowódco, gadaj – mruknął Sazonow. Uśmiechnął się, ale tak fałszywie, że Iwanowi ścisnęło policzki.

– Najlepszymi katami zostają ludzie z sumieniem, prawda? – Iwan patrzył wprost, nie mrugając. Twarz zmieniła mu się w twardą maskę, jakby był na nim gumowy namordnik. Jakby można było zdjąć swoją twarz niczym maskę przeciwgazową i wszystko się skończy.

Lepiej nie. Starczy mi już spełniania marzeń, pomyślał Iwan. Teraz wypiję wszystko do dna. Od początku do końca. Przeżyję każdy ułamek sekundy.

– Spalają cię teraz wyrzuty sumienia. – Trzymać Sazona wzrokiem, trzymać. Nie odpuszczać. – I źle się z tym czujesz, i miotasz się. Wybacz, że sprawiam ci ból. Lepiej już strzelaj i wszystko się skończy.

– Wiesz co – Sazon nagle zrobił krok do przodu. Podniósł rękę z rewolwerem, wycelował Iwanowi w czoło. – Tak właśnie zrobię. Przygotuj się, Wan.

Lufa znalazła się metr od głowy Iwana. Widział nawet tępo ścięte końcówki kul w bębnie. Stop. Iwan skłonił głowę do ramienia. Przecież to…

– Gdzie podziałeś nagana? – zapytał Iwan.

…to nie stary rewolwer Sazonowa. Ale nowiutki, błyszczący, z oksydowanej stali. Ogromny jak wagon metra.

Mała słodka kulka z pięknego, błękitnego pistoletu…

Cześć, Tomie Waits.

Jak zawsze w porę.

– Jasne – powiedział Iwan. – Tak też myślałem. Jak uważasz, mogę sobie pozwolić na nieco patosu przed śmiercią? Co, Sazon? W tym naganie żył twój honor, diggerze. Straciłeś swoją broń i zbrukałeś swoją duszę.

– Nigdy nikomu nie zazdrościłem – powiedział Sazonow ni w pięć, ni w dziewięć.

Iwan patrzył mu prosto w oczy.

– A więc o to chodzi – powiedział powoli.

– Ty…

– Kto ci dał to błyszczące cacko? – zapytał Iwan. – Zresztą, możesz nie odpowiadać. Sam się domyślam. Orłow? Czy sam generał? Ech, Sazon, Sazon. Strzelaj szybciej, szczerze mówiąc, znudziło mi się. Każdy myśliwy wiedzieć chce…

Iwan skoczył naprzód i w bok. Lufa rewolweru podążyła za nim…

Wystrzał.

Szybki jest, sukinsyn, zdążył pomyśleć Iwan.

Ciekawe, w którym momencie człowiek zdaje sobie sprawę, że już nie żyje?

• • •

No i bajzel. Nie zdążę zrobić nawet ruchu. Sazonow jest szybszy od wszystkich ludzi, których znam. Może nawet szybszy od Gładyszewa.

Myśl, Iwanie. Myśl.

– Na co czekamy? – zapytał.

Sazonow uśmiechnął się. Z kolektora wyszedł szef Służby Bezpieczeństwa Admiratielskiej, Orłow. Teraz wiadomo, na co czekali. Zatrzymał się, spoglądając na Iwana.

– Generał dał panu szansę, Iwanie Daniłowiczu – powiedział półgłosem. – Szansę na przyszłość. – Tu nagle zmienił ton głosu: – A ty spuściłeś swoją przyszłość w kanalizacji, kretynie!

– W czym? – zapytał Iwan.

Martwobłękitne oczy Orłowa zatrzymały się na diggerze. Szef SB otworzył usta, ale zaraz znowu je zamknął.

– Nieważne – powiedział w końcu. Odwrócił się do Sazonowa: – Wadim, kończ to.

A to taki numer.

Sazonow odwiódł kciukiem kurek rewolweru. Jaki nieprzyjemny dźwięk. Popatrzył na Iwana:

– Wybacz, dowódco. Powiedz: batooonik.

Iwan milczał.

– No dalej, mów…

Orłow westchnął.

– Co ty się tak z nim wozisz. Strzelaj w końcu! Mamy kupę rzeczy do zrobienia – możemy się nie wyrobić.

Sazonow potrząsnął głową, wciąż patrząc na Iwana sponad rewolweru.

– Nie. Niech on to powie. Nie zabijamy tu jakiegoś gnilaka… to praktycznie żywa legenda. „Plan Mierkułowa", tak?

– W dupie mam tę twoją legendę. Wadim, ja…

– Niech powie. – Twarz Sazonowa błyszczała od potu. – Mów – kazał Iwanowi. – Inaczej przysięgam, że wrócę i zastrzelę twoją Tanię.

– Wadim! – Orłow podniósł głos. – Wystarczy!

– Mów! – kazał Sazonow.

Iwan wyprostował się. Wygląda na to, że przyszedł czas płacić rachunki. Świetnego następcę sobie wychowałem… Tak, Koślawy byłby ze mnie dumny.

– Dobrze – powiedział Iwan. – Jesteś gotowy, złamasie? – Uśmiechnął się z nienawiścią. – Mój ulubiony cukierek to batooo – Iwan skoczył.

Wszystko się powtarza… W którymś momencie wydało mu się nawet, że zdąży…

Wystrzał.

Lecący w bok sufit. Pełen rdzy głos Drzewa Rur w ciemności: „Nie wrócisz. Nigdy".

Rozbłysk.

CZĘŚĆ II

KOŁYSANKA

nocny wiatr
nie popchnie
kołyski, w której śpisz
mama już nie przyjdzie
ja
zaśpiewam ci

chłopcy, co są grzeczni
mają gdzie się kłaść
lecz i ci, co byli źli
ci też
muszą spać

Kołysanka / On The Nickel, Tom Waits
(na podstawie wolnego tłumaczenia D. Siergiejewa)

ROZDZIAŁ 9

PAN TUNELI

Łyżka dzwoni o blaszane ścianki puszki, wybiera resztki zastygłego tłuszczu i pysznego mięsnego sosu. Am, mówi mężczyzna, mniam. Łyżka trafia do ust, dotyka spróchniałych pozostałości po zębach, potężny język mocno wybiera z niej zawartość, łyżka zgrzyta o resztki uzębienia i wynurza się na zewnątrz. Znowu puszka...

Stomatologów w metrze nie ma.

Są cyrulicy – w rodzaju tych znanych z podręcznika do historii szarlatanów, którzy wyrywali zęby i zamawiali rany, stłuczenia i zadrapania. Tylko ci są jeszcze gorsi.

Są jeszcze lekarze wojskowi z Placu Lenina.

Ale on nawet im nie ufa. Bo po kiego grzyba?

Kiedy ma się pięćdziesiąt jeden lat, można i zacząć rozmyślać o śmierci.

Zresztą, po co mu to? Stary pokręcił głową. Łyżka zanurkowała do puszki, usłyszał charakterystyczne chrobotanie, wymacał kawałek mięsa, starannie go odkroił. Teraz nabrać... tak jest... idzie, idzie. Dokładnie, nieomal pedantycznie wyjął kawałek wołowiny z puszki i podniósł go do ust.

Praktyka to wielka rzecz.

Kawałek mięsa znalazł się na języku, mężczyzna poczuł wrażliwą częścią jego chłodne włókna, potrzymał nieruchomo, rozkoszując się doznaniami. Prawie teraz widział ten kęs mięsa. I był piękny.

Teraz przeżuć. Z mięsa pociekł sok, pojedyncze zęby napotkały mające wiele lat włókna – i zmiażdżyły je. Trafiła kosa na kamień.

Przeżuł mięso, aż zaczęło przypominać gumę, przełknął wysiłkiem woli. Wszystko się nada dla sprawy.

Druga łyżka poszła. Brzęk blachy.

To jednak świetna rzecz – wojskowe Nienaruszalne Zapasy. Tuszonka ma już ze trzydzieści lat, a nadal jest całkiem do rzeczy. Smak nostalgii. Tak jakby znów miał dwadzieścia kilka lat, siedział w zajezdni i otwierał tuszonkę. Po wjeździe zawsze nachodził go dziki głód.

I pragnienie.

Tak, pragnienie. Przydałoby się teraz kapkę ciemnego piwka. Na trzeźwo wtedy nikt po tunelach nie chodził, to byłby brak manier. Idziesz i patrzysz co, gdzie i jak. Ekstremalnie. A w ogóle – podnosi do ust kolejną porcję, przeżuwa w zadumie – człowiek musiał to wszystko zobaczyć na własne oczy…

Bo kto wtedy wiedział, jak to się ostatecznie potoczy?

Przydały się i węzły sanitarne, i śluzy, i podstacje, i Diesle.

Chodziłem wtedy i myślałem: ciekawe, jak to wszystko będzie wyglądać, jeśli zadziała…

Wszystko zadziałało. Chociaż lepiej by było bez tego.

Szkoda tylko, że nie udało się tego zobaczyć.

Wzdryga się, niezgrabny ruch i kolejny kęs spada z łyżki. No w mordę jeża!

Żeby zobaczyć, potrzebne są oczy.

A z oczami wyszło nie tak.

Ale za to z łatwością teraz określa po dźwięku, gdzie upadł kawałek mięsa. Echolokacja nie gorsza niż u nietoperzy.

Zaś w pamięci są wyryte na amen plany tuneli, bunkrów, kolektorów i pętli. Wystarczy w myślach popchnąć palcem i rozpościera się mapa. O, tu można zejść… i tam, tam teraz jest pewnie otwarte… i jeszcze tutaj można zajrzeć…

Ale co teraz zobaczysz? Mężczyzna siedzi przez jakiś czas, nie ma siły się ruszyć. Cholerne oczy. Jak głupio. Jak głupio i smutno wyszło...

Mija minuta, druga. Wreszcie jego plecy się prostują. Znów miarowy stukot łyżki o blachę. Dźwięk pracujących szczęk.

Przysmak, kurna, turysty.

Przysmak diggera.

• • •

„Petersburg... to jest Leningrad jest najbardziej nieradzieckim miastem Związku Radzieckiego. W tej kategorii może go zakasować tylko Tallinn. Przez dwa »n« na końcu. Taki numer".

Zdaje się, że tak mówił Koślawy?

Leningradzki gotyk.

Grząskość, wilgoć, mgła, nieokreślenie, rozmyte kontury, drobny deszcz. Wynurzające się z mgły budynki. Wyblakłe fasady. Pomnik Jeźdźca Miedzianego na wielkim głazie.

Przechadzający się nocami Puszkin z brązu.

Zahukany, teraz nawet w nocy, Newski Prospekt. Porzucone i niszczejące zagraniczne samochody.

Za wilgotną, napływającą falami mgłą kryje się coś dziwnego...

Iwan idzie Newskim Prospektem, licząc kafejki.

Jeden. Kafejka „Cafemach".

Dwa. Kafejka „Szokoładnica". Koniecznie zamówcie naleśniki.

Kafejka „Idealna Filiżanka". Pomarańczowe stoliki zastygły w ciemnościach. Zapomniana przez kogoś parasolka do tej pory wisi na przekrzywionym wieszaku.

Słaby warkot i ujadanie w oddali. Cichnące echo. Złowieszczy ogrom soboru Kazańskiego, jego skrzydła otaczają z dwóch stron, łapią w głuchy, mokry potrzask.

Ding-dong, ding-dong.

Car Piotr Aleksiejewicz:

„Gdyby było w tym miejscu miasto ogromne"...

Zaciągnięte szarą zasłoną niskie niebo. Wierzchołek Soboru Kazańskiego tonie we mgle.

Popękany, powyginany szary asfalt pod nogami, tu i ówdzie poprzebijany przez biało-szare pędy. Z dachu spada kamyk. Turkot rynny. Ruch we mgle – nie, tak. Tak, coś tam się rusza, za zasłoną, daleko stąd. Coś ogromnego...

Kiedy Iwan patrzy na fasady domów, zdaje mu się, że nie odróżnia kolorów.

My wszyscy już umarliśmy.

Tom Waits rozbrzmiewający w martwej ciszy opuszczonej kafejki. Mokry petersburski blues w deszczową noc Newskiego Prospektu...

Biała grubościenna filiżanka na masywnym spodku. Czarna skorupa wewnątrz. Obok, na stole, zapomniana torebeczka z cukrem. Papierowa, z napisem „SŁODKO"...

Pomarańczowa serwetka.

Od piątku wciąż zacinam ten blues
To się trzymam, to znów chlam, bo mus
Ile to już lat biję głową w ten mur
Ten smak soli już dawno weń wrósł...

Ochrypły, straszny głos Toma Waitsa brzmi Iwanowi w uszach. W martwej ciszy trzaskają milirentgeny, promieniowanie gamma przechodzi przez cienkie ściany.

Echo.

Iwan stoi na ulicy i słucha radioaktywnego bluesa.

W ręku trzyma dubeltówkę.

Idzie Newskim, omijając samochody. Prawie wszystkie domy są pozbawione okien, szczerzą się ciemnymi otworami – mroczny, nieprzyjemny Petersburg patrzy na Iwana ślepymi oczami. Jest stary. Jest oszalały. Jest przerażający.

Jest bezzębnym starym murzyńskim bluesmanem w pożółkłej kamizelce.

Iwan ma w dłoni dubeltówkę IŻ-43KN. Zaciąga dźwignię – szczęk, przełamuje lufy – blado lśnią spłonki. Kaliber dwanaście. Naboje myśliwskie z grubym śrutem. Duża moc obalająca z przedłużonym bólem.

Patrzy na spłonki – czyste, jasne – i zatrzaskuje strzelbę. Z wyraźnym stukiem lufy wracają na miejsce. Odwodzi kurki – jeden, drugi. Cyk, cyk. To nie są prawdziwe kurki, naciągają po prostu sprężyny uderzeniowe. Ale to i tak piękne uczucie.

Przechodzi obok księgarenki. Tu, na Newskim, jest ich wiele – na każdym rogu. Czyli mniej więcej co drugi budynek. Kawiarnie i księgarnie. Czasem ubrania. Tak jakby przed Katastrofą ludzie w Piterze niczym innym się nie zajmowali poza lekturą książek i piciem kawy, a ubrania dobierali do koloru wyblakłych fasad.

Kolejny sklep. Rozbita witryna, plastikowy manekin z koralami na szyi. Biała ręka leży oddzielnie. Fioletowa bransoletka.

Plecionki, mulina.

Iwan przechodzi na drugą stronę ulicy, lawirując między samochodami. To był pracowity dzień – dzień, w którym wszystko się skończyło. Teraz samochody stoją. Są ich setki. Tysiące. Martwe, ciekawe, z właścicielami na siedzeniach. Obchodzi białą skodę (na miejscu kierowcy siedzi szkielet z odrzuconą do tyłu głową) i wchodzi na trotuar. W oddali, za żelaznym parkanem, jeśli obejść go z prawej strony, będzie wejście na stację Plac Powstania. Okrągły pawilon z wieżyczką i iglicą. Śmieszny, jak kucający karzełek.

Jakiś czas temu ciemnomusztardowe ściany ściemniały, teraz tylko nieco odcinają się od otaczającej ich szarej mgły – ta kładzie się miękkim podbrzuszem na okrągłym dachu naziemnego westybulu.

Iwan podnosi głowę – nad wejściem do metra wznosi się pięciopiętrowy budynek z gigantycznymi białymi literami, tworzącymi napis „LENINGRAD MIASTO-BOHATER".

Część liter spadła na ziemię.

„Co za zbieg okoliczności – myśli Iwan. – To samo stało się z moim życiem".

– Iwanie – słyszy.

Obraca głowę. „Cóż… – myśli. – Niemal mnie to nie dziwi".

– Iwanie – mówi Koślawy. – Obudź się, Iwanie.

– Po co? Umarłem – mówi Iwan. – Wiem, że umarłem. Zasypało mnie po wybuchu na Primorskiej. A potem śniła mi się wojna. Śmierć. Okrucieństwo. Zdrada. Stacja koloru krwi. Diesel rdzewiejący w porzuconym schronie przeciwbombowym. A teraz widzę ciebie. Być może to ostatnia z ostatnich nanosekund mojego życia. Tlenowa śmierć mózgu, zgadza się?

– Nie – mówi Koślawy. – To wszystko było naprawdę.

Iwan przez jakiś czas zastanawia się nad jego słowami, potem mówi:

– Ja nie chcę wracać.

– Trzeba, Iwanie. Trzeba.

• • •

Pierwszym, co zobaczył po otwarciu oczu, było błękitne światło. Okazało się to jedynym miłym momentem, światło to bowiem odbijało się od ostrza noża.

Tasak był ogromny, zardzewiały, pokryty ciemnymi smugami. Iwanowi wydało się nawet, że dostrzega przyschłe do metalu włoski. No, Sazon! Kurna, nie potrafi nawet zastrzelić jak trzeba, pomyślał Iwan ze zdziwieniem. I jeszcze nazywa się diggerem...

– Smaaaczny – powiedział łysawy gnilak. – Na pewno jesteś smaczny.

A teraz mnie zjedzą.

– Wwy... – Iwan spróbował odsunąć się od nieproszonego „smakosza". – Wynocha.

Tasak wzniósł się...

– Co wy tu robicie, do cholery? – Rozległ się mocny, chrapliwy głos.

Gnilak odwrócił się, otworzył usta... Podniósł latarkę.

Coś nadchodziło z ciemności – coś wielkiego i szarego. I to coś było podrażnione.

Gnilaki spojrzeli po sobie. „Smakosz" opuścił zardzewiały tasak, wcisnął między ramiona nieforemną, pokrytą dziwnymi plamami głowę. Odwrócił się do pozostałych – było ich pięcioro. Trzech mężczyzn i dwie kobiety. Fakt, różnice między nimi były minimalne. Śmierdzące na całe metro kupy szmat i złości.

– No, spadajcie na szczaw! – Stary szedł prosto na nich.

Ku zdziwieniu Iwana gnilaki, głucho warcząc, cofnęli się. Stary zrobił krok, potem drugi. Chodząc, opierał się na ogromnej zardzewiałej kuli oklejonej poczerniałą taśmą izolacyjną. Siwa grzywa wojowniczo falowała mu na ramionach. Ryszard Lwie Serce.

Tak, albo jakiś psychol.

– Raz przywalę i wam się odechce – uprzedził stary. – Znacie mnie.

Gnilaki zaszemrali. Zaczęli rozchodzić się na boki, żeby go okrążyć. Klasyczna taktyka sfory psów Pawłowa.

Stary machnął ręką...

Świst powietrza.

Ogromna zardzewiała kula uderzyła gnilaka w pierś. Rozległ się odgłos, jakby coś się złamało. Gnilaka odrzuciło w tył na jakieś dwa metry, upadł na plecy i głucho jęknął.

A jednak, pomyślał Iwan. Stary z niezwykłą zwinnością ruszył w kierunku odrzuconej broni. Najbliższy gnilak rzucił się, by przeciąć mu drogę – oberwał kolanem w słabiznę i cofnął się, wyjąc z bólu. Trzeciemu napastnikowi stary zamaszyście wyjechał łokciem w zęby.

Pozostały kobiety.

Stary schylił się, wciąż patrząc gdzieś w bok. Zrobił dziwny ruch ręką, tak jakby starał się znaleźć kulę na oślep.

Namacał ją, wyprostował się. Machnął. Ostry świst przecinanego powietrza.

– No, który następny?

Iwan wypuścił powietrze. Gnilaki sromotnie uciekały, zapominając o latarce. W wątłym świetle Iwan widział tylko starca. I słyszał tupot oddalających się kroków.

– Rzygam już wami i waszym psuciem mojego szybu wentylacyjnego! – krzyknął stary w ślad za gnilakami. Iwan znów się zdziwił, jak ten był wielki. Co najmniej dwa metry. Proszę, kolejny przesąd się rozwiał. Tak jakby kalekami mogli być tylko drobni ludzie.

W odpowiedzi z ciemności doleciały liczne, pełne emocji okrzyki. Coś o „dobrym człowieku enigmie".

– Oni… khem, khem – Iwan odkaszlnął. – Oni pana znają?

W starcu dało się wyczuć ogromną siłę i dziki temperament. Tylko patrzeć aż coś rozwali od nadmiaru emocji. Taki przenośny kompaktowy wulkan chodzący o kuli.

– He, he. Przecież mnie tutaj każdy pies zna – oznajmił stary.

Jego oczy patrzyły gdzieś ponad ramieniem Iwana. Digger spojrzał z ukosa – przecież tam nikogo nie ma. Co on tam zobaczył?

– Pies? Pawłowa, czy jak? – dopytał Iwan. Spostrzegł się: – Cholera! Bez urazy, dziadku, wyrwało mi się.

– Kto jest dla ciebie dziadkiem? – zdziwił się stary. – Ja?

Iwan chciał odpowiedzieć, ale nie zdążył. Stary błyskawicznie schylił się i położył mu dłoń na twarzy. W nos uderzył go zapach taśmy izolacyjnej i zastarzałego potu. Palce starego obmacały nos, policzki, czoło Iwana, nieogolony podbródek. Kurna, dziadku! Iwan spróbował się odsunąć, ale nie miał siły. Tamten pociągnął go za ucho. Iwan się skrzywił.

– Nie tak mocno – powiedział.

Stary zbliżył do niego twarz. Jego oczy były białe, bez tęczówek, i patrzyły nad głową Iwana.

– Co tam mamroczesz?

I dopiero wtedy Iwan zdał sobie sprawę, że jego wybawca jest ślepy.

• • •

Niebieski płomień lampy spirytusowej ogrzewał dno zakopconego garnka.

– I właśnie wtedy Fiodor do mnie zadzwonił – powiedział stary.

– Zadzwonił? – zdziwił się Iwan.

– Telefon.

Stary pomieszał łyżką potrawę. Iwan nawet stąd czuł ostry zapach płonącego spirytusu i apetyczny, rozciągający żołądek aromat jedzenia. Grzybowa polewka. Iwanowi zaczęło uporczywie burczeć w brzuchu.

– Kiedy się z nim połączyłem – powiedział stary, wciąż sadystycznie mieszając zupę; Iwan przełknął ślinę – to też pomyślałem, że mam haluny. Próbowałem w życiu najrozmaitszych narkotyków, ale to był jakiś naprawdę mocny odlot.

Iwan pokręcił głową.

Nie mów mi pan tylko o żadnych „odlotach". Ma pan przed sobą właściwie ojca bomby halucynacyjnej…

– Czyli z kim się pan połączył? – dopytał.

– Z Fiodorem. Przecież powiedziałem? Fiodor Bachmietjew, mieszka tam…

– Gdzie? – Ktoś z nas ewidentnie majaczy.

– W LEA. Leningradzka Elektrownia Atomowa, czyżbyś nie słyszał?

No to pojechał. Iwan odchylił się, założył ręce za głowę. Zdaje się, że „mocny odlot" przedłużył się staruszkowi aż dotąd.

– Dużo o nich wiem. Mój ojciec budował elektrownie atomowe – oznajmił stary. – Jak byłem mały, bawiłem się rysunkami technicznymi RBMK.

– A co to?

Stary wzruszył ramionami.

– Reaktor. Model czarnobylski. Właściwie identyczny z leningradzkim. Ten w Piterze ma tylko większą moc.

Taa.

Z dnia na dzień życie robi się ciekawsze. A to strzela do ciebie najlepszy przyjaciel, a to telefonują z reaktora…

– Co to za telefon? – zapytał Iwan.

– Że co?

– Mówię: przez jaki telefon pan z nim rozmawiał?

– O, tam jest, na stole, w pokoju. Taki czerwony.

Iwan z trudem wstał. W głowie mu się kręciło.

Z wysiłkiem, przytrzymując się ściany, dobrnął do drzwi. Popchnął je. Skrzypnięcie.

Na stole rzeczywiście stał telefon. Tylko zupełnie nie czerwony. I nawet nie zielony. Iwan spojrzał spode łba na starego – ten wyjął biały plastikowy pojemniczek, otworzył go i zaczął solić potrawę. Smakowity zapach nie pozwalał się Iwanowi skupić i pomyśleć. Cholera.

Żołądek znów mu się skurczył. Iwan niemal słyszał, jak krzyczy.

Masz czas, diggerze. A na razie działaj.

Jednym zrywem doskoczył do stołu, opadł na krzesło. Posiedział, przeczekał zawroty głowy. Kiedy pokój dookoła przestał odpływać, przyjrzał się stołowi.

Był na nim samotny telefon. Z matowoszarego plastiku, ze śladami palców na warstwie kurzu.

Coś chyba dawno nikt z niego nie korzystał.

I dopiero wtedy do Iwana dotarło. Przecież staruszek jest niewidomy! Z upływem lat z każdego robi się żartowniś.

Iwan znów spojrzał na telefon. Nie działa – rękę dam sobie uciąć. Nie-dzia-ła. Może do starego tak naprawdę dzwonili z najbliższej stacji? Może facet jest tego… krewnym jakiegoś tam najwyższego komendanta? I założyli mu osobną linię. Ehe, jasne.

Ale w zasadzie to znacznie bardziej logiczne od wersji z LEA.

Iwan chwycił słuchawkę, palce objęły gładki bakelit. Odczekał sekundę. A co, jeśli rzeczywiście ktoś odpowie? Co ja mu powiem?

Nie dowiesz się, dopóki nie spróbujesz. Podniósł słuchawkę do ucha… odczekał.

Cisza. Dalekie, ledwo słyszalne buczenie.

– Halo? – powiedział Iwan. – Pierwszy, pierwszy, tu drugi, jak mnie słyszysz?

Cisza. Co było do udowodnienia. A tu jakiś mityczny Fiodor Bachmietjew… LEA… też wymyślił.

Iwan odłożył słuchawkę, dowlókł się do materaca, padł, jakby kości zmieniły mu się w galaretę. Od nadmiernego wysiłku przed oczami miał czarne kręgi.

– Doszedłbyś tam, co? – powiedział stary.

Iwan potrząsnął głową. Jednak nie, żadnej wody w uszach. Rzeczywiście to usłyszał?

– Pan mówi serio?

– A jak! Do LEA jest ledwo osiemdziesiąt kilometrów. Kojarzysz Sosnowy Bór? Było takie miasto. I ta elektrownia atomowa jest właśnie tam. Ktoś się tam powinien kopnąć, prawda?

Iwan chrząknął.

– Widzę, że tym „kimś" mam być ja?

– A niby kto? – spytał rozsądnie stary. – Pójdziesz?

Iwan westchnął.

– Wybacz, staruszku. Chyba nie tym razem.

Twarz ślepca zastygła od wewnątrz niczym stalagmit, który formowany kropla po kropli przez długie lata teraz się rozpada. Wapienna świeca. Iwan widział takie w opuszczonych tunelach. Piękne. Ale dziwne.

– Myślałem, że jesteś diggerem – powiedział w końcu stary.

– Też tak myślałem.

Stary pomilczał chwilę, kołysząc się nad kociołkiem. No i przypali polewkę w cholerę, pomyślał Iwan. Szkoda.

– Co się z tobą stało, diggerze?

Iwan uśmiechnął się mimo woli. Dobre pytanie.

– Zabili mnie.

– Hmm. To się zdarza.

– I teraz muszę to i owo rozważyć.

Stary podniósł białe brwi.

– Wszyscy wciąż musimy to i owo rozważać. Po to jesteśmy ludźmi.

Iwan chrząknął.

– Dobrze powiedziane.

– Marność – rzekł stary. – Marność, marność... Kiedy byłem młody, jak ty, też ciągle zajmowałem się tymi marnościami. Jakieś zmartwienia, urazy, przyjaciele, sojusznicy, wrogowie... kobiety. – Ostatnie słowo stary wymówił z taką przyjemnością, że Iwan wątpił, czy staruszek aby na pewno pozostawił za sobą tę swoją namiętność.

– Kobiety – powtórzył stary. Westchnął. – A trzeba myśleć o tym, co wieczne. No, a ty o czym myślisz?

– Żreć mi się chce – powiedział Iwan. – I do tego we łbie mi się kręci...

• • •

Tak naprawdę Iwan skłamał. W tym momencie wcale nie myślał o jedzeniu. Kiedy digger zamykał oczy, na wewnętrznej stronie powiek wypalone były trzy imiona:

MEMOW

ORŁOW

SAZONOW

Wszystko jasne.

Pozostawało obmyślić, w jakiej kolejności będę ich zabijał.

– Śpisz? – Ktoś go szturchnął. – Czy odwaliłeś kitę?

Otworzył oczy. Pochylał się nad nim ślepiec, białe kosmyki zwisały wokół brodatej twarzy.

– Trzymaj, młody. – Staruszek podsunął mu powykrzywiany blaszany talerz. Polewka mocno parowała w chłodnym powietrzu. Żołądek Iwana ryknął i rzucił się do ataku. – Smacznego. Jedz, jak to się mówi, od serca. – Drugą ręką stary podał mu poczerniałą metalową łyżkę.

Iwan wciągnął nosem opary. Od polewki wyraźnie czuć było spalenizną.

– Dziękuję – powiedział Iwan.

• • •

Już drugi dzień czuł gorące impulsy pod żebrami, fale żaru w ciele, które stało się nie całkiem jego – jak wzbierający ropą ząb jest już nie całkiem twoim zębem, lecz czymś obcym, niebezpiecznym, co zasadziło się głęboko w twojej szczęce.

Ale ząb można wyrwać, z ciałem zaś sprawa nie jest taka prosta.

– Kula przeszła o, tędy – pokazał doktor, wojskowy medyk z Placu Lenina. – Trafiła w metal i poszła pod kątem. Szczęście, że miałeś osłonę. Kamizelka kuloodporna?

Wojskowy lekarz miał podłużną twarz i krótkie brwi. Niemal łysy, z cienką szyją wyglądał jak sęp z disnejowskiej kreskówki o Mowglim, którą Iwan oglądał w dzieciństwie. Ale twardy jak stal – Iwan od razu to zrozumiał. Takiemu się nie podlizesz.

– Zbieg okoliczności – powiedział Iwan. – Miałem kontuzjowane żebra. I plecy mnie tego dnia bolały. Więc je usztywniłem, żeby mi znowu nie latały na wszystkie strony. Obłożyłem metalowymi płytami i przymocowałem z wierzchu bandażem. Trzyma się. To znaczy... – Iwan milczał przez chwilę – trzymało.

– Zadziwiające. – Brwi lekarza uniosły się. – Zresztą słyszałem o jeszcze bardziej niewiarygodnych przypadkach. Kula trafiała i w talizman, i w książkę. A u pana, no proszę, w kamizelkę kuloodporną własnej roboty. – Popatrzył na Iwana przerażająco błękitnymi oczami. – Był taki stary film... *Za garść dolarów*, zdaje się. Clint Eastwood... zresztą, wątpię, żeby pan go znał. Powiesił sobie na piersi przykrywkę z pieca.

– Po prostu nie zdążyłem ich zdjąć – wyjaśnił Iwan ni z tego, ni z owego. Tak jakby był winien temu, że zwykły przypadek uratował mu życie...

Lekarz uśmiechnął się, wstał. Umocowana na sznurze latarka zniknęła za jego głową i otoczyła jego łysinę błękitnawą aureolą. „Ech, ty – zdążył pomyśleć Iwan, zanim lekarz się odsunął. – Zupełnie jak święty na starej ikonie". Jasność błysnęła Iwanowi w oczy. Cholera, szybko je zamknął. Na wewnętrznej stronie powiek niknął rozpalony odbłysk świetlówki.

– Zostawię wodę utlenioną do przemywania rany – powiedział doktor. – I jeszcze sulfanilamid. W proszku. Przepisałbym antybiotyki... Ale niestety nie mam. Zresztą sądzę, że i tak wszystko będzie z panem w porządku. Organizm ma pan silny, odporny. Tylko proszę utrzymywać ranę w czystości.

– Dziękuję, doktorze – powiedział Iwan.

Kiedy doktor poszedł, wrócił na łóżko. Zamknął oczy. W żebrach pulsował ból. Zabawne. Kto by pomyślał, że stwór z Primorskiej mimowolnie uratuje mu życie? Taki numer.

Minutę później usłyszał kroki i stukot kuli. Postanowił się nie podnosić. Ciekawe, co staruszek tym razem wywęszy. Iwan odrobinę podniósł powieki, zaczął równiej oddychać, żeby udawać, że śpi.

– Co się tak rozwaliłeś? – Stary postał nad nim i przysłuchiwał się.

Potem podniósł kulę... Cholera! Iwan nie zdążył zareagować i tępa końcówka wbiła mu się w zdrowy bok.

Kurna!

Iwan sam nie wiedział, kiedy zerwał się na nogi.

– Co ty, kurna, robisz?!

– Podnoszę cię, żebyś nie wylegiwał się na moim łóżku – spokojnie wyjaśnił stary. – Po kiego grzyba?

– Doktor powiedział: leżeć!

– No to spadaj na swój materac. – Uśmiechnął się stary drań. – Który, na marginesie, też jest mój.

Iwan nie wytrzymał, wybuchnął śmiechem. Staruszek ma jednak pewien urok.

– Dobra – powiedział Iwan. Stanie było już ponad jego siły. Pokój wirował mu przed oczami. I to porządnie... Trzeba poleżeć jeszcze dzionek i zasuwać dalej. Może nie zdechnę po drodze, stwierdził.

– Dobra, przekonałeś mnie, masz gadane. Gdzie ten twój materac?

• • •

W nocy znów śnił mu się szpital i porucznik o martwych oczach. Znów w oślepiająco białym świetle szedł za porucznikiem między łóżkami, znów ranni patrzyli na nich z nienawiścią i strachem, odwracali wzrok. I znów błysk, świat drżał i osuwał się, kiedy porucznik naciskał na spust.

Doktor upadał w zwolnionym tempie. Iwan widział białawe włoski na jego cienkiej szyi. Ale twarz doktora zmieniła się. Teraz to był lekarz wojskowy z Placu Lenina. Bezgłośnie otwierały usta pielęgniarki. Jedną z nich była Tania. Drugą – tamta dziewczyna, Iluza. Iwan zapamiętał, że we śnie zupełnie naturalnie się zdziwił.

Iluza krzyczała. Tania krzyczała.

Iwan położył rękę na ramieniu porucznika...

Ten odwracał się powoli. Iwan przeczuwał już, że nie należało tego robić... lecz, w końcu, zobaczył jego twarz.

Porucznikiem był Sazonow.

– Czołem, Wania! – powiedział wesoło Sazonow. Błysk. Iwan wzdrygnął się, poczuł, jak kula wchodzi mu między żebra... tam przecież jest metalowa płyta, prawda? Iwan opuścił głowę i ujrzał, jak krew falami bucha z rany wlotowej. Zabili mnie, pomyślał Iwan. I zaczął padać na ziemię...

Oddalająca się twarz Tani.

Biała suknia ślubna.

Czemuś nie rzuciła się, Mariuszko, w rzeki toń...

Iwan otworzył oczy. Czas już iść, zrozumiał. Wystarczy tego marudzenia. Wyzdrowieć można i po drodze.

Nad nim był szary sufit ze szczeliną między płytami.

• • •

Stary mieszkał w tunelu między Placem Powstania a Czernyszewską, w małym opuszczonym bunkrze. W jakim celu go zbudowano, nie wiadomo, ale były tu dwa pokoje (w jednym z nich był telefon), a na samym końcu, za korytarzykiem, coś w rodzaju pomieszczenia składowego – małego i ciemnego. Stały tam szare żelazne szafy i wznosiła się wieża z ułożonych jedna na drugiej skrzynek na narzędzia. W bunkrze było światło – lampy wiszące na linkach. I dwie z nich działały! Zresztą, po Placu Powstania Iwan zaczął już przywykać do tego, że elektryczność może być wszędzie i bez ograniczeń. Staremu oświetlenie nie było do niczego potrzebne, więc, można powiedzieć, Iwanowi się udało.

– Zbierasz się do drogi? – zapytał stary, kiedy Iwan oznajmił mu o swoim postanowieniu. – Twoja sprawa, jesteś panem swego losu. Trzymaj. Twój paszport.

– Serio?

Iwan wziął wytartą książeczkę z palców starego, ostrożnie otworzył.

„Iwan Siergiejewicz Goriełow. Data urodzenia: 01.11.2008, miejsce urodzenia: m. Sankt Petersburg, obw. Leningradzki".

– To nie mój paszport – powiedział Iwan. – Imię jest moje, ale paszport nie należy do mnie.

Stary wzruszył ramionami.

– A do kogo? Leżał obok, kiedy cię znalazłem.

Może upuścił go gnilak? A to ci żarcik losu.

Iwan chrząknął.

Prezencik od gnilaków. Przyda się, jak mało kiedy – bez dokumentów teraz w metrze jest ciężko.

– I kim jesteś według paszportu? – zapytał stary.

– Iwanem. Tylko nazwisko inne.

– To można olać. – Stary zadarł głowę, jak gdyby przyglądał się sufitowi. – Nawet nie trzeba się będzie przyzwyczajać.

– Proste.

Sazonow zabrał Iwanowi broń, nóż, latarkę i dokumenty, pozostałe rzeczy były w plecaku Iwana na stacji. Tam właśnie, w plecaku, była też szklana kula. Prezent dla Tani. Iwan zmrużył oczy. Tania. Oczy to żarówki z przepalonymi drucikami.

– Muszę wracać do domu.

Milczenie.

– Sprawić, żeby było tak, jak wcześniej, czy to jest właśnie twój cel? – Stary odwrócił głowę w kierunku Iwana. – Niezbyt to romantyczne.

– Chcę odzyskać swoje życie – powiedział z uporem Iwan.

– Głupstwa – powiedział stary. – Twojego życia nigdy nie było. Umarłeś na tej wojnie, diggerze. Po prostu dotąd o tym nie wiesz. Umarłeś, Iwanie – powtórzył. Białe oczy bez źrenic patrzyły na diggera spod powiek.

– Kim jesteś?

– Ja? – Ślepiec się roześmiał. – Śmiech roztrwoniłem dźwięczący na tysiąc kielichów… – zadeklamował. – W dniu trzecim, gdy rumiana… Znasz ją?… Eos nam zaświeci, dźwignąwszy maszty, żagiel zawiesiwszy biały…

Iwan mimowolnie drgnął. Gdzie on słyszał o „rumianej Eos"? Nie tak dawno temu… chociaż zdawało się, że nieodległe wydarzenia miały miejsce przed stuleciem.

– Jak mam do ciebie mówić, stary?

Ten milczał przez chwilę.

– Mów mi Ajs – odparł w końcu. – Chociaż lepiej… nijak mi nie mów.

• • •

Po dwóch dniach Iwan okrzepł na tyle, żeby robić krótkie spacery. Stary dotrzymywał mu niechętnego i gderliwego towarzystwa. Ale niejasne było po co – przynajmniej Iwan do końca tego nie zrozumiał. Dla towarzystwa? Jeszcze czego. Przechadzki ze starym były istną torturą. Ten miał swój rytm. Zwykle wrzucał najwyższy bieg i uciekał ze swoją kulą do przodu. A czasem, jakby naumyślnie, wlókł się z tyłu.

Żeby zapomnieć o bólu we wracającym do zdrowia ciele, Iwan opowiadał staremu historię o morskim stworze na Primorskiej.

– Jak zobaczyłem tego tygrysa, to od razu zrozumiałem, że coś tu jest nie w porządku.

– Tygrysa? – zdziwił się stary. – Jakiego tygrysa?

– Białego.

– Znaczy bengalskiego? He, he. – Stary nagle rozświetlił się od środka, niczym plafon z mlecznego szkła. – Piękne zwierzę. Skąd on się wziął w metrze?

– No, mówią, że jeden z pracowników zoo wypuścił go przed samą Katastrofą i ten przybiegł do metra. To oczywiście bajka – powiedział Iwan. – Ale dlaczego nie? Mnie się podoba.

– Bajka, powiadasz? – Stary podrapał się w brew. – Tak w ogóle, to ja go wypuściłem.

Pauza. Iwan uznał, że się przesłyszał. Czy może stary już kompletnie odjechał? A świata w siedem dni przypadkiem nie stwarzał?

– Skąd pan go wypuścił?

– Z klatki oczywiście! Nie zadawaj kretyńskich pytań. – Stary szedł dalej, wspierając się kulą. Nie do zajechania, drań. – A gdzie według ciebie miałby być? Na Empire State Building? Szczawik z ciebie.

To było przykre. Iwan aż się zatrzymał, żeby się nad tym zastanowić, co właściwie poczuł. Było mu rzeczywiście przykro. Zapomniał już, kiedy ostatnim razem czuł coś podobnego. Po śmierci Koślawego chyba ani razu.

Warto było dać się zabić, żeby znów poczuć się szczawikiem.

– O, wielki guru, powiedz… – zaczął Iwan.

– A w papę chcesz? – Stary aż się zatrzymał.

– Kapuję.

Iwan milczał przez chwilę.

– Słuchaj, dziadku, a po co go wypuściłeś? Pytam poważnie.

• • •

Tym razem zaszli dalej niż zwykle. Dziś, dla odmiany, Iwanowi nie trzęsły się nogi, a serce nie pracowało tak, jakby ostatkiem sił przepompowywało zgęstniały na mrozie mazut.

Stop. A co to takiego?

– Co to jest? – zapytał Iwan.

Stary wzruszył ramionami.

– Szyb wentylacyjny. Nic specjalnego. I poszedł dalej. Tuk, tuk, tuk.

Iwan poświecił latarką. Zwyczajne wejście do zwykłego tunelu wentylacyjnego. Iwan poczuł, jak wydobywający się stamtąd silny podmuch powietrza porusza mu włosy na głowie. Patrzcie no, do tej pory działa! Wszedł do środka.

Oświetlił latarką beczułki ustawione jedna na drugiej, tworzące jakby wieżyczkę. Filtry węglowe. Jasne.

Jednym słowem: IFW. Instalacja Filtrująco-Wentylacyjna. Nawiasem mówiąc, jeśli pójść szybem dalej, jest tam hermetyczna zapora i śluza – wyjście na zewnątrz. Diggerzy czasem korzystają z szybów IFW, by wychodzić na powierzchnię. Ale to trudna sztuka. Mało kto się odważy leźć po drabinie, nawet jeśli jest w dobrym stanie. Siedemdziesiąt metrów. A jeszcze z obciążeniem, albo kiedy szczeble są oblodzone… taa.

Zresztą, raz taki numer wyciąłem, pomyślał Iwan. Kiedy ścigali mnie zieloni – Weganie. Ale wtedy nie miałem wyboru…

Rozejrzał się dookoła – wszystko jak zwykle. Widocznie ktoś o tę IFW dba, wszystko się nieźle zachowało. Poświecił na ścianę. Na wpół zatarte cyfry na betonie – numer IFW. Iwan chrząknął, poszedł w stronę wyjścia.

Kiedy już wydostał się na tory, nagle poczuł, jakby kopnął go prąd.

Cholera, nie może być.

Wrócił. Bzdura. Serce mu waliło.

No, wydawało mi się…

Położył torbę na ziemi. Powoli, ostrożnie, jakby się obawiał, że znajdzie potwierdzenie swoich lęków, podniósł latarkę. Cyfry na ścianie zabłysły na czerwono.

Iwan podszedł i dotknął betonu. Suchy, poszczerbiony, chropawy.

Powiódł po nim palcami, popatrzył – na rękawiczce pozostał biały pył.

„Cała rzecz w dwieście pierwszej IFW".

Tak chyba powiedział mu Dzięcioł, jurodiwy filozof z Placu Powstania?

No ładnie. Teraz znalazłem punkt, wokół którego kręci się całe metro.

Numer na ścianie:

201

Obok numeru był napis. Iwan przeczytał, uśmiechnął się, pokręcił głową. No jasne, bez tego się nie da…

– Co tam jest napisane?

Iwan drgnął. Nie słyszał, jak stary wrócił. I w ogóle – skąd on wie o napisie? Czasem Iwanowi zdawało się, że dziadyga wszystko widzi, ale w niezrozumiałym celu udaje niewidomego.

– „Enigma dobry człowiek TM" – przeczytał Iwan z uczuciem. Stary drgnął. – Kto to taki?

Co tam wołali gnilaki do starego? Iwan zmrużył oczy.

Stary nonszalancko wzruszył ramionami. Że niby pierwszy raz słyszał to słowo.

– Zna go pan?

Iwan popatrzył na niego przeciągłym spojrzeniem. Stary wyraźnie nieźle znał tego tajemniczego Enigmę. Znał, ale z jakiegoś powodu udawał, że ani mu brat, ani swat.

W porządku, ma do tego prawo.

Każdy ma swoje szkielety w szafach na narzędzia.

Dopiero na torach Iwan przypomniał sobie, że zapomniał wziąć torbę. Wrócił. Stary stał pośrodku pomieszczenia i kołysał się, jakby był w narkotycznym transie. Białe włosy świeciły w ciemności.

– A jednak kochają, dranie – mamrotał stary. Ocierał łzawiące niewidzące oczy brudnym rękawem i znów się kołysał. – Kochają.

Iwan bezgłośnie podniósł torbę i wycofał się do wyjścia. Serce mu waliło.

Co tu się w ogóle dzieje?

• • •

– Biały tygrys nie może przeżyć w naturze – powiedział stary. – To à propos twojego pytania, dlaczego wypuściłem go z klatki. Przypomina tym nas, ludzi. W przyrodzie albinos zbytnio się wyróżnia, umrze z głodu albo stanie się ofiarą innych tygrysów o normalnym, naturalnym umaszczeniu. Tak samo my, ludzie. Jesteśmy albinosami wśród otaczającej nas dzikiej przyrody. Wyobraź sobie, że przywieźli cię i wypuścili w miejscu, gdzie wszystko jest dla ciebie obce. I ty jesteś obcy. A teraz, kiedy na zewnątrz wszystko się zmieniło, my, ludzie, jesteśmy czymś w rodzaju tygrysa na Marsie. Słyszałeś o innych planetach? Teraz nawet metro jest dla tygrysa czymś bliskim.

Iwan milczał przez chwilę. Tak to więc wygląda.

– I nie ma żadnych innych możliwości? – zapytał w końcu.

– Dla ludzi, czy dla tygrysa?

– Dla tygrysa. W mieście.

Stary wzruszył ramionami.

– Jest jedna.

– Jaka?

– Cóż, może zostać ludojadem.

• • •

Siedemdziesiąt dziewięć. Osiemdziesiąt. Iwan skończył robić pompki i wstał z podłogi, kompletnie mokry. Ręce drżały mu ze zmęczenia. Wygląda na to, że regularne ćwiczenia fizyczne przywracają mu diggerską formę. Teraz kolej na rozgrzewkę z piłeczką. Uwaga, koordynacja, wyczucie partnera...

Iwan zatrzymał się. Nie ma już mojej drużyny. Nie ma już diggera Wana. Wszystko trzeba zaczynać od początku.

Ale czy warto?

Wyjął piłeczki, zważył je w ręku. Tenisowych, niestety, nie ma. To nic, ujdą i proste szmaciane z obciążeniem. Nadszedł czas filozoficznych dyskusji. Ha. Iwan uśmiechnął się. Ze staruszkiem dobrze się trenowało. Gadali o tym i owym, nie przerywając rzucania do siebie piłeczek. Ślepiec łapał je z łatwością, a mylił się rzadko, o wiele rzadziej niż Iwan. Tak jakby miał w głowie laserowy system naprowadzania – w miejsce utraconego wzroku. Ciekawe, jak to się stało. Stary pomijał milczeniem pytania na ten temat. Iwan pokręcił głową. To musiała być okropna historia...

W sumie uczucie było jedyne w swoim rodzaju – pracować z partnerem, który cię nie widzi.

I do tego filozofem.

Ostatnim razem stary powiedział, że metro jest piekłem. Dzisiaj stwierdził, że metro to raj, z którego ludzie wcześniej czy później zostaną wygnani.

– Więc w końcu metro jest piekłem, czy rajem? – uściślił Iwan, rzucił piłeczkę. Stary z łatwością złapał szmacianą kulkę.

– A co to jest według ciebie raj?

Rzut.

– Miejsce, w którym żyją anioły – powiedział Iwan, w swojej kolejności łapiąc piłkę.

Stary pochylił głowę. Zdawało się, że jego białe oczy patrzyły do głębi, w samą duszę Iwana. Piłeczka leciała. W ostatniej chwili pomarszczona ręka podniosła się i złapał ją przed samą twarzą ślepca.

– Też odpowiedziałeś. – Stary rzucił piłeczkę do Iwana. – Jak spotkasz anioły, pozdrów je ode mnie.

Iwan skoczył, by złapać rzut, miękko wylądował. Żebra prawie nie bolały.

– Obowiązkowo.

– Gadasz bzdury! – powiedział stary dobrodusznie. – Chcesz posłuchać, jak było naprawdę? Bo ja to wszystko wiem.

– Poważnie? – Iwan się uśmiechnął. Łap! – No, dlaczego nie…

Stary poruszył ustami.

– Gdzieś po metrze chodzi stary Bóg – zaczął półgłosem. – Ma długą, białą brodę, pomarszczoną, dobrą twarz i niebieskie oczy. Oczywiście całkowicie ślepe.

Iwan zakrztusił się. Całkiem niezły opis!

– I taki oto kit mogę ci wciskać kilometrami – oznajmił stary piernik. – Tak naprawdę wszystko było o wiele mniej patetyczne. Żył sobie kiedyś, na długo przed Katastrofą, Pierwszy

Monter... I pewnego pięknego dnia (znów legenda, tak naprawdę dzień był oczywiście dość parszywy) postanowił zbudować metro... Wezwał swoich monterów i rozkazał: tu macie plan, kopcie, bydlaki, tak i tak. A ja to potem sprawdzę.

Monterzy zaczęli jęczeć, ale co zrobić – zbudowali. I spojrzał Pierwszy Monter na metro, i powiedział, że jest... bajzel, ale mogło być jeszcze gorzej.

I rzekł Pierwszy Monter: niech stanie się w metrze Światłość.

I monterzy zainstalowali elektryczność...

A potem – stary zrobił wieloznaczną pauzę. – Potem pojawił się Pierwszy Digger...

• • •

Też znalazł, co mi będzie kładł do głowy. Znamy tych waszych Pierwszych...

Iwan prychnął.

Bajeczki dla diggerów w młodym wieku. Koślawy mi takie opowiadał. Ja sam robiłem tak samo, kiedy wychowywałem narybek.

Drzwi do pokoju starego były przymknięte. Iwan zajrzał w szczelinę. Stary chodził z kąta w kąt, opierając się na swojej gigantycznej kuli. Tuk, tuk, tuk. Ogromny i niestrudzony. Rozwiana siwa grzywa. Skołtuniona broda.

Wtem stary skręcił w stronę ściany, zaczął się kołysać. Jakby ktoś przed nim stał. Iwan wytężył wzrok. Przecież tam niczego nie ma. Cień szafy na narzędzia.

– Czego tu wszystkie leziecie? Co to dla was jest, Arka Noego?!

W następnej chwili Iwan zmrużył oczy, potrząsnął głową. Znów popatrzył.

No nie, lipa. Niemożliwe.

Zwyczajny cień. Nieruchomy, jak powinno być z cieniami nieruchomych przedmiotów.

Ale nagle Iwan wyraźnie sobie przypomniał, jak ten cień poruszył się w odpowiedzi na słowa starego.

Haluny?

Czy fioletowy pył mógł zostać mu na ubraniu? Dlaczego by nie?

Więc mu się przywidziało. A że staruszek rozmawia ze ścianą? – Cóż, każdy ma swoje wady, prawda?

Iwan pokręcił głową.

– Czego ode mnie chcecie? – zapytał stary. – No, mówcie! Idź, diggerze, i dobrze się wyśpij.

• • •

Telefon dzwonił bez przerwy.

Iwan jeszcze we śnie słyszał ten dźwięk, monotonnie kłujący, drażniący swoją bezsensownością. Trr, trrr, trrrrr.

Dźwięk wpijał się w nerwy. Iwan jęknął przez zęby, wetknął twarz w poduszkę, przewrócił się na bok, nakrył poduszką głowę… Nie pomagało. Dźwięk z łatwością przenikał przez warstwy materiału, wlewał się, wwiercał w uszy, tak jak digger brawurowo dostający się do wentylacji za pomocą łomu i Matki B. Trrrr.

TRRRR.

Kiedy TRR zrobiło się wielkie jak stacja Newski Prospekt, Iwan nie wytrzymał. Zsunął się z materaca, otworzył oczy. Co to? I gwałtownie, jakby z rozpędu, oprzytomniał. Wrócił z krainy snów do swojej materialnej powłoki – i ledwo się w niej zmieścił. Bolało go serce. Iwan nie znał się na medycynie (a kto się teraz na niej zna? Najwyżej lekarze wojskowi z Placu Lenina – podobno zostało im wszystko z czasów przedwojennych), ale to rozumiał. Serce biło mu szybko i nierównomiernie, zaschło mu w ustach, na języku czuł kwaśny posmak. Im był starszy, tym każde niewyspanie wyglądało gorzej. I ta słabość. A niech to.

TRRR-trrrr-TRRR.

Iwan zmrużył oczy, pokręcił głową. Dźwięk dochodził z sąsiedniego pomieszczenia. Telefon? Skąd tutaj telefon? Iwan wstał, chwiejnym krokiem dobrnął do drzwi. Wielkość futryny zmieniała mu się w oczach – tak okropnego przebudzenia Iwan dawno nie pamiętał. Normalnie zaraz pojadę do Rygi.

Trrrr! Podnieś wreszcie tę słuchawkę.

Skąd u starego działający telefon? Z kim miałby rozmawiać? Przeciągnęli kabel ze stacji?

Iwan stanął w drzwiach. Oparł się o futrynę dla lepszej stabilności, starannie przymknął oczy, otworzył – dalej bajzel. Przed oczami miał mgłę.

Jeszcze jedna próba. Wreszcie Iwan zobaczył. W pokoju, który wczoraj pokazywał mu stary, na biurku dzwonił szary telefon. Niemożli... Iwan wszedł do środka, nieposłusznymi, drewnianymi palcami chwycił słuchawkę, podniósł do ucha.

Telefon umilkł. Iwan patrzył na gładki, szary aparat z czarnymi przyciskami i myślał, że to halucynacje. Haluny, na pewno. To mu się wydawało...

– Halo – powiedział Iwan.

Długa pauza.

Kliknięcie.

– Kto mówi? – spytał ktoś w końcu z tamtej strony ostrym, rozkazującym tonem.

– Goriełow – powiedział Iwan. Trzeba się przyzwyczajać.

– Słuchaj rozkazu, Goriełow. Druga linia przechodzi w tryb autonomii. Węzeł Łączności „Działkowiec" w tryb stanu wojny. Ogólna gotowość pięćdziesiąt minut. Zrozumiano? Ogólna gotowość pięćdziesiąt minut. Przygotować podstawowe schrony na przyjęcie ludzi. Otrzymaliśmy potwierdzenie z góry. Powtarzam, otrzymaliśmy potwierdzenie z góry...

Iwan słuchał. Zimno spełzło z plastikowej, chłodnej, gładkiej, nieprzyjemnej w dotyku słuchawki na ucho, potem do wnętrza głowy, potem zaczęło spływać wzdłuż przełyku do żołądka. Zebrało się tam jak rozlana rtęć ciężką, połyskującą plamą.

– ...o wystrzeleniu. Potwierdzić odbiór informacji. Goriełow, śpicie tam?!

– Potwierdzam – powiedział Iwan.

– Słuchaj, Goriełow... – Głos nagle stracił żelbetową twardość, zmartwiał, zmiękł, jakby wyciągnięto z niego zbrojenie. – Wszystko skończone. Zapomnij o trzydziestce bis, ratuj ludzi. A ja... ja chyba się napiję i strzelę sobie w głowę. Goriełow, ratuj ludzi, proszę cię. To bez sensu... gdyby był w tym jakiś sens, to sam bym spróbował, ale nie ma żadnego – głos zaczął się śmiać. Iwanowi wydało się, że za plecami mówiącego usłyszał czyjś oddech. – Idą. Wiesz, miałem nadzieję, że ten dzień nigdy nie nadejdzie. Miałem nadzieję, że chociaż go nie dożyję. Umrzeć... a niechby i na raka. Dlaczego nie? Rak to dobry wybór. Przynajmniej miałbym ciągle nadzieję. A teraz patrzę w przyszłość, a tam jest czarno. Wiesz, jak u ateistów. Nicość. Nothing. I nie mogę patrzeć ludziom w oczy. Koniec. Przekazałeś rozkaz?

Iwan nagle zapragnął uspokoić tamtego, na drugim końcu przewodu.

– Tak, przekazałem.

– Dziękuję, Goriełow. Dlaczego ja nigdy nie dostrzegałem, że istnieje świat dookoła? Wiesz, żona narzekała, że nie potrafię z nimi spacerować – z nią i córeczką. Że zawsze tylko czekam, żeby pójść gdzieś indziej. Coś tam robić. Ciągle byłem zajęty. A teraz do śmierci chciałbym mieć z powrotem te pięć minut. Właśnie te pięć minut w parku jesienią. Było pochmurno, wilgotno, czerwone liście. Pamiętam to, Goriełow.

I córeczka biegnie z rozpostartymi rączkami. Wilgotne liście. I żona obok mnie. Tak mi brakuje tych pięciu, dwóch, jednej minuty. Żeby ona do mnie dobiegła. Nie, żeby na nią patrzeć, chciałbym dotknąć jej włosów. Są takie miękkie, poplątane. Białawoszare. W takich chwilach jak ta rozumiesz, kogo naprawdę kochasz. To nie słowa. To właśnie takie chwile. I ona biegnie. Jeśli śmierć jest wiecznością, to chcę spędzić wieczność w czerwonych liściach. I córeczka biegnie do mnie. Tato! – woła. To strasznie sentymentalne, tak, Goriełow? Goriełow, nie milcz, Goriełow, proszę cię. Nikt więcej mi nie został.

Czarna nicość. Jeśli Bóg jest, to niech da im światło, a ja mogę i tak. Przeżyję ciemność, jeśli będę wiedział, że oni będą mieli światło.

Unicestwiliśmy siebie samych. Teraz, póki rakiety jeszcze lecą, te piętnaście minut… Gdybym mógł, umarłbym ze wstydu. Przed nią, przed moją córeczką. To głupie, Goriełow? Nie milcz, Goriełow.

Proszę, nie milcz.

Proszę.

Sygnał.

Iwan odłożył słuchawkę.

• • •

– Co to było? – Iwan zbliżył się do starego, złapał go za fraki. – Co?! To?! Było?!

Ślepe oczy starego spoglądały gdzieś ponad ramieniem Iwana. Stary poruszył głową.

– Telefon?

– Tak, kurna! Kurna, telefon!

Ułamek sekundy później Iwan poczuł, że pada na ziemię. Żylasta ręka starego posłała go… och!

Iwan poturlał się po podłodze, przed oczami mu pociemniało. Zatrzymał się wreszcie, zwinął wpół. Surowy dziadek... drań.

– Oddychaj głębiej – poradził stary. – A co do telefonu, to jest proste wyjaśnienie...

– J-j... – Iwanowi zabrakło tchu. Ból, niczym prąd elektryczny, rozlewał się ze splotu słonecznego po ciele, pozbawiając go sił. – J-jakie znowu...

– Nagranie – powiedział stary. Miał nieco zadartą do góry głowę, jakby czemuś się przysłuchiwał, jego białe oczy były nieobecne.

– Co?

– He, he. Zwykłe nagranie – rzekł stary złośliwym tonem. – To przecież obiekt na wpół wojskowy. Wszystkie rozmowy należy tu zapisywać.

– W takim razie kto dzwonił? – zapytał Iwan, znając już odpowiedź.

– Twoje przeznaczenie – powiedział stary dźwięcznie i nagle pękł, zachichotał, szczerząc ocalałe zęby. – Dzwonił oczywiście automat. To było cholera wie kiedy. A teraz zakontaktował jakiś obwód i wszystko zaczęło działać. Wezwanie i działanie automatycznej sekretarki.

– Czego?

– Nie ma żadnych cudów, Iwanie. W metrze nie ma żadnej mistyki, rozumiesz? Wbij to sobie do głowy, dzieciaku.

• • •

– Co zamierzasz robić dalej?

Iwan podrapał się w głowę. Odpowiedzieć – głupio, nie odpowiedzieć – urazi starego. Poważnie pyta, od razu widać.

– Niech zgadnę – powiedział stary. – Będziesz się mścił, prawda? Zabijesz swoich wrogów?

SAZONOW, ORŁOW, MEMOW.

Niekoniecznie w takiej kolejności.

– Tak – powiedział Iwan. – Mniej więcej.

– Przypuśćmy, że nad tym twoim celem jest cel wyższy, bardziej globalny… Co zrobisz? Przeżycie nie jednego człowieka, jak w twoim przypadku, lecz ludzkości.

– Będę ratował świat?

– Bardzo śmieszne – suchy ton starego. – Ale tak, prawie. Czy ty w ogóle rozumiesz, co dla ludzkości oznacza LEA?

No i znowu przygrzało. Staruszek ma wyraźnie jakąś niezdrową obsesję na punkcie tej LEA.

– Dziadku, ja cię bardzo szanuję, ale nie teraz. Może kiedyś potem, dobrze? Zróbmy tak – załatwię swoje sprawy i zastanowię się, co zrobić z twoimi. Albo nawet lepiej – dam ci słowo diggera. Chcesz?

Stary przez jakiś czas milczał, wyraźnie urażony. Twarz mu drgała.

Szkoda, ale to nie czas na taką wyprawę. Stary kiwnął głową. Dobrze.

– Wrócisz do Aliansu? – spytał w końcu.

– Bezpośrednia droga jest przede mną zamknięta – powiedział Iwan, ciesząc się, że staruszek się do końca nie zamknął. – Przez Plac Powstania nie dam rady przejść.

Stary westchnął.

– Jeśli nie mogę ci tego odradzić, to mogę chociaż pomóc. Podejdź do Wyborgskiej. Tam jest łącznik – przejście do tuneli linii okrężnej. Zaczęli je drążyć tuż przed Katastrofą, ale nie skończyli.

– Wiem o tym.

– Będziesz mi przerywał, czy wreszcie posłuchasz do końca?! – zirytował się stary. – Znajdziesz przewodnika. Ten doprowadzi cię… dokąd musisz dotrzeć?

Iwan przemyślał, jakie ma opcje. Jeśli chodzi o przyjaciół,

to pozostał mu tylko Paszka i Szakił. Ale do Paszki trzeba się jeszcze dostać, najprawdopodobniej jest już na Wasilieostrowskiej… Więc tak. Szakiłow może być pomocny. Na Saszkę można liczyć.

„Jeśli jeszcze żyje".

– Na początek na Newski.

– Na Newski. Czyli niebieska linia. Dojdziesz do Czarnej Rzeczki, potem przez Pietrogradzką i Gorkowską pójdziesz w dół, do Newskiego.

Jest to oczywiście jakiś wybór. Iwan milczał przez chwilę. Gdyby nie jedno „ale"…

– Ale przecież tunel jest zatopiony?

– Tam jest przejście. Możesz mi wierzyć. Nowa Wenecja, mówi ci to coś?

• • •

W drugim pokoju ukazała się skrzynia pełna starych sowieckich masek przeciwgazowych. GP-4, ustalił Iwan. A to izolująca IP-2M. Starzyzna, ale czemu nie? I mnóstwo wkładów regeneracyjnych do niego. Iwan podniósł puszkę i przeczytał na denku: „Zużyć przed: 2008 r." Taa. I dużo tu takiego dobra?

Tak czy owak, przydałoby się. Tylko co na to staruszek?

Dźwięk kroków. Stukot kuli.

O wilku mowa. Stary stanął obok niego, odczekał.

– Mogę wziąć? – zapytał Iwan. Stary powiódł głową – w prawo, w lewo.

– Bierz ile potrzebujesz. Mnie to już niepotrzebne.

Ślepe oczy patrzyły gdzieś nad ramieniem Iwana.

– Więc jednak postanowiłeś iść? – spytał stary.

– Tak – powiedział Iwan. – Muszę iść do domu.

Stary skinął głową – jasne, i wyszedł. Iwan wsłuchał się w oddalający się stukot kuli, pokręcił głową, uśmiechnął się.

Chyba będzie mi brakować tego dźwięku.

Wybrał ze sterty masek przeciwgazowych jedną nienaruszoną w odpowiednim rozmiarze, założył. Uch, chuu – odetchnął z wysiłkiem. W porządku. Guma ściśle zaciskała się na twarzy, obejmowała tył głowy. Pewnie na kacu dobrze taką założyć. Żeby się głowa nie rozleciała. Iwan zdjął maskę, westchnął – dobrze. Z żalem obrzucił spojrzeniem stos GP-4. Żal zostawiać, chociaż stare, ale nie zamierzał też ograbić staruszka. Odłożył na bok dwa filtry z najświeższym terminem przydatności. Te wprawdzie też są przeterminowane, typowy termin przechowywania to dla nich pięć lat od produkcji, ale to zawsze lepiej niż nic. A w zasadzie, co miałoby się stać z węglem? Zamknął skrzynię. Zastanowił się, znów otworzył i wziął jeszcze jedną maskę w swoim rozmiarze. I jeszcze jeden filtr. Zapasowa maska – to konieczne.

Włożył maski do torby.

Kiedy skończył, poczuł ukłucie niepokoju. Czyjaś obecność… cholera, za bardzo się rozluźniłem!

Iwan błyskawicznie się odwrócił, zanurkował w dół, schodząc z linii strzału… Potem prychnął i wstał. No, staruszku, to mnie przestraszyłeś. Ślepiec stał przed drzwiami i patrzył gdzieś nad głową Iwana.

– Trzymaj – powiedział stary po prostu. I wyciągnął rękę.

No nieźle.

Iwan popatrzył na leżące na jego dłoni listki tabletek, zgięte na pół i spięte brązową gumką recepturką. Ale numer. Za takie bogactwo w metrze można zabić.

– Czego się gapisz? Bierz jak dają – stary znów zaczął się pieklić. – Potrzebujesz ich, lekarz ci przepisał. No bierz, darmozjadzie!

Iwan wyciągnął ręce.

– Dziękuję!

– Nie ma za co, tu sami swoi – powiedział ponuro stary, tak jakby jego drogocenne antybiotyki wyrwali mu właśnie obcęgami. – Idź i od razu popij. Tam jest woda.

• • •

Gdy nadszedł wieczór, Iwan uznał, że jest gotów, by wyruszyć w drogę. Stary wydzielił mu ze swoich zapasów jeszcze torbę, dwie latarki, zapas baterii, półtora magazynka nabojów i nóż. Niezły, ale kiedyś Iwan miał lepszy. Zresztą kiedyś i sklepienia w tunelach były wyższe, jeśli wierzyć starszym. Ślepiec nie miał broni palnej. Pech.

– Nie zmienisz zdania? – Stary patrzył w sufit.

Jednak zacząłem się przyzwyczajać do tych jego dziwactw, pomyślał Iwan. Być może będę nawet za nimi tęsknił. Zabawne.

– Że niby miałbym iść do elektrowni atomowej? – Iwan pokręcił głową. Co za uparty typ. – Wybacz, dziadku. To mnie nie dotyczy.

– Kiedy się rozmyślisz... – powiedział stary. – A rozmyślisz się, uwierz mi. W sumie, kiedy zmienisz zdanie, to pamiętaj: chodzi o trzeci blok. Nie zapomnisz? I jeszcze jedno: prosta droga nie zawsze jest najkrótsza. Uważaj na siebie, bądź ostrożny*. A teraz, kiedy już ponawijałem ci na uszy kupę górnolotnego makaronu... nawiasem mówiąc, przetrawisz go po drodze... przysiądźmy lepiej przed podróżą.

Przysiedli. Pomilczeli.

– Udanego wjazdu, diggerze – powiedział stary.

---

* Refren przewrotnej piosenki leningradzkiej grupy rockowej Kino (przyp. tłum.).

• • •

Kiedy ma się pięćdziesiąt jeden lat, można zacząć rozmyślać o śmierci.

– Zdradziłeś nas, Enigmo – powiedział jeden z cieni. Stary nie mógł go widzieć, ale wiedział, że ten cień nie pochodzi od człowieka.

– Po co mu to powiedziałeś? – ciągnął cień.

– To nieudacznik. – Stary podniósł głowę. – Co on może zmienić?

Milczenie.

– Według mnie próbujesz nas oszukać. Będziemy musieli go powstrzymać.

Stary zrobił krok do tyłu i zamarł. Poczuł jak na czoło wystąpił mu zimny pot. Mogą to zrobić. Oni wszystko mogą. Na początku, kiedy cienie się pojawiły, myślał, że po prostu oszalał. To by wszystko wyjaśniało. Zgadza się? Ale teraz te wyjaśnienia nie wydają mu się już zbyt trafne.

Jeśli zwariowałeś, to w każdym razie na długo.

Stary chciał odpowiedzieć, ale nagle to się stało. Cynnn.

Dźwięk, jakby pękała struna gitary.

Zaczęło się.

Gdyby nie był niewidomy, zamknąłby oczy, żeby tego nie widzieć.

Ale widział to, nawet będąc ślepcem – w wyobraźni, niech będzie przeklęta. Ściana nabrzmiała cuchnącymi bąblami, nowotworowymi guzami, ukazały się potworne pulsujące żyły. Ściana zafalowała, wyginając się od potwornego ciśnienia od wewnątrz. Potem wzdęła się, bańki napęczniały, jakby pod wpływem dziwnego gorąca. Pęcherze rosły, było ich coraz więcej.

Stary czekał.

Wiedział, że to nieuniknione. To był ich teren.

Bańki zaczęły pękać. Z pękniętych pęcherzy wyglądały zniekształcone, pokryte przerażającymi szramami półtwarze, półmordy. Odgryzione uszy, powyrywane obcęgami nozdrza, porozrywane policzki. W gruncie rzeczy nie było w nich nic z człowieka – po prostu ludzki mózg nieskutecznie starał się nadać przybyłym znane rysy.

Setki czarnych, niczego nie wyrażających, wypukłych oczu patrzyło teraz na Enigmę.

– Żeby naprawić twój błąd, będziemy musieli posłać Widmo. Ale na początek zajmie się ono tobą.

To by było na tyle.

– Spadajcie na drzewo – nakazał stary. Wyprostował się. – Jeszcze nie odwaliłem kity. Jak odwalę, to przy… – Drgnął. Dlatego że obok pojawił się ktoś jeszcze.

Skrzypnięcie drzwi.

Z ciemności powoli wysunęła się bardzo wysoka, kanciasta postać, zawisła nad starym diggerem. Skóra tego człowieka, jeśli to był człowiek, była szara.

Enigma słyszał oddech tej istoty, wirowanie powietrza w jej cuchnących płucach. Syk wylatującego na zewnątrz zużytego powietrza. Słyszał nawet pulsowanie krwi pod szarą skórą, gładką i twardą jak metal. Czuł, jak stwór patrzy na niego.

Istota wyciągnęła długą rękę… czy co to tam było? Stary nie wiedział.

– Grabie przy sobie – ostrzegł Enigma. Cofnął się, przygotował…

Wygląda na to, że przyszła po ciebie śmierć – ty stary, zdziwaczały diggerze.

Gotowy?

Złapał kulę za drugi koniec, zamachnął się do uderzenia. Wszystko kiedyś się kończy.

– Powiedziałem: spadać na drzewo – powtórzył powoli. – Czy nie wyrażam się jasno?

Szara postać nachyliła się… Wkładając w uderzenie całą siłę i złość, stary zamachnął się kulą…

• • •

Iwan usłyszał daleko za sobą głuche wycie i drgnął. Pewnie wiatr. W tunelach zawsze wieje wiatr.

Od tego jest metro.

ROZDZIAŁ 10

WENECJA

Medycy wojskowi, z których jeden podreperował Iwana, zostali za nim jako migocząca plama elektrycznego światła. Tak, zaczął liczyć w myślach Iwan, przeszedłem Czernyszewską, Plac Lenina też, teraz Wyborgska. Zgadza się?

W odróżnieniu od posterunków Aliansu, ten na Wyborgskiej był czystą formalnością. Żadnych worków z piaskiem, cekaemów, żadnych reflektorów. Wprost na środku tunelu stała osłona – siedzenia z wagonu kolejki postawione pod kątem. Ciekawe. Iwan dostrzegł obłażącą ze starości brązową okładzinę. Na jednym z siedzeń spał człowiek po cywilnemu – zatrzymany, czy co? Wszystko to było oświetlone samotną lampą zasilaną z akumulatora. Iwan zauważył pod stołem jego masywny plastikowy korpus.

Gorierłow przywitał się z celnikiem, skinął głową.

– Skąd idziesz? – zapytał celnik.

Miał nieczuły, obojętny wzrok.

– Z Placu Powstania – Iwan wiedział, że to pociągnie za sobą pytania, ale skąd miałby iść?

Ale niespodziewanie pogranicznik nie zaczął go dopytywać, tylko po prostu skinął głową – jasne.

– Co niesiesz?

– Maski na sprzedaż. No, i parę drobiazgów.

– Pokaż.

Iwan rozpiął torbę, pokazał zawartość. Celnik chrząknął.

– Cel odwiedzin? – Otworzył gruby zeszyt w kratkę, poślinił ołówek. – Piszę: biznes. Należą się dwa naboje.

Iwan skinął głową – wiadomo, bez cła się nie obejdzie.

– A co tak drogo? – zapytał.

– Takie czasy – powiedział celnik. Starannie wyrwał kartkę z zeszytu, podał Iwanowi. – Płać albo w tył zwrot.

– Ciężkie czasy – powiedział Iwan.

– Jeszcze jak – zgodził się celnik. – Nic dziwnego... Słyszałeś nowiny? Ci kretyni z Waśki nie wiadomo po co wybili Chodników do nogi. Wszystkich po kolei: i kobiety, i starców też. Jak tak można? Chociaż co ja ci będę opowiadał? Sam lepiej ode mnie... – Spochmurniał. – Ej, co tak pobladłeś? Co ty, też jesteś Chodnikiem?

– Tak. – Iwan się zachwiał. Znów zakręciło mu się w głowie: czy to od długiej drogi, czy ot tak.

– Rozumiem – powiedział celnik. – Wybacz, kolego. Kiedyś to, szczerze mówiąc, akurat nie bardzo lubiłem twoich braci, ale to jest kompletne przegięcie. Tak nie można robić z ludźmi. Co z tą Wasilieostrowską, z łańcucha się urwali?

Iwan znów zobaczył: Gładysz z obnażonymi zębami wbija łom w nieruchome ciało. Bryzgi krwi.

– To nie oni – powiedział z trudem Iwan. – To... to byli Admiratielscy...

Od jawnego łgarstwa wykrzywiło mu twarz.

– Ehe – powiedział celnik. Oczy całkiem mu odtajały. – Ale ci nagadali... Zgoda, Admiratielska to też przyjemniaczki, ale w porównaniu z Waśką – to po prostu aniołowie. A niech cię. Podobno zamierzają tam teraz postawić tych z Wasilieostrowskiej pod sąd. Jako zbrodniarzy wojennych. Zgłosiłbyś się na świadka, co? Nie można tak tego zostawić, bo całkiem się dranie rozzuchwalą. Słyszałem, że już i tak palili tam ludzi miotaczami płomieni. Czegoś takiego to już w ogóle żaden tunel nie...

– Mówisz, że ile płacę? – Iwan kompletnie nie miał ochoty kontynuować tej rozmowy. – Dwa naboje?

Ku jego zdziwieniu celnik nagle machnął ręką:

– Zapomnij. Dawaj. Wyciągnął rękę. Jego twarz nagle stała się zupełnie ludzka.

– Co: dawaj? – zapytał Iwan tępo.

– Jak to? Wbiję ci pieczątkę. – Celnik wziął karteczkę, pochuchał na pieczątkę, klepnął dwa razy w kartkę, oderwał połowę, drugą wręczył Iwanowi. – Proszę, kolego, przechodź. A naboje sobie zostaw. Wierz mi, tobie są bardziej potrzebne.

– Tak – powiedział Iwan. – Dziękuję.

Na karteczce była prostokątna pieczątka „DZIECKO ODBYŁO SZCZEPIENIE".

• • •

Zmieniają się epoki.

Zmieniają się tunele.

Zmieniają się ludzie.

Zmieniają się problemy.

Tak naprawdę wszystko jest wciąż takie samo.

Historia to nieprzyjemności, które przydarzyły się komuś innemu…

• • •

Iwan leży na brzuchu i myśli.

W tym momencie ta pozycja nawet nie ma alternatywy. Jeśli Iwan usiądzie, poczuje się źle i będzie go mdlić.

Jeśli wstanie, zwyczajnie straci równowagę i wróci do punktu wyjścia.

Jeśli spróbuje podciągnąć nogi pod siebie, głowa znajdzie się niżej niż serce, krew spłynie do mózgu i Iwan najpewniej straci przytomność.

Nie ma co, myśli Iwan. Jaka ciekawa podłoga. Jaka ponura, twarda, ciemna i zimna betonowa podłoga. A ja na niej leżę. Iwan czuje w środku zeschłą, kanciastą grudkę. To żołądek. Boli. W tym momencie wszystko można wyrazić prostymi słowami. Oto wątroba. Rwie. Oto głowa – ta myśli. I oczywiście boli. I kręci się w niej. Ale właściwie to wszystko proste – Iwan źle się czuje.

Albo nie, inaczej. Iwan jest zamyślony.

Wysiłkiem woli zamyka oczy i zmusza się, by dalej spać. Takie wpychanie się w sen, jak nabój do komory przy otwartym zamku. I raz. Ciężko idzie, ale idzie. Iwan śpi.

Zamykamy zamek.

Digger przed wjazdem powinien spać dwadzieścia cztery godziny. A jeszcze lepiej czterdzieści osiem. Dlatego że na górze nie śpią wcale.

Po wjeździe tyle, ile chcesz. Jeśli wrócisz. I nie można zapomnieć, żeby odlać się na wrota – to przynosi szczęście.

Ale teraz Iwan nie przygotowuje się do wjazdu, lecz po prostu śpi. W jego krwi jest podwyższony poziom toksyn, obniżona zawartość wapnia i witaminy C. Ogólnie mówiąc, lekkie odwodnienie. Migotanie rytmu serca. Następstwa zatrucia alkoholem. Zresztą po rosyjsku mówi się o tym: nieźle się wczoraj zaprawiliśmy.

Iwan śpi. I jednocześnie nie śpi. Wizje i koszmarne stwory są gdzieś obok, za szklaną ścianą, a teraz Iwan myśli.

Wszystko skończone. Wszystko skończone.

Przełyk boli go, jakby wczoraj pili kwas. Iwan śpi, przed oczami przepływają mu twarze wczorajszych kompanów od butelki. Nie twarze – mordy.

„Pij, Chodniku” – mówili i podstawiali kubki. Ciemny płyn

leje się z mieszalnika, czuć od niego acetonem. Ręka porosła rudym włosem. Pod nogami zwały węgla kamiennego. Iwan znów widział, jak ktoś – być może on sam – wyciąga rękę i wysypuje na tę podstawioną rudą dłoń garść malutkich mosiężnych i bimetalicznych walców. Paczki tabletek. Naboje, myśli Iwan w spóźnionym ataku przerażenia, antybiotyki... cholera. Prawie się budzi, ale wciąż śpi.

Mam nadzieję, że to tylko sen. Iwan ma nadzieję, że się obudzi, a naboje będą na miejscu, że antybiotyki będą na miejscu, a on sam będzie ubrany, cały, zdrowy i gotów, by iść dalej.

Dalej, dalej, dalej...

Znów kubek, płyn, aceton, paląca krtań. Potem widzi siebie, jak rzyga w węźle sanitarnym. Uwolnić papugi! Dalej film się urywa.

Iwan śpi i ma bardzo dużą nadzieję, że to był sen.

Głosy.

– Gdzie ten twój Chodnik?

– O, tu kima.

Głosy się zbliżają. To też sen.

– Ale tu, kurde, u ciebie zapaszek. Ilu ich tu jest? – Głos był przeciągły i niemrawy, ale władczy.

– Sześć osób na namiot – odpowiada drugi głos z urazą. – Wszystko tak, jak powinno być.

– Popatrzę, to ocenię... To ten?

– Ten.

Pogrążony we śnie, Iwan myśli, że trzeba wstać i coś zrobić. Na przykład bić się.

Potem myśli: a po co?

I śpi dalej.

Eksplozja bólu. Krwawa góra ognista wypiętrza mu się w żebrach. Iwan przewraca się na plecy. Nie może nawet krzyczeć, otwiera tylko usta jak ryba. Rozbłyski przed oczami jak jasne plamy wystrzałów z broni maszynowej w ciemnym tunelu. „Naprzód!", „Moskwa kanałami!", „Ognia!".

W odpowiedzi słychać: „Walić Piter!". I rozrywająca uszy kantata cekaemów.

Iwan otwiera oczy. Przed oczami wszystko mu pływa i kołysze się. Nad nim zawisa czyjaś twarz.

– Obudziłeś się, kochanieńki? – mówi twarz pieszczotliwie.

Tłusta, wydelikacona morda. Gdzie on ją widział? Wczoraj? Iwan mruży oczy. Wczoraj to pusta strefa w pamięci. Nic nie ma. Oprócz mglistych wspomnień o jakimś śnie nie ma w niej nic. Tylko ból w boku i ta serdeczna morda.

Iwan patrzy i milczy. Na razie jest jeszcze we władzy ciszy i pustych, niezapełnionych komórek pamięci. Jak wielopiętrowe łóżka w porzuconym schronie. Tylko zapach zgnilizny, zapuszczenia i chlupotanie wody, kiedy przestawiasz nogi w kaloszach.

Morda pochyla się, zajmuje całe pole widzenia. Iwan myśli, że jeszcze trochę i wypełni sobą całe metro, wypchnie Iwana na powierzchnię. A potem tam też wszystko zapełni.

– Kim... jesteś? – mówi Iwan nieposłusznymi ustami.

Głos jest głuchy, jakby dochodził z rezerwowego zbiornika na wodę. Korzystali z niego zaraz po Katastrofie, potem porzucili. Iwan oglądał go razem z Koślawym, przechodząc z jednego pomieszczenia do drugiego. Pląsające smugi światła latarek. To był, zdaje się, bunkier na Primorskiej. A może nie?

– Wstawaj, kochanieńki – powiedziała morda. – Przyszedłem po twoją duszę. Czas na nas.

Iwan skupił wzrok, zamrugał, żeby widzieć choć odrobinę ostrzej.

Udało się. Morda się oddaliła, teraz był to facet w szarej miejskiej panterce z łatami na kolanach, siedział w kucki z rękoma na automacie. Iwan przełknął ślinę. Ręce faceta porastały bujne rude włosy.

– Dokąd? – zapytał Iwan. Ten cholerny sen okazał się prawdą. Ile wczoraj przehulałem? Jak to tutaj mają urządzone? Cela dłużników? Czy chłosta miedzianym kablem, jak na Sadowej–Spasskiej?

To, że usiadł było błędem. Mózg po prostu mu eksplodował. Iwan jęknął.

– Uuu... – powiedział facet. – Ale cię łamie... To nic, zaraz się przejdziemy, to wytrzeźwiejesz.

– Dokąd idziemy? – Iwan przymierzył, gdzie ma skoczyć, żeby zwalić faceta z nóg. Jeśli, oczywiście, jego ołowiana głowa pozwoli... cholera, musi!

Muszę wrócić do domu, pomyślał Iwan.

Będę w tym celu przegryzał gardła, uprzedzam.

– A tutaj, niedaleko – powiedział facet. – Załatwimy wszystko jak należy. Wszystko jest u nas, jak powinno być, kochanieńki, niech ci się nie wydaje.

Cholerne bydlaki. Iwan udał, że zamierza wstać, podciągnął nogi – żołądek eksplodował mu bólem, przed oczami zawirowało – teraz, teraz. Iwan oparł się rękami o podłogę. Jeden skok... Mój ulubiony cukierek...

– Bez żadnego oszu... – facet nie dokończył.

Iwan jednym długim skokiem rzucił się mu pod nogi. Uczucie było takie, jakby ktoś zapomniał zamocować mu mózg i z całej siły rzuciło nim o wewnętrzną stronę czaszki.

Ale facet nie zdążył zareagować... Iwan zbił go uderzeniem w golenie, ciało w szarej panterce upadło obok – bum! Stęknięcie. Iwan obrócił się, siadł mu na piersi, wyrwał broń z rąk (popatrz no, AN-94, cholerne burżuje) i wycelował automat w głowę faceta. Iwan miał pod tyłkiem twardą powierzchnię, jakąś płytę. Kamizelka kuloodporna, patrzcie no. Okrągła gęba rozpłynęła się w zdziwieniu, usta się otworzyły. Ogromne oczy.

– Nie... nie strzelaj!

– Dokąd mnie chciałeś przekazać, hę?! – Iwan odbezpieczył broń, położył palec na spuście.

– Co?!

– Gdzie mnie chciałeś prowadzić?!

Usta rozciągnęły się w zaskoczonym półuśmiechu-półgrymasie.

– Przecież sam chciałeś?

Pam-para-pam. Mój ulubiony cukierek to batooonik.

– Dokąd? – teraz Iwan otworzył usta. – Do celi?!

Facet zamrugał.

– Do jakiej celi? Przecież sam prosiłeś, żeby przeprowadzić cię na niebieską linię, okrążając Plac Powstania! Przez Sampsoniewską i Botaniczeską. Ja ci się, kurna olek, nie naprasząłem. Teraz mieliśmy podpisać u komendanta umowę i iść. Zapomniałeś? Przecież wczoraj zapłaciłeś mi nawet zaliczkę!

– Ja? – Iwan podniósł brwi.

Czyżby tak faktycznie było? Odsunął lufę automatu nieco w bok.

– A kto? – zdziwił się facet. – Niezły z ciebie świr! Nachlałeś się tak, że aż dostałeś białej gorączki, tak? Mówiłem ci przecież wczoraj, nie pij za dużo. Mamy kawał drogi piechotą.

A więc to tak.

Iwan zastanowił się, wstał. Zaciągnął bezpiecznik w AN-94. W głowie trzeszczało mu już trochę lżej. Proszę, co może zrobić dobry skok adrenaliny. Gwałtownie uzdrawia organizm.

Iwan popatrzył na rudego i wyciągnął rękę.

– Wstawaj – powiedział. – Co u ciebie? Nic?

• • •

Dwie godziny później, po podpisaniu umowy u komendanta Wyborgskiej, chudego staruszka ze spiczastym nosem, w szydełkowej kufajce i szybkiej przekąsce, wyruszyli.

Iwan szedł i męczył się od przepicia.

– Mieli wybudować te stacje, ale w końcu nie wybudowali – opowiadał Wiolator, krocząc w ciemnościach. – Sampsoniewska i Botaniczeska. Urocza parka. Ale tunele wydrążyli. Powinna jeszcze być stacja Średni Prospekt, przejście na Waśkę.

– Wiem – powiedział Iwan. Łeb mu pękał niemiłosiernie. – To znaczy… słyszałem o tym.

Wiolator kiwnął głową.

– Jej też nie wybudowali. Nawet tunelu do niej nie doprowadzili. Za to, jeśli tuneli do końca nie zalało, można stamtąd przejść na Wyspę Wasiliewską. Był tam travelator pod Newą.

– Co tam było? – Słowo było osobliwe. Coś między „trawa" a „Wiolator".

– Travelator. Coś jak ruchome schody, tylko nie w dół ani w górę, tylko płasko. Ruchomy trotuar. Schodzisz sobie i jedziesz. Ale, oczywiście, od dawna nie działają…

Myśl, by dostać się od razu do Wasilieostrowskiej, wydała się Iwanowi kusząca. Tyko co ja tam będę robił?

Tania. Iwan zamknął oczy, walcząc z zawrotami głowy.

Nie. Najpierw Szakił.

Jeszcze będąc w gościnie u staruszka, opracował plan. Pchać się na Plac Powstania to pewna śmierć. Za to na Newskim ma przyjaciół – właśnie Szakiłowa. Mam nadzieję, że wszystko z nim teraz w porządku, pomyślał Iwan.

Wieści o wojnie na Placu Powstania rozeszły się już po całym metrze.

Wrócić i pozostać przy życiu – oto moje zadanie, myślał Iwan.

I zemsta.

Wszystko jasne.

• • •

Po paru godzinach doszli do stacji Czarna Rzeczka. Nie wiadomo dlaczego została porzucona – przynajmniej Wiolator tego nie wiedział. Na stacji płonął ogień, ludzie w pstrokatych strojach siedzieli wokół ogniska. Iwan od stu lat nie widział otwartego ognia. Na terenie Aliansu za coś takiego można było porządnie oberwać.

Oczywiście, pomyślał zgryźliwie Iwan, jeśli ogień nie wylatuje akurat z miotacza płomieni.

Od ogniska podniósł się gruby mężczyzna w kapeluszu o szerokim rondzie. Broda, przyprószone siwizną wąsy. Śniada cera.

– Cyganie – powiedział Wiolator. – Poczekaj, zaraz wrócę.

Poszedł na spotkanie faceta w kapeluszu, uśmiechając się szeroko na pół stacji i rozkładając ramiona, by paść mu w objęcia.

Tamten jednak nie życzył sobie uścisków. Powiedział coś rudemu gniewnie i ostro, machnął ręką – idź. Wiolator próbował oponować, ale cygan powtórzył gest.

Iwan czekał.

Wiolator wrócił, ani trochę nie zdeprymowany takim chłodnym przyjęciem.

– Sam rozumiesz, anioły nie pozwalają przejść – powiedział niejasno Wiolator.

Pietrogradzką przeszli praktycznie bez zatrzymywania się. Była to cicha i dziwna stacja. I ludzie też byli tam cisi i bardzo dziwni. Iwan nie wiedział, o co chodzi, ale pośród mieszkańców Pietrogradzkiej czuł się całkiem obco.

– Dendrofile – powiedział Wiolator szeptem.

– Kto?

– Wielbiciele roślin. – I więcej nie wyjaśniał. Zresztą, prawdę powiedziawszy, Iwanowi było wszystko jedno. Mogą być nawet filateliści! Tak czy owak, nie wiedział, co te słowa oznaczają: i „dendrofile", i „filateliści".

No i olać to.

Kiedy po paru godzinach doszli do skrętu na Gorkowską, Wiolator wycelował w Iwana swój AN-94.

– Co to znaczy? – zapytał Iwan ze spokojem, który jego samego zaskoczył.

– Obiecałeś mi zapłacić – powiedział Wiolator. – Dawaj, kochanieńki, płać.

– Pewnie.

– Jesteś mi winien drugą połowę. Wybacz, ale dalej to już pójdziesz sam.

– Tak. – Iwan kiwnął głową. – Rozumiem.

Starając się nie robić gwałtownych ruchów, wyjął z torby naboje i odliczył ustaloną należność.

– Połóż je na ziemi.

Iwan wzruszył ramionami, zrobił to, o co prosił rudy. Cofnął się o dwa kroki. Wiolator szybko, nawet bez przeliczania, wrzucił naboje do plecaka. Wstał.

– Wejście jest o, tam. – Poświecił latarką na napis nad kolektorem. – Powodzenia, diggerze.

– Skąd wiesz? – Iwan umilkł.

Wiolator rozpłynął się w uśmiechu zadowolenia.

– A co ja, nie widziałem twoich pobratymców? Nawet chodzicie jednakowo. Widziałem przecież, jak mnie „trzymałeś" tyłem głowy. Od razu się zacząłem denerwować. Myślałem, że gdzieś mnie zaprowadzisz i wykończysz.

– Tak w ogóle, to uczciwy ze mnie człowiek – powiedział Iwan. Ciekawy typ z tego rudego…

– Nie. – Wiolator pokręcił głową, nie opuszczając karabinu. – Nie jesteś uczciwym człowiekiem, kochanieńki. Po prostu dotrzymujesz słowa. A to są dwie różne sprawy. To w ogóle u was, diggerów, zboczenie zawodowe.

– Co? – Iwan podniósł brwi.

– Piętno waszej profesji. Studiowałem kiedyś psychologię. No wiesz…

Iwan uśmiechnął się.

– I czym się różni uczciwy człowiek od diggera, który po prostu dotrzymuje słowa? – zapytał z ciekawością.

Wiolator nieco się uśmiechnął.

– To subtelna kwestia. Powiedzmy, że uczciwy człowiek… jest uczciwy także poza granicami… danego przez siebie słowa. A digger poza granicami danego przez siebie słowa jest absolutnie wolny. I może zrobić wszystko, co tylko chce. Na przykład dać mi w łeb i zabrać automat.

– Logiczne – powiedział Iwan. Nie można powiedzieć, żeby o tym nie myślał. Broń bardzo by mu się teraz przydała. – Więc którędy mam iść?

– Tamtędy.

– Jeśli mnie oszukałeś, znajdę cię – ostrzegł Iwan. – To nie groźba. Nic osobistego. Po prostu uważam, że powinieneś to wiedzieć, Wil. Niczego nie przebaczam – nigdy i nikomu.

Tak właśnie jest. Nigdy i nikomu. Milczał przez chwilę, patrząc na Wiolatora. Ten wyraźnie się zdenerwował, na czoło wystąpił mu pot.

– To moje – powiedział Iwan – jak się wyraziłeś, zboczenie zawodowe… No, chcesz coś dodać?

– Tam trudno przejść – powiedział wreszcie rudy.

– Ale się da?

Pauza. Kropla potu spłynęła po twarzy Wiolatora.

– Tak.

• • •

Sufit zaczął się obniżać. Betonowa krzywizna zwisała mu nad samą głową, przyciskała do ziemi. Iwan zgarbił się i poszedł naprzód. Sądząc po przeciągu, dalej była otwarta przestrzeń, nie ślepa uliczka – inaczej skąd wziąłby się przepływ powietrza?

Łamało go już w plecach, kiedy dotarł do miejsca, w którym udało mu się mniej więcej wyprostować. Do tego momentu nogi i plecy zdrętwiały mu tak, że Iwan nawet nie od razu mógł je rozprostować. Kurna. Więc stał tak jakieś pięć minut, rozcierając sobie dolną część pleców i oswajając się z decyzją, by je wyprostować. W końcu wyprostował. Nagły ból. Iwan jęknął przez zęby.

Czasem zaczyna się wspominać to, czego pamiętać nie warto. Powiedzmy, dlaczego Enigma uratował Iwanowi życie? Co to, gnilaki mało ludzi zabijają? Sądząc z pogłosek, odżywiają się tylko ludzkim mięsem.

A antybiotyki? Czyżby staruszek nie miał gdzie ich podziać?

Przez długi, nieskończenie długi czas światło latarki padało na ziemną zaporę. Iwan podniósł latarkę, poświecił dalej... Zgadza się. Zawalisko zaczynało się u stóp Iwana i wznosiło się pod sufit.

Wysadzono tu tunel, żeby zagrodzić wodzie drogę. Iwan słyszał opowieści o Gorkowskiej, którą zaczęło zalewać i mieszkańcy uciekli, pozostawiając stację. Chociaż według innej wersji to nie przed wodą uciekali... Taaa. Według trzeciej, najdziwniejszej... ludzie wcale nie uciekali, ale żyją tam do tej pory. Iwan pokręcił głową. Nie, raczej wątpliwe. To zawsze wychodzi na jaw.

Ale fakt pozostaje faktem.

Tunel przed nim jest zasypany. Co prawda – Iwan się uśmiechnął: co za zbieg okoliczności – znam okrężną drogę. Dzięki uczciwemu włóczędze Wiolatorowi.

• • •

Rozpada się stary świat.

Co odczuwamy, kiedy to się dzieje?

Świat pęka w szwach, chrzęści pod podeszwami butów niczym szklana bombka.

Gnie się jak mosiężna łuska naboju pod obcasem…

Co odczuwamy?

Nic.

Oprócz szoku.

• • •

Mniej więcej sto pięćdziesiąt metrów dalej kolektor doprowadził go nad wodę.

Zabawne. Iwan powiódł latarką w prawo, w lewo. Smuga światła zatrzymywała się na ścianach tunelu, przed nim zaś była tylko ciemna woda. Taak. Takie buty.

Co tam Wiolator mówił o mieście na wodzie?

No, i gdzie ono jest?

Woda delikatnie falowała w plamie światła – ciemna, gęsta. Odór był taki, że trzymajcie mnie, bo nie ustoję.

Do niczego mi to wasze miasto niepotrzebne, pomyślał Iwan gniewnie. Obejdzie się. Dajcie mi tylko przejść.

Bo przecież nie wpław? Sądząc po poziomie wody, piechotą się tu na pewno nie przejdzie. Nawet, gdyby zaryzykować… Zimna kulka rtęci pojawiła mu się w tyle głowy. Iwan przełożył latarkę w drugą dłoń, kucnął, pochylił się nad powierzchnią. Woda jak woda. Nie nazbyt czysta, śmieci w niej pływają… stop. Kulka w potylicy zaczęła prawie boleć – tak jakby ktoś z całej siły naciskał w to miejsce palcem wskazującym.

Intuicja. Szósty zmysł. Gwałtownie odsunął się od wody. Plusk. I kolejny.

Zrobił dwa kroki do tyłu, upadł na siedzenie. Ucisk w tyle głowy osłabł. W uszach pojawiło się ledwie słyszalne brzęczenie. Co tu się dzieje?

Tak, do tej wody kategorycznie nie wolno wchodzić. Każdy głupi to rozumie. Dlaczego rozumie, Iwan nawet nie pomyślał. Intuicja mówi: nie wolno, to znaczy nie wolno.

Przypomniał mu się tamten stwór na Primorskiej. Z czymś takim akurat nie chciałby mieć do czynienia. Zresztą tamten też w wodzie siedział.

Ale czekanie też nie ma sensu. Prawda?

Gdyby znaleźć teraz jakiś szyb wentylacyjny, wyjść na górę i piechotą przez martwe miasto… Ehe. Samemu. Praktycznie bez broni… bez skafandra ochronnego i dozymetru. Niezły sposób na samobójstwo. Tak trzymaj, Iwanie, a sukces będzie murowany.

No ale dlaczego przejście prowadzi tu nad wodę? To znaczy, że to nie takie proste. Dobra. Może zawołać?

Iwan zaczął szukać. I wkrótce znalazł.

Zardzewiały skobel wbity w ścianę tunelu, przywiązany do niego sznurek. Drugi koniec ginął w ciemności. Iwan pociągnął za niego, gdzieś w oddali zadzwoniło. Hmm. Iwan potrząsnął linką porządnie. Dzwonienie stało się bardziej stanowcze i głośniejsze.

No jasne, system przywoływania. Ciekawe, kogo żeśmy przywołali?

Iwan jeszcze raz szarpnął linką – żeby się upewnić. Siadł na kamieniu i przygotował się na czekanie.

Po jakimś czasie w oddali błysnęło światło, ktoś pomachał latarką. Iwan podniósł swoją i machnął nią w odpowiedzi.

Odbiór.

Minęło jeszcze kilka minut. W końcu w oddali rozległ się dziwny dźwięk – chlup, chlup. Iwan czekał. Dźwięk się przybliżał.

Z ciemności niemal bezgłośnie wypływała łódka. Dźwięk, który słyszał Iwan – delikatny plusk – okazał się odgłosem wiosła dotykającego wody.

W łódce stał facet koło czterdziestki z brudną opaską na czole i patrzył na Iwana.

– Chcesz się przeprawić? – spytał ponuro.

– Aha – powiedział Iwan.

– Dychę.

– A co tak dużo?

– No... chcesz mieć zniżkę? Jeden nabój i płyń za łódką.

– No nie – powiedział Iwan. – Lepiej w łódce.

• • •

Wiolator prawidłowo opisał Wenecję – miasto na palach. Wzdłuż tunelu, na czarnej wodzie mieściła się cała dzielnica mieszkalna. Poszycie z desek tworzyło wysepki, obok pływały łodzie i wszystko, co mogło się utrzymać na powierzchni wody.

Obok nich przepłynęła puszka po konserwach.

Iwan ruszył się już, żeby ją podnieść, ale przewoźnik pokręcił głową. Lepiej nie.

– Dlaczego nie? – zapytał Iwan. Przewoźnik wzruszył ramionami, co digger rozszyfrował jako: jak chcesz, to bierz, twoja sprawa. Ale potem nie narzekaj.

– Coś tam jest?

Ale wioślarz nic nie odpowiedział. Zamiast tego poruszył wiosłem i łódka płynnie prześlizgnęła się obok kolejnej chałupy. Iwan zauważył, że pomost nie jest przymocowany na sztywno, a jakby unosi się na wodzie. Pale służyły bardziej do tego, żeby wysepka nie odpłynęła. Białe i granatowe plastikowe beczułki, setki plastikowych butelek, brązowych i przezroczystych, zielonkawych, rozmaitych kształtów i rozmiarów, utrzymywały domek na wodzie. Iwanowi, przywykłemu do typowych namiotów na ojczystej Wasilieostrowskiej i wielopiętrowego bloku mieszkalnego na Gostince, wydało się to zabawne.

Z domku wyszła kobieta z podwiązanym dołem spódnicy i chustce na głowie, chlusnęła pomyjami z miednicy – omal nie trafiając w łódkę. Iwan uchylił się. Kobieta popatrzyła na niego obojętnie, wytarła czoło wierzchem dłoni (rękawy miała zakasane) i weszła z powrotem do środka.

Tu to mają porządki.

Na wodzie wciąż unosiły się resztki jedzenia, skrawki papieru i zwykłe szmatki.

Jakim cudem nie utonęli jeszcze w śmieciach? – zdziwił się Iwan. Biały zwitek papieru płynął na wprost łódki, tak jakby popędzał go wiatr.

Trzymaj się, kolego, dodał mu w myślach otuchy. Biały zwitek wciąż ślizgał się po powierzchni. Wtem z wody wysunął się czarny, tępo zakończony, przypominający węża pysk i połknął go. Raz. I zniknął. Kręgi na wodzie. Papier zniknął.

Iwan przetarł oczy.

Masz tu swoje „utoną w śmieciach". Miał rację, trzymając ręce jak najdalej od wody.

Zabrał dłonie z burty łódki, położył je na kolanach. Tak będzie lepiej. Przewoźnik spojrzał na niego z ukosa i uśmiechnął się. Dalej operował długim wiosłem.

– Co to było? – Iwan spojrzał na wioślarza. Ten zrobił minę wskazującą na coś skomplikowanego, lecz nie poddającego się tłumaczeniu. Iwan westchnął. Nie jest z wami łatwo…

Mijali różne domy: małe i większe, niektóre były długie na dziesięć–piętnaście metrów – widocznie dla kilku rodzin.

Małe dzieci bawiły się pod nadzorem starszych; półnagi, mniej więcej czteroletni chłopczyk zarzucał wędkę z czymś malutkim przywiązanym na końcu. Przynęta dotykała powierzchni wody, pauza...

Za każdym razem chłopczyk zdążał cofnąć wędkę na ułamek sekundy przed tym, jak zamykała się czarna paszcza. Kłapały drobne ostre zęby. Chłopczyk głośno się cieszył i znów zarzucał wędkę.

Dobry refleks, ocenił Iwan.

Stwory były dokładnie grubości ręki chłopczyka.

Łódź wreszcie dopłynęła do dziwnej budowli. Łącznik między tunelami, zrozumiał Iwan, przystosowany do potrzeb społeczności. Była to największa wyspa z tych, które dzisiaj widział. Pośrodku wznosiła się budka z aluminium, drabinka sznurowa prowadziła od niej wprost do drzwi w ścianie tunelu. Napis na drzwiach głosił: „GABINET DOŻY. Godziny przyjęć 5.00–6.00". Coś z dożywianiem, czy co? Tylko się nie zmieściło?

Doradca Życiowy?

Debilowi Odnajdziemy Żonę?

Iwan wzruszył ramionami. Miejscowi mają swoje dziwactwa.

Na wyspie tętniło życie. Przybijały i odbijały łodzie. Ludzie kręcili się tu i tam, panował ogłuszający zgiełk. Najwidoczniej było to miejscowe centrum.

– Kup pan węgorza, niedrogo! – Czyjaś ręka uczepiła się jego rękawa. Iwan o mało nie zareagował złapaniem za nią i uderzeniem w gardło, ale się pohamował. Niemal uprzejmie odsunął facecika z wiadrem, stojącego w małej łódeczce, zajrzał przelotnie – leżał w nim zwinięty w pętlę czarny, gładki stwór. Iwan wzdrygnął się. Kurna. Przecież dokładnie taki sam zeżarł niedawno kartkę papieru.

– Nie trzeba – powiedział. – Nie trzeba.

Nad każdą wysepką wisiała latarnia – szklany klosz, pod nim paliło się światło. Ciekawe, z czego korzystają? To na pewno nie spirytus. Płomienie mają inny kolor. Olej?

Wokół dużej wyspy takich latarni było ze dwadzieścia sztuk – na całym obwodzie.

Tutaj też, na wyspie, piekli na rusztach węgorze. Iwan słyszał syk tłuszczu kapiącego na węgle. Zwalisty gospodarz z zaczerwienioną twarzą i w zatłuszczonym fartuchu zachwalał klientom swoje dania.

– Shoarma! Szaszłyki! – pokrzykiwał. – Przychodźcie, przylatujcie!

Zapach był tak apetyczny, że żołądek mu pojękiwał.

Iwan potrząsnął głową. Chce się jeść, ale nabojów tyle co kot napłakał. To nic, jak się poszczęści, to jeszcze dziś będę na Newskim.

Łódka skręciła w lewo, przepchnęła się między rzędami innych stateczków, zatrzymała się przy cumowisku. Leciutko stuknęła w nabrzeże. Gdzieś daleko, po drugiej stronie wyspy i łącznika, Iwan słyszał dziesiątki głosów, krzyki i rwetes. Coś tam się działo.

Ciekawe, co?

Przewoźnik czekał w milczeniu, spoglądając na Iwana. Wysoki, chudy.

– Proszę – Iwan podał mu obiecane naboje. W zapasie został mu jeden, pistoletowy, do makarowa. Mała rzecz, a cieszy.

Przewoźnik wziął naboje i, niczym nie wyrażając ani irytacji, ani zadowolenia, odbił od brzegu – Iwan ledwo zdążył wyskoczyć na wyspę – i popłynął w przeciwnym kierunku.

Odprowadził go wzrokiem. Stojąc na cumowisku, Iwan poczuł, jak drewniany pomost kołysze mu się pod nogami. Rozejrzał się.

No cóż… Oto jestem w Nowej Wenecji.

Ciekawe, pomyślał nagle, czy Tani by się tu spodobało?

• • •

W ciągu następnej godziny Iwan najadł się, napił i był mniej więcej zorientowany w miejscowych regułach. Nowa Wenecja żyła dzięki węgorzom. Czy to były zmutowane dżdżownice, czy może ryby – nikt się tym specjalnie nie zamartwiał. Można je było gotować, piec i solić – niczego więcej nikt od nich nie wymagał. Raz na jakiś czas wśród złapanych osobników zdarzały się węgorze elektryczne. I dla nich miejscowi znaleźli inne zastosowanie...

Stacją rządził Doża – komendant, przetłumaczył na swój użytek Iwan. W sumie wszytko jak w cywilizowanym świecie. Może z wyjątkiem dłużnych – niewolników. Iwan widział ich, oberwanych i jednakowych, jak zamiatali wyspę, nosili ciężary, malowali łódki, siedzieli to tu, to tam.

Iwan wyszedł się przejść, doszedł do dalszego krańca wysepki. Ludzi tu było niewielu.

Na deskach leżał na brzuchu jakiś człowiek – czy to martwy, czy pijany. A sądząc po stroju, to może w ogóle gnilak albo dłużny. Nikt go nie ruszał i w ogóle nie zwracał na niego uwagi. Może takie tu mają zasady?

Iwan minął go, usiadł na ławce nad wodą.

Jak mu powiedziano, następny prom do Newskiego Prospektu wyrusza za kilka godzin. Koszt – pięć nabojów. Iwan dobił targu za latarkę, nie było wyboru. Ale to nic, zostanie mu jeszcze druga.

Damy radę.

Prom dopłynie do zamkniętych wrót. Kiedy poziom wody zaczął się podnosić, zamknięto je na głucho. Ale pozostało przejście dla pracowników – podobne do tego, którym Iwan przedostał się na Primorską. Tak więc nie stanowi to specjalnego problemu. No, najwyżej trochę przemoknę. Głupstwo.

Pozostawało czekać.

Czekanie – Iwan rzucił do wody kamyczek: chlup! woda się zakotłowała – to w ogóle najtrudniejsza rzecz.

„Memow, Orłow, Sazonow" – powtórzył sobie, tak jakby mógł zapomnieć.

Wkrótce się spotkamy.

Ubłocona kupa szmat poruszyła się. Iwan drgnął – spod nich wyskoczyły szczury i rozbiegły się na różne strony. Jeden z nich przemknął tuż obok nóg diggera. Iwan splunął w myślach.

– Kto tu jest? – zapytał głos. Iwan poczuł, jak zaczynają mu się podnosić włosy na karku.

Nic dziwnego!

Pytał niedawny „nieboszczyk". Zastygłe, siniejące wargi poruszały się, oczy patrzyły Iwanowi prosto w duszę. Diggerowi włosy stanęły dęba. Przerażenie ogarnęło go, jakby ktoś chlusnął z wiadra, jakby rzucił mu w twarz skrzeczącego czarnego szczura... i zniknęło. Krew huczała mu w skroniach. Nagle Iwan go rozpoznał.

A to ci. Pokręcił głową.

„...winien jest Darwin".

– Czołem, Uberfuhrer – powiedział Iwan. To się nazywa spotkanie. – Co tam u ciebie? Wszystko dobrze?

– Do kitu – powiedział Uber. Opierając się na rękach, z trudem podniósł nieposłuszne, jakby wzięte na próbę ciało, spojrzał w prawo, potem w lewo. Twarz miał jakby przygniecioną czymś ciężkim. Płaską, opuchłą. Oczy jak u Mongoła. Potem znów przeniósł wzrok na Iwana.

– Gdzie ja jestem?

Iwan nie wytrzymał, parsknął śmiechem. Pytanie na czasie.

– Na wyspie.

– Tyle wiem – powiedział Uberfuhrer. Miał rozbite wargi, gęba mu spuchła. – Gdzie konkretnie się w tej chwili znajduję?

Iwan wzruszył ramionami.

– Na centralnej wyspie. O, tam są schodki i napis „DOŻA". Kto to jest? Dyżurny od żab?

– Aha – przytaknął skinhead. – Właśnie on. Rozumiem. Tutaj właśnie żeśmy chlali.

To wiele wyjaśniało. W tym również dolatujący od skinheada kwaśny zapach – tak silny, że trudno go było nawet nazwać zapachem. Prędzej „zapaszyskiem".

– Nieźle pojechałeś, stary... – Iwan zagwizdał. – Ja to w ogóle myślałem, że ty tego... że nie żyjesz. Że Chodniki cię przerobili na paski. Albo na bęben naciągnęli. Albo jeszcze coś innego. A ty tutaj.

– Jestem twardy jak podeszwa buta – powiedział Uberfuhrer. Z grymasem bólu wyprostował się i usiadł. Teraz jego poza przypominała Iwanowi pozycję wujka Jewpata, kiedy rwała go stara rana w biodrze. – Te bydlaki przestraszyły się, że połamią sobie na mnie zęby.

– Nieźle pojechałeś – powtórzył Iwan. – A jak się tutaj znalazłeś? W Nowej Wenecji?

Uberfuhrer otworzył usta, pozostał tak przez chwilę, a potem je zamknął.

– Nie pamiętam.

• • •

W wieku dziewiętnastu lat Uberfuhrer zauważył, że podoba się kobietom i opuścił uniwersytecką powszedniość, aby obudzić się w niekończącym się święcie życia.

Instytut na Leninskim Prospekcie wydawał mu się teraz nie szarym i ponurym budynkiem, lecz rozpalonym tyglem namiętności i rozkoszy. Wszystko w tym gmachu płonęło, kusiło i uwodziło, kokietowało i niosło zagrożenie (konflikty spowodowane względami kobiet Uberfuhrer uważał za najbardziej naturalne ze wszystkich konfliktów na Ziemi), kołysało zgrabnymi biodrami i paliło wzrokiem spod długich niczym noc polarna rzęs.

– Jak się tu znalazłeś? – zapytał Iwan.

– Nie pamiętam. – Uberfuhrer z wysiłkiem próbował chwycić wyślizgujące się wspomnienia i za każdym razem łapał to samo – pustkę. Wszystko, co się stało po okrzyku „Naprzód!" i skoku w tunel, zniknęło, w ukrytej komórce pamięci nie było nic, tylko ciemność. Amnezja, sam sobie postawił diagnozę i to go uspokoiło. Pourazowa. No i w porządku.

– A tutaj, to znaczy gdzie? – zapytał z czystej ciekawości. W zasadzie, jaka to różnica, gdzie zaczynać nowe życie?

– Nowa Wenecja. Gdzieś niedaleko Gorkowskiej. A co, zupełnie niczego nie pamiętasz?

– Pamiętam tylko, że kiedy się ocknąłem, sikałem na zaporę hermetyczną.

Iwan podniósł brwi.

– Robiłeś wjazd?

Stary zwyczaj – odlać się na wrota. Na szczęście.

– Możliwe. A może miałem jakiś wstrząs?

– Popatrz mi w oczy – Iwan zmrużył swoje. – Aha. Nie, źrenice masz tego samego rozmiaru. Powiedz: stół z powyłamywanymi nogami. Tylko szybko.

– Czekanie na czkanie – powiedział szybko Uberfuhrer. – Twa twarz to potwarz. Synchrofazotron. W ramach banalnej erudycji... Nie no, wszystko w normie, brachu.

– Aha. – Iwan skinął głową.

Popatrzył na Uberfuhrera z nieobecnym wyrazem twarzy. Dziwny jest, pomyślał. I fajnie.

– Zdobyliśmy Plac Powstania? – Coś niecoś jednak pamięta.

Iwan milczał przez chwilę.

– No, jakby ci to powiedzieć… zdobyliśmy.

Twarz mu zastygła – lepiej się nie da tego ująć. Uberfuhrer podrapał się w głowę.

– Czyli gdzie jesteśmy, brachu? – zapytał.

– Na Gorkowskiej. Dokładniej w tunelu między Gorkowską a Newskim Prospektem.

– Jak to? – zdziwił się skinhead. – Przecież ten tunel powinien być zasypany!

– Tak, Uber – powiedział Iwan. – Nieźle ci przywalili w bańkę, czy co tam masz, jeśli nawet tego nie pamiętasz. A ty sam to jak się tu dostałeś według ciebie? Hę? No… – Digger nagle coś zauważył, pochylił się naprzód. – Pokaż rękę!

– Co?

– Ale nie tę… drugą! Gdzie masz paznokcie? – Iwan podniósł wzrok, spojrzał mu w oczy. – Tak, brachu.

Uberfuhrer pochylił głowę, popatrzył. Wzdrygnął się. Lewa ręka była świeżo zagojona, ze szpetnymi kawałkami różowego mięsa zamiast paznokci. Ocalał tylko paznokieć na kciuku. Nieźle. Uberfuhrer zacisnął dłoń w pięść, rozluźnił. Od wysiłku, by sobie przypomnieć, znów rozbolała go głowa.

– Kto to był? – spytał Iwan.

– Znajdę tego, kto to zrobił – Uber zacisnął zęby – jaja mu urwę kombinerkami.

Powoli. Wzruszył ramionami. Zemsta to sprawa osobista. Potem powiedział:

– Nie pamiętam, brachu. Ale to już nieważne. Prawda?

• • •

Obudził się, bo ktoś był obok niego.

Iwan ostrożnie otworzył oczy. Aha, tu jesteś. Digger wyciągnął nóż podarowany mu przez starego. Złapał go nachwytem, kryjąc ostrze pod nadgarstkiem. To broń tylko z nazwy. Wcześniej to miał prawdziwy nóż. Nawet z niewielkim potworem można było sobie poradzić. Albo, na przykład, kukri Uberfuhrera – prawie jak toporek…

Jakiś nieznajomy, bezczelny typ, zakradł się do torby Iwana. I czegoś w niej szukał. Może sensu życia, pomyślał Iwan z ironią. Albo żarcia.

Iwan miękko zakradł się za plecy bezczela, przykucnął.

– Ej – odezwał się cicho. – Kim jesteś?

„Bezczel" poderwał głowę, zobaczył Iwana. Przestrach wybuchnął w dużych, okrągłych oczach… i nagle zniknął. Jego miejsce zajęła radość. Usta się otworzyły…

– Dowódca!

Noż kurna. Iwan wyprostował plecy, wstał.

– Co ty tu robisz? – prawie się nie zdziwił. Co za życie, gdzie nie spluniesz, wszędzie znajome twarze…

Przed nim siedział dziedziczny, z dziada pradziada milicjant Misza Kuzniecow. Tylko już bez makarowa i z podbitym okiem. Iwan dopiero teraz zauważył, że chłopak ma porwane ubranie i ręce zakute w łańcuchy.

Oj, rozrzuciła ich wojna, rozrzuciła.

– A profesor gdzie? – zapytał Iwan, domyślając się już, że tak łatwo się teraz nie wywinie.

– Nie wiem – powiedział Kuzniecow. – On mi tego… uciekł.

Nno tak. Powierzyć głupiemu…

Kuzniecow odprowadzał Wodianika tunelem na Gostinkę. Profesor nie był z tego szczególnie zadowolony, złościł się, nawet krzyczał. Ale Kuzniecowa niełatwo wytrącić z równowagi – młody gliniarz uparcie wykonywał zadanie. Tak więc szli, on i profesor, to wymyślając sobie od najgorszych, to w obrażonym milczeniu, prawie do Gostinego Dworu… i tu Profesor na sam koniec wyciął numer. Kuzniecow tylko się odwrócił – a Wodianika nie ma. Jakby wyparował. Misza wlazł w jakiś kolektor, ten doprowadził go do drugiego kolektora. A tamten do tunelu.

Kuzniecow zorientował się, że zabłądził.

A potem postanowił zapytać o drogę jakichś straganiarzy...

Zapytał.

Ocknął się właśnie tutaj – skuty łańcuchem. Okazało się, że jest komuś winien pewną sumę... a spłacić długu nie może. I tak Kuzniecow został niewolnikiem, czy jak to się tutaj nazywa?

Dłużny, powiedział Misza.

– Co zrobimy, dowódco? – Kuzniecow patrzył pytająco. – Mój pan mnie zabije za ucieczkę.

Tak jakbym nie wiedział. Co ja mam za los? Iwan wyprostował się.

– Dowódco?

Zostawię cię tutaj i pójdę dalej. Dotrę do Wasilieostrowskiej, załatwię tam sprawy i wrócę. O, tak mu trzeba powiedzieć.

Albo – wybacz, będziesz musiał wydostać się sam. Pora dorosnąć, chłopaczku.

Szum głośników.

W głowie zabrzmiał mu ochrypły głos Toma Waitsa. Od piątku wciąż zacinam ten blues...

Ulubiona muzyka Koślawego.

– Dowódco? – W głosie brzmiała rozpacz.

Iwanowi drgnął podbródek. Policzki miał tak napięte, jakby wsadził do środka kule bilardowe.

– Poczekaj tu na mnie, Misza – powiedział Iwan. – Niedługo wrócę. Nigdzie nie idź.

Kuzniecow zamrugał z radością. Tak to się u nas wychowuje chomiczki. Karmimy je marzeniami. Tuczą się, stają się lżejsze od powietrza i odlatują za krawędź świata. Do Australii, gdzie nie dotarła Katastrofa. Wszyscy patrzymy na świat przez maski przeciwgazowe z różowymi szkłami.

Ciekawe, dokąd zajdzie w tych swoich łańcuchach?

Iwan gwałtownie odwrócił się na pięcie i ruszył naprzód.

Na razie nie wiedział jeszcze, co zrobi. Ale że coś zrobi, tego był pewny. Przeklęta stacja.

Przeklęte metro. Przeklęte życie.

Krocząc po pomostach, przeciął główną platformę, na której opróżniano stawy rybne. Zgiełk i krzyki. Kotłujące się w podbierakach gibkie czarne ciała. Patrz no, mają nawet zęby. Iwan stanął, żeby popatrzeć. Gruby tubylec w osmalonym na plecach pasiastym szlafroku frotté wyciągnął ręce i, napięty jak sprężyna, wyjmował podbierak – woda wylewała się z siatki, węgorze wyginały się i otwierały wąskie paszcze.

Na jego oczach drobny chłopak, wydobywając podbierak, nie utrzymał go – zachwiał się, zaczął tracić równowagę, zrobił dwa kroki w kierunku krawędzi pomostu – raz. Twarz mu znieruchomiała. Iwan nawet stąd, z jakichś dziesięciu metrów, widział jego ogromne okrągłe oczy. Iwan automatycznie zaczął biec. Chłopak już padał, walił się w dół…

– Puszczaj podbierak! – krzyczeli do niego. Chłopak nie słyszał. Iwan mknął, odruchowo zmieniając trasę, przeskakując kosze, w których miotały się lub apatycznie wyginały czarne grzbiety takie właśnie węgorze. Chłopak wreszcie się opamiętał, wypuścił podbierak – ale było już za późno. Stracił równowagę. Woda pod nim zakotłowała się od chciwych rybich paszcz…

Iwan rozpaczliwie przeskoczył nad wodą, ścinając kąt, żeby nie obiegać tak ważnego odcinka drogi.

Chłopak spadał. Iwan widział – chociaż fizycznie było niemożliwe, żeby to dostrzegł – jak drobne, ostre zęby kłapią tuż obok kostki chłopaka, urywają kawałek czarnej nogawki. Ułamek sekundy później Iwan wyciągnął rękę. Palce uderzyły chłopaka w ramię, chwyciły za rękaw. Szarpnięcie omal nie wyrwało ręki ze stawu. Iwan wylądował na boku, na kontuzjowanej stronie – błysk bólu! – instynktownie zgiął kolana, lecąc w kierunku wody. Nie wpadł do niej, chłopak klapnął plecami na pomost i zadziałał jak hamulec. Iwan z rozpędu walnął lewym bokiem o deski.

Eksplozja bólu.

Błyskawica przecięła przestrzeń na fragmenty.

Kurna! Iwan leżał, przeczekując pulsujący ból w żebrach. Nie, nie dają zagoić się ranie jak trzeba. Leżał i myślał o różowych obłokach. Pomost pod nim łagodnie się kołysał. Iwan czuł, jak od spodu chciwe pyski węgorzy uderzają w drewno.

– Żyjesz? – Ktoś szturchnął go w ramię.

– Zależy… – Iwan odwrócił się na plecy. Kolejny atak bólu. – Zależy, kto pyta.

Nad nim unosił się okrągły biały księżyc w mglistej aureoli. Jest nieco wilgotno i mgliście. Czyżbym był na powierzchni? – pomyślał.

Księżyc to się przybliżał, to oddalał. Wreszcie znieruchomiał. Iwan odsunął się, zamknął oczy. Dobrze tak leżeć.

Otworzył.

– Tania? – Ułamek sekundy później zdał sobie sprawę, że to nie ona. Ale też piękna. I całkiem inna. Usta dziewczyny się poruszały, ale Iwan ani słowa nie zrozumiał.

– Zaraz – powiedział i zaczął się podnosić. Ktoś łagodnie położył go z powrotem. Iwan postarał się skoncentrować, skierować uwagę w jeden punkt.

– …minie. – Proszę, prawie się udało. Nie.

Wybacz, Misza. Kuzniecow będzie musiał poczekać.

Iwan znów zaczął wstawać. Tym razem miękki opór kobiecych rąk (a to łatwo odróżnić) był słabszy. Iwan wysiłkiem woli pokonał barierę dźwięku i wstał. Noga bolała, ale dało się wytrzymać. Gorzej, że żebra znów dały o sobie znać.

Kula Sazonowa uderzyła w pancerz, cudem nie drasnęła najważniejszych organów. Można w końcu uwierzyć w przeznaczenie.

Aha, jasne. Patrz przez maskę przeciwgazową z różowymi szkłami.

– W porządku?

Iwan podniósł głowę. W pierwszej chwili na wskroś przeszyło go wrażenie urody dziewczyny, jakby cały organizm odpowiedział na określoną nutę. Koślawy mówił, że był taki dziwak, co nazywał miłość „nastrojeniem". Ludzie nie dlatego się łączą, że tak zrządził przypadek, ale dlatego że są tak samo nastrojeni. Tak jak konsonans i dysonans – czasem dwie nuty zagrane razem brzmią dobrze, a czasem nie. I nic na to nie poradzisz. Możecie to nazwać przeznaczeniem…

Bóg jest wielkim stroicielem. To jasne.

Otóż kilka miliardów instrumentów spłonęło w tamtej Katastrofie. Co, powiedzmy wprost, nieco zawęziło skład orkiestry.

– To niby ty mnie stamtąd wyciągnąłeś? – Teraz przed diggerem stał chudy chłopaczek, zasępiony i, na gust Iwana, odzywający się nieco grubiańsko. – Po cholerę?

– Pojęcia nie mam – szczerze odparł Iwan. Przesunął wzrok; księżycowa dziewczyna stała po lewej stronie chłopaka, ale tak blisko, jakby był kimś jej drogim. Kochanek? Iwan pokręcił głową. Nie ta postawa. Nie to napięcie między nimi. Nie ten sposób mówienia.

– Mówiłem ci przecież – zwrócił się do dziewczyny chłopaczek – to świr.

– Artem! – przywołała go do porządku dziewczyna. Uśmiechnęła się do diggera. Gdy się uśmiechał,a jej głos brzmiał, jakby byli z Iwanem starymi znajomymi. Czysty, jasny dźwięk.

– Proszę wybaczyć mojemu bratu – powiedziała dziewczyna. – I bardzo panu dziękuję.

– Podejrzewam, że waszym węgorzom się to nie spodobało – powiedział Iwan. Słyszał swój głos jakby z boku. – Pozbawiłem je kolacji. Chociaż, powiedzmy sobie szczerze – zmierzył chłopaka wzrokiem – niezbyt obfitej. Ale jednak.

Chłopak drgnął, dziewczyna się roześmiała: dźwięczny śmiech.

Więc to takie buty, Iwanie.

– Ma pani dobry śmiech – powiedział digger, spoglądając na nią. – Dobry śmiech miewają tylko ludzie o czystym sercu. Jak ma pani na imię?

– Lali.

– Jak?

– La-li. To gruzińskie imię.

• • •

Zamieszkiwała z bratem małą wysepkę – jakieś trzy metry od dużej wyspy. Lali pociągnęła za sznur, wysunęła deskę i położyła ją tak, aby utworzyło się coś w rodzaju mostu. Droga gotowa. Iwan sceptycznie popatrzył na wąski pasek drewna, pod którym chlupotała niebezpieczna, czarna woda.

Lali przeszła na drugą stronę, właściwie nie patrząc pod nogi. Iwan spoglądał jak oczarowany na jej nogi poruszające się pod spódnicą, potarł podbródek. Bardzo... zwinna. Potem się zdecydował i sam niezgrabnie przebiegł po desce.

Teraz siedzieli w ich maleńkiej chatynce (gdzieś za plecami Iwana cichutko tykał zegar) i Lali częstowała go herbatą.

– Co ja i mój brat możemy dla pana zrobić?

– Wy? – Iwan spojrzał na nią. Pomyślał, że dziewczyna się zawstydzi... Nic z tych rzeczy. – Może to ja powinienem wam pomóc?

Chłopaczek zacisnął pięści, twarz mu drżała.

– Znalazł się pomocnik – burknął i wyszedł z namiotu.

– Niech pan nie zwraca uwagi na mojego brata – powiedziała dziewczyna. – Ostatnio jest nieswój. Był na jarmarku na Sadowej–Siennej i pewna dziewczyna złamała mu serce.

– Współczuję – powiedział Iwan. – To się zdarza. Niekoniecznie na jarmarkach, ale zdarza się. I co się stało potem?

Lali uśmiechnęła się.

– Potem ona wyjechała, a on jest o nią zaocznie zazdrosny wobec wszystkich mężczyzn powyżej dwudziestego roku życia i młodszych od stuletniego starca. Nazwała go chłopczykiem, rozumie pan?

Jeszcze jak, pomyślał Iwan. Takich rzeczy się nie wybacza.

– Masz bardzo ciekawą twarz – powiedział przechodząc na ty.

Dziewczyna uśmiechnęła się.

– Jestem w połowie Gruzinką – wyjaśniła. – A mój brat jest w połowie Rosjaninem. Dlatego taki z niego ponurak. Niech pan pije. – Podała Iwanowi kubek. – Chciałby być albo Gruzinem, albo Rosjaninem, bycie pomiędzy go nie urządza. To znaczy on tak mówi. Ale tak naprawdę winna jest kobieta.

– Kim ona jest?

Lali nachyliła się do Iwana. Jej długie włosy dotknęły jego policzka.

– Wiedźmą – szepnęła Lali. Iwan poczuł łaskotanie w uchu. Miała przepiękną, czystą barwę głosu. Naprawdę dźwięczną. Dziewczęca, ale już kobieta. Nie dlatego, że zdążyła się nią stać, lecz przez wewnętrzne poczucie własnej wartości. Dziewczyna czeka na mężczyzn, kobieta nimi kieruje. I ulega. Ale kieruje.

Gruzińska księżniczka, pomyślał Iwan.

• • •

Po kolacji (znów ten węgorz, duszony w jakichś ciemnych, pachnących nieco kwaśno i ostro liściach) Lali przyniosła herbatę. Iwan siedział, patrzył na nią – nie przez cały czas, tylko jakby trzymał ją w polu widzenia, tak jak podczas akcji cały czas trzyma się drugiego diggera. Ale tam, na powierzchni, nie było to podkolorowane – niczym szklanka wody różową multiwitaminą dla dzieci (syrop o smaku truskawkowym – rzadki przysmak) – pociągiem erotycznym. Iwanowi podobało się wszystko, co robiła Lali (gruzińska księżniczka), było to kobiece i spokojne, pełne temperamentu i spojrzeń spod rzęs. I nie było w tym nic szczeniackiego, nic udawanego.

Spokojna, pewna siebie skłonność – kiedy dwoje ludzi podoba się sobie nawzajem i wie o tym.

I żyją dalej, zajmują się codziennymi sprawami, przechowując się w tyle głowy. Oczy z tyłu głowy. Iwan uśmiechnął się. Teraz wiadomo, co to znaczy. Nie nowy rodzaj nieprzyjemności, tak jak tam, w pustym mieście (gdyby ono było puste!), lecz coś innego.

Z jego uczuciem do Tani wszystko było inaczej.

Iwan strasznie chciał zapomnieć o Kuzniecowie przywiązanym do pala na przystani, o Uberfuhrerze, który potrzebuje wspomnień, a nie picia (jak nie wiedzieć czemu uważa), o... Iwanowi drgnął podbródek. Zapomnieć o Sazonie.

To nie było palące uczucie wściekłości.

Teraz, kiedy wspominał Sazonowa, było tyko lodowate zimno.

Zamarznięta dusza, tak jak to bywa z miastem na górze, z Piterem. Skorupa lodu na granitowych lwach. Wiatr dujący na przestrzał po szerokich pustych ulicach.

To jest to miasto. Wrak jego przegniły...*

Widział oczyma duszy sypki zmrożony śnieg na Twierdzy Pietropawłowskiej. Czego oni tam szukali? Cholera wie. Już nie pamiętam.

---

* Cytat z wiersza petersburskiej poetki Alii Kudriaszowej (przyp. tłum.).

Pamiętał tylko chłód. I ślady – mnóstwo śladów na białym torowisku.

...Kamienna wyspa pozostałych na zawsze*.

Jeśli wrócę, to nie tylko dla Tani.

Wrócę, by mu odpłacić.

Zło powinno być ukarane, pomyślał.

Po prostu kiedyś nie całkiem rozumiałem, gdzie to zło jest.

MEMOW, ORŁOW, SAZONOW.

Ale i teraz nie bardzo rozumiem.

• • •

Uberfuhrer znalazł sobie w Wenecji nowe hobby. A dokładniej, wybrał jedno ze starych, strząsnął z niego kurz i puścił w ruch.

Uberfuhrer pił na umór.

I do chwili, kiedy Iwan go spotkał, skinhead przehulał akurat wszystko do ostatniej kopiejki. Że już tylko ostatnią koszulę zdejmować.

Po otrzymaniu od Iwana wskazówek i instrukcji Uber wyruszył wyjaśniać, co można zrobić, żeby uwolnić Kuzniecowa od ciężkiej doli. Na wydatki został mu przydzielony 1 (jeden) nabój.

Wrócił wesoło, poświstując.

– No i? – zapytał Iwan.

– Potrzeba tylko pół magazynka, brachu – powiedział Uberfuhrer. – Oddadzą Kuzniecowa za pół darmo. Taki z niego mądrala, zaraza, że uparł się i nie chce pracować. Jednym słowem: glina.

– A skąd weźmiemy naboje? – dopytywał Iwan. Sprzedać drugą latarkę? Nno tak. Prościej będzie od razu samemu sprzedać się handlarzowi niewolników.

---

* Cytat z wiersza Alii Kudriaszowej (przyp. tłum.).

Uberfuhrer pogładził się po wygolonej czaszce (teraz już nie tak bardzo wygolonej) i uśmiechnął się.

– No, jest jeden sposób...

– Ale jaki?

– Spodoba ci się – obiecał Uber.

• • •

Tak jak przewidywał, Iwanowi się nie spodobało.

Po pierwsze: że to będzie walka na pięści o pieniądze.

Po drugie: że stawką jest on sam. Tu już Uberfuhrer jakby... przesadził.

Sędzia machnął ręką.

– Zaczynajcie!

Rozłupało się orzeszek, co zrobić z zawartością?

Uberfuhrer podskoczył, przekręcił się, ścisnął pod sobą wątłego przeciwnika. Zerwał się i sekundę później runął mu na plecy składając dłonie w jedną pięść. Uderzenie trafiło tamtego w tył głowy. Łup! Facet o pseudonimie Łokieć padł, wylądował twarzą w błocie.

Uberfuhrer wyprostował się, westchnął. Ze wszystkich stron stali krzyczący ludzie. Skinhead schylił się, złapał Łokcia za ramię, wyciągnął z kałuży i przewrócił na plecy. Łokieć zarzęził, z nozdrzy wyleciały mu brudne bańki. Jego twarz zamieniła się w błotną maskę.

– Zwyciężył... – Sędzia podszedł bliżej, złapał Uberfuhrera za nadgarstek. – Zwyciężył Uber! – I podniósł jego rękę do góry. Burza oklasków i pełnych aprobaty okrzyków zalała zwycięskiego skinheada i zaraz ucichła. Uberfuhrer uśmiechał się z niezmąconym spokojem.

– Silny jesteś – powiedział Iwan, kiedy tamten wrócił do swojego miniaturowego obozu.

– Ile wygraliśmy?

– Ładną sumkę. Prawie dwa magazynki. Nawet po potrąceniu opłaty za wykup Kuzniecowa… na jakiś czas nam wystarczy.

Uberfuhrer kiwnął głową. Twarz miał stłuczoną na kwaśne jabłko. Wąskie oczy, jak u Chińczyka. Z podbródka kapała mu krew.

– Jak tam? – zapytał Iwan.

– W porządku.

W następnym momencie nogi się pod nim ugięły. Iwan z Kuzniecowem ledwo zdążyli złapać sflaczałe ciało. Zdaje się, że Uber w końcu się doigrał. Przeforsował się. Iwan się skrzywił. Bić się na czczo – to już przesada. Befsztyk, jak u samego Jacka Londona. Iwan czytał to opowiadanie w bibliotece na Gostinym Dworze.

Iwan rozliczył się z właścicielem. Pół magazynka nabojów i Misza pożegnał się z niewolnictwem.

– Kuzniecow – powiedział Iwan, kiedy umieścili nieprzytomnego Uberfuhrera na torbach. – Masz tu naboje, przynieś coś do jedzenia. I nabierz czystej wody. Aha… tylko bez szczurzego mięsa, dobra? Wystarczy nam coś mniej wyszukanego. Wszystko jasne?

– Tak jest, dowódco. – Kuzniecow kiwnął głową.

• • •

Mała żółta sowa strzelała plastikowymi oczami – to w prawo, to w lewo. Tik-tak, tik-tak. Na jej okrągłym brzuszku wskazówki pokazywały, że jest za dwadzieścia piąta. Obok płonęła lampka. Jak wyjaśniono Iwanowi, przy oświetleniu korzystano tu z węgorzy. W końcu są elektryczne. W trzylitrowym szklanym słoju przykrytym pokrywką z elektrodami leżał gładki czarny węgorz. Co jakiś czas zaczynał się rzucać, drgać – Iwan widział niebieskawe wyładowania, kiedy węgorz dotykał elektrod. Zabawny system.

Na starannie posłanej pryczy przy ścianie leżała otwarta książka. Iwan zatrzymał na niej wzrok. Ciekawe, co czyta taka dziewczyna? *Ketopolis: miasto wielorybów* przeczytał. Na okładce niebieski wieloryb zderzał się z olbrzymim okrętem wojennym. Figurki ludzi spadały do wody.

– O czym to jest? – zainteresował się Iwan.

– O Katastrofie – powiedziała Lali.

– Jak to? – poderwał głowę.

– Nie o naszej... tutaj ludzie chcieli unicestwić wszystkie wieloryby na świecie. I prawie im się to udało.

No jasne, pomyślał Iwan. To nam świetnie wychodzi – całkowite unicestwienie. Nie ma problemu. A to wieloryby, a to samych siebie.

– Widziałam, jak twój przyjaciel się bił – powiedziała Lali.

Iwan skiną głową, wstał. Trzeba sprawdzić, co u Uberfuhrera i obgadać sprawę następnego promu na Newski...

– Niedługo wyjedziesz – powiedziała Lali półgłosem. W jej nienagannej i precyzyjnej wymowie nagle dał się słyszeć gruziński akcent. – Niedługo...

Iwan patrzył na nią w milczeniu. Chciał już otworzyć usta, ale dziewczyna szybko podniosła rękę.

– Poczekaj – powiedziała. Oczy jej zalśniły. – Musisz mi powiedzieć... Wiem, co odpowiesz, ale jeśli nie zapytam, to będę się zastanawiała, co byś mi odpowiedział... – Milczała przez chwilę. – Długo będę się zastanawiała.

Iwan patrzył na jej usta. Nie mógł teraz nawet mówić, coś uwięzło mu w piersi.

– Kochasz ją? Słyszałam, że ma na imię Tania.

– Tak – powiedział Iwan. – Ale ja jej nigdy...

– Nie mów. – Palce Lali dotknęły jego ust. – Nie mów nic, inaczej ktoś to podsłucha i zrobi tak, żeby się to nie spełniło. Wiem, że tak będzie.

Iwan stał, czując na wargach jej gorzkawy zapach. Ujął Lali za łokieć, pociągnął do siebie... puścił.

– Jesteś piękna. – Wziął jej dłoń i przycisnął sobie do rozgrzanego czoła. Ochłoda. Od dotyku jej palców zrobiło mu się lżej. Lali wciąż była obok niego – ze swoimi palcami, ze swoją skórą, ze swoimi długimi nogami, które mocno, uparcie stały na ziemi, ze swoim szalonym temperamentem... ze swoją czułością.

Każde spojrzenie na nią sprawiało, że zamierało mu serce.

– Nie mów tak, bo będę zazdrosna. Nie, nie będę. Wy, mężczyźni, potraficie kochać wiele kobiet naraz. Ale ty jesteś inny. Dla ciebie każda kobieta jest tą jedną jedyną. Niech to ja będę tą jedyną.

Iwan milczał przez chwilę.

– Skąd w tobie tyle mądrości, kobieto? Przecież ty masz tylko... ile? szesnaście lat?

– Każda kobieta ma tysiąc lat – powiedziała Lali cicho. – I każda ma ich siedemnaście. To proste.

– Tak – powiedział Iwan. – To proste.

• • •

Po powrocie, oprócz Uberfuhrera i Kuzniecowa, Iwan odkrył na cumowisku nową postać dramatu. Kiwnął mu głową, przeszedł, usiadł obok, niczym nie okazując zdziwienia. Nie to, żeby brat Lali bardzo go drażnił, ale...

Ale co on tutaj robi?

– Słyszeliście? Kejwsy kompletnie zgłupieli – powiedział Artem.

Kuzniecow i Uberfuhrer spojrzeli po sobie.

– A kto to taki? – zapytał Iwan.

– Ty to jesteś ciemny – powiedział Artem nieomal pobłażliwie. Iwan uśmiechnął się kącikami ust. Zabawnie było usłyszeć coś takiego od młodego chłopaczka, najwyżej w wieku Kuzniecowa. – Kejwsy to byli diggerzy, którzy wiedzieli co i jak. To znaczy kiedyś to było u nich przezwisko dla tych, którzy nie zasłużyli na tytuł diggera. Ale potem wyszło właśnie tak...

Tak zaczęli nazywać ludzi, którzy kopią tunel wychodzący z metra. Do Finlandii. Pewnie myślą, że w Finlandię nikt rakietami jądrowymi nie celował. I to niemal prawda – jeśli zapomnieć o NATO-wskim radarze przeciwrakietowym, który nasi tak czy siak musieliby zniszczyć. Najpilniejszy cel do zestrzelenia. Ojciec mi opowiadał. Był pułkownikiem wojsk jądrowych. Tak więc z Finlandii też nic już nie zostało, nie ma po co kopać. A oni kopią.

– Ale przecież oni nie do Finów się przekopują – Uberfuhrer skrzywił się.

– A dokąd?

– Do Moskwy.

Iwan aż nie od razu zdołał otworzyć usta i powiedzieć:

– Po jaką cholerę? Przecież tam kamień na kamieniu... a i to pewnie radioaktywne.

– Z wioski jesteś, brachu. Moskiewskie metro to schron przeciwjądrowy klasy A. Ty wiesz, gdzie ja się uczyłem?

– Gdzie?

Zdaje się, że Uberfuhrer nie zapomniał wszystkiego.

– W Nafciarzu. Tak się mówiło na Instytut Ropy i Gazu, który był na Leninskim Prospekcie. Piąty w Europie, tak na marginesie.

– W dechę... tak mi się zdaje. I co?

– Ci ze starszych lat nam opowiadali, że w podziemiach

Nafciarza jest reaktor atomowy – na wszelki wypadek. Któregoś dnia zakradłem się do piwnicy – gdzie tam, strefa zastrzeżona! Posłali mnie na drzewo. Dobrze, że nie wsadzili do aresztu. Dlatego że ten reaktor zasila Metro-2. No, na pewno słyszałeś o Metrze 2? No, wiesz... D6! Słyszałeś? – Odwrócił się do brata Lali.

– Nnie.

– Przecież wszyscy o nim słyszeli. Niby, że udało się moskwianom, ukryli się tam w tajnym metrze i wtryniają teraz tylko kapary z ananasem.

Artem się zawahał.

– Chciałeś o coś spytać? – Uberfuhrer zlitował się nad nim. – No, dawaj.

– A co to są kapary?

• • •

Kiedy Artem zaproponował, żeby się przejść i coś omówić, Iwan skinął głową: czekał na tę rozmowę. Poszli wzdłuż balustrad ze sznurków, które otaczały centralną wyspę, zatrzymali się. Latarnia nad ich głowami wydawała ledwie słyszalne trzaski. Pachniało ozonem. Artem pochylił się i podniósł rybią ość. Wrzucił ją w zadumie do wody, odczekał aż wokół miejsca, w którym spadła, zakotłuje się od ciał węgorzy, odwrócił się do Iwana.

– Zostaw moją siostrę w spokoju – powiedział Artem ostro. – Słyszysz, diggerze?

– Słyszę – powiedział Iwan. Przecież nie będę się z nim bił? – Cały czas chciałem spytać, dlaczego nie możesz mnie ścierpieć? Tylko z powodu siostry?

– Nie tylko... – milczał przez chwilę. – Ty... jesteś podobny do naszego ojca.

Iwan podniósł brwi. Z dnia na dzień życie robi się ciekawsze.

– Ten, który był pułkownikiem wojsk rakietowych?

– Ojciec nas porzucił – powiedział Artem wyzywająco. – A co mu tam? On odszedł, a my zostaliśmy.

Wszystkie nasze historie są jakoś podobne, pomyślał Iwan, spoglądając na tego ponurego chłopaka. Tylko ze mną było chyba całkiem na odwrót. To matka i ja rzuciliśmy ojca. Matka zapewniała, że to była najlepsza rzecz, jaką zrobiła w życiu. Ale czasem, po nocach, kiedy myślała, że Iwan nie słyszy, płakała. A on słyszał... Mieszkali wtedy na Prospekcie Bolszewików – który teraz nazywa się Okkerwil... To pewnie miłość, uznał Iwan. Pewnie tak.

– Jak ona się nazywa? – spytał niespodziewanie.

– Co? – Artem nagle zmienił się na twarzy. – Jak kto się nazywa?

– Wiesz, o kim mówię – powiedział Iwan. – O tej twojej wiedźmie.

Artem umilkł. Stał ponury, zaciskając pięści. Napięty. No, no, pomyślał Iwan, uważaj, żeby ci policzki nie pękły.

– Lachezis – odparł wreszcie. Podrzucił głowę, powiedział wyzywająco: – I ona nie jest wiedźmą. To najwspanialsza kobieta na świecie! Najpiękniejsza!

Iwan skinął głową.

– A ona o tym wie?

Artem znów spochmurniał.

– Śmiała się, kiedy tak mówiłem.

Iwan westchnął.

– Nie jesteś pierwszy ani ostatni, komu się coś takiego przytrafia. Z kobietami tak bywa, uwierz mi. Śmieją się wtedy, kiedy należałoby płakać... I na odwrót.

– Aha – powiedział Artem, patrząc na niego spode łba. – Jasne. Gdybyś ty jej to powiedział, to by się nie śmiała. Wiem to.

Iwan milczał. Jednak dziwny z nas, facetów, naród. Szturchamy się łokciami tam, gdzie nie powinniśmy byli się nawet spotkać.

– Wyjeżdżam. Dziś i na zawsze. Strzeż swojej siostry – poprosił Iwan. – To piękna dziewczyna.

• • •

Nadszedł czas pożegnania. Prom (a tak naprawdę tratwa – o szerokości nieco mniejszej niż średnica tunelu) wypełnił się ludźmi. Oprócz Iwana i Kuzniecowa płynęła jeszcze siódemka – w łachmanach, brodaci, zarośnięci, z workami i kijami. Kiedy Iwan podszedł bliżej, zdał sobie sprawę, że wszyscy oni są niewidomi. Ich przywódcą był przewodnik – kościsty facet w dyndającym na nim luźno waciaku. Też ślepiec, co ciekawe.

– Jedziesz z nami? – zapytał Iwan.

Uberfuhrer pokręcił zarosłą jasnym jeżykiem głową.

– Nie, zaczęło mi się tu podobać. Przebombluję tu jeszcze parę tygodni i ruszę dalej.

Wy popłyniecie, a ja znowu zacznę pić, przetłumaczył sobie Iwan w myślach. Kurna. Szkoda.

– Twoja sprawa – powiedział Iwan. – Nie zmienisz zdania?

– Nie, brachu. Szczęścia życzę.

– Szkoda, że twój kukri przepadł. To był kawał noża… – powiedział Iwan. Skinhead drgnął, podniósł wzrok. – No dobra, powodzenia!

Przewoźnik odwiązał linę cumowniczą, rzucił ją na prom. Uberfuhrer stał, marszcząc z wysiłkiem czoło…

– I rzekł Pan: idź i nie odwracaj się – przyjemnym głosem zaczął mówić przewodnik. – Lecz żona Lota nie uwierzyła i odwróciła się – i wybuch jądrowy wypalił jej oczy… Więc pomódlmy się, bracia, za nadchodzące odzyskanie wzroku! Amen.

– Amen – odparli chórem ślepcy.

Iwan skinął głową. Za to on też by się pomodlił.

Niewidomi w ostatnich czasach stali mu się jakoś bliżsi niż dawniej. Dzięki Enigmie. Chociaż religia tych tutaj jest, bądźmy szczerzy, trochę straszna.

– Dokąd teraz? – zapytał Kuzniecow. Twarz mu lśniła. Za jego plecami karawana ślepców ruszyła, zajmując miejsca na promie, przewodnik zaczął nadawać rytm, postukując pastorałem o poszycie. Tuk, tuk, tuk. Przewoźnicy ziewali.

Iwan się zamyślił. Misza, oczywiście, prosto do domu, na Wasilieostrowską. A ja?

Newski, Szakiłow. Moja droga do domu jest trochę dłuższa.

– Do domu – powiedział.

Przewoźnicy oparli wiosła o cumowisko, odepchnęli prom. Szczelina między pomostem a promem powiększała się, zamieniała w rzekę...

Bum.

Prom się zakołysał.

Iwan podniósł wzrok. Przed nim znalazł się skinhead, szeroko rozstawiając ręce po skoku.

– Odprowadzę was kawałek. – Uberfuhrer się wyprostował, podrapał w zarośniętą potylicę. – Do Newskiego. Przejdę się.

Misza uśmiechał się szeroko.

– Cieszę się, że cię widzę – powiedział Iwan. – A czemu się namyśliłeś?

– A tak sobie. – Twarz Uberfuhrera nagle stwardniała. – Przypomniałem sobie jeden bzdet. O tym, kto może mieć teraz mój nóż.

ROZDZIAŁ 11

O ŚWIETLE

W czerwonawym mroku Iwan słyszał głos przepowiadający:

– Nastanie dzień, w którym Odwróceni staną się Przejrzałymi. Amen, bracia!

– Amen! – zabuczał chór.

Iwanowi wydało się, że słyszy głosy poprzez ból, który zalewał go jak krwawa fala gorąca. Głowa zamieniła mu się w kłąb splątanych nerwów. Kiedy się dotykały, przebiegało między nimi niebieskie wyładowanie – i w głowie, za oczodołami, eksplodowało oślepiające, ostre światło.

– Żona Lota zgrzeszyła niewiarą i zamieniono ją w słup soli – ciągnął ten sam głos. – Nam jednak Pan dał możliwość zrozumienia i skruchy, spojrzenia na świat nie cielesnymi oczami – które są skażone grzechem pierworodnym, lecz duchowymi, które otworzą się o wyznaczonej godzinie. Usłyszcie mnie, bracia! Bestia jest blisko! Nadchodzi czas próby! Amen!

– Amen! – wtórował chór.

Gdzie ja jestem? Co się stało? – myślał Iwan poprzez ataki napływającego bólu. – Przecież wszystko było w porządku?

Było?

• • •

Trzeba przyznać, że z początku faktycznie wszystko układało się nieźle. Prom dowiózł ich pod hermetyczną zaporę, która oddzielała zalaną część tunelu od suchej, prowadzącej do Newskiego Prospektu. Była tu swego rodzaju komora celna – na wysepce z plastikowych butelek i beczek unoszącej się pod samymi wrotami. Pokład był zrobiony z drzwi od wagonów metra, na nich postawiono krzesło i metalową beczkę pełniącą funkcję biurka. Przygnębiająco świeciła lampa gazowa, światło było zmęczone, drżało, jakby za chwileczkę miało zgasnąć.

Co jakiś czas celnik trącał nogą słój z węgorzem, ten poruszał się apatycznie, szeroko otwierając paszczę, i lampa na kilka chwil paliła się jaśniej.

Pogranicznik miał na sobie granatową koszulę maszynisty. Zakasane rękawy obnażały porośnięte bujnym włosem, grube ręce. Nawet nie zabrał się do sprawdzania dokumentów. W porządku, pomyślał Iwan.

Na prawo od wrót prowadziło przejście zapasowe. To nim podróżni mieli iść dalej.

Ciekawe, jak zaporę będą obchodzić niewidomi? – pomyślał Iwan. W ślad za przewodnikiem przeskoczył na wysepkę celników, pomost zakołysał mu się pod nogami. Plusk wody.

To by było na tyle. Żegnaj, Nowa Wenecjo.

Obok niego stał Uberfuhrer. Iwan obrócił głowę, kątem oka zauważył, jak przewodnik szepcze o czymś z pogranicznikiem.

– Kuzniecow, gdzie jesteś? – Odwrócił się. Noż kurna!

Młody gliniarz leżał na promie nieprzytomny, z rozpostartymi rękoma, wokół niego tłoczyli się niewidomi. Jeden z nich zamarł z pałką w ręce – widocznie to właśnie on uderzył Kuzniecowa.

– Misza – Iwan zrobił krok naprzód, czując już, że źle robi. Punkcik w tyle głowy stał się ciężki jak z ołowiu. Nie można było odwracać się plecami do przewodnika... Cholera, nie można...

Iwan zaczął się odwracać.

Uderzenie. Głowa jakby pękła na kawałki.

Już padając na ziemię, Iwan usłyszał, jak ryknął Uberfuhrer, rzucając się do ataku.

Niepotrzebnie, pomyślał Iwan. Opadał jakby w przezroczystym syropie – bezgłośnie i pięknie. Pummm. Pomost zasprężynował w kontakcie z jego ciałem.

Kolejny cios. Ból. Ciemność.

Nie-po-trze...

• • •

...bnie. Ciemność.

Iwan usiadł. Posadzka była zimna, betonowa. Ciemność taka, że własnych rąk nie widać. Tylko plamy światła skaczą przed oczami. Ale to po prostu reakcja nerwów wzrokowych.

Wstał i wyciągnął ręce przed siebie. Palce natknęły się na żelazne pręty. Szorstkie, zardzewiałe. Iwan zaczął je obmacywać, żeby mieć wyobrażenie o granicach swojej wolności... Gdzie on jest? W komórce pod peronem? W jakimś kolektorze? Gdzie?

Rozmiary celi Iwana nie były specjalnie imponujące. Powierzchnia jakieś półtora metra długości, metr szerokości. Jeśli spróbować (Iwan wstał, podskoczył), to w wyskoku można dosięgnąć górnej kraty. To, że jest w klatce, Iwan w jakiś sposób wiedział od razu. Nie było z niej wyjścia. Palce natknęły się na kłódkę – ciężką, gładką. Zimną. W odróżnieniu od kraty kłódka była ewidentnie nowiutka. W rogu klatki stało wiadro na ekskrementy. Jacy, kurna, troskliwi.

Więc tak. Co my tu mamy?

Cios w głowę. Pauza. Potem klatka. Po co niewidomi mieliby to robić?

Nie wiadomo, ile czasu upłynęło. Bez światła Iwan stracił całe poczucie godzin i minut, upływu czasu.

Po pewnym nieokreślonym czasie, Iwan przestał odczuwać swoje ciało. Szczególny stan. Już wcześniej zdarzało mu się długo przebywać w ciemności, ale wtedy mógł iść, szukać wyjścia. I zwykle je znajdował. Ale teraz był w stanie tylko siedzieć w zamkniętej przestrzeni, ograniczonej żelaznymi prętami. I myśleć.

Jeśli kiedyś oszaleję, to będzie to tutaj.

– Albo już oszalałem – powiedział Iwan na głos. Głos w ciemności istniał niezależnie od niego i brzmiał absolutnie idiotycznie.

Cisza.

– Kto oszalał? – powiedział ktoś z prawej strony. – Młody człowieku, proszę się wyrażać nieco konkretniej. I proszę się chociaż przedstawić.

Iwan otworzył usta. Zamknął. Nie, to bzdury…

– Nie – powiedział Iwan. – To niemożliwe. Jakieś majaki.

– Co pan ma na myśli? – zainteresował się głos.

– Wydaje mi się już, że mówi do mnie profesor Wodianik – odparł szczerze Iwan. – Ale to nie jest możliwe!

Milczenie. Długie milczenie.

Bardzo, bardzo długie milczenie.

– Iwan?! – ten sam profesorski głos.

Tego jeszcze brakowało.

– Profesorze, niech pan tylko tak nie żartuje. Miałem nadzieję, że jest pan bezpieczny, że siedzi pan sobie na Wasilieostrowskiej. A raczej tak właśnie jest, a ja po prostu majaczę. Ale niech chociaż w moich majaczeniach będzie lepiej, niż jest naprawdę, dobrze?

Gadać w ciemności było łatwo. Przyjemnie.

– Przecież pan jest na Wasilieostrowskiej, profesorze? – spytał Iwan dla czystego sumienia.

– Nie – powiedział głos profesora z ciemności. – Nie chcę pana rozczarować, ale będę musiał... Siedzę w klatce – tak jak i pan, jak się zdaje. Bardzo żałuję, Wania. Jak pan się tu znalazł?

A więc nie oszalałem, zrozumiał Iwan. Noż kurna.

Okazuje się, że jest o wiele gorzej.

• • •

Historia Wodianika była jeszcze śmieszniejsza niż Kuzniecowa. Po udanej, jak mu się wtedy wydawało, ucieczce przed młodym gliną, profesor czmychnął w boczny kolektor. Z jakiegoś powodu był pewny, że świetnie orientuje się w tunelach.

Miał ze sobą latarkę, plan, wodę i zapas jedzenia.

Tunel prowadził wprost do Gostinego Dworu.

Iwan jęknął przez zęby. Profesorze, dlaczego pan powtarza błędy młodych idiotów w rodzaju Kuzniecowa?

Profesor poszedł kolektorem... skręcił nie tam, gdzie trzeba... spotkał grupę ślepców (no tak, pomyślał Iwan, brzmi znajomo)... pogadał o tym i owym... zaproponowali mu, że podzielą się z nim posiłkiem... notabene, bardzo wykształceni ludzie... Profesor napił się wody... zasnął.

I znalazł się tutaj.

Podejrzanie dużo zbiegów okoliczności, pomyślał Iwan. Najpierw Uberfuhrer znajduje się w Nowej Wenecji, potem Misza. Teraz zaś spotkali profesora. Tak jakby niewidoczna siła zbierała ich wszystkich razem.

Co to – znak od losu? Jeszcze czego. Doczekałem się znaków, a jakże...

W ciemności ktoś głośno jęknął.

– Kuzniecow! – zawołał Iwan. – Słyszysz mnie? Odpowiedz, jeśli słyszysz!

Milczenie.

– A on co, też jest z panem? – zdziwił się Wodianik. – Co za uparty młody człowiek! Wstyd się przyznać, ale zaczyna mnie wręcz zachwycać.

– Idiotyzm jest zaraźliwy – powiedział ktoś w mroku. Głos należał do Uberfuhrera. – Ja też chciałem sobie pospacerować... I sobie, kurde, pospacerowałem.

– Cześć, Uber – powiedział Iwan. – Jest z tobą Kuzniecow?

Pauza. Chrobotanie w ciemności.

– Nie – powiedział wreszcie Uber. – Mój pokój jest jednoosobowy. Może jest u was?

– Kuzniecow! – zawołał Iwan bez specjalnych nadziei. Nikt się nie odezwał. Zabili go, czy jak? Ech, Misza, Misza. Lepiej byś już został w Nowej Wenecji, w długach, z połamanymi plecami, ale żywy... – Ku-znie-cow!

Bez sensu.

– Gdzie my w ogóle jesteśmy? – spytał Iwan. – Co to za stacja, profesorze?

– Sądząc z tego, co słyszałem od naszego strażnika, jest to Prospekt Oświecenia – powiedział Wodianik. – Mówiąc kolokwialnie: Prześwit. Mieszkają tu niewidomi... rozumiecie, cała kolonia ślepców... Zresztą, wiecie o tym, jak sądzę. Wy też spotkaliście karawanę z przewodnikiem? Bo ja na przykład spotkałem.

– A czego oni od nas chcą? – dopytywał Iwan. – Po co my im jesteśmy potrzebni?

Ale profesor nie zdążył odpowiedzieć.

– Moja głowa... och... co... co się stało? – Głos był młody i przestraszony. – Dlaczego nic nie widzę?!

Proszę, jest i Misza.

– Dzień dobry, Michaile – rzekł poważnie głos profesora. – Nie powiem, że bardzo się cieszę, że pana tu spotykam, ale…

– Profesor? Pan? Dlaczego ja pana nie widzę?! Co się stało z moimi oczami?

– Spokojnie – polecił Iwan. – Tu jest po prostu ciemno. Z twoimi oczami wszystko w porządku, Misza.

– Faktycznie, chwała Bogu – powiedział niewidoczny Kuzniecow. – O, teraz widzę ludzi w białych strojach…

– Że co?

Iwan odwrócił się w prawo i zmrużył oczy. Kurna no. Z braku przyzwyczajenia nawet słabe światło kłuło w oczy jak nóż. Oczy popłynęły mu po twarzy. Uberfuhrer spokojnie zaklął.

Co za radość znów widzieć!

Z niczym nieporównywalny haj. Iwan zrobił wdech. Jakby zrobiło się więcej powietrza.

„Włączcie światło, za ciemno, żeby oddychać, nie widać powietrza". Dziecięce powiedzonko.

Na czele procesji ślepców idącej wzdłuż szeregu żelaznych klatek w rodzaju tej, w której siedział Iwan, kroczył ten sam przewodnik, który był w Wenecji – wysoki, kościsty z wychudłą, pociągłą twarzą. Rzadka, długa bródka.

Zamiast oczu miał rozognione, nierówno zarosłe oczodoły. Poskręcane różowe mięso.

– Sądzę, że na to pytanie mogę odpowiedzieć ja – powiedział przewodnik. W ręku miał świecę, wosk kapał na pomarszczoną skórę nadgarstka. – Widzicie tę świecę? Przyjrzyjcie się jej uważnie – bo to ostatnie światło, jakie zobaczycie w swoim życiu.

– A to dlaczego? – zdziwił się profesor. Siedział w klatce po prawej stronie Iwana. W bladym świetle digger widział jego brodatą twarz wciśniętą w kraty, jakby profesor marzył o tym, by być jak najbliżej światła. Przecież siedzi tu dłużej ode mnie, uświadomił sobie Iwan. Niczego sobie.

– Bo tak będzie – odparł ślepiec.

– I nie ma żadnej alternatywy? – Wodianik się nie poddawał. – Jakiś cyrograf spisany krwią, czy co tam jeszcze?

– Cóż. – Przewodnik się uśmiechnął. – Jeśli pan pyta…

Bracia za jego plecami czekali w milczeniu. Przyćmione światło pozwalało widzieć tylko część klatek ciągnących się za plecami ślepca. Ile ich tam jest? W jednej z klatek Iwan zauważył leżący na ziemi szkielet. Cześć, kolego.

– I tak się zdarza – powiedział ślepiec, jakby wyczuł jego wzrok. – Widzicie, o co chodzi, szanowni… hmm… goście. Wybór macie niewielki. Albo zostaniecie jednymi z nas albo… powiedzmy, że nie zostaniecie. Nikim. Tak jak on – niewidomy kiwnął w stronę klatki ze szkieletem. Bezbłędnie, tak jakby mógł go zobaczyć.

– Jednym z was? – Klatka Uberfuhrera znajdowała się naprzeciwko tej, w której był Iwan. Skinhead stał z rękami na poprzecznym pręcie. – Czyli chrześcijaninem, brachu? Jasna sprawa, tylko otwórz drzwi. Wiara jest we mnie silna jak nigdy.

– Nie bujaj – powiedział ślepiec. – Chociaż, jeśli jesteś gotów, bracie…

– Jestem, jestem, nie miej wątpliwości, brachu – Uber oblizał wargi. Narastała w nim niecierpliwość. Iwan widział, jak skinheadowi lśnią oczy. – Otwieraj, bracie.

– …jeśli jesteś gotowy, polecę bratu Symeonowi… – Jeden z braci w bieli skinął głową. Potężny, z twarzą płaską jak talerz. Skroń miał poparzoną. – Polecę mu przygotować żelazne drągi… Czy może preferujesz kwas? Pozwól, że dam ci radę, bracie – oparzenia chemiczne bolą dłużej, a goją się gorzej. Tak więc na twoim miejscu wybrałbym rozpalone żelazo.

Uberfuhrer zacisnął zęby. Wydawało się, że skóra na policzkach zaraz mu pęknie.

– Tak więc pozwól mi, bracie mój, poczekać aż twoja wiara się umocni – zauważył przewodnik. – Powiedzmy, parę dni.

– Ale z ciebie bydlak – powiedział Uber.

– To znaczy, że nie mamy innego wyboru? – uściślił profesor. – Tylko śmierć albo oślepienie?

– Niestety – powiedział przewodnik. – Jesteście gotowi? Świeca zaraz zgaśnie. Liczę do pięciu. Raz, dwa…

Iwan patrzył na drgający płomień, wchłaniał go w siebie wzrokiem.

– …trzy…

Wszystko wokoło zniknęło oprócz maleńkiego języczka płomienia.

…Ręce Tani obejmują go z tyłu za szyję. Iwan czuje ich ciepło i jednocześnie chłód. Kiedy nie miał siły, wystarczyło przyłożyć jej dłoń do swojego czoła – i siły wracały. Tak samo teraz. Czoło mu płonie. Iwan bierze jej dłoń i przykłada do swojego czoła. Chłód jej palców sprawia, że mrok ustępuje. Wszystko będzie dobrze. Wszystko będzie…

– Kiedy wrócisz? – pyta Tania. Jej oddech łaskocze go we włosy za uchem. Tania pochyla się i zagląda Iwanowi w twarz – z boku.

– Niedługo – mówi Iwan. – Całkiem niedługo…

Płomień świecy trzepotał – był tu lekki przeciąg.

– …dwa. Stop. – Przewodnik podniósł głowę, jego ostra broda patrzyła na Iwana. – Ignat, bracie mój, podejdź tu.

Szurając, podszedł jeden ze ślepców – niski, dużo starszy, łysawy. Z przestraszoną małą twarzyczką.

– To brat Ignat. Wasz obserwator. Jeśli będziecie czegoś potrzebować, zwracajcie się do niego. Jeśli będziecie mieli pytania na temat naszej wiary, to sądzę, że brat Ignat z przyjemnością na nie odpowie. Prawda, bracie?

Obserwator, czyli strażnik, przetłumaczył sobie Iwan w myślach. Aha.

– Tak – powiedział Ignat. – Wystarczy „klik". I już odpowiadam.

Profesor nagle się wyprostował, poruszył, chciał coś powiedzieć, ale się rozmyślił. Zamknął usta.

– Dziękuję, bracie Ignacie. I... jeden... ffuuu. – Przewodnik dmuchnął w świecę. Iwan skrzywił się. Przed oczami unosiło mu się złudne odbicie płomyka... niedługo i ono zniknie...

– Nie! – krzyknął Kuzniecow. Proszę was, zostawcie światło! Proszę!

– Myślcie – polecił w ciemności przewodnik. – Macie dziesięć posiłków na zastanowienie się. A karmimy dwa razy na dobę. Ignat, odliczaj czas. Po dziesięciu karmieniach przyjdę i ogłosicie braciom swoją decyzję.

Kiedy kroki w ciemności się oddaliły, Iwan usiadł na ziemi. Trudno było uwierzyć, że takie rzeczy się zdarzają. Przeżył, kiedy strzelano do niego twarzą w twarz, a tutaj...

Przeżyję i tu, pomyślał z uporem Iwan. Muszę wrócić do domu.

– No pięknie! – Uberfuhrer nagle zaczął się śmiać. – Dla oświeconych światło, dla ciemnych ciemność. Czego tu nie rozumieć. Tak nam dołożyli ci niewidomi, że aż strach o tym pomyśleć. No nie, to już naprawdę! – Śmiech nagle przeszedł w jawny chichot, tak jakby skinhead strząsał napięcie nerwowe i nie mógł się zatrzymać.

Cholera. Iwan oparł się czołem o żelazną kratę, metal chłodził skórę.

Też bym się pośmiał, pomyślał. Ale mam takie wrażenie, jakby ktoś nie chciał, żebym dotarł do domu.

Nic tam, głupstwo. Zaraz zwariuję. Lepiej wziąć się do roboty.

Iwan wstał i zaczął prostować stawy. Kiedy przyjdzie czas, będzie gotowy.

Minął jakiś czas. Znów nie wiadomo ile to było godzin. Ale nagle w ciemności rozległy się kroki – szurające, zmęczone.

Dźwięk sunącego wózka. Iwan oparł się o kratę – czyżby i tutaj ślepcy mieli ich wykiwać?

Brzęk metalu. W otwór na dole ktoś bardzo zręcznie wsunął coś metalowego... i coś jeszcze. Iwan wyciągnął rękę, namacał krągły gładki bok. Zgadza się. Miska. A obok coś mniejszego, też okrągłe. Kubek, zapotniały, chłodny. Chlup! Woda.

– Co to? – zapytał Iwan, choć już się domyślił.

– Wasze śniadanie – burknął niewidzialny strażnik. – Jedzcie.

Kroki i skrzypienie kółek wózka oddaliły się gdzieś w prawo. Iwan obliczył w myślach odległość. Zapewne jakieś dwadzieścia metrów. A potem zakręt... zdaje się w prawo. Jesteśmy w starym schronie? Możliwe.

Dobra, czas na śniadanie. Ciekawe, co tu dają do jedzenia?

W talerzu okazało się ruszać coś śliskiego. Iwan, zaskoczony, o mało nie upuścił miski. Cofnął rękę.

– W mordę! – Uberfuhrer zaklął w ciemności. Zadzwoniła miska.

– Co to? – zapytał Iwan.

– Chyba ślimaki winniczki – rozległ się w mroku spokojny głos Wodianika. Profesor, w odróżnieniu od swoich towarzyszy, postrzegał swoje uwięzienie jako swego rodzaju eksperyment psychologiczny. – Interesujące. Niepotrzebnie kręcicie nosem, młodzieży. To fantastyczne źródło białka i nie tylko. Ślimaki mają bardzo małe wymagania. Jeśli jest wystarczająco ciepło, mogą się rozmnażać i plenić jak... powiedzmy, jak ślimaki. Ha, ha. No dobrze, spróbujmy. – Zadzwonił talerz, w ciemności rozległo się mlaskanie, potem odgłos żucia. – Niezłe – powiedział Wodianik z pełnymi ustami. – Oczywiście brakuje cytryny, ale mimo wszystko... mimo wszystko.

– Profesorze, zaraz zwymiotuję – ostrzegł Uberfuhrer.

O! Iwan się wyprostował. Tylko tego nam brakowało.

– Młody człowieku, przecież to przysmak! W dawnych czasach w najlepszych paryskich restauracjach...

– Przecież wiem! – odparł głos Uberfuhrera. – Ale przy włączonym świetle! Przy świetle to bym parę zjadł. W końcu to przysmak. Ale w ciemności?! Ohydne, oślizgłe…

Profesor kaszlnął.

– Po co tak wyolbrzymiać? – powiedział wreszcie. – Winniczki oczywiście nie mają zbyt atrakcyjnej powierzchowności i do tego się ruszają, ale…

Uberfuhrer w panice:

– Noż kurde, one się ruszają!!

– Kto się rusza?!

Pauza.

– Profesorze, to pan powiedział? – spytał ostrożnie Iwan, chociaż zdawał już sobie sprawę, że nie. Głos miał specyficzny tembr. Nieznajomy. Z nietypową miękką wymową.

– Oczywiście, że nie – oburzył się profesor.

– Misza, a ty?

– Niee.

– Jeszcze mnie zapytaj – szyderczo zaproponował z ciemności Uberfuhrer. – Przecież to jasne, że jest tutaj ktoś jeszcze oprócz nas trzech… proszę wybaczyć, profesorze… czterech kretynów. Ej! Słyszysz? Odezwij się!

Milczenie. Kapanie wody.

– Zapytałem, kto tu jeszcze jest? – Uberfuhrer zaczął tracić cierpliwość. – Odezwij się, no!

Milczenie.

– Mówię ci, odezwij się – poprosił Uberfuhrer głosem tak łagodnym, że aż powodował gęsią skórkę. – Tak ogólnie to oczywiście dobry ze mnie człowiek. Ale mogę też dać w łeb – nawet na oślep. Kto tu jest?

– Ja – powiedział ktoś w ciemności. Ta klatka znajdowała się znacznie bliżej wyjścia. I kiedy paliła się świeca, Iwan nie zauważył jej mieszkańca.

– Jaki „ja"? Jak się nazywasz? – dopytywał skinhead.

– Jura – odparł ten sam głos. Pauza. – Czasem jeszcze mówią mi Nelson.

– Znaczy się, jak brytyjski admirał? – zapytał Uberfuhrer.

– No… – Pauza. – Niezupełnie.

– Mam też inne propozycje – szepnął Wodianik tuż obok. – Ale coś nie wydaje mi się, żeby spodobały się naszemu koledze…

– Z jakiej jesteś stacji? – Uberfuhrer kontynuował przesłuchanie.

– Z Technolożki – odparł niewidzialny Jura.

– No nieźle! Czyli jesteś „mazutem"? A jak tu trafiłeś?

– Przez głupotę.

– Rozumie się, że nie przez genialny umysł – westchnął Uber. – Prawda, profesorze?

Wodianik, urażony, zasapał w ciemności.

– Nie bój się, brachu – dodał mu otuchy Uberfuhrer. – Wyciągniemy cię stąd. À propos – skinhead odczekał chwilę – kto ma pomysły, jak to załatwić?

• • •

Pomysły nie pojawiły się ani po czterech posiłkach (dwie doby, zauważył Iwan), ani po pięciu, ani po sześciu.

Strażnik wciąż tak samo szurał, rozwożąc jedzenie – czasem nie były to winniczki, lecz grzyby, czasem nawet pozbawiona smaku i soli gotowana kasza. Zbliżała się godzina wyboru. A oni dotąd niczego nie wymyślili. Co można zrobić przeciwko ślepcom w zupełnej ciemności? Co w ogóle można zrobić?

– Profesorze – powiedział Kuzniecow żałośnie – Nie chciałem o tym mówić. Ale już od dawna widzę… widzę światło i słyszę głosy. Tak jakby ktoś ze mną rozmawiał. Ale zdaje mi się, że tak naprawdę tego nie ma. Ja… co się ze mną dzieje?

– Nic strasznego. To skutki deprywacji sensorycznej – powiedział profesor.

– Co? – Iwan podniósł głowę.

– Pamiętacie, co dało nam zwycięstwo nad Placem Powstania?

Iwan podrapał się w nieogolony podbródek.

Nawiasem mówiąc, ciekawe uczucie. Iwan znów przeciągnął dłonią pod brodzie. Odgłos chrobotania. Jakby jego szczęka powiększyła się i teraz była ogromna, minimum metr na półtora. Dotknął się drugą dłonią – taaa. Teraz wydawało mu się, że podbródek zmniejszył mu się do rozmiarów orzecha. I w ogóle sam Iwan był mały, jakby schowany w szkatułce.

– Pamiętacie? – powtórzył profesor.

– Znaczy co? – powiedział Iwan. – Gaz. To fioletowe badziewie, które wyprodukowaliśmy. Sam pan przecież opowiadał o tym amerykańskim projekcie... jak mu było?

– „MK-Ultra". – Profesor westchnął. Iwanowi wydało się, że jego westchnienie zyskało fizyczną postać i teraz leci, odbijając się łagodnie o ściany celi jak piłka. – Rozumiecie, teraz to projekt uderza w nas.

– Nie rozumiem – powiedział Iwan.

– Substancje halucynogenne i ich wykorzystanie wojskowe było jednym z punktów programu MK-Ultra. Punktem drugim było odkrycie doktora Camerona, który kierował całym tym zoo – deprywacja sensoryczna.

– Co to jest?

– Technika tortur psychicznych. Pękali na tym najtwardsi ludzi, których zwykłymi torturami można było zabić, ale nie złamać. Zobaczcie, na co tu wszyscy cierpią: halucynacje, bóle głowy i żołądka, nadpobudliwość nerwowa, przygnębienie, rozproszona uwaga i wiele, wiele innych... I to wszystko dzieje się bez użycia przemocy fizycznej.

Iwan milczał przez chwilę. A więc to tak.

– I w czym jest istota tej… deprywacji?

– W tym, żeby blokować wszystkie kanały, którymi ludzki mózg otrzymuje informacje o świecie. By to osiągnąć, umieszczano torturowanego w słonej wodzie o temperaturze równej ciepłocie ludzkiego ciała, zakładali mu słuchawki i opaskę na oczy. Taka pozycja wywołuje głód sensoryczny. Człowiek nie czuje rąk ani nóg, jego organy zmysłów nie otrzymują żadnych informacji. Po kilku dniach takiego zamknięcia z człowieka można było ulepić, co się chciało. A doktor Cameron trzymał niektórych pacjentów w takim stanie nawet do pół roku.

– To sadysta z niego – powiedział Uberfuhrer.

– To prawda. To jedna z cech charakteru, bez której prawdziwy uczony nie może się obejść.

– To znaczy: chcą nas złamać? – uściślił Iwan.

Profesor skinął głową. Iwan faktycznie zobaczył, że to zrobił. Taki śmieszny profesor złożony z kolorowych kółek jak piramidka dla dzieci. Pokolorowana głowa z plastikowym nosem. I kiwa. Kiwa. Kiwa…

Iwan potrząsnął głową. Zaczynają się jakieś zwidy.

– Sądzę, że to wstępna obróbka – powiedział Wodianik. Mrok wokół Iwana stał się jaskrawożółto-purpurowy i pulsujący. Iwan poczuł nudności. Noż kurna.

Poderwał głowę, głęboko odetchnął. Zdawało się, że z powodu niedoboru światła brakuje mu powietrza.

– Wie pan, profesorze – zabrzmiał głos Uberfuhrera z powykręcanej, falującej czerwono-żółtej ciemności. – Ma pan rację. Od ostatniego karmienia mam jazdy jak po grzybkach.

Dźwięki jego głosu były powyciągane, z zielonkawym odcieniem. Litery były ciepłe i jakby wycięte z kolorowej gąbki. Doleciały do Iwana, łagodnie uderzyły go w czoło i rozleciały się na różne strony. Pum, pum… pum…

– Kurna – powiedział Iwan. – Co tu się dzieje?

Pum.

– Nic takiego, Wania – głos profesora leciał ociężale, hipnotycznie przystając i zawieszając się. Litery z chłodnego plastiku i stali chirurgicznej na stykach. Iwan rzeczywiście widział te okrągłe, błyszczące nity po bokach. I biały, matowy plastik. Nie, teraz to skaj.

Nie, biała skóra. Z wypukłym deseniem.

Jedna z liter „K" doleciała do Iwana i popchnęła go na ścianę, odbiła się i odleciała.

Iwan odskoczył.

– Tak... w takim tempie niedługo zacznę biegać po ścianach.

– Jest pewna metoda przeciwdziałania – powiedział profesor.

– A jaka?

– Po pierwsze: rozmawiać ze sobą. W ten sposób zajmujemy słuch. Chcecie? Opowiem wam dowcip.

– Eee... A dalej?

Iwan pokręcił głową. Jeśli zacznę się śmiać z dowcipu, który opowiedział profesor, to koniec, pozamiatane. To będzie znaczyć, że kompletnie odjechałem.

– Po drugie – powiedział Wodianik urażonym tonem. – Mamy wolne ręce, prawda?

– Proponuje pan, żeby się pobrandzlować? – W głosie Uberfuhrera było autentyczne zainteresowanie. – Tylko onanizm nas uratuje, profesorze? Najlepsza baba – własna graba.

Obraza Wodianika powiększyła rozmiary i przypominała teraz słonia. Iwan widział szarą, pomarszczoną słoniową skórę. Jak takie coś nadepnie – pomyślał digger – to zostanie po człowieku mokra plama. W mordę.

– Panu tyko jedno w głowie!

Słoń zaczął krzyczeć. Iwan zdziwił się. Teraz słoń był profesorem.

– Głowa mnie boli – powiedział nagle Kuzniecow. – Kiedy mówicie, to jakby ktoś mi wiercił… o tutaj, w skroni. Boli.

– To normalne – uspokoił go słoń. Machnął trąbą. – Tak już teraz będzie.

– To co z tymi rękami? – Iwan zdziwił się, jak bardzo obojętnie brzmi jego głos. Jakby dochodził z daleka. Rozmiary jego ciała i głosu wciąż się zmieniały, falowały.

– Nie wiem, jak dla niektórych młodych ludzi – powiedział zjadliwie Wodianik – ale ręce są po to, żeby odbierać bodźce dotykowe!

– A ja to niby o czym? – zdziwił się Uber. Jego głos unosił się gdzieś na górze, nad głową Iwana. Taka plama rtęci pod samym sufitem.

– Niech pan dotyka podłogi, Iwanie. Michaił, pana to też dotyczy. Spróbujcie, że tak powiem, widzieć końcami palców… Opisujcie swoje doznania. Widzicie, uruchomiliśmy już dwa kanały informacji sensorycznej.

– A po trzecie… – Profesor odczekał chwilę. – Oddawajcie się marzeniom. Wspominajcie. To przecież idealne warunki do medytacji. „Doświadczenie religijne" można przeżyć nie tylko pod wpływem LSD czy fioletowego pyłu. Rozumiecie?

– Pan tak na poważnie, profesorze? – zapytał Uberfuhrer. Jego głos stał się cięższy i rozlał się opływową kroplą rtęci, opadł niżej. Iwan czuł obecność i ruchy tej kropli nieco ponad swoją głową, nieco bliżej profesora.

Ten za to był już całkiem małym słoniem.

– A co tu robić? – powiedział profesor. – À propos! Ktoś zna jakieś wiersze?

– Akurat wiersze? – zdziwił się Kuzniecow. – A dlaczego?

– Głód sensoryczny prowadzi wprost do zahamowań emocjonalnych. Człowiek tęskni za jakimkolwiek pretekstem, by rozwiać nudę, ale kiedy otrzymuje zadanie do wykonania – jest wobec niego obojętny. Nie możemy stracić woli walki.

Pauza. Kropla Uberfuhrera skręciła i dotarła do profesora, zawisła, obserwując.

– O, teraz, profesorze – powiedział Uber. – To pan mówi do rzeczy. Pobudka, wszyscy! Kto pierwszy deklamuje wiersz? – Pauza. – W takim razie to będę ja. A więc: Rudyard Kipling, *Hieny*.

Gdy pogrzebowy oddział zszedł ze sceny
I odleciały zawiedzione kanie,
Z ciemności zmyślne wyłażą hieny,
By o poległych naszych mieć staranie.

Zupełnie obojętne jest hienie,
Jak który umarł i dlaczego.
Rozgrzebią pyskiem krzaki i kamienie,
Aż dokopią się do zabitego.

Uberfuhrer deklamował cicho i ze spokojem. Iwan zaczynał widzieć te hieny idące gęsiego przez martwe pole. Ludzie leżeli na nim w gumowych płaszczach i maskach przeciwgazowych poczerniałych od spalenizny, w oddali dym unosił się nad ogromnym atomowym kraterem.

Przejęte tylko tym, że będą żarły,
Aby żyć, dobrze o tym wiedzą,
Że bezpieczniejszym mięsem jest umarły
Od najsłabszego z żywych, które jedzą,
(Bo i koza ubodzie, i robak też utnie,
Czasem się i dziecko sprzeciwi,
Ale palcem nie ruszą, szarpani okrutnie,
Biedni żołnierze nieżywi).
Więc chichot, wrzask i grudy lecą,
Aż białe kły wbijają głęboko

W koszulę żołnierską i dobrze chwycą,
I trupa na wierch wywloką.

I znowu, zanim się stado stłoczy,
Żałosne pokaże się lico,
Lecz nie zobaczą go żyjących oczy
Z wyjątkiem Boga i tych, co

Nie mają duszy, wstydu i sumienia,
W cokolwiek zęby wbili,
I nie skalają zmarłego imienia.
To już jego plemienia przywilej.*

Kiedy Uber skończył, zaległa cisza. Iwan nie od razu zdał sobie sprawę, gdzie się znajduje. Wciąż jeszcze widział to pole, te oczy hien (chociaż chyba nigdy takich zwierząt nie widział) w ciemności, w świetle księżyca.

Tak, kalać imiona zmarłych – to czysto ludzka rozrywka. Zwierzęta są bardziej honorowe.

Stwory na powierzchni są bardziej honorowe od Sazonowa.

Mimo wszystko, pomyślał Iwan.

• • •

– Pomódlmy się, bracia!

W ciemności znów słychać było ten głos. A to co znowu?! Nawet pospać nie dadzą! Iwan powiercił się, przewrócił na drugi bok, spróbował szczelniej przykryć się kurtką. Kurna, od posadzki bije wręcz sobacze zimno.

---

* Przełożył Robert Stiller.

– Nie ma piekła, ani na ziemi, ani w niebiosach – ciągnął głos. – I nie ma raju. Pozostał tylko czyściec, gdzie dusze będą się wiecznie błąkać, nie zaznając spokoju i radości. I zwie się on: metro. Amen.

– Amen – przytaknął chór.

– Zbliża się czas, bracia. Bestia jest coraz bliżej! Bliżej!

Jaka, u diabła, bestia? – Iwan zrozumiał, że ciemność przeszkadza mu się skoncentrować, przestać przeskakiwać z myśli na myśl. Zbierz się w garść, nakazał sobie. Trzeba się stąd zabierać w cholerę…

Nie miał jednak siły.

Kiedy głosy na moment umilkły, zapadł w sen.

• • •

– Wiecie co, właśnie zdałem sobie sprawę… Klik – Profesor pomilczał przez chwilę. – Czy on rzeczywiście powiedział „klik”?

– Kto? – Iwan podniósł głowę, siedział oparty o kratę.

– Nasz strażnik. Zdaje się Ignat…

– Tak, powiedział „klik” albo odpowiedzieć na „klik” – i co z tego? – włączył się w rozmowę Uberfuhrer.

– A to, że to znaczy… Że grał w CGK!

– Poważnie? – W głosie Uberfuhrera było zdziwienie. – To pański kolega?

– Co to jest „cegieka”? – zapytał Iwan.

– „Co? Gdzie? Kiedy?”. Była taka gra, intelektualna. To nasz żargon zawodowy. „Klik” oznacza odpowiedź na pytanie w lot. Albo kiedy odpowiedź „klika” – to znaczy bardzo ładnie pasuje do pytania. Rozumiecie?

– Nie – powiedział Uberfuhrer. – A, cholera tam. Rozumiem. I co dalej?

Plan, który powstał, był kompletnie fantastyczny. Według słów Wodianika, CGK to niewiarygodny haj, przypływ adrenaliny. Praktycznie narkotyk. Ten, kto kiedykolwiek zagrał, nigdy tego nie zapomni. Pomysł profesora polegał na tym, by znowu dostarczyć strażnikowi tego narkotyku, a potem poprosić go o pomoc. Ogólnie biorąc, wkręcić go.

– No, no – powiedział Uberfuhrer po wysłuchaniu. – To jest jakaś lipa, mówię panu. Ale niech pan działa, a ja popatrzę. Tylko ni wała się panu nie uda.

– Dziękuję za optymizm – odparł ironicznie Wodianik.

– Ależ nie ma za co.

Przy następnym obchodzie zaczęli zarzucać haczyk. Kiedy szuranie strażnika było już bardzo blisko, Iwan podniósł głos:

– Moja kolej! Generalnie jest tak: wyjść z metra na powierzchnię można nie tylko schodami ruchomymi, lecz także przez tę rzecz – ale zwykle nie wychodzą w ten sposób nawet ludzie silni fizycznie. Ale jeśli ta rzecz znajdowałaby się w Moskwie, to wszystko byłoby znacznie prostsze – dlatego że tam ta rzecz jest o wiele krótsza. Jak się nazywa ta rzecz? Pańska kolej na odpowiedź, profesorze.

Napięte milczenie. Ignat kontynuował obchód. Brzęk miski…

– No jak, profesorze? Poddaje się pan?

Bulgotanie wody. Zgrzyt metalowego kubka na betonowej posadzce.

– Yyy… Może to, hmm… przypuszczam, że to… powiedzmy, schody przeciwpożarowe?

Znowu kroki.

– Nie. Uwaga, prawidłowa odpowiedź. – Iwan przeciągnął pauzę. – To… szyb wentylacyjny! W skrócie SZW. W Moskwie są krótkie, dwadzieścia–trzydzieści metrów, a w Petersburgu pięćdziesiąt metrów i więcej. A poza tym te schody zwykle już dawno zgniły… – ubarwił dodatkowo Iwan. Zresztą tak właśnie jest. – Zgniły w cholerę.

O różnicach między metrem moskiewskim a petersburskim Iwan wiedział od Koślawego. A pytanie układał razem z profesorem. A potem Iwan uczył się go na pamięć, żeby nie walnąć się w najważniejszym momencie.

Strażnik był już całkiem blisko. Kroki...

– Nno tak. Jeśli dobrze rozumiem, źródłem są osobiste doświadczenia autora pytania? – zauważył sarkastycznie-Wodianik.

Kroki gwałtownie się zatrzymały. Długa pauza.

– Coś ty powiedział? – odezwał się Ignat.

– Pan mówi do mnie? – uściślił profesor.

– Aha.

– Po pierwsze: „pan powiedział" – chłodno poprawił Wodianik. – A po drugie, tak jak mówiłem: pytanie jest całkowicie niezgodne z przepisami. Jak na takie odpowiadać?

– Czyli... – Pauza. – Wy tu gracie?

Rybka połknęła haczyk.

• • •

Iwan przewidywał, że strażnik wytrzyma do następnego karmienia. Pomylił się. Ignat wytrzymał znacznie dłużej. Dopiero po drugim posiłku, kiedy Iwan zaczął już myśleć, że wszystko stracone, w ciemności rozległo się człapanie bosych stóp po betonie. Potem ciężkie westchnięcie.

– Ej! Był pan w Klubie? – zapytał ślepiec.

– Oczywiście. A co?

– Nie oszukuje pan?

Iwan aż się podniósł. Oto i nasza rybka.

– Ależ po co? – zdziwił się Wodianik. – Oczywiście, z całego naszego towarzystwa tylko ja grałem profesjonalnie... I szczerze powiedziawszy, ci oto moi koledzy – cóż, to absolutnie nie są dla mnie rywale. Przy całym moim głębokim szacunku do nich.

– Dziękuję – rzucił szyderczo Iwan.

– Tak? – W głosie Ignata było niedowierzanie. – A może byśmy… nie, rzecz jasna, nie.

– Pan też grał?

– No, jeśli można to tak nazwać…

– Tak też pomyślałem, że pan jest z naszych – powiedział Wodianik. – Nawet chciałem zaproponować, żebyśmy zagrali. Ale, jak sądzę, byłoby to nieco nieuczciwe. Podczas życia tutaj utracił pan pewne nawyki, podczas gdy ja…

– Może sprawdzimy! – wzburzył się Ignat.

– Rzuca mi pan wyzwanie? – uściślił profesor.

– Tak! – wypalił Ignat. – Tylko skąd weźmiemy pytania?

– A co, bazę Stiopanowa już pan zużył?

Cisza. Iwan czuł wręcz, jak skrzypi mózgownica strażnika.

– Niby jeszcze nie. – Po głosie dało się wyczuć, że Ignat się uśmiecha.

– Każdy z nas na pewno zna pytania, których nie zna ten drugi. Możemy spróbować. Tylko z daleka od wszelkich „żarcików wujka Pietii" – powiedział Wodianik. – Nie mogę ścierpieć takich idiotycznych pytań.

– Nie obrażaj mnie!

• • •

Dopóki bombardowali się nawzajem pytaniami, Iwan zdążył się znudzić i zdrzemnąć. Jednym słowem: maniacy.

– Ja już chyba nie będę grać – oznajmił Wodianik z westchnieniem. Przy czym, jak podejrzewał Iwan, westchnienie to było zupełnie szczere. Rezygnacja z ukochanej gry, nawet w takiej okrojonej odmianie, była dla profesora prawie jak śmierć.

– Ale dlaczego? – spytał strażnik.

Iwan podniósł głowę. Profesor nie dawał dotąd strażnikowi powodu do podejrzeń, ale wcześniej czy później to musiało się zdarzyć.

– Bez zegara nie jest tak ciekawie... – Wodianik zaczął z daleka.

– Będzie – powiedział Ignat.

– I potrzeba mi... potrzeba mi światła.

A oto najważniejsza sprawa, dla niej się to wszystko zaczęło.

– A to znowu po co? – Ignat się zaniepokoił. – Z jakiej racji?

– Deprywacja sensoryczna – powiedział profesor, tak jakby to wszystko wyjaśniało.

Pauza.

Iwana oblał zimny pot. No, szybciej!

– A! – powiedział strażnik. – Rozumiem. Stłumienie sfery emocjonalnej. Eksperyment „MK-Ultra"?

– „Świeczka" – westchnął Wodianik.

– Jaka znów świeczka? – Iwan uznał, że się przesłyszał.

– A jak! – Strażnik wyraźnie się ucieszył. – Oczywiście, że „świeczka". Łatwiutkie pytanie. – Zamyślił się na dłuższy czas. – Dobra, będzie pan miał światło. Może być karbidówka?

– Acetylen, reakcja addycji – błyskawicznie zacytował Wodianik.

– No, to jest zbyt łatwe. A gdyby tak: Jan Letzel, architekt narodowości czeskiej, spędził wiele lat w Japonii. Zbudował mnóstwo budynków w nieklasycznym dla Japonii stylu. Po wielkim trzęsieniu ziemi w Kanto wrócił do ojczystych Czech. I tam umarł na dwadzieścia lat przed tym, jak jeden z jego gmachów zyskał ogólnoświatową sławę. Tak więc pytanie brzmi: czym się wsławił ten budynek?

Milczenie. Ignat, sądząc z odgłosów, zaczął się wiercić niecierpliwie.

– No, dalej!

Profesor westchnął i powiedział:

– Zaczyna mi się ciężko myśleć bez światła, rozumie kolega? Nie mogę się skoncentrować. Myśli mi wirują – i jak tu grać? Rozumie pan?

– Rozumiem – powiedział w końcu strażnik. – Ale mimo wszystko niech pan spróbuje.

– Cóż, nie mogę być pewny. Może ten budynek wytrzymał wybuch bomby atomowej w Hiroszimie?

Skąd oni to biorą? Iwan nie umiał sobie nawet wyobrazić, jaki ogrom wiedzy trzeba sobie wepchnąć do mózgu, żeby odpowiedzieć na podobne pytanie. No, i oczywiście rzecz nie tylko w wiedzy...

– Zgadza się – powiedział strażnik Ignat. – To był gmach szpitala miejskiego...

• • •

– Baza Stiepanowa to powszechna baza pytań, które kiedykolwiek zadano na wszystkich turniejach CGK, teleturniejach i tym podobnych... Na przykład w „Swojej Grze". Świeczka to „spalone" pytanie, które było już zadane w poprzednich grach i odpadło – wyjaśnił profesor. Co jeszcze? „Przekręcić" pytanie to znaczy znaleźć skomplikowaną i nieprawidłową odpowiedź na pytanie, którego właściwe rozwiązanie jest akurat najbardziej elementarne. Mądrownia – no, to nasz wewnętrzny żargon... „Trumna" – pytanie, na które się nie odpowie, martwe...

Iwan pomyślał, że zaraz dostanie świra, nie tylko z powodu ciemności, ale i od opowieści Wodianika. Co może być nudniejszego od rozmowy z fanatykiem o przedmiocie jego fanatyzmu?

Ale dla sprawy – trzeba. Iwan znów zaczął słuchać.

Na następne karmienie strażnik przyniósł elektryczną latarkę w długiej gumowej obudowie. Przecież to moja latarka! – Iwan podniósł brwi, ale nic nie powiedział. Chrzańcie się, złodziejaszki. Najważniejsze, że plan działa.

Światło. Teraz to była najlepsza rzecz na świecie.

Oczy profesora lśniły, nozdrza miał rozdęte. Iwan sam mimowolnie się wciągnął. Wodianik i strażnik zagrali jeszcze dziesięć pytań, wynik był 6 : 4 na korzyść profesora... Twarz Ignata była mokra od potu – i szczęśliwa.

Zaraz będzie można go załatwić gołymi rękami. Jest teraz jak narkoman. Tylko w zapasie zostały im niestety ledwie dwa karmienia.

– Uwaga, następne pytanie – powiedział Wodianik. – Przy budowie moskiewskiej kolejki podziemnej nawet rozkład stacji miał ideologiczny sens. W odróżnieniu od metra burżuazyjnego, w którym perony są rozmieszczone po bokach, a szyny pośrodku, w Moskwie, jak wiadomo, zrobiono wszystko na odwrót. Tak więc co, w odróżnieniu od burżuazji, jest w metrze najważniejsze zgodnie z ideologią marksizmu-leninizmu? Oto jest pytanie*. Czas start.

Cykanie stopera.

Strażnik nagle podniósł do góry kciuk. Twarz mu się zmieniła, płonęła, roztapiała się w namiętności.

– Tak... Tak... już! To... Tak więc, sądzimy, że najważniejsze w metrze... zgodnie z ideologią marksizmu-leninizmu jest... wybór drogi!

– I pańska odpowiedź to? – uściślił profesor.

– Yyy... Wybór drogi.

– Odpowiedź przyjęto – oznajmił Wodianik. – Uwaga, prawidłowa odpowiedź... To będzie...

Strażnik wyprostował się, twarz mu jaśniała. Zakołysał się jak pijany. Niespodziewanie się zachwiał, bez sił, cofnął się w kierunku klatki... Oparł się o nią...

---

* Oto jest pytanie – autorem pytania jest Siergiej Chołmanskich (przyp. aut.).

Ułamek sekundy później ręka Uberfuhrera chwyciła go za czoło. Druga – złapała za podbródek. Gwałtowny ruch. Krak. Okropny, jakby śmiertelny, chrzęst poraził ich nerwy. Iwan wzdrygnął się. Strażnik sflaczał.

– Człowiek, który wiedział za dużo – powiedział Uberfuhrer. Strażnik zaczął padać do przodu, nogi się pod nim ugięły...

W oczach Ignata jeszcze przez sekundę widać było błysk niedowierzania... zgasł.

Padł na ziemię miękko jak worek szmat. Wstrząśnięty profesor milczał przez jakiś czas.

– Przecież chcieliśmy się z nim dogadać... Dlaczego tak? – tylko tyle potrafił powiedzieć. Uberfuhrer kucnął, przełożył rękę przez kraty, przyciągnął ciało do siebie za nogawkę.

– A jak? – Iwan popatrzył na Wodianika. – Oślepiłby nas, zapomniał pan?

– On był... – Profesor usiadł, oparł się o kratę. Nie mógł ustać na nogach. – On był jednym z nas. Mądrownia śmierdząca. Niech to szlag.

Uberfuhrer dosięgnął pęku kluczy, brzęknął metal. Wstał i zaczął gorączkowo pracować nad zamkiem. W końcu znalazł właściwy klucz. Szczęk. Szczęk. Skrzypienie drzwi. Krata się otworzyła.

Hałasując kluczami, zaczął wyswobadzać pozostałych.

– Profesorze, a czy jego odpowiedź była prawidłowa? – zapytał Iwan, sam nie wiedząc po co.

Profesor wciąż siedział w tej samej pozycji w klatce i patrzył na martwe ciało. Wodianik podniósł głowę. Jakie postarzałe spojrzenie, zdumiał się Iwan.

– Nie – powiedział Wodianik. – „Przekręcił" pytanie. Prawidłowa odpowiedź brzmi: najważniejsi w metrze są ludzie. To elementarna rzecz.

• • •

Z tego, co było dalej, Iwan zapamiętał urywki. Zabrali latarkę i urządzili najprawdziwszą ucieczkę wedle wszelkich prawideł – z wywołaniem paniki, krzykami, ogólnym zamętem i walką z wartownikami...

Po drodze przechwycili dwa automaty i magazynek nabojów.

Zresztą napotkali tylko paru braci – inaczej łupów mogło być więcej. Ślepcy nie spodziewali się ataku na własnej stacji, a nie potrafili sprzeciwić się widzącym, kiedy pojawiło się u nich źródło światła.

Iwan z kompanią, tak jak podejrzewał, był przetrzymywany w małym bunkrze, do którego wchodziło się z tunelu prowadzącego na południe, przez Ozerki i dalej, na Newski. Tak więc szli teraz tunelem.

Pojawienie się światła przyniosło też pewne niespodzianki.

– Taaak – powiedział przeciągle Uberfuhrer, spoglądając na Jurę Nelsona. Światło latarki było skierowane na twarz ich nowego znajomego. – Taaak.

– A co? – Ten obejrzał się z przestrachem.

Iwan pomyślał, że jeszcze trochę i nie wytrzyma. Nie miał już po prostu siły, żeby nie wybuchnąć śmiechem...

– No właśnie, w czym problem, Uber? – zapytał Iwan. – Przecież od razu ci powiedział, jak na niego wołają?

Uberfuhrer podrapał się w nieogolony podbródek. Nno tak.

– A ja myślałem, że mówią na niego Nelson, jak na tego admirała. Że niby miał jedno oko...

– To wtedy byłby Kutuzow – powiedział Iwan.

– ...i jedną rękę – zakończył nieubłaganie Uberfuhrer. – Zresztą, nigdy nie jest za późno, żeby to naprawić...

Jura zwany Nelsonem okazał się Murzynem. Nieco bladym ze względu na życie pod ziemią, ale jednak czarnoskórym. Zdarza się, pomyślał Iwan.

Minęło pół godziny.

– Proszę, jakie cuda wianki. – Uberfuhrer wciąż się oburzał, kiedy szli tunelem w stronę Ozierków. – Taki numer wyszedł. Jakiś Nelson Mandela. Ej, Mandela! – zwrócił się do Murzyna. – Naprawdę jesteś czarny? Czy mnie oczy mylą?

Być może Uberfuhrera rzeczywiście oczy mylą, pomyślał Iwan, ale w takim razie wszyscy mamy zbiorowe halucynacje. Ha, ha. I mówi to człowiek, który użył w metrze broni halucynogennej.

– Daj człowiekowi spokój – powiedział Iwan.

Poparł go profesor Wodianik:

– Rzeczywiście, ile można?

Uberfuhrer stanął, gwałtownie się odwrócił. Iwan zrozumiał, że zaraz będzie draka...

– Basta! Bo nie rozumiem, czy ja wyglądam jak niemowlak, który potrzebuje rad?

Iwan się uśmiechnął.

– A czy ja wyglądam jak człowiek, do którego należy mieć pretensje? Jak myślisz?

Jakąś minutę patrzyli na siebie nawzajem – oko w oko. Kto kogo przetrzyma. Potem Uberfuhrer zaklął przez zęby i ustąpił. Ruszyli dalej w milczeniu.

– Wychodzi, że naprawdę jesteś trochę rasistą, hę, Uber? – zapytał Iwan pojednawczym tonem.

Skinhead obrzucił go lodowatym wzrokiem. Rozdymały mu się nozdrza.

– A miałeś wątpliwości?

– A co z Kiplingiem? – przypomniał Iwan.

– Kipling nie żyje.

ROZDZIAŁ 12

ANIOŁY

Przedziwne było to, że stację Ozerki (nazywano ją teraz „Azerki" – ze względu na jej mieszkańców), o której Iwan słyszał dużo złego, minęli bez specjalnych trudności. Poczęstowali ich nawet mięsem i napoili zieloną herbatą.

Sabantuj, wyjaśnił starszy Uzbek z uśmiechem. Święto wiosny, rozumiesz?

Rozumiem. Iwan podziękował. Porządnie już zarośnięty Uberfuhrer nie wzbudził w gospodarzach żadnych podejrzeń, tak że wszyscy rozstali się w pełnym zadowoleniu.

Żeby tak zawsze.

Udielną minęli bez zatrzymywania się. Stacja była dziwna, opuszczona przez ludzi. Miała jedną nawę, panowało w niej głuche echo. Poświecili latarką – pozostałości mebli, resztki dykty i zmięte puszki po tuszonce. Widać, że niedawno przebywali tu ludzie – ale z jakiegoś powodu odeszli. W którymś miejscu światło latarki wyłapało z ciemności uszkodzoną wybuchem ścianę przy torach. Wszędzie ślady kul. Stało się tutaj coś złego. Iwan czuł to w tyle głowy, dlatego wciąż poganiał towarzyszy dalej.

Jeszcze na podejściu do Pionierskiej usłyszeli śpiew dziecięcego (a może jednak żeńskiego) chóru. Trudno było odgadnąć. Ale brzmiało to pięknie.

Latarka zaczęła słabnąć. Iwan potrząsnął nią – bezskutecznie. Chyba żeby postukać w baterie – czasem pomaga. A już ogrzać ich nie ma czym, zapalniczka przepadła.

Kiedy wędrowcy doszli do posterunku, powitała ich cała delegacja, tak jakby Iwan i jego towarzysze byli od dawna oczekiwani. Czworo potężnych chłopaków z automatami. Poświecili im w twarze latarkami, sprawdzili dokumenty (u tych, którzy je mieli – bo ich brakiem u Ubera i Kuzniecowa nikt się nie przejął). Ludzie, którzy sprawdzali paszporty, byli jak jeden mąż – wysocy i silni, ale ewidentnie dziwni. Iwan nie od razu zdał sobie sprawę, czym się wyróżniają – oprócz bardzo wysokich, cienkich głosów.

Jakaś babskość w rysach twarzy.

– To kastraci – wyjaśnił cicho Wodianik.

– Co? – Iwan pokręcił głową. – To ci sami?

Profesor skinął.

– Tak, właśnie ci, których stworzył – czy też okaleczył, jak kto woli – Saddam Krwawy.

Wtem jeden z kastratów, z wielkim pieprzykiem na lewym policzku, podniósł głowę. Odwrócił się do pozostałych. W rękach miał paszport Iwana.

Podszedł dowódca – miał naszywki na kołnierzu – wziął paszport, przeczytał. Spojrzał uważnie na diggera.

Ale co tu się dzieje? – Iwan się zaniepokoił.

– Krew Saddama! – zawołał silnym wysokim głosem dowódca kastratów. Obrócił się do swoich ludzi. Ci nagle przestali być przyjaźnie nastawieni – błyskawicznie wycelowali kałachy w grupę przybyszów.

– Pójdziecie z nami!

– No i koniec – powiedział Uberfuhrer, podnosząc ręce. – Już po nas. O takiej śmierci marzyłem?

W czasie, kiedy szli, eskortujący ich kastraci kiwali do pozostałych. Stacja była osobliwa. Jednonawowa, tego samego typu, co Udielna, ale jasna – paliło się część lamp nad gzymsem – i zamieszkała. Gdzieniegdzie zasłaniały ją białe prześcieradła. Dlaczego – tego Iwan nie wiedział.

Kastrat z pieprzykiem szedł po prawej stronie Iwana i od czasu do czasu zaczynał wołać: „Krew Saddama! Krew Saddama!". Uberfuhrer pokręcił głową, zapytał szeptem:

– Czemu oni ciągle wrzeszczą o krwi Saddama?

– Nie wiem. Ale chyba niczego dobrego nam to nie wróży – powiedział Iwan.

– Nie rozmawiać! – zawołał do nich ten z pieprzykiem. I znów zaczął przenikliwie zawodzić: „Krew Saddama!". Kastraci wokół nich burzyli się, zbierali w grupki, coś sobie szeptali, wskazywali idących palcami.

Kurna, ale wpadliśmy. Dlaczego tak mi się nie wiedzie?

I czego oni chcą? Jakiś religijny rytuał?

Uberfuhrer zerwał się gwałtownie, skoczył naprzód, potem w bok... Zaczął biec. Bez sensu. Żywa fala spadła na niego i ściśle go otoczyła. Pod sufit wzbił się wielopiętrowy wrzask, skinheada nakryło. Iwan rzucił się na pomoc i natychmiast oberwał kolbą karabinu. Bydlaki. Iwan ledwo mógł westchnąć. Padł na kolana na peron, starając się powstrzymać mdłości.

Uber!

Jeszcze moment – i tłum się rozstąpił. Znów pokazał się Uberfuhrer, leżał na peronie i bronił się kopniakami.

Poderwali go i ponieśli na rękach rozpostartego na płasko.

– Pedały! – krzyczał Uberfuhrer bezsilnie. – Zostawcie mnie, cholerne pedały!

Dźwięk odbijał się od ogromnego białego sklepienia, płynął jak w operze. Wypełniał przestrzeń, wibrował w piersi...

– Słyszycie, jaka tu akustyka? – powiedział Wodianik z zachwytem. – Coś fantastycznego! Stworzyli tu cały system akustyczny! Widzicie te ekrany? Jak sądzę, dobrali wszystko ze względu na śpiew operowy. Akustyka pomieszczenia wyliczona do najdrobniejszych detali, absorpcja dźwięków, tu jest wszystko! Okazuje się, że to niezupełnie legenda – o stacji ludzi śpiewających jak anioły.

Iwan popatrzył na profesora.

Takimi ludźmi to jednak trzeba wykładać tunele. Nie do zdarcia.

W końcu zepchnęli ich na tory, do tunelu, przeprowadzili kolektorem i wcisnęli do klitki pod peronem stacji. Drzwi się zamknęły. Iwan się rozejrzał. Na ziemię rzucono tu materace, z sufitu zwisała na kablu żarówka. Biały blask rozlewał się po siatkówce oczu. Iwan odwrócił wzrok.

Chwilę później do komórki wdarł się zgiełk i hałas.

Drzwi się otworzyły.

Po krótkiej szarpaninie do środka wrzucili Uberfuhrera.

Drzwi się zamknęły. Cisza.

– Co z tobą? – zapytał Iwan, spoglądając na rozpostartego na posadzce skinheada. Rodzona matka by go nie poznała…

– Nawet bić nie potrafią – oznajmił tamten z pogardą. – Jednym słowem, baby.

• • •

– Chociaż i baby, to niezłe byki z tych waszych kastratów. – Uber podniósł się stękając, podrapał się w głowę. – Tfu, ty – splunął krwią. – Dlaczego, profesorze?

– To bardzo proste – powiedział Wodianik. – Jest pan w niewoli stereotypów.

– Aha – Uberfuhrer uśmiechnął się półgębkiem. – Nigdzie się stamtąd nie wybierałem.

– Tak więc – powiedział profesor. – Przy przeprowadzeniu operacji w młodym wieku u chłopców dochodzi do zmiany równowagi hormonalnej. Testosteron nie tłumi wzrostu kości, jak to zwykle jest u nastolatków, lecz przeciwnie – i stąd wysoki wzrost, długie ręce, gładka, blada skóra. To znaczy, wszystko to kastraci otrzymują zwykle w spadku po…

– Rzeźnickim nożu, jasne – zakończył Uberfuhrer.

– Będzie mi pan wciąż przerywał?! – oburzył się Wodianik.

– Proszę wybaczyć, profesorze – powiedział Iwan. – On więcej nie będzie.

– Kastraci to wysocy, silni ludzie. W epoce renesansu istniał cały biznes kastrowania chłopców. Śpiewali w chórach kościelnych, występowali w operze, prowadzili życie rozpieszczanych przez publikę gwiazd. Według danych historyków w tamtych czasach kastrowano do pięciu tysięcy chłopców rocznie...

Uberfuhrer wyglądał na wstrząśniętego.

– Toż to jakaś hucpa! Im samym powinno się urżnąć.

– Jedyny zapis śpiewu kastratów, który dotrwał do naszych czasów, to płyta nagrana przez jednego z ostatnich słynnych kastratów operowych – Alessandra Moreschiego. – Profesor chrząknął. – No jasne.

– Słyszał ją pan? – zainteresował się Iwan.

– Tak. Wrażenie... szczerze mówiąc, dziwne. A tu można to usłyszeć na żywo... – Wodianik zamyślił się.

Iwan obejrzał towarzystwo. Powiedzmy sobie wprost: wesoło to nie jest. Dopiero co uciekliśmy z niewoli i wystarczyło trochę się rozluźnić – i znów za kratkami. Kuzniecow siedział przybity. Profesor zadumany. Mandela niewzruszony. Uberfuhrer zły, oblizywał rozciętą wargę i z chrzęstem wyłamywał palce.

– Jak tam? – zapytał Iwan.

– Cudownie. Wprost nie do opisania. – Uberfuhrer wzruszył ramionami. – Tam nas zamierzali oślepić, a tu co – kastrować? To się nazywa przyjemna perspektywa.

– Lepiej już oślepnąć – mruknął Iwan.

– Dobrze cię rozumiem, brachu.

Czas mijał. Po co ich, do cholery, uwięzili? Iwan zaczął chodzić z kąta w kąt.

– Nieokreślona tożsamość płciowa – powiedział na głos Uberfuhrer. – Nienawidzę!

– Ja też – przytaknął mu nagle Mandela.

Ciężkie spojrzenie błękitnych oczu skinheada powoli, niczym wchodzący w ciało nóż, przeszyło Murzyna. Uberfuhrer przesunął nieco głowę w bok, jakby poszerzał ranę, żeby popłynęła krew... i odwrócił wzrok. Zamknął oczy.

Mandela poruszył się.

– Słusznie mówisz – powiedział Uberfuhrer, siedząc z zamkniętymi oczami.

– A wyglądam niesłusznie? – zapytał Mandela wyzywająco. – Bardzo przepraszam.

Uber podniósł powieki.

– Widzisz, nie trzeba ci nawet niczego objaśniać – powiedział. – Bystrzacha!

– Mam cię wiesz gdzie – powiedział Mandela nieomal dobrotliwie.

Iwan stanął między nimi.

– No, starczy! Już mi się to przejadło. Znajdujemy się teraz w tej samej sytuacji. I będziemy musieli wyjść z tego razem – czy tego chcecie, czy nie. Przedszkole tu sobie, kurna, urządzają. A tamci, za ścianą, słuchają i się cieszą.

– No, poszedłeś w demagogię. – Uber skrzywił się. Ale na jakiś czas przestał się czepiać. – Zapytałbyś go lepiej, co miał do roboty na Prześwicie.

Iwan popatrzył na Murzyna. A rzeczywiście...

– A takie tam – powiedział wymijająco Mandela. – Sprawy miałem do załatwienia.

Iwan przyjrzał się uważnie wysłannikowi Technolożki i zaznaczył sobie w myślach: wypytać go potem. Coś się za tym kryło... ciekawe, co?

• • •

Godzinę później Iwana zabrano na przesłuchanie. Dwaj wyrośnięci kastraci – biodra mieli po kobiecemu szerokie, do tego stosowny chód. Przyprowadzili go do maleńkiego pokoiku pod peronem. Pod sufitem paliła się energooszczędna świetlówka; zimne białe światło padało na twarz siedzącego za stołem – też kastrat, stwierdził Iwan, ale taki bardziej... dziarski.

– Niech pan siada.

Iwan usiadł. Krzesło pod nim skrzypnęło.

– To pański paszport? – zapytał ten dziarski. Pokazał Iwanowi otwarty dokument. Fotografia w nim była zrobiona, jeszcze kiedy właściciel paszportu miał jakieś siedem–osiem lat. Kiepskiej jakości, pociemniała.

Na tym zdjęciu równie dobrze można było rozpoznać Ubera, a nawet Mandelę.

– Mój – powiedział Iwan.

– Goriełow Iwan Siergiejewicz, zgadza się? – Dziarski patrzył z obojętnym, zawodowym zainteresowaniem. Przypomniał w czymś Iwanowi Orłowa – szefa SB na Admiratielskiej. To był bydlak.

Pięści same mu się zacisnęły.

Co ty mi tu będziesz, pomyślał Iwan. Ja z Memowem gadałem w cztery oczy. Iwan rozluźnił się i oparł na krześle.

– Proszę odpowiedzieć na pytanie – powiedział dziarski.

– Zgadza się.

– Co się zgadza?

– Że nazywam się Goriełow Iwan Siergiejewicz. – Iwan się wyprostował. – Czy coś innego pana interesuje? Moją pasją jest też kolekcjonowanie pocztówek z widokiem Twierdzy Pietropawłowskiej.

– Nie ma się co popisywać – zauważył dziarski. – Pytam

przecież w pańskim interesie... Następne pytanie: na jakiej stacji się pan urodził?

Iwan prychnął.

– Tak w ogóle, to urodziłem się przed Katastrofą. Czym chce pan mnie zapędzić w kozi róg? Stacyjnym stemplem? To by było zabawne.

– Ma pan pieczątkę z Placu Powstania, zgadza się?

– I co? Znalazłem się tam po Katastrofie – skłamał Iwan. Zresztą tak jest napisane w jego fałszywym paszporcie, a z tego wynika, że dla Goriełowa Iwana Siergiejewicza to nie całkiem kłamstwo. – Czy to zbrodnia?

– Nie – powiedział dziarski. Nieoczekiwanie zamknął teczkę, wstał. – To zbieg okoliczności.

Zbieg okoliczności? Iwan nie rozumiał. Przesłuchujący prowadził jakąś dziwną grę. Dziwną i niepokojącą. Znów poczuł, jakby pękał mu tył głowy. Albo znowu cholerna intuicja, albo kontuzja. Lepiej już kontuzja, pomyślał Iwan. Wystarczy mi już tych złych przeczuć...

Dziarski podszedł do drzwi. Nagle zatrzymał się w progu, jakby coś mu się przypomniało. Odwrócił głowę.

– Jak ma na imię pański ojciec? – zapytał jakby mimochodem.

– Siergiej. – Łżesz, na takiej bzdurze mnie nie złapiesz.

– Pamięta go pan?

Ciekawe pytanie.

– Nie – powiedział Iwan. Nie należy rozszerzać kłamstwa bardziej, niż to konieczne. – Bardzo niewyraźnie. Porzucił mnie i matkę, rozumie pan?

– Rozumiem – powiedział dziarski. – Dziękuję za szczerość, Iwanie Siergiejewiczu. Zostanie pan odprowadzony, żeby odpocząć.

To tak się teraz nazywa więzienie? Zresztą, grzech narzekać. Po stacji Ślepców (Prześwit – co za ironia) cieszyła go każda klitka, byle z oświetleniem.

– No i jak? – Kuzniecow podniósł się z ziemi. – O co pytali?

Iwan machnął ręką, usiadł na legowisku, oparł się plecami o ścianę. Trzeba się zdrzemnąć, póki można. Minęło… może z godzinę. Iwan myślał, że na przesłuchanie wezwą jeszcze kogoś, ale wyglądało na to, że tam postanowiono ograniczyć się tylko do niego.

• • •

– Jestem wyrazicielem pragnień narodu – oświadczył Uberfuhrer rozwalony na wąskim łóżku.

Założył ręce za szeroką, pokiereszowaną, poobijaną głowę, na której dookoła szram zaczęły nierówno wyrastać włosy – niczym trawa wokół nieużywanych torów; patrzył w sufit martwo niebieskimi oczyma, jasnymi i świetlistymi jak latarki z diodami. I głośno rozprawiał.

Iwan słuchał.

Rola słuchacza, choć nie była nowa, jeszcze mu się nie przejadła. Umiejętność słuchania jest jedną z najważniejszych cech wodza przewodnika stada. Albo dowódcy drużyny diggerów. Co prawda, teraz już byłego.

…Błysk światła: szczerzący zęby Gładysz z krwawą pianą na ustach, Sazonow, matowy poblask colta pythona. Wystrzał.

Byłego dowódcy byłej drużyny.

Iwan potrząsnął głową. Do diabła. Do Monterów z tym wszystkim.

– Wyrazicielem czego? – zapytał jeszcze raz Mandela z sarkazmem. – Albo nie, mów dalej, będę notował.

– Notuj – Uber przymknął lewe oko i zaczął dyktować w stronę sufitu. – Wyrazicielem narodowych dążeń. Można powiedzieć, ich materializacją.

– Zaraz mnie coś trafi – wtrącił Kuzniecow. Popatrzył na boki, dumny. – Ja też tak potrafię. Szczeniak.

Iwan się uśmiechnął.

– Mnie też trafi – zgodził się z nim. Zresztą Misza ma chyba rację. Takiej materializacji narodowych dążeń, jak czerwony skinhead z kiepsko wygoloną i oszpeconą szramami głową, nie życzyłbyś najgorszemu wrogowi.

– Zaraz, zaraz! – wzburzył się Uber. – Słuchajcie, dzieci moje, i uczcie się. Brachu, zapisuj. Naród rosyjski, punkt „a" – nie lubi obcoplemieńców. Punkt „b" – dlatego że się ich boi. Ale rzecz w tym, że punkt „b" to nieprawda. Naród rosyjski boi się nie obcoplemieńców, lecz siebie. Dokładniej, obawia się, że po tylu latach zginania go to w jedną, to w drugą stronę, łamania kości, odbijania nerek, rzucania na kolana i uczenia, żeby żreć, kiedy zadzwoni dzwoneczek, po tylu latach zdrad oduczył się oddawać pięknym za nadobne. Właśnie dlatego napływowi są dla niego tacy straszni. A co, jeśli targną się na niego, nie uszanują? Może wezmą dobroć narodu rosyjskiego za słabość, a gościnność za zachętę do chamstwa – i wskoczą narodowi rosyjskiemu na kark? Głupota i podłość rządzących, wieczne bicie i eliminacja najlepszych – i co nam zostało? Stąd też przesadnie ostra reakcja. Kiedy całemu narodowi brakuje spokoju duszy – nie ma przekonania o własnej istotności, o właściwej ocenie tego, co się dzieje wokół – to lepiej podwójnie się ubezpieczyć i zareagować ostrzej niż potrzeba. Stąd się wzięła ta narodowa agresja, oczekiwanie tylko najgorszego i przyjmowanie z góry postawy bojowej.

Oto, moi panowie towarzysze, w czym zawiera się wieczny fatalny paradoks narodu rosyjskiego – a teraz narodu Arki. Gdyż uratowaliśmy się razem z gadami, kurami i jeszcze jakimiś zwierzątkami...

– Ze świnkami morskimi. – Uśmieszek przeciął twarz Iwana niczym nóż. Ból w kącikach ust.

– Z nimi też – zgodził się Uberfuhrer.

– Słuchaj, Uber, a skąd ty się taki mądry wziąłeś? – zapytał Iwan. – I to jeszcze na mnie musiałeś trafić…

Skinhead aż podniósł się na łóżku.

– To było pytanie?

Iwan zdał sobie sprawę, że wpadł. Ojoj.

– Oczywiście nie wszystko pamiętam… – zaczął Uber. Rozsiadł się wygodniej na legowisku, założył ręce za głowę. – Ale zacznę, jak to jest w zwyczaju, od samego początku. Urodziłem się jako syn uczciwych i szlachetnych rodziców w dalekim, acz przytulnym majątku ziemskim w Guberni NN…

– Proszę, niech ktoś zatka mu usta – poprosił Wodianik z rezygnacją.

– …i umarłem we wczesnym dzieciństwie – zakończył skinhead, uśmiechnął się. – A zmierzam do tego, że kiedy siedzieliśmy udupieni na stacji Prześwit, coś niecoś sobie przypomniałem. Zdaje się, że pytałeś, jak się znalazłem w Wenecji?

Iwan podniósł głowę. Zgadza się, pytałem.

– Tak.

– Rozumiesz, niektóre kawałki układanki nadal nie wskoczyły na miejsce. To przykre. Pamiętam bitwę, potem jest dziura, a następnie jestem już otoczony przez Chodników, którzy są wobec mnie dość brutalni.

– Torturowali cię – powiedział Iwan. Uberfuhrer podniósł lewą rękę, przyjrzał się oszpeconym palcom, chrząknął.

– Coś w tym rodzaju. Później biegnę dokądś tunelem, ze mną kilku innych ludzi – widocznie też jeńcy. To musiała być ucieczka. Potem znów jest dziura – i jestem już w Wenecji, piję jakieś straszne paskudztwo z posmakiem acetonu. A potem zaczyna się kino akcji z tobą, brachu, w głównej roli. À propos, jak ci fabuła podchodzi? – zainteresował się. – Niezła, hę?

Iwan machnął ręką.

– Co jeszcze sobie przypomniałeś?

– Swój nepalski nóż kukri. A właściwie to, gdzie się podział. Był tam u Chodników taki typ… – Uber uśmiechnął się krzywo, pomilczał przez chwilę. Położył się na łóżku na brzuchu. – Zresztą, to osobista sprawa. – Otworzył znad poduszki jedno oko, poprosił: – Kiedy będą was kastrować, obudźcie mnie przeraźliwymi krzykami, dobrze?

– Załatwione – powiedział Iwan.

• • •

Kiedy tylko Iwan zaczął zapadać w drzemkę, drzwi się otworzyły. Na progu stał wysoki człowiek (kastrat, poprawił się w myślach Iwan, tak jakby zmieniało to ludzką naturę przybysza). Miał delikatne rysy twarzy i bardzo gładką, bladą skórę. Oczy miał jaskrawozielone. Nie wiedziałem, że tak może być, pomyślał Iwan. Taka intensywna zieleń.

– Iwanie Siergiejewiczu – zwrócił się do niego słusznego wzrostu kastrat. Digger drgnął na dźwięk jego głosu – wysokiego, wątłego, jakby dochodzącego z daleka.

– Tak, to ja.

– Nazywam się Mario Lanza – powiedział postawny kastrat. – Muszę z panem porozmawiać…

– O czym? – Iwan wstał, rozpostarł ramiona.

– O pańskim ojcu, Iwanie Siergiejewiczu. O pańskim prawdziwym ojcu.

Wyszli na peron. Mają jakieś święto, czy co? – zdziwił się Iwan. Kastraci krzątali się, biegali. Panował tumult jak na Sadowej–Siennej, a luda tam jest z dziesięć razy więcej niż tutaj.

Nie, mają jednak w sobie sporo z bab.

Przeszli do pomieszczenia służbowego na końcu peronu, ściany były pomalowane na spokojny pastelowy kolor, wszystko czyste i uporządkowane.

– Muszę się paru rzeczy od pana dowiedzieć – powiedział Lanza, kiedy usiedli.

Iwan podniósł brwi. Lanza przypominał wszystkich, tylko nie oficera śledczego.

– Właśnie pan?

– Mam unikalną pamięć – powiedział Lanza. – Może słyszał pan kiedyś, że niektórzy ludzie pamiętają swoje narodziny. Pisarz Lew Tołstoj, jeśli to nazwisko panu coś mówi, pamiętał do najdrobniejszych detali swój chrzest... Ja zaś pamiętam wszystko. Od A do Z. To właściwość mojej pamięci. Pan nie jest zdolny, by coś zapamiętać, ja zaś nie potrafię zapomnieć nawet najstraszniejszych szczegółów. Jestem – proszę wybaczyć patos – żywą pamięcią mojego pokolenia... A do tego – uśmiechnął się – cóż za zbieg okoliczności: wykastrowaną. Co, według naszych przodków, jest dowodem mojej bezstronności.

– Jest pan bezstronny? – zapytał Iwan.

Lanza uśmiechnął się.

– Myślę, że nie. Przed Katastrofą powstała teoria, że działanie ludzkiej pamięci jest wprost powiązane z emocjami. Uczucie, wrażenia – to nieodzowne składniki zapamiętywania. Może i tak jest. Ja sam jestem całkowicie uczuciowy. Na szczęście dla pana.

Iwan prychnął. Jeszcze zobaczymy, czy na szczęście, czy na nieszczęście.

– I dlatego pan ze mną rozmawia?

– Rada poprosiła mnie, żebym stwierdził, czy jest pan tym, za kogo się podaje...

– Dlaczego pana?

– Po pierwsze dlatego, że mam unikalną pamięć.

– A po drugie?

Lanza uśmiechnął się cienkimi wargami.

– Po drugie osobiście spotkałem Saddama Wielkiego.

Iwan zmarszczył brwi.

– I co z tego? Co my mamy wspólnego z Saddamem?

Cisza.

Iwan słyszał, jak w kącie pokoju brzęczy mucha, siada na ścianie i znowu wzlatuje.

– Podejrzewamy, że jeden z was jest synem Saddama.

Cisza. Iwan popatrzył w lewo, w prawo. Nie, w pokoju był tylko on. Oprócz Lanzy. I muchy.

– To znaczy ja?

– Bardzo możliwe.

Iwan spróbował poradzić sobie ze sławą, jaka na niego spadła. Kręciło mu się w głowie. Co prawda, przede wszystkim z głodu.

– I co dalej? Czy mnie... wykastrują?

Mario Lanza uśmiechnął się.

– A chce pan tego?

Iwanem zatrzęsło.

– Wie pan, jakoś nie bardzo – powiedział. – Nie obraź się, Mario, ale o wiele bardziej się przyzwyczaiłem do bycia mężczyzną. I bardziej mi się to podoba. Ale wy pewnie chcecie się na nim zemścić?

– Na Saddamie Krwawym? – Cienkie brwi Lanzy wygięły się. – Zemścić? Pan, zdaje się, nie rozumie, Iwanie. – Kastrat patrzył na diggera z uśmiechem. – Przeciwnie, jesteśmy mu wdzięczni.

Iwan poskrobał paznokciami w nieogolony podbródek.

– Pan mówi serio?

– Absolutnie.

Rozległ się dźwięk dzwonu – wyrazisty, ale melodyjny. Mario się ożywił.

– Chodźmy, zaraz zacznie się uroczystość.

• • •

Niezwykle szeroki w ramionach, ogromny kastrat z dłońmi jak szufle wyszedł na środek peronu w sukience, umalowany – i zaśpiewał zadziwiająco kobiecym głosem. Śpiew rozbrzmiewał, rozbrzmiewał. Nuta ciągnęła się. Kiedy wreszcie zabraknie mu tchu? Iwan przestał się już dziwić.

– Aria z opery *Tosca* Pucciniego – wyjaśnił Lanza szeptem.

– Troska? Zgadza się – mruknął Uberfuhrer i po raz kolejny ziewnął. Iwan zaczął się obawiać, że skinhead w końcu zwichnie sobie szczękę. Lanza ukrył uśmiech.

Tymczasem ceremonia trwała.

Od wysokich treli – tak wysokich, że nie dało się nawet rozpoznać słów, a jeśli tak, to były one oczywiście nierosyjskie – Iwan poczuł znużenie po pierwszych dziesięciu minutach ceremonii. I przez cały pozostały czas trzymał się już tylko siłą woli. Niech to cholera! Widocznie, żeby tu mieszkać, trzeba być wielkim wielbicielem śpiewu operowego. Stacja aniołów – dobra, niech będzie. Ale lepiej by było, żeby te anioły milczały. Albo chociaż śpiewały coś bardziej zrozumiałego.

Starszyzna kastratów też występowała. Ale w końcu nawet ta tortura się skończyła.

– Chodźmy – szepnął Lanza, pociągnął Iwana za ramię. Wstali i skierowali się do stolika starszyzny.

– Iwan Gorielow, syn Saddama Wielkiego – przedstawił go Mario Lanza.

Iwan ukłonił się niezgrabnie.

– Dzień dobry.

Starszych było pięciu. Co prawda, można ich było uważać za starych tylko w porównaniu z Miszą Kuzniecowem. Wszyscy mieli ciut ponad dwadzieścia lat. W środku siedział roztyły kastrat, mocno umalowany z podkreślonymi brwiami, w luźnej szarfie przewieszonej przez jedno ramię. W porównaniu z pełnym wigoru Lanzą wyglądał na całkiem zniewieściałego. Umalowany też śpiewał dziś jedną z arii, ale Iwan, choćby pod groźbą pistoletu, nie mógł sobie przypomnieć jaką konkretnie.

– Jest pan podobny do swojego ojca – powiedział w końcu umalowany.

No jasne.

– Dziękuję – powiedział Iwan.

– Jesteśmy wdzięczni pańskiemu ojcu... za wszystko. Jestem pewny, że wielu starałoby się zemścić na synu Saddama Krwawego, ale my się do nich nie zaliczamy. Ta ceremonia odbywa się dla uczczenia naszej wolności.

– Ale dlaczego?

Przywódcy kastratów spojrzeli po sobie. Ten najważniejszy powiedział:

– Uczynił nas takimi, jakimi teraz jesteśmy. Pozbawionymi namiętności. Pozbawionymi tej dzikiej, spaczonej zwierzęcej żądzy. Rozumie pan? Staliśmy się lepsi. Nie, nie zamierzamy mścić się na Saddamie, pozbawiając męskości jego jedynego syna. Przeciwnie, czeka was nasza cześć i szacunek.

– Muszę wrócić do domu – oświadczył Iwan twardo. – Muszę.

– Rozumiem – odrzekł przywódca. – Chcielibyśmy oddać panu jeszcze honory... ale szanujemy wolę syna Saddama.

– Rozumiem – powiedział Iwan. – Dziękuję. To było... – Odczekał chwilę, szukając właściwego słowa: – ...wspaniałe.

Umalowany skinął głową – widocznie słowo okazało się prawidłowe. Lanza ujął Iwana za łokieć i poprowadził z powrotem na widownię.

– Co to było? – zapytał Iwan.

– Szlachetność – Lanza stał się nagle poważny. – Dałeś nam możliwość okazania szlachetności, Iwanie. Czasem to wystarczy. A teraz – święto trwa!

Iwan jęknął w duchu.

• • •

– Dlaczego masz takie dziwne imię? – zapytał Iwan.

– Nie jest dziwne. To imię należy do wielkiego tenora z dawnych czasów, sprzed Katastrofy. Widzi pan, mamy tu i Carusa, i Pavarottiego, i Robertina Lorettiego, i nawet Muslima Magomajewa – chociaż to akurat, jak na mój gust, zbytnia zarozumiałość. To jednak był baryton... Kiedy stworzyliśmy tu swoją wspólnotę, każdy z nas wybrał sobie imię wedle gustu – któregoś ze słynnych śpiewaków z przeszłości...

Lanza spojrzał na Iwana z lekkim półuśmiechem. On wie, zrozumiał Iwan. Fotograficzna pamięć, kurna.

– Nie jestem synem Saddama – powiedział Iwan. – Przecież od razu to pan zrozumiał, prawda?

Kastrat skinął przytakująco.

– Oczywiście, wiem o tym. – Jego głos, wysoki, jak z kryształu, brzmiał dziwnie: na wpół kobiecy, na wpół dziecięcy tembr. – Ale byłby pan... hmm, dobrym kandydatem do tej roli. Do tego, obawiam się, że sam pan nie wie wielu rzeczy, Iwanie. Pamiętam pana – chłopczyka nieco starszego ode mnie. Ja miałem sześć, a pan, myślę, jakieś siedem albo osiem lat. I możliwe, że znałem też pana ojca. Ponieważ pan tam był, to znaczy, że pański ojciec najprawdopodobniej też należał do najbliższego kręgu współpracowników Saddama Kastratora, Saddama Wielkiego.

Iwan milczał przez chwilę.

– Jak się nazywał? No... – Digger odczekał chwilę i jednak to powiedział: – Mój ojciec.

– Nie wiem, który z tych ludzi był pańskim ojcem – powiedział Lanza. – Proszę wybaczyć.

– Cóż, niech to szlag – powiedział Iwan. Uśmiechnął się z wysiłkiem. – To nic, jakoś przeżyję.

• • •

Komu, do cholery, jest w ogóle potrzebny ojciec? Iwan podrapał się w głowę. Człowiek dożył sobie do dwudziestego szóstego roku życia, a tu masz ci los. Odkrycie.

Lanza przeprowadził ich przez posterunek Pionierskiej. Wyjścia pilnowali dwaj równie wysocy jak i on, barczyści kastraci. Gdyby nie delikatne ruchy i babskie twarze, można by było ich wziąć za normalnych facetów.

Jest w tym coś nienaturalnego, myślał Iwan.

Takie wrażenie nieprawidłowości. Nie można nawet dobrać odpowiedniego słowa.

Na pożegnanie Lanza dał im kask z czołówką i starym akumulatorem, który trzeba było zamocować przy pasku.

– To już, tu się z wami rozstanę. Oto wasze rzeczy. Wybaczcie, ale z bronią jest trudniejsza sprawa... – Zdjął z ramienia kałacha, którego zabrali ślepcom, oddał Iwanowi. – Jest tylko osiemnaście sztuk nabojów. Więcej nie udało mi się zdobyć...

– To nic – powiedział Iwan. – Coś wymyślimy. Nie pierwszy raz.

– Nie wiem na jak długo wystarczy ładowanie akumulatora – powiedział Lanza. – Przechowuję w pamięci parę książek o elektronice, ale, rozumie pan, jeszcze ich nie przeczytałem.

Iwan uśmiechnął się.

Powoli podszedł Uberfuhrer. Widać było, jak wiele wysiłku go to kosztowało. Twarz ma drgała.

– Żegnaj, Uber – rzekł Lanza swoim wysokim „anielskim" głosem. Wyciągnął rękę.

– Kurna, no – powiedział Uberfuhrer w duchu. Zrobił krok naprzód i ostrożnie, jakby bał się, że ją zgniecie, ujął tę dłoń swoją własną. Ścisnął. Lanza wciąż się uśmiechał. Uberfuhrer ścisnął mocniej. I jeszcze mocniej. Z napięcia nabrzmiały mu żyły na szyi.

Lanza uśmiechał się niewzruszony.

– No tak… facet z ciebie – powiedział Uberfuhrer, wreszcie się poddając. Ostrożnie potrząsnął napuchłą, czerwoną dłonią. – Szacunek. Dziękuję ci.

Pożegnali się. No i koniec. Bywaj, stacjo aniołów.

– Pan… ty… – Uber wysiłkiem woli wziął się w garść. Podniósł głowę. – Nie mógłbyś nam zaśpiewać? Tylko coś… yyy… po ludzku.

Zdaje się, że ceremonia operowa dała się we znaki nie tylko Iwanowi…

– Dlaczego nie? – Kastrat uśmiechnął się.

– W młodzieńczym miesiącu kwietniu – zaśpiewał Lanza – w starym parku taje śnieg…

Dziecięca piosenka rosła i nabierała siły. Głos brzmiał tak, że zdawało się, iż śpiewa jednocześnie dziecko i kobieta. I odpowiada im echo – dziecięcy chór.

– Skrzydlaaate huśtawki… lecą, lecą… leeecą.

Szli tunelem w kierunku stacji Czarna Rzeczka i słyszeli, jak śpiewa Lanza – kastrat z unikalną pamięcią.

Głos był czysty i bardzo silny. Jak kryształ.

• • •

Daleko stamtąd Widmo zadziera głowę, słysząc ten głos.

Szare Widmo przestępuje z nogi na nogę i krzywi się – na tyle, na ile potrafi przejawiać emocje. Wibracja o dużej częstotliwości – nie, nie podobają mu się tak wysokie dźwięki. Wnoszą zniekształcenia do obrazu świata, przeszkadzają w widzeniu. Sieć tuneli – widmo odbiera ją jak system krwionośny – drga mu przed oczami. Szary wdycha powietrze – ludzie by się zdziwili, gdyby się dowiedzieli, jak dużo powietrza może wciągnąć naraz. Chociaż równie dobrze może nie wdychać go wcale.

Jest idealną maszyną do przetrwania.

Powietrze studzi i łaskocze mu nozdrza – są w nim zapachy. Ale nie to jest najważniejsze. Widmo postrzega świat inaczej. Świat jest pełen częstotliwości radiowych. Każdy człowiek, każde żywe stworzenie jest radiostacją, która nadaje na własnej fali.

Zapachy.

Promieniujący świat, terkoczący świat.

Wyczuwa słabe nuty strachu. Zakłócenia. Ten, kogo tropi, jest obdarzony wyjątkowym zmysłem i podejrzewa, że coś jest nie tak.

Widmo zawczasu przeczuwa, jak ważny będzie moment, kiedy ono i ten, kogo tropi, się spotkają. To będzie jak uderzenie gromu. Błękitny błysk, zapach ozonu.

To będzie najlepszy pokarm na świecie.

ROZDZIAŁ 13

WIEDŹMA

Pęknięcie biegnie wokół rury, oddziela płaty rdzy, opasuje metal. I tak jest zawsze. Każdy ma granicę wytrzymałości. Choćbyś był w stu procentach ze stali, na ciebie też znajdzie się punkt oparcia, wysiłek i właściwe przyłożenie siły.

Fizykę trzeba, kurna, znać.

Iwan oderwał wzrok od rury, odwrócił się. Poświecił latarką. Idący za nim Wodianik zamrugał. Masywna postać profesora wydawała się nalana i jednocześnie wychudzona – granatowy kombinezon i kurtka wisiały na nim jak na wieszaku, na kolanach wybrzuszał się zwisający materiał. Rozczochrana, poplątana broda profesora ostatecznie się skleiła, zmarszczki na twarzy wrzynały się na ogromną głębokość, skóra stała się nie po prostu blada, lecz szara, niczym kruszący się stary beton. Wory pod oczami.

– Już niedaleko – powiedział Iwan, żeby podnieść profesora na duchu.

Wodianik obojętnie kiwnął głową. Może nie słyszy? Ostatni marsz był dla profesora niełatwy. Utrzymanie diggerskiego tempa nie jest proste, tu słabną nawet przygotowani – cóż dopiero uczony, który całymi latami nie opuszcza stacji. Odkąd Iwan pamiętał swój pobyt na Wasilieostrowsiej, profesor był tam zawsze. Kiedy tam przyszedłem? Jakieś sześć lat temu? Siedem? Iwan skrzywił się. A mimo wszystko ze mnie obcy.

Gdyby nie Koślawy, który wziął mnie do swojej drużyny, nie zadomowiłbym się na stacji.

A co można zabrać diggerowi?

Digger i tak jest w połowie martwy. Pół człowieka. W świecie żywych digger stoi tylko jedną nogą. A teraz wypchnęli mnie do świata martwych w całości, podziękować Sazonowi. I generałowi Memowowi.

„W którym miejscu popełniłem błąd? – Iwan poruszył podbródkiem, wciąż krocząc w ciemność. – Kiedy straciłem Sazonowa?" Smuga światła latarki wychwytywała z ciemności łuki tubingów, zardzewiałe szyny, powyginane linie kabli, z których zwisały narosłe przez długie lata frędzle brudu.

Jak nie rozpoznał zdrady?

Pomylił się. I wtedy, kiedy myślał, że Sazonow znalazł sobie koleżankę na Gostince – a to była nie koleżanka, tylko... komu on tam meldował? Iwan pokręcił głową. Najprędzej Orłowowi. Temu łysawemu szubrawcowi z wysokim głosem.

Może to od Orłowa warto by było zacząć.

...Zbliżali się do stacji Czarna Rzeczka, stacji, gdzie poprzednim razem Iwan i Wiolator napotkali cyganów. Teraz jest jasne, o jakich „aniołach" mówił ich przywódca.

Jest w nich jednak coś niewłaściwego. Nawet oprócz braku męskich klejnotów. Nawet w tym, że przebaczyli synowi Saddama da się wyczuć coś całkowicie nieludzkiego. „A co ja bym zrobił? – pomyślał Iwan. – Na ich miejscu wykastrowałbym syna Saddama, przynajmniej tyle. Dlatego że mścić się – to jest po męsku...

Właściwie nawet inaczej – po ludzku..."

Za profesorem człapali Uberfuhrer, Misza i Mandela. Przed samym Newskim Prospektem trzeba się będzie rozstać – Murzyn pójdzie na Technolożkę, Uberfuhrer będzie szukał swoich skinów, Kuzniecowa i profesora w ogóle lepiej do tych spraw nie mieszać.

W tył głowy jakby ktoś wlał mu płynny ołów. Iwan jęknął, potknął się, upuścił latarkę, złapał się za głowę obiema rękami. Niech to szlag, szlag, szlag.

Punkt w potylicy mu pulsował.

– Iwan, co się stało? – Pozostali rzucili mu się na pomoc.

Odepchnął Miszę, wstał, oparł się ręką o ścianę tunelu, żeby nie upaść. Pod palcami czuł wilgotny brud.

Punkt wciąż pulsował, ale już słabiej. Głowa pękała z bólu, tak że dwoiło mu się przed oczami.

Raz już tak było.

Iwan wyprostował się z wysiłkiem.

– Ktoś za nami idzie. Ktoś ogromny... i straszny.

• • •

Osnuwała ich ciemność.

Wchodzimy w Wielkie Nic.

– Szybciej! – Iwan nie wiedział, dlaczego pospiesza pozostałych, lecz podobny do rtęci ciężar w tyle głowy nie opuszczał go. – Dawajcie, dawajcie. Przebieramy nogami.

Gdzieś blisko ktoś jest. Wiem to.

Iwan przygiął się do ziemi, zamknął na moment oczy. Otworzył.

– Szybciej!

Biegli.

Czuję, że jest niedaleko. Idzie za nami. Zaraz... zaraz...

– Na jedenastej! – krzyknął Iwan. Skinhead obrócił automat... Cisza. Ruch. Pisk.

Uber podniósł brwi z drwiną:

– I to jest ten twój wielki i straszny?

W plamę światła niespiesznie wszedł duży szary szczur, usiadł i popatrzył na ludzi z pogardą.

• • •

Tunel ciągnął się w nieskończoność. Niby przejazd między stacjami miał być nie taki długi, a jednak…

– Wyjaśnię to prościej. – Profesor pokiwał głową. Złapał się za brodę, pociągnął. – Dobrym przykładem są szczury. W rodzaju tego, którego niedawno widzieliśmy.

– Co to ma do rzeczy? – Iwan ściągnął kask na kark i podrapał się w pokryte potem czoło. Teraz była jego kolej, by iść jako pierwszy. Nie rozluźniaj się w nieznanym tunelu, tak. Założył kask na głowę i dalej szedł, wodząc głową raz w prawo, raz w lewo.

– Żaden szczur nie umiera ze starości. Rozumie pan, Iwanie? Proszę sobie tylko wyobrazić – szczur żyjący wiecznie. Teoretycznie jest to w pełni możliwe. I to robi wrażenie. Natura umieściła w nich taki zapas żywotności, że aż strach.

– Ale przecież szczury nie żyją wiecznie? – zapytał Uber.

– Nie, oczywiście, że nie.

– Przecież i tak umierają?

– Umierają – zgodził się profesor. – Ale wiecie przez co konkretnie?

Iwan zmrużył oczy. Zdaje się, że zaraz odsłoni się przede mną jeszcze jedna tajemnica wszechświata. Komu to potrzebne? Niemniej posłusznie spytał:

– Przez co?

– Przez raka.

Iwan chrząknął. Interesujące.

– Rak?

– Tak, właśnie. Wszystkie szczury wcześniej czy później zabija rak. Inaczej żyłyby bez końca. I świat zostałby pochłonięty przez szczury, które rozmnożyłyby się niczym szarańcza. Pożarłyby wszystko. I siebie nawzajem. W rezultacie na Ziemi – martwej, obgryzionej do gołej skały – pozostałby tylko ogromny, zły szczurzy basior, który pożarł wszystkie pozostałe.

Iwan wyobraził sobie gigantycznego tłustego szczura siedzącego na bezludnej skalistej kuli pośród czerni kosmosu. Szczurza apokalipsa. Szczur miał na piersi naszyjnik ze szczurzych czaszek.

– Inny ekosystem – powiedział Iwan. – Czyż nie?

– Myślę, że prędzej wariant rezerwowy – Wodianik zaczął tracić siły. Z jego budową ciała – nie to, żeby był gruby, ale ciężki – szybko się męczył nawet przy normalnym tempie marszu. Iwan pomachał ręką. Postój.

Profesor usiadł wprost na szynie i głośno wypuścił powietrze.

– Buch! Dziękuję, Wania... Najciekawsze, że jedną z najbardziej skutecznych metod leczenia raka w moich czasach było... napromieniowanie.

Iwan milczał przez chwilę, zastanawiał się.

– To znaczy, mówiąc z grubsza, że kiedy szczury wyszły na górę, do skażonej strefy, to wyleczyły się z raka?

– Tak, właśnie to chcę powiedzieć. Teraz nic nie przeszkadza im żyć wiecznie. W ogóle bardzo mało wiemy o awaryjnych systemach natury. Powiedzmy, że ten właśnie szczur to piękny wariant rezerwowy na wypadek katastrofy jądrowej. Albo, powiedzmy, upadku meteorytu – co też powoduje podwyższenie poziomu radiacji, żeby wspomnieć choćby fenomen tunguski... Czy też potwornych rozmiarów wybuch wulkanu, po którym Ziemia zamieni się w jakąś bardzo ciemną planetę płynącą przez zimny kosmos. Przy tym poziom promieniowania też się podniesie!

Skażenie promieniotwórcze to idealne środowisko dla szczurów. Wydłuży się długość ich życia, część osobników wyleczy się z raka – i szczury zapełnią świat. Wspaniałe zwierzęta.

Iwan spojrzał na niego z ukosa. Nie, profesor był absolutnie szczery.

– Generalnie rzecz biorąc, sądzę, że zwiększenie zachorowalności na raka przed Katastrofą było oznaką tego, że ludzi było za dużo. I natura musiała ograniczyć wzrost populacji. Rak to naturalny ogranicznik. A katastrofalne zmiany ten ogranicznik usuwają.

– I mamy liw forewaaa – zaśpiewał Uberfuhrer. – Nieśmiertelne szczury w kiltach walczą na miecze. Szkoccy górale. Może być tylko jeden!

Profesor uśmiechnął się.

– Zabawne, ale w istocie tak właśnie jest. Może być tylko jeden.

Po jakimś czasie dotarli do stacji Czarna Rzeczka. Zatrzymali się i otworzyli usta. Stacja zmieniła się nie do poznania – zresztą przed Iwanem widział ją co najwyżej Uber. Lecz wtedy była ciemna i porzucona, tylko grupka Cyganów siedziała wokół jedynego ogniska. A teraz...

Iwan zagwizdał. A to ci dopiero.

– Widzicie to? – spytał Uber. – To mi się nie przywidziało?

– Nie – powiedział Iwan. – Chyba że umarliśmy i trafiliśmy do raju.

Przed nimi, na dotąd bezludnej stacji płonęły dziesiątki kolorowych ogni, wznosiły się wielobarwne namioty. Cyrk powrócił.

• • •

Wodianik wyjaśnił, że teraz pod pojęciem cyrku rozumie się niezupełnie to, co przed Katastrofą. Raczej, uściślił profesor, w metrze wróciliśmy do starszej formy cyrku, którą lepiej określa słowo „karnawał". Wędrowne święto dla każdego. Karnawał obejmuje numery cyrkowe, zawody sportowe, wróżby, sztuczki magiczne, numery rozrywkowe, gry na pieniądze

Dmitry Glukhovsky

EWANGELIA WEDŁUG ARTEMA

W twarz lecą mi białe plastikowe torebki.

Odklejam je od wizjera maski przeciwgazowej i wypuszczam – i torebki, pochwycone przez wiatr, płyną w powietrzu dalej, podobne do meduz.

Prawdziwych zwierząt się tu nie spotyka – ani tych zwyczajnych, ani nawet przystosowanych do radiacji potworów.

W promieniu wielu kilometrów nie ma jednego żywego listka, jednego źdźbła trawy…

Tylko sadza i stopiony metal, zwęglone szczątki i betonowy gruz. Jeśli nawet wiatr przywiewa tu nasiona jakichś roślin, to padając na tę przeklętą ziemię, nie mogą przeżyć i wysychają.

I nawet torebki zatrzymują się tu tylko po to, by odpocząć, a potem pędzą dalej.

Przychodzę tu codziennie i dawno już straciłem rachubę dni, które tu spędziłem.

Ubieram się w ciężki skafander ochronny, zakładam maskę przeciwgazową, biorę broń i wyruszam na górę ruchomymi schodami. Z początku odprowadzali mnie dziwnymi spojrzeniami: były w nich jednocześnie pobłażliwość, podziw i szyderstwo. Teraz wszyscy się przyzwyczaili i przestali zwracać na mnie uwagę. I tak jest mi wygodniej.

Nie wiem, czego szukam wśród tych zgliszczy. Może niczego – mówi się przecież, że mordercy lubią wracać na miejsce zbrodni, bo czy nie o to tu chodzi?

Jedno jest pewne: nie znajdę tu ani przebaczenia, ani nadziei.

Grzebię butem w błocie, trącam kijem nadtopione kawały żelaza.

Zamiast przebaczenia – sadza. Zamiast nadziei – pogorzelisko.

* * *

Wyszli powitać mnie jak bohatera. Osmaleni, zakrwawieni, obszarpani. Zszedłem z oszpeconej przez bomby betonowej wieży telewizyjnej, ale oni patrzyli na mnie tak, jakbym zstąpił z niebios.

Miałem ochotę zdechnąć i zerwałem z twarzy maskę przeciwgazową. Wdychałem powietrze – zakazane, zatrute – o którym tak długo marzyłem, żeby go spróbować. I nie czułem jego smaku.

Wlokłem się martwą ulicą w nadziei, że coś mnie pożre, nim dojdę do wejścia. Lecz stwory, które jeszcze niedawno pragnęły mojej krwi, teraz się nią brzydziły.

A kiedy dotarłem do metra, czekał tam już na mnie tłum ludzi.

Wyszli na górę, nie zważając na tabu, zabraniające im na własne oczy oglądać ziemię, którą dla ich dzieci wydarłem demonom. I kiedy zdali sobie sprawę, że bez aparatu oddycham ostygłym powietrzem z powierzchni, niektórzy też zaczęli zdejmować gumowe maski. Zdawało im się, że moje zwycięstwo zwróciło im utracony niegdyś świat. Nie wiedzieli, że przed godziną unicestwiłem ich ostatnią szansę ratunku. A ja nic im o tym nie powiedziałem.

Pośród ludzi, którzy wyszli na powierzchnię, by mnie powitać, była kobieta z dzieckiem. Czyżby nie bała się o maleństwo? Na pewno się bała. Lecz przecież jeszcze kilka godzin wcześniej myślała, że zginie. I wszyscy, którzy wyszli na powierzchnię, wszyscy ci wycieńczeni ludzie byli gotowi na śmierć. Zostali na oblężonej stacji, bo nie mieli dokąd uciec, zostali, żeby bronić jej do samego końca – rychłego i nieuniknionego. Czy dopiero co ułaskawieni skazańcy boją się zachorować? Nie, tacy ludzie nie boją się niczego.

Ci ludzie nie wiedzieli, że karę śmierci zamieniłem im jedynie na dożywotnie więzienie.

Chłopczyk, którego matka trzymała na rękach, też zdjął swoją maskę przeciwgazową domowej roboty i pomachał nią do mnie.

– Artem! Artem! Śnieg!

Z nieba powoli opadały tłuste szare płaty, przyprószając błotnistą brunatną ziemię i spękany czarny asfalt. Nadstawiłem dłoń i roztarłem je palcami.

– Hurra! Śnieg! – wołał wciąż chłopiec.

– To jest popiół – powiedziałem do niego.

* * *

Jestem tchórzem i dlatego będę bohaterem.

Nigdy nie zdecyduję się, by im powiedzieć, co się tak naprawdę wydarzyło. Jeśli im opowiem, nie uwierzą – albo uznają, że czarni zdołali zawładnąć moim umysłem.

Krążą już o mnie legendy i zdaje się, że jakiś staruszek nawet pisze książkę: chłopiec z peryferyjnej stacji wyruszył na wyprawę przez całe metro, aby uratować swój dom i ludzkość przed demonami, które wtargnęły z powierzchni... Zahartował się w bojach, stał się mężczyzną i zdołał odnaleźć pozostawioną nam przez przodków potężną broń, którą unicestwił złe stwory. Broniąc się, zapuściły swoje macki do jego świadomości, lecz chłopiec wytrzymał tę ostatnią próbę, oparł się ostatniej pokusie – wytrwał i zwyciężył…

Nasze dzieci zapomną, jak się pisze, dzieci ich dzieci nie będą pamiętać liter. Książki o metrze nie będzie miał kto czytać, ale dopóki mieszkający w tunelach jaskiniowcy nie oduczą się mówić, będą przekazywać sobie tę legendę – przy ognisku, obgryzając kości swoich wrogów. W mitach dzikich ludożerców na zawsze już pozostanę bohaterem. To kara za tchórzostwo.

Kiedy pytają mnie, od czego się wszystko zaczęło, mówię im: wszystko zaczęło się tego dnia, kiedy otworzyliśmy hermetyczną gródź na stacji Ogród Botaniczny. My – ja i dwóch moich przyjaciół. Byliśmy dziećmi i nie wiedzieliśmy, co robimy. Tak, złamaliśmy zakaz, ale który chłopiec nie łamie zakazów?

Kto wymyślił, żeby wyprawić się na martwą stację, kto podpuszczał pozostałych? Nie pamiętam, odpowiadam im. Może to Witalik-Maruda, może Żeńka.

Kłamię.

Kłamię z łatwością, bo moich słów nikt już nie sprawdzi: nie ma ani Witalika, ani Żeńki. A nawet gdyby żyli, to kryliby mnie. Tak jak i ja zawsze ich kryłem.

Nie, to wszystko nie zaczęło się wcale w tej chwili, kiedy wielotonowe skrzydła grodzi ruszyły z miejsca i sunąc ze zgrzytem, otworzyły nam wrota do piekła, demonom zaś – bramę do metra.

Był całkiem inny dzień: słoneczny i przejrzysty, ciepły i świeży, pełen niesamowitych i cudownych zapachów, których nie mogę sobie przypomnieć, i wiem tylko, że od tamtej pory nie czułem niczego podobnego.

– Artemka! – mama uśmiechnęła się do mnie. – Jak chcesz to pojedziemy dziś na spacer do Ogrodu Botanicznego. Chcesz?

– Chcę! – zawołałem. – Chcę!

Pamiętam, jak jechaliśmy w niemal pustym wagonie: był weekend. Pamiętam, jak krótkimi schodami ruchomymi wyjeżdżaliśmy na górę. Jak wychodziliśmy z przestronnego szklanego pawilonu na pełną zieleni ulicę. Jak lekkie obłoki płynęły nad moją głową po bezkresnym niebie i jak twarz owiewał mi chłodny wietrzyk.

Przy wyjściu z metra dostrzegliśmy budkę z lodami i stanęliśmy w kolejce.

– Chcesz kulkowe w kubeczku czy „Łakomkę" z czekoladą?

– Kulkowe! „Łakomkę"! W kubeczku!

– Musisz wybrać – powiedziała mama. – Nie można wziąć wszystkiego naraz. I tak masz alergię!

– To zróbmy tak, że ty weźmiesz „Łakomkę”, a ja w kubeczku! – wykombinowałem. – I spróbuję trochę od ciebie! A ty ode mnie!

– No dobrze – roześmiała się mama.

Nawet gdybym zjadł obie porcje lodów naraz, nic by mi się nie stało. W moim życiu od tamtej pory prawie nie było już słodyczy.

Potem weszliśmy do Ogrodu i do obiadu spacerowaliśmy wijącymi się szerokimi alejami. Zabłądziliśmy i przypadkiem trafiliśmy do zagubionego w jednym z zacisznych zakątków ogromnego parku japońskiego ogrodu. Sadzawka z liliami wodnymi, kruche mostki przerzucone przez wodę i niezwykłe, pomarańczowe ptaki bezgłośnie pływające po ciemnej tafli…

To zadziwiające, ile z tego wszystkiego pamiętam. Ile zbędnych i niepotrzebnych szczegółów. Nigdy jednak nie umiałem przywołać w pamięci najważniejszego: jej twarzy.

Twarzy mojej mamy.

Nie wiem, kto i dlaczego nie pozwala mi zobaczyć znów jej oczu, jej uśmiechu, jej włosów. Ale nigdy nie mogłem się pogodzić z tym zakazem. I odkąd pamiętam, marzyłem o powrocie do tego dnia – do szumiących alei, do pomarańczowych kaczek, do rozgrzanego asfaltu, na który przez dziury w listowiu spływało słońce. Do mamy.

Lecz świat, którego tak potrzebowałem, zginął bezpowrotnie i pociągnął w niebyt moją matkę. Nie pozostało po nim nic oprócz tego dnia i jeszcze dwóch, trzech niewyraźnych szkiców w mojej pamięci: wieczór w naszym mieszkaniu, przyjemne światło lampy, ciepło…

Gdybym tylko zdołał przypomnieć sobie jej twarz. To, jak na mnie patrzyła. Jak szeptała, żebym niczego się nie bał. Jak do mnie mrugała. Byłem gotów oddać za to duszę. Zawsze tak było. I w końcu oddałem.

Nadszedł Sądny Dzień. Wezwano sprawiedliwych i grzeszników, by odpłacić im podług uczynków. A my ukryliśmy się przed Bogiem w metrze, schroniliśmy się przed jego wzrokiem, a jemu nie chciało się wygrzebywać nas z nor. Potem zajął się innymi sprawami albo umarł i zapomniano o nas, pozostawionych na wyniszczonej, samotnej Ziemi. I pomknęliśmy na niej donikąd.

Ludzkość została spisana na straty, a my dwoje znaleźliśmy się wśród tych, którzy dostali odroczenie wyroku. Ona zbyt krótkie, ja – zbyt długie.

Mamę pożarły szczury. Nie pamiętam tamtego dnia. Ale jeśli oszczędzono mi tego wspomnienia w zamian za pamięć o letnim poranku w Ogrodzie Botanicznym, to jestem gotów zamienić się z powrotem. Słyszycie?

Przygarnął mnie człowiek, który chciał mnie usynowić. Tyle że jakoś nie byłem gotowy, by stać się jego synem. Zbliżyliśmy się, ale pozostaliśmy sobie obcy. Między nami była moja matka, której nie zdążył ochronić przed hordą szczurów. Z którą nie umiałem zginąć. Nigdy mu niczego nie wypominałem, ale nie potrafiłem też wybaczyć.

Byłem jak ułamana gałąź – przywiązywali mnie do innego drzewa, chcąc mnie przeszczepić, ale nie udawało się; przypalili miejsce złamania, a wszystkie żywe komórki na skraju obumarły. Jak długo byś nie przyciskał, nie zrośnie się.

I tak żyliśmy razem: on był starym kawalerem, a ja sierotą.

Nie widziałem jej twarzy nawet we śnie. Ów dzień z pomarańczowymi kaczkami i lodami ukazywał mi się często, a mama nie. Sylwetka, głos, śmiech... Wystarczy wyciągnąć ręce i wymyka się, rozwiewa, ani jej przytulić, ani zatrzymać.

* * *

To ja ich namówiłem, żeby pójść na stację Ogród Botaniczny. Oczywiście, że ja. Bałem się iść sam, zresztą nie zdołałbym tam dotrzeć w pojedynkę: ktoś musiał odwracać uwagę wartowników w północnym tunelu, inaczej capnęliby nas za karki od razu na pierwszym posterunku.

Szedłem tam, żeby wyjść na górę. Nie wiem, co miałem nadzieję ujrzeć na powierzchni; przecież nie ten odległy letni dzień, nie niebo błękitne jak pagony na mundurach lotników, nie działającą wciąż, wbrew wszelkim prawom wszechświata, budkę z lodami, ani nie pląsające na chodniku słoneczne zajączki.

Może gdzieś w środku tego dzieciaka, w środku umorusanej, krótko ostrzyżonej matrioszki z zardzewiałą dwururką w dłoniach, siedziała druga matrioszka – szczęśliwy i z łatwością wierzący w cuda trzyletni chłoptaś umazany lodami. I to on miał nadzieję zobaczyć się tam, na górze, ze swoją mamą, która go zostawiła i za którą bardzo tęsknił. Od tamtej pory jedna za drugą przyrosły mi nowe warstwy, niby słoje drzewa. Dzieciak z dwururką wcisnął się w nieśmiałego, pryszczatego mola książkowego, ten w naiwnego i żądnego przygód młodzieńca, a teraz oni wszyscy ukrywają się wewnątrz szkaradnej matrioszki pokrytego bliznami i wypalonego człowieka w nieokreślonym wieku. Tego ostatniego kokonu już się ze mnie nie zedrze, nie rozłupie i nie rozbije; teraz taki już jestem. Ale wiem, że gdzieś głęboko w środku, wiele słojów głębiej, wciąż jeszcze skrywa się ten trzyletni chłopiec. Skrywa się i ma nadzieję.

Zaproponowałem chłopakom, że pobawimy się w stalkerów, i to wystarczyło, żeby ze mną poszli.

Na stacji Ogród Botaniczny było czarno i pusto, posadzkę przykrywały pozostałości życia jakichś ludzi: porwane namioty, połamane lalki, stłuczone naczynia… Dookoła buszowały szczury, wgryzając się we wszystko, co mogły strawić. W powietrzu unosił się duszący pył, który pochłaniał wszelkie dźwięki, i pachniało beznadzieją. Myślę, że jeśli istnieje piekło – prawdziwe piekło – to z pewnością wygląda tak, jak wyglądał wtedy Ogród Botaniczny.

Tym, który zaproponował, żeby otworzyć zaporę, też byłem ja. Witalika ta przeklęta stacja zdążyła już porządnie przestraszyć; nawet Żeńka zwątpił, kiedy złapałem za dźwignię. Ale byłem zbyt blisko swojego celu: tamtego dnia, tamtego świata, aby się zatrzymać.

Rzecz jasna teraz wciąż powtarzam, że to Żeńka wymyślił, by wyleźć na górę. Jeśli mi nie wierzycie, spytajcie go sami.

Mechanizm opierał się, ale wciąż działał.

– Za mną!

W rękach miałem dwururkę, Żeńka zaś latarkę.

Aby podejść do górnego westybulu stacji po chwiejnych stopniach porosłych falującym mchem, odwagi starczyło jeszcze wszystkim. Ale potem nasz oddział się podzielił. Witalik ostatecznie nie ośmielił się wyjść na zewnątrz. Żeńka zrobił kilka kroków i zamarł. Mnie nogi poniosły naprzód.

Nocne niebo było czyste i lśniło miriadami gwiazd, ale nie dla niego tu przyszedłem.

A więc po co?

Początkowo niepewnie rozglądałem się na boki, konfrontując na wpół zgniłą, oszpeconą Ziemię ze swoimi mglistymi, pięknymi wspomnieniami i jasnymi snami, jak podczas identyfikacji zwłok znajomego po wypadku. Potem wreszcie wychwyciłem jakieś podobieństwo i żwawo ruszyłem naprzód…

…skręciłem za róg…

Po jednej stronie niczym czaszki wielookich mutantów szczerzyły się porzucone wielorodzinne domy. Po drugiej – pół świata podporządkowała sobie rozrastająca się gęstwina Ogrodu Botanicznego, której wojna nuklearna wyszła tylko na zdrowie. Wiatr unosił białe plastikowe torebki. Podobno trzeba pięciuset lat, żeby się rozłożyły… Nieopodal dało się słyszeć przeszywające wycie, jakby palono kogoś żywcem, ale nie miałem teraz do tego głowy.

– Artem! A ty dokąd?! Artem!

Nawet się nie obejrzałem; Żeńka, mój najwierniejszy przyjaciel, bał się pójść za mną.

...jeszcze sto metrów...

I nagle wpadłem na tę samą budkę z lodami – kiedyś pomalowaną we wszystkie kolory tęczy, potem wypłukaną przez okrutne deszcze i poszarzałą, ledwie widoczną w ciemności nocy. Okna były wybite, wnętrze wypatroszone i zapaskudzone. Skuliła się i zgarbiła, przypominając czarodziejski, wielobarwny sezam z mojego dzieciństwa, nie bardziej niż chory na raka przypomina dawnego siebie.

Dotknąłem jej ręką. Zmrużyłem oczy, usiłując wyobrazić sobie, że mama proponuje mi, bym wybrał jedno – „Łakomkę" albo lody w kubeczku. Wyszeptałem: „Proszę–proszę–proszę!".

I zdałem sobie sprawę, że jej sobie nie przypomnę. Nawet jeśli ruszę w nieprzebytą gęstwinę Ogrodu, odszukam te same alejki, tamtą sadzawkę, tamte mostki – i przeżyję... Nic z tego nie wyjdzie.

I poczułem się tak samotny jak nigdy wcześniej.

Mimo wszystko wciąż stałem pod porzuconą budką, jakbym zwyczajnie czekał, aż nadejdzie moja kolej, by kupić lody. Chociaż wiedziałem, że nie nadejdzie nigdy.

Byłem sierotą. Byłem sam na całym świecie.

Widocznie odroczenie wyroku, które otrzymałem, kończyło się właśnie teraz. Niczego nie usłyszałem – te stwory poruszały się zadziwiająco bezszelestnie. Zwierzęcą intuicją, którą wyostrza życie w metrze, wyczułem jednak ich obecność i otworzyłem oczy.

Sfora zdziczałych psów, pokrytych wrzodami i bliznami... Byłem otoczony i przyciśnięty do budki, nie miałem dokąd uciekać, zresztą nie zdążyłbym. Patrząc im w oczy, wiedziałem: ani ich nie przestraszę, ani nie oswoję. W tamtym czasie powierzchnia nie kipiała jeszcze od całego tego chorego i potwornego życia, które rozmnożyło się tam teraz. Psy miały szczęście, że mnie zwęszyły. Teraz musiały jak najszybciej mnie pożreć, zanim głód sprawi, że zaczną przegryzać sobie gardła.

– Strzelaj! – zawołał skądś Żeńka. – Masz przecież strzelbę!

Ocknąłem się, wycelowałem dwururkę w największą bestię i pociągnąłem za spust. Iglica cicho stuknęła. Wystrzału nie było. Szarpnąłem za drugi – niewypał. Widocznie naboje zawilgotniały. Przeładować nie było czym.

Jeden z psów odwrócił się w stronę Żeńki.

– Zmykaj! – krzyknąłem. – Tylko nie biegnij, bo zaatakują cię pierwszego...

I Żeńka zaczął się oddalać – tyłem, nie spuszczając oczu z drapieżników. A ja zostałem i patrzyłem na niego.

– Ja zaraz... Wrócę! Z posiłkami! – wpół krzyczał, wpół mamrotał Żeńka.

Było zupełnie jasne, że nie zdąży przyprowadzić żadnych posiłków. Wiedział to on i ja to wiedziałem. Kiedy prosiłem, żeby sobie poszedł, w głowie kołatała mi myśl: a nuż nie ucieknie? A nuż coś wymyśli? A kiedy mnie jednak posłuchał, zrobiło mi się przykro. Zwierzę, któremu zamierzałem rozwalić łeb pociskiem, zrobiło krok naprzód, zadarło pysk ku gwiazdom i ochryple zawyło. Sfora sunęła w moim kierunku, przylegając do asfaltu, gotując się do skoku.

I wtedy nad ciemnym lasem, nad wypatroszonymi domami, nad całą struchlałą planetą rozległo się nagle wycie, które sprawiło, że miało się ochotę nawet nie tyle uciekać, ile paść twarzą do ziemi i leżeć cicho, szeptem błagając o litość. Nigdy wcześniej czegoś takiego nie słyszałem.

Jeden z psów rzucił się na mnie w ciszy.

* * *

Stali na dole, przy grodzi, i dyskutowali. Nie mieli dość odwagi, by wyjrzeć i upewnić się, czy psy rozszarpały mnie na strzępy, ani nie byli aż tak tchórzliwi, by uciec do swoich rodziców na WOGN-ie. Mieli przecież dokąd uciekać.

– Jak to...? – Żeńka wybałuszył na mnie oczy.

Wzruszyłem ramionami.

– Jak długo mnie nie było?

– Jakieś piętnaście minut... Jak...? Jak ty przed nimi...? Artem...

– Nie pamiętam – znów pokręciłem głową. – Tylko piętnaście minut?

Zdawało mi się, że cała nasza wyprawa, rozpadająca się, pordzewiała budka i polujące psy – że to wszystko zdarzyło się wczoraj. Jakbym przespał całą noc.

– Artem! – powtórzył uparcie Żeńka. – Czemu się uśmiechasz?! Co się stało?!

Nie znałem odpowiedzi. Nie pamiętałem.

Przypomniałem sobie dopiero wiele lat później.

* * *

Oczywiście nienawidziłem czarnych. Wszyscy nienawidzą czarnych.

Kiedy szedłem przez swoją macierzystą stację, zachlapaną krwią, usłaną jęczącymi szaleńcami ze związanymi rękami i nogami, myślałem tylko o zemście. Kiedy usłyszałem, że zabili Żeńkę, porzuciłem ostatnie wątpliwości. Chciałem zniszczyć ich matecznik do szczętu. Wypalić razem z Ogrodem Botanicznym, do którego i tak już nigdy nie uda mi się wrócić.

W legendach, które przekazują sobie teraz z ust do ust różne pleciugi, czarnym przypisuje się absolutnie niewiarygodną siłę i zło. Rozszarpują wartowników gołymi rękami, skręcają im karki, tylko patrzeć, jak zaczną pić ludzką krew. Kłamią, wszyscy kłamią. W rzeczywistości wszystko było znacznie bardziej przerażające.

W rzeczywistości czarni nie zabili ani jednego człowieka. Nawet żadnego nie dotknęli. Wszystkie ofiary zginęły z rąk swoich towarzyszy. A ci przez czarnych po prostu oszaleli. Nikt nie jest w stanie pozostać sobą, kiedy zbliżają się czarni. I nikt nie pamięta, kim był, kiedy czarni znajdowali się obok. Oczywiście kiedy atak szaleństwa się kończy i widzisz przyjaciela z wyrwaną grdyką, najprościej i najlogiczniej jest uznać, że zrobił to czarny potwór. Uznać i uwierzyć.

I tak właśnie było. Tyle że ów potwór wyszedł z ciebie, a kiedy już zrobił swoje, z powrotem się schował. O tym lepiej nie wiedzieć. Wszystkich, którzy zdążyli choćby na sekundę spojrzeć mu w oczy, trzeba było potem zapiąć w kaftan bezpieczeństwa.

Znam tylko jednego człowieka, który próbował się bez niego obejść. Myślał, że kamizelka kuloodporna wystarczająco mocno ściśnie ciało i nie pozwoli, by z człowieka wyrwał się potwór. Wierzył, że szczelny tytanowy hełm przeszkodzi komuś obcemu dostać się do jego głowy…

Ale nie o nim teraz mowa.

Nie ma nikogo, kto na widok czarnych nie odczuwałby wstrętu i przerażenia. Stworzenia te były naszym przeciwieństwem. Zobaczyć czarnego to jak zobaczyć przenicowanego człowieka – z pulsującym czerwonym mięsem i drgającymi narządami na zewnątrz. Nie z powodu ich budowy ciała – trupa czarnego śmiało można dotknąć kijem i kopnąć jego martwą głowę bez obawy, że cię zemdli; tu chodzi o coś innego. O ich żywą obecność. Im bliżej do ciebie podchodzą, tym silniejsza jest odraza i przeszywający strach. Zdaje ci się, że gdy ów szatański pomiot cię dotknie, to razem z tym dotykiem w twojej duszy – nie w mózgu, a właśnie w duszy – pojawi się jakiś pasożyt, liszaj albo grzyb, i że twoja dusza pokryje się ropiejącymi wrzodami, sczernieje i uschnie, ale nie umrze; wciąż będzie karmić sobą pasożyta – dopóki będzie tego chciał… Chociaż różni ludzie myślą sobie różne rzeczy.

Dlatego nie ma nic bardziej naturalnego i normalnego niż pragnienie unicestwienia każdego z tych koszmarnych stworów: to jedyny sposób, by pozbyć się strachu, który inaczej będzie prześladować cię aż po grób.

I kiedy włożono mi w ręce broń zdolną karać, wyjętą z zetlałych, kościstych palców naszych martwych przodków, wiedziałem, co robić. I zrobiłem to, co należało.

Rakiety potrzebowały mniej niż minutę, żeby pokonać odległość między cudownie ocalałą z ostatniej wojny bazą a cudownie zrodzonym na zrujnowanej planecie nowym gatunkiem inteligentnego życia. Ale była jeszcze jedna minuta – zanim rakietowcy dostali współrzędne celu.

Ta minuta stała się dla mnie wiecznością.

* * *

– Nie pamiętam – powiedziałem Żeńce. – Odczep się!

Oczywiście kiedy wróciliśmy do domu, wypytywano nas. Ale milczeliśmy.

Żeńka i Witalik zapomnieli o tym, że namówiłem ich do pójścia na stację Ogród Botaniczny, a ja zapomniałem, że stchórzyli i zostawili mnie samego na powierzchni. Nie pytałem już Żeńki, dlaczego mnie posłuchał i zostawił na pożarcie zdziczałym psom, a on mnie – jakim sposobem im umknąłem. I uparcie milczeliśmy o tym, że uciekając co sił w nogach z Botanicznego, zostawiliśmy otwartą zaporę.

Próbowaliśmy zamknąć ją ręcznie, ale szło bardzo ciężko. Potem powiedziałem: „No dobra, do diabła z nią!". Witalik i Żeńka spojrzeli na mnie jakoś tak dziwnie – ni to z potępieniem, ni to z wdzięcznością – i porzucili zardzewiałe żelastwo. Wszyscy zostaliśmy wspólnikami tego przestępstwa, ale to ja powiedziałem: „No dobra!".

Dlaczego?

Może dlatego, że nie wszystko jednak zapomniałem?

Dlatego że wracały do mnie okruchy tego, co się wydarzyło? Próbowały wydostać się z piwnic świadomości, w których je zamknąłem i więziłem, przenikały do moich snów, pojawiając się w formie nieproszonych i niepojętych skojarzeń, znienacka powstających w mojej głowie…

Nie pozwalałem sobie pamiętać, co się wydarzyło, dlatego że było to bardzo dziwne – i z pewnością zakazane. A kiedy już czarni zaczęli schodzić do metra, przechodząc bez przeszkód przez otwartą przez nas zaporę… To wtedy poczułem się naprawdę nieswojo.

Ten staruszek, który rzekomo pisze o mnie książkę… Dość szczegółowo opowiadałem mu o wielu swoich snach, opisywałem niektóre koszmary. Ale nigdy nie mówiłem mu o wizji, która nawiedzała mnie najczęściej. Może dlatego, że podejrzewałem: to nie był sen.

…Olbrzymi pies rzuca się na mnie, celując żółtymi kłami prosto w moje gardło. Pozostałe gotują się, by skoczyć, gdy tylko przywódca stada zbije mnie z nóg. Za moment umrę. Mój czas dobiegł końca.

I nagle lecące w moim kierunku cielsko flaczeje, wprost w powietrzu, i bezwolnie, niczym worek, zwala się na ziemię o krok ode mnie. Sfora podkula ogony, skomle, czołga się do tyłu… Odwracam się i wzdrygam.

Za swoimi plecami widzę ogromny czarny cień. Ogarnia mnie dzikie, nieopisane przerażenie – ale wtedy mojej głowy dotyka… dłoń?

Sekunda, druga – próbuję się wyrwać, ale długie stalowe palce zbyt mocno chwyciły moją czaszkę. Zdaję sobie sprawę: to koniec.

I nagle ból i strach ustępują, rozpuszczają się jak cukier w herbacie.

Psy uciekają; jeden z nich robi pod siebie, drugi ma konwulsje. Ale mnie to już nie interesuje. Nie próbując już uwolnić się z uścisku, powoli podnoszę wzrok na zadziwiające stworzenie, które trzyma mnie za duszę.

Czarny…

Stoi na dwóch nogach i jest o dwie głowy wyższy od najwyższego dorosłego, jakiego kiedykolwiek widziałem. Jego skóra jest czarniejsza niż mrok w tunelach, a w niemrugających okrągłych oczach nie ma białek. Są jednak znacznie bardziej rozumne niż u wielu szczęśliwych posiadaczy białek i migdałowego wykroju oczu.

Nie ma wątpliwości: to nie jest zwierzę, to nie potwór.

Przede mną stoi człowiek.

I swoimi dziwnymi oczami zagląda wprost w głąb mnie. I widzi wszystko: tamten Ogród Botaniczny, do którego chciałem się dostać, i ten, w którym o mało co się nie znalazłem, kolejkę po lody do jeszcze pełnej życia, kolorowej budki i płynące po niebie lekkie obłoczki, i pomarańczowe kaczki na sadzawce, i moją mamę. Widzi jej śmierć i moją tułaczkę po pustych tunelach, i moją tęsknotę, i moją samotność, i niezdolność do oswojenia się z drugim stworzeniem mojego gatunku.

Przed nim stoi czarny. Śmieszny, mały, nieudany i pokraczny. Idiotycznego koloru. Obcy tu, na tej ziemi, i na całym świecie. Porzucony i nieumiejący nikogo się uchwycić. Sierota.

I lituje się nade mną. Lituje i błogosławi.

Przez ułamek sekundy zamiast jego olbrzymiej, ciemnej sylwetki widzę…

Mamę. Uśmiecha się, szepcze mi coś czule i mierzwi mi włosy. Podaje mi lody – w kubeczku. Nad głowami szeleszczą nam liście, po niebie płyną srebrzyste obłoki, ludzie się śmieją… Wszystko tak jak wtedy.

Kiedy doszedłem do siebie, nie zdołałem już sobie przypomnieć jej twarzy i do tej pory nie widziałem jej w żadnych moich snach. Ale wiem na pewno: czarny mi ją pokazał. I wydało mi się wtedy, że nie odmalowuje mi jej twarzy, nie zakłada sobie jej maski, by mnie pocieszyć, a jakby… jakby wpuszcza na chwilę jej zagubioną istotę, pozwala jej zmaterializować się w nim na kilka sekund – na jedno krótkie widzenie z synem. Tak medium wpuszcza w siebie wzywane duchy.

Poczułem, że zostałem… usynowiony. A potem znów byłem sam. Na pożegnanie usłyszałem: „Ty jesteś pierwszy".

Lecz kiedy wróciłem do swoich, po tym, co zobaczyłem, w pamięci zostało mi nie więcej niż po czarownym śnie w chwili przebudzenia. I bardzo szybko zupełnie ulotniło się to z mojej głowy. Tak mi się zdawało.

– Czemu się uśmiechasz?! – spytał podejrzliwie Żeńka.

A ja sam już nie wiedziałem.

Miałem dwadzieścia cztery lata, kiedy czarni przypomnieli sobie o mnie. Za późno – zostałem już wychowany przez ludzi. Słysząc pierwsze opowieści o tym, jak wdzierające się z powierzchni przerażające stwory żywcem pożerają naszych wartowników – przyjaciół mojego przybranego ojca, ojców moich kolegów – domyśliłem się, że w dzieciństwie rzeczywiście przydarzyło mi się coś niedobrego, zakazanego, wstydliwego. Że te sny, w których czasem przypominali mi o tym, co się stało, trzeba odpędzić jak najdalej; że jeśli czarne demony zdolne są zawładnąć dorosłymi ludźmi niczym marionetkami, to wypatroszenie umysłu dziecka nie nastręczy im żadnych trudności.

Chciałem uciekać z WOGN-u, właśnie dlatego, że urywki, strzępki tej pamiętnej nocy wciąż jeszcze wypływały na powierzchnię mojej świadomości. Dlatego że bałem się, by czarni nie zamienili mnie w marionetkę, nie kazali mi kiedyś wstać z łóżka i nie zmusili, bym zarżnął swoich śpiących przyjaciół czy dowódców stacji.

Hunter uważał, że byłem z natury odporny na oddziaływanie czarnych. Prawda była jednak taka, że w dzieciństwie zostałem zaszczepiony – nosząc w sobie cząstkę ich duszy, przestałem czuć ból i strach, gdy próbowali ze mną rozmawiać. Moja odporność na nich pojawiła się potem dlatego, że byli we mnie. Gdybym przyznał się do tego Hunterowi, udusiłby mnie na miejscu, mimo długiej i bliskiej przyjaźni z moim ojczymem. Sam bym się na to zdecydował, gdybym był nieco odważniejszy.

Ale byłem tchórzem i uciekłem. Zgodziłem się na propozycję Huntera głównie po to, żeby zniknąć z WOGN-u. Myślałem, że mogę skryć się przed czarnymi, wyrwać się swojemu przeznaczeniu. A kiedy nabrałem odwagi, starczyło mi jej tylko na to, by ich głosy w mojej głowie uciszyć za pomocą wyrzutni rakiet.

Byłem tchórzem i tchórzem pozostałem.

* * *

Kanoniczna wersja legendy o Artemie głosi, że czarni próbowali porozumieć się z bohaterem, kiedy rakiety zostały już wystrzelone.

Po co wam to opowiadam?

Żeby zdjąć z siebie odpowiedzialność? Żeby upewnić cały świat, a z nim i samego siebie, że tak czy inaczej nic nie mogłem zrobić? Że, kiedy w końcu wszystko zrozumiałem, było już za późno?

Tak.

Mówią, że we wciąż powtarzane kłamstwo w którymś momencie sam zaczynasz wierzyć…

I na to właśnie liczę. Jak inaczej mam szukać ukojenia?

Przejrzałem na oczy, jeszcze zanim współrzędne „mrowiska" czarnych przekazano bazie. Wiadomo, co oznajmili mi czarni: że szli do nas w pokoju, że jest możliwa symbioza, że chcą, choć nie umieją, znaleźć wspólny język z zapędzonymi do nor niedobitkami ludzkości. Że moim prawdziwym powołaniem było stać się pośrednikiem między dwoma gatunkami i powstrzymać masakrę.

Zwykle używam słów „powstrzymać masakrę" – w ten sposób zakończenie legendy jest otwarte i każdy rozumie je na miarę swojej zawziętości. Większość jest przekonana, że czarni po prostu starali się mną zawładnąć, by zapobiec własnej zagładzie. Wątpiący dopuszczają, że czarni jednak nie zamierzali pożreć wszystkich bez wyjątku ludzi. A ja… Ja umywam ręce.

Właśnie tak to wyglądało. Ale było jeszcze coś.

Pierwsze, co zobaczyłem tam, na wieży, była jej twarz. Twarz mojej matki.

I jestem przekonany, że wcale nie pokazali mi jej po to, by mnie szantażować. Po prostu… To było jak powitanie… Syn marnotrawny przestał się kryć i opierać, rozluźnił pięści i rodzice otworzyli szeroko ręce. Oto, co się stało. A potem znów urządzili dla mnie tamten odległy w czasie dzień. Lecz teraz pojawił się on nie tylko w okolicy Ogrodu Botanicznego – nastał dla całego świata. Stojąc na tarasie widokowym Wieży Ostankino, rozglądałem się na wszystkie strony w osłupieniu i zachwycie; widziałem nie wyniszczone wojną i zarazą miasto, nie szkielety martwych domów, nie wybebeszone ulice. Patrzyłem na Moskwę żywą, buzującą, zieloną!

I jestem pewien – pokazali mi ją nie dlatego, że marzyłem, by na nią spojrzeć. Chcieli powiedzieć – możemy to wszystko przywrócić do życia, wy i my. Razem.

I wciąż jeszcze miałem szansę wszystko zatrzymać. Pozostała jeszcze minuta. Wyjaśnić wszystko pozostałym członkom oddziału, zrzucić z wieży nadajnik, zrobić cokolwiek!

A ja? Umyłem ręce.

Jedni obliczyli i podali współrzędne celu, inni nacisnęli guziki, wystrzeliwując rakiety... Ja sam nie byłem niczemu winien. Po prostu stałem i patrzyłem. A potem zszedłem z wieży – i powitali mnie jak bohatera.

* * *

Już nie potrafię przypomnieć sobie jej twarzy.

Teraz pozostało mi tylko jedno – codziennie wracać na pogorzelisko. Przychodziłem tu wczoraj i przedwczoraj, i dzień wcześniej – i tak cały ostatni rok; brnę tam dzisiaj i jutro też pójdę.

To nie rytuał, to nie moja praca, nie obowiązek.

Po prostu coś w środku popycha mnie każdego poranka, gna mnie jakaś niejasna tęsknota – by zebrać się w sobie, założyć wielokilogramową zbroję skafandra ochronnego, zażądać, by otworzyli mi grodzie, uparcie gramolić się schodami, wydostając się na powierzchnię z głębokości pięćdziesięciu metrów, wlec się po opustoszałych ulicach – wszystko po to, żeby się tam dostać.

Wcześniej to miejsce nazywało się Ogrodem Botanicznym.

Teraz są tu wyłącznie sadza i zgliszcza i tylko plastikowe torebki szybują nad czarną pustynią. Kiedy wszyscy wreszcie pozdychamy – a daję ludzkości najwyżej jakieś dwieście lat – białe torebki jeszcze przez kilka stuleci będą unosić się nad ziemią. Być może wszystko, co pozostanie po naszej cywilizacji, po naszym świecie – to te torebki, nasze niepodlegające rozkładowi ekskrementy. Najlepszy nagrobek dla nas, miernot.

Mam teraz całkiem sporo wolnego czasu, mniej więcej wieczność, starczy mi więc okazji, żeby przemyśleć, jak to wszystko było. Mam swoją teorię: czarni nie byli demonami. Przeciwnie, byli poselstwem aniołów wysłanych nam na ratunek – i na próbę. Gdybyśmy potrafili pokonać w sobie bestię, gdybyśmy umieli dostrzec śnieżnobiałe pióra pod ich czarną skórą, znaleźć sposób, by z nimi rozmawiać mimo bólu i obrzydzenia – przeszlibyśmy próbę i wybłagali przebaczenie za to, że zniszczyliśmy świat, którego nie stworzyliśmy.

A my nie daliśmy rady.

Ja nie dałem. Ja!

I oto ja, jak przeklęty, jak nawiedzony, kroczę po zrujnowanych drogach, idę na swoją wachtę – do Ogrodu Botanicznego. To nie jest ani moja kara, ani moja pokuta. Po prostu nie mogę inaczej, a po co to robię – nie potrafię zrozumieć. Nie chcę wiedzieć.

Grzebię długim kijem w dawno wystygłych popiołach, podnoszę kawałki metalu. Zdaje się, że te pola śmierci przesiałem już całe, a ponieważ niczego nie odkryłem, zabrałem się do pracy po raz drugi. A potem trzeci.

Czego szukam?

Zielonej łodyżki? Czy choćby kości obcego stworzenia, które zechciało mnie – samotnego chłopca – przyjąć, usynowić? Czy może cienia drzew, które rosły tu tego dnia, kiedy mama wzięła mnie na spacer do Ogrodu Botanicznego? Przebaczenia? Nadziei?

Sadza i zgliszcza. Zgliszcza i sadza.

Siadam na ziemi – mam to gdzieś, że grunt promieniuje.

Nad samą ziemią, koziołkując, leci torebka, podfruwa do mnie i oblepia mi twarz. Zasłania okulary maski przeciwgazowej i wisi jak przyrośnięta. Nie zrywam jej – nie mam siły. Nie mam siły żyć.

Ale przychodzi nowy poryw wiatru i unosi torebkę gdzieś w górę i w dal.

Wciąż jeszcze patrzę na swoje wysokie buty.

Dobrze by było się nią udławić.

Wreszcie gromadzę wystarczająco dużo złości i rozpaczy, żeby pójść do domu – słuchać mitów o swoim wyczynie i dorzucać kolejne szczegóły. Taka moja kara.

I…

Boże…

Zamykam i otwieram oczy, próbując uszczypnąć się przez szarą i grubą niczym skóra słonia maskę przeciwgazową… Nie, on nie znika.

Wizjer w mig zaparowuje, więc zrywam maskę w cholerę – tak jak wtedy na wieży.

Tamten wciąż stoi w tym samym miejscu.

I wtedy, zapominając o wszystkim, grzęznąc w moich ciężkich buciorach, niezgrabnie, z trudem biegnę do niego, potykając się o nadtopione żelazne rury, ramy…

Nie wiem, co mu powiedzieć. Nie wiem, jak w ogóle z nim rozmawiać…

Ale poradzę sobie, coś wymyślę!

Żeby to tylko nie był miraż ani halucynacja.

Podchodzę coraz bliżej…

Nie wiem, skąd on się tutaj wziął, i nie chcę pytać, żeby tego cudu nie spłoszyć. Po prostu wierzę w niego, a jeśli się wierzy, nie zadaje się pytań.

Tamten odwraca się do mnie.

Nieproporcjonalnie długie ręce, ogromne ciemne oczy bez białek, lśniąca czarna skóra... Jest jeszcze całkiem mały, ledwo sięga mi do pasa i patrzy na mnie z dołu. Sprawia wrażenie jakby w oczach miał pustkę, ale...

Ściągam rękawicę i obnażoną dłonią ostrożnie dotykam jego ciemienia. Boję się, że go przestraszę albo sprawię mu ból.

Uświadamiam sobie, że jest sam na świecie.

Ma tylko mnie.

TYTUŁ ORYGINAŁU Евангелие от Артема

PRZEKŁAD Z JĘZYKA ROSYJSKIEGO Paweł Podmiotko
REDAKCJA Danuta i Tomasz Porębscy, Tomasz Brzozowski, Piotr Mocniak
KOREKTA Dominika Pycińska
SKŁAD I PRZYGOTOWANIE DO DRUKU Tomasz Brzozowski

ISBN 978-83-61428-80-0

i nagrody (wcześniej nazywało się to kasynem), poezję, muzykę, piosenki, tańce i teatr. I płatna miłość, naturalnie.

Szwedzki stół sztuk, powiedział ironicznie profesor, ale Iwan znów go nie zrozumiał.

Co tu wymyślać? Cyrk to cyrk.

• • •

Po akrobatach występowali siłacze.

Po siłaczach – klauni.

Potem było przepiłowywanie kobiety w skrzyni. Dalsze sztuczki. I taniec półnagich panienek…

Każdy znalazł sobie rozrywkę wedle gustu.

Kiedy Iwan wrócił z łazienki, zaczęło się kolejne przedstawienie.

Iwan usadowił się w pierwszych rzędach widowni. Siedzieli wprost na peronie, podciągnąwszy nogi pod siebie. Niektórzy mieli dywaniki. Dobry pomysł. Iwan przy okazji pożałował swojego płaszcza, który został na Placu Powstania i przygotował się na patrzenie i słuchanie. Skrzywił się, powiercił trochę. Na granicie było zimno w tyłek.

– A teraz wystąpi – powiedział dryblas. – Wszyscy ją znacie i, być może, nawet kochacie… Przepiękna Wapiti!

Brawa. Iwan przyłączył się do oklasków dla towarzystwa. Teatr? Będą opowiadać bajki? A może iluzjonista?

Lubię sztuczki magiczne.

– Wapiti, dawaj! – krzyknął ktoś z tłumu.

Iwan podniósł brwi. Sądząc po przezwisku (imieniu?), spodziewał się zobaczyć coś… hmm… potężniejszego.

Na środek wyszła malutka dziewczyna, przypominająca nastolatkę. Ukłoniła się niezgrabnie. Od początku dało się w niej wyczuć pewną nieśmiałość, nawet niepewność… Dobrzy artyści rzadko bywają pewni siebie, przypomniał sobie Iwan słowa Eleonory, dziewczyny na kuli. A raczej nigdy.

Popatrzymy, jaką artystką jest ta miniaturowa Wapiti.

– Chciałabym powiedzieć… witajcie. Dziękuję wam, że przyszliście. Dziś będę deklamować wiersze. Różne, dobre… i być może nienajlepsze. To znaczy, jeśli chcecie, żebym zadeklamowała coś konkretnego…

– Mama na daczy, klucz na stole! – zawołał ktoś z publiczności.

Dziewczyna podniosła głowę, uśmiechnęła się.

– No… ale jeszcze się nie rozstajemy? Już wam się znudziłam!? To wiersz, który trzeba powiedzieć – i od razu się rozejść. Zacznę od czegoś innego…

– O żółwiu!

Dziewczyna skinęła głową. Na jej blade policzki wystąpił rumieniec.

– O żółwiu? Dobrze.

Iwan się uśmiechnął. W dziewczynie było coś szczerze ujmującego. Nie tak szybko, powiedział sobie. Czas już chyba, żebyś przestał ufać ludziom, co?

Bądź przeklęty, Sazon.

– Dobrze, zaczynam. – Dziewczyna westchnęła. Zapanowała cisza. Iwan słyszał, jak ludzkie oddechy zaczynają chodzić w jednym rytmie. – Wiersz nazywa się *Świat*, który stworzył… …nie wiem kto. Albo, jak już było powiedziane, *O żółwiu*.

Jej cichy głos, z początku nieco drżący, napięty, w miarę mówienia nabierał siły.

Iwan słuchał.

Ta historia jest prosta – tak jak proste jest życie.
Trzy błękitne wieloryby pływają po morzu.*

* *Trzy błękitne wieloryby* – wiersz Alii Kudriaszowej (przyp. aut.).

Na nich stoi żółw – największy z wszystkich żółwi.
Na żółwiu stoi Ziemia, a na Ziemi góra.
Na górze słoneczko grzeje każdy ranek.
na górze siedzę ja i cię trzymam na rękach.

Iwan słuchał. Proste, nawet całkiem zwyczajne słowa nagle wydały mu się niezwykle ważne. Bardzo celne i słuszne. Jakby inny człowiek znalazł to, czego on sam szukał przez pół życia i w żaden sposób nie mógł znaleźć.

Iwan słuchał. Słuchali też pozostali.

Odpłyną wieloryby – wszystko zwali się w mrok.
Przepadnie i żółw, niepotrzebny im jest.
Ziemia się zapadnie – żółw nawet nie spojrzy.
Rozkopie ktoś górę – nie zatrzyma się Ziemia.
Życia nie zobaczysz, gdy nie czujesz śmierci.
Kiedy uschnie trawa, to odrośnie od nowa.
Przyjdzie znowu wiosna, zazieleni się piasek.
Lecz me dłonie osłabną, i ty wtedy zapłaczesz.
Dlatego wieloryby płyną i żółw śpi.
A tobie przyśni się wielki wieloryb
I Ziemia, i góra, i z nimi słoneczko.
I wesoły piaseczek, i blask światła na trawie,
I czysty ocean – tak jasny od soli.
Ja ci się nie przyśnię – są rzeczy ważniejsze.

Kiedy dziewczyna skończyła mówić, na jakiś czas zapanowała cisza. Iwan zauważył, że zmieniły się nawet ludzkie twarze.

Potem klaskali.

• • •

Potem występowali akrobaci i Iwan nieco się znudził. A gdzie pozostali?

Obejrzał się. Pomyślał, że się pomylił i znów się obejrzał.

Siedziała w ostatnich rzędach widowni – a raczej nawet w pewnym oddaleniu od niej. Długa prosta fajka dymiła jej w ręku, przyciśnięta do ciemnobordowych ust cienkimi palcami. Pstrokaty cygański strój zupełnie jej nie pasował... czy raczej nie pasował do tej dziewczynki na kuli, którą pamiętał Iwan.

Digger klepnął sąsiada w ramię.

– Kto to? – spytał szeptem.

Ten odwrócił się, zrobił krok do tyłu. Iwan chwycił go za ramię żelaznymi palcami.

– To wiedźma – odparł sąsiad stłumionym głosem – puść, to boli.

Teraz była kimś innym. Była wiedźmą.

Iwan wstał i podszedł do niej – wprost między rzędami siedzących, nie zwracając uwagi na okrzyki i spojrzenia z ukosa. Było w nim teraz coś, przed czym ludzie się rozstępowali.

Długi brązowy szal miała teraz zawiązany wokół głowy, jak turban. Nie skrywał okaleczenia. Zresztą jak to ukryć? Iwanowi drgnął podbródek, szedł dalej. Ale na otwartość, czy raczej obojętność, z jaką demonstrowała to oszpecenie, patrzyło się prawie z bólem.

– Lera – powiedział Iwan. Stał nad nią, spoglądając z góry na dół. Wiedźma podniosła głowę. Przez krótką chwilę Iwanowi wydało się nawet, że widzi w tym spojrzeniu dawną Eleonorę von Weisskeitze, dziewczynkę na kuli... mignęło i znikło.

Nie poznała go.

– Nazywam się Lachezis. Wróżba – jeden nabój, zaklęcie – trzy – wypuściła dym kącikiem oszpeconych ust. – Klątwa – pięć. Jak chcesz się do tego przespać: dwadzieścia nabojów.

– Lera, to ja, Iwan. Iwan z Wasilieostrowskiej.

Jej jedyne oko patrzyło na diggera, ale nie było w nim widać, że go poznaje.

– Iwan? – zapytała. – Płać albo spadaj, Iwan. Czego chcesz? Wróżbę, urok, złe oko, czy… – Uśmiechnęła się obojętnie; od tego uśmiechu mróz poszedł Iwanowi po kościach. – Mnie?

Wbrew woli Iwan wyobraził sobie gibkie ciało akrobatki na kuli – bez ubrania, wyginające się pod nim.

– Wróżbę – powiedział Iwan. – Powróż mi, Lero… Lachezis.

• • •

Niebieski płomień lampy spirytusowej. Krwawa plama na dnie blaszanego kubka zakrzepła. Namiot wypełnił ostry żelazisty zapach.

Lera-Lachezis popatrzyła w kubek, cmoknęła.

– Spoczywa na tobie cień nieboszczyka – powiedziała Iwanowi. – Uciekasz od swojego losu, choć tak naprawdę myślisz, że zbliżasz się do celu. Ale to nie tak. Twoja droga prowadzi przez twoje przeznaczenie.

„Czyżby przez LEA? – pomyślał Iwan sarkastycznie. – To by się staruszek Enigma ucieszył". Zresztą pewnie każdemu tak mówi. Dyżurna fraza.

Potarł nadgarstek. Wciąż jeszcze czuł lekki ból w dłoni. Okazuje się, że do wróżenia potrzebna jest krew pytającego.

– I jeszcze coś… – Milczała przez chwilę. – Tu jest straszny znak. Nie chciałam o tym mówić…

– Tak? – Iwan patrzył wprost na nią.

– Tu jest powiedziane, że zabijesz swojego ojca.

Kim on jest? Gdybym to wiedział.

– Całkiem możliwe – powiedział Iwan spokojnie. – Że tak właśnie będzie.

Wiedźma poderwała głowę. Iwana znów uderzył widok tej strasznej, krwawej miazgi zamiast prawego oka, zamiast połowy twarzy. Jakby w środku coś eksplodowało. Cóż to była za kobieta! Ech.

– Bogowie cenią nie uległość człowieka wobec losu – powiedziała wiedźma skrzeczącym głosem – lecz opór.

Wrócił po półgodzinie, wszedł do jej namiotu, wyciągnął rękę. Wiedźma spojrzała na niego uważnie, znów wzięła fajkę. Zaciągnęła się i wypuściła gorzki, siny dym.

– Nie pójdę z tobą do łóżka – powiedziała wprost.

Iwan aż się zmieszał.

Na jego dłoni leżała garść nabojów. Bimetaliczne łuski blado pobłyskiwały.

– Dlaczego?

– Dobre pytanie jak na człowieka, który zabije własnego ojca. Dlatego że mi się podobasz. – Wiedźma popatrzyła na niego. Jej jedyne oko zalśniło. – Dlatego że by spać z kimś, kto ci się podoba, trzeba chociaż trochę podobać się samej sobie! A ja siebie nienawidzę.

Wściekając się, była ohydnie piękna.

W tym momencie Iwan zrozumiał, jak Artem, brat Lali, mógł zakochać się w oszpeconej wiedźmie.

– Tak w ogóle to – powiedział Iwan zimno – przyniosłem naboje wcale nie po to.

Lachezis uśmiechnęła się – tak jakby widziała przez niego na wylot.

– Ale przecież myślałeś o tym, prawda? Idź, Iwanie, idź. Może kiedyś się jeszcze zobaczymy…

Iwan milczał przez chwilę. Zabrał rękę.

– Znalazłaś swój Parnas? Twój raj dla ludzi sztuki? – zapytał.

Lachezis roześmiała się strasznym, skrzeczącym śmiechem.

– Spójrz na mnie, Iwanie – powiedziała. – Co widzisz? To Parnas to ze mną zrobił.

– To znaczy? – Iwanowi zrobiło się zimno.

– Mówili, że to raj dla włóczęgów takich jak my, cyrkowcy. Mówili, że Parnas to stacja ludzi sztuki, malarzy, poetów, muzyków, aktorów. Mówili też, że gdy tam trafisz, znajdziesz się w raju. – Zaciągnęła się, wypuściła dym kącikiem ust. Niebieskawe obłoczki kłębiły się w półmroku namiotu. – I to okazało się prawdą. Wszystko było dokładnie tak, jak nam opowiadano. Przyszliśmy i byliśmy oczarowani. Zachwycaliśmy się tym, jak pięknie jest dookoła, jakie wszystko jest wspaniałe i uduchowione... Dobro i pokój. Aż w którejś pięknej cudownej chwili iluzja się rozwiała.

– I co zobaczyłaś?

Wiedźma się uśmiechnęła.

– Przebudzenie ze snu może być okrutne, prawda? Gruzy. Porzucona, głucha stacja, porozbijane okna wychodzące na powierzchnię. I roślinność. Wszystko wokół było oplecione czarnymi lianami. I nagle te liany zaczęły się ruszać. Pożeracz... Iwan, tak naprawdę siedzi tam pożeracz. Zjadł Maksima, siłacza, zjadł iluzjonistę Antonellego... Pożarł nas wszystkich.

Iwan pochylił się naprzód.

– A ty? A ciebie?

– O! bardzo się starał, ten pożeracz. – Wiedźma znów się zaśmiała, strasznym, skrzekliwym śmiechem. – Ale udało mu się zjeść tylko połowę mnie... Może tę lepszą, ale mimo wszystko tylko połowę. A teraz idź, Iwanie. I daj Boże, żeby twoje marzenia o raju nie zamieniły się w spotkanie z pożeraczem.

O czym ona mówi, pomyślał Iwan. O Wasilieostrowskiej?

– Żegnaj, Lero – powiedział.

– Żegnaj, Iwanie.

• • •

– Rosiczka – wyjaśnił profesor. – Był taki tropikalny kwiat przed Katastrofą. Bardzo kolorowy. Wabił muchy zapachem mięsa, po czym je zjadał.

Idąc dalej, powtarzali drogę, którą przemierzył już kiedyś Iwan. Pietrogradzka z jej dziwnymi mieszkańcami. Zatrzymali się tam na jakiś czas, żeby kupić jedzenie i wodę, odpocząć – ale wkrótce poczuli się nieswojo. Nawet niewzruszony zwykle Uberfuhrer zrobił się roztrzęsiony, co chwila oglądał się za siebie. Spokojnie jak na wojnie, ale... Iwan wyczuwał tyłem głowy, że Pietrogradka to niespokojne, niedobre miejsce. I, co najważniejsze, nie było żadnych widocznych powodów do niepokoju. Niby stacja jak stacja. Ludzie jak ludzie. Ale coś... przytłaczającego unosiło się w samej atmosferze stacji.

Iwan przyglądał się jasno wykończonym ścianom, które od upływu czasu zdawały się ciemnożółte, gzyms z lampami z żółtego metalu, i czuł, jak do serca wlewa mu się zimno.

Była to stacja typu zamkniętego, w rodzaju Wasilieostrowskiej, ale jeśli tam żelazne, zamykane na noc drzwi służyły do obrony, to tutaj raczej przywodziły na myśl więzienie. A Iwan nasiedział się już wystarczająco w zamknięciu, żeby stracić ochotę na powtórkę.

A może sęk tkwił w olbrzymich twarzach na szczytowej ścianie?

Mężczyzna i kobieta patrzyli w lewo – surowi, zasępieni. Chodzi o nich?

Nie, pomyślał Iwan, żując sucharka. To coś innego. Coś... Iwan podniósł głowę i przyjrzał się uważnie wygiętemu sklepieniu stacji z żółtymi plamami zacieków. Pęknięcie biegło przez tynk – prosto przez środek sufitu. Iwan prześledził wzrokiem jego rudą, krętą ścieżkę... potem znów popatrzył w górę.

Tak. Ten, którego obecność ugniatała mu potylicę, siedział nad stacją.

Na powierzchni...

Iwan wstał. Rozejrzał się.

Mieszkańcy Pietrogradzkiej byli cisi i uprzejmi... ale jakoś nadmiernie cisi i uprzejmi.

– Spadamy – zaproponował Iwan. – Nie mamy czasu, żeby się rozsiadać.

Pozostali natychmiast się zgodzili. Uberfuhrer i Mandela jednym głosem. Iwan podniósł brwi – zadziwiająca jednomyślność, trzeba by wykuć tablicę pamiątkową dla uczczenia tego historycznego dnia.

Opuścili Pietrogradzką z wyraźną ulgą.

Kiedy weszli do tunelu, Iwanowi jakby kamień spadł z serca. Buch!

Po kiego, po kiego grzyba są takie stacje? Lepiej trzymać się od nich z daleka.

• • •

Nowa Wenecja.

Tym razem przez miasto na wodzie przeszli czujnie, rozglądając się na boki. Jakby byli na nieprzyjacielskiej stacji. Wiadomo, że ostatnim razem ślepcy działali za milczącą zgodą (jeśli nie z pomocą) miejscowej administracji. Ale jak ich oskarżyć?

Iwan z trudem zwalczył chęć, by zajść do Lali, przywitać się... i co? Po prostu ją zobaczyć. Nie, mam sprawy do załatwienia.

Tania.

Nową Wenecję przeszli bez przygód.

• • •

Suchy tunel. Ostatni postój przed Newskim. I czas na rozstanie. Iwan zatrzymał Murzyna, machnął ręką: chodźmy. Oddalili się i przysiedli na szynach. Gdzieś za nimi profesor żądał od Uberfuhrera „poważnych argumentów" w kolejnym sporze.

– Może opowiesz mi, co robiłeś u ślepców? – zapytał Iwan.

Murzyn milczał przez chwilę, przyglądając się diggerowi ciemnymi oczami. Znów zmilczy? – pomyślał Iwan. U nich, na Technolożce, z zasady tak się robi.

– Szukałem dowodu – powiedział w końcu Mandela. Westchnął. – Przyjaciel mnie poprosił. Sam chciał pojechać, ale nie puścili go ze stacji.

– Dowodu na co?

Nie to, żeby to była moja sprawa, ale…

Murzyn zrobił pauzę.

– Że elektrownia atomowa nadal działa.

– Cooo? – Iwan otworzył usta. Ale numer! – I co, znalazłeś?

Mandela wzruszył ramionami.

– Cóż, jakby to powiedzieć. Ten mój przyjaciel… on jest naukowcem… i układa zestawienie, kiedy i gdzie wyłączyło się centralne oświetlenie.

– Więc ty też jesteś uczonym?

– Gdyby tylko. – Mandela westchnął. – Jestem synem studenta z Kenii. Ciekawe, co trzeba zrobić, żeby ktoś traktował poważnie syna afrykańskiego studenta? Tak więc jestem tylko młodszym technikiem. Przynieś, podaj, pozamiataj. To wręcz dewiza całego mojego życia… – Uśmiechnął się z niespodziewaną goryczą. – Za to mój przyjaciel – tak, on jest uczonym.

Iwan nie wiedział, co powiedzieć. Każdy z nas ma swoje bolączki.

– I co z elektrycznością? – zapytał w końcu Iwan, tak jakby poprzedniej wymiany zdań nie było.

Mandela oprzytomniał, podniósł głowę.

– A! Podobno za Saddama prąd był na wszystkich stacjach. A teraz tylko na trzech. Dlaczego? To znaczy, wydawałoby się, że nie ma nic prostszego – przeciągnąć kabel i podłączyć resztę metra? Ale…

Rzecz w tym, że istnieje sztywny limit zużycia energii. Wyobraź sobie, że gdzieś stoi licznik. Bardzo prosty: kilowatogodziny i tak dalej. Ten licznik kręci się, kręci i w odpowiednim momencie, kiedy osiągnął jakąś wartość, pstryka i koniec, nie ma już światła. Przy czym nie jest ważne, na co ten limit wykorzystasz – czy to na automaty do gier, czy na chirurgię dziecięcą. Nieważne, ile rozciętych dzieci leżałoby na twoim stole – licznikowi jest wszystko jedno. Dotarł do granicy – zostaniesz odłączony. Tak to jest. Dlatego na Technolożce istnieją ścisłe limity zużycia energii. A mówi się jeszcze, że jesteśmy chciwi. Jasne. Tak, bywało, że nasi, że tak powiem, ojcowie narodu… – Mandela uśmiechnął się – sprzedawali prąd sąsiednim stacjom. Ale następnym razem uwalili ich na obronie, tak więc nikt już nie próbuje.

– Na obronie? – zdziwił się Iwan.

Mandela wyjaśnił. Technolożką rządziła Rada Naukowa składająca się z wybranych zasłużonych uczonych. Raz w roku odbywały się tam wybory, wyznaczano Rektora i Kierowników projektów, Dziekanów i pozostałych urzędników. Każdy kandydat na stanowisko musiał przedstawić swój program (nazywano je po staremu dysertacjami) i obronić go przed Radą. Najtrudniejsze było uzasadnienie ekonomiczne, zdradził w zaufaniu Mandela, jakby Iwan faktycznie wiedział, co to za zwierz to uzasadnienie ekonomiczne.

Potem o wszystkim decydowało głosowanie. Kandydaci kombinowali. Na przykład: na obronie wszyscy starali się być w gronie ostatnich broniących się – dlatego że kandydaci, według tradycji, przygotowywali poczęstunek dla całej

Rady. Z trunkami. A uczeni, jak wiadomo, głupi nie są – w tym i napić się lubią. Dlatego Rada Naukowa odnosiła się do każdego kolejnego referującego coraz łagodniej. Najważniejsze było, żeby nie przeholować i nie występować na samym końcu, gdyż taki kandydat ryzykował, że zamiast uwagi słuchających spotka się z pijackim chrapaniem.

A tak w ogóle, to na Technolożce jest normalnie, jak wszędzie. Knuje się intrygi, tłamsi młodych, poskarżył się Mandela.

– Wiesz, jak długo mój przyjaciel się dobijał o kilowatogodziny na swoje doświadczenia? To cała historia.

– Ehe. Norma zużycia? – Iwan zrozumiał, co przyciągnęło jego uwagę w opowieści Mandeli. – Więc wychodzi na to, że „centralne" pochodzi z akumulatorów?

Murzyn wzruszył ramionami.

– Być może. Albo jest gdzieś podziemna elektrownia z agregatami i morzem oleju napędowego. Myśleliśmy o tym. Ale wyobrażasz sobie, jaki musiałaby mieć wydech?

Iwan skinął głową.

Słup dymu byłby widoczny z dowolnego punktu Petersburga. Nie, to coś innego. LEA? Może staruszek miał rację i rzeczywiście dzwonili do niego z elektrowni atomowej?

– Elektrownia atomowa? – spytał Iwan.

– Najprawdopodobniej – odparł Murzyn bez specjalnego przekonania. – Musiałbyś porozmawiać z moim przyjacielem, ja w tej problematyce to tak, na spacer poszedłem.

Teraz najważniejsze pytanie. Inaczej to wszystko tylko teoria.

– Jak można włączyć światło na pozostałych stacjach metra?

Mandela zamyślił się.

– Musiałbyś pogadać z moim przyjacielem... Ale myśleliśmy, że pewnie w samej LEA.

Pam-para-pam. Batonik.

Może stary miał rację? I elektrownia atomowa rzeczywiście jest celem wyższego rzędu?

Szansa dla ludzkości, tak?

Iwan skinął głową.

– Dzięki, Jura.

• • •

Mandela poszedł dalej – tak jest łatwiej. Mniej pytań. Iwan zatrzymał się. Dalej, za jakieś trzysta metrów, będzie Newski Prospekt. Cóż, oto nadszedł czas na rozstanie. Martwi diggerzy chodzą swoimi ścieżkami.

– Dalej pójdziecie sami – powiedział. – A ja ruszę się nocą... albo jeszcze inaczej.

– Wania? – Profesor nie zrozumiał. – Coś się stało?

– Problem w tym, że wy możecie wrócić, a ja nie.

Milczenie. Długie milczenie. Zdziwione.

– A wytłumaczyć? – zaproponował Uberfuhrer. – Nie chce się?

– Nie wolno mi wrócić – powiedział Iwan. Cholera, no jak ja mam z wami...

– Dlaczego nie wolno? – Misza spojrzał z niedowierzaniem na Wodianika, potem na Iwana. – Co ja jestem, dziecko, czy jak? Niech pan wyjaśni.

– Popieram Michaiła – powiedział profesor.

– Dobrze – Iwan westchnął. – Zdaje się, że powinienem wam to i owo opowiedzieć...

• • •

Opowiedział wszystko, niczego nie ukrywając (prawie; psychozę starego przemilczał). I o wykradzionym agregacie i o zabójstwie Jefiminiuka, którego dokonał Sazon, i o spisku

Memowa, i o carze Achmecie Drugim, i dziewczynie Iluzie, i o własnej niesławnej próbie powstrzymania generała. O finałowym strzale Sazonowa, który postawił wielki przecinek w tej historii.

A właściwie mógł też postawić kropkę.

Iwan skończył opowiadać, popatrzył na słuchaczy. Milczenie się przeciągało. Lampa karbidowa świeciła ciepłym żółtym światłem... Twarze ludzi, którzy stali się praktycznie rodziną. Profesor Wodianik, Misza, Uber.

– I co pan zamierza zrobić, Wania? – spytał w końcu profesor.

SAZONOW, MEMOW, ORŁOW. Niekoniecznie w takiej kolejności.

Czy ty aby nie zasłaniasz osobistej zemsty wysokimi motywami, co, Iwanie?

Nawet jeśli tak jest.

Zło powinno być ukarane.

– Walczyć.

Wstał, wyprostował się.

– Wyjaśnię, co to oznacza. Jestem poza prawem. Faktycznie nie istnieję, jestem zabity na śmierć. Dlatego nie będę nikogo namawiał, żeby poszedł ze mną. Nie, odwrotnie. Powiem wam: nie trzeba. Idźcie do domu. Do rodziny i bliskich. Ja bym tak zrobił na waszym miejscu – zapomniałbym o wszystkim i żył zwykłym życiem. Dlatego że jeśli ze mną zostaniecie, to tego zwykłego życia już nie zobaczycie. Teraz decydujcie.

Uberfuhrer długo milczał, marszczył czoło.

– Wiesz, brachu, a ja chyba zaryzykuję. Czy chłopaki pójdą ze mną, czy nie, to jest ich decyzja. Ale ja jestem z tobą.

Iwan skinął głową. A co tu powiedzieć? „Dziękuję"? Słowami się tego nie wypowie. Dlatego lepiej po prostu skinąć głową, jakby to była najzwyklejsza rzecz – przewrót wojskowy. I zaprasza się na nie przyjaciół, jak na sobotnią popijawę.

Digger podniósł się. Wodianik się zastanawiał. Kuzniecow przenosił zakłopotany wzrok z Iwana na Uberfuhrera i z powrotem. W oczach młodego gliniarza był niezwykły popłoch. Wciąż jeszcze chcesz być taki jak ja, Misza? – pomyślał Iwan. Nie polecam.

– Profesorze, Misza – powiedział Iwan. – Dziękuję, że mi pomagaliście. Macie swoje życie.

– Czyżby coś już odpowiedział? – zdziwił się Wodianik. – Michaił, jaka jest pańska decyzja?

Kuzniecow też wstał z miejsca.

– Jestem z panem.

– Ale... – Iwan zamilkł.

– Za kogo pan nas ma, Wania? – Profesor patrzył mu prosto w oczy. – Chociaż w odróżnieniu od was, diggerów, jesteśmy dziećmi książek, to... Niech mi pan wierzy, Iwanie. Czytaliśmy w dzieciństwie właściwe książki.

ROZDZIAŁ 14

BLOKADA

– Kto się pierwszy zaśmieje – zabiję – ostrzegł Iwan. Spojrzał na towarzyszy. Uberfuhrer, Misza, a nawet profesor z trudem powstrzymywali uśmiechy. – Z wami to wiadomo. Myślicie, że znajdzie się idiota, który w to uwierzy?

– Znajdzie się – zapewnili go.

– Nno tak. – powiedział Iwan. – Sytuacja...

– Nie ciśnie? – spytał ze współczuciem Uberfuhrer.

Iwan popatrzył mu w oczy spod umalowanych rzęs. Digger miał oczy podkreślone niebieską kredką, róż na policzkach, na twarzy grubą na palec warstwę pudru. Dzięki handlarce barachłem napotkanej w tunelu. Pomogła zarówno dobrać ubranie, jak i zrobić makijaż... taaak.

Tak jakby w tunelach przez dwadzieścia lat, zbierając kurz, przeleżał jakiś przygłup, a teraz nagle się obudził, umalował usta ciemnoczerwoną mieszanką rdzy i tłuszczu zwierzęcego, po czym wyszedł na świat. Przespacerować się, kurna, po Newskim Prospekcie. Iwan z irytacją obciągnął bluzeczkę, żeby fałszywe piersi były chociaż na tym samym poziomie. Nie, to jest naprawdę kiepski pomysł – przebrać się za kobietę. Wyglądam jak kastrat z Pionierskiej. Widząc ten ruch, Uberfuhrer zarżał ze śmiechu. Aha, śmieszy go to. A mnie każdy normalny facet rozgryzie na pierwszy rzut oka.

– Nie ciśnie – odparł Iwan. – Chodźmy już, bo stoimy tu jak dwie...

Jak jedna prostytutka.

Iwan machnął ręką w duchu. Ruszyli.

– Niech pan się nie krzywi – szepnął z tyłu profesor. Iwanowi natychmiast zachciało się go zamordować.

Newski się zmienił. Nie za bardzo, ale na tyle wyraźnie, by Iwan poczuł ukłucie nostalgii. Nie było już niemal żadnych śladów wojny: ani lazaretu – był na południowym krańcu stacji – ani zapachu krwi i ropy z ran, który mu towarzyszył. Ani żołnierzy śpiących pokotem w rzędach na ziemi, ani kuchni polowej, od której biło gorąco i woń przypalonego tłuszczu. Za to teraz pośrodku stacji, tam gdzie zaczynało się przejście na Gostinkę, wisiała ogromna flaga Aliansu – szaro-zielona z potężną pięścią w środku. Iwanowi drgnął podbródek. Generał w swoim stylu: przyszłość w jedności. Aha. A kto się nie zgadza – tego wrzucimy w koszty? Logiczne.

Nie zdążył dokończyć myśli. Ktoś boleśnie uszczypnął go w tyłek. A to co, kurna, za maniery?! Iwan odwrócił się gwałtownie, gotów przywalić komuś łokciem, aż by się zęby posypały. W ostatniej chwili się powstrzymał. Patrzył na niego Uberfuhrer – i miał straszną minę. Iwan rzucił spojrzenie w prawo, potem w lewo. W mordę go i nożem! Wzdłuż bazarowych straganów szedł patrol z Admiratielskiej. Dwaj żołnierze i sierżant w szarym mundurze. A obok nich… Iwan przymknął na moment oczy, znów otworzył. Odwrócił się, zasłonił twarz chusteczką…

Serce mu się ścisnęło i waliło tak, że pewnie było je słychać na drugim krańcu metra.

Za patrolem szedł człowiek średniego wzrostu. Okrągła głowa z zakolami, zbyt cienka szyja wysuwająca się ze zbyt szerokiego kołnierza kurtki. Naczelnik SB Admiratielskiej Orłow.

We własnej osobie.

A to ci spotkanie.

Usłuchali znaku Uberfuhrera i powoli ruszyli wzdłuż peronu. Wodianik i Kuzniecow bez słowa kryli Iwana od tyłu…

tfu, pomyślał Iwan, nawet zwyczajne słowa brzmią wulgarnie, kiedy jest się w takim stroju. Z prawej strony Iwan widział stragany z rozmaitymi damskimi akcesoriami, które dla niego wyglądały jak artefakty z innej planety.

Nagle Orłow oddzielił się od patrolu, powiedział coś, machnął im ręką i poszedł wprost w kierunku straganów, przecinając kurs Iwana z towarzyszami. Iwan zatrzymał się. Co robić? Orłow to jednak profesjonalista, szanse, że nie pozna diggera, spotykając się z nim twarzą w twarz, są znikome.

Orłow stanął przy stoiskach. Zaczął przeglądać towar. Zapytał o cenę spinek do włosów. Po co mu one? Ma tutaj kochankę?

Damskie sztuczki.

Ni cholery się na nich nie wyznaję. Chociaż zdarzało się tachać różne takie rzeczy z powierzchni. Ale tam wszystko było proste: wrzucał do wora wszystko, co mu wpadło w ręce – i w nogi, zanim cię coś nie zeżre.

Orłow, jakby czując jego spojrzenie, zaczął się odwracać...

Iwan przezwyciężył nudności i zrobił krok w kierunku straganu. Handlarz, drobniutki Żyd w podeszłym wieku, całkiem łysy, z podkrążonymi oczami, z tak głębokimi bruzdami na twarzy, że zdawało się, jakby była z masy plastycznej, uśmiechnął się do niego. Otworzył usta, żeby rozpocząć urabianie klientki od dyżurnej frazy... i zamarł. W jego oczach Iwan wyczytał swój wyrok. Bo jaka ze mnie, kurna, kobieta?! Przecież mówiłem. Doigraliśmy się. Obok stanął Uberfuhrer. Po jego napiętej postawie i krótkim skinięciu głową Iwan zrozumiał, że patrol wciąż jeszcze jest niedaleko. Ech, co to za dzień! Co, zainteresowała ich kobieta z chodem żołnierza?

Iwan przechwycił wzrok handlarza. Usta tamtego znów zaczęły się otwierać, strzelił oczami w bok... Iwan na zimno ocenił, co teraz będzie. Handlarz zawoła patrolujących, my stawimy opór, i tyle – koniec planu.

Dlatego że z tej stacji już nie ucieknę.

Iwan wziął się w garść. Wyprostował się, opuścił skraj chusteczki, którą przykrywał twarz. Spojrzał handlarzowi prosto w oczy. Spróbuj tylko pisnąć, ostrzegł go w myślach Iwan. Rozwalę ci twarz wprost o twój stragan. No co, zaryzykujesz? Co tam mówił Koślawy o telepatii? Zaraz sprawdzimy.

Handlarz zamarł.

Iwan wyciągnął rękę – właściciel odsunął się do tyłu. Digger wziął ze stoiska pierwszą rzecz, która się nadarzyła.

– Ile? – spytał cienkim głosem.

O mało go nie zemdliło.

Żołnierze z patrolu z jakiegoś powodu się zaśmiali. Profesor Wodianik stanął z tamtej strony, żeby zasłonić Iwana. Orłow wciąż sterczał przy następnym straganie i o coś pytał. W następnej chwili Misza Kuzniecow troskliwie zasłonił Iwana przed hipotetycznym spojrzeniem szefa Służby Bezpieczeństwa. Fantastycznie, pomyślał Iwan, teraz bardziej to przypomina rozbój w biały dzień niż potajemną infiltrację.

Ci z patrolu nagle umilkli.

Jeden z nich, rosły, potężny, w szarym uniformie, ruszył w kierunku straganu, przed którym zastygł Iwan. Digger kątem oka widział ryże włosy żołnierza wychodzące spod szarego kepi. Krok, kolejny krok. Zbliżał się.

– Ile? – spytał Iwan przez zęby.

Handlarz milczał i patrzył jak otumaniony. Potem szepnął:

– Nie zabijajcie mnie, ja wszystko oddam.

Ożeż kurna. Żołnierz wciąż szedł dalej. Uberfuhrer odkleił się od grupy i odszedł na bok, żeby widzieć pozostałych z patrolu.

– Czyś ty zidiociał? – zapytał Iwan przez zęby. – Ile to kosztuje? Niczego więcej od ciebie nie potrzebuję.

Chwilę później żołnierz bezceremonialnie odsunął profesora na bok, stanął obok Iwana. Wodianik coś bąknął, ale został zignorowany. Żołnierz popatrzył na Iwana z góry. Ile on ma wzrostu? – pomyślał Iwan. Jest wyższy co najmniej o głowę. I ma kałacha bastarda. Świetnie, pomyślał Iwan z rozpaczą przechodzącą w wesołość. Właśnie takiego automatu potrzebuję.

Też idiota!

Iwan wyjął ze skórzanego woreczka garść nabojów, rzucił na ladę i szybko się odwrócił, trzymając przedmiot w ręku. Może się prześlizgnę...

– Obywatelka zaczeka!

Nie prześlizgnął się.

Żołnierz przyjrzał się najpierw sklepikarzowi, potem – z zainteresowaniem – Iwanowi, zatrzymał spojrzenie na „piersiach" (zaraz się roztopią – pomyślał digger), chrząknął i powiedział:

– Dokąd się tak spieszymy, paniusiu?

Jak najdalej stąd. Iwan przymierzył, jak by tu uderzyć tego bydlaka łokciem w splot słoneczny. Kurna, przecież on jest ze trzydzieści kilo cięższy ode mnie. Spróbuj tylko takiego położyć.

Ale żołnierz zwrócił się nagle do handlarza:

– Znowu, Nachałycz, ludzi naciągasz? Odpracowujesz swoje trzydzieści srebrników, tak? Cha, cha, cha. Uważaj na mnie, nie będzie mnie obchodziło, że jesteś stary, zabiorę ci licencję. Oddaj no pieniądze. Ej, obywatelko, obywatelko! Dokąd to, paniusiu?

Iwan zatrzymał się. A to cholerny natręt.

Żołnierz podszedł bliżej, zmrużył oczy. Nie krzywić się, upomniał sam siebie Iwan. Żołnierz przyjrzał się uważnie twarzy „kobiety" (Iwan wstrzymał oddech) i nagle się uśmiechnął.

– Proszę wziąć pieniądze, gdzie paniusia ucieka – powiedział pobłażliwie. – A ty, Nachałycz, uważaj na mnie.

Iwan, ledwo żywy, wyciągnął rękę. Na dłoń spadły mu

dwa naboje do makarowa. Reszta. Mina sprzedawcy była przy tym... wielce wymowna.

– Ale... – Handlarz spróbował się sprzeciwić.

– Jeszcze jedno słowo! – podniósł głos żołnierz.

Handlarz umilkł, twarz ostatecznie mu się wydłużyła.

– Wszystko w porządku? – Żołnierz wciąż się uśmiechał. I strasznie mrużył przy tym oczy, aż mu się twarz wykrzywiła.

Przecież on prawie nic nie widzi, zorientował się wreszcie Iwan. A nie nosi okularów dlatego, że to droga przyjemność, nie dla wszystkich dostępna.

Widocznie reaguje tylko na rozmiary przedmiotów. A ja się tu zastanawiam, co ze mnie za kobieta. Aha. Nawet niczego sobie.

„Myślicie, że znajdzie się idiota, który w to uwierzy?"

Znalazł się.

– Dziękuję – powiedział cienkim głosem. Odwrócił się i poszedł, czując na plecach, jak żołnierz przygląda się jego tyłkowi.

Udało się.

Kątem oka Iwan zobaczył, że Orłow już zapłacił. Poszedł sobie. I dopiero potem Iwan zerknął na przedmiot, który kosztował go tyle emocji. Nno tak. W dłoni miał szminkę w plastikowej obudowie. Ciemnoczerwonego, prawie bordowego koloru.

– Ojej, jakie śliczności – Nastia, żona Szakiła, uśmiechnęła się, przyjmując prezent. – Dziękuję! Daj, niech cię ucałuję.

Iwan z przyjemnością nadstawił policzek. W odróżnieniu od zwalistego Szakiła, żona newskiego diggera była o pół głowy niższa od Iwana. Filigranowa brunetka. Jego twarzy dotknęły miękkie usta.

Nastia pogładziła diggera po upudrowanym policzku.

– Oj, Wanieczka, jakiś ty ładniutki.

Iwan zakrztusił się. Uberfuhrer zachichotał.

W powietrzu pachniało mlekiem i domową kuchnią.

Szakiłow mieszkał u szczytu Newskiego, w jednej z niezliczonych klitek oddzielonych od sąsiadów ścianką z dykty, z żoną i półtorarocznym synem. Synek baraszkował na podłodze, bawiąc się kolorową gumową rybką. Wsuwał ją do ust, obśliniał, jeździł po podłodze, znów ślinił. I wszystko to z poważną miną.

– A gdzie Szakił? – zwrócił się Iwan do Nastii.

– Poszedł coś załatwić. Powiedział, że zaraz wróci. Przebierzesz się?

Iwan popatrzył na siebie. Żółta bluzka, szara spódnica, fioletowe rajstopy w romby. Plus barwy wojenne na twarzy. Dziwadło, kurna, postrach wrogów. Głowica atomowa. Memow raz popatrzy i padnie trupem.

– A powinienem? – zapytał.

• • •

Szakiłow obejrzał Iwana od stóp do głów, chrząknął. Brwi zastygły mu gdzieś na poziomie „bardzo zdziwiony". Powisiały tam i wreszcie opadły.

– O kurna, ale narobiłeś.

– Aha – Iwan uśmiechnął się półgębkiem.

– Czyli żyjesz – skonstatował digger.

– Żyję – potwierdził Iwan. W następnej chwili został wyobłapiany, wyściskany. Przestał oddychać.

– Szakił, zgnieciesz mnie, do cholery! – wychrypiał Iwan, próbując się wyrwać. – Postaw mnie na miejscu. Jesteś silny, jak nie wiem co. – Kiedy Iwan znów stanął na ziemi, odetchnął i przyjrzał się newskiemu diggerowi uważnie. – Jak twoja rana?

Szakiłow był blady i wychudły. Minęło już... ile? Iwan spróbował policzyć. Tak... już prawie miesiąc od dnia, w którym został ranny. Rana wciąż jeszcze mu doskwiera?

– Wszystko dobrze – odparł krótko Saszka, z czego Iwan wywnioskował, że wcale nie jest tak cudownie.

Usiedli, żeby napić się herbaty.

– Opowiadaj – polecił Iwan.

Nowiny nie były zbyt dobre. Zresztą nie były też najgorsze. Wojna się skończyła. Alians po gospodarsku przejął władzę nad Majakowską i Placem Powstania – zresztą było to jasne od samego początku. Ostatnimi czasy przebąkiwało się coś, że Memow zaproponuje carowi Chodników, Achmetowi, by został szefem administracji Placu Powstania. Że niby osobisty, ręcznie sterowany kacyk i pozory sprawiedliwości... Wasilieostrowska bez zmian, Postyszew po staremu jest komendantem. Stacja na kilka godzin dziennie dostaje elektryczność z Admiratielskiej – w tym celu przeciągnięto kabel wysokiego napięcia.

W sumie krótki łańcuch, żeby Wasilieostrowska za bardzo nie podskakiwała.

– A o moich chłopakach coś słyszałeś? – wtrącił się Uberfuhrer. – Gdzie oni są?

Szakiłow popatrzył na niego. Podniósł brwi.

– Co ty, niczego nie wiesz?

– Skąd?

– Bo z nimi wyszła brzydka historia... Po tych wydarzeniach, kiedy na Placu Powstania rozwalili tych wszystkich ludzi... rozumiesz... – Szakiłow się zaciął. Światowa rada metra wsiadła na Memowa. To, tamto, bezprawne zagarnięcie i tak dalej. Widziałeś ich, gaduły takie w garniturkach... generalnie, trzeba było im rzucić kość. No i Memow rzucił. Oto fakty, oderwane przypadki samowoli, oto wasi zbrodniarze wojenni. Krótko mówiąc, zaczęli szukać winnych, żeby zatkać społeczności, kurna, międzynarodowej gębę... – Całkiem umilkł.

Oczy Ubera stały się martwe.

– I, jak rozumiem, znaleźli? – spytał cicho.

– Znaleźli – powiedział Szakiłow. – Skinheadów trudno przeoczyć. Oskarżyli ich o zbrodnie wojenne. Morderstwa, szaber, gwałty. Oczywiście rozumiesz, co to oznacza. Trupy trzy dni wisiały w tunelu nad torami – jak powinno być według prawa Newskiego–Gostinki. Podobno jednemu udało się uciec... i to wszystko, co słyszałem. Do tej pory go szukają.

– Kto? – W głosie Ubera nie było nic żywego.

– Taki starszy. Jak mu było?

– Siwy – powiedział Uberfuhrer.

– Tak, właśnie. Siwy. – Popatrzył na skinheada. – Przykro mi, stary.

Uberfuhrer wstał.

– Uber! – zawołał go Iwan. Ten machnął ręką i wyszedł. Widać było, że Saszka czuł się winny. Posłańca złych wieści... pomyślał Iwan. Taaak. Popatrzył na Szakiła i zadał pytanie, którego unikał od samego początku rozmowy:

– Tania?

– W żałobie – odparł krótko Szakił.

– No tak.

Pomilczeli. W sumie wszystko zostało powiedziane: trzeba działać.

– À propos. – Szakiłow podrapał się w okrągłą głowę. – Spotkałem tu Ramila – tego Chodnika, pamiętasz go? Ochroniarz Achmeta. Wyobraź sobie, chodzi po Newskim, jakby był tu panem. Aż miało się ochotę podejść i dać w mordę.

– Sania! – skarciła go Nastia, pędząc obok nich z naczyniami.

– A co mi tu będzie? – mruknął newski digger, ale Nastia skryła się już za drzwiami.

– I czemu nie dałeś? – zapytał Iwan, przyglądając się przyjacielowi. Szakił się jednak zmienił. Niezbyt zauważalnie, ale…

– Wania! – znów głos Nastii.

– Jakoś mi to było nie na rękę. – Szakił milczał przez chwilę. – Nie wyobrażasz sobie, Wan, jacy my się tu zrobiliśmy ostrożni… po…

– Po mojej śmierci… to chcesz powiedzieć? – Iwan podniósł brwi. – Rozumiem.

– Sania, Witalik płacze! – znów Nastia.

Kiedy Szakiłow wyszedł popatrzeć, co u synka, jego żona zajrzała do pokoju. Zdecydowana. Bojowa.

– Wania, można cię prosić na minutkę?

Iwan wyszedł. W wąskim korytarzu między klitkami czuć było gorący zapach prania. Obok nich przeszła dziewczyna z miednicą pełną mokrych ubrań.

– Coś się stało, Nastia?

Patrzyła na niego bardzo poważnie. Iwan poczuł się nagle nieswojo.

– Wanieczka, ja cię bardzo lubię… ale zostaw Saszkę w spokoju. Proszę. I tak poprzednim razem o mało nie zginął. Przez ciebie – dodała z prawdziwie kobiecym brakiem litości.

Iwan milczał przez chwilę i skinął:

– Dobrze, Nastia. Rozumiem.

Wrócił do pokoju, z trudem przecisnął się na swoje miejsce przy stole. Szakił podrzucał synka, trzymając go na kolanie, że niby z drogi, jedziemy, jedziemy. Ciekawe, dokąd zajedziemy, pomyślał Iwan. Puścił oko do szkraba. Szakił uśmiechnął się, ale szkrab patrzył poważnie, marszcząc jasne brwi. Zdaje się, że najlepiej ze wszystkich rozumiał, do czego to zmierza.

Iwan obrzucił wzrokiem towarzyszy. Do maleńkiego pokoiku wcisnęło się tyle ludzi, że jeszcze jeden i ktoś wyskoczy jak korek z butelki. Pod ciśnieniem.

– A więc zrobimy tak – powiedział Iwan. – Ty, Sasza, nie będziesz się pokazywał... nic nie mów, proszę. Posłuchaj. Będziesz naszym wariantem rezerwowym i drogą ucieczki, jakby co.

Szakiłow próbował zaprotestować, Iwan zamachał rękami – potem.

– Powiedz mi lepiej jedną rzecz – zaczął. – Widziałem, jak Orłow kupuje na straganie damskie duperele. I ciągle się zastanawiam, po co mu jakieś tam spinki? Zdaje się, że nie jest żonaty. Dzieci nie ma. Kobieta?

Szakiłow odwrócił się do żony.

– Nastia?

Ta prychnęła.

– Oczywiście, ma kobietę na Gostince. Cały Alians o tym wie – oprócz ciebie. Co dwa dni chodzi do niej z prezentami. Zatachał tam już połowę miejscowej biżuterii.

Iwan milczał przez chwilę.

– A ona do niego?

– Co?

– Ona do niego chodzi?

Szakiłow spojrzał na Iwana uważnie.

– Coś ty wymyślił?

• • •

– Tyle na ciebie czekałem... – Orłow otworzył drzwi i zamarł. Otworzył usta.

Takie straszne kobiety szef SB widział tylko w trumnie.

– Cześć, przystojniaku – powiedziała „kobieta" rozmarzonym głosem. Znajomo przymrużone, umalowane oczy. O matko i córko, przecież to...

Orłow rzucił się do tyłu, do pokoju. W górnej szufladzie biurka miał pistolet – porządną włoską berettę. Ułamek sekundy później „kobieta" dogoniła go i zatrzymała. Cios. Szef SB padł na ziemię, uderzył się w bok. A! Wypuścił powietrze przez zęby. Obrócił się na brzuch i zaczął się czołgać. Złapali go za nogę. Orłow spróbował chwycić się nogi krzesła, ale tylko je przewrócił. Bam. Krzyczeć! Otworzył usta. Chwilę później wepchnęli mu już do nich zwiniętą brudną szmatę. Z góry na plecy szefa SB zwalił się wielki ciężar.

– O, grzeczne dziecko – powiedział męski głos. Głos Iwana. – No już, daj mi tu rączki...

Zatrzeszczała taśma klejąca.

Digger siedział na nim okrakiem. Orłow, czując kompletną bezsilność, rozluźnił mięśnie... Cholera, co za tępak, jak ja się pozwoliłem tak załatwić?! Baby, wszystkiemu winne są te przeklęte baby.

Ale dlaczego, do licha ciężkiego, Iwan żyje?!

Orłowowi zaklejono usta taśmą. Potem został podniesiony i posadzony na krześle – plecami do biurka. Musiał patrzeć, jak „kobieta" zrzuca z siebie spódnicę i inne fragmenty damskiej garderoby i zakłada wojskowe spodnie i kurtkę. Wreszcie Iwan, przeklinając i krzywiąc się, starł chusteczkami farbę z twarzy.

„Już jestem trupem – pomyślał Orłow ze spokojem. – Jestem trupem".

• • •

Kiedy Iwan skończył się przebierać, podszedł do telefonu, podniósł słuchawkę. Odczekał chwilę. Zaraz wszystko się zacznie i nie będzie odwrotu.

Wybrał numer. Zero i trzy. Kiedyś, jak mówił profesor, był to numer pogotowia. No, medycy na pewno nam się przydadzą. Podniósł słuchawkę do ucha. Sygnał. Wezwanie.

Poczekał.

Wreszcie na drugim końcu przewodu ktoś podniósł słuchawkę. Daleki głos oznajmił: „Przy telefonie". Iwan popatrzył na Ubera, na Wodianika, na Miszę, potem powiedział:

– Ostatnim razem nie skończyliśmy rozmawiać, generale.

• • •

Na stole stał w szyku cały oddział porcelanowych słoników – od maleńkiego, wielkości naparstka, do ogromnego patriarchy z długimi, wygiętymi ciosami, potężną trąbą i mądrym spojrzeniem. Głowę słonia przykrywał fioletowy czaprak ze złotymi frędzlami. Memow zatrzymał na nim wzrok. Słoniowy patriarcha patrzył na generała z prawdziwie słoniowym spokojem.

Memow chrząknął.

Większość słoników otrzymał w prezencie. Część kupił od diggerów sam. O zamiłowaniu generała do porcelanowych słoników chodzą już wśród podwładnych legendy. Bardzo dobrze. Jeśli wypełni swoje przeznaczenie, te legendy będzie powtarzać całe metro…

Ale to potem. A teraz pora pracować.

Sazonow podszedł do stołu, wziął jedną z figurek i zaczął ją obracać w palcach.

Memow poczuł ukłucie irytacji.

– Co mówi Postyszew? – zapytał. Stary komendant Wasilieostrowskiej jak był pryszczem na tyłku, tak i nim pozostał. Utrata agregatu niczego go nie nauczyła.

– Uparty stary dureń – powiedział Sazonow. – Ciągle nie może zrozumieć, że jego czas minął. Waśka już nie jest niezależna. Postyszew prosi o zwiększenie dostaw prądu. Zamiast sześciu godzin na dobę – całe dwanaście. Mówi, że rośliny mu więdną. – Obecny dowódca diggerów Wasilieostrowskiej uśmiechnął się półgębkiem. – Myślę, że jest tylko fasadą.

– Co? – Generał podniósł brwi.

– Po prostu gra na czas – poprawił się Sazonow. – Tak.

– I co proponujesz?

Sazonow się uśmiechnął – nonszalancko, okrutnie.

– Sądzę, że potrzeba tam innego komendanta.

Memow popatrzył mu prosto w oczy.

– Jesteś tego całkiem pewien?

• • •

Sazonow postawił w końcu słonika na stole i poszedł.

Memow wypuścił powietrze. Niebezpieczny typ. Jak tak dalej pójdzie, niedługo coś trzeba będzie z Sazonowem zrobić. To przykre. Dlaczego to on jest teraz ze mną, a nie Mierkułow... Tej akurat straty naprawdę żałuję. W rezultacie mam u swego boku człowieka, który zdradził najlepszego przyjaciela i własną stację. Zdrajca i morderca.

Ale na razie trzeba go tolerować. Sazonow jest nawet bardziej niż pracowity. Jest skuteczny.

Memow podszedł do stołu, podniósł figurkę i postawił na poprzednim miejscu. Może to głupota, pomyślał. Takie rozdrażnienie. Przecież to tylko słoń...

Ale to mój słoń. I ma stać tam, gdzie go postawiłem.

Szósty rok Memow budował swoje imperium. Kiedy jesteś po pięćdziesiątce, zaczynasz rozumieć, że czasu masz już niewiele. Dookoła sami wrogowie i podwładni – i jeśli z wrogami można rozmawiać jak równy z równym, to z podwładnymi trzeba utrzymywać się w formie, jak smukły gepard, który dogania i zabija antylopę w jedenaście sekund. Były takie drapieżniki przed Katastrofą, najszybsze na świecie – ale kto teraz o nich pamięta? Memow pokręcił głową, poprawił ostatniego słonika w szeregu – z granatowymi wzorami na bokach. O, teraz jest tak, jak należy. Znów spojrzał na swego ulubieńca, słonia patriarchę. On ma komu zostawić imperium słoni. Dlatego jest taki spokojny. A ja? Jak będzie ze mną? Memow westchnął i wrócił do biurka zawalonego papierami, które domagały się jego uwagi. Nawet największe imperium nic nie jest warte, jeśli nie ma go komu przekazać. Tym bardziej że wkrótce czeka nas coś takiego... Jeśli wywiad się nie myli, czasu mamy tyle co nic. Generał westchnął.

Potrzebny mi następca. Spadkobierca. Inaczej, gdyby coś mi się stało, wszystko, o co przez długie lata walczyłem, zniknie bez śladu.

I to będzie całkowity i ostateczny koniec.

Zadzwonił telefon. A to kto znowu? Memow popatrzył na pulpit kontrolny. Paliła się lampka „New." Newski Prospekt. Czyli Orłow.

Wciąż jeszcze pogrążony w swoich myślach, Memow z roztargnieniem podniósł słuchawkę, przyłożył do ucha:

– Przy telefonie.

Ale słysząc głos w słuchawce, wyprostował się. Całe osłabienie spłynęło z niego, jak ręką odjął. Głos w słuchawce należał do człowieka, który powinien od dawna nie żyć.

Głos, cichy, niski, z lekką chrypką, powiedział:

– Ostatnim razem nie skończyliśmy rozmawiać, generale.

Memow wyprostował się. Gwałtownie machnął ręką adiutantowi: do mnie. Szybciej!

– Iwan – powiedział generał. – Pewnie się zdziwisz, ale cieszę się, że cię słyszę.

– No jasne. – Ten na drugim końcu przewodu się uśmiechnął. – Nieczęsto ma się okazję odbierać telefony z tamtego świata, prawda, generale?

Adiutant podbiegł służalczo, podnosząc głowę i zaglądając Memowowi w twarz jak pies. Skąd oni was werbują, pomyślał gniewnie Memow. Gestami pokazał: daj mi coś do pisania.

– Zgadza się – powiedział Memow. – Jest z tobą Orłow?

– Tuż obok. Nie może teraz podejść do telefonu. Musi pan mu wybaczyć, generale.

– Żyje? – To jest akurat ważne. Jeśli Iwan zabił szefa SB, to znaczy, że nie zamierza negocjować. Jeśli Orłow żyje, to są różne możliwości.

Pauza. Długa, bardzo długa pauza.

– Bardziej żywy być nie może. Za kogo pan mnie ma, generale? Za siebie samego? – Pauza. – Czy za Sazonowa?

Memow skrzywił się. Cios prosto w oko.

Zlikwidować Iwana – to była błędna decyzja.

Ale jeszcze większym błędem było nie doprowadzić sprawy do końca.

Ktoś za to odpowie. I wiem kto.

Nierozgarnięty adiutant przyniósł wreszcie flamaster i kawałek papieru. „Przytrzymaj kartkę" – pokazał gestem generał, wziął do ręki flamaster. Zębami zdjął skuwkę. Napisał „M". Zielony kolor się urwał, końcówka flamastra sucho zazgrzytała o papier. Memow ze złością odrzucił flamaster. Adiutant aż przysiadł ze strachu. Idiota. Memow pokazał na stół – ołówek, szybciej! No, już!

– Nie biorę cię za nikogo innego, Iwanie – powiedział Memow z całkowitym spokojem. – Co zamierzasz zrobić?

Adiutant podał mu ołówek. Wreszcie. Wywalę cię na zbity pysk. Kible będziesz szorował. Memow napisał szybko: „Mierkułow jest na Newskim. Orłow porwany. Zablokować stację. Czekać na mój rozkaz. Tajne". Machnął ręką – szybciej. Pogroził pięścią, żeby dotarło. Adiutant zbladł jak kreda i wybiegł.

– Słucham cię, Iwan – powiedział Memow, przyglądając się jak plecy adiutanta znikają w drzwiach.

– Dobrze – powiedział głos w słuchawce. – Jak sądzę, wysłał pan już ludzi na Newski. Ale zanim tu dotrą, mamy jakieś dziesięć minut. Tak więc możemy porozmawiać… bez pośpiechu.

A to opanowany sukinsyn, pomyślał Memow z mimowolnym zachwytem. Dlaczego nie jesteś ze mną, Iwanie? Dlaczego? Razem moglibyśmy góry przenosić.

• • •

Sazonow wyszedł od generała, stanął pod ścianą, z wewnętrznej kieszeni wyjął szkolny piórnik z granatowego plastiku, otworzył i wybrał skręta. Zostały dwa, potem znów trzeba będzie skroić Farida. Człowiek nie chce, ale co zrobić. Cha, cha.

Palce mu drżały, kiedy wsuwał skręta w zęby. Poklepał się po kieszeniach, znalazł zapalniczkę.

Z naboju do karabinu. Sazonow się uśmiechnął. Kiedyś ta zapalniczka należała do Iwana. Wszystko, co było twoje, dowódco, jest teraz moje. Albo będzie. Potarł raz, drugi…

Iskry. Iskry. Płomyk.

Zapalił pospiesznie, przypalając sobie palce.

W ostatnim momencie omal nie złamał papierosa. Zrobił się roztrzęsiony, nie starcza mu już cierpliwości. Trzeba bardziej się kontrolować.

Płuca wypełniła mu ciepła, gęsta, siwa marycha. W głowie nagle rozbłysł, zakiełkował i zakwitł jaskrawoczerwony kwiatek. Szkarłatny jak krew. Sazonow trzymał dym w płucach, a kwiatek rozpuszczał mu w głowie mięsiste płatki. Zrobiło mu się lekko. Dobrze. Po prostu tak, jak trzeba.

Tak jakby przed tym, nim zapalił, część łamigłówki „Wadim Sazonow" była nieobecna, a teraz, wraz z pierwszym zaciągnięciem, wskoczyła na swoje miejsce. Cyk.

I teraz jest cały.

Spokój.

Sazonow schował piórnik do kieszeni płaszcza. Trzeba będzie skontaktować się z Faridem, żeby załatwił więcej wegańskiej trawki. Weganćy nie są głupi, jak się okazuje.

Myślał teraz jasno i spokojnie.

Do tej chwili, podczas rozmowy z Memowem, czuł, jak w głowie gęstnieje mu mgła, plącze myśli. Sazonow walnął się nawet parę razy, aż generał patrzył na niego ze zdziwieniem. Teraz, po tym jak zapalił, w głowie zrobiło mu się tak jasno, że dałoby się tam grać w piłkę.

Naprzód. Planuj, podejmuj decyzje, póki jasno myślisz.

Postyszewowi trzeba wykręcić jakiś nieskomplikowany numer. I jest jeszcze Tania... Sazonow uśmiechnął się półgębkiem. Nie to, żeby była dla niego aż tak atrakcyjna jako kobieta, ale... Tania była kiedyś narzeczoną Iwana. A to już, przyznacie, zupełnie inna sprawa. Wszystko, co należało do Waniadze, jest warte uwagi. Sazonow znów się zaciągnął, powoli – drobnymi porcjami – wypuścił dym. Dym wyginał się, płynął pięknie i z wdziękiem. Głupio, oczywiście, pokazywać się z trawką pod sztabem Memowa, ale dziś był trudny dzień. Wszystko mi się uda, pomyślał Sazonow.

Rzucił niedopałek, przydeptał go obcasem. To ślady. Ale chrzanię ślady. Sazonow ruszył naprzód... i praktycznie zderzył się z adiutantem Memowa, który wyskoczył z drzwi.

– Proszę mnie przepuścić!

– Co się stało? – zapytał digger.

Adiutant spróbował go minąć, ale Sazonow płynnym, niemal niedostrzegalnym ruchem, przesunął się, żeby stanąć mu na drodze. Adiutant był nowy, młodziutki, całkiem zielony. Przeciwko diggerskiemu doświadczeniu Sazonowa ten szczawik nie miał szans.

– Muszę... przejść...

– Mogę pomóc – powiedział Sazonow. Uśmiechnął się – jak biegacz do samotnego szczeniaka psa Pawłowa. Uśmiech drapieżnika na widok podkulonego ogona swojej ofiary. Sazonowa rzadko zawodził nos do ludzkich słabości. Ale teraz ryzykował – i to mocno.

Wyczuwał, że to coś ważnego. Szansa. Jeśli nie, to narażam się na potężne nieprzyjemności. Generał tak tego nie zostawi.

Adiutant rozpaczliwie próbował się przecisnąć, ale nie udało mu się wyminąć Sazonowa.

Ten w ostatniej chwili ledwo zauważalnie się przesuwał i blokował chłopakowi drogę. Samobieżna ściana.

– To... pilne!

– Rozumiem – powiedział łagodnie Sazonow. Oczy zabłysły mu w ciemności. – Jaki był rozkaz generała?

Adiutant miał rozbiegany wzrok. Westchnął z rozpaczą, szukając drogi wyjścia.

– Muszę zanieść wiadomość...

– Jaką?

– Proszę mnie przepuścić! Ja... nie mogę!

– Przecież ją zgubiłeś. Nie trzymasz niczego w ręce – powiedział Sazonow. No, dawaj, nabierz się. – Sam zobacz, głuptasie.

Adiutant zawahał się, pochylił głowę, podniósł rękę (lewą, zauważył Sazonow), otworzył dłoń...

Chwila prawdy.

Leżała na niej karteczka. Szybki, rozmazany ruch. Ułamek sekundy później adiutant zacisnął palce. Tak szybko, jak tylko mógł. Ale w garści nic już nie było.

Sazonow trzymał w ręce notatkę. Dowódca diggerów przebiegł treść wzrokiem, potem jeszcze raz. Rozluźnił palce, karteczka zaczęła opadać na ziemię. Drań! – pomyślał adiutant; rzucił się, chcąc złapać kartkę – chwycił ją i nieomal z płaczem pobiegł naprzód.

Chłopiec się nabrał.

Ale jestem szybki, pomyślał Sazonow.

...W ciągu pół minuty Sazonow wiedział dokładnie, co będzie dalej robił. Zatrzymał się, zastanowił się jeszcze raz. Powinno zadziałać. Intuicja nie zawiodła go również dzisiaj. Ryzyko było tego warte.

Ruszył znowu, przyspieszył kroku.

Iwan żyje.

I jest na Newskim.

Tra-la-la-la. Batooonik.

Sazonow szybko przebiegł przez peron, zeskoczył na tor. W jednej z klitek pod peronem Admiratielskiej znajdowała się ich tymczasowa baza. Sazonow otworzył drzwi na oścież, w twarz uderzyła go woń tanich trunków i niemytych ciał. Sazonow skrzywił się. Potem podszedł bliżej i popchnął nogą bezkształtną stertę szmat śmierdzącą przetrawionym alkoholem.

– Wal się – powiedziały szmaty, przewróciły się na plecy. Wyjrzała z nich pomięta, nieogolona gęba. – Czego chcesz?

Sazonow uśmiechnął się.

– Gładysz, starczy spania! Pobudka! Jest sprawa.

• • •

Uberfuhrer wskazał na cyferblat dużego, białego zegara z czarnymi cyframi.

– Dziesięć minut – powiedział samym ruchem ust. Iwan skinął głową, przełożył słuchawkę do drugiego ucha, przycisnął ramieniem.

Napisał na kartce „M. zaczął działać", pokazał Uberowi. Skinhead prychnął.

– A więc generale. Porozmawiamy?

– Czego chcesz, Iwanie?

– Potrzebuję odpowiedzi. Ostatnim razem w końcu jej nie usłyszałem. I chciałbym, jeśli nie ma pan nic przeciwko temu, generale, otrzymać ją teraz.

– Pytaj. Z przyjemnością odpowiem na każde twoje pytanie.

Gra na czas, zorientował się Iwan. Zresztą przewidzieliśmy to.

– Chcę wiedzieć, po co to wszystko było? Ta kradzież, zabójstwo? Ta wojna?

Generał milczał przez chwilę.

– Jak mam cię przekonać, Iwanie? – odezwał się wreszcie. – Cokolwiek bym ci teraz powiedział, najprawdopodobniej nie uwierzysz. Ale wiesz jedno: zrobiłem to, co uważam za konieczne. Ludzkość i tak została zbyt nieliczna, żeby pozwolić jej się rozbiegać po kątach. Tak, moje metody nie są zbyt szlachetne. Owszem, masz rację – kradzież, zabójstwo, wojna. Ale nie mogę pozwolić nikomu – ani Chodnikom, ani Wasilieostrowskiej, ani nikomu innemu – żeby siedzieli i czekali każdy w swoim kącie, gdy tymczasem pozostali ze wszystkich sił rwą się ku przyszłości. Powinniśmy być razem, rozumiesz?

– W jedności siła, tak? – powiedział szyderczo Iwan. – Czy jakiś nowy slogan, którego jeszcze nie poznałem, generale?

Ciężkie westchnienie.

– Nie wiesz najważniejszej rzeczy, Iwanie. Stoimy u progu wielkiej wojny.

Iwan uśmiechnął się?

– Aż tak?

– Właśnie tak. Co wiesz… o Weganach?

…Błysk. Białawe włoski na szyi doktora. Padające ciało. Bum.

Iwan mrugnął, odwrócił się tak, żeby pozostali nie widzieli jego twarzy.

– Wystarczająco wiele.

– Tak naprawdę nie wiesz nic. Mam wiarygodne informacje, że imperium Wegan przygotowuje się do inwazji na niezajęte przez nich terytorium metra. Weganie potrzebują przestrzeni życiowej. I nie tylko jej…

– Więc stał się pan bojownikiem o wolność, generale? To bardzo ciekawe.

– Milcz i słuchaj. Powierzam ci teraz coś, co wie tylko kilku ludzi. W metrze tworzy się nowy podział stref wpływów. Weganie to nie są ludzie. Chociaż wyglądają jak my. Tak więc to nie będzie walka w obronie niepodległości. To będzie walka o przetrwanie ludzkości. Zostało nam mało czasu. Może rok. Może parę miesięcy. Może nawet mniej. Nie wiem. Potem rozpęta się piekło. Nas, ludzi, zagonią do rezerwatów i przerobią na nawóz. Tego chcesz?

Iwan milczał przez chwilę. Brzmiałoby to przekonująco, gdyby nie jedno „ale".

– Problem w tym, generale, że wystarczająco blisko się z Weganami zadawałem. I mogę powiedzieć z całą pewnością: to są ludzie. Chociaż dziwni i jedzą tylko rośliny. I przerabiają jeńców na nawóz. Wszystko to jest całkowicie ludzkie… żeby wspomnieć Plac Powstania. Prawda, generale?

Ciężkie westchnienie.

– Nie wierzysz. Przyjdź, pokażę ci rezultaty sekcji zwłok Wegan. Zrozumiesz, o czym mówię. To nie są ludzie, Iwanie. Uwierz mi. Nie wiem, kiedy się to zaczęło, ale teraz to bardziej rośliny, niż…

Iwan przerwał tę przemowę:

– Co pan próbuje mi powiedzieć, generale? Stare dobre „cel uświęca środki"?

Pauza.

– Tak – powiedział Memow. – Tak właśnie jest. Uświęca. Kiedy to jest wielki cel. Kiedy mowa o przetrwaniu ludzkości.

Uberfuhrer zamachał gwałtownie ręką – szybciej, szybciej, czas się skończył. Iwan skinął, zaraz idę.

– Czas się pożegnać, generale. Muszę iść.

– Zaczekaj! – zawołał generał. – Nie dosłuchałeś do końca! Wiem, że przed tobą jestem winny. Nie zabijaj Orłowa! Nie rób tego, proszę! Proszę cię – nie...

Iwan odłożył słuchawkę. Uber popatrzył na niego, pokazał oczami „wszystko będzie dobrze", zarzucił karabin na ramię i wysunął się przez drzwi.

Iwan spojrzał na związanego szefa SB Admiratielskiej.

Podniósł pistolet. Kciukiem odwiódł kurek...

...Migotanie, migotanie. Ludzie padają na ziemię. Ogłuszający huk wystrzałów.

Jak to powiedział generał?

„To bardziej rośliny niż..." Niż ludzie?

Iwan wycelował w skroń Orłowa.

Zło powinno być ukarane.

Prawda?

• • •

Odgłos wystrzału.

Sazonow i Gładyszew spojrzeli po sobie, ruszyli miękko z dwóch stron, okrążając wejście do gabinetu szefa SB.

„Trzymaj partnera tyłem głowy", wspomniał Sazonow wskazówkę Iwana. Uśmiechnął się. On i Gładysz do tej pory działali jak jeden organizm. Drzwi były uchylone. Sazonow zajrzał do środka.

Głuche wycie. Po pokoju tarzał się kształt owinięty taśmą klejącą.

Sazonow płynnym ruchem wszedł do środka, trzymając w dłoni rewolwer.

I zobaczył. Biała twarz Orłowa, wściekle przewracające się oczy. Podłoga zalana krwią. Sazonow wsunął rewolwer do kabury. Schylił się, z całej siły oderwał skraj taśmy z twarzy szefa SB i odsunął się. Orłow wypluł szmatkę i wrzasnął. Tak, że diggerowi zadzwoniło w uszach. Dźwięk odbijał się od ścian ciasnego pomieszczenia, kompresował w jedną przygniatającą falę.

– Aaa! – krzyczał Orłow. – Kolano! Moje Kolano! Aa?

Dlaczego Iwan go nie zabił? Sazonow podniósł pistolet Orłowa, który leżał na stole. Jak wiele powstaje pytań. Dlaczego pozostawił go przy życiu? Co ja bym zrobił na miejscu Iwana? Doprowadziłbym to, co zacząłem, do końca. Sazonow uśmiechnął się. Oczywiście, właśnie tak Iwan powinien postąpić. To by było... logiczne.

Orłow wciąż wrzeszczał.

Sazonow odwiódł kurek beretty.

Potem pochylił się i starannie przykleił taśmę z powrotem. Cisza. No, względna... Orłow głucho ryczał. Oczy szefa SB były wytrzeszczone.

Sazonow wziął pistolet i odsunął się jak najdalej, żeby nie zabryzgać płaszcza. Podniósł pistolet, wycelował i nacisnął na spust. Bach! Szarpnięcie nadgarstka.

Plask. Krew rozlewała się spod łysiny...

Sazonow przysiadł na krześle i rzucił pistolet na blat biurka.

– Wystarczy – powiedział. – Wystarczy tego wrzeszczenia. Co ty tak, jak mała dziewczynka.

• • •

Nie należy płakać nad rozlanym mlekiem.

Wyszli z gabinetu Orłowa, który znajdował się na samym końcu peronu. Na drzwiach był napis: „B2-PIIA”, Iwan słyszał, że kiedyś w takich pomieszczeniach przechowywało się narzędzia sprzątaczek. A teraz urządzano w nich gabinety najważniejszych osób. Popatrz, jaki ten świat zmienny.

Rozejrzał się dookoła.

Jasny marmur, wysoki sufit. Jednak Newski, pomyślał Iwan, to bodaj czy nie moja ulubiona stacja. Ale czas ruszać.

Słowa Memowa mimo wszystko zapadły mi w pamięć. Aż stanął na moment. Co, jeśli generał nie łgał – i Weganie rzeczywiście przygotowują się do wielkiej wojny?

W takim razie jesteśmy w głębokim… kryzysie.

Przeszli przez peron, przeciskając się wśród tłumu. Tym razem żadnego kamuflażu. Działamy otwarcie i bezczelnie. Nagle digger zorientował się, że Uberfuhrer został w tyle. Odwrócił się – skinhead zastygł, patrząc w stronę przejścia na Gostinkę. Iwan zmrużył oczy – nie, nie widzę nikogo znajomego.

– Uber? – zawołał go Iwan.

Skinhead stał w napięciu, ze stanowczą miną.

– Uber!

W końcu z trudem, tak jakby szyja mu zardzewiała, odwrócił głowę w kierunku Iwana. Jego niebieskie oczy wypełniała zimna wściekłość. Jak dymiący na powietrzu suchy lud. Iwan aż zrobił krok do tyłu. Niczego sobie.

– Co się stało?

Mięśnie twarzy skinheada nieco się rozluźniły, nawet się uśmiechnął. Zdjął z ramienia automat i podał go Iwanowi.

– Idź – powiedział skinhead.

Iwan podniósł brwi. Według planu powinni uciekać razem tunelem do Sienniej. Tą właśnie trasą poszli już profesor i Kuzniecow. Kogo Uber tam zobaczył? Nie rozumiem.

– Idź – powiedział Uberfuhrer. – Dogonię was.

• • •

Uberfuhrer zeskoczył na beton, lądując miękko na ugiętych nogach. Wyprostował się.

– Cześć, Ramil. Pamiętasz mnie?

Ochroniarz cara Achmeta podniósł głowę. Uśmiechnął się. Poznał. Wypchnął za plecy Achmietzianowa, ten chciał wyrazić swoje oburzenie, ale Ramil pokręcił głową. Nie teraz.

Ochroniarz zrobił krok do przodu – miękko jak drapieżnik.

– On jest poza tą sprawą – powiedział Ramil.

– On jest poza tą sprawą – zgodził się Uber, rozstawiając szeroko ręce i potrząsając dłonią uzbrojoną w nóż. Żeby rozgrzać mięśnie. Nagi do pasa, w siniakach i szramach, skinhead wyglądał zupełnie jak jakieś wściekłe bydlę. Na ramieniu sierp i młot otoczone wieńcem. Sowiecka maszyna śmierci w pełnej krasie.

Achmet Drugi odbiegł kawałek i stanął, jego czarna skórzana kurtka błyszczała w ciemności. Oczy mu lśniły. Odczekał...

– Idź – nakazał Ramil, nie patrząc w jego kierunku. Achmet zaczął biec. Ochroniarz zdjął marynarkę, powiesił ją starannie na wystającym pręcie zbrojeniowym. Podwinął rękawy – ukazały się zarośnięte ciemnymi włosami przedramiona – i wyjął nóż.

Uber bawił się nożem, obracał w palcach, podrzucał, a potem łapał. Wyprostował się. Kiwnął Chodnikowi. Gotowy?

Ramil skinął głową.

Zaczynamy.

– Sukinkocie – powiedział Uberfuhrer, nakręcając w sobie emocje. – Nie wiesz, kurna, z kim zadarłeś! Ze skinami zadarłeś! Rozumiesz?!

• • •

– Który tunel? – zapytał Gładysz ochryple, słabym głosem. Zakasłał, charknął. Digger wyglądał wstrętnie, nie lepiej niż pierwszy lepszy gnilak. – Tfu, cholera. Lewy, czy prawy?

Sazonow rozejrzał się.

– Lewy – powiedział.

– Jesteś pewny?

– Lewy… – powtórzył odruchowo Sazonow, i wtedy do niego dotarło: – Co to za bezczelność?

– A co?

Na co on sobie pozwala? Sazonow wyprostował się.

– Gładysz, odbiło ci? – zapytał powoli i wyraźnie. Każdy bunt lepiej jest stłumić w zarodku. – Czy mam ci w mordę przyładować?

Cisza.

– Gładysz?

– Wiesz, dowódco – powiedział przeciągle Gładyszew. Jego twarz, opuchła i jakby pocięta nożem, była w tej chwili nad podziw spokojna. A nawet prawie urodziwa. – Oczywiście to ty dowodzisz… ale nie wkurzaj mnie. Rozumiesz? Myślisz, że nie wiem, po co wrócił Wan? Wrócił z tamtego świata, wiem o tym. Wrócił po ciebie!

– A nie po ciebie?

– Po mnie też, jasne – zgodził się digger. Wyszczerzył w uśmiechu spróchniałe resztki zębów. – Bo mam na rękach krew, dużo krwi. A ty go w ogóle zabiłeś. Co, myślałeś, że nie wiem? Biegałeś za nim jak baba, patrzyłeś jak w obrazek, a potem, kiedy postanowił się ożenić, posłałeś go do diabła. I teraz macasz jego rzeczy, jak jakaś baba… bo ty jesteś baba. Tylko że on wrócił, rozumiesz, Sazon? Co ty na taki numer? Pewnie się boisz?

Sazonow nie wierzył własnym uszom.

– Gładysz, jesteś pijany? Z kim ty rozmawiasz, jak ci się wydaje?

– Z nikim nie rozmawiam.

Sazonow złapał go za kołnierz zatłuszczonej kurtki, pociągnął do siebie.

– Jestem twoim dowódcą, rozumiesz?!

Gładysz wyszczerzył zęby.

– Ni wała nie jesteś moim dowódcą. Jednego miałem dowódcę – Koślawego. I drugiego – Wana. A trzeciego nie będzie.

– A ja kim jestem? – Sazonow zapomniał nawet się zezłościć, tak go rozbawił Gładysz. Na co ten śmieszny człowieczek sobie pozwala? Co on bredzi? Co się w ogóle dzisiaj dzieje?

– A ty... ty jesteś nieprzyjacielem człowieka, Sazon – powiedział Gładysz poważnym tonem. – Idź precz, szatanie. Zabierz rączki, bo połamię w cholerę.

Z trzaskiem wyrwał kołnierz kurtki z uchwytu Sazonowa, odwrócił się i wszedł do tunelu. Lewego, jak było powiedziane. Dowódca diggerów wyprostował się.

– Stój, Gładysz! Bo będę strzelał.

Digger się zatrzymał.

Odwrócił głowę.

– Wal się – powiedział wyraźnie i poszedł dalej.

W dłoni Sazonowa znalazł się rewolwer. Sam nie zauważył, kiedy zdążył go wyciągnąć. Znajomy zimny ciężar. Szybki jestem.

Płynnym ruchem podniósł pythona, wycelował. Muszka przesuwała się po przygarbionej postaci starego diggera. No, strzelaj, nakazał sobie Sazonow, inaczej Gładysz zaraz wyjdzie ze strefy światła... I co wtedy?

Nie przestawał celować. Położył palec na doskonałym wygięciu języka spustowego, pogładził go. Tak, ta broń jest dla mnie...

Strzelajże, powiedział. No!

Sekunda.

Plecy Gładysza, oświetlone z boku światłem latarki, zniknęły w mroku.

Sazonow opuścił rewolwer, uśmiechnął się. Nie. Najpierw Iwan. Sprawę Gładysza można załatwić później.

• • •

– Po co ci mój nóż, Ramilu? Po co, kochanieńki?

Uberfuhrer ruszył w stronę ochroniarza, to kryjąc nóż za nadgarstkiem, to znów drażniąc nim przeciwnika. Migoczące ostrze pojawiało się raz w lewej dłoni, raz w prawej.

Ramil czekał. Niewzruszony.

Uberfuhrer wykonał miękki ślizg, wyrzucając rękę do przodu. Miał chiński nóż Wiking, prościutki – szara stal, nacięcia na odwrotnej stronie ostrza. W ostatniej chwili Ramil się poruszył – brzęk! – ostrza się spotkały, odleciały do tyłu...

Uberfuhrer odskoczył, przykucnął. Błysk metalu. Skinhead drgnął.

Zrobił krok do tyłu. Mrugnął.

Ramil patrzył na niego jak kamienny idol.

Nad lewą brwią Uberfuhrera pokazała się cieniutka, czerwona kreska.

Ułamek sekundy i kreseczka nabrzmiała czerwienią. Pokazała się kropla krwi, spłynęła w dół, natrafiła na ciemną brew. Kapnęła na dół. Skinhead zamrugał. Potem podniósł rękę, dotknął palcami skaleczenia – cofnął je i popatrzył ze zdziwieniem na krew. Przeniósł wzrok na ochroniarza.

Ramil wzruszył ramionami. A tak.

– Nieźle – przyznał Uber. Szybkim ruchem rozmazał sobie krew po czole. Teraz przypominał Indianina w barwach wojennych.

Znów przełożył nóż do lewej dłoni i ruszył naprzód.

Szybki ruch Ramila na jego spotkanie. Migoczące smugi metalu. Brzęk, brzęk, brzęk. A masz! Wypad i szeroki zamach Ramila. Uberfuhrer uchylił się i odskoczył. Pauza. Na lewym ramieniu pojawiło mu się krótkie draśnięcie.

Wokół nich zaczął się zbierać tłum. Narastał harmider. Zaraz powinni się pojawić żołnierze patrolu, ale na razie panowała względna cisza.

Uberfuhrer nagle się roześmiał.

– Przecież to Achmet ma mój nóż, tak? – powiedział skinhead. – To dla niego się tak starałeś? Jak to jest być niańką, co, Ramilu?

Ochroniarz się potknął. Twarz mu drgnęła.

– Nie twoja sprawa – odezwał się pierwszy raz od początku walki. – Dotknąłem go, zrozumiał Uber. Trzeba dobić, bo mnie tu pokroi na kawałki.

– Często mu zmieniasz pieluszki?

Ochroniarz rozdął nozdrza.

– A z kobietami też go zastępujesz? Czy jak? – wciąż szydził skinhead. – Tak patrzę, że wszystko za niego robisz, Ramilu. I paznokietki mi zdzierałeś dla jego przyjemności… czy jednak dla swojej? No, powiedz, nie rozczaruj mnie.

– Teraz cię zabiję – powiedział Ramil twardo. – Jesteś trup.

Zetknęli się. Błysk ostrzy, brzęk metalu. Chwilę później Ramil niezgrabnie opadł na kolana. Jego nogi nie mogły już utrzymać tego wielkiego, silnego ciała. Odczekał chwilę, spróbował wstać… I padł z rozpostartymi rękami.

Skinhead wyprostował się. W dłoni trzymał zakrwawiony nóż.

– A umierać też będziesz za niego, tak, Ramilu? – powiedział do martwego.

Uberfuhrer odwrócił się i zeskoczył na tory. Sprawa skończona. Pora się zmywać…

Huk wystrzału.

Zatrzymał się na moment, zadarł głowę. To z tej strony, gdzie zostawili Orłowa. Tłum na peronie, nad głową skinheada zaczął szemrać.

• • •

Tunele. Wydaje się, jakby wszystko się powtarzało.

Iwan, pomyślał Sazonow. Iwan, Iwaniadze, Dupadze. Tutaj jesteś.

Podniósł colta pythona, wycelował. Z podrzutu zwykle strzelał lepiej, ale to przecież nasz stary, dobry przyjaciel Iwan. Nie warto ryzykować… chociaż. Dlaczego nie? Sazonow uśmiechnął się, opuścił rewolwer i wsunął go do kabury na biodrze.

Iwaniadze jest wart ryzyka.

Podniósł latarkę i, trzymając ją w wyciągniętej w bok prawej ręce, ruszył naprzód. Jeśli Iwan będzie strzelał w światło, to niech strzela.

Tak czy owak, jestem szybszy.

• • •

Każdy myśliwy wiedzieć chce, gdzie się kryje…

Sazon.

Tak czy owak, jest szybszy. Ale nam się jednak zrobiła gra w kotka i myszkę. Iwan pokręcił głową, skierował latarką na ścianę.

Smuga światła przesuwała się po wgłębieniach pierścieni, z których składał się tunel, pokazywała zardzewiałe uchwyty na kable. Puste. W tym tunelu wszystko, co użyteczne, dawno zostało zabrane, kable wykorzystane, a szczury policzone. Ale nawet tutaj, w rozdeptanym wzdłuż i w poprzek odcinku od Newskiego do Siennej, czasem giną ludzie.

Ale mnie to nie grozi. Iwan uśmiechnął się, podniósł do ramienia bastarda, którego dał mu Szakiłow, szybko poszedł naprzód. Od chwili przybycia oddziału z Admiratielskiej na Newski minęły dwie minuty. Tutaj też szybko dotrą – ale my już będziemy na Siennej. Daj Boże.

Wyłączył latarkę, odwrócił się, żeby sprawdzić, czy nikt go nie ściga.

Zamrugał.

Powidok plamy światła wisiał mu przed oczami.

Samotna latarka świeciła w oddali.

To jest albo samotny wędrowiec spokojnie podążający na targ, albo…

Iwan schylił się.

Albo Sazonow.

• • •

Światło daleko przed nim zgasło. Tak, tak, Waniadze.

Przestraszył się? Spanikował?

Nie będziesz strzelał w kierunku światła. Sazonow się uśmiechnął.

Dlatego że nie wiesz, kto to idzie, a zabijać przypadkowego przechodnia to nie w twoim stylu, Iwanie.

Sazonow przyspieszył kroku.

Pamiętam, jaki byłeś, Iwanie, kiedy dołączyłem do drużyny. Byłeś inny niż wszyscy. Patrzyłeś na mnie i byłeś poważny. Nie szydziłeś. Nie gardziłeś mną jak niedorajdą – a byłem niedorajdą, dwie lewe ręce, co tu kryć…

Patrzyłeś na mnie jak na człowieka.

Może za to właśnie cię nienawidzę.

Przerosłem wszystkich. Gładysz, który rżał i mnie wyszydzał, teraz patrzy na mnie jak pies. To mój człowiek, Iwanie – nie twój. I niechby dzisiaj Gładysz się zbuntował, to nic nie znaczy. Gładysz jest słaby. Wcześniej czy później i tak do mnie wróci.

Wszystko, co było twoje, jest teraz moje. Albo będzie moje.

Nienawidzimy nie tych, którzy są lepsi i nami pogardzają, lecz tych, którzy są lepsi, ale odnoszą się do nas jak do równych sobie.

Taka już ludzka natura.

Sazonow wyjął rewolwer z kabury. Ognik przed nim znów zabłysnął, zaczął się oddalać. Sazonow zaczął biec.

• • •

Latarka nagle mocniej się zatrzęsła, tak jakby ten, który ją trzymał, zaczął biec.

Spieszymy się, tak?

Bardzo ci jestem potrzebny, Sazonie?

Iwan wstał, szeroko rozstawił nogi, podniósł automat do ramienia. Plama światła wciąż trzęsła się to w górę, to w dół. Biegnie, kochanieńki.

Przycisnął policzek do chłodnego, gładkiego drewna kolby.

Mój ulubiony cukierek – powiedział bezdźwięcznie. Położył palce na języku spustowym, lekko przycisnął. Gotowe, można strzelać.

Ech, Sazon, Sazon.

– Batooonik. – Wypuścił powietrze Iwan i nacisnął na spust. Automat drgnął, ciemność rozerwały rozbłyski. Raz, dwa, policzył i puścił spust.

Latarka padła na ziemię, poturlała się na bok, zakołysała się, oświetlając kawałek ściany tunelu.

Iwan natychmiast odbiegł w lewo, przyklęknął na jedno kolano. Znów wycelował, czekając.

Ciemność.

Ból w ramieniu. Przed oczyma unoszą się niebieskie plamy.

No, dalej!

Latarka wciąż leżała w tym samy miejscu. „Trafiłem? – pomyślał Iwan. – Czy nie?”

Jęk.

• • •

Sazonow biegł lekko, swobodnie. Przed wejściem do tunelu wypalił ostatniego skręta, teraz w głowie kwitł mu szkarłatny kwiat. Spokój.

Latarkę trzymał w wyciągniętej na bok lewej ręce. Prawa, z rewolwerem, była luźno opuszczona…

Dawaj, Waniadze, nabierz się na mój prościutki trik. Bo im prościej, tym lepiej, tak?

Strzelaj. A ja odpowiem. Szybki jestem.

Sazon biegł. Dźwięk kroków w dźwięcznej pustce tunelu rozbijał się na kawałki i nasilał. Zdawało się, że to nie jeden Sazonow biegnie, a cały oddział Sazonowów dogania martwego diggera Iwana.

Jak to powiedział Gładysz? Idź precz, szatanie?

Jestem szatanem.

Wystrzał. Sazonow schylił się. Wygląda na to, że Iwanowi puściły nerwy. Ajajaj. A gdzie twój słynny „batonik”?

W krótkim błysku Sazonow dostrzegł człowieka z wyciągniętą w jego stronę ręką…

Ułamek sekundy później poderwał rewolwer i wystrzelił, nie celując. Dwa razy.

Bach! Bach!

Człowiek padł.

• • •

Iwan włączył latarkę pod lufą karabinu, przykucnął nad ciałem z palcem na spuście.

Trafiłem?

Tam, gdzie pada światło, tam leci kula. To proste.

Prawie jak celownik laserowy.

Człowiek leżał na boku, z niezgrabnie podwiniętą lewą ręką. Ciemne ubranie, rozchełstany kołnierz na szyi. Obok leżał składany kałach. Iwan przeniósł wzrok, poświecił latarką w twarz leżącego człowieka…

Zaklął.

Przed nim leżał ktoś inny. Nie Sazon.

„Każdy myśliwy wiedzieć chce, gdzie się kryje Sazon".

Mężczyzna drgnął i poruszył się. Jęknął.

– Cześć, Gładysz – powiedział Iwan. – Co u ciebie?

• • •

Trafiłem. Nie mogłem nie trafić.

Sazonow pochylił się nad leżącym człowiekiem. Poświecił latarką.

Ożeż w mordę.

Przed nim, skulony na zardzewiałych szynach, leżał jakiś zupełnie nieznajomy człowiek. Zsunięta czapeczka odkrywała jasne włosy.

Oczy mężczyzny były szeroko otwarte. Tuż obok zabitego leżał tani jednokomorowy obrzyn.

Sazonow podniósł brwi.

Ustrzeliłem przypadkowego przechodnia? Zabawne. Sazonow drgnął, szybko wstał.

Rozejrzał się trzymając w ręku latarkę. Chwilę później wzdrygnął się tak, że o mało jej nie upuścił.

Gdzieś w oddali zabrzmiały wystrzały.

Nie ten tunel. Sazonow zaklął. Wybrałem nie ten tunel.

Błąd za błędem.

Przy okazji poświecił na twarz nieboszczyka. Za to, jak się zdaje, lista zbrodni Iwana Mierkułowa wydłużyła się o jedno nieuzasadnione zabójstwo.

Czas wracać. Zdać raport generałowi.

• • •

– Wan. – Usta Gładysza poruszyły się, ułożyły w uśmiech. – Dowódco. Ja…

– Cicho – powiedział Iwan. – Milcz.

– Nie ten…

– Co? – Iwan schylił się nad leżącym. – Co mówisz?

– Nie ten tunel – powiedział Gładysz. Nieliczne zęby obnażyły się w zakrwawionym uśmiechu. – Dowódco. Pójdę teraz do piekła?

Iwan pokręcił głową. Nie. Gładyszew to morderca i maniak. Ale nawet mordercy i maniakowi nie zaszkodzi trochę nadziei.

– To dobrze – powiedział Gładysz i znieruchomiał. Płaska, pocięta zmarszczkami twarz złagodniała.

Cholera.

Iwan wstał. Odwrócił się. W oddali migotało światło latarek. Niedługo będą tu patrole Aliansu.

Czas iść na Sienną. Kryć się przed wymiarem sprawiedliwości.

• • •

– Zniknął – powiedział Memow, pogładził palcem usta – w prawo, w lewo. Wargi miał suche i popękane. Wszystko przez te nerwy, nerwy. – Sukinsyn. Zabił Orłowa i zniknął. Gdzie on teraz jest? Na Sadowej–Siennej?

– Najprawdopodobniej – Sazonow znów podszedł do słoników. Memow z trudem stłumił pragnienie, by go usadzić. Uspokój się.

– Trzeba się zastanowić, co on teraz zrobi.

– Myślę, że pójdzie na Waśkę.

Memow skinął głową.

– Jeśli tam dotrze, to będziemy mieli małą wojnę domową. Wasilieostrowska cały czas roi o swojej niezależności. A tu bohater wstaje z martwych.

– Aha – powiedział Sazonow.

Podniósł słonika i poskakał nim w powietrzu. Klik-klak, klik--klak.

Przygłup, pomyślał generał prawie z nienawiścią.

Klik-klak, klik-klak. Skacze słonik.

– Zostaw, proszę, zabawkę w spokoju. – Generał podniósł głos. Sazonow żartobliwie zasalutował. Słonik wrócił na miejsce. – I słuchaj.

Memow przeszedł się po gabinecie. Zatrzymał się przed tym starym planem, który widział jeszcze Iwan – Alians, Weganie, kolorowe pinezki. I mroczna przyszłość. A przecież powiedziałem mu prawdę, pomyślał generał. Tylko że Iwan mimo wszystko nie uwierzył…

A kiedy uwierzy, będzie za późno.

Wojna będzie już rozpoczęta.

– Zamkniemy wszystkie stacje Aliansu. Ogłosimy poszukiwania i nagrodę za jego głowę. Koniec końców zawsze możemy uznać go za zbrodniarza wojennego. Działało wcześniej, zadziała i teraz. Wtedy Mierkułowa będą szukać również głąby ze Światowej Rady Metra. Co by tu jeszcze. Najważniejsze by

Iwan nie trafił na Wasilieostrowską… Nakazałem wzmocnić ochronę stacji.

– Patrole nie wystarczą – powiedział Sazonow.

– Co masz na myśli?

Sazonow pokręcił głową z uśmiechem. Ciekaw jestem, z czego on się cieszy? – pomyślał Memow z irytacją. Cztery trupy w jeden dzień, w tym jeden z nich to przypadkowy przechodzień, a on się cieszy.

– Może znaleźć inne wejście na Waśkę. Pracowałem z nim, niech pan nie zapomina, generale. Iwan to znakomity digger.

Memow założył ręce za plecy, przeniósł ciężar ciała z palców na pięty i z powrotem. Pomilczał przez chwilę. W końcu podniósł głowę i spojrzał na Sazonowa:

– I co proponujesz?

Sazonow uśmiechnął się.

• • •

– Tnij kable! Zwijaj!

– Dawajcie, żywiej. I przykładamy się do pracy, przykładamy! – zachęcał żołnierzy kapitan.

Dźwignia chodziła w górę i w dół. Ogromne kwadratowe wrota powoli, majestatycznie ruszyły i zaczęły niespiesznie, milimetr po milimetrze, zamykać się.

– Nie mieścimy się w normie, Fienczenko! – zawołał do jednego z żołnierzy. – Co zrobisz, jak będzie zagrożenie zalaniem, hę? Powódź na ciebie nie zaczeka. Machaj wajchą, machaj. Raz-dwa, raz-dwa. Masz przecież wprawę? Każdej nocy trenujesz pod kołdrą!

Żołnierze zachichotali. Śluza powoli, nieubłaganie podnosiła się w poprzek tunelu, zamykając na głucho drogę.

– Żołnierzyku, co to się tutaj wyprawia? Co to jest, hę?!

Handlarka jadąca na Wasilieostrowską z mężem i ładunkiem tkanin podbiegła do dowódcy.

Blokada – powiedział sucho „żołnierzyk", któremu stuknęła już czwarta dziesiątka. – Zawracajcie na Admiratielską, madame, tu więcej przejścia nie będzie. – Pomilczał przez chwilę i dodał: – Niebezpieczeństwo zatopienia, jasne?

Wrócił do żołnierzy. Dalej, dalej. Ci zaczęli się już ścigać, kto będzie lepiej „pompował". Hermetyczne wrota nieuchronnie się zamykały.

– Będziemy tych z Waśki głodem morzyć – powiedział do sierżanta. Pomilczał, sam w końcu zdając sobie sprawę, co tu się właściwie dzieje. – Całkiem odbiło tym naszym naczelnikom. Co tu dzieci winne?

• • •

Wieści o blokadzie Wasilieostrowskiej dosięgły uszu Iwana następnego dnia. Do tego czasu spiskowcy zebrali się na Siennej, w wynajętym tymczasowo pokoju hotelowym. Trochę drogo, ale najważniejsze, że ustronnie.

Sadowa–Sienna–Spasska nie wydaje Aliansowi przestępców.

A jeśli dobrze zapłacić, to Sadowa–Spasska daje nawet przestępcom możliwość wykonania jednego telefonu.

– Przy telefonie.

Iwan powiedział powoli:

– Co to znaczy, generale?

– Prosiłem cię, żebyś nie zabijał Orłowa – powiedział Memow. Głos miał zmęczony. – Dlaczego?

– Co? – Iwan umilkł. Proszę, jak się wszystko obróciło.

– Nie będzie żadnych negocjacji, Iwanie. Jesteś teraz mordercą i terrorystą, a z mordercami i terrorystami nie negocjujemy. Tak jak i ze zbrodniarzami wojennymi. I jeśli mam być szczery... – Generał milczał przez chwilę. – Bardzo mnie rozczarowałeś, Iwanie.

• • •

– Na samozaopatrzeniu Wasilieostrowska pociągnie mniej więcej miesiąc – powiedział profesor, kiedy wszyscy się zebrali. – To znaczy nasi mają zapasy żywności na miesiąc–półtora, standardowo. Istnieją nienaruszalne rezerwy konserw na wypadek zatopienia tuneli. Są zapasy karbidu i spirytusu do lamp i gotowania – chociaż, jak sądzę, podczas wojny z Placem Powstania te zapasy nieco się uszczupliły... Co jeszcze? Woda pitna w zbiornikach – jest. Głównym problemem, jak rozumiem, pozostaje światło. Akumulatory wystarczą najwyżej na tydzień. A bez elektrycznego oświetlenia zmarnieją nasze plantacje. Zmniejszenie racji żywnościowych. Anemia. Choroby. Szkorbut. W sumie, bardzo trudna sytuacja.

– No jasne – Uberfuhrer podrapał się w potylicę. Misza siedział przybity.

Tania, pomyślał Iwan.

Tania.

Wszystko zepsułem.

– Cholera! – Iwan potrząsnął głową, przeszedł się po pokoju tam i z powrotem. Wszyscy się przed nim rozstępowali.

Zawrócił i z całej siły łupnął dłonią w stół. Aj! Poczuł palenie w kościach. Ból był ostry i silny, przewietrzył mu głowę niczym potężny podmuch powietrza. Iwan stanął. Usiadł na łóżku. Tak, nie pomogą krzyki i płacze. Myśl.

– Iwan!

– To nic – odburknął. – To nic. Wszystko w porządku.

Położył się na łóżku twarzą do ściany. Myśl, Iwanie. Myśl. Wasilieostrowska potrzebuje światła.

Skąd wziąć prąd?
Skąd, do jasnej anielki, mam wziąć prąd?

• • •

Żeby oszczędzać naboje, wynajmowali teraz legowiska w tanim hotelu na Sadowej. Nie było tu pokoi jako takich, miejsca do spania były oddzielone jedno od drugiego grubymi zasłonami brudnobeżowego koloru. I, co ciekawe, zasłony te nawet czasem prano. Iwan leżał na posłaniu i studiował fakturę materiału. Nitkę za nitką, każdy splot. I tak godzina za godziną. Wstawał rzadko, tylko za potrzebą albo żeby napić się wody.

Prawie niczego nie jadł. Przyjaciele próbowali go rozruszać, ale natknąwszy się na głuchą ścianę milczenia, postanowili poczekać.

„Uciekasz od swojego losu". Lachezis.

„Kiedy tam pójdziesz… a mimo wszystko pójdziesz". Enigma.

Minął dzień. Drugi.

Trzeciego dnia Iwan wyszedł na śniadanie gładko ogolony i porządnie ubrany. Uberfuhrer i Misza popatrzyli na niego ze zdziwieniem. Wodianik aż zakrztusił się herbatą.

– Coś pan postanowił, Wania? – spytał profesor, kiedy odkaszlnął.

Iwan skinął głową. Może szansa jest mizerna. Może w ogóle żadna…

Ale jest.

– Jeść mi się chce – powiedział. – Przy okazji, profesorze – Iwan przysunął sobie talerz i nabrał łyżką zupy. – Proszę mi powiedzieć: co pan wie o elektrowniach atomowych?

CZĘŚĆ III

RADIOAKTYWNY BLUES

Od piątku wciąż zacinam ten blues
To się trzymam, to znów chlam, bo mus
Ile to już lat biję głową w ten mur
Ten smak soli już dawno weń wrósł

Wiesz, każdy barman już dobrze mnie zna
Gdy zatoczę się jeszcze w gębę mi da,
Ja – krętacz gracz; a mój chwiejny krok
Miast w blask, prowadzi mnie w mrok.

Fumblin' with the blues, Tom Waits
(na podstawie wolnego tłumaczenia D. Siergiejewa)

ROZDZIAŁ 15

TECHNOLOŻKA

Ostatni brzeg. Fala obmywa piasek, cofa się spieniona. Z cichym pluskiem napływa ponownie. W piasku leży do połowy zagrzebana maska przeciwgazowa z trąbą wchodzącą w piasek. Jeśli podejść bliżej, to spod warstwy piasku widać skraj otaczającego maskę kaptura. Brązowa guma. Okrągłe okulary. Za nimi – czerń.

Jeśli w nie zajrzeć, widać w nich pusty brzeg i szare pochmurne niebo.

Radioaktywne niebo po wojnie atomowej. W okrągłych okularach dzień przechodzi w noc (jedno nie różni się od drugiego), nadpływa fala, jeszcze jedna, odpływa, a maska pozostaje. To była nadzieja. Człowiek starał się przeżyć.

Wyszedł na brzeg w ochronnym ogumowanym płaszczu, w ochronnych ogumowanych leginsach, z kapturem szczelnie ściągniętym sznurkiem wokół maski przeciwgazowej. Przypływa fala.

Teraz jest tutaj, tkwi w wodzie. Wokół śmieją się dni i lata. Martwa maska przeciwgazowa patrzy na to i milczy. Śmierć i tak nas dosięgnie, wcześniej czy później.

Fiodor nie chciał wiedzieć, jak umierał ten człowiek. Wyjął krótką łopatkę, ukląkł obok. Nadpłynęła fala, otoczyła go chłodem. Krzyk mewy – ostry, przenikliwy. To nie mewa, lecz obecni panowie świata.

Fiodor wbija łopatkę w piasek za głową w masce. Rękami w gumowych rękawicach z dwoma palcami chwyta za maskę – mniej więcej tam, gdzie powinny być uszy. Palce z wysiłkiem zagłębiają się w piasku. Dawaj, staruszku. Piasek jest mokry i zbity, kiedy przyciska, piasek bieleje, tak jakby wyżymał z niego wodę.

– Witaj, żołnierzu – mówi Fiodor.

Głos wśród plusku i szumu fal brzmi jak z innej planety, jakby dobiegał już z innego świata. W sumie tak właśnie jest.

Ludzie nie są tu już panami.

Zresztą to nie problem. Stary podnosi głowę, mrużąc oczy, patrzy na morze. Szara pomarszczona tafla. Tam, w oddali, nad samym horyzontem, pasmo mgły robi się różowe. Stary kiwa głową, przymyka oczy. Ma na sobie aparat oddechowy, oddycha przez niego, nie zwracając już na to uwagi. Czasem stary w ogóle nie pamięta, kiedy chodził gdziekolwiek bez niego. Tylko w domu. W środku.

Słońce wstaje powoli. Lekki wiatr rozwiewa włosy starca. Kiedyś taki wiatr oznaczał śmierć – zaraz po wojnie taki wiatr niósł całe rentgeny na godzinę i radioaktywny pył. Teraz przynosi świeżość nowego świata.

Nic nigdy się nie kończy. Słońce wznosi się powoli i płynnie jak rosnący na horyzoncie atomowy grzyb w zwolnionym tempie. Teraz wschody i zachody słońca to już nie to – zaraz po wojnie, z powodu sadzy i pyłu, które zostały wyrzucone do atmosfery po wybuchach, były szaleńczo piękne.

Stary kiwa głową, patrzy. Oczy już go bolą, ale wytrzymuje. Kiedy słońce oblewa horyzont krwią, jakby obmywało ręce w morskiej wodzie, stary opuszcza wzrok. Przypływa fala. Ręce ma do połowy zagłębione w piasku, wciska je głębiej… Jeszcze delikatnie, jeszcze się nie spieszy. Piasek odchodzi, bieleje, znów nasiąka wodą. Stary zgina palce – wymacały coś twardego… coś z gumy. Wreszcie. Stary wypuszcza powietrze i zaczyna ciągnąć.

Ale nie starcza mu sił. Maska przeciwgazowa wyłazi z piasku tylko odrobinę, może na centymetr. Dalej nie idzie. Trzeba będzie kopać.

Kim byłeś? – myśli starzec. Co mam napisać na twoim grobie?

Stary ma nadzieję, że tam, pod warstwą piasku i gumowym płaszczem, są dokumenty. Może listy. Listy to by była dobra rzecz.

Ale to wątpliwe. W ostatnich latach przed wojną ludzie rzadko pisali listy – przynajmniej te papierowe. On też.

Kiedy wiesz, że nie umrzesz, wystarczy posłużyć się wiadomością elektroniczną. „Niedługo będę. F." Stary uśmiecha się pod maską – gdyby potrafił, zapłakałby. Żal to najstraszniejsza kara. Gdyby mógł, napisałby coś innego. Głupie uczucie. Co by to zmieniło, gdyby napisał: „Bardzo Cię kocham. Ucałuj Andriuszkę". Co by to zmieniło, gdyby przeczytała to, zanim na miasto zaczęły spadać bomby?

Ironia losu. Przeżyć dlatego, że zostało się zamkniętym w aktywnej strefie reaktora! Komu by się śniło? Był taki film, bardzo popularny. Stary bierze łopatkę i przymierza. O, tutaj.

Przypływa fala.

Starczy myślenia o głupotach. Masz robotę. Stary podnosi łopatkę i celuje. Gdybym mógł zobaczyć jej twarz, kiedy dostaje moją wiadomość. Gdybym mógł. Albo… stary nagle się zatrzymuje, porażony straszną myślą. Może gdyby otrzymała wiadomość: „Bardzo Cię kocham", to by się przestraszyła? Kobiety w ogóle są wrażliwsze niż mężczyźni. Nieomal widział, jak zmienia jej się twarz – stoi w kuchni, w fartuchu w kwiatki – jak cień pada na jej twarz. I jest to cień atomowego grzyba.

Stary się wzdryga.

Nie, najlepsze, co mógł zrobić w tamtej chwili, to wysłać: „Niedługo będę. F." Wszystko tak jak zwykle. Mam nadzieję, że nawet się nie dowiedziała, że wszystko skończone.

I oto wszystko się skończyło. Ona i ich syn nie żyją, a on jest tutaj i wykopuje z piasku trupy.

Wbił łopatkę w piasek aż po trzonek, poruszył, żeby podważyć warstwę mokrego piasku, z trudem podniósł. Odrzucił na bok mokrą, rozsypującą się cegłę. Plask. Woda kapie z łopatki, kiedy przymierza i wbija ją kolejny raz.

Próżny wysiłek, tak? Kopie i odrzuca, nawykowo dochodząc do automatyzmu ruchów – tak jak doprowadził do takiego automatyzmu obsługę reaktora. Kupę piasku zmywają nadpływające fale. W dołku wokół głowy człowieka w masce kotłuje się woda, rozmywa ostry kontur wycięty w piasku przez łopatkę. Maska przeciwgazowa patrzy na staruszka okrągłymi okularami.

Już niedługo, chłopcze. Cierpliwości.

Człowiek w masce jest cierpliwy. W okrągłych okularach nie odbija się nic. Zuch. Dobry chłopiec. Łopata znów wbija się w piasek. Wyrazisty, przenikliwy dźwięk – jak dźwięk przychodzącej poczty. A może wysyłanej? Stary nie pamięta. Ale to coś związanego z pocztą elektroniczną.

Gdybym mógł, pisałbym wtedy na papierze.

I ona pisałaby do mnie.

Stary zamyka oczy i widzi przed sobą lodówkę, która stoi w kuchni – starą, żona ciągle go namawiała, żeby kupili nową, a on się opierał, w ogóle nie lubił czegokolwiek zmieniać w swoim życiu. Czasem w nocy lodówka zaczynała się trząść i huczeć jak lądujący samolot. Ale on nawet to wytrzymywał. Starzec widzi przed sobą tę lodówkę z kolorowymi magnesikami. Rodos, Kreta i nie wiedzieć czemu uśmiechnięta śliwka. Tak jakby zdążyli tam pojechać.

Widzi też dziecięcy rysunek.

Ale o tym lepiej w ogóle nie myśleć. Nie ma potrzeby.

Stary pracuje. Piasek przed jego oczami zabarwia się na różowo, czerwono… Stary myśli, że być może nie ma już nad

Ziemią warstwy ozonowej, dlatego dookoła jest taka roślinność. Gdyby stary podniósł głowę (odrzuca kolejną porcję piasku), to zobaczyłby martwy uschły las. Czarne pnie, powykrzywiane martwe gałęzie. Część drzew już padła, ale praktycznie żadne nie gnije. Tak, to dziwne.

Nic w tym dziwnego.

Gdybym był biologiem, napisałbym o tym całą dysertację, myśli stary. Cały wagon dysertacji. Stary wciąż odkopuje człowieka w masce. Ciekawe, dlaczego przyszedł na brzeg? Zobaczyć swój ostatni świt? Ale jakie tam, do cholery, były świty po wojnie atomowej. Słońca nie było przez miesiąc albo dłużej. Wcale nie było. Okrutne zimno. Wiatr znad morza był tak silny, że wyrywał drzewa z korzeniami. Istne huragany.

Ale potem zamiast nuklearnej zimy dostaliśmy nie wiadomo co.

To jest, kto przeżył, ten dostał.

Wybrzeże jest już krwistoczerwone. Stary robi przerwę, żeby odpocząć. Łamie go w plecach, jakby w krzyżu miał metalową rurę. Ale to nic.

Istne huragany. A potem przyszła zima.

I nieważne, że było lato. Wyszedł wtedy z zamkniętej strefy reaktora – popatrzeć, co będzie dalej. A mógł i zostać w środku. Kiedy zabrzmiał alarm, segmenty reaktora zaczęły się same odcinać. Zawsze istnieje prawdopodobieństwo, że personelowi coś się stanie, i rdzeń reaktora, po wyczerpaniu wody używanej do chłodzenia, zacznie się topić. Stąd automatyka. To automatyka zamknęła go w aktywnej strefie, w pomieszczeniu nad samymi prętami reaktora. Zabawne. Osłona przeciwatomowa, która służyła do zatrzymania promieniowania z reaktora, zatrzymała promieniowanie z zewnątrz.

Ironia losu. „Co za paskudztwo, ta wasza ryba w galarecie"*.

---

* Cytat z sowieckiego filmu *Ironia losu* (1975 r., w Polsce pt. *Szczęśliwego Nowego Roku*), które w Rosji weszły do języka potocznego (przyp. tłum.).

Stary kończy pracować. Człowiek w masce przeciwgazowej leży przed nim w brązowym płaszczu ochronnym – zdaje się, wojskowym. Nogi ma w ogumowanych spodniach. Niezmącone szkła wizjera. Wyciągnięte ręce. Nie żyje już od ponad dwudziestu lat. Ha, ha. „O, gorąca woda poleciała"*.

Teraz trzeba go pochować.

Stary wbija łopatkę w piasek i chwyta za płaszcz nieboszczyka rękami w gumowych rękawicach. I raz!

Idziemy, mój drogi. Znajdziemy ci dobre miejsce.

• • •

– Sytuacja jest taka. Musimy wyjść na powierzchnię. I nie tylko – musimy się też dostać do Leningradzkiej Elektrowni Atomowej. I wrócić. – Iwan milczał przez chwilę. – Musimy koniecznie wrócić. Możesz mi pomóc?

Mandela poczekał chwilę.

– Mogę byś szczery?

– Tak.

– Według mnie jesteście skończone świry.

„Ty już nie żyjesz. To, co teraz widzisz, to śmierć tlenowa twojego mózgu".

– Całkiem możliwe – powiedział Iwan. – A co z moim pytaniem?

Mandela przestąpił z nogi na nogę.

– No, jeśli to pomoże…

– Pomoże – powiedział Iwan.

– Tu, na Technolożce… – zaczął Mandela – mam przyjaciela. Opowiadałem ci o nim, pamiętasz?

– Kim jest?

* Jak wyżej, cytat z filmu *Ironia losu* (przyp. tłum.).

– Astronomem. – Mandela się zająknął. – Właściwie astrofizykiem.

– I jak się nazywa ten twój astronom-astrofizyk?

– Liczygwiazda – powiedział Mandela.

Iwan podniósł brwi. Uberfuhrer spojrzał na Murzyna podejrzliwie, potem powiedział:

– Co ty, jaja sobie robisz?

• • •

Technolożka – węzeł stacji Instytut Technologiczny 1 i Instytut Technologiczny 2 – huczała jak rozkopane mrowisko. Albo, powiedzmy, szczurze gniazdo po wrzuceniu koktajlu Mołotowa. Dymiła, buchała płomieniami (Iwan czuł dochodzącą z drugiego końca stacji woń lutowia i rozgrzanego metalu), grzała się, cuchnęła i sypała iskrami, a szczury ciągle nie uciekały. W sumie od tego są właśnie naukowcy.

Technolożka ma w metrze szczególną reputację. Jakoś tak się to potoczyło, że początkowo na tych stacjach powstała społeczność wykładowców i studentów Instytutu Technologicznego (z jakiegoś powodu głównie chemików), ale z biegiem czasu Technolożka wzięła też pod swoje skrzydła elektryków i innych techników i w ogóle prawie wszystkich, którzy byli związani z nauką i nauczaniem. Technolożka oczywiście w dużej części rozwiązywała problemy techniczne – produkowano tu baterie i chemiczne źródła energii, różnorakiego przeznaczenia akumulatory, powstawało tu wiele rzeczy, o których na innych stacjach zapomniano, nawet jak się nazywają.

Głównym tutejszym monopolem była jednak obsługa i utrzymywanie w zdolności do pracy niedołężniejących systemów metra. Stacje drenażowe, oświetlenie, wentylacja – tym wszystkim zajmowali się oni – ludzie z Technolożki.

Mazuty, jak nazywano ich w metrze.

Technolożka za swoje podstawowe zadanie uważała podtrzymanie akceptowalnego poziomu intelektualnego ludzkości, która stopniowo degradowała się w latach po Katastrofie.

Wspominając wykład profesora o Technolożce, Iwan rozejrzał się dookoła. Mimo wszystko bardziej ufał własnym wrażeniom niż słowom Wodianika. Ciekawa stacja, to na pewno. Szary marmur, kolumny, lampy (przy czym paliły się wszystkie bez wyjątku), ale oczy nie bolały, jak wtedy na Majakowskiej. Pomimo lamp, z jakiegoś powodu było tu ciemniej niż tam – na stacji panował łagodny przyjemny półmrok.

Mandela szedł przodem. Weszli po schodach do przejścia na Technolożkę 1 – wąskiego, wyłożonego jasnymi prostokątnymi płytkami, przeszli przez nie, potem zeszli po schodach z kolumnami z żółtawego marmuru do okrągłego pomieszczenia. Iwan zadarł głowę, zagwizdał. Nigdy tu wcześniej nie był. Z początku wydało mu się nawet, że okrągłe okno w suficie prowadzi na powierzchnię i od skażonego martwego miasta oddziela ich tylko kolorowe szkło, ale potem wziął się w garść. To mi się wydaje, pomyślał. Do powierzchni ziemi jest stąd ponad pięćdziesiąt metrów. Tak więc nie ma tu żadnego wyjścia na zewnątrz. Ale tak czy inaczej, efekt jest wstrząsający. I przerażający. Iwan opuścił głowę, skulił się.

Mandela czekał na dole, przy wyjściu do prawego skrzydła sali. W lewym, sądząc po odgłosach (dudniło i huczało), pracowały jakieś maszyny.

Specyficzny aromat. Pachniało olejem maszynowym i potem. Ludzie w zatłuszczonych kombinezonach i strojach roboczych chodzili zaaferowani tu i tam, jakby zamierzali żyć wiecznie.

W prawym skrzydle kłębiła się naukowa brać. Iwan w życiu nie widział tylu okularów w jednym pomieszczeniu. To niemożliwe… chyba.

Jakby ktoś wrzucił granat do sklepu „Optyka" na trzeciej linii i wszystkich zasypało.

Okularnicy słuchali mówcy. Iwan wsłuchał się: coś tam o stałej drugiej pochodnej... albo o pochodnej drugiej stałej...

– Konferencja naukowa „Białe Noce" – wyjaśnił Murzyn. – Poczekajcie tu na mnie, niedługo wrócę – dodał Mandela i rozpłynął się w tłumie intelektualistów.

• • •

Tymczasem konferencja naukowa trwała. Na trybunę wszedł prowadzący – w wygniecionej zielonkawej marynarce, łysy. Oczy miał niespieszne jak seks staruszków.

– Szanowni panowie: dziekan Chwostikow i profesor Mejberg – powiedział prowadzący przeciągle, trochę przez nos – przedstawią referat: *O perspektywach wykorzystania tak zwanych reliktowych jaszczurów w hodowli na odtworzonych gospodarstwach rolnych*... Potem doktor nauk technicznych Aleksiej Aleksiejewicz Jegorow odczyta fragmenty swojego artykułu *Ostatni Testament Natury: funkcjonalne właściwości stosowania ósmej pary odnóży*, a także...

Dalej Iwan przestał słuchać.

– Co to są reliktowe jaszczury? – spytał szeptem Wodianika.

Ten prychnął.

– Nic. Brednie. Słyszałem tę teorię. Katastrofa miałaby otworzyć genetyczne schowki, które kryły się w głębokich warstwach gleby, uruchomić, można powiedzieć, „awaryjne przywrócenie systemu". I to, co widzimy na ulicach Pitera, to pierwotna, instalacyjna wersja systemu komputera pod tytułem Ziemia. Coś w rodzaju epoki dinozaurów. Pamiętasz, w naszej bibliotece na Wasilieostrowskiej jest taka książka dla dzieci o prehistorycznych jaszczurach? Triceratops, brontozaur, iguanodon.

Iwan kiwnął głową.

– Z grubsza tak to wygląda. W zasadzie nie wykluczam, że natura ma swego rodzaju czarne skrzynki na wypadek upadku meteorytu, przykładowo. W gruncie rzeczy, co my wiemy o naturalnych mechanizmach „na wszelki wypadek"? Nic. Ale z tymi czarnymi skrzynkami jest jeden problem... – Wodianik milczał przez chwilę. – Jeśli rzeczywiście istniały, to pojawia się zbędna istota, której według zasady brzytwy Ockhama, nie powinno być i którą trzeba by było wyrzucić z równania...

– Jaka istota?

Profesor poruszył brodą, wplótł w nią palce. Jeszcze raz zawzięcie szarpnął.

– Profesorze?

– Tak? – Ten jakby się obudził

– Jaka istota powstaje, której, pańskim zdaniem, nie powinno być?

– Bóg – powiedział Wodianik.

– Do tego już doszło – Uberfuhrer z szyderczym zachwytem pokiwał ogoloną głową, która już znowu zaczęła zarastać. Na czole odcinała mu się czerwona blizna. – Dla nich już nawet Bóg jest zbędny!

– Lepiej siedziałby pan cicho, młody człowieku! – obraził się profesor.

Iwan obrócił głowę. Niedaleko stał Mandela w towarzystwie jednego z mazutów.

Wysoki, nieco przygarbiony, patrzył na ich grupę ze szczerym zainteresowaniem. Burza ciemnych włosów, okulary na nosie.

– To jest Liczygwiazda – przedstawił wysokiego mężczyznę Mandela.

Liczygwiazda skinął głową. Spokojny błysk okularów. Młody naukowiec ścisnął Iwanowi rękę, potem wskazał głową na katedrę.

– Doktor Reizman. Warto go posłuchać.

Doktor był niewysoki, cały w wełnianym ubraniu, w kamizelce i kosmatym swetrze. Reizman wszedł na podest, położył przed sobą kartki papieru, poprawił grube okulary. Poczekał, aż ucichnie gwar.

A potem nagle zaczął mówić niespodziewanie silnym głosem, bez spoglądania w notatki:

– Wybitny fizyk Stephen Hawking, uznany autorytet w dziedzinie budowy Wszechświata (kiedy jeszcze zajmowanie się tym miało sens), powiedział mniej więcej tak: z optymizmem patrzę w przyszłość. Do katastrofy zostało wtedy około dwóch lat. Hawking miał dwóch synów i córkę, a sam był całkowicie sparaliżowany – mógł poruszać tylko jednym palcem u lewej ręki. Za pomocą tego palca dyktował książki i przekazał potomnym tę frazę o patrzeniu w przyszłość. To się nazywa: zdolność przewidywania.

W porównaniu z takim życiem nawet wojna nuklearna wyda się czymś niezbyt strasznym. Zresztą, być może profesor Hawking nie żartował, lecz rzeczywiście tak myślał. Co wiemy o umyśle zamkniętym w martwej cielesnej powłoce, skąd nie jest w stanie nawet nadać sygnału sos? Kim był ów asystent Hawkinga, który rozszyfrował sygnały nieomal martwego palca? Czy możemy mu ufać? Mógł się mylić, a nawet naumyślnie zniekształcać sygnał, wreszcie mógł być po prostu leniwy albo zmęczony... Tego nie wiem, ale wiem jedno: jeszcze w czasie, kiedy wszystko to dopiero miało się wydarzyć, profesor Hawking żył w swoim własnym osobistym metrze.

Możecie spytać: po co opowiadam wam o Hawkingu? To bardzo proste. Przyczyna pierwsza – chcę, żebyście zrozumieli: Ziemia, dawna Ziemia była ciałem ludzkości. I teraz to ciało jest praktycznie martwe. To, co widzimy poza granicami metra, na powierzchni, to nie objawy zdrowienia. Przeciwnie, to objawy tego, że robaki znają się na rzeczy. W krótkim czasie resztki żywej tkanki zostaną zjedzone do końca. Wtedy przyjdzie czas na mózg. Czyli na nas. Człowiek przecież nadal uważa się za istotę rozumną... *or not*?

Robaki się rozmnożą... już się rozmnożyły – i co mają zrobić, kiedy zostanie tylko nasze metro?

Wydłubią resztki ludzkości z twardej skorupy i je pożrą. To wszystko.

Z optymizmem patrzę w przyszłość – razem z martwym profesorem Hawkingiem...

W przyszłość, której nie mamy...

Doktor Reizman zrobił efektowną pauzę, przyjrzał się zebranym przez grube okulary.

Dziękuję za uwagę. Proszę o pytania.

Cisza. Ludzie stali oniemiali.

– Rozumiem, że nie ma pytań – powiedział prowadzący. – Następny referat!

Reizman krótko się ukłonił i zszedł z katedry. I tu ludzie zaczęli krzyczeć. Ktoś nawet wygrażał doktorowi. Ten szedł, nie zwracając uwagi na okrzyki, obojętny, malutki, w swoim niechlujnym swetrze i grubych okularach.

– Niezwykły człowiek – powiedział Liczygwiazda z szacunkiem. – Mówi to, co myśli. Wielu ludzi go tu nie lubi. Mówi się, że w ogóle zabronią mu pracy naukowej. Albo nawet wydalą z Technoložki. Idioci. Dookoła sami idioci.

– Jest... niezbyt optymistyczny – powiedział Iwan.

– Zgadza się. Zresztą, myślę, że nasze sprawy nie są dla was zbyt interesujące... – Liczygwiazda popatrzył na Iwana i jego towarzyszy. Potrząsnął głową. – Jura opowiedział mi w skrócie o waszym problemie. Proszę za mną. Myślę, że mamy o czym podyskutować.

• • •

W wydzielonej przestrzeni, zwykle używanej jako sala wykładowa, stały rzędy rozpadających się ze starości żelaznych krzeseł z drewnianymi siedzeniami. Obszarpane ściany z dykty, stół, który obchodził już setne urodziny. Za to tablica była biała i błyszcząca. Ciekawe, czym się na niej pisze? – pomyślał Iwan. Przecież nie kredą?

Potem znowu zaczął słuchać.

Głos Liczygwiazdy był specyficzny – to niski, to wysoki. Taka sinusoida.

– No i dotarli, ale się spóźnili – mówił. – W końcu hermetyczną zaporę zamyka automat. Ogólnie rzecz biorąc, nie zdążyli.

– I co było dalej? – zapytał Iwan. Liczygwiazda odwrócił głowę. Siedział na krawędzi stołu i opowiadał. Niczym nauczyciel, który oderwał się na moment od fizyki i opowiada dzieciom kolejną historyjkę ze swojego życia.

– Wojskowi oszaleli – powiedział Liczygwiazda. – Major wjechał czołgiem do naziemnego westybulu – nie wiem jak mu się to udało, i jak nie zaczął strzelać we wrota.

– Udało mu się?

– Prawie. Widzisz, jaka była dziura? – Liczygwiazda pokazał rękami rozmiar otworu. – Tędy przeszedł pocisk i wybuchł już w środku. Tylko że major głupio zrobił. Trzeba było strzelać burzącym, wtedy na pewno wysadziliby wrota. A on załadował przeciwpancernym. Widzisz, jaką dziurę zrobił? I siebie nie uratowali, a ludzi na stacji faktycznie zabili.

Iwan wyobraził sobie, jak wściekle ryczący czołg wjeżdża na stację, przebija się do schodów ruchomych...

Pochyla maksymalnie działo i strzela w dół.

– Więc mówisz, że gdzie to było? – zapytał Iwan.

Liczygwiazda poprawił okulary.

– Na Ładożskiej.

– Przecież to wszystko bzdura – powiedział spokojnie profesor Wodianik. – Nic takiego się nie zdarzyło.

– Dlaczego nie?! – oburzył się Liczygwiazda.

– Jakie jest maksymalne nachylenie działa czołgu T-90? Nie wiecie? A ja wiem.

Jeszcze czego, żeby profesor nie wiedział takiej drobnostki.

– Maksymalny kąt nachylenia w dół to około 15 stopni – powiedział profesor. – Wniosek? Nic by z tego czołgistom nie wyszło.

– No to jak czołgi już mamy przedyskutowane – powiedział Iwan – to może wrócimy do LEA?

– Hmm – powiedział Liczygwiazda. – Oczywiście.

Wstał, podszedł do tablicy, wyjął z kieszeni na piersi gruby czarny flamaster. Aha, pomyślał Iwan. Oto czym tu piszą.

Liczygwiazda napisał zamaszyście, dużymi literami:

PETERSBURG – LEA

Obwiódł napisy kółkami, narysował między nimi linię.

– Wariant pierwszy – powiedział. – Dostać się tam piechotą.

Uberfuhrer głośno przeczyścił gardło.

– Odpada – Iwan podrapał się w głowę. – Tutaj wypad na kilometr uważa się za bardzo daleki, nie każdy digger się na coś takiego zdecyduje. A do Sosnowego Boru leźć na nogach – proszę wybaczyć, ale takim świrem to nawet ja nie jestem.

Liczygwiazda skinął głową.

– Rozumiem. Wariant drugi… – i nagle zapytał Iwana: – Rzeczywiście myślisz, że coś tam jest – w LEA?

– A ty? – Iwan patrzył uczonemu w oczy. Ten westchnął:

– Chciałbym w to wierzyć, ale…

– Ale?

– Wątpię. Sam pewnie widziałeś sparciałe linie przesyłowe, zawalone słupy elektryczne. Na zdrowy rozum: nic tam nie mogło ocaleć przez tyle lat. O sprzęt trzeba dbać, inaczej gnije i rdzewieje. Popatrz, jak to jest w metrze – wszędzie są linie, ale kable już dawno sparciały. Naprawiamy, łatamy jak możemy, a jaki to ma sens?

– A jeśli coś tam jest? – obstawał przy swoim Iwan. – Skąd się bierze w metrze centralne oświetlenie? A może wy, na Technolożce, wiecie skąd, tylko nam nie mówicie?

– Nie wiemy – Liczygwiazda znów westchnął, podniósł głowę. – Dobrze, wariant drugi… A jaki jest drugi? Dolecieć?

Cisza. Wodianik milczał. Pewnie wciąż jeszcze myśli o reliktowych jaszczurach, uznał Iwan.

– A jeśli kopnąć się do LEA samochodem? – zaproponował Kuzniecow. – Z tego, co pan mówi, to tylko jakieś osiemdziesiąt kilometrów.

– Aha – powiedział Liczygwiazda, poprawił okulary. – Powiedzmy, że znajdziesz sprawny samochód, co wtedy zrobisz?

Kuzniecow ucieszył się, że został włączony do dorosłej dyskusji.

– Wsiądę i pojadę – powiedział.

– Aha. Był taki jeden, co wsiadł… Nawet tego auta nie uruchomisz. Akumulator samochodowy rozładowuje się już po miesiącu–półtora. Odpalać ręcznie? To się da zrobić tylko w starych samochodach. Ale załóżmy, że tak. A benzyna?

– Eee… a co z benzyną? – Kuzniecow podrapał się w głowę. Widać jakoś o tym nie pomyślał.

– Termin przydatności benzyny według normy wojskowej to pięć lat – wtrącił się nagle w rozmowę Uberfuhrer. – Potem zaczyna się zmniejszać liczba oktanowa. Wytrąca się osad i inne pyszności.

– W końcu gęstnieje! – podchwycił profesor Wodianik. – W sumie, nawet to paliwo, które było przechowywanie w zamkniętych zbiornikach, trzeba przynajmniej przefiltrować, albo i zrobić destylację oczyszczającą. Jeśli coś zostało w baku, to raczej przypomina benzynową galaretę.

Właśnie dlatego sowieckie wojskowe agregaty Diesla są nie do zastąpienia. Pracują na najbardziej badziewnym paliwie – a skąd teraz weźmiesz dobre? I pracują długo, i naprawia się je raz-dwa. A spróbuj tylko naprawić japończyka. Taką minielektrownię od Hondy. Przepiękna rzecz, to prawda. Po wlaniu piętnastu litrów benzyny daje światło przez trzynaście godzin bez przerwy. Wspaniale, prawda? – Wodianik się uśmiechnął. – Jest tylko jeden problem.. taa. – Podrapał się w głowę. – To musi być dobra benzyna...

• • •

Iwan dawno nie widział Uberfuhrera tak podekscytowanego. Twarz mu płonęła, oczy lśniły.

– Patrz, Wan, kogo tu spotkałem!

Iwan odwrócił się. Starszy człowiek wydał mu się znajomy. Tylko policzki ma bardziej zapadłe... Tak. Jakby mu w wyobraźni ogolić głowę, nieco podkarmić – też w wyobraźni. Przecież to...

– Siwy?!

Starszy mężczyzna uśmiechnął się.

– Tak jest.

• • •

– Pozostaje główne pytanie – Iwan milczał przez chwilę, przyglądając się swoim ludziom. – Jak mamy się dostać do Sosnowego Boru? Liczygwiazda?

Liczygwiazda pokręcił głową.

– Na razie to wygląda na kompletne awanturnictwo... Nie wiem. Będę nad tym myślał.

– Ja mam pomysł, jak to zrobić – powiedział profesor Wodianik.

ROZDZIAŁ 16

ARGONAUCI

– Widzicie, stary parowóz to legenda – powiedział Wodianik. – A jednocześnie – nie do końca.

– To znaczy? – dopytał Iwan. – Jakiś mityczny pociąg widmo, który jedzie znikąd donikąd? Słyszałem o takich. Do tego światło się w nich pali i ludzie siedzą, tak?

Profesor się skrzywił.

– Nie, to inna legenda. Mamy tu w ogóle same *Mity starożytnej Grecji*, wydanie Sowiecka Literatura, 1969 rok, pod redakcją Sokołowicza...

Iwan pokręcił głową. Czasem informacje zaczynały tryskać z Wodianika jak z dziurawego węża. Jaka znowu Sowiecka Literatura? Jaki znowu sześćdziesiąty dziewiąty rok?

– Profesorze – powiedział. – Trochę zwięźlej.

Oczywiście, oczywiście. Zacznę od dygresji historycznej...

Oż w mordę, Iwan nic nie powiedział. Profesor jest niereformowalny.

– Związek Radziecki poważnie gotował się do wojny nuklearnej – zaczął Wodianik. – I w ogóle do wojny. Jednym z następstw każdej wojny są przerwy w dostawach prądu. Sprzęt spala się przez impuls elektromagnetyczny wywołany wybuchem jądrowym... Istniały zresztą specjalne bomby jądrowe, tak zwane bomby grafitowe, służące do niszczenia sieci elektrycznej przeciwnika...

– Profesorze!

– Tak, tak, rozumiem. Na taki właśnie wypadek przy każdej lokomotywowni nakazano trzymać jeden parowóz. Prawdziwy, na węgiel. Wyobraźcie sobie tylko. Wojna atomowa, paraliż sieci elektrycznej, mazutu do spalinowozów też nie ma. Bierzemy drewno albo węgiel, nabieramy wody i jedziemy lokomotywą z czasów Wielkiej Wojny Ojczyźnianej. To Europa padnie, jeśli czegoś im zabraknie.

A my obejdziemy się własnymi siłami.

Zresztą czołgi T-34, które stoją nieomal w każdym mieście kraju, są z tej samej bajki. One wszystkie są na chodzie. Po prostu zostały zakonserwowane. Własnym napędem wjeżdżały na cokół i tam gaszono silniki. Potem, przez wiele lat, nieraz czytałem, że czołgi samodzielnie zjeżdżały z cokołów, żeby pojechać do remontu. Wyobrażacie sobie? I słyszałem jeszcze o przypadku uprowadzenia T-34. Podobno nalali oleju napędowego i przejechali dwieście metrów, potem czołg zgasł. Dwieście metrów! Bez rozruchu według zasad sztuki. Ale ten zapalił i pojechał – w pięćdziesiąt lat po tym, jak postawiono go w charakterze pomnika.

– Niczego sobie – powiedział Iwan. Może by pojechać czołgiem? – pomyślał. To byłby dopiero numer. – Więc co z tym Dworcem Bałtijskim?

– Myślę, że jest tam parowóz – powiedział profesor. – I całkiem możliwe, że jest w dobrym stanie. W czasach sowieckich sprzęt był konserwowany rzetelnie. Warstwa smaru ma pewnie z dziesięć centymetrów grubości.

– A! – powiedział Iwan. – Rozumiem.

• • •

Wrócił Liczygwiazda. Postał, kołysząc się w tył i w przód, rozejrzał się po klitce zapchanej rupieciami. Na miniaturowym stoliku Uberfuhrer i Siwy regulowali broń. Uber, przeklinając, spiłowywał w dwururce z Zakładów Iżewskich automatyczny bezpiecznik, jako niepotrzebny. Kiedy liczy się każda sekunda, utrata kolejnych paru na jego wyłączenie po przeładowaniu to niedopuszczalny luksus.

Profesor montował ze źle działających dozymetrów jeden dobry.

W powietrzu unosił się zapach rozgrzanego lutu, smaru do karabinów i wiórów metalu.

– Widzę, że wszyscy zajęci – powiedział Liczygwiazda swoim charakterystycznym wysoko-niskim głosem. – A ja mam dla was dobre wieści.

Iwan uśmiechnął się.

– Dają nam zgodę?

– Dają nam nie tylko zgodę, ale i ekwipunek. Z Bałtijską też się dogadaliśmy, zapewnią wam swobodne wyjście – i powrót, co też ma znaczenie. To dobra wiadomość.

Uberfuhrer wyprostował się, wytarł ręce w szmatkę. Iwan go uprzedził:

– A jest zła? – zapytał.

– Jest – Liczygwiazda westchnął. – Nie puszczają mnie z wami. Ale ja i tak pójdę.

– Byłeś kiedykolwiek na powierzchni? – Iwan lekko i prosto przeszedł na „ty".

– W tym właśnie rzecz, że nie byłem. Ale przygotowywałem się! Mam pas w aikido i bojowym sambo. Nie pożałujecie, że wzięliście mnie ze sobą.

Ciekawie byłoby popatrzeć, jak ten naukowy typ sprawi się w walce wręcz z Blokadnikiem.

Taaak. Tak osobliwej drużyny diggerskiej w życiu nie widziałem.

– Wykluczone – Iwan pokręcił głową. – Za twoje życie będą nas potem wyżymać na Technolożce jak mokre pranie. Lepiej byś…

Liczygwiazda uśmiechnął się. W taki sposób, że Iwan zatrzymał się w pół słowa…

– Co?

– Mam dla was propozycję nie do odrzucenia.

Uberfuhrer wstał.

– W powietrzu unosi się wyraźny aromat *Ojca Chrzestnego* – oznajmił. – I don Vita Corleone.

Iwan spojrzał na jednego, potem na drugiego.

– O czym wy w ogóle mówicie, hę?

Liczygwiazda z tajemniczą miną wsunął rękę do torby, zrobił się uroczysty.

– Hej, op!

Iwan milczał przez chwilę. Noż kurna. Szantażyści cholerni.

– Dobra, przekonałeś mnie. Ale jest jeden warunek: robić wszystko, co powiem. I jak powiem. Bez słowa sprzeciwu. Zgoda?

– Dobra – powiedział Liczygwiazda.

W ręku miał termowizor – naprawiony i działający.

• • •

Znów siedzieli w tej sali wykładowej, gdzie zaczynali planować ekspedycję. Tylko teraz pod tablicą stał nie Liczygwiazda, lecz Iwan.

– Teraz krótko o tym, z czym, być może, czeka nas spotkanie na powierzchni – powiedział Iwan. – Na początek: psy Pawłowa. Zresztą, wszystko już o nich wiecie. Są często spotykane. Niebezpieczne, kiedy jest ich dużo… tak, poza tym zdarza się, że ścigają ofiarę. Idziemy dalej.

– Konduktor. Rzadko spotykany, lepiej ominąć go z daleka. Niespecjalnie zwraca uwagę na ludzi… ale mimo wszystko lepiej nie wchodzić mu w drogę.

– Dalej. Głodny Żołnierz – tych spotyka się zwykle w dawnych jednostkach wojskowych, składach i wszystkim, co związane z wojskiem. Nie zawsze właśnie tam, ale w teatrze czy cerkwi dotąd go nie zauważono. Nie wiem, dlaczego. Spotkanie z nim twarzą w twarz jest bardzo niebezpieczne. Ale tak w ogóle, to można go odciągnąć, złożyć ofiarę... Kiedy zna się obiekt, można zawczasu „zrobić puchacza" – to znaczy obserwować go z jakiegoś wysoko położonego punktu. Potem zrobić coś w rodzaju manewru odwracającego uwagę: rzucić tuszonkę, stare konserwy – mogą być przeterminowane, jak widać jadu kiełbasianego się nie boi – a najlepiej papierosy. I na ten łup łapie się, jak jakiś szczeniak. Wtedy mamy minimum pół godziny. Poza obiektami wojskowymi Żołnierzy spotyka się rzadko, praktycznie nigdy.

– A Blokadnik? – zabrał głos Liczygwiazda.

Wszyscy się poruszyli. Podniosły się szmery.

Iwan milczał przez chwilę. Kiedyś równie chciwie wypytywał Koślawego o te stwory.

„Cześć, Iwan". Głos, od którego mróz szedł po kościach.

– Blokadnik to diggerski folklor – powiedział Iwan. Szmery ucichły. – Nikt ich nie widział. A kto widział – ten nic nie opowiada. Dlatego że nie wrócił. Tak to wygląda. Jeszcze jakieś pytania?

Liczygwiazda zmarszczył brwi.

– Ale one istnieją?

– Być może. – Iwan wzruszył ramionami. – Mówi się, że przed Katastrofą przez tysiące lat leżały głęboko pod ziemią. W jakichś bardzo głębokich warstwach. I Katastrofa mogła je obudzić. Więc teraz wyszły. Mówi się, że ktoś widział Blokadnika w metrze. Ale to informacje z trzeciej ręki: ja słyszałem, że ktoś tam słyszał, że jego znajomy zna tego człowieka, któremu opowiedziano... i tak dalej. Krótko mówiąc – podsumował Iwan. – Bynajmniej nie o Blokadnikach powinniśmy myśleć. Wątpię, żeby to one były naszym problemem... No, taką mam nadzieję.

„Cześć, Iwan". Skrzypiący głos, który brzmi wewnątrz głowy.

Iwan wziął ścierkę i starannie starł napisy na tablicy. Bloka... starte.

„Czekam na ciebie od dawna".

„Wal się, draniu – pomyślał Iwan. – Jesteś folklor. Rozumiesz?!"

• • •

Następnego dnia przybyli na Bałtijską. Stacja powitała ich nieustającym pracowitym gwarem. Przed Katastrofą była tu administracja metra i stacja była pełna ludzi w starych szarych uniformach.

Cała stacja arystokracji – pomyślał Iwan ze zdziwieniem. – Cóż, zdarza się.

Aby przejść do służbowej strefy stacji, Liczygwiazda okazał dokument podpisany przez Rektora Technoložki. Miejscowi stróżowie porządku kiwali z szacunkiem głowami, czytając frazy w rodzaju „proszę okazać pomoc". Dobrze jest być wysłannikiem potężnej i szanowanej stacji. I dopiero w środku wynikły komplikacje.

– A ten gdzie się pcha? – Strażnik z obrzydzeniem popchnął Mandelę w pierś. – Nie wolno!

Murzyn ze zdziwienia się odsunął.

Iwan chciał się wtrącić, ale nie zdążył. Liczygwiazda zareagował wcześniej:

– Ręce!

Ruchem ramienia Liczygwiazda zrzucił torbę na ziemię. Łoskot. Naukowcowi nie drgnął żaden mięsień na twarzy, bez przerwy patrzył w oczy strażnikowi. I ten nagle się zawahał, zrobił krok w tył.

– Proszę wejść – strażnik starannie patrzył w bok.

Iwan popatrzył na młodego uczonego z szacunkiem. A to zuch. A mówili, że prawdziwi naukowcy wymarli. A sam Platon był przecież czempionem w walce na pięści – jak mówił Wodianik. Że niby w czasie wolnym od filozofii, obijał gęby bliźnim...

Zamieszkali z wygodami. Oddzielny pokój do spania, oddzielny na sprzęt i przygotowania. Karmili ich we wspólnej jadalni – dla miejscowych władz.

– Kiedy wychodzimy na górę? – zapytał Liczygwiazda.

Iwan zmrużył oczy.

– Jutro.

• • •

Siedzieli przed wejściem do śluzy na ławeczkach.

– Maski włóż! – zakomenderował Iwan. Chyba zaczynamy.

Liczygwiazda rozejrzał się ze zdziwieniem, zdjął okulary. Potrzymał je w dłoniach, wyraźnie nie wiedząc, gdzie je podziać.

– Załóż je jeszcze na maskę – zaproponował Uberfuhrer, szczerząc zęby w szyderczym uśmiechu. – Bo nic tam nie zobaczysz.

– Bardzo śmieszne. – Liczygwiazda zajrzał do torby, poszperał po kieszeniach. – Gdzie ja go włożyłem? Aha! Jest – twarz mu się rozjaśniła. – Znalazłem!

Wyjął z kieszeni torby żółty plastikowy futerał na okulary, złożył je starannie, włożył do środka, na irchę, i zamknął.

– Szybciej! – powiedział Iwan. – Nie mamy czasu!

– Ajn moment, łan minyt. Una minuta per fawore.

Liczygwiazda już gorączkowo naciągał na tył głowy pasek maski przeciwgazowej. Iwan popatrzył i splunął w myślach. Wszystko trzeba sprawdzać zawczasu! Ech. Maska

Liczygwiazdy była modna, z całkowicie plastikowym wizjerem... i jaskrawozielonymi wstawkami. Demaskującymi go z odległości jakichś dwustu metrów.

Nno tak, pomyślał Iwan. Wstał. Podszedł do Liczygwiazdy i przez jakiś czas uważnie mu się przypatrywał.

– Daj marker – powiedział w końcu Iwan. – Proszę.

– Po co? – Liczygwiazda podniósł brwi.

– Daj, mówię, nie zjem ci.

Liczygwiazda wyciągnął z kieszeni na kolanie swój słynny marker. Iwan wziął go, zdjął skuwkę. Czarny. Tak, jak trzeba. Doskonale. Mówisz, że pisze po metalu? I plastiku?

Iwan chwycił Liczygwiazdę lewą ręką za przód maski. Ten chciał się wyrwać...

– Spokojnie – polecił Iwan.

Przytrzymał go. I zaczął zamalowywać jaskrawe zielone obwódki wlotów na czarno. Starannie.

– Picasso. Briułłow w rozkwicie. – komentował jego działanie Uberfuhrer.

Kiedy skończył, Iwan nacieszył wzrok swoim dziełem. Nie ma już nic jaskrawoseledynowego. Radykalna czerń.

– O, tak lepiej.

Iwan wręczył zgłupiałemu Liczygwieździe marker, wrócił na swoje miejsce i zaczął zakładać maskę przeciwgazową IP-2M, izolacyjną, z zaworem do picia. Guma ściśle przylegała do twarzy. Iwan wykonał próbny wdech, wydech. Worek oddechowy napełnia się i opróżnia, wkład regeneracyjny działa. Wszystko w normie.

– Gotowi? – Iwan założył gumowe rękawice z osobnym palcem wskazującym – żeby można było naciskać na spust automatu. Wojskowy ekwipunek. Na Technolożce mieli takich cudeniek od groma i trochę...

– Prawie – powiedział Uberfuhrer, z trzaskiem otwierając szpulę taśmy klejącej.

– Pomagamy sobie nawzajem! – nakazał Iwan. Głos spod maski brzmiał głucho, jakby dochodził z oddali.

Teraz zalepić szwy i łączenia w ubraniu taśmą. Taśma klejąca to jest jednak rzecz nie do zastąpienia.

– No, już. Z Bogiem – powiedział Iwan, kiedy procedura „pakowania" się zakończyła.

Iwan rozejrzał się. Każdy gotował się do wjazdu po swojemu. Blady Kuzniecow, który nalegał, żeby iść z nimi, teraz siedzi i stara się ukryć zdenerwowanie. Palce mu drżą. Noga wybija nierówny gorączkowy rytm. To nic. To normalne jak na pierwszy raz. Nawet jak na dziesiąty – nic takiego.

Liczygwiazda jest niemal spokojny. Uberfuhrer rży i szczerzy zęby – ale on tak zawsze. Siwy jest obojętny i jakby lekko ospały. Wodianik próbuje coś opowiedzieć, ale nikt go nie słucha. Mandela to wstaje, to znów siada, jakby cały był na sprężynach.

Iwan wypuścił powietrze. Przymknął oczy. Policzył do pięciu. Otworzył.

– Idziemy!

Ludzie z Bałtijskiej wpuścili ich do komory śluzy – ciemnej, małej i pustej. Zamknęli za nimi drzwi. Iwan słyszał, jak metalicznie szczęknął zamek, jak poszedł w ruch mechanizm wrót. Latarki oświetlały twarze osób naprzeciwko, światło odbijało się od wizjerów masek przeciwgazowych. Iwan przykucnął, położył automat na kolanach. Teraz czekamy jakieś pięć–dziesięć minut do pełnej hermetyzacji wewnętrznych wrót. Potem kolejne dziesięć minut – aż do przedsionka wpompują powietrze, aby otrzymać nadciśnienie. Potem odkrywamy zewnętrzne wrota...

Stop. A to co znowu?

Liczygwiazda zabrał się już za zewnętrzne wrota, zaczął kręcić korbą.

– Stop! – rozkazał Iwan. Wstał, zrobił dwa kroki i położył

uczonemu rękę na ramieniu. – Nie ruszać się bez rozkazu. Ostrzegałem.

Liczygwiazda odwrócił się. Zamrugał, kryjąc oczy przed światłem latarki Iwana. Twarz za szkłem maski była pełna zdziwienia.

No jasne. Nie będzie łatwo. Drużyna ni wała nie jest zgrana, kto wie, jakie jeszcze numery mi wywiną…

– Ta zapora – Iwan wskazał wewnętrzne wrota – jeszcze się nie zamknęła.

– A! – Liczygwiazda w końcu się połapał. – Moja wina.

– Działać, kiedy ja powiem. Na mój rozkaz – Iwan przypomniał to, co już sto razy obgadali, kiedy szykowali się do wypadu. – Na razie czekamy.

Dziesięć minut ciągnęło się dłużej niż poprzednie dwa dni.

Po co mi to? – pomyślał nagle Iwan. – Ten pryszcz na tyłku.

Popatrzył na zegarek. Zielonkawo migoczące oznaczenia. Czas na nas.

– Otwieraj – polecił Siwemu. Ten potwierdził skinieniem głowy. Iwan poczuł, jak serce zwiększa obroty, a ręce zaczynają mu drgać od wyrzutu adrenaliny. Wszystko dookoła stało się bardziej wyraziste, bardziej trójwymiarowe, wypukłe, plastyczne.

No, z Bogiem. Jedziemy.

• • •

Szary kolos dworca zastygł jak potwornych rozmiarów zwierzę gotujące się do skoku. Iwan zwykle starał się unikać takich budynków. Masywnych, z ogromną pustą przestrzenią w środku. Z jednej strony to dobrze – jest miejsce dla manewrów grupy. Z drugiej: w takich gmachach często natrafiano na gniazda. A z tymi ptaszkami raczej trudno się dogadać.

DWO ZEC BAŁTIJSKI – Iwan przeczytał napis nad wejściem. Litera „R" z jakiegoś powodu odpadła.

Weszli po schodach – w szyku bojowym. Jeden biegnie, drugi kryje. Zatrzymali się pod daszkiem.

Głucha, gumowa cisza.

„Wchodzimy" – pokazał gestem Iwan. „Uważajcie".

Dworzec był ogromny – nawet w skali wielkich pomieszczeń Iwana. Digger zmrużył oczy, rozejrzał się. Z prawej strony był rząd stoisk. Kiedyś ściana naprzeciw wejścia była prawie w całości szklana, teraz bardziej przypominała ogromne otwarte drzwi. Wrota do kolejowej wieczności. Stalowe belki przecinające je na krzyż były oplecione cienkimi lianami.

Dalej – za przeciwległą ścianą – zaczynały się perony. Iwan dojrzał zielono-rdzawy pociąg stojący na jednym z torów.

Pochmurne niebo prawie nie dawało cienia. Lecz Iwan i tak odruchowo przestępował przez blade cienie belek na posadzce.

– Patrz – ktoś poklepał go w ramię. Iwan odwrócił głowę.

Rodzina szkieletów usiadła przy stojaku informacyjnym. Tata, mama, dwoje dzieci – to było widać. Nagie szkielety, skrawki ubrań. Obok trupów zastygły walizki – wypatroszone, z wywleczonymi na wierzch wnętrznościami; jasne kiedyś rzeczy pokryły się żółto-czarnym pyłem, skamieniały. Rodzina jechała na urlop. Albo wracała do domu od dziadków… Albo jeszcze dokądś.

Naprzód!

Diggerzy przeszli przez poczekalnię i w kilku skokach wyszli na perony.

„W prawo" – pokazał Iwan. Tam, idąc dalej wzdłuż torów, znajdowała się kiedyś lokomotywownia.

• • •

Pociągi rdzewiały, porzucone tak dawno, że zdążyły zapomnieć, kim są ludzie. Masywne, żelazne bestie, które zebrały swoje ciężkie ciała, żeby umrzeć w jednym miejscu. Ale nie wszystkie umarły…

Parowóz wyglądał tak, jak opisywał go profesor.

– Doskonale! – powiedział Iwan. – Profesorze?

– Niestety nie. To nie ma sensu. – Profesor pokręcił głową.

– Profesorze, co pan? Przecież stoi – niech pan popatrzy! To pański parowóz.

Czarny, solidny. Farba nieco się złuszczyła, miejscami widać było zacieki rdzy – ale wyglądał znacznie solidniej niż jego bardziej współcześni współbracia. Iwan aż się zachwycił. Maszyna do pracy.

– Tory – powiedział Wodianik.

– Co z nimi? – Iwan nie zrozumiał. – Przecież stoi na torze – niech pan popatrzy. Po prostu inna odnoga…

– Tory są zablokowane. – W głosie profesora było kosmiczne zmęczenie. – Widzi pan ten skład wagonów? Według pana, ile takich musimy przesunąć?

Iwan obliczył w myślach. Nie uda im się raczej zepchnąć wagonów z toru, czyli trzeba będzie pchać.

– Jeden, no, dwa.

– Nie starczy nam mocy – powiedział Wodianik. – W czasach tego czarnego pięknisia pociągi były o wiele krótsze. A tutaj jeden skład mielibyśmy pchać do samego Sosnowego Boru. Ma on szesnaście wagonów, jeśli nie więcej. A nie mamy manewrowej lokomotywy spalinowej, żeby poupychać wszystkie na zapasowych torach. Miałem nadzieję… – westchnął, machnął ręką w dwupalczastej rękawicy. – Płakać mi się chce nad tym Sosnowym Borem, Iwanie.

Profesor się rozkleił.

Iwanowi drgnął podbródek. Trudno się nie rozkleić.

W tym momencie znów usłyszał ten dźwięk – stłumiony

zgrzyt metalu uginającego się pod potwornym ciężarem. Jednak nie na darmo nie lubi takich budynków.

– Wszyscy do tyłu – rozkazał Iwan. – Szybko! Wycofujemy się.

Za późno.

Liczygwiazda zdjął automat z ramienia, wycelował.

Huk karabinu rozerwał pustkę dworca. Stwór przeskoczył z belki na belkę, zszedł na dół. Iwan machnął swoim ludziom ręką – odwrót – pobiegł do wyjścia. Automat na ramię.

Cholerny stwór był za szybki.

Odpędzili go ogniem dwóch automatów – nie na długo. Stwór skoczył w górę po ścianie dworca, złapał się belki i zniknął. Dlaczego nie zdołałem go dojrzeć wcześniej? – pomyślał Iwan. Szybki jest. Cholernie szybki.

– Wycofujemy się.

Wrócili do westybulu Bałtijskiej, Iwan przepuścił wszystkich przodem.

Liczygwiazda biegł ostatni.

– Szybciej!

Dobiegł. Stanął przed Iwanem. Twarz za plastikową maską była zadowolona, uśmiechnięta.

– Widziałeś, jak mu dowaliłem?

– Widziałem – powiedział Iwan. – Właź do środka.

Odwrócił się, żeby odgiąć arkusz blachy. Dziwny dźwięk sprawił, że się odwrócił…

– Liczygwiazdo – powiedział Iwan. – Liczygwiazdo, bez takich żartów.

Liczygwiazdy nie było.

Na popękanym asfalcie leżało tylko żółte etui na okulary.

• • •

Skrzypnięcie drzwi. Iwan nawet się nie odwrócił. Wciąż leżał nieruchomo na łóżku, patrząc w punkt przed sobą – wgłębienie w betonowej ścianie, jeśli podłubać paznokciem, odpadają okruchy. Odgłos kroków. Zaraz usłyszy drwiący głos Ubera albo łamiący się – Kuzniecowa.

To na pewno nie profesor, on nieco szura nogami – szeleści, demaskuje drużynę...

– Przepraszam – powiedział niskim głosem ktoś za jego plecami.

Iwan odwrócił się. Gość nie przypominał Ubera, Kuzniecowa też nie. Wysoki, barczysty, w czarnym marynarskim płaszczu. Potężna szczęka. Niemal białe włosy – niedobór melaniny. Oczy miał ciemne i błyszczące. Coś w obliczu przybysza wydało się Iwanowi podejrzane. Czy nie lekka nabrzmiałość? Czerwonawy nos. A towarzysz marynarz nie stroni czasem od piersiówki... którą, powiedzmy, ma w wewnętrznej kieszeni płaszcza?

Czarny marynarski płaszcz. Oto dlaczego nie posłałem go od razu na drzewo, zdał sobie sprawę Iwan. Kmicic nosił taki sam. Jak się nazywa to uczucie? Nostalgia?

„Jeden porządny człowiek na całą Admiratielską, a i ten..."

Nie żyje.

– Pan jest Iwan? – zapytał marynarz. – Nazywam się Ilia Pietrowicz Krasin. Mam dla pana propozycję.

Znów diggować? Już nie.

– Już się tym nie zajmuję – powiedział Iwan. – Tak więc niepotrzebnie traci pan czas. Jeśli pan chce, mogę panu powiedzieć „do widzenia". Dziś jestem podejrzanie uprzejmy.

Krasin jakby się zdziwił.

– Przecież jest pan diggerem?

– I co z tego? – „Dzień uprzejmości" Iwana dobiegł końca.

– Proszę mi powiedzieć, czy był pan kiedyś na Nabrzeżu Porucznika Szmidta? – Krasin patrzył z niepojętą cierpliwością.

– Wiadomo. – Iwan wzruszył ramionami. – Złaziłem prawie całą Wyspę Wasiliewską. Ale co to za różnica? W końcu i tak nie zamierzam diggować… – Znów się położył.

– Czyli był pan tam? – Krasin skinął głową. – Cudownie. A okręt wciąż jeszcze tam stoi? Przy nabrzeżu?

Iwan aż się podniósł. Cholera, przecież faktycznie…

– Jaki okręt?

Krasin uśmiechnął się – nad podziw czarująco.

– Podwodny.

• • •

Metro wszystkimi swoimi tubingami wbito w wilgotną petersburską ziemię, w błoto, przez które brnęli jeszcze grenadierzy Piotra Wielkiego.

Miasto, w którym znika czas.

– A teraz niech mi pan wyjaśni, jak można dopłynąć do LEA okrętem podwodnym? – poprosił Iwan.

– A bardzo prosto – powiedział Krasin. – Wyjść z portu do Zatoki, a potem trzymać kurs wzdłuż brzegu. I tak do samego Sosnowego Boru. Wychodzi mniej więcej dziewięćdziesiąt kilometrów, nieco dalej niż koleją. LEA stoi przy samym brzegu, chłodzi się ją wodą z Zatoki. Generatory też pracują na tej wodzie.

Iwan potwierdzająco skinął głową. Na oko wszystko jest logiczne.

Wodianik podrapał się w czarną, poprzetykaną białymi włoskami brodę. Szarpnął, jakby chciał ją oderwać.

– Podsumujmy – powiedział profesor. – Musimy przejść od Technolożki do Nabrzeża Angielskiego, potem przez most do Nabrzeża Porucznika Szmidta. Tam powinien być stary okręt podwodny. I być może uda się nam go uruchomić. Mam na to wielką nadzieję. Jeśli nie – cóż... Będziemy musieli szukać innego sposobu, by dostać się do LEA. To wszystko, co mam do powiedzenia. Iwanie? Mogę iść się pakować?

– Proszę wybaczyć, profesorze, ale będzie pan musiał zostać – powiedział Iwan. – Nie jest pan teraz w odpowiedniej formie... rozumie pan? Tam pewnie trzeba będzie szybko biegać. Szybko strzelać. I w ogóle wszystko szybko.

Profesor poderwał głowę.

– I co takiego się ze mną stało, Wania – zapytał zjadliwie – że jeszcze dwa dni temu mogłem wyruszać z wami na ekspedycję, a dzisiaj już nie? Co?!

Iwan pierwszy raz widział profesora w takim gniewie. Aż się trochę przestraszył. Tylko że nie mamy czasu na takie głupoty.

– Dobrze, wyjaśnię. – Iwan się wyprostował. – Nic się z panem nie stało, profesorze. Został pan taki, jaki był. Nadal ma pan pięćdziesiąt lat z kawałkiem i jest pan dość ciężkim człowiekiem zajmującym się pracą umysłową. Za to zmieniła się sytuacja. Jedna rzecz to dostać się do parowozu, przechodząc trzysta metrów. Zupełnie inna – przebiec trzy kilometry przez pełne różnych stworów miasto. Odstrzeliwać się. A proszę pamiętać, profesorze – to wszystko w masce przeciwgazowej i pełnym stroju ochronnym. Jak się to panu podoba?

Profesor milczał jak rażony obuchem. Nie ma wała, pomyślał Iwan. Trzeba być okrutnym, będę okrutny.

– Ale... – zdołał w końcu wydusić tamten.

– Nie ma dyskusji.

Wodianik przygasł. Szurając nogami bardziej niż zwykle, wyszedł z pokoju. Iwan popatrzył w ślad za nim, czując się jak ostatni bydlak. Nno tak. Całkiem jakby zrobił krzywdę dziecku.

– Pójdę z wami – powiedział Mandela, dotąd ponuro milczący. Iwan pokręcił głową. Tym razem nie zamierzał brać ochotników. Raz się zabawili i koniec.

– Nie gadaj głupot. Wystarczy, że mam Liczygwiazdę na sumieniu.

– Idę z wami – Mandela patrzył uparcie, białym, rozpalonym niczym wolframowy drucik wzrokiem. – I kropka.

Kiedy Murzyn wyszedł, Uberfuhrer powiedział:

– Twardy z niego chłopak. Chociaż czarny.

• • •

A teraz miał wyjść na powierzchnię z niezgraną, nieotrzaskaną drużyną, która o pracy diggera miała bardzo mgliste wyobrażenie. Iwan spojrzał na rozpromienioną twarz Kuzniecowa. Taaak.

Za to entuzjazmu mamy co niemiara.

– Pamiętajcie o najważniejszej rzeczy. – Iwan spojrzał na towarzyszy, szarpnął zamek automatu, zabezpieczył. – Nie zatrzymywać się. W żadnym wypadku. Wszyscy zrozumieli? Prowadzimy ogień krótkimi seriami i biegniemy dalej. Jeśli się zatrzymamy, zagonią nas do narożnika i pożrą. Zrozumiano? Uber?

Ten skinął głową. A czego tu nie rozumieć? – zdawało się mówiła jego gumowa fizjonomia. Nawet w masce przeciwgazowej potrafił wyglądać na Aryjczyka. Uberfuhrer podniósł i położył sobie na kolanach erkaem (RPD i skrzynka nabojów). Siwy miał strzelbę automatyczną Sajga. Mandela – dubeltówkę. Misza – AK-103 z plastikową kolbą. W sumie, jeśli to konieczne, przykrywamy prawie wszystkie dystanse.

– Mandela? – zapytał Iwan. – Nie zatrzymywać się. Zrozumiano?

– Zrozumiano, dowódco.

– Misza?

– Ttak. Zrozumiałem.

– Krasin? – Marynarz kiwnął głową. Na wierzch skafandra ochronnego miał zarzucony marynarski płaszcz. Każdy ma, kurna, swoje dziwactwa, pomyślał Iwan.

– Siwy? Uber?

Iwan kiwnął każdemu głową i powiedział:

– Przysiądźmy przed drogą.

Usiedli. Iwan przyjrzał się swojej drużynie. Dwie łyse pały, jeden młodziak, czwarty czarny jak szuwaks, piąty pijaczek. Wesoła kompania. Teraz założymy maski przeciwgazowe i staniemy się bliźniakami, nie do odróżnienia. Co jednoczy ludzi świata po Katastrofie? – pomyślał Iwan. – Maska i skafander? To jasne.

Ze wszystkich uczestników ekspedycji na powierzchni był wcześniej tylko on sam, i skini. Co jak co, ale nudzić się nie będziemy.

– No, to tyle, z Bogiem. Założyć maski przeciwgazowe.

Jakby znalazł się pod wodą. Szum w uszach. Wdech, wydech. Wdech, wydech.

– Połamania nóg – powiedział Wodianik. Głos profesora dochodził jakby z sąsiedniego pomieszczenia.

– Do czorta! – Iwan wstał. – No. – Nabrał powietrza w płuca. – Batooonik!

• • •

Petersburgu, bólu mój.

Na wpół zburzony, porzucony sobór Izaaka. Po kolosalnych granitowych kolumnach, które wytrzymały nawet falę uderzeniową, pną się szaroniebieskie liany. Być może trujące, a już na pewno radioaktywne. Iwan przyłożył do oczu termowizor – popatrz no, rzeczywiście świecą się na ekranie. Liany wokół granitowych słupów były w termowizorze niebieskie z delikatnym zielonym poblaskiem. I pozostawiały ledwie zauważalny mglisty ślad, kiedy Iwan szybko obracał głową…

I tam też nie pójdziemy.

Fajnie byłoby kiedyś wybrać się do środka soboru Izaaka – Iwan wiele słyszał od staruszków, jak to wewnątrz jest niesamowicie, ale jakoś ciągle nie było okazji. I pewnie nie będzie.

– Wan!

Odwrócił się, zapominając o zdjęciu termowizora. Kurna! Odskoczył. W pierwszej chwili Iwanowi wydało się, że widzi wybuch jądrowy.

W polu widzenia termowizora znalazł się człowiek-Armagedon, świecący w żółto-czerwono-zielonym spektrum. Iwan podniósł rękę i ściągnął termowizor na czoło. Te urządzenia są ustawione na jakąś nienormalną jaskrawość. Oczy pieką jak od ognia.

Zamiast człowieka-Armagedonu stał przed nim Uberfuhrer.

– Wan, słyszysz?

– Co? – zapytał Iwan.

– Jakby ktoś za nami szedł. Czujesz?

Udało im się z pogodą i porą roku. W Piterze były teraz słynne białe noce, jeśli kalendarz profesora nie kłamał. Zresztą kalendarz Liczygwiazdy rozmijał się z nim tylko o parę dni, tak więc…

„Czas spacerów do rana i fotografowania się przy mostach", jak powiedział profesor.

Aha. Ale chodzić do rana nam nie wolno. Oczy, przyzwyczajone do sztucznego światła metra, na powierzchni nie wytrzymają nawet kilku minut. A taki szary zmierzch, w rodzaju tego, który mamy teraz – to jest to, co diggerzy lubią najbardziej.

I jasno, i oczu nie pali.

Termowizor to jest jednak doskonała rzecz – notuje różnicę temperatury ciała wynoszącą jedną dziesiątą stopnia. Praktycznie każdego człowieka, każdego stwora, choćby nie wiem jak się chował, widać przez niego jak na dłoni. Najważniejsze, żeby był on chociaż odrobinę ciepłokrwisty.

Dla termowizora nie jest przeszkodą mgła, brak światła, dym. Z termowizorem można iść tunelami metra bez żadnych latarek, na co nie pozwala nawet noktowizor – ten potrzebuje chociażby słabego oświetlenia. Generalnie rzecz biorąc, idealny przedmiot dla diggera. A jeszcze wygodniejszy jest termowizor na powierzchni, w mieście. Nawet oczy przywykłe do słabego światła nie mogą odróżnić stwora z odległości kilometra. A termowizor – z łatwością.

À propos kilometra.

Iwan odwrócił głowę, przyjrzał się. Zgadza się.

– Co tam jest? – zapytał Uberfuhrer, który zdał już sobie sprawę, że łatwo się nie wywiną.

– Psy Pawłowa – powiedział Iwan. – Dogonią nas – i koniec. Stoimy nieruchomo jak można najciszej i żeby nic nawet nie brzęknęło. Bo nas zeżrą z butami. Powiedziałem, cicho! Bezpiecznikami nie zgrzytać, jajami nie dzwonić – wspomniał typową instrukcję Koślawego. – Reagują przede wszystkim na dźwięki. Ci-cho-sza.

Oczekiwanie ciągnęło się w nieskończoność.

Ogromne stado psów przelewało się zielono-czerwono-żółtą masą przez Most Pałacowy, dzieliło się na cienkie kolorowe strużki, zalewało nabrzeże.

• • •

Okręt podwodny z numerem S-189 na kiosku. Niegdyś szary, a teraz pociemniały z plamami rdzy. Wiele lat temu podniesiono go z dna portu dla starych okrętów, naprawiono, załatano, wyremontowano i odstawiono na Nabrzeże Porucznika Szmidta.

Zrobiono z niego muzeum.

– No i po co nam okręt-muzeum? – zapytał wtedy Iwan Krasina, kiedy spotkali się po raz pierwszy.

– A po to… na tym okręcie, w środku wszystko jest zakonserwowane. I całkiem możliwe, że wszystko ocalało. Silnik Diesla. Przyrządy. I wiele innych rzeczy. To może być jedyny okręt w całym Piterze, który zdoła się poruszyć o własnym napędzie.

• • •

…A więc własny napęd. Iwan pokiwał głową. No, to dzisiaj sprawdzimy.

Przyłożył do oczu termowizor i przyjrzał się. Chodzić w nim nie jest zbyt wygodnie, natomiast wybierać cel i strzelać – sama przyjemność.

Psy – czerwono-żółto-zielona świecąca masa – przelały się przez Most Pałacowy i schodziły teraz po Nabrzeżu Pałacowym, wzdłuż Ermitażu. Ile ich tam jest? W wizjerze zlewały się w kolorową meduzę, w jednego stwora wyciągającego na różne strony cienkie macki.

Ostatnie krople tej biomasy ściekły w dół, oto są już przy Moście Troickim…

– Teraz biegiem. – Iwan podniósł termowizor na czoło. – Szybciej!

Zerwali się do biegu. Stukot butów i buciorów na jezdni, plusk wody. Mokre echo wracające od ściany pustych domów. Diggerzy biegli teraz Nabrzeżem Angielskim. Gdyby nie skręcać na most, tylko biec prosto, to wkrótce przebiegną obok martwych statków: czarny rybacki, zatopiony; cały z kątów rozwartych, jakiś eksperymentalny okręt – Iwan poprzednim razem podszedł i widział napisy (chociaż bardziej przypominał kuter wojskowy); żółto-niebieski, wyglądający jak zabawka statek z pordzewiałymi konarami dźwigów... Iwan zapomniał, jak się nazywał. Jakiś „Toni" czy „Tom"? Nieważne. Zresztą, dzisiaj idziemy gdzie indziej.

Teraz na most. Szybciej!

Iwan dobiegł i poślizgnął się na mokrych stopniach, zaczął padać. Co za idiota! Przecież w termowizorze źle widać...

Kurna. W ostatnim momencie wyciągnął ręce... Granitowe nabrzeże uderzyło w dłonie. Brzęk! Termowizor uderzył o granitową balustradę, spadł mu z głowy – stare rzemyki nie wytrzymały i pękły. Iwan wstał, wokół wszystko było szare. Pięknie, kurna. Uberfuhrer stał już obok, krył go. Pozostali diggerzy, ciężko dysząc, podbiegli i zatrzymali się.

– W porządku, brachu? – spytał Uber, nie odwracając głowy.

– Tak. – Iwan schylił się, podniósł przyrząd. Szkła pękły, no jasne. Przyłożył do wizjera maski przeciwgazowej – ciemność. Odsunął.

Zaklął. Położył na balustradzie.

I to by było na tyle. Termowizor nie działał zbyt długo. Iwan westchnął. Trzeba będzie po staremu.

• • •

Przez most przeszli bez przygód. Wyszli na Nabrzeże Porucznika Szmidta. Przy samym brzegu, z dziobem wetkniętym w kamienne nabrzeże, zastygła zardzewiała barka z napisem... Iwan wysilił wzrok... z napisem „Kosino" na burcie. Za nią kolejna barka, prawie identyczna. Ale ta już niemal w całości opadła na dno rzeki, tylko nadbudówka na rufie wznosiła się ponad ciemnymi wodami Newy.

Okręt podwodny powinien być dalej. Ostatnim razem widział go nieco dalej wzdłuż nabrzeża, w stronę Zatoki.

I był na powierzchni, przypomniał sobie Iwan. Właśnie.

W szarej lepkiej ciemności, tuż przed świtem, cicho pluskała woda Newy. Iwan oparł się o granitową balustradę, wychylił się i popatrzył w dół. Nabrzeże było pokryte roztrzaskanymi płytami granitu, nic spomiędzy nich nie widać.

Cichy plusk wody o kamień. Czarna, podmalowana od spodu nienawiścią tafla Newy. Rzeka unosi swe zimne wody do Zatoki, mijając mosty i martwe nabrzeża.

Ledwo słyszalny zgrzyt z prawej. Od strony morza. Ten dźwięk sprawił, że gęsia skórka pojawiała się na plecach, biegła aż do potylicy i tam wnikała do środka. Iwan skulił się. Krzyk mewy. Ale teraz przecież nie ma już żadnych mew. Tylko jakieś latające krokodyle, aż strach patrzeć.

Iwan podniósł głowę. Krzyk znów uderzył z góry, zazgrzytał o serce.

A słuchać – jeszcze straszniej.

Wytężył wzrok. Włączyć latarkę, to jak zaserwować bestiom z powierzchni kolację z pięciu dań z deserem i (Iwan spojrzał uważnie na Krasina) tanim trunkiem do popicia. Ale bez latarki w ciemności niewiele można zobaczyć. Szczególnie przy takiej mgle.

Iwan się zdecydował. Odwrócił się i pokazał gestami – w lewo, potem w dół. Przeszli obok granitowej balustrady, skręcili na schody, zeszli po nich nad mokre nabrzeże. Teraz wędrowcy, czy też poszukiwacze, byli niemal na poziomie cumowiska. W wilgotnej szarej mgle Iwan widział resztki białych napisów, które kiedyś otaczały cumowisko. Zielona wykładzina przed wejściem do terminalu pasażerskiego była teraz prawie czarna...

Szyby terminalu były wybite.

– Patrz – powiedział Uberfuhrer. Drżenie w jego głosie wydało się Iwanowi dziwne. Iwan odwrócił się, popatrzył w kierunku wskazywanym przez jego wyciągniętą ręką i wzdrygnął się zaskoczony. Chociaż niby wiedział, co zobaczy.

To było specyficzne uczucie.

Plamistoszara, postrzępiona rdzą, skóra okrętu podwodnego, stalowej barrakudy, prężyła się wzdłuż cumowiska. Okręt stał pod kątem do nabrzeża, nieco bardziej zanurzony dziobem („Lekki przechył na dziób – powiedział Krasin. – Po napełnieniu zbiorników rufowych wszystko się wyprostuje. Tylko że w S-189 wszystkie zbiorniki zespawano fabrycznie po ostatnim remoncie…" Ale Iwan już nie słuchał).

Kiosk z napisem. Cyfry bieleją w półmroku, w bladym petersburskim zmierzchu. S-18… ostatnia cyfra była nie do odczytania. Kadłub łodzi miejscami pokrywały ogromne, białe plamy – guano latających jaszczurów.

– Pływające muzeum – powiedział Uberfuhrer, nie wiadomo do kogo. Obrócił głowę w kierunku Krasina. – Uda nam się, brachu?

Pauza.

Kiedy Krasin myślał, Iwan patrzył na okręt podwodny. Dobrze, że są teraz białe noce, można nie włączać lamp. Czas ruszać.

– Poruczniku – zawołał znieruchomiałego Krasina. Ten stał z podniesionymi ramionami i wielką głową w brązowej masce przeciwgazowej wysuniętej z kołnierza czarnego płaszcza i patrzył na okręt. – Już czas.

– Tak, oczywiście. – Krasin ocknął się, podniósł swój SKS. Ruchem zdradzającym człowieka niezbyt nawykłego do broni, powiesił sobie karabin na ramieniu. – Ruszamy.

Podeszli do skraju nabrzeża. Zimny, zmęczony plusk Newy ciemniejącej między kamiennym brzegiem i kadłubem okrętu przypomniał Iwanowi o ostatnim wjeździe Koślawego. Bezsensowna, głupia scena śmierci stanęła Iwanowi przed oczami – niczym dubel kroniki filmowej. Czarna woda, kotłująca się od licznych ciał, kamienne stopnie, wybiegający z wody Koślawy… uśmiechający się Koślawy…

Przelatujący cień. Kręta smuga czerwieni. Czerni. Padający Koślawy. Jakby uśmiech zamienił się w ołów i pociągnął go w dół. Klap. I martwy digger, leżący na zimnym, wilgotnym granicie. To było jesienią.

– Naprzód – zakomenderował Iwan. – Trzymać się razem.

Obłęd.

Okręt podwodny-muzeum popłynie na własnym napędzie. A w domu wszyscy zdrowi, panie poruczniku?!

Jeśli z nowoczesnych statków nie ma pożytku, czemu by nie spróbować innego sposobu?

Iwan przyłożył kolbę do ramienia, zamknął lewe oko. Popatrzył na okręt przez szczerbinkę. Doskonale.

– No, z Bogiem – powiedział. – Pierwszy naprzód!

• • •

Iwan zsunął się w dół, do kabiny. Światło latarki tańczyło po przepierzeniach, kranach i rurkach. Część ścian była poobwieszana zdjęciami w ramkach – marynarze na tle okrętu, okręt w rejsie, spotkanie na brzegu. Radosne twarze. Białe furażerki, czarne sztormiaki.

Idąc z latarką, Iwan brodził po kostki w czarnej, oleistej mazi. Przez dwadzieścia lat zdążyła zgęstnieć. Kiedy obracał głowę, smuga światła wycinała z ciemności uśmiechnięte twarze tych, którzy umarli jeż wiele lat wcześniej. Patrzyli teraz na Iwana.

Okręt zachował się nie najgorzej. Widać było, że wszystko w środku pomalowano akurat przed Katastrofą, rzeczy poustawiano na miejscach. Okręt-muzeum.

– Podobno kustoszem okrętu był były podwodniak.

Iwan drgnął.

„I usłyszał głos z ciemności…”

– Gdzie pan jest?

Po chwili z innego przedziału wynurzył się Krasin, podświetlił sobie latarką twarz od dołu. Brrr. Straszna, grubo wyciosana siekierą starożytna maska. Krasin uśmiechnął się.

– Byłem w przedziale silnikowym – powiedział.

– I? – Iwan ruszył niecierpliwie do przodu i nadział się na występ. Jakiś pulpit z szarego metalu.

– Mogę dać środek przeciwbólowy – powiedział Krasin. Uśmiechnął się, dotknął ręką płaszcza – tam, gdzie w wewnętrznej kieszeni miał ukrytą manierkę z koniakiem. – Jeśli pan chce.

– Dziękuję, jakoś sam sobie poradzę – odmówił Iwan. – Co z Dieslem?

– Zakonserwowany.

Iwan wypuścił powietrze. No, chwała Bogu. Udało się.

– I, na nasze szczęście, bardzo gruntownie. Podejrzewam, że jest nawet olej w zbiornikach – chociaż, jeśli mam być szczery, nie ryzykowałbym. Gorzej jest z akumulatorami. Przez tyle lat musiały całkowicie wyschnąć. Myślę, że nie damy rady ich nawet minimalnie naładować. Czyli silniki elektryczne są dla nas bezużyteczne.

– No i co z tego? – Iwan skierował latarkę bardziej w lewo. Twarz Krasina nie wiedzieć czemu przerażała go. – Dopłyniemy na Dieslu, tak?

– Dobra myśl... Pozostało tylko go uruchomić.

Iwan przesunął smugą światła jeszcze dalej po przepierzeniu, potem wyżej. Szarpnął tak, że o mało nie upuścił latarki. W pierwszej chwili wydało mu się, że patrzy na niego zjawa. Surowy siwy człowiek w czarnej furażerce oficera marynarki. Iwan bezgłośnie zaklął.

Widmo jednego z kronsztadzkich marynarzy? Potem zrozumiał – to portret. „Dowódca s-189 komandor porucznik D.Ż. Gawrilin" – podpis na ramce.

– Więc jak, dowódco? – zapytał Krasin. – Co robimy?

Iwan odwrócił się do marynarza.

– Jak mamy uruchomić silnik?

Krasin wzruszył ramionami. Za ten ruch Iwan był gotów go teraz zabić. Czy to znaczy, że nie potrafi?! Po kiego grzyba żeśmy tu w ogóle drałowali?

– Jeśli mam być szczery, wiem, jak to zrobić, tylko w teorii – powiedział Krasin. – W końcu nie jestem mechanikiem okrętowym, tylko oficerem nawigacyjnym... do tego dwadzieścia lat bez praktyki, sam pan rozumie. Ale w skrócie mamy dwie opcje: skompresowanym powietrzem albo elektrycznym rozrusznikiem...

W ciemności na górze coś się zakotłowało.

Potem nagle huknęło, coś zagrzmiało o poszycie okrętu, jakby ktoś upuścił kowadło. A potem je przeciągnął. Okręt się zakołysał.

– W lewo! – krzyknął ktoś na górze. Iwan skoczył na równe nogi, szybko podszedł do trapu. Na wodzie pod nim była jasna plama.

Po drabince ześlizgiwał się Kuzniecow, z oszalałym wzrokiem. Plusk – prosto w plamę światła.

– Tam... tam jest!

– Oczywiście – powiedział Iwan. – Wszyscy do środka, zamknąć włazy!

Bum. Szczęk. Potem cisza. I znowu: szczęk.

– Słyszycie? – zapytał Kuzniecow. – Tam te ptaszki przyleciały. Pterodaktyle cholerne. Trzy sztuki. Rozsiadły się, jak u siebie w gnieździe. Co robić, dowódco?

Iwan rozejrzał się. Gumowe mordy przyjaciół, szkła wizjerów. Kupa nieznanych przyrządów.

Światło latarek pląsa we wnętrznościach okrętu, odbija się w czarnej cieczy pod stopami.

– Do roboty – powiedział Iwan.

• • •

W łodzi podwodnej Iwan pozwolił zdjąć maski – ciężko się w nich pracuje. Okręt był zamknięty do czasu Katastrofy i potem, tak więc pyłu radioaktywnego nie powinno tu być. Dozymetr Iwana pokazywał całkiem znośny poziom napromieniowania.

Teraz digger czekał aż marynarz urodzi jakiś pomysł.

– No jasne! – Krasin podniósł głowę. – Można obrócić koło zamachowe – w instrukcji konserwacji było mówione, że w ten sposób można przypadkowo uruchomić silnik... Jeśli można przypadkowo, to można i specjalnie – to nie problem. Tylko na zimno pewnie nie zadziała.

Doczekał się. To już coś.

– No to w czym rzecz? – Teraz Iwan wzruszył ramionami. – Ogrzejemy. Karbidówka się nada?

Ogrzewali silnik płomieniem palnika. Przewody olejowe, magistralę paliwową. Cylindry.

– Próbujemy. – Krasin machnął ręką. – Raz, dwa... jedziemy!

Iwan z wysiłkiem zakręcił kołem. Dawaj, dawaj, jedziesz, kochane. Koło zamachowe się poddało. Poszło powoli, z trudem, ale poszło. To zrozumiałe. Na początku trzeba rozprowadzić po tętnicach i żyłach silnika zgęstniały olej, żeby porządnie nasmarował mechanizm. Smar jest pewnie jeszcze w cylindrach – jak twierdził Krasin. Standardowa procedura. Oczywiście jeśli konserwowali okręt na dłuższy czas... A jeśli tylko na zimę, to nam się nie poszczęściło. Gdyby Katastrofa wydarzyła się latem, można by było zapomnieć o tym Dieslu. Bez konserwacji już dawno zardzewiałby na śmierć.

Silnik kichnął i szarpnął. Poddając się ruchowi koła zamachowego, zaczął się obracać wał korbowy; pociągnął i popchnął za sobą tłoki. Pokryte grubą warstwą zastygłego smaru cylindry niechętnie uległy. Tłoki ruszyły, z całej siły wypychając gęsty białawy smar z kolanek i zaworów. Jeszcze raz. I jeszcze. Nie zaskoczyło. Iwan zakręcił kołem. No, poszło!

Szarpania z silnikiem było jeszcze mnóstwo. Momentami Iwan zaczynał myśleć, że to wszystko na próżno, że z ich planów nic nie wyjdzie...

Zawczasu przedmuchali układ chłodzenia wodą i wszystkie rury, żeby usunąć resztki smaru konserwującego. Wszystko działa. Jedynie olej napędowy w zbiornikach był przeterminowany, wytrąciło się dużo osadu, ale nie ma żadnej możliwości, by go przefiltrować.

Wyjście zaproponował Kuzniecow – Iwan był zaskoczony prostotą rozwiązania.

Wzięli gumowy wąż i wsadzili do baku od góry. Lżejsze frakcje utrzymywały się na górze, a cała maź była na dnie baku. Podłączyli wąż do rurociągu. Ręcznie dopompowali oleju napędowego. Ręcznie dodali do środka smar. Cholera wie, co z nim... No, ale nie było wyboru.

Diesel kichnął.

Iwan pomyślał: no i tyle – znów od początku.

No, dawaj. No!

Pot ciekł Kuzniecowowi po upaćkanym smarem czole, zalewał oczy. Wszyscy usmarowali się w tej żelaznej skrzynce po uszy.

Jeszcze raz.

Nie zaskoczyło...

– Na mój rozkaz – powiedział Krasin. Były nawigator uległ metamorfozie. Zamiast alkoholika stał przed nimi prawdziwy kapitan. Mandela próbował usunąć wodę z okrętu ręczną pompą.

– Tak jest, na rozkaz – powiedział Iwan.

Krasin zrobił głęboki wdech, powoli wypuścił powietrze. Gorączkowy błysk w oku...

No, morska duszo, ratuj.

– Dawaj! – I dał sygnał ręką.

Iwan zakręcił, Kuzniecow zakręcił. Silnik drgnął, parsknął i nagle – pauza – wystrzelił! Zatrząsł się, jakby w konwulsjach. Kilka razy nierówno stuknął... Serce Iwana zamarło, czekał, właściwie nie oddychając... No, dawaj, proszę cię, dawaj!

Rumm-rumm-rumm-rumm.

Fantastyczny dźwięk. Iwan wypuścił powietrze.

Udało się!

Czując nogami wibrację kadłuba okrętu, Iwan stał i nie wierzył. Zrobili to. Okręt podwodny po dwudziestu latach wyszedł w swój ostatni rejs. I nic to, że zbiorniki balastowe są zaspawane i mało co z oprzyrządowania działa.

Już łódź się zanurza – na wachcie się zgłoś.

Choć niebo się chmurzy...

Nie straszna nam burza*.

Krasin patrzył na diggera z uśmiechem...

– Przekazuję dowództwo, towarzyszu kapitanie – powiedział Iwan.

– Porucznik Krasin przejął dowództwo. Załoga na miejsca, kotwicę rwij – rozkazał marynarz. – Żagle staw. Cała naprzód.

– Jest cała naprzód! – odezwał się Uberfuhrer.

– Ktoś na górę... A nie, nie możemy – przypomniał sobie Krasin – tam jest mostek. Korzysta się z niego, kiedy okręt jest wynurzony. Nie wiem nawet, jak mamy wyjść z ujścia rzeki...

Iwan rozejrzał się wokół.

– A nie da się jakoś inaczej?

– Da się – powiedział Krasin po zastanowieniu. – Ale to będzie cyrkowy numer. Wiedzie ślepy kulawego.

---

* „Już łódź się zanurza..." – słowa pieśni Włodzimierza Wysockiego, *Ocalcie nasze dusze* w tłum. Marleny Zimnej (przyp. tłum.).

– To znaczy?

Krasin stuknął palcem w metalową rurę pomalowaną na żółto-szaro.

– Przez peryskop. Jak w zanurzeniu bojowym. Przy czym pole widzenia będzie ograniczone, bo hydraulika już nie działa i nie będziemy mogli go obrócić.

– O – Iwan potarł oko – i co zobaczymy?

– Nie mam pojęcia – odparł szczerze Krasin. Podszedł do peryskopu. – Ale zaraz się dowiemy.

W kadłub okrętu zazgrzytało coś ostrego. Szpony? Iwan podrapał się w podbródek, potem w czoło. Zdecydowanie nie miał ochoty wychodzić na zewnątrz.

– Spróbujemy?

– Elektryka na razie nie działa, akumulatory wyschły, a ręcznie się peryskopu nie obróci. Na dworze jest noc, ale biała. W zasadzie można nawet spróbować. – Krasin zamyślił się na moment. – A co ryzykujemy? Zaryjemy w brzeg albo zatopioną barkę. Spokojnie jak na wojnie. Jedziemy. Ej, chłopcze! – Trącił Miszę w ramię. – Łap się za koło sterowe.

Iwan popatrzył na marynarza i uśmiechnął się. Dobry jest. À propos…

Iwan przeszedł wzdłuż przeszklonych gablot, znalazł to, czego szukał. Spróbował otworzyć szafkę, nie udało mu się, wyrwał zamek. Trzask. Kruche słabe drewno rozpadło się w drzazgi. Iwan wyciągnął to, co znajdowało się w szafce i wrócił.

– Trzymaj. – Podał marynarzowi czarną furażerkę marynarki wojennej, która należała kiedyś, jeśli wierzyć napisowi, do starszego pomocnika kapitana S-189. A i kapitan miał taką samą.

Krasin milczał przez chwilę, spoglądając na czapkę. Potem ostrożnie rozłożył ją dłońmi, założył.

Wyprostował się. Blado zabłysł znaczek.

– Towarzyszu dowódco ekspedycji – zwrócił się do Iwana. Głos brzmiał mu ochryple ze zdenerwowania. Zrobił się jakby wyższy. – Okręt podwodny s-189 „Argo" – uśmiechnął się – jest gotowy do rejsu. Czekam na rozkazy. – Krasin, uroczysty i piękny jak pan młody, podniósł dłoń do czarnej furażerki. – Melduje kapitan okrętu porucznik Krasin.

Wszyscy mimowolnie stanęli na baczność. Kuzniecow wprost promieniował światłem.

Uroczysta pauza.

– Wypływamy na Zatokę – powiedział Iwan.

ROZDZIAŁ 17

PASAŻER

– Mijamy groblę – powiedział Krasin, odrywając się na moment od peryskopu.

– I?

– Przed nami pełne morze. Z prawej – Kronsztad.

Iwan skinął głową. Z tego, co pamiętał plan, który nakreślił profesor, na razie wszystko idzie prawidłowo. Dobrze idzie. Tfu-tfu-tfu, żeby nie zapeszyć...

Noc była udana. Po kawałeczku, milimetr po milimetrze zdołali przeprowadzić okręt między zatopioną barką a cumowiskiem, dwa razy ohydnie i przerażająco zaczynał zgrzytać metal, kiedy okręt swym solidnym kadłubem zahaczał o przeszkody. Krasin klął, podając komendy. Dyżurował przy peryskopie i krzyczał „ciut w prawo, w lewo... jeszcze w lewo... mała naprzód". Iwan stał przy włazie do kabiny, przekazując komendy Uberowi i Siwemu, którzy zajmowali się silnikiem. Raz wymyślili, jak go zgasić, i okręt znieruchomiał, lekko się kołysząc pośrodku Newy – zaczynali już robić zwrot. Iwan myślał, że drugi raz nie uda im się uruchomić Diesla, ale... Widocznie dzisiaj ktoś z góry tańczył, jak mu zagrają. Być może sam Pan Tuneli.

Uruchomili silnik. Część mechanizmów okrętu ożyła, wreszcie udało się obrócić peryskop. Teraz świeciły się niektóre przyrządy i lampki w centralnej kabinie, niepewnie, to gasnąc, to jaśniejąc, zapaliła się lampa w kabinie akumulatora, jej odblask dochodził do głównej kabiny, migocząc w czarnej wodzie. Było jej na okręcie po kostki. Krasin powiedział, że trochę później, być może, uda się uruchomić pompy usuwające wodę. Zresztą, darowanemu koniowi... Iwan westchnął. Na razie wszystko idzie dobrze, tfu-tfu-tfu. Przy takiej prędkości za jakieś trzy godziny będziemy w LEA.

Bum. Bum. Rozgłośne uderzenia w metal.

No i masz. Wykrakałem.

– Iwan. – Z sąsiedniej kabiny wysunął się czubek głowy Uberfuhrera. – Jakieś badziewie tam łazi, dokładnie nad nami. To znaczy nad silnikiem... no, rozumiesz. Trzeba by zerknąć, jak myślisz?

Aha, Iwan kiwnął głową.

Trzeba sprawdzić, co my tu mamy za pasażera...

• • •

Iwan ostrożnie wyjrzał zza drzwi kiosku. Tak, pterodaktyli nie ma, odleciały, kiedy okręt wyszedł z ujścia Newy – za to zostawiły po sobie ogromne białe plamy guana. Jednym słowem: bydlaki.

Podniósł automat, zaczął nasłuchiwać. Cisza, zakłócana tylko szumem w uszach i warkotem Diesla. Popchnął drzwi nogą. Skrzypnięcie. Iwan wyszedł na pokład, przyklęknął na jedno kolano. W prawo, w lewo... cholera.

Iwan poczuł przypływ zawrotów głowy. Byli na pełnym morzu. Wokoło rozpościerała się ogromna tafla wody, zalana bladym, mglistym światłem. Okręt lekko wibrował i kołysał się pod nogami, kiedy przechodził z fali na falę. Drobne białe grzywacze burzyły się przed dziobem i uciekały do tyłu, zostając za rufą. Z lewej strony, równolegle do kursu okrętu, ciemniała linia brzegu.

Z prawej... Iwan nagle poczuł ucisk w tyle głowy. A to co znowu! Odwrócił się, zastygł. Jednak, kurna, wykrakałem.

• • •

Pozdrowienia z głębin newskich wód.

Iwan przymknął lewe oko, płynnym ruchem powiódł lufą automatu – w celowniku pokazała się szara plama, nieco jaśniejsza od ciemności dookoła. Ale co to takiego? Powoli wypuścił powietrze. Plama wciąż rosła. Cholerny bajzel. Całe życie bałem się, że spotkam coś, co zabije mnie, zanim to zobaczę – i proszę! Widzę to cholerstwo, na tyle, na ile to możliwe w takich ciemnościach, ale wcale nie mam ochoty umierać. Iwan położył palec na spuście. Jeden ruch... Kadłub okrętu wibrował pod nogami, cichy plusk fal. I szara plama. Plama rosła w górę, jak podnoszący się człowiek.

Może i człowiek. Tylko narysowany przez małe dziecko. Bez zachowania wymiarów i proporcji. Dlatego że tam, na rufie, nawet najwyższy, człowiek w metrze zdawałby się dwa razy mniejszy od niego. Szary wyprostował się. Iwanem kołysało, celownik przesuwał się po szarej plamie w górę, w dół, na boki. On wyprostował się i odwrócił – tak to wyglądało.

„Temu, co jest dla nas dziwne, nieznane, niezrozumiałe, bezwiednie staramy się nadać cechy antropomorficzne" – mówił Wodianik. Co prawda, z innej przyczyny...

– To znaczy? – spytał wtedy Iwan. „Czynimy ich ludźmi siłą swojej wyobraźni, a następnie przekonujemy się, że one... albo ono... w najmniejszym stopniu człowiekiem nie jest. Głupio jest przypisywać komukolwiek własne dążenia, pragnienia i lęki tylko na podstawie zewnętrznego podobieństwa. Szczególnie – tu profesor zrobił efektowną pauzę – kiedy nawet samo podobieństwo jest wymyślone".

Szary człowiek odwrócił do Iwana swoją twarz... czy co on tam ma? Okrągłą, bardzo małą w porównaniu z resztą ciała.

Lśniła w ciemności. Dwoje oczu – dwa okrągłe otwory. Mogły się okazać czymkolwiek, łącznie z tyłkiem, ale to nimi szary patrzył na Iwana – i widział go. Digger poczuł przerażenie. Na pozór nie było w tym nic strasznego. Wysoki człowiek stoi i patrzy. Ale pod Iwanem nie wiedzieć czemu ugięły się nogi. Cała krew jakby odpłynęła z niego – i gdzieś zniknęła.

„Pasażer" nie ruszał się, nie mówił, tylko kołysał się lekko od ruchu okrętu.

Myślimy, że widzieliśmy wszystko. A potem widzimy jeszcze więcej. I wtedy nasz umysł okazuje się jakby podwieszony na cienkich nitkach prowadzących gdzieś do góry. I jeszcze chwila, a niteczki zerwie najsłabszy podmuch wiatru.

Iwan zamarł.

W następnej chwili robił krok do tyłu, właściwie niemal spadł z powrotem do kiosku, na ziemię, oparł się o zardzewiałą ścianę. Chłodziła mu plecy i tył głowy. W ataku paniki próbował utrzymać się na krawędzi. Jego rozum, wszystko, co sobą reprezentował, unosiło się teraz nad jego ciałem. Iwan, uwolniny, patrzył teraz na siebie z boku. Z wysokości dwóch metrów nad własną głową. Kim jest ten śmieszny, zmęczony człowieczek z zapadłymi oczyma? Potem nad-Iwan podniósł wzrok i poczuł, nawet przez metal nadbudówki, że szary patrzy na niego. Po prostu stoi na rufie okrętu podwodnego, lekko się kołysząc, i patrzy na Iwana.

Szarpnięciem przywrócił sobie poczucie własnego ciała.

Pauza. Zimno w tyle głowy, wibracja kadłuba, ciche rumm-rumm-rumm silnika. Odgłos wypływającej przez szpigaty zużytej wody.

W ostatniej chwili, rozpaczliwym wysiłkiem, Iwan podniósł się, złapał za klamkę, łup! – zatrzasnął drzwi kiosku, ze zgrzytem – niemożliwie długim – obrócił dźwignię, by je zamknąć.

Kiosk S-189 w poprzednim życiu nie zamykał się hermetycznie, lecz był zalewany wodą, żeby przy zanurzeniu nie rozsadziło go potworne ciśnienie. Iwan wyprostował się, odszedł od drzwi, podnosząc automat. Stopa poślizgnęła mu się na okrągłej, wypukłej pokrywie włazu. To zejście w dół, do bezpiecznej ciemności kabin.

Uczucie szybowania nad własnym ciałem minęło.

Iwanem zatrzęsło. Plecy miał całe mokre.

Niezgrabnymi rękami otworzył pokrywę włazu, zszedł i zamknął ją za sobą. Z trudem ściągnął maskę przeciwgazową, o mało jej nie upuścił do chlupoczącej w kabinie wody. Postał chwilę na mostku, wsłuchując się...

Nic.

„Pasażer" zachowywał się zadziwiająco cicho.

Jak długo?

• • •

Ciemne, wydłużone ciało okrętu przecinało fale, obficie oblewając się potokami wody Zatoki Fińskiej.

Iwan zeskoczył z mostka i wpadł w ciemną wodę po kolana. Niczego sobie.

Wody wyraźnie przybyło. Toniemy?

– Co to za bajzel?! – ryknął Iwan, próbując przekrzyczeć hałas silnika. RUMM-RUMM-RUMM. Ten pracował, jakby był u granic możliwości, Iwan słyszał podejrzane odgłosy. Jego czułe ucho wyłowiło jakieś zakłócenia w rytmie silnika.

Krasin nie odpowiedział.

Marynarz przywarł do peryskopu, zakręcił drążkami. Iwan zaklął w duchu. Czarny błotnisty, płyn podniósł się już do wysokości kolan, pompy zasilane wprost przez generator, z pominięciem wyschłych akumulatorów, wyrzucały za burtę całe litry wody – ale to i tak było za mało. Iwan rozejrzał się dookoła. Kadłub okrętu przeciekał. Przechył na dziób stał się tak duży, że śruba okrętowa zaraz znajdzie się w powietrzu – i żegnaj, ukochana.

– Co się dzieje?! – krzyknął Iwan. Kapitan oderwał się od peryskopu i nachylił się nad jego uchem.

– Toniemy – powiedział. Iwan drgnął. Krasin uśmiechnął się blado. – No, albo się zanurzamy, nie jesteśmy przecież jakimiś leszczami, tylko podwodniakami.

Okręt szedł pełną parą. Kadłub wibrował, brzęczały szklanki i szyby gablot wystawowych. Przeskakiwanie z fali na falę stało się gwałtowne jak twarde lądowanie.

– Co zrobimy?

– Ster w lewo – rozkazał Krasin. – Trzymać kurs dwieście dziewiętnaście.

– Tak jest! – Kuzniecow płynnym ruchem, niczym doświadczony sternik, obrócił koło. Strzałka wskaźnika przed nim drgnęła i przesunęła się w górę na metalowej podziałce.

– Postawię okręt w poprzek fali – wyjaśnił Krasin. – Jakieś osiemdziesiąt stopni względem brzegu. Fale są duże, a S-189, powiedzmy sobie otwarcie, nie jest zbyt pływalny. Zaleje nas. Jeśli pójdziemy wzdłuż fali, to po prostu nas przewróci.

– Można?

Krasin skinął głową.

Iwan złapał za drążki peryskopu, przylgnął do okularu. Stara guma była szorstka, ostra jak cięty metal. Wcięła mu się w czoło, policzki, w nos.

Przez mętne szkło Iwan zobaczył długi pas brzegu pogrążonego we mgle. Rzadkimi wysepkami unosiły się w niej wierzchołki drzew. Z prawej strony było widać jakieś rozmyte budynki. Złudne. Może tylko mu się wydawało.

Iwan zobaczył wiele rzeczy, ale gdzie najważniejsza – tej jeszcze nie dostrzegł.

– Ale tam przecież nie ma… przystani – Iwan oderwał się od peryskopu. – Jak to zrobimy?

– Zgadza się – Krasin nagle się uśmiechnął. – Płyniemy do brzegu. Choć słabną już dłonie, to jeszcze nie koniec...* Wysocki. *Ocalcie nasze dusze*. Lubię tę pieśń. Nie ma tam przystani. Wyskoczymy na brzeg, jak wieloryby-samobójcy. Innego wyjścia nie widzę. Zbyt szybko nabieramy wody.

Iwan milczał przez chwilę. Kuzniecow stał przy sterze blady jak nieboszczyk. Ale trzyma się, zuch chłopak. W zielonkawej wodzie, która sięgała mu już prawie do pasa, łagodnie odbijały się światła cyferblatów. Wody wciąż przybywa, każdy głupi to widzi. I zimna jest jak nie wiem co.

Kuzniecow był blady, ale spokojny. Dorósł chłopak, pomyślał Iwan i odwrócił się.

Nawet przez potężne „rumm-rumm-rumm" Iwan słyszał, jak w kabinie silnikowej niewyraźnie przeklina Uberfuhrer.

– ...ać! – Doleciał nagle urywek.

– A te? – Iwan nie dokończył. Z tymi, co siadły na okręcie podwodnym jak na osobistej grzędzie, tak czy owak trzeba było się policzyć. Skrzydlate stwory, kurna. Mewy, kurna. Zapaskudzą cały okręt, kurna.

Bydlaki.

I jeszcze ten „pasażer", niech go szlag.

– Przygotować się do wyjścia na zewnątrz! Zająć miejsca przy drabince wyjściowej. Mechanicy – Krasin wziął mikrofon. – Słyszycie mnie? Podwójna cała naprzód.

Milczał przez chwilę. Kadłub okrętu wibrował. Odgłos uderzeń fal stał się bardziej głuchy.

– Wszyscy przygotować się do opuszczenia okrętu – powiedział w końcu Krasin. – No, dalej! Na co czekacie? Idź, marynarzu!

Wypchnął Kuzniecowa z miejsca sternika, usiadł na nim sam.

---

* Tłum. Marlena Zimna.

– Wychodź od razu za nami! – zawołał Iwan. Krasin, nie odwracając się, skinął głową.

Wszyscy zaczęli piąć się na górę, gęsiego. Iwan wdrapał się, poświecił latarką… taaak. Patrzył teraz wprost w zadek Uberfuhrera zasłonięty gumowymi spodniami skafandra. Białawe plamy brudu na szarym tle.

Przeklęte życie, pomyślał Iwan w duchu. Wiecznie rzuca cię podejrzanie blisko udupienia

– Założyć maski przeciwgazowe – nakazał Iwan. – Znów wychodzimy w wielki świat.

– Na mój rozkaz! – krzyknął Krasin z dołu. – Trzy! Dwa!

Iwan wypuścił powietrze, sprawdził pistolet. Kiedy masz wątpliwości, lepiej sprawdzić. Pistolet był w porządku. Niżej, na drabince poruszył się Kuzniecow. Jeszcze niżej Mandela. Siwy powinien iść w ariergardzie, teraz stał na dole, po kolana w śmierdzącej wodzie.

Pachniało wilgocią, spalinami z Diesla i stęchłą wodą.

– Jeden! Zero! Już! – zakomenderował Krasin.

Zgrzyt. Huk, jakby uderzyli w coś dużego. W pierwszej chwili światło oślepiło Iwana, w następnej zaczął już się wspinać. Zalało mu oczy. Pod rękawicami mlaskało mu rdzawe błoto, płatami odpadała farba.

Iwan chwycił się krawędzi włazu, ułamek sekundy później ktoś złapał go za nadgarstek i wyciągnął na górę.

Światło latarki wyłapało rdzawe nity. Byli w kiosku, teraz trzeba było iść dalej. Coś zazgrzytało metalem po kiosku, uderzenie. Jeszcze jedno. Jakby ktoś walił łomem.

– Ocalcie nasze dusze! – zaśpiewał ochryple Krasin. – Już krztuszę! Się! I duszę!*

Echo w czeluściach okrętu mnożyło się i rozpadało na kawałki – zdawało się, że już nie jeden głos śpiewa, a cały chór.

---

* Jak wyżej, tłum. Marlena Zimna.

Wszyscy martwi marynarze okrętu S-189 wtórują obecnemu kapitanowi.

– Ocalcie nasze dusze! Od-naj-dźcie nas!

– Szuuum fal! Do krzyku zmusza! I SOS zagłusza…

I strach! Przepełnia… dusze…

Wyskoczymy na brzeg jak pieprzony wieloryb.

– I płyyynie CZAS – to ostatnie, co usłyszał Iwan.

Wyskoczyli z kiosku z automatami w gotowości.

Iwan westchnął i wyprostował się. Nocny „pasażer" zniknął, jakby nigdy go nie było.

Potem Iwan popatrzył w drugą stronę… Taaak.

Zapaskudziły cały dziób okrętu. Szedł na pełnej prędkości, grzywacze szybko opływały dziób.

Iwan przeniósł wzrok wyżej – czarny w mroku brzeg był coraz bliżej. Digger widział tylko jakieś czarne resztki drzew, jeśli popatrzeć bardziej w prawo, były tam budynki elektrowni atomowej. Widmowe sylwetki kominów we mgle.

– Zaraz zaryjemy! – zawołał Uberfuhrer. – Trzymaj się, kto może!

Iwan wrócił do kiosku, wylazł po zardzewiałej drabince na górę i przygotował się na zderzenie.

• • •

Uderzenie zatrzęsło okrętem, Iwanem szarpnęło, poleciał do przodu – ledwo utrzymał się zardzewiałej poręczy. Dzyng! – poręcz nie wytrzymała. Noż kurna. Chwilę później pod Iwanem powoli przepłynęło szaro-rdzawe, ociekające wodą cielsko okrętu podwodnego S-189. Nadciągnęła warstwa wody i piasku, opłynęła kadłub okrętu, cisnęła błotem i chlusnęła w kiosk. BUMMM. Brzęk, brzęk. W metal kiosku uderzyły kamyki.

Iwan leciał. Zaczął obracać głowę, niosło go naprzód, w stronę brzegu. Okręt wbił się w dno przy dużej prędkości, zaczął podnosić statecznik rufowy, jakby zamierzał wywinąć kozła, zwolnił (Iwan leciał coraz niżej – pod nim była przejrzystoszara morska woda ze strzępkami czarnych wodorostów) i zaczął opuszczać ogon. Plask. Dookoła białe grzywacze.

W tej samej chwili Iwan, lecąc łagodnym łukiem, dosięgnął powierzchni morza.

Uderzenie! Woda okazała się niespodziewanie gęsta, jak zastygła smoła, potem nagle przeszła w inny stan skupienia, rozstąpiła się, połknęła Iwana. I zniknął pod wodą. Zamknij oczy, nakazał sobie Iwan w tym ułamku sekundy, jaki miał. Zamknął.

I otworzył.

Był pod wodą, rozsadzało mu klatkę piersiową, jakby coś próbowało się z niej wydostać. Bbbulb. Powietrze wyrwało się Iwanowi z ust, zmusił się, żeby odrzucić głowę do tyłu. Wyprostował się i spojrzał przed siebie. Dno było jakieś dwa, dwa i pół metra pod jego nogami. Szare, piaszczyste, gdzieniegdzie poprzetykane głazami. Brązowo-czarne wodorosty. I przez mętną warstwę wody ktoś na niego patrzył.

Zamarł.

Szum w uszach. Iwan patrzył przed siebie poprzez falującą masę wody, napierającą w stronę brzegu, poruszającą kamienie z miejsc.

Gdzieś z tyłu, za jego plecami, cielsko okrętu wciąż jeszcze się kołysało, podnosząc sprężyste, łagodne fale, które popychały Iwana w plecy. Pomalowany na szaro-zielono okręt z obrosłym dnem wgniótł się w czasie uderzenia – teraz biły z niego strumienie baniek powietrza, odlatywały do góry. Woda wdzierała się do środka, kotłowała, wypełniała sobą wnętrze okrętu, wypychała z niego powietrze. Gdzieś tam, w sterówce, wciąż jeszcze paliły się pojedyncze lampki, terkotał stary sonar, i – bamm – kadłubem okrętu wstrząsa ostatnia agonia. Kapitan Krasin stoi po pas w wodzie, milczący, z rękami w kieszeniach czarnego płaszcza, i spokojnie patrzy, jak biało spieniona woda wlewa się przez właz, szybko się podnosi, wypełnia kabiny. Z trzaskiem pęka kolejna lampka, lecą iskry. Krasin patrzy i milczy. Idzie ze statkiem na dno, jak ostatni kapitan floty bałtyckiej. My z Kronsztadtu*. Bul-bul. Bul-bul.

Ręce w kieszeniach płaszcza. Czarna furażerka.

Krasin uśmiecha się.

• • •

Człowiek od szczotki i wiadra.

Nie pamiętał, kiedy zaczął pić. Czy to pod koniec szkoły, czy to na początku akademii morskiej – nieważne. Ważne jest co innego: że to jedyna z jego namiętności, w której cokolwiek osiągnął.

Czasem człowiek tak się chce użalać nad sobą.

Usiąść na ziemi przy łóżku na drugim piętrze bloku mieszkalnego Technolożki i siedzieć, kiwając się i wyjąc.

To szczególna przyjemność.

Porucznik Krasin podnosi głowę i ogląda swój statek.

W okręcie płoną światła, gdzieś na górze słychać łoskot metalu. Z dołu chlusta woda, wdzierając się przez przedziały dziobowe – które w ramach walki, by nie zatonąć, należałoby odciąć.

Biała piana kipi wokół Krasina. Woda podniosła mu się już do pasa.

Ale to nieważne.

Za kilka minut wszystko będzie skończone.

Krasin wyprostowuje się. Nie ma maski przeciwgazowej, oddycha mu się łatwo – chociaż powietrze jest przesycone odorem wody z ładowni.

---

* *My z Kronsztadtu* – tytuł sowieckiego filmu wojennego z 1936 roku (przyp. tłum.).

Lecz to jest piękny zapach. Zapach morza i wolności.

To nawet lepsze od zapachu koniaku, który pluska teraz w jego piersiówce.

Kładzie ręce na kole sterowym. Zimny metal pod dłońmi jest nieco chropawy. Krasin słyszy za sobą rumm-rumm-rumm. Diesiel wciąż jeszcze pracuje, aż dziwne, że do tej pory go nie zalało…

Krasin czeka. Koniak w manierce nigdzie nie ucieknie.

Co robisz, kiedy tracisz wszystko? Idziesz się utopić? Słabi tak właśnie robią. Silni tak właśnie robią. A tacy, jak ty – ni to, ni sio, średniaki, zaczynają pić.

Zaczął w ostatnich latach szkoły. Siedzieli całym towarzystwem u kogoś na klatce, wchodzili jak najwyżej – na dziesiąte, jedenaste piętro. Siedzieli na betonowych stopniach ze śladami od papierosów, wśród pokrytych karykaturami i idiotycznymi napisami ścian, śmiali się i gadali. A raczej pozostali gadali, a on od któregoś momentu zaczął po prostu pić. Jak wodę. Nie rozumiał, po co tracić czas na gadaninę, kiedy chodzi tylko o to, żeby wlać sobie w gardło ciągnącą się niczym rozgrzany elektrolit wódkę i wpuścić ją do środka.

Po jakimś czasie zauważył, że teraz częściej pije sam niż w towarzystwie. Pije, nie tracąc czasu, w milczeniu i metodycznie.

Przyjaciele nie byli mu już potrzebni.

Po prostu wypijał określoną dawkę i walił się z nóg. Czasem wprost tam, gdzie pił. Czasem, jeśli nie wystarczało, dokupował repetę i doprawiał się już w domu, po wejściu na wyższe półpiętro.

Kilka razy przyprowadzali go do domu sąsiedzi z góry. Czasem po prostu go spychali i dzwonili po rodziców.

Krasin kiwa sam do siebie.

Kiedy jesteś alkoholikiem, nie masz wstydu. Nie masz sumienia. Nie masz niczego.

Oprócz wlewanego do przełyku napoju alkoholowego. I kiedy pierwszy łyk dociera do żołądka, to jest jak eksplozja. I świat się rozszerza, staje się ogromny. Tylko po to żyjesz. Dla chwili niewypowiedzianego, bezgranicznego, przyćmiewającego wszystko inne szczęścia. Wiele można zrobić, żeby je osiągnąć.

Pragnienie i morze.

Jego dwie namiętności.

Próbowali go leczyć. Ale jedyne, co mogłoby mu naprawdę pomóc, to było morze. Tylko jakoś się nie złożyło.

Krasin z niedawnej przeszłości wstaje i zaczyna się zbierać. Zakłada wytarty na kolanach skafander, brudny pasiasty golf. Przyczesuje włosy ręką. Ogląda się w odłamku lustra.

Ciemne włosy, ciemne oczy.

Potem siada na ziemi. Jeszcze nie skończył się użalać.

Czuje zapach kreozotu w tunelach. Czuje, jak pachnie rozgrzany metal. Teraz jeszcze trochę poużala się nad sobą, siedząc na betonowej posadzce obok łóżka, potem wstanie i pójdzie zamiatać kolektory obok kanciapy ślusarzy…

Dawno temu zamierzano zawierzyć mu okręt wojenny.

Teraz niechętnie zawierzają mu choćby miotłę.

Pamięta tamten dzień, kiedy powiedziano mu, że zdał egzamin wstępny. Akademia Marynarki Wojennej. Specjalizacja: nawigacja i prowadzenie okrętu. Na egzaminie było czterdzieści osób na jedno miejsce. I przeszedł. Będzie nawigatorem. Może nawet kapitanem.

Przedtem nie pił przez pół roku. Rzucił wódkę i przyłożył się do nauki. Matematyka i angielski, fizyka i wychowanie fizyczne, korepetycje i podręczniki. W marcu, kiedy zaczynały się egzaminy wstępne, był jednym z najlepszych. Sam o tym wiedział. Pragnienie, by się dostać, płonęło w nim zaciekłym zimnym ogniem.

To pragnienie widzieli w nim nauczyciele.

To pragnienie widzieli w nim koledzy ze szkoły.

To pragnienie widział nawet on sam.

Sam jestem wszystkiemu winny, mówi refleksyjnie Krasin z niedawnej przeszłości. Potem wstaje i chowa odłamek lustra do żelaznej szafy. Leżą tam podręczniki do nawigacji, książki o kierowaniu okrętem i tak dalej. Wszystko, co nazbierał przez dwadzieścia lat po Katastrofie.

Książki są tanie. Dlatego że nikt poza zapijającym się sprzątaczem ich nie potrzebuje.

W tej samej szafie wisi czarny płaszcz marynarki wojennej z pagonami porucznika.

Nie ma prawa ich nosić. Lecz płaszcz wisi w szafie, tajemniczy i mroczny, czekając aż wybije jego godzina. I nawet w okresie, kiedy pił najwięcej, zdołał go zachować.

Krasin z niedawnej przeszłości dobrze nie wie, po co mu ten płaszcz.

Krasin, który stoi teraz na pokładzie okrętu, z rękami w kieszeniach, w czarnej furażerce i z uśmiechem, wie doskonale.

Żeby w dwadzieścia lat po Katastrofie w morze wyszedł jeden niedouczony oficer marynarki na okręcie-muzeum.

W sumie wszystko się zgadza.

Światełka pulpitu wciąż jeszcze się palą. Woda sięga już powyżej pasa. A manierka z koniakiem wciąż tkwi w kieszeni.

Koniak też jest wyjątkowy. Na wyjątkową okazję.

Trach! Ocalała lampka w kabinie akumulatora pęka z trzaskiem.

Krasin uśmiecha się.

Kiedy usłyszał o szalonej drużynie diggerów, która zamierza dostać się do LEA, to zrozumiał: oto szansa.

I wykorzystał tę szansę do maksimum.

Jednak wyszedł w swój pierwszy i jedyny morski rejs. Kto na świecie po Katastrofie może się tym pochwalić?

Kiedy przed Krasinem, w półmroku zatopionej kabiny, podnosi się ogromna szara postać, parska pod nosem. Strachy, też mi coś. Kiedy przychodziło delirium widział takie rzeczy, że ten szary potwór to przy nich po prostu zabawne domowe zwierzątko.

Coś w rodzaju maskotki okrętowej.

Szary gigant patrzy na niego i milczy. Marszczy twarz – maleńką, prawie dziecięcą.

Krasin kiwa głową. Masz rację. Nadszedł czas.

Ostrożnie wyciąga z wewnętrznej kieszeni płaszcza manierkę na wyjątkową okazję, odkręca nakrętkę. Zbliża do nosa i powoli wdycha aromat koniaku.

Oto i on.

Nie trzeba być prorokiem, żeby przewidzieć – to ostatni w jego życiu okręt i ostatni w jego życiu koniak.

Krasin uśmiecha się, podnosi manierkę do ust. Usta dotykają metalowej szyjki. Całe ciało śpiewa w oczekiwaniu…

Pauza.

Krasin odejmuje manierkę od ust, patrzy na nią, potem na szarego… i powoli przechyla. Drogocenny bursztynowy płyn leje się w dół, w czarną pieniącą się wodę, i znika.

Organizm wyje: nieee!

Właściwie wręcz: NIEEE! Tylko nie to!

Krasin rozluźnia palce i wypuszcza manierkę. Ta spada do wody. Bulk. Ot i wszystko.

Wyprostowuje się i podnosi dłoń do skroni.

– Towarzyszu dowódco ekspedycji, okręt podwodny S-189 zakończył swój rejs. Melduje kapitan okrętu, porucznik Krasin.

Kiedy ułamek sekundy później długa ręka miażdży mu klatkę piersiową, myśli: zwyciężyłem.

• • •

Iwan patrzy przed siebie.

Coś na niego patrzy. Jeśli zestawić rozmiary tego czegoś i okrętu podwodnego S-189, to... Iwan milczy. Coś nieludzkiego, obojętnego jest w tym, co patrzy na diggera. Iwan widzi tylko oczy. To coś jest większe od okrętu. Iwan nie jest w stanie objąć go umysłem, dlatego po prostu czeka. Resztki powietrza w płucach wypalają się w gryzącą gorycz. Iwan unosi się w wodzie.

I patrzą na siebie nawzajem. Potem to coś zrywa się z miejsca, płynnie się obraca – ruch, latające przed oczami macki – i koniec, to coś znika w oddali.

Iwan patrzy w ślad za nim, zaczynając czuć spóźnione dławienie. Ze strachu.

...Lodowata woda. Iwan poczuł, jak ktoś go ciągnie, szarpie – a chciałoby się, żeby zostawili go w spokoju, dali odpocząć. Pospać... Chlustająca w wizjer maski przeciwgazowej woda. Nogi wloką się po czymś sprężystym i jednocześnie miękkim. Pam. Piasek. Bum. Kamienie.

Chłód.

Kłujący w kolana chłód, ma się ochotę zamknąć oczy i spać. Odmrożone stopy.

• • •

Szare niebo zwisało nad ziemią, przeświecała przez nie biel i burzowa czerń. Iwan leżał na plecach z rozpostartymi rękami, na okularach maski były krople wody.

Patrzył przez nie na to kłębiące się letnie niebo i myślał, że zaraz zerwie się i tam poleci. Uleci dokądkolwiek – tylko nie do tego czegoś, co było w wodzie.

W polu jego widzenia znalazła się głowa Uberfuhrera w masce. Blado błysnęły okulary.

– Miałeś szczęście, że założyłeś maskę izolacyjną – powiedział Uber. – Bo zachłysnąłbyś się w jasną cholerę. No. Dlatego że tej twojej można używać zamiast akwalungu. Jak oddycharki ratunkowe na okręcie. Butla regeneracyjna, worek oddechowy, różne takie...

Iwan podniósł się. Przypomniało mu się to, co widział pod wodą. Mamrotanie Uberfuhrera pomagało mu przyjść do siebie, zrzucić uczucie przerażenia.

– Jakie tu jest promieniowanie? – zapytał, żeby cokolwiek powiedzieć.

– Normalne. – Uberfuhrer machnął ręką. – Siadaj. Pięć rentgenów na godzinę.

– Niczego sobie.

– Krasin?! – Nagle sobie przypomniał.

Uberfuhrer milczał przez chwilę.

– Nie ma już Krasina. Wieczne odpoczywanie... i tak dalej.

Iwan odwrócił się w stronę morza. Chwiejąc się, zrobił dwa kroki i stanął. Nie mógł dalej iść...

Jak wtedy przy wrotach z cekaemem.

Nie chciał.

Fale napływały na szary piasek, cofały się spienione, pozostawiając w zamian kłaczki czarnych wodorostów. Ciemna, pozbawiona życia przestrzeń ciągnęła się po horyzont, rozpływała w mętnej szarej mgiełce. Iwan odwrócił głowę. Dalej od brzegu zobaczył na wpół zatopioną sylwetkę okrętu podwodnego. Żegnaj S-189. Żegnaj, poruczniku Krasin...

Zatoka popychała na piasek szare, martwe fale.

Iwan postał przez chwilę. Odwrócił się w kierunku pozostałych.

– Nie zauważyliście niczego... – drgnął mu podbródek – dziwnego? Tam, w wodzie?

Uberfuhrer w milczeniu patrzył na Iwana.

– Co? – spytał ten. Spojrzał po przycichłych towarzyszach. – No, dalej, opowiadajcie.

– Tam... nie chciałem o tym mówić. Kiedy wróciłem po twoje rzeczy... generalnie, tam, na brzegu...

– No!

– Były tam ślady – powiedział Uber.

– Tak to się w sumie przedstawia – powiedział Siwy. – Mówiłeś, że mieliśmy „pasażera" na okręcie. Pamiętasz? Od samego Pitera, który... w sumie, to wydaje nam się, że nigdzie nie zniknął.

– Tak – powiedział Iwan. Tego jeszcze brakowało. – Według was on...

– Obawiam się, że ten „pasażer" jest przekonany, że ma bilet w dwie strony.

• • •

– Ognisko to wynalazek bogów. – Uberfuhrer wyciągnął ręce w stronę płomienia karbidówki. – Szkoda, że nie wszyscy to rozumieją.

Iwan wspomniał stację Czernyszewską, Cyganów... Ogień, wokół którego siedzieli mroczni brodaci ludzie.

– Racja.

Żółty płomień karbidówki oświetlał piwnicę, w której się schronili, i było tak przytulnie, że aż chciało się tu zostać na dłużej. A co? Całe życie w metrze?

Niestety życie na powierzchni jest dla ludzi niemożliwe.

A raczej możliwe... ale jakieś takie bardzo krótkie.

Za to w piwnicy można zdjąć maski przeciwgazowe i nieco odpocząć.

– Wiesz co, dawno to zauważyłem... Jesteś jakiś taki niepiterski – powiedział Uberfuhrer.

– Naprawdę? – Iwan zdziwił się. – Dlaczego tak uważasz?

– Nie ma w tobie tej europejskiej inteligenckiej melancholii. Zgniłej, bezczynnej melancholii. Anglicy mówią na to splin. My – chandra.

Iwan spojrzał na dzielnego skinheada z zaciekawieniem.

– Ja jestem stary leningradczyk. To ty nie jesteś z Petersburga, z tego co pamiętam. I nie z Moskwy.

– Aha. – Uberfuhrer uśmiechnął się półgębkiem. – Ja to jestem w ogóle cholera wie skąd. Gdzieś z okolic Jakucka. Nawet zanim to wszystko się zaczęło, to było daleko, a teraz to w ogóle – inna galaktyka. Dziesiątki lat świetlnych. Dawna Republika Sacha, obecnie republika Księżyc.

– A jak się tutaj znalazłeś? – Iwan podrapał się w ucho.

– To elementarne, Watsonie.

– Kto?

– Nieważne, sir. Przyjechałem do Moskwy, że tak powiem, na przepustkę. Tak naprawdę moja żona miała za dwa miesiące rodzić. A stamtąd to w ogóle nigdzie się nie wyrwiesz. Tak więc wziąłem urlop na trzy tygodnie i się urwałem. Przyjaciele, hulanki, swawole, kobiety… pożegnanie z kawalerskim życiem. Korowód z orkiestrą i różne takie. I kiedy z urlopu zostało już tyle co nic, przyjaciel mówi: chodź, machniemy się do Pitera na parę dni… – Uberfuhrer milczał przez chwilę. – No to się machnąłem. Tak się machnąłem, że do tej pory nie mogę przestać machać.

Milczenie. Mandela zbliżył się, wyciągnął ręce w stronę karbidówki. Długo patrzył, jak przez palce prześwieca łagodne złoto-różowe światło.

– Tak więc… – Popatrzył na Uberfuhrera. – To znaczy, że miałeś w Uriupińsku…

– W Jakucku!

– Przepraszam, w Jakucku. W domu została twoja żona i dziecko? Wtedy, kiedy wszystko się zaczęło?

– W ciąży – niechętnie poprawił Uberfuhrer. – Przez trzy miesiące czekaliśmy na dziecko.

– Chłopczyk, dziewczynka? – uściślił Iwan i spostrzegł się. Co to za różnica...

– Dziewczynka – powiedział w końcu Uberfuhrer. Co to robi z człowieka. Iwan pierwszy raz widział Ubera w takim stanie. Pierwszy raz wyglądał na swoje ponad czterdzieści lat. Zresztą jakie tam czterdzieści... na całe dziewięćdziesiąt.

– Myślisz, że oni tam przeżyli?

Uberfuhrer obrócił głowę i popatrzył na Kuzniecowa zimnym wypalonym wzrokiem.

– A ty jak myślisz, chłopcze?

Kuzniecow umilkł skonfundowany. W rękach trzymał stary metalowy kompas, z muzeum na okręcie.

– Tak naprawdę, to nie wiem – powiedział Uberfuhrer. – U nas nie było metra. I mrozy dochodziły do pięćdziesięciu stopni. A teraz to pewnie i więcej.

– Najprawdopodobniej was nie bombardowali – powiedział Mandela. – A przynajmniej nie powinni. Co tam macie strategicznego oprócz diamentów? – pomilczał przez chwilę. – Może i żyją, co?

– Zostaw go w spokoju. – Iwan stuknął Murzyna w ramię. – To niepotrzebne.

– Wszystko w porządku! – powiedział ostro Uberfuhrer. – Nie jestem sam. Wszyscy w metrze przeżyli taki bajzel. Urwałem się, kurna! Zostałbym w swojej Jakucji, to byłbym razem z nimi. Choćby i w grobie, ale z nimi. Co, jak myślisz bojowniku przeciwko światowemu apartheidowi?

Zaczęli się zbierać. Założyli maski przeciwgazowe. Niedługo trzeba będzie zmienić filtry, ale na razie starczą nam te. Iwan zamknął plecak, upewnił się, że nic się nie majta, wsadził ręce w szelki. No i dobrze. Zaraz wyjdziemy. Wziął automat i zauważył, że zbliża się do niego Kuzniecow.

Kuzniecow przysunął twarz do maski Iwana – żeby mogli się lepiej słyszeć. Albo żeby zachować tajemnicę.

– Kto jest godny być diggerem? – zapytał. Rzeczywiście, by zachować sekret. – Wiem, dowódco, że to głupie pytanie, ale...

Iwan zamyślił się. Milczał, spoglądając na Kuzniecowa. Więc celem Miszy naprawdę było trafić do jego drużyny. Poważny chłopak. Brakowało mi tylko drugiego Sazona...

Wspomnienie byłego przyjaciela znów wzbudziło w nim wybuch piekącej wściekłości.

Stop.

Uspokój się. Chłopak nie jest niczemu winien.

Problem jest we mnie.

– A więc chcesz wiedzieć, kto jest godny być diggerem? – zapytał Iwan. – Dobrze, powiem ci. Ten, kto stosuje się do trzech zasad.

Po pierwsze: digger jest odważny, ale ostrożny.

Po drugie: prawdziwy digger zawsze dotrzymuje słowa.

I po trzecie: ciał poległych towarzyszy nie można zostawiać stworom na pożarcie.

– Diggerzy nie zostawiają swoich – powiedział Kuzniecow. Oczy młodego gliniarza płonęły nawet przez okulary maski przeciwgazowej.

– Właśnie – powiedział Iwan.

– Ale... jak?

– A tak. – Iwan wyjął granat, gestami pokazał, jak wyciąga zawleczkę, przyciska dźwignię. – A potem przytrzymujesz dźwignię i wkładasz nieboszczykowi o, tu. – Wsunął sobie granat pod pachę, przycisnął ramię drugą ręką. – Taka niespodzianka dla stwora. Spróbuj ruszyć martwego diggera – urwie ci szczękę. Zrozumiano?

Kuzniecow kiwnął z entuzjazmem głową. Ech, ty, chłopaczku...

Iwan podniósł się, rzucił okiem na drużynę.

– Idziemy, z Bogiem.

• • •

Spędzaj noc w cieple, bo rano zawsze jest najzimniej.

Drobny deszcz kapał na ramiona, ledwie słyszalnie bębnił w gumę maski przeciwgazowej. Okulary zaczęły zachodzić parą. Iwan obejrzał się – drużyna szła za nim. Martwy las (czy to właśnie ten słynny Sosnowy Bór?) został za nimi, wkrótce powinien zacząć się teren elektrowni.

W bladoszarej mgle Iwan widział rozmyte zarysy ogromnych bloków. Wysokie kominy prowadziły w górę i nikły we mgle. Raz natrafili na przechylony ze starości znak „Wstęp wzbroniony. Strefa strzeżona". Łuszczyła się na nim farba, zwisała w strzępach z zardzewiałego metalu.

Parę razy napotykali opadłe na ziemię kawałki drutu kolczastego. Gdzieniegdzie pojawiała się roślinność. Na oko zwykła trawa, nic niebezpiecznego, ale Iwan wolał poprowadzić drużynę dookoła, przez łachy piasku.

W oddali kołysały się szare zarośla.

– Jest całkiem możliwe – powiedział przed wyjściem Wodianik – że przez życie w podziemiach utraciliśmy potrzebę widzenia kolorów – tak jak straciły ją kiedyś wilki, polujące przeważnie w nocy i podczas zmierzchu. Już teraz część dzieci w metrze rodzi się jako daltoniści. Bardzo możliwe, że sprawia to też podwyższony poziom promieniowania... ale sądzę, że nie o to chodzi. – Milczał przez chwilę. – Przystosowujemy się. Zmieniamy.

Z każdym pokoleniem zauważalna jest różnica między dziećmi. Teraz noworodki mają podwyższone wskaźniki własnego promieniowania, ale, najwidoczniej, pojawia się coś w rodzaju odporności na radiację. Natura mimo wszystko bierze, co jej – nawet z takim niewdzięcznym obiektem, jak człowiek.

Ale tego, co jest na powierzchni, nie mogę odnieść do naszej linii ewolucji. Całkiem możliwe, że to reset – przywrócenie systemu. A może... i tego obawiam się nawet bardziej...

Wariant rezerwowy.

Budowa ekosystemu na innych zasadach. Wtedy ludzkość nie miałaby szans. Niestety.

Iwan potrząsnął głową, przestąpił przez dołek, w którym zbierała się deszczówka. W brudnym lustrze na moment odbiła się jego postać. Krople rozbiły zwierciadło.

Po półgodzinie doszli do zewnętrznej granicy LEA. Słupy z łuszczącą się farbą, pochylone, zamarły jak wieczni, okaleczeni wartownicy na granicy strzeżonej kiedyś strefy. Teraz na deszczu mokła tylko przekrzywiona budka punktu kontrolnego. Za zardzewiałym szlabanem zarytym jednym końcem w ziemię, zaczynała się nieźle zachowana betonowa droga.

Najbliższy Iwana blok LEA wyglądał całkiem zwyczajnie. Tak jakby wręcz nigdy nie było tu Katastrofy. Zresztą, co betonowemu sarkofagowi reaktora po zmianach w świecie zewnętrznym? Zabrakło ludzi. I tyle.

Iwan obszedł szlaban i zatrzymał się, czekając na pozostałych. Równo wyznaczone terytorium. Gołe, martwe krzaki posadzone wzdłuż ścieżek dla pieszych.

Uberfuhrer stanął obok. Krople deszczu uderzały w jego brezentowy płaszcz i gumową maskę. Okrągłe okulary. Uber puknął się w mokrą trąbę maski przeciwgazowej, w puszkę filtru. Iwan dał mu znak, popatrzył na zegarek. Tak, już czas.

Gestami wezwał pozostałych.

„Przygotować się do zmiany filtrów". Głos, głuchy z powodu maski, tonął, rozmiękał w wilgotnym powietrzu. Wtem cichy, natrętny odgłos deszczu przeciął daleki smutny krzyk.

Iwan wzdrygnął się.

Nie wiedzieć czemu natychmiast wspomniał szarego człowieka stojącego na rufie okrętu.

No nie. Nie może być.

Zostawcie to, pokazał gestami. Biegiem za mną!

Buty zadudniły na wilgotnym, popękanym betonie drogi. Budynek zwisający nad ludźmi (z powodu mgły jego górna część była niewidoczna, dlatego wydawało się, że LEA wznosi się w górę na ogromną wysokość – co najmniej jak wieża Ochta Centrum) powoli przesuwał się na lewo od nich. Zdawało się, że prawie się nie rusza.

Niespodziewanie deszcz przestał padać. Jakby ktoś go wyłączył.

Cisza.

W oddali rozległ się krzyk.

Rozbrzmiewał, jakby odbijał się od szarych ścian bloku LEA. Przez silną mgłę Iwan nie potrafił się zorientować, skąd dokładnie dochodził dźwięk. Ale zdaje się, że można poczekać nie tylko ze zmianą filtrów.

„Uwaga" – nakazał gestem. Za mną.

Iwan podniósł automat do ramienia, pokazał Uberowi – idź przodem, będę cię osłaniał. Wygląda na to, że to nie czas na spacery, będziemy się poruszać w szyku bojowym…

Uber skinął głową dwa razy – zrozumiałem – i ruszył naprzód. Bieg, podpórka na kolanie, machnięcie ręką – następny. Poszedł Kuzniecow.

Dławienie w tyle głowy nie mijało. Iwan zdał sobie naglę sprawę, że czuł to od samego początku – jeszcze kiedy wyszli w morze na rdzewiejącym okręcie. Ale w tamtej chwili zrzucił to na sytuację. Psy Pawłowa, pierwszy rejs. I tak dalej…

A tu, jak się zdaje, jest coś poważniejszego. Intuicja to taka rzecz, której należy wierzyć.

Z ludźmi to niestety nie pomaga. Ale za to podczas wjazdu…

Kuzniecow usłuchał gestu Iwana, pobiegł naprzód. Niezbyt równo biegnie, ale ma żywe, sprężyste ruchy. Może i zrobię z niego diggera – chłopak nie ma może najlepszych danych po temu, ale ma coś w sobie. Może upór? Plecak majtał się Miszy na plecach z boku na boku, jakby próbował przewrócić swojego właściciela. Kuzniecow dobiegł i zatrzymał się, przyklęknął na jedno kolano. Podniósł automat. Popatrzył – w lewo, w prawo.

Brawo, pomyślał Iwan. Następny...

I tu z plecaka Miszy wypadł kompas i zaczął spadać. Iwan (cholerna szybkość reakcji) widział, jak stary metalowy kompas leci na beton... Uderzenie, podskok! Zadzwoniło szkło.

Zdawało się, że pękł nie tylko cyferblat, ale i otaczająca ich cisza.

Kurna no, pomyślał Iwan.

Kątem oka dostrzegł ruch. Odwrócił się. Spojrzenie przez celownik automatu. Nic. Tylko szara mgła... wygina się? wygina. Coś dużego przeszło tam, między blokami.

Coś mi się nie podoba ten krzak, pomyślał Iwan. Wcale a wcale. Czy może przesadzam z ostrożnością? Ucisk w potylicy stał się nie do zniesienia. No już... decyduj się.

Iwan skoczył na równe nogi. Gwałtownymi gestami pokazał: naprzód, naprzód, biegiem!

Uberfuhrer skinął głową i pobiegł. Misza obrócił się, popatrzył na Iwana – nawet jego maska miała poczucie winy. Naprzód, pokazał Iwan, biegiem. Potem będziemy dyskutować. Naprzód! Biegiem!

Misza wreszcie zrozumiał. Wstał i pobiegł za skinheadem. Mandela ulokował się za nimi. Iwan poczekał na Siwego i pobiegł równolegle do niego.

Znowu ruch. Iwan szarpnął głową. Cholerne okulary, zawężają pole widzenia.

Przez ułamek sekundy wydało mu się, że widzi, jak gigantyczna, nieproporcjonalna w stosunku do otaczających budynków postać idzie przez mgłę. Powoli, nieomal płynie… jak we śnie.

Potem już biegł. Chrypiący oddech w filtrze.

Dobiegłszy do rogu budynku, Uber odwrócił się – dokąd teraz? Iwan przymknął na moment oczy, przypominając sobie schemat. Tak, tutaj bloki mieszkalne, tam ambulatorium… a tam trzeci blok RBMK. „Trzeci blok" powiedział wtedy Enigma.

Miejmy nadzieję, że stary digger jeszcze nie całkiem popadł w demencję, kiedy to mówił.

Tam – wskazał ręką Iwan.

Pobiegli. Ucisk w potylicy z początku lekko osłabł, potem zrobił się jeszcze silniejszy. A to co za cholera?

Buciory głośno stukały o szary asfalt. I niech to czort, wkrótce całkiem będzie świtać.

Szybko!

Iwan zobaczył wreszcie wejście w korpusie trzeciego bloku. Ogromny, szary budynek, na fasadzie symbol atomu. Po lewej stronie wejścia był kamienny basen, sterczą z niego bloki granitu, jak połamane zęby. I jakoś zupełnie nie chce się tam podchodzić.

Metalowe drzwi. Co ciekawe, z ocalałymi szybami. Gdzieniegdzie zastąpiły je deski i dykta.

Wysoki komin, jego wierzchołek niknie we mgle. Pomalowany w bordowe i szare pasy.

Oddychanie w masce przeciwgazowej stało się męczące.

Okulary zaparowały. Przez zamglone szkło Iwan widział kołyszącą się szarą ziemię, daleki basen, granitową balustradę. Zdawało się, że cholerny basen uśmiechał się szczerbatymi zębami. Nad szarym gmachem zwisała gęsta mgła.

W oddali widniały rozmyte sylwetki gigantycznych, grubych rur, przypominających krótkie łapy olbrzymiego zwierzęcia. Przez mgłę wydawało się, że to szary słoń stoi nad LEA, a jego tułów i głowa kryje się za niskowiszącymi chmurami.

– Szybciej! – ucisk w potylicy stał się nie do wytrzymania. Jakby jakiś palec cisnął go tam z potworną siłą i uparcie popychał naprzód. Jak najdalej od tego, kto szedł za nimi za szarą zasłoną mgły.

Czy może odwrotnie, do tego, co czekało ich tam, w trzecim bloku LEA?

Z tyłu słyszał ciężkie kroki. Siwy zaczął się nagle oglądać niespokojnie, jakby też coś poczuł.

Nic dziwnego.

Iwan przyspieszył kroku. Ktokolwiek ich ścigał, był już całkiem blisko.

To ten szary człowiek?

Tupiąc butami, wbiegli po stopniach. Iwan szarpnął drzwi do siebie. Zamknięte! Cholera, rzucił się do następnych. Uberfuhrer uderzył z rozmachu nogą – aluminiowe drzwi zatrzęsły się, ale wytrzymały. Brzęknęło pęknięte szkło.

Siwy przyklęknął na kolano i przyłożył do ramienia swoją Sajgę.

Uber kopnął jeszcze raz. Buch!

Ale przecież powinno być jakieś wejście?! Zarrraza. A masz! Iwan kolbą wybił szybę, wsunął rękę do środka. Spróbował namacać zamek. Ni wała. To gdzie ty jesteś?! Palce natrafiły na coś okrągłego i zimnego połączone z drugim takim samym przedmiotem. Łańcuch, nie od razu zdał sobie sprawę Iwan.

Kuzniecow nagle podbiegł i zabębnił w drzwi. Łomot.

– Pomocy! – krzyknął. Przez maskę przeciwgazową wychodziło z tego: „Pocy!". Pocy!

Co on robi?

Uberfuhrer odwrócił się. Pokazał za ramię Iwana i potem wskazał swoje oczy. „Widzę cel". Iwan kiwnął głową.

To chyba już. Nabiegaliśmy się na dzisiaj. Podniósł automat do ramienia, przestawił bezpiecznik na ogień pojedynczy.

Wpatrzył się we mgłę. W oddali mignął mu cień – szybko. Zniknął. Gdzie ty jesteś, sukinsynu? Pokaż się.

Nagle zadzwonił łańcuch, bam – drzwi otwarły się na oścież. Iwan odruchowo obrócił broń w tamtą stronę. Zaszli od tyłu, bydlaki...

– Tutaj! – krzyknął ktoś ze środka. – Szybciej! No, dalej!

ROZDZIAŁ 18

LEA

– My z Kronsztadtu – powiedział Uberfuhrer. Iwan pokręcił głową – znów jakiś niezrozumiały żart.

– Witajcie – powiedział głucho staruszek. Nie miał maski przeciwgazowej, tylko mały biały aparat oddechowy. Z jednej strony był ściągnięty i wisiał na jednym pasku. – Już od dawna na was czekam.

Iwan podniósł brwi.

– Na nas? – Rozejrzał się. Mandela, Uber, Kuzniecow, Siwy. Sam Iwan. Faktycznie, a na kogo jeszcze miałby starowinka czekać, jak nie na nas...

– No, jeśli na nas, to jesteśmy.

Stary skinął głową. Zaprowadził ich wgłąb budynku, potem do pomieszczenia wykończonego jasnym metalem. Jeszcze przed otwarciem następnych drzwi, Iwan domyślił się, co tam będzie – i nie pomylił się. Łaźnia z natryskami – ogromna, Iwan jeszcze nigdy takiej nie widział. Głosy diggerów odbijały się od pokrywających ściany płytek – bladożółtych, przyklejonych do szarego tynku. Głuche mokre echo. Stary pokazał, jak odkręcić wodę – z zardzewiałych kranów bladymi strużkami trysnęła woda... ciepła, niemal gorąca. Iwan stanął pod prysznicem wprost w masce przeciwgazowej. Krople ogłuszająco zabębniły na głowie, ramionach, na plecach. Okulary zrobiły się mokre.

Diggerzy stawali pod natryskami.

Woda lała się, zmywając z nich radioaktywny pył.

Dezaktywacja, jasne. Iwan przypomniał sobie, jak siedział z Katią w namiocie sanitarnym na Wasilieostrowskiej. To było sto lat temu, co najmniej.

Plaskając gumą i chlapiąc wodą, przeszli do przedsionka, potem do przebieralni – pod ścianami znajdowały się tu żelazne szafki pomalowane na szarozielony kolor. Jedna z nich była otwarta, wisiał w niej stary ręcznik.

– Możecie zdjąć maski – powiedział stary. – Tu jest sterylnie.

Kiedy skończył się przebierać, Iwan popatrzył na staruszka.

– Kim pan jest?

– Moje nazwisko Bachmietjew. Fiodor. Ja, można tak to ująć… – Na jego twarzy pojawił się uśmiech, dziwny, jakby mięśnie mu odwykły. Ale całkowicie szczery. – Obsługuję reaktor.

Przed Katastrofą Fiodor Bachmietjew pracował na stacji jako główny inżynier sterowania reaktorem, GISR, odpowiedzialny za ładowanie i eksploatację aktywnej strefy reaktora. W dniu Katastrofy wrócił do pomieszczenia nad strefą aktywną, bo zapomniał kluczy od domu (ironia losu, prawda? – powiedział Fiodor) i, kiedy automatyczne systemy ochrony elektrowni zadziałały, znalazł się w zamknięciu. Każdemu mogło się to zdarzyć, powiedział Fiodor. Akurat mnie się udało. Taaak.

Na początku, kiedy drzwi zaczęły się zamykać, uznał, że to koniec.

A wyszło na to, że to był sam początek.

– Nie będę opowiadał, jak mi się tu żyło – powiedział Fiodor. – To długa i niezbyt zajmująca historia… Najważniejsze, że przeżyłem. I dalej pracowałem. W swojej specjalności, he, he. Teraz też pracuję. Reaktor to kapryśna sztuka, ale przy należytej konserwacji jest w pełni niezawodny. Za to dzięki niemu mam elektryczność, gorącą wodę, prysznic, oświetlenie, muzykę, filmy...

– Uwił pan sobie przytulne gniazdko – powiedział z szacunkiem Uberfuhrer.

– Właśnie.

• • •

– Wcześniej do LEA przychodzili ludzie – wyjaśnił Fiodor. – Ale nie żyli długo, sami rozumiecie. Nie można się nawet było do nich zbliżać – takie dawki promieniowania u każdego, że aż strach. Któregoś razu zabrnęła tu brzemienna kobieta... – Stary podrapał się w czoło, jakby wspomnienie nie należało do lekkich. – Marina. Pochowałem ich za stacją – ją i noworodka – umilkł. – Wybaczcie.

Milczenie. Co tu powiedzieć? „Każda historia jest inna, a wszystkie są bardzo podobne". Katastrofa nie zna litości.

– W sumie, oczywiście najbardziej zadziwiające jest, że elektrownia ocalała... Sam czasem w to nie wierzę – powiedział Fiodor.

Iwan skinął głową. Coś takiego mówił Wodianik.

– Słyszałem, że Sosnowy Bór był w pierwszej kolejności celem na wypadek wojny atomowej.

Stary westchnął.

– Obawiam się, że to mimo wszystko nie była wojna atomowa. A jeśli tak, to naukowcy wyraźnie obudzili się z ręką w nocniku z oceną jej skutków. Bo czy na takie następstwa liczyli? – Pokazał palcem na martwy pejzaż za oknem z powyginanymi, czarnymi drzewami. – Na takie?

– Słyszeliśmy szum wody – powiedział Iwan. – To gdzieś tutaj, na LEA? Czyżby kanalizacja nadal pracowała?

– Nie. – Fiodor pokręcił głową. – To odprowadzanie wody z reaktora. Elektrownia pobiera wodę z morza do chłodzenia reaktora, potem zużytą wodę zrzuca z powrotem do Zatoki. To jego wkład w miejscową radioaktywność. Chociaż bardzo nieznaczący, w porównaniu z tym, co już jest.

– Innymi słowy. – Iwan odczekał chwilę. – Chce pan powiedzieć, że reaktor wciąż działa?

Fiodor podniósł brwi, spojrzał na drużynę diggerów Iwana.

– Ma się rozumieć, że działa. To nie dlatego tutaj przyszliście?

• • •

– Widzicie, elektrownia atomowa to zamknięty, samoregulujący się system. Jeśli wszyscy ludzie naraz znikną z elektrowni, nic się nie stanie, wszystkie systemy będą kontynuować pracę w trybie automatycznym – taka jest teoria. Jeden ładunek atomowego paliwa w reaktorze starczy na wiele lat pracy. Tak się zbiegło, że trzeci blok – mój blok – przez długi czas był remontowany i modernizowany, dlatego dostał paliwo tuż przed Katastrofą. W zwykłym trybie eksploatacji, na stu procentach mocy, może pracować ponad pięć lat. Jeśli zmniejszyć moc do jakichś pięćdziesięciu procent... co też zrobiłem... czas pracy reaktora się wydłuża.

– Więc czemu pozostałe bloki nie pracują? – zapytał Iwan. – Chyba że pracują?

Fiodor uśmiechnął się.

– Nie pracują.

– Dlaczego?

– Wygasiłem je. Inaczej by się stopiły. To jest właśnie problem z trybem automatycznym. Reaktor wyczerpuje wodę do chłodzenia i topi się. Blokada. Trwa to, powiedzmy, około miesiąca. Dlatego je wygasiłem. Oczywiście nie przyszło mi to łatwo. Mam „czucie reaktora", to tak jak kierowca ma czucie samochodu, ale tam byłe nie znane mi, nie moje reaktory. Inna marka samochodu. Czwarty blok był w remoncie, dlatego musiałem wygasić tylko dwa. Pierwszy i drugi. Drugi wygasił się szybko, bez specjalnych kłopotów, za to z pierwszym trzeba się było pomęczyć... Jak w samochodzie w czasie gołoledzi... zresztą, nic to wam nie powie.

– Mi powie – Uberfuhrer jakby się obudził. Iwan zaczął nawet zapominać, że skinhead jest obok niego, bo ten przez większość czasu dziś milczał.

– A więc rozumie pan. Parę razy o mało mnie nie „zarzuciło". Jeszcze trochę i byłby tu drugi Czarnobyl.

– Przecież tu cały świat... – Uber umilkł, podrapał się w tył głowy.

– Zgadza się.

– Opowiedzieć wam dowcip? – Uberfuhrer uśmiechnął się i, nie czekając na odpowiedź, zaczął mówić na dwa głosy: – Czukcza, a ty dokąd? Do Czarnobyla, znaczy. Po co, przecież tam jest promieniowanie? Czukcza: w Moskwa jest dwadzieścia rentgenów na godzinę, w Piter – dziesięć rentgenów na godzinę, w Czarnobylu – pięć. Jedziemy się opalać z całą rodziną, znaczy!

Skinhead rozejrzał się, czekając na reakcję. Wszyscy milczeli.

– Jakiś mało śmieszny – powiedział w końcu Kuzniecow. Iwan kiwnął głową.

Zdarza się, że nawet dobrzy gawędziarze opowiadają nieudane dowcipy...

I wtem Mandela głośno zachichotał.

– Oj, nie mogę... Zaraz pęknę ze śmiechu. Jedziemy się opalać... ha, ha, ha... oj... – oparł się rękoma o kolana, wypuścił powietrze, ale mimo to wciąż trząsł się od śmiechu. – Nie... mogę... ha, ha, ha...

Uberfuhrer patrzył w milczeniu na to przedstawienie, twarz dzielnego skinheada była jak wyciosana z granitu, nozdrza z brązu, jak koń Jeźdźca Miedzianego*.

– Coś mi się zdaje – powiedział w końcu Uber – że z ciebie rasista, Mandela.

– Co? – Murzyn przestał się śmiać.

– Czukcze mu nie podpasowali – Oczy Uberfuhrera się zwęziły. – Ja ci za tych Czukczów rozkwaszę gębę, rozumiesz?

– A w czym Czukcze są lepsi od Murzynów? – Mandela się wyprostował.

– Są daleko stąd.

• • •

– A więc centralne oświetlenie? – Stary pokręcił głową.

– Tak. Sądzimy, że metro jest zasilane stąd, z LEA – powiedział Mandela.

Fiodor skinął głową.

– Całkiem możliwe. Podziemne linie elektryczne. Myślę, że położono je akurat przed Katastrofą, jako rezerwowy kanał przesyłowy. Być może nie tylko my jesteśmy podłączeni do tych rezerwowych linii... innymi słowy, wielokrotne dublowanie. Na wypadek wojny, powiedzmy sobie wprost. Może nawet kiedy LEA zużyje całe zapasy paliwa (chociaż mam go akurat dużo, starczy na dłużej, niż będę żył), elektryczność w metrze i tak będzie.

Stary przyjrzał się słuchaczom uważnie.

– Słuchajcie, zaprowadzę was tam, gdzie będziecie spać – zaproponował.

---

* Jeździec Miedziany – słynny pomnik konny cara Piotra I w Petersburgu (przyp. tłum.).

Iwan skinął głową w podziękowaniu. Wydarzenia tego dnia spadły na nich niczym zawał tunelu. No i pół nocy spędzili w maskach przeciwgazowych – to każdego zamęczy. Diggerzy ledwo powłóczą nogami. Siedzą i padają już na twarz ze zmęczenia.

Iwan szedł za staruszkiem korytarzem i myślał: elektrownia atomowa.

No, kurna, serio, jasna sprawa, w mordę go i nożem!

Ona rzeczywiście istnieje. I działa.

Kiedy szli korytarzami oświetlanymi przez umieszczone w suficie lampy światła dziennego, Iwan ciągle obracał głową na wszystkie strony. Ściany obite boazerią (co to jest? drewno?) i ozdobione plakatami w rodzaju: „Pracowniku, pamiętaj o ochronie przed promieniowaniem! Twoja płodność jest w twoich rękach". Zabawnie brzmi. Fiodor wyjaśnił, że to było coś w rodzaju żartu, pracownicy LEA przygotowywali się do święta.

W korytarzach stały nawet kanapy do odpoczynku. W rogach były zaschłe rośliny w ogromnych donicach. Półmrok ukrywał ślady upływających lat.

Szkoda, że Liczygwiazda tego nie zobaczy. I profesor Wodianik.

Ciekawe, czy zdołam zasnąć, wiedząc, że nade mną nie ma wielometrowej warstwy ziemi, która chroni mnie przed radiacją i stworami? – pomyślał Iwan. – Pewnie nie od razu…

Ehe. Najprawdopodobniej przyłożę głowę do poduszki i odpłynę.

Jestem tak wykończony, że nie mam nawet siły na zmęczenie.

• • •

– Co to jest? – Iwan rozejrzał się dookoła. Ogromne pomieszczenie, oświetlone tak, że oczy bolały. Lampy były tu właściwie wszędzie. Bardzo jasne. Bardzo.

Gołe, białe ściany, odbijające światło dziesiątek lamp światła dziennego. Gładka podłoga. Pośrodku pomieszczenia było ogromne koło, stworzone jakby z setek kolorowych kwadratów. Niektórych kwadratów brakowało, ziały tam dziury.

Pod sufitem znajdowały się metalowe schody, szyny, w rogu zamarł długi walec olbrzymiego dźwigu... czy może windy? Szare prowadnice wznosił się aż do sufitu.

– Gdzie jesteśmy? – zapytał Iwan.

– To hala główna – powiedział Fiodor spokojnym tonem. – Właściwy reaktor jest praktycznie pod waszymi stopami. O, to koło, które tu widzicie – z kwadracikami – nazywamy je „piątakiem". To miejsce ładowania paliwa do reaktora. Widzicie, kwadraty mają różne kolory...

– Eee... a dlaczego przyszliśmy właśnie tutaj?

– Tu jest najbezpieczniej. Tutaj śpię.

– Wprost na reaktorze? – Uberfuhrer zgłupiał.

Stary uśmiechnął się.

– Dlaczego wprost? O, tam, w kącie.

Iwan się obejrzał. Rzeczywiście, tam, za metalowym regałem pełnym jakiejś maszynerii i części, widniał skraj pasiastego materaca. No, Staruszek jest niezły. Po prostu twardy jak skała.

– Zwariowany świat – powiedział Fiodor. – Nigdy bym nie pomyślał, że będę spał w hali reaktora, żeby ochronić się przed promieniowaniem z zewnątrz. Ale tutaj naprawdę jest najbezpieczniej. Pod waszymi nogami znajduje się płyta osłony biologicznej reaktora, nazywamy ją Jelena. Grubość Jeleny wynosi kilka metrów, nad głową mamy zaś betonowy dach, który teoretycznie wytrzyma upadek samolotu odrzutowego.

– Można ześwirować. – To wszystko, co powiedział Uberfuhrer. Rozejrzał się.

– To najbezpieczniejsze miejsce w całej elektrowni. Uwierzcie staruszkowi.

• • •

– Na moje oko, to ktoś tu ni wała się nie zna na bluesie – powiedział Uberfuhrer. – Bo czy potrafisz odróżnić blues chicagowski od teksańskiego? Powiedz szczerze, potrafisz?

Murzyn przeniósł wzrok z jednego na drugiego.

– A idźcie w cholerę z tym waszym bluesem! – Mandela obraził się, zwinął w rulon materac z poduszką i kołdrą, i poszedł spać do drugiego kąta.

Demonstracyjnie.

Gdyby były tu drzwi, to by nimi trzasnął.

– Czemu tak się go czepiasz? – zapytał Iwan. – Co, Uber? Przecież to w porządku chłopak.

– W porządku – zgodził się skinhead. Oparł się o poduszkę, założył sobie ręce za głowę. – Co ja, nie widzę? Ale lubię sobie z niego robić jaja, rozumiesz? I w ogóle, sam pomyśl – przecież jestem skinheadem, zgadza się?

Iwan popatrzył na świeżo ogoloną głowę Ubera i uśmiechnął się.

– No, nie wiem, jak ci to powiedzieć…

– A idź ty – odgryzł się dobrodusznie Uberfuhrer. – Ja jestem skinem, a on Murzynem… Przecież to klasyczna sytuacja, w której buduje się wizerunek!

– Nie rozumiem. – Iwan zmarszczył brwi. – O czym mówisz?

– Jestem łysą pałą. Co robi łysa pała, jak widzi czarnoskórego? Właśnie! Idzie i kopie mu jego czarny tyłek. Logiczne, brachu? Logiczne. A jeśli taka łysa pała, skinhead pełną gębą, stoi i nie zaczepia Murzyna, to co – wychodzi na to, że się boi? To znaczy, że całkiem brak mu jaj, temu skinheadowi? A więc wszystko prawidłowo, anderstend? A jeśli, na przykład, Murzyn nie zauważa, że obok niego jest potencjalny rasista, i nie idzie skopać mu jego aryjskiego tyłka, to kim jest? No więc właśnie. Krótko mówiąc, Iwan. Nie wpychaj się między mnie a Mandelę. Załatwimy to między sobą. To kwestia dominacji.

– Mówiłeś przecież o wizerunku? – uściślił Iwan.

– Idź ty. – Uberfuhrer machnął ręką. – Wiesz, dlaczego tak naprawdę się go czepiam?

– No, dlaczego?

– Nie dlatego, że jest czarny, a dlatego, że jest słaby. Rozumiesz? Słaby. Ulega mi. Dzień, w którym da mi w mordę, będzie ostatnim dniem moich szyderstw. A na razie, wybacz, ale nie zasłużył. Tak to wygląda, brachu.

– Aha – powiedział Iwan. Popatrz tylko, jaki się znalazł wychowawca. Coś nie podejrzewałem w nim skłonności pedagogicznych. A są.

Uberfuhrer przeciągnął się. Ziewnął tak, że o mało nie pękła mu skóra na szczęce.

– Idziemy spać, co?

Iwan skinął głową, położył się, naciągnął kołdrę po brodę. Wznoszący się wysoko nad nim sufit hali reaktora przeszkadzał mu zapaść w sen – nienormalnie wysoko, nienormalnie duża przestrzeń, w ogóle nienormalnie. Posadzka z ołowiu, czy czego tam jeszcze, no ładnie.

Ale jednak tu dotarliśmy, zgadza się?

Sen nie przychodził. Iwan nie czuł się po domowemu. Przypomniała mu się opowieść Wodianika o Piotrze Pierwszym, założycielu Petersburga... niby, że nie mógł spać w pomieszczeniach z wysokim sufitem i nad łóżkiem zawsze rozciągali mu płótno, jako drugi sufit. I jeszcze, że Piotr bał się karaluchów. Iwan ziewnął. Karaluchy – ja już przecież nie pamiętam, jak one wyglądają. Zamknął oczy. Poleżał. Poleżał jeszcze trochę. No co to za głupoty! Człowiekowi wściekle chce się spać, a sen nie przychodzi.

Podniósł się. Wszyscy dookoła spali. Sapanie Kuzniecowa było niespokojne, jakby śnił mu się jakiś niezbyt dobry sen. Mam nadzieję, że twój sen jest lepszy od moich, pomyślał Iwan.

Na podłodze znalazł złożony kilka razy materiał. Odwinął – wyjdzie z tego całkiem przyzwoity namiot. Ostrożnie, żeby nikogo nie obudzić, zarzucił materiał na regały, tak, teraz zamocować... Iwan przycisnął skraj tkaniny ciężką częścią maszyny, przypominającą koło zamachowe od Diesla, tylko z okrągłymi otworami po bokach. Przeciągnął płótno nad śpiącymi, żeby zawisło na suwnicy... przerzucił na drugą stronę. Już, gotowe. Iwan odszedł na kilka kroków, nacieszył wzrok swoim dziełem. Wyszedł z tego całkiem porządny namiot.

Teraz można i pospać.

Wrócił tak samo, stąpając bezszelestnie, jak skradający się ulicami Pitera digger, przekradł się między śpiącymi. Położył się na swoim legowisku – wciąż jeszcze trzymało ciepło jego ciała – i nakrył się kołdrą. Spać. Spać...

– Dowódco? – zawołał go czyjś głos.

– Misza? – Iwan otworzył oczy. – Czego chcesz?

Oczy Kuzniecowa zalśniły w ciemności. Podniósł się i oparł na łokciu, patrząc na Iwana.

– Tak sobie myślę... Fajnie, że doszliśmy do LEA. Prawda, dowódco?

„I pamiętaj, prosta droga nie zawsze jest najkrótsza" – wspomniał Iwan.

– Prawda, Misza. Spokojnej nocy. Dobrych snów.

• • •

– Przyjemnie jest znów widzieć ludzkie twarze. – Fiodor odkaszlnął. – Przepraszam... Bo żyję tutaj jak kompletny odludek. Wiecie, w dawnych czasach – przed Katastrofą – był taki jeden zawód, który bardzo mi się podobał: latarnik. Siedzisz sobie okrągły rok na maleńkiej wysepce, w kamiennej wieży, słuchasz huku fal, wskazujesz drogę statkom... Tak, świetna profesja. A ja, widzicie, wyrosłem tylko na nadzorcę reaktora. Nie brzmi tak romantycznie... ale mimo wszystko nie żałuję. Tylko czasem tak się chce z kimś zamienić chociaż parę słów... À propos! Proszę mi powiedzieć, Iwanie... nic panu nie mówi imię... – Odczekał chwilę. Przesunął palcami po ustach, jakby powątpiewając. – Enigma?

Iwan o mało nie zachłysnął się herbatą.

– Skąd pan wie?

– Aha. – Staruszek się rozpromienił. – Czyli nie oszalałem. Co u niego słychać?

– W porządku. Tak w ogóle, to jest niewidomy.

– Wiem – potwierdził Fiodor.

– Wie pan?

– Oczywiście. Dużo ze sobą rozmawialiśmy. Opowiadał mi o swojej ranie wtedy, kiedy, że tak powiem, przypadkowo się zdzwoniliśmy. To było, zdaje się, działo mikrofalowe.

Iwan starannie odstawił kubek na stół. Zatem Enigma nie wymyślił tej rozmowy? Jaka miła wiadomość.

– Czyli on nie zawsze był niewidomy?

– Myślę, że nie. Zresztą, pan sam to wie, prawda?

Iwan skinął głową.

– Kiedyś był diggerem.

– Kim?

– No, kimś takim jak my – Iwan zakreślił ręką okrąg nad siedzącymi przy telewizorze. Niebieskawe światło ekranu zwężało ich sylwetki: Kuzniecowa, Siwego, Mandeli, Ubera. – Krótko mówiąc, zwiadowcą. Tylko on jest starszy i lepszy... tak mi się wydaje.

Stary potwierdził ruchem głowy. Zmarszczki na czole wygładziły się.

– Aha, rozumiem. No, widać nawet doświadczonym zwiadowcom może się zdarzyć wtopa. Opowiadał, że badał jakiś tajny obiekt... czy laboratorium? Dokładnie nie pamiętam. I tam mu się przydarzyła ta... ta nieprzyjemność.

Iwan prychnął.

– No tak... delikatnie powiedziane.

Jedna z sylwetek zalanych niebieskim światłem wstała i skierowała się w stronę stołu, przy którym siedzieli Iwan i staruszek.

Z bliska okazało się, że to Mandela, w dłoni trzymał filiżankę ze spodeczkiem.

– Poproszę jeszcze herbaty – odezwał się ceremonialnie. – Jeśli to nie kłopot.

– Z przyjemnością, sir. – Stary uśmiechnął się. Podniósł imbryk, pochylił się nad filiżanką. W powietrze uniósł się smakowity – Iwan na sekundę aż wstrzymał oddech – aromat czegoś... prawdziwego. Właśnie, pomyślał digger. Gdzie naszym herbatom z metra do tej.

– Ogromnie panu dziękuję, sir – powiedział Mandela, lekko się ukłonił, trzymając filiżankę w dłoni. Odwrócił się, żeby pójść do telewizora...

– Co to takiego działo mikrofalowe? – zapytał Fiodora Iwan. Plecy Mandeli znieruchomiały. Wyprężyły się. Iwan widział to kątem oka.

– Wie pan, co to jest mikrofalówka? – zapytał staruszek. – Taki piecyk do podgrzewania jedzenia?

– Nnie.

– Zwykle były... o, takich rozmiarów – stary pokazał dłońmi

gabaryty kuchenki mikrofalowej. – Jedzenie podgrzewają w nich... powiedzmy, fale, które sprawiają, że cząsteczki wody drgają z taką prędkością, że zaczyna ona wrzeć.

Usiłując sobie wyobrazić, jak to może wyglądać, Iwan pokiwał głową.

– I jak to podziałało na Enigmę?

– Próbował otworzyć drzwi, a tam była automatyczna ochrona, i włączyła się. Na szczęście zorientował się na czas, że coś jest nie tak, i zdążył się zwinąć. Ale na koniec trafił go jeden impuls mikrofalowy. Tylko go zahaczył, ale mimo wszystko...

– To znaczy?

Fiodor popatrzył na diggera.

– Z grubsza mówiąc, usmażyło mu oczy.

Iwan pomilczał przez chwilę. A więc to tak. A mózg mu się przypadkiem nie usmażył? To by wyjaśniało wiele różnych dziwactw w zachowaniu ślepca.

– I gdzie stała ta... hmm... to działo?

Fiodor wzruszył ramionami.

– Gdzieś w okolicach stacji Newski Prospekt. Czy Gostiny Dwor? Zasadniczo gdzieś tam. Jakiś tajny obiekt, nie wiem dokładnie.

Iwan przypomniał sobie jego ostatni wspólny „wjazd" z Szakiłem. Akurat w rejonie Gostinki–Newski. I ta lufa w suficie, która celowała w kamienie... i nic się nie działo. Automatyczny cekaem?

Może i nie cekaem.

Może Iwan był wszystkiego pół kroku od tego, żeby się usmażyć żywcem?

Mandela ciągle stał obok nich, jakby zapomniał, po co przyszedł.

– Co tam oglądacie? – zapytał Iwan. Dolatywały do niego tylko urywki piosenek i ekspresyjnych teatralnych okrzyków.

„To nic, zatrzymam ich..." „Panowie, brońcie się...", „Kanalia!" i tak dalej.

Mandela wzruszył ramionami.

– Nosi tytuł *Trzej muszkieterowie*. Dobry film, tylko trochę niezrozumiały.

Stary cicho się roześmiał.

– A mi się podobają *Dwaj żołnierze* – powiedział Iwan i popatrzył na Fiodora. – Nie ma pan przypadkiem?

• • •

– Tutaj ktoś jeszcze jest – powiedział Siwy. Iwan oblizał wargi, całe popękane; milczał. Starszemu skinheadowi człowiek natychmiast wierzył.

– To znaczy?

– Daję głowę, że nie mieszka tu sam.

– Może chowa przed nami swoją kobietę? – zaproponował Iwan. – Ja bym tak pewnie zrobił. Wyglądamy jednak jak bandyci, powiedzmy to sobie wprost.

Siwy pokiwał głową. Bez przekonania.

– Nie wiem. Może i kobietę. Może nie. Ale na pewno kogoś ukrywa.

• • •

– Mieszka pan tutaj sam, zgadza się? – Iwan patrzył mu prosto w oczy. – Uważamy, że jest tu ktoś jeszcze. Dlaczego on lub ona się przed nami kryje?

Fiodor milczał. Iwan widział, jak zacisnął dłonie o cienkich palcach. Pomarszczona skóra z niebieskimi węzłowatymi żyłami. Ciekawe ma odciski, nawiasem mówiąc...

– Nikogo tu nie ma – powiedział wreszcie. – Proszę wybaczyć, muszę pobyć sam… przepraszam…

I wyszedł. Iwan popatrzył w ślad za nim. Ciekawe, od czego robią się takie odciski? Podniósł dłonie i przyjrzał im się uważnie. Wiadomo, od czego.

Od łopaty.

• • •

Kolejnym razem Iwan wybrał dobry moment, żeby zadać pytanie o odciski. Na początku stary długo milczał.

Potem zaproponował diggerowi, żeby ubrał się do wyjścia.

Interesujące, pomyślał Iwan.

Za blokiem LEA rozpościerało się równe pole.

– Kiedyś to był trawnik – wyjaśnił Fiodor głucho, przez maskę.

– A teraz? – zapytał Iwan, chociaż zaczął się już domyślać.

Krzyże, zespawane z metalowych rurek, sterczały z ziemi. Było ich kilkadziesiąt. Niektóre miały napisy. Część nawet płotki.

– Teraz to cmentarz – powiedział Fiodor. Szara mgła napływała nad LEA. Gigantyczne kominy przypominały nogi ogromnego potwora, który uwiązł w gęstych oparach.

Iwan podszedł do jednego z płotków, schylił się, wytężył wzrok.

„Marina K. ur. 1993” – przeczytał. Na mogile leżały łodygi brunatnej rośliny z ostrymi liśćmi i białawymi kwiatkami. Iwan słyszał o tradycji przynoszenia kwiatów na cmentarz, ale widział coś takiego po raz pierwszy. Kim ona była dla staruszka? Pokiwał głową. Żoną? To nie moja sprawa.

– Wracamy – powiedział stary. Iwan zgodził się, skinąwszy.

Zanim odeszli, zatrzymali się, żeby jeszcze raz pożegnać się ze zmarłymi. „Minuta ciszy ku czci poległych". Iwan skłonił głowę.

– Znajduję ich wszędzie, a grzebię tutaj – powiedział staruszek. – Żeby było po ludzku. Rozumie mnie pan, Iwanie?

– Tak. Zdaje mi się, że rozumiem.

• • •

– Petersburg to angielskie miasto – powiedział Fiodor.

– Anielskie?

Stary uśmiechnął się.

– Angielskie, jak z Anglii.

Odchylił się w fotelu i zaczął deklamować – cicho, w nieco zwolnionym tempie, z pauzami w odpowiednich miejscach:

– Piękny i mroczny jak pawian, co z angielską przechadza się fajką, z angielskim parasolem, w kraciastym szkockim pledzie i w szalu długim na szyi.

Lecz zwraca się po rosyjsku, do wszystkich, wyraźnie i jasno, stara krew leningradzka przemawia w każdym języku.

Obojętny i dziwny dla wszystkich, nocą mosty podnosi. Wantowy most, wanty, kalosze, bułki, trotuar, skarpetki.

Trąby ze sobą nie taszczy. W domu zostawił saksofon. Dumny.

Dumny. Rozbrzmiewa saksofon.

– Ten pawian powinien jeszcze mieć puszkińskie bokobrody – odezwał się głos Uberfuhrera. Iwan nie zauważył, kiedy ten pojawił się w bibliotece. Odwrócił głowę. Świeżo wygolony skinhead stał, opierając się żylastymi rękami o oparcie fotela. Iwan widział tatuaż z sierpem i młotem na ramieniu, w połowie zasłonięty przez rękaw koszulki. Odbłyski płomienia świecy padały na twarz Uberfuhrera z zapadniętymi policzkami i wydatnymi kośćmi policzkowymi. Twarz piękną i mroczną jak zachód słońca w postnuklearnym świecie.

Fiodor podniósł głowę, z jakimś nowym uczuciem przyjrzał się skinheadowi.

– To prawda – powiedział w końcu. – Ma pan wyczucie poezji, Uber…

– Andriej – dokończył Uberfuhrer.

• • •

Przyszedł czas na to, po co wyruszyli w tę szaleńczą wyprawę.

– Moja stacja ginie – powiedział Iwan. – Zablokowano ją, odcięto dostawy prądu. Przyszliśmy tu, by dać Wasilieostrowskiej światło. Potrafi pan to zrobić?

Fiodor milczał przez jakiś czas, spoglądając na Iwana spod gęstych brwi.

– Naprawdę myśli pan, że mogę włączyć światło na waszej stacji? – zapytał w końcu. – Stąd?

Iwan milczał. Tak, właśnie tak myślałem.

– To niemożliwe?

– Niestety nie. A więc Enigma nie opowiedział panu wszystkiego? – zdziwił się Fiodor. – Rozumiem. Nie da się stąd włączyć zasilania, Iwanie. LEA jest po prostu źródłem prądu. To tak, jakby bateryjkę w latarce nazwać wyłącznikiem. To jest wyłączyć światło mogę, ale włączyć…

To była klęska.

A właściwie gorzej niż klęska.

To był całkowity koniec.

– A pulpit kontrolny, włącznik, mówiąc wprost, znajduje się… jak pan sądzi?

Iwan milczał. Jak to, czyli to jeszcze nie wszystko?

– W metrze? – powiedział głucho.

– Właśnie.

– Czyli to koniec – podsumował Iwan. Tak, czas wracać do domu. Tutaj nie mamy już nic do roboty.

– Dlaczego od razu koniec? – Fiodor podniósł brwi. – Jeszcze wtedy, po telefonie Enigmy, zastanawiałem się nad tą kwestią. I przejrzałem dokumenty. Jest pewna możliwość.

– Jaka? – zapytał Iwan bez specjalnych nadziei. Wystarczy tego zajmowania się głupotami, czas wrócić na Wasilieostrowską. Memow miał rację. Iwan gorzko się uśmiechnął. Historia dzieje się nie w elektrowniach atomowych, nie w fantastycznych projektach – lecz w tunelach metra.

– Słucha mnie pan?

– Tak, oczywiście.

– Mówiąc wprost, Iwanie, będzie pan musiał nacisnąć włącznik.

Iwan przez kilka sekund patrzył Fiodorowi w oczy. Czy on żartuje?

– To znaczy?

– System rezerwowego zasilania nie powstał w jeden dzień. Pod Petersburgiem jest mnóstwo obiektów wojskowych i rządowych – i system ten zaczął powstawać na długo przed Katastrofą. Ale, rzecz jasna, ktoś wyraźnie przeczuwał jej nadejście…

– A w skrócie? – poprosił Iwan.

– Włączyć zasilanie można na miejscu.

– Że co?

– W samym metrze. Proszę spojrzeć. Wie pan o moim… hobby…

Żeby grzebać nieboszczyków po ludzku? Jasne, że wiem.

– No więc tak. Jako jednych z pierwszych pochowałem tych, którzy umarli w samej LEA. Niech pan mnie posłucha, Iwanie! To ważne. Na kilka dni przez Katastrofą do elektrowni przyjechała komisja… kilku wysokich urzędników. FSB, wojskowi, Ministerstwo Spraw Nadzwyczajnych. Jak rozumiem, już wtedy pojawiła się kwestia możliwego zaopatrzenia podziemnych kompleksów w energię. Właśnie to przyjechali sprawdzić. Wśród nich był interesujący człowiek bez określonego stanowiska. Nazywali go inspektorem. Kiedy go chowałem, odkryłem to.

Podał diggerowi czerwoną książeczkę. Legitymacja pracownika.

Z fotografii patrzył na Iwana surowy człowiek ubrany w mundur, w wielkiej wojskowej czapie.

– Makarow Wiaczesław Igoriewicz, Główny Zarząd Operacji Specjalnych Federalnej Służby Ochrony – przeczytał Iwan. Podniósł wzrok. – Wojska podziemne?

– Tak, jak rozumiem zajmował się ochroną tajnych podziemnych budowli. Miał przy sobie to. – Fiodor podał Iwanowi niewielką plastikową kartę. Bezużyteczny przedmiot podobny do pocztówki. I to takiej najprostszej, bez obrazka. Była ciemnoszara. W rogu znajdował się metalowy kwadracik. I rząd czarnych cyferek. To wszystko.

– Co to jest?

Fiodor milczał przez chwilę.

– Sądzę, że to pańska przepustka do tajnego obiektu. Tego samego, do którego próbował się dostać Enigma… i mu się nie udało.

– Punkt sterowania metrem?

– Sądzę, że tak.

Iwan wziął kartę. Była lekka. Bardzo lekka. Bo ile waży życie jednej stacji?

• • •

Iwan otworzył drzwi i wszedł w korytarz.

Poranek – proszę, jakie bywają poranki, pomyślał digger. Do czorta. Wedle słów Fiodora dziś było pochmurno, dlatego Iwan się zdecydował. Ale nawet pomimo ciemnych okularów wydawało mu się, że kwadrat okna lśni nieznośnie jasnym światłem. Ból. Jakby przystawili mu do gałek ocznych dwa noże i zaczęli rozcinać bez znieczulenia. Cyk. Cyk. Pod powiekami płonął ogień. Zasłaniając się ręką, niemal po omacku dotarł do okna, przyłożył twarz do ciemnej ściany – plastikowy stukot okularów. Digger postał tak jakiś czas, łzy lały mu się strumieniami.

Iwan włożył sobie palce pod szkła okularów, nacisnął, żeby upewnić się, że oczy są jeszcze na miejscu. Z trudem rozkleił powieki.

Światło.

Pomrugał – rzęsy zlepiły mu się i utrudniały patrzenie.

Wreszcie Iwan zaczął cokolwiek widzieć. Długi korytarz prowadził wzdłuż zewnętrznej ściany budynku, rzędy okien; z prawej strony była zakurzona kanapa, obraz na ścianie – coś zielonego, wyschłe wysokie drzewko w ogromnej plastikowej donicy. Blask słońca tworzył dziwny efekt – prawie czarno-biały. W powietrzu wirowały migoczące drobinki kurzu. Zdawało mu się, że korytarz jest wypełniony światłem po brzegi, że ono jest prawie namacalne, można nim ruszać i pić jak wodę. Coś pięknego.

Ale nie można tu długo przebywać. Odwrócił się w stronę drzwi, pobiegł, zatrzasnął je za sobą. Postał chwilę w błogim półmroku.

No jasne, pomyślał.

Przed oczami wciąż jeszcze rozpływała mu się świetlna odbitka okna.

Słysząc zbliżające się kroki, digger poczekał. Ktoś tu biegł. Płynnym ruchem wyjrzał na korytarz, mignął mu czyjś cień. Fiodor? Ale dlaczego biegiem?

Iwan miękko wyszedł na korytarz, stanął pod ścianą. To był korytarz w środku budynku – tutaj digger mógł się nie obawiać jasnego słońca. Popatrzył w ślad za biegnącym. Ciemne, przygarbione plecy. Fiodor biegł i coś niósł.

Ciekawe, co?

Iwan obejrzał się, potem zrobił kilka kroków naprzód i przyklęknął na jedno kolano.

Na posadzce leżała paczka bandaży w nienaruszonym opakowaniu z folii. Iwan podniósł ją, obejrzał i się uśmiechnął. A więc to tak.

Siwy miał rację. Stary kogoś ukrywa. I ten ktoś jest ranny.

• • •

Za żółtymi drzwiami z dykty słychać było dwa niewyraźne głosy.

Staruszek nie był sam. I ta druga osoba była chora albo ranna – przecież nie na darmo Fiodor niósł ze sobą kupę materiałów opatrunkowych.

Iwan podszedł do drzwi, stanął obok... Postał chwilę, przysłuchując się. Oparł głowę na ramieniu. Drugi głos brzmiał niżej i ciszej. I było w nim coś dziwnego – Iwan nie potrafił na razie zrozumieć, co. Ów drugi głos mówił szybko, mamrotał tak, że nie dało się rozróżnić słów – ale wyraźnie na coś się skarżył. Czasem zaczynał cicho wyć, jakby pod wpływem silnego bólu.

Jasna sprawa, ten drugi był na dworze, napotkał jakiegoś stwora. Ale dlaczego stary ukrywa go przed diggerami?

Cóż... nadszedł czas, żeby wszystko wyjaśnić.

Iwan ostrożnie popchnął drzwi, przekroczył próg. I zastygł.

To, co zobaczył, wybiło Iwana z równowagi – a więc w końcu się spotykamy... do czorta!

Tam stał... jasny gwint!

Ułamek sekundy później Iwan poderwał automat do ramienia. Serce mu waliło. W celowniku ukazała się straszna postać – ludzka twarz była jakby wciśnięta w sploty zdrewniałych pędów. Ogromny, prawie trzymetrowy, na długich nogach przypominających korzenie. Długie, różnego rozmiaru ręce – też oplecione, przechodzące w liany i na odwrót. Człowiek-roślina. Zachwiał się, przestąpił z nogi na nogę, jakby stał na szczudłach. Jedna z rąk stwora – ta dłuższa – i tułów były zabandażowane. Przez grubą warstwę opatrunków przesączała się krew – nie wiedzieć czemu jaskrawozielonego koloru.

Potwór otworzył oczy – szare i bezmyślne. Popatrzył na Iwana.

– Ja... ja, u... – Usta się poruszyły. Głos istoty był głęboki i całkowicie nieludzki.

Iwan wypuścił powietrze. Położył palec na spuście.

W mgnieniu oka na linii ognia stanął Fiodor, rozpostarł ręce. Za jego plecami wznosił się ogromny, niezgrabny półczłowiek-półroślina.

– Stary, zabieraj się stąd w cholerę! – krzyknął Iwan.

– Nie – powiedział Fiodor.

– Mówię ci, zabieraj się! Idioto, przecież on cię pożre!

– Nazywam go Leat.

– Co? – Iwan otworzył usta. – Przecież to... nieczłowiek.

Fiodor milczał przez chwilę. Starcze oczy patrzyły na Iwana z nieoczekiwanym uporem.

– Jakikolwiek jest, jest moim synem.

Początkowo Iwan nie mógł nawet zrozumieć tego, co słyszy. Kim jest? Synem?!

– A matka?

Stary spojrzał na Iwana.

– Pamięta pan tamten grób? Marina – to była jego mama. Umarła przy porodzie. Kiedy dziecko wydało pierwszy krzyk, prawie niczego już nie widziała. Od początku był taki… dziwny. Splot rośliny i człowieka. To dziwne. Noworodki generalnie nie są zbyt piękne, ale to już była przesada… Z początku, kiedy go zobaczyłem, chciałem go natychmiast zabić, przyniosłem nawet skalpel… Ale wtedy Marina usłyszała jego krzyk. Podniosła głowę i zapytała mnie: chłopiec czy dziewczynka? Powiedziałem: chłopiec. Zdrowy? – Fiodor umilkł. Podbródek mu drgał. – Ona pyta, czy dziecko jest zdrowe, a ja trzymam nóż, żeby zabić tego małego potworka… Marina znów pyta: zdrowy? I w jej głosie jest taki niepokój. Mówię: tak. Zupełnie zdrowy chłopczyk. Wyrośnie, będzie duży i mądry, nie miej wątpliwości. Zaczęła płakać. Ślepa od promieniowania, włosy jej wypadły, wrzody… leży i płacze. Ze szczęścia. Nie wyobraża pan sobie, co to było. I nie potrafiłem go zabić. Oparła się i mówi: daj mi go potrzymać. Ja na to: jesteś zbyt słaba, Marino. Ona: po prostu daj mi go potrzymać. To mój chłopczyk. Proszę! Mój chłopczyk… A ja… Ja położyłem jej go na piersi. Westchnęła i mówi: jesteś taki głodny. Nie od razu zdałem sobie sprawę, że umarła.

W oczach starca były łzy.

– Wygląda na to – powiedział Iwan, opuszczając automat – że wszyscy musimy sobie poradzić z jakimś problemem, zgadza się?

• • •

Szary stoi w deszczu i patrzy na budynek LEA.

Krople bębnią o jego gładką, szarą skórę, zbierają się w głębokich poszarpanych szramach pozostawionych przez pazury drzewnego człowieka. Woda wypełnia rowki, przezwycięża napięcie powierzchniowe i ścieka w dół, spływa z gładkich ramion Szarego.

Ślady ciosów są niemal czarne. Tak jak i ciecz, która płynie w jego ciele. Teraz część tego płynu wylewa się z głębokiej rany na plecach Szarego i wsiąka w ziemię.

Szary stoi i łowi fale radiowe.

Patrzy na budynek. Wyładowania elektryczne błyskają to tu, to tam.

Szum wiatru i lament błękitnych strumieni fal radiowych.

Najciekawszy budynek ze wszystkich.

Ten, kogo szuka, też tam jest. Ale w ostatnim czasie Szary zaczął w to wątpić. Ten, kto znajduje się w budynku, ma bardzo wyraźny, charakterystyczny wzór mózgu. Szary ma go teraz przed oczami. Rozgałęziony czerwono-żółty schemat wychodzący z rdzenia kręgowego. Oto on. Szary powoli obraca głowę.

Ale ten wzór nie jest idealny.

Tak jakby ten, kogo ściga, był nim i jednocześnie nie był.

Albo wręcz był dwoma ludźmi w jednym. Czy to w ogóle możliwe?

Szary patrzy.

Ściana drobnego deszczu zasłania widok na budynek, wprowadza zakłócenia w odbiór sygnału – dlatego Szary nie widzi tak wyraźnie, gdzie są teraz ludzie. W tym budynku jest wiele pobocznych źródeł sygnału, w eterze panuje tłok, a na dodatek…

Szary podnosi głowę.

Tam, wewnątrz, jest ogromne czerwone serce. Potworna siła. Gdyby Szary mógł mieć uczucia, czułby teraz głęboki respekt. Ale teraz po prostu stoi i patrzy.

Czerwone serce szaleje i płonie.

Promieniuje. Ach, jak ono promieniuje.

Rany bolą.

Drzewny człowiek okazał się niebezpieczny. Szary jest zdziwiony. Drzewny stoczył z nim walkę. Co więcej, okazał się poważnym przeciwnikiem. Rany bolą – Szary nie odczuwa tego jak ból, prędzej jak kolejne przykre zakłócenia. Odbiór sygnałów jest utrudniony.

Ale to minie.

Szary wciąga powietrze. Pod szarą skórą, która zaczyna drżeć od chłodu i utraty sił życiowych, szaleńczo pracują płuca. Teraz musi oddychać, żeby odzyskać siły.

Ale z drzewnym człowiekiem lepiej się już nie spotykać.

Szary stoi. Może poczekać, aż ludzie opuszczą tereny łowieckie drzewnego człowieka.

I wtedy on będzie obok. Wcześniej czy później.

• • •

Weganie to nie są ludzie, powiedział generał. A ja mu wtedy nie uwierzyłem, pomyślał Iwan. I oto teraz widzę przed sobą półczłowieka-półpotwora, którego staruszek nazywa synem. Wtedy zaczyna się wierzyć we wszystko. Co, jeśli Memow miał rację i Weganie od dawna nie są ludźmi. Że działo się tam coś strasznego, to sam jestem w stanie powiedzieć.

W sali konferencyjnej zebrali się wszyscy uczestnicy ekspedycji i Fiodor z „synem". Pod sufitem paliły się lampy, w powierzchni ogromnego lakierowanego stołu odbijały się ich wydłużone sylwetki.

Rokowania, kurna, pokojowe. Diggerzy spoglądali na drzewnego człowieka z obawą, broń mieli pod ręką. Uberfuhrer przytaszczył nawet swój karabin.

– Co mu się stało? – zapytał Iwan. Wskazał zabandażowany tors stwora… półczłowieka.

Fiodor pokiwał głową.

Mówi, że zetknął się z jakimś nowym drapieżnikiem. Był ogromny i szary.

Iwan i Uberfuhrer spojrzeli po sobie. No pięknie. „Pasażer" powrócił!

– Wiecie, co albo kto to jest, prawda? – Staruszek przeniósł wzrok z Iwana na Ubera i z powrotem. W zaczerwienionych oczach były łzy. – Kto to?

Iwan westchnął.

– Nie wiemy, kto to jest – powiedział digger. – Nazywamy tę istotę „pasażerem". Płynął za nami podczas rejsu. Właściwie razem z nami – my wewnątrz okrętu, on na górze. Potem zniknął. Ale widzieliśmy jego ślady na brzegu.

Cisza.

– Sprowadziliście ze sobą tego stwora. – Cichym i oskarżycielskim głosem powiedział Fiodor. – I on zranił mojego syna. Mojego syna!

– Tego stwora – powiedział szorstko skinhead. W każdej chwili był gotów podnieść erkaem i otworzyć ogień. – Ten stwór jeszcze nas wszystkich przeżyje, zobaczy pan.

– Leat – powiedział stary. – Nie żaden stwór.

A to się porobiło. Twarz Fiodora stała się zacięta.

– Leat – powtórzył. – Zapamiętajcie. Nazywa się Leat.

Odwrócił się, podszedł do rannego. Drzewoczłowiek zajęczał – głęboko i żałośnie. Iwan się wzdrygnął. Stary uspokajającym ruchem położył potworowi dłoń na piersi. „Cicho, cicho", pogładził.

– Leat. W tym imieniu jest coś helleńskiego, antycznego... – powiedział rozmarzonym głosem Fiodor. – Imię dla młodego i pięknego boga.

Za plecami staruszka Uberfuhrer pokręcił sobie palcem przy skroni. Iwan ukradkiem pogroził mu pięścią.

– A więc do tego jesteś ksenofobem? – Zainteresował się chłodno Mandela, kiedy wyszli z sali konferencyjnej, która tymczasem zamieniła się w szpital.

– Jakie ty jednak słowa znasz... – Uberfuhrer pomilczał

przez chwilę. – Głupi jesteś, Mandela. Przykro mi z powodu starego. Dobry z niego staruszek. Porządny. A tu taki bajzel.

– Obcy – powiedział Iwan. – Ale przy tym to jego syn. Zdaje się, że nic tu po nas.

• • •

– Myślę, że czas się pożegnać – powiedział stary. Usta mu drżały.

Iwan popatrzył na jego pomarszczone ręce, trzęsły się.

– Tak, czas na nas. Dzisiaj wieczorem odejdziemy – Iwan odczekał chwilę. – Pozostało nam się zastanowić, jak mamy dotrzeć do Pitera…

Chciał dodać „do domu", ale w porę się powstrzymał. Od pewnego czasu zrobiłeś się przesądny nawet w myślach. Prawda, Iwanie?

– Mogę wam pomóc – powiedział Fiodor.

Iwan przez dłuższą chwilę patrzył na nadzorcę reaktora, potem podniósł brwi:

– Poważnie?

• • •

Przenośna drezyna, kiedyś używano takich, żeby można było je zdjąć z szyn i znów na nich postawić. Zwykle jeździły nimi całe brygady remontowe.

Dobry pomysł. Tylko że nie ma na niej żadnej ochrony przed stworami.

No, ale nie mamy wyboru.

Załadowali się.

– Jest leningradzki do szpiku kosteczek – zadeklamował Fiodor. Popatrzył na diggerów. – Dziękuję za odwiedziny. Przyjedźcie jeszcze kiedyś. Ja i Leat będziemy radzi…

Drobniutki pokropywał deszcz, pomyślał Iwan nie wiedzieć czemu wierszem.

Fiodor Bachmietjew wyszedł ich odprowadzić. Kiedy motodrezyna ruszyła, Iwan długo patrzył na pozostałą w tyle chudą figurkę staruszka. Ponura, samotna. Potem, kiedy figurka stała się całkiem malutka, z lasu czy może zza kontenerów (w sumie nie wiadomo skąd) wyszła wysoka, nieludzko wysoka postać. Pochyliła się nisko, jakby chciała coś powiedzieć.

W ostatniej chwili, zanim zniknęli w oddali, Iwan dojrzał – czy może tylko mu się wydawało? – że stary podniósł rękę i położył wysokiej postaci na ramieniu.

ROZDZIAŁ 19

POWRÓT

Czarna sylwetka, utrzymując się w powietrzu szarpanymi ruchami, poszybowała nad Newą. Iwanowi rzeka zawsze wydawała się nieco straszna – wystarczy tylko popatrzeć, jak płynie pod mostami. Marszczy się delikatnie, opływając przeszkody, cicho, z łagodnym szlochem mija Wyspę Wasiliewską. W jej czarnych wodach kryje się niebezpieczeństwo.

Być może ta rzeka była niebezpieczna jeszcze wtedy, kiedy o żadnej Katastrofie nie było nawet mowy.

Iwan śledził wzrokiem przelot ciemnego kształtu. Oddalony, przeraźliwy krzyk dopadł go znienacka – przejechał mu pazurami po grzbiecie, rdzawy, ostry. Niekończący się.

Skrzydlaty stwór obniżył lot.

Uczepił się masztu.

„Aurora" stała przechylona na prawą burtę. Po zardzewiałych, szarych bokach pokrytych łuszczącą się farbą zwieszały się do wody białawe pędy. Wewnątrz samego okrętu, jak się zdaje, mieszkało coś niezbyt przyjemnego. Iwan nie wiedział dokładnie, ale były takie podejrzenia.

Czarna plama na kominie „Aurory". Stwór usadowił się wygodniej.

Iwan zobaczył, jak cienkie, blade liany nagle zaczynają się ruszać… Przerzut! Opleciony białymi splotami czarny stwór zamachał skrzydłami, zaczął się rzucać. Wrzasnął. Iwan skrzywił się. Wrzask przeszywał do kości.

Lecz wydostać stworowi się nie udało.

Białawe liany powoli wciągnęły szamoczącą się ofiarę do wnętrza komina. I już go nie ma.

Jeszcze przez jakiś czas Iwan słyszał, jak uwięziony wrzeszczy – jakby ktoś ciął nerwy zardzewiałą piłą. Potem wszystko ucichło.

I koniec.

Cicha piterska noc…

• • •

Iwan obudził się, czując, że drezyna zwalnia. Stukot kół stał się rzadszy – nadal tak samo metaliczny, nieprzyjemnie drgający, ale mniej gwałtowny. Teraz nie było to BAM!, a raczej baaam.

I znacznie mniej rzucało na boki.

Otworzył oczy. Przez okulary maski widział, jak obok nich przesuwa się wśród nieprzyjemnego stukotu szarobrązowa, mokra ziemia. Na drodze z rzadka napotykali kępy trawy – równej i gęstej, jakby ulepionej z gliny. Miała nieprzyjemny brązowoszary odcień, niechętnie uginała się pod porywami wiatru. Tak jakby ta trawa swoim ociężałym ruchem tworzyła podmuchy powietrza, a nie odwrotnie.

Iwan przez jakiś czas siedział, patrząc bezmyślnie przed siebie. Gdzieniegdzie wokół toru widniały ślady dawnej obecności człowieka. Połamane, przegniłe słupy elektryczne, strzępy przewodów. Nie całkiem pochłonięty przez ziemię zardzewiały traktor, na którego bokach miejscami można było dostrzec resztki granatowej farby. Drewniana budka przy przejeździe drogowym, pochylona jak po uderzeniu olbrzyma.

Przewrócony szlaban, a przed nim, na przejeździe, dwa samochody. Jeden biały, całkiem zdezelowany, za nim o wiele lepiej zachowany ciemnogranatowy – ogromny, z kwadratowymi reflektorami. Rdza przeżarła go delikatnie, wyszła na wierzch od wewnątrz, niczym obraz pojawiający się na odbitce (Iwan widział kiedyś, jak wywołują zdjęcie do paszportu w laboratorium na Wasilieostrowskiej). Ciemnogranatowy kawałek papieru leży w kuwecie... I oto jest już w plamach, które powoli się rozlewają, stają się wyraźniejsze...

Iwan odwrócił się. Jednak zwalniamy... czy nie?

Nie miał ochoty się ruszać. Chciało się jechać i jechać.

Co my zrobiliśmy z Ziemią?

Spustoszenie.

Nikczemność.

Ostry, ogłuszający w otaczającej ich ciszy stukot kół drezyny...

– Dowódco, przed nami pociąg. – Rozległ się głos Kuzniecowa. – Dowódco?

Iwan westchnął. W masce było duszno, twarz miał zlaną potem. Szkła zaparowały mu po bokach. Na języku czuł kwaśnawy, ohydny posmak koszmarnych snów. Wygląda na to, że czas na zmianę filtra.

– Jaki pociąg? – Iwan podniósł się. Od snu i drogi plecy miał jak z kamienia.

– Co? – Kuzniecow nie zrozumiał.

– Pytam się, jaki pociąg?! – Iwan musiał podnieść głos.

Drezyna wciąż toczyła się powoli. Miarowy warkot silnika zastąpiły rzadkie zrywy. W wilgotnym powietrzu za pojazdem unosiła się przejrzysta chmura spalin.

Uberfuhrer podniósł się na swoim miejscu (siedział z przodu, Iwan zobaczył jego plecy w gumowym skafandrze), zaklął bezgłośnie. Odwrócił się do Iwana. Ten drgnął. W pierwszej chwili wydało mu się, że patrzy na niego gumowy pysk małpy.

Strach był chwilowy jak błysk. Minął natychmiast, ale ogłuszające walenie serca pozostało.

– Przyjechaliśmy – powiedział Uber. Teraz to znowu był on. – Złazić, inteligenci, koniec z waszym pociągiem pancernym.

Iwan podniósł się z miejsca, trzymając się siedzenia, odwrócił się, spojrzał do przodu.

Do czorta.

Zagradzając drezynie drogę, na szynach stał stary zardzewiały pociąg. Ale najgorsze było to, że na sąsiednim torze zastygł pociąg jadący w drugą stronę. Że też musiały stanąć akurat tutaj, pomyślał Iwan. Ech.

„Spotkały się dwie samotności".

• • •

Kiedy Fiodor przekazywał im tę drezynę, powiedział, że jeśli zajdzie konieczność, można zdjąć ją z szyn i przenieść ręcznie. Iwan przytaknął wtedy skinieniem głowy. Głupstwo. Co to jest trzysta kilo dla pięciu facetów.

Okazało się, że bardzo dużo – jeśli nieść ją na długości piętnastu wagonów po żwirowym nasypie. I to nie licząc własnego bagażu. Diggerzy nie włączali latarek, jasny zmierzch (ha! białe noce) pozwalał im wszystko widzieć. Było tu nawet jaśniej niż w metrze, ale światło nie było skoncentrowane, z jednego kierunku, lecz jakby rozrzedzone wodą, padając zewsząd i znikąd.

– Może by tak ją… no, i pójść piechotą? – zaproponował Uberfuhrer. – Stąd zostało nam tyle co nic…

– Przez Awtowo? – zdziwił się Iwan.

– O, kurna – Uber z przyzwyczajenia podrapał się w potylicę, ale dotknąwszy maski cofnął rękę. – Masz rację, nie pomyślałem o tym.

Chodziły słuchy, że w dzielnicy Awtowo rozmnożyły się jakieś dziwne stwory. Z wyglądu prawie jak ludzie, ale to nie ludzie. I zostawiają po sobie wysuszone, martwe ciała. Czy tak jest, czy nie – Iwan nie miał ochoty sprawdzać. Lepsze już zwykłe psy Pawłowa, Głodny Żołnierz, pterodaktyle… Czy co to tam jest.

Znajome zło jest lepsze od nieznanego, zgadza się?

Albo, dajmy na to, przejdziemy przez Awtowo i co dalej? Bandyci z Fabryki Kirowa i paranoicy z Narwskiej – doskonałe połączenie. Jeszcze ten ich legendarny Lotnik, romantyczny morderca w kurtce pilotce...

Nie ma co. Poradzimy sobie jakoś sami. Powolutku.

– Raz dwa, łapiemy.

Podnieśli drezynę i zaczęli nieść. Iwan myślał, że zaraz mu odpadną ręce. Po prostu będą tak sobie wisieć z palcami wczepionymi w żelazną ramę drezyny. Jak ta ręka manekina na Newskim...

Nogi ślizgały się na żwirze, ciężko było iść.

– Przerwa na papierosa – Uber wypuścił powietrze. – Puśćcie to cholerstwo!

Postawili drezynę na ziemi i zatrzymali się, żeby odsapnąć.

Iwan przysiadł, pochylił głowę na bok.

Po hałasie silnika drezyny i dźwięcznym stukocie na rdzawych łączeniach szyn cisza wydała mu się urzekająca. Iwan przez zwykły szum w uszach słyszał nawet, jak wiatr porusza trawą. Albo – kto wie? – trawa porusza wiatrem...

Jakie wszystko jest względne w tym świecie bez człowieka.

Tak jakby wraz z jego odejściem zniknął punkt odniesienia.

Gdyby to było możliwe, wrócilibyśmy do domu na pokładzie okrętu podwodnego. Uroczyście, prosto na Wasilieostrowską. Wysiedlibyśmy na nabrzeżu i poszli piechotą. Krasin, Krasin. Ech...

Siedzieli obok wagonu numer 12. Szyby były w nim prawie nienaruszone, oprócz kilku, które wypadły. Przez brudne szkło nie dało się niczego dojrzeć.

Uberfuhrer wstał, podszedł do wagonu. „Co on robi?" – pomyślał Iwan obojętnie i od razu o tym zapomniał, znów wsłuchał się w ciszę.

Kątem oka widział, jak Uberfuhrer przewiesił sobie dwururkę przez plecy (to była jego zapasowa broń, erkaem RPD leżał dalej na drezynie), przymierzył... złapał się lewą ręką za framugę okna. Postawił nogę na zardzewiałym wałku, podciągnął się...

„UMYJ MNIE" – napisał skinhead na brudnej szybie.

Zeskoczył, odszedł kawałek, żeby nacieszyć się widokiem.

I wtedy coś się stało. Iwan od razu to zrozumiał. Jakby zgęstniało powietrze, a nad małym oddziałem zawisnął niepojęty, czarny cień. Niby nic się nie zmieniło, to samo miejsce, ten sam pociąg obok, te same zardzewiałe poręcze i stopnie. Ta sama brązowa trawa przebijająca się spomiędzy kolejowych podkładów... Ale coś się zmieniło. I wyraźnie nie była to zmiana na lepsze. Iwan nagle zdał sobie sprawę, że już od dawna czuje ucisk w tyle głowy – jakby znów porządnie nie wyregulował paska maski przeciwgazowej.

Ucisk stał się po prostu normą i Iwan przestał go zauważać.

– Po co? – zapytał Iwan, kiedy skinhead wrócił do drużyny.

– Co nam pozostaje oprócz śmiechu? – powiedział Uber. – Rozumiesz, brachu... Śmiech to reakcja człowieka na straszne rzeczy.

– Nie rozumiem – powiedział Mandela.

– Co? – Skinhead się odwrócił.

– Nie rozumiem – powtórzył Murzyn. W gumowej masce był taki sam, jak wszyscy. Nie do odróżnienia. – Dlaczego wszystko jest tak? Dlaczego tak musi być? Czy my wszyscy na to zasłużyliśmy? Czym oni... – Nagle skoczył na równe nogi, ręką w rękawicy wskazał w stronę martwego pociągu. – Czym oni na to zasłużyli? Jechali do domu. Czy oni kogoś zaczepiali? Czy komuś przeszkadzali? Dlaczego, kurde, na świecie wiecznie dzieje się jakieś gówno, a płaci za to ktoś, kto jedzie w kuszetce na górnym łóżku?! Dlaczego muszę przechodzić koło umarłych dzieci, hę? Napraszałem się? Po jakiego czorta w ogóle znalazłem się w metrze?! Po co?! Prosiłem o to? Prosiłem?! – Natarł na Uberfuhrera, skinhead mimowolnie się cofnął.

– Co z tobą?

– Ze mną? Nic. A do wagonu zaglądałeś?

– Ja?

Murzyn nagle podniósł rękę…

– Nie! – ryknął Iwan.

Uberfuhrer skoczył na nogi, spróbował chwycić rękę Mandeli, jęknął. Padł na kolana. Mandela natarł na niego kolanem i odsunął się. Szybko przyjął wyprostowaną postawę.

Też zna sambo bojowe? – pomyślał Iwan. – Jak Liczygwiazda?

Ułamek sekundy później Iwan skoczył. Mandela błyskawicznie złapał go w powietrzu za przegub, przekręcił tułów. Iwan poleciał na ziemię, odruchowo wywinął kozła. Och! Czort… Spróbował wstać… Ziemia i rdzawozielony wagon kołysały mu się przed oczami. Odwrócił się.

Mandela popatrzył na nich obojętnie zza okularów.

Potem podniósł ręce, rozluźnił sznurek, ściągnął kaptur. Wziął się za maskę…

„Nie wolno!” – pomyślał Iwan.

…i gwałtownym ruchem zerwał ją z twarzy – jakby ściągał skórę. I raz! Pod szarą gumą ukazała się spocona śniada fizjonomia. Szeroki nos, ciemne tęczówki, jaskrawobiałe, jakby świecące w ciemnościach białka oczu.

Mandela zrobił głęboki wdech. Nozdrza mu się rozdęły.

Uberfuhrer z trudem się podniósł, z trudem podniósł maskę, splunął krwią. Znów ją założył. Wyprostował się.

Siwy i Kuzniecow z konsternacją patrzyli na walczących.

– Co, nie spodziewałeś się tego po czarnym? – zapytał Mandela. – Gdybyś ty wiedział, jak mi się teraz oddycha, Uber. Wspaniale. Po prostu wspaniale.

– Idiota. – Uberfuhrer zrobił krok naprzód. – Załóż maskę. Proszę.

– W tym świecie trzeba coś zmienić – powiedział Mandela. – Dlatego że tak jak teraz, to nie jest życie. To wegetacja.

– I co? – powiedział Uberfuhrer. – Uznałeś, że najlepszy sposób to nawdychać się radioaktywnego badziewia? To się, brachu, nazywa samobójstwo. I osobiście żadnego bohaterstwa w tym nie widzę. Rozpłacz się jeszcze, to się wzruszę.

– Już za moment – obiecał Mandela. – Na prośbę telewidzów.

– Jura – powiedział Iwan cichym głosem.

Widział, gdzie upadła maska Murzyna, i powoli, starając się zrobić to niedostrzegalnie, ruszył w tamtą stronę. Iść było trudno, huczało mu w głowie. Mocno mu jednak Mandela przyłożył... Ale trzeba iść.

– Co, dowódco? – Murzyn stał do niego bokiem. – Nie jest miło? Wybacz, że cię uderzyłem. Ale nie dotykaj mnie, dobra? Umowa stoi?

Iwan stanął. Podniósł ręce. Tylko żeby nie złapał za broń...

– Dobrze, Jura.

– Mandela – Uber zrobił krok do przodu.

Nagle Murzyn podniósł automat, szczęk bezpiecznika. Uberfuhrer zamarł. Iwan zaklął w duchu. Wszystko to robiło się mało śmieszne. Bardzo mało śmieszne...

– Nie wolno wam mnie zatrzymywać – powiedział Mandela. – Proszę. Jesteście moimi przyjaciółmi. Nie chcę do was strzelać. – Powiódł spojrzeniem po wszystkich, uparty, smagły. – Ale będę.

– Ty czarny bydlaku, przecież ty zaraz zdechniesz! – Nie wytrzymał Uber. – Załóż maskę, pokrako! Albo wsadzę ci ją w tyłek!

Krótka seria z automatu rozerwała powietrze. Jest bardzo źle, pomyślał Iwan. Jest tak źle, że lepiej by było w ogóle stąd spadać, jak najdalej i jak najszybciej. Tył głowy bolał go już nie na żarty.

Uberfuhrer zrobił krok do tyłu. Mandela strzelał w ziemię przed jego nogami.

– Mandela, bez ciebie nawet nie doniesiemy drezyny! – zawołał Kuzniecow. Brawo, młody!

Murzyn się uśmiechnął.

– Dobry argument – powiedział – ale spóźniony. Żegnajcie, przyjaciele. Zobaczymy się w następnym życiu. Albo i nie. Aha, i jeszcze jedno… Nie idźcie za mną. Nie warto.

Lekko się cofnął, wciąż trzymając w rękach automat.

– Ale dlaczego? – zapytał Iwan, żeby przeciągnąć czas.

– Dlaczego to robię? – Mandela zatrzymał się, pokiwał głową. – Kiedy tam płynęliśmy… do LEA… Myślałem, że znajdziemy tam coś, co stanie się naszą nadzieją. Dla nas, dla ludzkości… Coś… nie wiem, co! Ale okazało się, że siedzi tam tylko jeden stuknięty dziadek, którzy na reaktorze jądrowym grzeje sobie herbatę. Nie wydaje wam się, że to po prostu metafora opisująca całą ludzkość? My, ludzie, zawsze tak robiliśmy, co tu kryć.

– A jego syn? – Cichym głosem przyłączył się do rozmowy Siwy.

Mandela znieruchomiał. Potem nagle potrząsnął głową, jakby odganiając nieproszone myśli.

– Jego syn jest szansą. – Uśmiechnął się. – Ale nie dla nas, nie dla ludzi.

– A dla kogo?

– Dla takich stworów jak on. Rozumiecie?

Iwan się wyprostował.

– Inny ekosystem – powiedział. – To jest właśnie to.

– Zgadza się. – Mandela stał, wiatr targał jego uparte, czarne włosy. – To pasożyt. Nie zrozumieliśmy wtedy, że ten tak zwany syn jest pasożytem. Oto, na co nam ostatecznie przyszło. Wszyscy zostaniemy nosicielami dla tych stworów. A ja nie chcę tego widzieć. Nie, nie chcę.

Milczenie. Szum wiatru.

– Ale… – Chciał zacząć Iwan, ale Mandela mu przerwał:

– Myślicie, że staruszek wykopuje trupy, żeby je pochować? – Murzyn wyszczerzył zęby. Taki biały półksiężyc na czarnym tle. – Jeszcze czego. Synka nimi karmi. A dla spokoju sumienia stawia krzyże na pustych grobach.

– Bzdura – powiedział Uberfuhrer. Ale jakoś bez wielkiego przekonania.

– Żegnajcie – powiedział Mandela. Iwan zamrugał. Przed odejściem Murzyn podniósł nagle rękę i pomachał im. Odwrócił się i poszedł wzdłuż pociągu. Iwan patrzył, jak mija lokomotywę, jakby znieruchomiałą ze zdziwienia takim obrotem wydarzeń. Rdzawy granatowo-czerwony gigant stał w milczeniu na szynach. Zdaje się, że widział ludzi po raz pierwszy od dwudziestu lat. Ale nic się przez ten czas nie zmieniło. Ludzie tradycyjnie rozwiązywali problemy…

– To idiota – powiedział Uberfuhrer z zakłopotaniem.

Iwan odwrócił się gwałtownie w jego kierunku, zamach… cios.

Skinhead poleciał na żwir. Popatrzył w górę na Iwana:

– A ty co?

Iwan zrobił krok do przodu i pchnął go pięścią w pierś.

– Jesteś cholernym faszystą i bandytą, rozumiesz?! A teraz wstawać! Mamy do czorta roboty.

• • •

– Raz, dwa, w górę! – zakomenderował Iwan.

Metal ciął palce. Drezyna stała się jeszcze cięższa – to zrozumiałe, jednego tragarza mniej…

Wtem w oddali rozległ się krzyk, ciął po nerwach niczym zardzewiałe żelazo. Potem nagle wystrzały, krzyki bólu, rwetes.

Seria z automatu. I jeszcze jedna.

Mandela!

– Zostawcie drezynę! – polecił Iwan. Ciężki pojazd z łoskotem spadł na tłuczeń. Ból w zdrętwiałych palcach. – Szybciej!

Iwan chwycił automat z drezyny, pobiegł za Uberem.

Kiedy dobiegli do lokomotywy, było już po wszystkim. Trupy dwóch stworów leżały na nasypie, rozszarpane przez kule. Pobojowisko. Ciemna wodnista ciecz, podobna raczej do śluzu niż do krwi, wyciekała z ciał pokrytych dziwną, krótką sierścią. Łapy (nogi?) jednego ze stworów wciąż drgały...

Krótkie, niemal okrągłe pyski. Olbrzymie rozcięcie paszczy, całkiem jakby głowa otwierała się niczym torba na suwak. Setki drobnych, brązowawych zębów.

Mandela siedział oparty plecami o lokomotywę. Czerwona farba łuszczyła się, wypierana przez rdzę; na jej tle krew Murzyna wydawała się czarna. Mandela trzymał automat jedną ręką, drugą zasłaniał brzuch. Przez palce falami przeciskała się krew.

Człowiek i lokomotywa.

Korona stworzenia i jej dzieło. Nawet ta żelazna, rdzawa bestia – lokomotywa – nawet ona była bliższa człowiekowi niż to, co walało się teraz u stóp Mandeli. Kiedy podbiegli, Murzyn podniósł wzrok... Uśmiechnął się...

Szybki oddech, bulgoczący i ochrypły.

– Nie... niedaleko zaszedłem... prawda?

– Trzymaj się, brachu – powiedział Uberfuhrer. – Zaraz cię opatrzymy.

Mandela z trudem podniósł głowę, popatrzył na skinheada. Białka oczu, zwężone z bólu źrenice.

– Brachu?

– Brachu – potwierdził Uber.

– Przecież jestem czarny, zapomniałeś? – powiedział Mandela, spróbował się podnieść.

Skinhead łagodnie posadził go z powrotem.

– A jaki ty tam czarny! – Uberfuhrer machnął ręką z irytacją. Wyjął z torby bandaż i gazę, zaczął wyciągać gumową opaskę. – Wała tam, a nie żaden czarny…

– Doprawdy? – zdziwił się Mandela. – To jaki?

– Opalony… kurna. I to lekko. A tak, to człowiek jak człowiek. Już każdy lepszy od Weganina.

– No proszę – Mandela słabo się uśmiechnął. Jego blada twarz w oczach traciła rumieńce. – Nieukształtowany z ciebie element, Uber. Chwie… – zabrakło mu tchu. – Chwiejny…

Oczy znieruchomiały. Głowa Murzyna powoli osunęła się na pierś.

Uberfuhrer ze złością rzucił bandaż na bok, zaklął.

Iwan podszedł do stwora, wycelował automat w jego głowę. Drgający kawałek ciała. „Czego wy tu chcecie? To teraz nasza Ziemia" – jakby mówiły jego oczy.

Iwan nacisnął na spust. Błysk przeciął półmrok.

Ostry jak stukot na łączeniu szyn odgłos wystrzału. I jeszcze jeden.

Iwan podniósł głowę.

– Chodźmy – powiedział do Uberfuhrera. – Trzeba iść.

• • •

Szary obserwował, jak czworo ludzi znika w oddali na dziwnym, warczącym i stukoczącym ustrojstwie. Gdyby to było konieczne, z łatwością by ich dogonił… Ale nie teraz, kiedy był osłabiony po starciu z drzewnym półczłowiekiem.

Szary wyprostował swoje długie nogi. Zachwiał się.

Wygląda na to, że nadszedł czas na wielki zew.

• • •

W ciągu pół godziny dotarli do stacji kolejowej Uniwersytecka. Teraz diggerzy z ostrym, metalicznym stukotem mijali opuszczone perony i osiedla, tonące w brązowoszarej roślinności zburzone budynki, porzucone fabryki i wysepki martwych aut.

Upadek.

Parę razy widzieli skrzydlate sylwetki na tle jaśniejącego nieba. Do świtu zostało tyle co nic, parę godzin. Od krzyków latających stworów po plecach przechodził dreszcz. Za którymś razem jeden z takich „ptaszków" zniżył się… przeleciał nad drezyną… Zdążyli się zorientować, sturlali się z nasypu, przywarli do ziemi. Uberfuhrer ułożył się na plecach i skierował w niebo lufę erkaemu.

Ale obeszło się bez strzelania. Szpetny ptakojaszczur… czy czym on tam jest… przeleciał jakieś pięćdziesiąt metrów nad nimi i gwałtownie zamachał skórzastymi skrzydłami, nabierając wysokości. Udało mu się. Niezgrabny niczym cegła, a jednak lata.

Niedługo zrobi się całkiem jasno. Jeśli nie zdążymy do stacji Bałtijska, trzeba będzie szukać schronienia, pomyślał Iwan. Awtowo, Kirowski Zawod, Narwska są dla nas zamknięte. A linia kolejowa prowadzi tylko do Dworca Bałtijskiego.

Naprzód.

Przejechali przez las, który teraz zamienił się w bagno – pnie drzew sterczały wprost z bulgoczącej, puszczającej bańki brei. W jednym miejscu nasyp tak podmyło, że szyny wygięły się i rozeszły na odległość połowy dłoni. Drezyna przejechała tamtędy z dużą prędkością, ale trzęsło nią i rzucało tak, jakby miała się za chwilę wykoleić w cholerę.

Kiedy przejechali ten odcinek, zrobiło się spokojniej. Z prawej znów pojawiły się domy – tym razem typu miejskiego, czteropiętrowe, sześciopiętrowe – długie, szare, prawie pozbawione szyb.

Z jakiegoś powodu znajomy miejski pejzaż uspokoił Iwana, chociaż wszelkiego cholerstwa mogło tu być nawet więcej niż w lesie.

Stukot kół. Martwa cisza.

Z rzadka słyszeli dalekie ujadanie psów Pawłowa, kilka razy jakieś szare cienie przebiegły przez tory przed jadącą drezyną. Kilka razy widzieli też większe zwierzęta. Coś poruszało się leniwie i majaczyło w oddali – słychać było przy tym taki hałas, jakby stwór szedł na wprost, nie wybierając drogi, przez krzewy, stare budynki, ruiny i nowe zarośla.

– Patrz.

Uberfuhrer podał Iwanowi lornetkę. Ten przyłożył ją do szkieł maski przeciwgazowej – zaczął widzieć podwójnie. Odszukał okulary, podkręcił ostrość... Taaak. Nieźle.

W oddali – co prawda, dwudziestokrotne zbliżenie morskiej lornetki sprawiało, że nie było to aż tak daleko – w dużym zbiorniku wodnym (jezioro?) zanurzone po kolana brodziły jakieś stwory. Na długich, niezgrabnych nogach, wyciągniętych i jakby zwężających się na dole. Ich kolana były podobne do ludzkich – zginały się do przodu. We wszystkich czterech nogach. I to robiło nieco straszne wrażenie. Jakby byli karykaturą ludzi idących jeden za drugim. Pośrodku stawu żółcił się okrągły budynek z kopułą.

– Co to jest?

– Peterhof – Uberfuhrer machnął ręką.

Siwy skinął głową:

– Kiedyś był tu fantastyczny park. Szczególnie jesienią było pięknie. A teraz to rezerwat... właśnie tych, których widzisz.

– A tutaj? – Iwan wskazał w stronę ciągnących się na lewo od torów ogromnych zarośli.

Z początku pomyślał, że to zwykły martwy las, w rodzaju tego obok LEA, ale okazało się, że gałęzie ogromnych drzew były oplecione lianami i związane ze sobą jak sznurem. Las robił dziwne wrażenie – wydawało się, że jest jedną całością. I patrzy na nich – uważnie. Dobra tam, bzdura. Chociaż wchodzić do takiego lasu bym nie chciał, pomyślał Iwan.

– Jakiś bajzel – powiedział Iwan.

Siwy mruknął z aprobatą. Rzeczywiście bajzel.

Drezyna stukotała. Silnik turkotał.

Bezsensowna śmierć Jury-Mandeli... Chociaż, dlaczego bezsensowna?

Kulka w potylicy znów wypełniła mu się rtęcią. Iwan poruszył się. Wrażenie zniknęło. Jakby przypadkowo padło na niego czyjeś złe oko... I ten, kto patrzy, bardzo stara się nie zdradzić.

– Zbliżamy się – powiedział Uberfuhrer.

Przed nim ukazały się szare miejskie kwartały.

• • •

Linia kolejowa ciągnęła się między budynkami mieszkalnymi i przemysłowymi, jednakowo opuszczonymi, pustymi. Co zaskakujące, czasem ogromne kompleksy fabryczne zdawały się bardziej żywe. Dziwne uczucie.

Jednego razu za betonowym murem fabryki Iwan zauważył coś w rodzaju gniazd os, tak jak rysują je w książeczkach dla dzieci, tylko te były znacznie większe. Wznosiły się na jakieś pięć, sześć metrów. Nie chciałbym rozzłościć takich os, pomyślał Iwan i dalej patrzył tylko przed siebie, jakby mieszkańcy tych gniazd mogli wyczuć to, że zwrócił na nich uwagę.

W następnym momencie tor wywiódł ich między kwartały miejskie. Wzdłuż drogi ciągnęły się przechylone betonowe mury, miejscami ziały w nich dziury.

Jako pierwszy stwory zauważył Kuzniecow.

– Tam! Tam! – Pokazał gdzieś w prawo od drogi.

Iwan odwrócił się. Od strony odległego czteropiętrowego bloku w ich kierunku biegły trzy… nie, cztery… psy Pawłowa. Synchronicznie, jakby nastrojone na tę samą falę. Drezyna zastukotała, zgrzytnęła. Znajomy warkot silnika. Iwan podniósł automat. W sumie aż dziwne, że nie nadzialiśmy się na nic wcześniej – przy całym tym hałasie, jaki robimy. Ale drezyna ma dobrą prędkość, uciekniemy.

Iwan odwrócił się i klepnął Siwego w plecy. Dawaj szybciej.

Ten skinął głową i silniej przykręcił manetkę gazu. Silnik ryknął, dał się słyszeć metaliczny szczęk – to Siwy zmienił bieg. Drezyna wyrwała do przodu. Zgrzyt kół na zardzewiałych szynach stał się nieznośnie głośny. Iwan zacisnął zęby. Psy, których było już ponad dziesięć, zaczęły odstawać.

Odsadzimy się, pomyślał Iwan. Do Bałtijskiej zostało tyle co nic. Może jeden kwartał…

W następnej chwili Uberfuhrer wrzasnął:

– Stój! Stój, mówię. Hamuj!

Siwy szarpnął dźwignię. Wizg hamulców szczękowych. Iskry poszły na jakieś półtora metra w górę.

Drezyna szarpnęła tak, że Iwan o mało nie zaorał nosem w ziemię, ledwie zdołał złapać się poręczy, przytrzymał się.

– O co chodzi?! – zawołał.

Uberfuhrer stanął, spojrzał przed siebie, trzymając dłoń przy czole jak daszek. Zaczynało już świtać, niedługo diggerzy będą w ogóle jak ślepcy…

Skinhead gwizdnął.

Iwan też wstał – i zobaczył.

Na drezynę sunęła szaro-purpurowa żywa fala.

To znaczy takie właśnie powstawało wrażenie. Fala. Stwory biegły w stronę drezyny niemal synchronicznie, chociaż miały różne rozmiary i zachowania. Psy Pawłowa, szare bieguny, te nowe z paszczami prawie dookoła głowy, z prawej flanki kuśtykał nawet rosły Głodny Żołnierz.

Zresztą, pomyślał Iwan, nie jest ich wcale aż tak dużo... Ale wygląda to tak, jakby ktoś nimi sterował – te stwory nie cierpią się nawzajem. Kurna. Jak to możliwe? Dobrze chociaż, że Konduktora z nimi nie ma. Albo Kucharza – to by już było zbyt wiele, nawet dla nas.

Kuzniecow obrócił się do Iwana. Nawet przód maski przeciwgazowej wyglądał na przestraszony.

– Co robić, dowódco?

Iwan rozejrzał się dookoła. Jedyne wyjście to pobiec do budynków. Zabarykadować się i zająć pozycję obronną.

– A więc to koniec, moi drodzy – powiedział Uberfuhrer w zamyśleniu. Postawił erkaem na podpórce, otworzył komorę zamka, starannie wsunął taśmę, zamknął. – Zawsze chciałem być Arnoldem.

Mocno pociągnął do siebie rękojeść, puścił. Zgrzyt, metaliczny stuk.

Gotowe.

– Kim?

– Był taki wielki bohater. Szanowałem go od dziecka i zawsze chciałem być taki jak on. Przygotuj więcej amunicji – polecił Siwemu. Ten potwierdził.

Uberfuhrer położył się na ziemi, szeroko rozsunął nogi, zaparł się czubkami butów. Nachylił nad erkaemem.

– No to co, jedziemy, tak? – powiedział zwyczajnym tonem.

Iwan kiwnął Kuzniecowowi, wzięli na siebie te psy, które atakowały z tyłu.

– Gotowi? – zapytał Iwan.

Nie mógł widzieć tego, co się dzieje za nim. Ale Uber i Siwy sobie poradzą. W każdym razie powinni. A jeśli nie?

To wtedy tak się zakończy nasza ekspedycja. I Krasin, i Liczygwiazda zginęli na próżno...

A w życiu! Jeszcze pójdziemy w tan. Iwan przykląkł na jedno kolano, podniósł kałacha do ramienia. Obok niego do strzelania przygotował się Kuzniecow.

Męki oczekiwania.

No, z Bogiem. Iwan wycelował w najbliższego psa Pawłowa.

– Ognia! – wydał komendę.

Za jego plecami potężnie zadudnił diegtariow.

...Pierwszy atak odparli.

Iwan odwrócił się. Po prawej był szary czteropiętrowiec.

– Tam, biegiem! – rozkazał. Póki stwory się nie opamiętają.

• • •

Kuzniecow biegł jako pierwszy. Wejście do budynku było już blisko. Jeszcze odrobinkę... Ułamek sekundy później wyskoczył z niego szybki cień i rzucił się w stronę młodego gliniarza. Kuzniecow zdążył podnieść automat...

Terkot. Seria poszła w niebo. Misza upadł – powoli, jak we śnie.

W następnej chwili Iwan zobaczył, że Misza leży na plecach, a na nim siedzi pokraczny, podobny ni to do psa, ni to do szczura, chudy czarny stwór.

Uberfuhrer puścił serię z erkaemu z ręki. Stwora odrzuciło. Przeraźliwy pisk. Skinhead od odrzutu pacnął na tyłek, zaklął...

Podbiegł Siwy. Wystrzałem dobił stwora. Pisk nagle się urwał.

Iwan i Siwy złapali Kuzniecowa pod pachy i pociągnęli do klatki schodowej. Na górę, wskazał głową Iwan. Im wyżej, tym lepiej. Pociągnęli go po schodach. Buty Miszy stukały o stopnie, podskakiwały. To było niemal groteskowe.

Na drugim piętrze Iwan dostrzegł drzwi, które nie były metalowe, a drewniane, kopnął w nie nogą. Wyłamały się. Wdarli się do mieszkania, wnieśli Miszę i posadzili pod ścianą w kuchni. Iwan poczuł przez rękawicę wilgoć, podniósł dłoń – na gumie była krew.

Misza!

Iwan nachylił się, zaczął ściągać z niego maskę przeciwgazową. Jaka to teraz różnica…

– Ech, cholera – powiedział Kuzniecow ze zdziwieniem.

Po mokrej od potu twarzy Miszy ciekła krew, ciekła z szarpanej rany na głowie. Kuzniecow dosięgnął automatu i niezgrabnym szarpnięciem przyciągnął go do siebie:

– To nic. Ja tu sobie… trochę posiedzę, dowódco. Dobrze?

Iwan rzucił w kąt niepotrzebną już maskę i przykucnął.

– Co z tobą? – zapytał.

Misza spróbował się uśmiechnąć. Blade wargi. Twarz bez jednej kropli krwi.

– Niezbyt wesoło, dowódco. Chyba… we mnie trafił. Jak to tak? Nie zdążyłem. Przecież jestem diggerem… Jestem di… – zaczął wdychać powietrze i zastygł, jakby ktoś go wyłączył.

Głowa opadła mu na piersi.

I tak znieruchomiał, przytulając do siebie automat.

– Jesteś diggerem, Misza. Najprawdziwszym.

Iwan wstał. Czas iść dalej… Nie, stop. Iwan pochylił się, wyjął z martwych rąk automat, wyciągnął mu z kamizelki magazynki.

Misza siedział obojętnie. Jego szare oczy patrzyły obok Iwana.

Digger wziął granat, wyciągnął zawleczkę i włożył go Miszy pod pachę.

„I trzecia zasada: ciał poległych towarzyszy nie można zostawiać stworom na pożarcie".

Wybacz, że nic więcej nie mogę dla ciebie zrobić.

• • •

Uberfuhrer postawił erkaem na parapecie i w zadumie przyjrzał się ostatniej taśmie z amunicją.

– Kiepsko z nabojami. W dawnym życiu to się chyba nazywało: kryzys finansowy.

Iwan zmienił magazynek. Cokolwiek miał na myśli skinhead, mówiąc o kryzysie, z amunicją rzeczywiście robiło się krucho. Za oknem słychać było ryki i wycie, jęki i tupot.

No, ile ich tam jest?

– Mam nadzieję, że potwory im się w porę skończą – powiedział Uberfuhrer i zaczął strzelać.

• • •

Krótkimi podbiegami pokonali jeszcze pół kwartału. Do Bałtijskiej zostało tyle co nic, kiedy biegun dopadł Siwego i zwalił go z nóg. Zanim zrobili z niego sito, wbił pazury skinheadowi w biodro. A może kolce – Iwan niespecjalnie się orientował, co one tam mają na łapach.

A niech to!

Znowu mieszkanie, i znowu wycie stworów. I nigdzie z rannym nie uciekną... Leciwy skinhead wiedział o tym nie gorzej od swoich towarzyszy.

Siwy odepchnął Uberfuhrera, wstał. Nogawka spodni pociemniała mu od krwi.

– Dima... – zaczął Uber.

– Idź do diabła. Gdzie mój automat?

– Tutaj – Iwan podał Siwemu wysłużoną sajgę.

– Przytrzymam je – powiedział i uśmiechnął się. – To nic. Od dziecka marzyłem, żeby wypowiedzieć te słowa. Żegnajcie, panowie muszkieterowie. Mam nadzieję, że następnym razem zobaczymy się w bardziej sprzyjających okolicznościach.

– Dima! – Uberfuhrer zerwał się na nogi. Odwrócił się do Iwana: – Chociaż ty mu powiedz!

– Odwal się – powiedział Siwy spokojnie. – Uber, nie psuj mi mowy pożegnalnej, proszę cię. Naboje, d'Artagnan!

Iwan w milczeniu podał mu dwa magazynki przewiązane taśmą izolacyjną.

– Granat.

Iwan dał mu granat.

– Nóż. Okulary – dalej wyliczał Siwy. – Spływajcie.

Siwy odwrócił się. Spokojnie, nigdzie się nie spiesząc, rozłożył broń i granaty na parapecie. Iwan patrzył na jego plecy. Bywa i tak. Jakikolwiek jest, faszysta czy nie, nie można mu odmówić odwagi.

– Spowolnię ich. To nic.

Kiedy przebiegli dwa budynki stało się jasne, że nie udało im się oderwać.

W oddali zagrzmiała eksplozja. Zatrzymali się na moment, wymienili spojrzenia. Okrągłe okulary tanich GP-4 słabo zalśniły.

Iwan pokazał gestami – naprzód. I nasłuchuj.

Uberfuhrer skinął głową.

Przebiegli przez podwórko. Z tyłu słyszeli zniekształcony, niezadowolony ryk stworów. Zatrzymali się, żeby odsapnąć. Skinhead sięgnął do plecaka...

– A to bydlak – powiedział nagle Uberfuhrer.

– Co jest?

Skinhead podniósł głowę.

– Idiota z bazaru. Wcisnął mi jednak granat bez zapalnika. – Pokazał mu przeciwczołgowy RKG-3 i walec zapalnika dla obciążenia zalany ołowiem.

– Oszustwo – zgodził się Iwan. – No, co, biegniemy?

• • •

Dobiegli do klatki schodowej, przyczaili się w mieszkaniu na pierwszym piętrze. Uberfuhrer ściągnął maskę przeciwgazową, twarz miał mokrą, lśniącą od potu.

– Co ty robisz? – zapytał Iwan.

– Gorąco – powiedział skinhead. – Tak i w ogóle, brachu... Jakoś znudziło mi się życie w masce przeciwgazowej. Rację miał Mandela... Jura. Powinniśmy coś zmienić.

Iwan chrząknął. Doskonały moment, żeby porozmawiać o losie ludzkości – kiedy nie mają już nabojów. Stwory ścigały ich z godnym podziwu uporem. I parę razy Iwanowi wydało się, że widzi w oddali wysoką postać „pasażera". Może mu się przywidziało?

Nie, Iwan pokręcił głową. Nie przywidziało się.

Zdaje mi się, że to właśnie jest ten legendarny Blokadnik, pomyślał Iwan. Tylko niestety nie będę już miał komu o tym opowiedzieć.

– Przyjdziesz na moje wesele?

Uberfuhrer odwrócił się od okna, popatrzył na Iwana.

– Zapraszasz, czy jak?

– Zapraszam.

– Faszystę i tępego bandytę?

Iwan się uśmiechnął.

– Nie, Andrieju. Towarzysza broni i... diggera. Więc przyjdziesz?

Uber pochylił łysą, zaczynającą już obrastać szarym, sztywnym włosem głowę i parsknął. Popatrzył na Iwana wesołymi, ciemnymi oczyma.

– A jeśli przyjdę? – Uber przeciągnął dźwignię napinacza w erkaemie – zgrzyt! Rękojeść wróciła na miejsce. Gotowe. – Nie będziesz żałował?

– Oczywiście, że będę. Ale będę cię oczekiwać – powiedział

Iwan. Otworzył komorę kałacha – naboju nie było. Cóż, zawsze tak jest. Wyciągnął zapasowy magazynek, wysypał na dłoń – tu też były tylko dwa. Wsadził je z powrotem do magazynka. Spojrzał na Ubera. – To co, zaśpiewamy?

– Po co? – Uberfuhrer położył erkaem na parapecie.

Naboje się skończyły. Za ścianami budynku, na dworze, Iwan słyszał kroki zbliżających się gończych stworów i ciężkie jak duszny sen stąpanie Blokadnika.

– A tak. – Iwan uśmiechnął się. Wyjął z kieszeni kurtki granat, położył po swojej prawej stronie. Nóż po lewej. – Widziałem taki jeden film... Tam niby przyjaciołom skończyły się naboje i jeden z nich powiedział: jak będziemy śpiewać pieśń, to wróg się przestraszy. I się wycofa.

Uberfuhrer parsknął. Wziął dubeltówkę i załadował ją ostatnim nabojem. Szczęknęły kurki.

– Myślisz, że nasi wrogowie w to uwierzą i się przestraszą? – powiedział skinhead. – Ja też widziałem ten film.

– Nie sądzę. Ale spróbować chyba można?

Cisza.

– Zaśpiewaj, towarzyszu broni... o chwale Leningradu... – cicho zaśpiewał, niemal zadeklamował Uberfuhrer.

– Słowa o jego odwadze... – podchwycił Iwan.

– ...nie pierwsze stulecie tu brzmią.

– Ojcowie nasi stawali, huczała kanonada...

– Są trzy – powiedział Iwan półgłosem, Uber skinął głową nie przestając śpiewać.

– I obronili miasto moje... – Iwan wysunął się znad parapetu i rzucił ostatnim granatem w atakujące potwory. – Święty nasz Le... – Finita. – ...ningrad.

BUMMM.

Uberfuhrer spojrzał na Iwana. Ten skinął głową: idziemy.

– Niech żyje to wielkie miasto, święte miasto-wojownik. – Wstali i ruszyli.

Wybiegli z klatki schodowej. Iwan wywalił ostatnie naboje w bieguna. Stwora odrzuciło do tyłu. Iwan dobiegł do niego i uderzył kolbą. Jeszcze raz. I jeszcze. Bryzgi wodnistej, obcej krwi...

Za jego plecami huknęła dubeltówka. Bluzgi Uberfuhrera, dźwięki uderzeń tępym przedmiotem w mięso.

Iwan odwrócił się. Uberfuhrer odrzucił złamaną dubeltówkę na bok, kiwnął głową.

Poszli dalej.

Ulice świętego miasta patrzyły na swych potomków z aprobatą.

• • •

– Idź – polecił mu Uberfuhrer. Wyjął granat.

Dokładnie naprzeciwko skinheada stał potężny pies, owczarek z mętnymi, jakby zasnutymi mgłą oczami. Zaczął warczeć.

– A ty? – zapytał Iwan.

W jego kałachu też nie było już nabojów.

– Ty masz swoje sprawa, ja swoje. Idź do swojej narzeczonej. I, dogonię cię. – Uberfuhrer podniósł wolną rękę w geście pożegnania. – Powodzenia.

Pies w końcu zdecydował się i skoczył. Uber machnął ręką.

Plask. Pisk.

Uberfuhrer, trzymając granat jak pałkę, w dwóch skokach był przy przewróconym psie, zamachnął się. A masz! Uderzył granatem. Jeszcze raz go podniósł. A masz.

Bił metodycznie, niespiesznie. Podniósł się cały zabryzgany krwią.

Odetchnął pełną piersią.

Na powierzchni dobrze się oddychało. Wprost doskonale.

– Człowiek to szczytowe osiągnięcie ewolucji! – zawołał Uber. – Co, bydlaki, nie wiedzieliście tego? Od najdalszych kresów aż do Moskwy, od południa za polarny krąg... chodzi człowiek pełen czułej troski... – Czerwony skinhead kroczył z rozmachem, swobodnie. – Jak gospodarz wśród ojczystych łąk...*

Za jego plecami zabrzmiały głośne kroki i skrzek skażonego powietrza wydarł się z cuchnących płuc.

Uber zamarł. Pochylił głowę. Jaką to jednak interesującą sztuką jest życie.

Ledwo zdążysz uznać, że jesteś ostatnim ogniwem łańcucha pokarmowego, kiedy pojawia się coś, co chce to zakwestionować.

Uberfuhrer odwrócił się i ruszył na stwora z zakrwawionym granatem na długim uchwycie – RKG, przeciwczołgowy. Zaraz będzie zabawa.

– Sukinkocie – powiedział, nakręcając sam siebie. – Nie wiesz, sukinkocie, z kim zadarłeś. No, dawaj! Dawaj, szmato! Ze skinami, kurde, zadarłeś, rozumiesz?!

Szary pysk wolno wypuścił powietrze. Obrócił się powoli.

– Aż mi ciebie żal – powiedział Uber. – Serio.

---

* Tekst *Pieśni o Ojczyźnie* Wasyla Lebiediewa-Kumacza w przekładzie Lucjana Szenwalda (przyp. tłum.).

ROZDZIAŁ 20

KRWAWE WESELE

Stukot kół drezyny. Terkot silnika. Za moment zza mgły wyłoniło się szare miasto.

Piter.

Ziemia zimnej wody.

I zimnej ziemi.

I tej zimnej ziemi.

I tej zimnej ziemi.

• • •

– Nadal twierdzi pan, że był w Leningradzkiej Elektrowni Atomowej?

Oślepiające światło biło w zaklejone przezroczystą taśmą oczy. Iwan potrząsnął głową, ale przed tym światłem nie było gdzie się ukryć.

– Tak.

– Twierdzi pan, że na powierzchni jest możliwe życie? – ciągnął ten sam głos. Światło wciąż biło po oczach. Iwan poruszył się. Sznur nie puszczał. Nie, to nie sznur. Też taśma klejąca.

Iwan szarpnął. Mokre ręce ślizgały się. To bez sensu, taśmy nie da się poluzować, to nie sznur.

Fantastyczna rzecz z tej taśmy klejącej, co nie?

– Nie.

– Ale w LEA są ludzie?

„Ale to mimo wszystko mój syn". Fiodor Bachmietjew.

– Tak.

Kilka dni później, na pytanie „Czy był pan w LEA?" Iwan odpowiedział „nie" i wypuścili go na wolność.

Wydali nawet dokumenty, ubranie i trochę nabojów na początek.

Iwan stał na peronie i nie wiedział, co dalej robić. Dookoła huczały maszyny i chodzili ludzie. Pachniało rozgrzanym metalem. Technolożka, zrozumiał.

– Wania? – zawołał go ktoś z tyłu. – Co z panem?

Iwan odwrócił się. Stał przed nim profesor Wodianik we własnej osobie.

• • •

Profesor zaprowadził go do siebie, do pokoiku i nakarmił.

– Teraz niech pan opowiada – poprosił.

Iwan wzruszył ramionami i opowiedział mu o wszystkim. Po prostu fakty. Jak, kto, kiedy i za co.

– Takie czasy – powiedział profesor z zadumą, kiedy usłyszał o śmierci Krasina. – Sami siebie stwarzamy. Tylko w metrze niedouczony aspirant może nazwać się profesorem, doktorem nauk, luminarzem nauki – i wszyscy mu wierzą.

– O czym pan mówi, profesorze? – Iwan zaniepokoił się. – Co pan ma na myśli?

– …tylko tutaj, w metrze, kadet-nieudacznik, który wyleciał z pierwszego roku Akademii Marynarki za pijaństwo i złe stopnie może dowodzić okrętem podwodnym, i to dobrze dowodzić. I zginąć na posterunku jak prawdziwy kapitan okrętu.

Metro to ziemia nieudaczników.

Heroicznych nieudaczników.

Iwan milczał.

– Może i ma pan rację, profesorze – powiedział. – Może i tak.

Popatrzył na Wodianika. Jakby się postarzał od dnia, w którym wyruszyli do LEA. W gęstej, czarnej brodzie wyraźnie było widać siwiznę, na skroniach białe kosmyki. Twarz jakby zmizerniała i wychudła.

– Wróci pan ze mną na Wasilieostrowską? – zapytał Iwan.

– Eee... raczej nie. Proponują mi tu stanowisko – powiedział profesor. Wyglądał, jakby miał poczucie winy. – Tu, to znaczy na Technolożce. Rozumie pan... Ja... zawsze o tym marzyłem...

– Rozumiem – powiedział Iwan.

– Wieczne odpoczywanie... – zaczął Wodianik i umilkł.

Wilgotne oczy. W porządnie posiwiałej, czarnej brodzie lśnią łzy.

– Tak – powiedział Iwan, wyciągnął rękę. – Żegnaj, profesorze. Może jeszcze się kiedyś zobaczymy.

• • •

Pamiątkową ścianę pokrywały tabliczki z imionami zmarłych i poległych.

Na posadzce pod ścianą stały szklanki i kubki z samogonem przykryte gazetami. Paliło się kilka świec. Ciepłe światło i zapach rozgrzanej parafiny.

– Ona wychodzi za mąż – powiedział Zonis.

On i Iwan stali oddzielnie, w pewnej odległości od siebie, jakby byli nieznajomymi. Tu, na terytorium Aliansu, nie byłoby dobrze, aby ktoś go rozpoznał.

Przez czas, który minął od ich ostatniego spotkania, Zonis wcale się nie zmienił. Tak jak był drobny, bezczelny i gadatliwy, taki i pozostał. Lecz wewnętrzna twardość była w nim i wcześniej – inaczej w ogóle nie zostałby diggerem.

Dookoła, jakby nigdy nic, brzęczał Newski Prospekt. Iwanowi drgnął podbródek. Tego właśnie należało się spodziewać.

– Co jeszcze powinienem wiedzieć?

Zonis wzruszył ramionami. Ma jednak całkowicie semicką powierzchowność. Nos, brwi, profil – gdyby je pokazać oddzielnie, i tak każdy rozpozna, że to Żyd. Kręcone rudawe włosy. I po snajpersku zmrużone oczy.

– Majakowska pozostała pod kontrolą Aliansu, a Plac Powstania, zdaje się, uzyska niepodległość. Dosłownie lada dzień. Zamierzają chyba nawet zaproponować z powrotem tron Achmetowi. Co prawda, już jako monarsze konstytucyjnemu. Dziwi cię to? Mnie nie. Wcale a wcale, jeśli ktoś mnie spyta. Nic mnie nie dziwi.

– Coś jeszcze? – przerwał Iwan.

– Na Wasilieostrowską doprowadzili prąd. Na stałe. Bez limitu i innych takich. Taki numer. Mówi się, że to dzięki nowemu komendantowi. Nie wiem dokładnie.

– A kto to jest? – zapytał Iwan. – Ten nowy komendant?

– Twój stary przyjaciel Sazonow. Zuch chłopak, prawda?

Iwan spojrzał uważnie na Zonisa.

– Coś nie mówisz zbyt szczerze.

– A bo nigdy mi się nie podobał – powiedział Zonis. – Nie wiem, dlaczego. I do tej pory mi się nie podoba.

Iwan wskazał głową w stronę ściany.

– A jemu?

– A jemu jest już wszystko jedno – powiedział Zonis i odszedł. Szelest materiału.

Kiedy digger poszedł, Iwan podniósł wzrok.

Na ścianie była mała biała tabliczka z napisem „Aleksander Szakiłow". Wieczne odpoczywanie, przyjacielu.

• • •

Iwan wyszedł przejść się po stacji.

– Chcesz pooglądać kreskówki? – cicho zaproponował facecik.

– Co? – Iwan z początku nie zrozumiał.

– Kreskówki. Jest nowy towar – tylko dla specjalnych klientów. „Fioletowy pył", drogi, ale jest tego wart. Przywożą go z Waśki. W życiu nie miałeś lepszej jazdy, gwarantuję.

Z Waśki. Iwan znieruchomiał, dłonie same zacisnęły mu się w pięści.

Fioletowy pył. A więc to tak się sprawy mają?

– Mówisz, że skąd? – zapytał głucho i zrobił krok naprzód.

W oczach facecika zobaczył strach, zamachnął się...

Iwan! Zatrzymaj się!

Od handlarza kwasem odciągali go we trzech. Potem bili. Iwan poczuł, jak z prawej strony trzasnęły mu żebra. Kiedy zaprowadzili go do pokoju i rzucili na legowisko, położył się i odwrócił do ściany.

Umarłem, pomyślał Iwan.

• • •

Skinhead wziął do ręki pudełeczko, poobracał w palcach, dostrzegł napis na ekraniku.

– Tom Waits – przeczytał Uber na głos. – Zdążyłem zapomnieć, że ktoś taki istnieje.

– Blues – powiedział Koślawy. To był jego odtwarzacz.

– Aha, blues.

Uber i Koślawy spojrzeli po sobie. Ze zrozumieniem. Wiedziałem, że się polubią, pomyślał Iwan. Szkoda, że w końcu nigdy się nie spotkali... Koślawy wziął białe pudełeczko i nacisnął przycisk. Zagrała muzyka, potem znajomy straszny głos cicho zaśpiewał o sobotnim wieczorze i ciepłym świetle przydrożnej kafejki. I o kelnerce w białym fartuchu, i że tylko dla niej warto było zostać w tym cholernym miasteczku. Żegnaj, czas na autobus.

– Mieszkać w Piterze i nie słuchać bluesa, to tak samo, jak mieszkać w Tule i nie jeść pierników. Albo, powiedzmy... – Koślawy zamyślił się na chwilę. – Mieszkać w Tule i nie mieć samowaru...

– Ehe. Albo mieszkać na Iwanowie i nie być dziewicą. Twoje porównania są... umówmy się...

– Jeszcze takie: mieszkać w Tule i nie mieć automatu Kałasznikowa.

– Pierniki równa się popelina! – powiedział Uber.

– AK-47 równa się gówniany rock! – Koślawy pomyślał i pstryknął palcami. – Putin równa się prezydent!

– Banalne – Uber skrzywił się. – A poza tym, on już w Piterze występował.

– Nie da rady?

– Nie da rady.

– Słuchajcie, przyjaciele-towarzysze, mam już tego po dziurki w nosie – powiedział Iwan. – Dajcie pospać.

Uderzył kilka razy pięściami w poduszkę i położył na niej twarz. Nagle przeszedł go zimny dreszcz. A co, jeśli teraz się obudzę, a ich nie będzie? – pomyślał Iwan, ale wciąż leżał uparcie z twarzą wetkniętą w duszący szorstki materiał pachnący zastarzałym potem.

– Co mu jest? – zapytał głos Ubera.

– A, zawsze taki był – Koślawy głośno ziewnął. – Nie zwracaj uwagi. O, a tę słyszałeś?

– Świetna piosenka – powiedział głos Ubera.

– O, posłuchaj następnej... aha, proszę.

Melomani, w mordę, pomyślał Iwan, uśmiechając się wbrew

woli. Poduszka nie wiedzieć czemu zrobiła się mokra. Pachniała wilgocią i domem.

• • •

– Możesz załatwić mi broń? – zapytał Iwan.

Zonis uśmiechnął się.

– Nie ma problemu. Czego potrzebujesz?

• • •

Na peronie pomocniczym panowała wciąż ta sama wilgotna ciemność, rozpraszana żółtym płomykiem karbidówki. Tak samo powiewała biała chorągiewka na zardzewiałym maszcie. Ale coś się jednak zmieniło.

Iwan się zmienił.

Wujek Jewpat usłyszał jego kroki, podniósł głowę znad książki. Błysnęły okulary.

– Wróciłeś? – zapytał beznamiętnym tonem, tak jakby Iwan wychodził na parę minut na spacer.

Jego pomarszczona twarz wyglądała bardzo staro, mizernie.

– Aha. Cześć, wujku. Jak leci?

Iwan usiadł.

– Słyszałem o twojej Tani. Uważasz, że zostałeś zdradzony? – zapytał Jewpat.

– Nikt nikogo nie zdradził – powiedział Iwan. – Po prostu późno wróciłem.

• • •

Nikt nikogo nie zdradził, myśli Tania.

Tak się zdarzyło. Mężczyźni odeszli.

Świnka morska poświstuje, kiedy chce jeść. Albo po prostu

domaga się uwagi. Mężczyźni to takie prymitywne stworzenia. Za to mają ręce – i to są męskie ręce. Zdumiewające. Tania ma ochotę usiąść i podelektować się tym paradoksem, że mężczyźni, jak się okazuje, mają męskie ręce: nawet je widzi, silne, pokryte ciemnym włosem, nie gładkie, a jakby odlane z szorstkiego, szarego metalu, z żyłami występującymi na nadgarstkach – Iwan takie miał.

Nigdy nie zrozumiesz, jaki jest silny, dopóki cię nie obejmie. Bardzo silny. To coś z przemianą materii. Kobieta jest niewiele mniejsza od mężczyzny, a o takiej sile może tylko marzyć...

Szczególnie kiedy siła jest tak bardzo potrzebna.

Tania drży. Dopiero co wyszedł Sazonow – Sazon, jak nazywał go Iwan. Każdy myśliwy wiedzieć chce...

Dwóch przyjaciół miał Iwan – najlepszych przyjaciół. Jeden jest teraz kaleką, drugi – złodziejem.

Paszka kochał się w niej od zawsze. Tania bezbłędnie to wyczuwała, ale nigdy się nad tym nie zastanawiała. Myśl o tym leżała gdzieś na strychu, w komórce na wspólne rzeczy, na peronie pomocniczym – tam gdzie nikt nigdy nie zagląda. Paszka był zakochany, ale tylko tyle. Był przyjacielem Iwana – dopóki ten żył. Dopóki Iwan był jej Iwanem.

A nie tym półlegendarnym bohaterem-zabójcą-psychopatą.

Obraca głowę i patrzy tam, gdzie zaczynają się żelazne kraty.

Zaraz rozlegnie się stukot – ostry, metaliczny – i skrzypną nienaoliwione drzwi. To jedzie Paszka. Wżż, wżżż. Kręcą się koła.

Kiedy wrócił z wojny z Placem Powstania, nie poznała go. Paszka się zmienił. Zrobił się zgryźliwy, zły, zamknął się w sobie, mówił teraz ostro, a chwilami ordynarnie – jakby chciał jej zrobić przykrość. Jakby to ona była winna temu, że Iwana już nie ma, a Paszka jest, ale teraz nie może chodzić. Tamtego dnia został ranny, teraz porusza się na wózku. I karze sam siebie (i ją!) za to, że nie było go przy Iwanie.

Tania tak bardzo by chciała, żeby znów stał się jej przyjacielem.

Po prostu porozmawiać. Posiedzieć. Ale on znów będzie grubiański albo milczący. Tania wzdycha. I znów się pokłócą.

„Po jaką cholerę ten… – Paszka nigdy nie nazywa Sazonowa po imieniu – ten tu przychodzi?" Tania wzrusza ramionami – a czy mogę mu zabronić? Szczególnie teraz, kiedy do wesela pozostało tyle co nic.

Tak naprawdę sama nie wiem, jak pozbyć się Sazonowa – choćby na jakiś czas. Dlatego że on ją przeraża.

Dlatego że z lodowatoszarych oczu Sazona patrzy na nią teraz głodna bestia.

• • •

W szklanej kuli wirowały skrawki błyszczącej folii. Śnieg wciąż padał – powoli, pięknie. Opadał na zaśnieżoną równinę, na starannie wykonane miniaturowe choinki, na biały, gruby od zasp dach domku. Sazonow obrócił kulę, potrząsnął. Chlup. Śnieg znów zaczął padać. Kiedyś ta kula miała zostać prezentem ślubnym Iwana dla jego narzeczonej. Ale nie została.

„Dlatego że wmieszałem się ja.
To było proste – myśli Sazonow. –
Zabrałem mu jego drużynę.
Jego życie, jego stację…
Zabrałem mu nawet tę kretyńską kulę.
Teraz zabiorę mu jego kobietę. Co ty na to, Iwanie?!
Wszystko, co było twoje, jest teraz moje.
Albo będzie".

• • •

Oczywiście zawsze wiedziała, że za którymś razem on może nie wrócić. To digger. Jego kochanką jest puste miasto na powierzchni. To śmieszne, ale Tania właściwie była o niego zazdrosna w stosunku do tych zamarzniętych, pustych nabrzeży, do tych kamiennych balustrad, tych granitowych lwów – które ona widziała tylko na obrazku. Groza na powierzchni zawsze była jej, Tani, rywalką – starsza i mądrzejsza, nie wabiła Iwana, nie wołała, lecz on zawsze do niej wracał.

Iwa-iwa-iwa-nie.

Nie stanie już więcej w drzwiach, opierając się ramieniem o klatki, w których krzątają się i poświstują świnki morskie. Nie zapyta już Borysa: „Co, nie zdechłeś jeszcze, darmozjadzie?".

Dlatego że darmozjad zdechł.

Popatrzyła na białe pudełko z czerwonym napisem Quartz Grill. Borys sapał tam i baraszkował w trocinach. Kiedy zaczęła się blokada, zamierzali go zjeść, ale obroniła go…

Obroniła go, dając mu prawo być ostatnim.

Wszystko mi zabrali, nie zabierajcie chociaż jego.

Tatiana idzie przejściem, niesie garnek, do którego wrzuciła resztki – obierki, grzyby, łodygi, wodorosty, parujący gulasz. Z początkiem blokady wszystko stało się o wiele bardziej skomplikowane.

Iwan umarł.

Darmozjad zdechł.

Zdaje się, że udało jej się nawet przywyknąć do tej myśli. Dlaczego nie, przecież Tania jest z żelaza. Jest ze stali.

A Pan Tuneli wciąż tak samo milczy w mroku podziemi, swoje drzewo rur z zardzewiałą koroną gotuje na nowe ofiary.

I wiatr szarpie jego szeleszczące, barwne tasiemki.

„On nie wróci. Nigdy".

A potem Tania słyszy, że Iwan żyje. Że kogoś za coś zabija na Newskim. Że jest mordercą i maniakiem, którego tylko z szacunku dla poległych nie nazywali tak wcześniej – a teraz zmartwychwstał i za swoje zbrodnie otrzyma pełny wymiar kary.

Wspaniale, co?

Zdaje jej się, że zaraz się odwróci, a on będzie stał w przejściu między klatkami, oparty o nie ramieniem i drwiąco będzie się uśmiechał.

Spierzchnięte usta. Mocne ręce.

I spokój. Zaraz odwróci się i zobaczy…

„Dlaczego nie przyszedłeś? – myśli Tania.

Co ci przeszkodziło?

Już mnie nie kochasz?

A czy twoja kochanka na górze – martwa, pusta kamienna ziemia, przewiana przez wszystkie wiatry – czy ona nie ma innych spraw, niż znów cię tam zabierać?

Królowa śniegu, oto kim jest".

Wilgotna newska ziemia.

Zimna, zazdrosna suka.

• • •

Sazonow poobracał kulą w dłoniach. Światło elektrycznej lampy odbijało się w szklanych bokach. Na szkle zostały tłuste ślady palców.

Co Iwaniadze widział w tej zabawce?

Sazonow zamachnął się i rzucił kulkę w kąt pokoiku. Trzask! Odłamki poleciały na wszystkie strony. Bryzgi. Srebrne cekiny pływają w maleńkiej kałuży.

To samo będzie z nią. Z twoją Tanią, Iwanie.

Wstał. Pora się ubierać. Niedługo zacznie się uroczystość. Nie chciał przegapić przyjazdu generała. Sazonow skrzywił usta. Tego starego kretyna.

• • •

– Kim jest mój ojciec? – zapytał Iwan. – Nigdy nie pytałem, ale…

Jewpat podniósł głowę i popatrzył na niego uważnie.

– A więc nikt ci nie powiedział? Generał Memow.

„Zabijesz własnego ojca" – Iwan skinął głową: jasne. Zamiast oczekiwanego wybuchu emocji poczuł tylko pustkę.

– Kiedy ty i twoja matka od niego uciekliście, szukał cię – powiedział Jewpat. – Ale nie znalazł – dlatego że ona tak chciała. A ja jej pomogłem. Byłem waszym ochroniarzem, ale ty zawsze nazywałeś mnie wujkiem.

– Ale teraz? – zapytał Iwan. – Dlaczego ze mną jesteś?

– Całkiem możliwe, że tak naprawdę mnie nie ma – wujek Jewpat popatrzył na Iwana. – Całkiem możliwe, że rozmawiam z tobą nie ja, lecz twój guz mózgu. Albo, powiedzmy, zadawniony krwiak. Pamiętasz, jak uderzyli cię w dzieciństwie? Skrzep krwi nigdy się nie rozpuścił, jeśli cię to interesuje… No, i w ogóle trzeba przyznać, że dość często dostawałeś po głowie.

– Co mam zrobić? – zapytał Iwan.

– Pamiętasz, jak przyszedłeś do mnie i spytałeś, czy masz się żenić, czy nie?

– Tak. I powiedziałeś mi: żeń się.

– Zgadza się. – Wujek Jewpat patrzył na Iwana ze smutkiem. – A gdybym powiedział: nie? Co byś zrobił?

– I tak bym się ożenił.

– Dlaczego? – Wujek Jewpat jakby się zdziwił. – Czyżbym kiedykolwiek dał ci złą radę?

– Zawsze dobre – powiedział Iwan.

– Więc dlaczego?

Iwan zamknął oczy. Znowu otworzył.

– Tę decyzję chciałem podjąć samodzielnie. Jest moja.

Wujek Jewpat patrzył na niego twardo i surowo.

– I gotów jesteś ponieść za nią odpowiedzialność?

Iwan milczał przez chwilę.

– Tak.

– Całą odpowiedzialność?

Pauza. Długa, długa pauza.

– Tak.

– Wyrosłeś. – Wujek Jewpat nagle się uśmiechnął. – Jakże wyrosłeś od czasu, kiedy widziałem cię ostatni raz. Teraz jesteś mężczyzną. Wojownikiem. Obiecałem twojej matce, że będę się o ciebie troszczył, ale zginąłem. Może to nie był najlepszy sposób… tak tutaj wrócić. Na pewno nie był. Ale i tak byłem z tobą przez te wszystkie lata. Widziałem, jak zmieniałeś się z chłopca w młodzieńca, widziałem twoje łzy i przykrości, widziałem twoje sukcesy i klęski. Teraz zrozumiałeś, co to takiego wolność. Być może to ostatnia lekcja, jaką ci dałem, a ty ją zapamiętałeś.

– Odpowiedzialność za życie drugiego człowieka – to właśnie wolność? – Iwan patrzył wujkowi prosto w oczy.

– Zgadza się – powiedział Jewpat. – Wolność to nie wybór między kałachem a sztucerem. Wolność to nie wybór między tym, czy złapiesz automat lewą ręką, czy prawą… To wszystko głupoty, drobnostki niewarte uwagi. Prawdziwa wolność to kiedy trzymasz na celowniku człowieka i decydujesz, czy ma żyć, czy umrzeć.

Wujek milczał przez chwilę.

– Czasem wolność to prawo, by strzelić sobie w głowę.

• • •

Iwan wszedł na peron Wasilieostrowskiej. Przeszedł obok stołów zastawionych jedzeniem i trunkami. Obok radosnych twarzy, które – w miarę jak szedł – stawały się coraz mniej radosne. Martwa, napięta cisza rozlewała się w powietrzu.

– Iwan – cicho krzyknął ktoś z tyłu. – Mierkułow wrócił.

Podniósł się szmer. I od razu ucichł, kiedy Iwan zdjął z ramienia strzelbę…

Popatrzył na stół. Pan i pani młoda siedzieli w centrum, tak jak powinno być. Po prawej stronie narzeczonej był Pasza, po lewej Katia – świadkowie.

Generał Memow jako gość honorowy. Minę miał posępną i skupioną.

Tania siedziała z martwą twarzą. Sazonow przypominał biały posąg w czarnym garniturze.

Sazonow wstał. Otworzył usta, jakby chciał coś powiedzieć…

Iwan podniósł dubeltówkę, odwiódł kurki. Ochroniarze Memowa zerwali się z miejsc, ale generał zatrzymał ich ruchem ręki.

– Co to jest, do cholery?

– Oskarżam tego człowieka – powiedział Iwan głośno, tak żeby wszyscy słyszeli.

– O co konkretnie? – Memow wstał ze swojego miejsca.

– O kradzież agregatu i zabójstwo – powiedział Iwan. – Wystarczy?

– Kogo zabił?

– Jefiminiuka. I, jak rozumiem, Orłowa.

Memow zmienił się na twarzy, zaczął się odwracać…

Nagle Sazonow wszedł na stół, wprost na biały obrus, przeszedł i zeskoczył przed Iwanem. Brzęk rozbitych naczyń. Nawet na weselu miał na sobie beżowy płaszcz. Przewieszona przez ramię opaska z kaburą.

Pauza.

– Wiesz, czego mi brakowało, kiedy cię nie było? – zapytał Sazonow.

Iwan patrzył na niego uważnie – czy nie drgnie mu ręka. Nie, wisi spokojnie. Najważniejsza rzecz to nie przegapić chwili, w której Sazon sięgnie po rewolwer…

– Nie – powiedział Iwan.

– Brakowało mi spokoju. Myślisz, że to do ciebie strzelałem?

– A nie? – Iwan podniósł brwi.

Dubeltówkę miał wycelowaną byłemu przyjacielowi w klatkę piersiową.

– Ja też tak myślałem. Nie, Waniadze... – Sazonow milczał przez chwilę. No, dalej, na co czekasz, myślał Iwan, sięgnij po rewolwer. – Miałeś rację w kwestii sumienia...

– Naprawdę? – Kiedy on, kurna, sięgnie po broń? Nie mam już siły.

– Czyli nie wierzysz. – Sazonow powoli pokiwał głową. – To nic. To już nie takie ważne czy wierzysz, czy nie. Musiałem to powiedzieć. Wybacz mi.

Iwan milczał. Kątem oka widział siedzących przy głównym stole Paszkę z Tanią – ale było mu już wszystko jedno.

– Chciałbym... rozumiesz... – Sazonow umilkł, spoglądając na Iwana dziwnym, pytającym wzrokiem. – Zrobić to, jak należy.

„Wolność to nie wybór między kałachem a sztucerem..."

– Pojedynek? – zapytał Iwan, opuszczając strzelbę.

– Tak – Sazonow uśmiechnął się nagle swoim słynnym krzywym uśmiechem i znów zaczął przypominać tamtego, dawnego – spokojnego i pewnego. – Pojedynek.

– Na Primorskiej?

– Tak, tak. – Sazonow zapiął płaszcz, poprawił pasek z rewolwerem. Wyprostował się. – Tam gdzie rozwaliłem ten cholerny agregat. To będzie tak, jak powinno być. Będziesz nawet mógł powiedzieć swoje słynne „batooo"... – Ręka wyrwała w stronę rewolweru.

Iwan poderwał broń i strzelił, niemal nie celując. Baaam. Odrzut walnął go w ramię. Uderzenie odrzuciło Sazona do tyłu, na weselny stół. Naczynia z hukiem poleciały na ziemię.

Ludzie krzyknęli. Buuum! – z drugiej lufy. Krew. Sazonow padał powoli, waląc się na stół, oczy otwierały się z niedowierzaniem... piękna twarz. Bardzo piękna. I zdziwiona.

Sazonow splunął krwią.

– J... jak to? – zakasłał. – Ja... jestem szybki...

Na beżowym płaszczu powoli rozlewała się czerwona plama.

Iwan opuścił strzelbę. Lufy dymiły. Spojrzał po zebranych (ludzie milczeli) i podszedł do martwego przyjaciela. Byłego przyjaciela.

– Każdy myśliwy wiedzieć chce, gdzie się kryje... – powiedział Iwan i palcami zamknął zmarłemu oczy. – Sazonow... Ech, ty, Sazon.

• • •

Wtedy na Siennej po awanturze z handlarzem fioletowym pyłem, po tym, jak zobaczył we śnie Koślawego i Uberfuhrera, przez kilka godzin leżał, nieruchomo patrząc w ścianę. Minęła noc. Rankiem Iwan wstał, umył się, ogolił i nawet uprał ubranie. Kiedy jego rzeczy się suszyły, dopracowywał dalszy plan działania. Już po kolejnych kilku godzinach, po założeniu nieco wilgotnego podkoszulka, spodni i kurtki, Iwan uznał, że jest gotowy.

Zapłacił za łóżko (trzy naboje), poprosił o śniadanie. Zjadł do ostatniego ziarenka pozbawioną smaku kaszę, wyskrobał talerz do czysta. Poszedł przejść się po peronie. Potrzebował specyficznych ludzi. Czy raczej bardzo specyficznych.

Węzeł Sadowa–Sienna–Spasska jest wprost stworzony do spotkań różnych języków i nacji. Podziemny Babilon.

Kiedy zobaczył cyganiątko, dał mu nabój i poprosił, żeby zaprowadzić go do barona.

– Dlaczego mielibyśmy ci pomóc? – zapytał ten po wysłuchaniu Iwana.

„Dlatego, że Anioły proszą o pomoc". Baron drgnął.

„Mario Lanza" – wymienił nazwisko Iwan. Cygański baron spojrzał na diggera z uwagą, pogładził siwe wąsy. „Niech pan mu powie, że był tu Iwan Goriełow. Będzie wiedział".

Kilka godzin później był już na Gostince. W jaskrawym cygańskim stroju trudno było rozpoznać diggera.

Tam właśnie rozmówił się z Zonisem. Dowiedział się o weselu i śmierci Szakiłowa. Potem ruszył dalej.

Iwan wybrał odpowiedni moment i zszedł do kolektora idącego od włazu w przejściu między stacjami. Postawił młodych Cyganów, żeby pilnowali włazy, i długim, betonowym korytarzem dotarł do szarych, metalowych drzwi. Tajny obiekt, powiadasz? Aha, aha. Przez ten czas nic się tu nie zmieniło. Nawet kamienie, którymi rzucał Iwan, leżały na swoich dawnych miejscach. Cekaem w suficie patrzył na Iwana okrągłym, czarnym okiem. Iwan westchnął. Teraz najważniejsze. Cudem udało mu się zachować kartę – jakimś szóstym zmysłem odgadł, że musi ukryć ją po drodze z Bałtijskiej. Zanim ujęli go ludzie z Technolożki i zaczęli przesłuchiwać.

Jakby poczuł to w tyle głowy.

Jakąś częścią rozsądku Iwan rozumiał, dlaczego tak postępują. Liczygwiazda zginął, jego szalona teoria o LEA nikomu nie jest potrzebna. Po co, kiedy jest światło i można z niego korzystać?

Technolożka nie potrzebuje zmian.

Jak się dobrze zastanowić, w ogóle nikt nie potrzebuje zmian.

Co teraz? Iwan wyprostował się, odetchnął głęboko i poszedł naprzód. Lufa karabinu zaczęła się obracać... Iwan podniósł kartę nad głową, jak tarczę. Nie miał pojęcia, jak jest urządzony system ochrony takich obiektów.

Działo mikrofalowe, powiadasz?

Ciekawe, w jakim momencie wystrzeliło, zamieniając Enigmę z konkretnego diggera w niewidomego, na wpół oszalałego starca? Kiedy był trzy kroki od drzwi? Dwa?

Iwan doszedł i stanął przed drzwiami. Szara farba na drzwiach była pokryta warstwą kurzu, ledwie dostrzegalny napis: „Nieupoważnionym wstęp wzbr." Iwan stał, czując, jak na karku występuje mu gęsia skórka. „Cekaem" patrzył na diggera z góry. Iwan czekał. Nic się nie działo.

Iwan przyjrzał się drzwiom. Serce biło mu tak, że słychać je było na powierzchni. Nic nie ma. Stop... Oglądając drzwi po raz kolejny, natrafił wzrokiem na mały krążek metalu praktycznie tego samego koloru, co drzwi. Iwan odczekał chwilę, potem przyłożył kartę do krążka...

Buch, buch, wali serce.

W ciągu tej długiej chwili, zanim za drzwiami coś zapiszczało i pośrodku drzwi zapaliła się maleńka, zielona dioda, Iwan zdążył sobie przypomnieć, jak wiele rzeczy wydarzyło się przez ten czas. Wojna, kradzież agregatu, szturm na Majak, atak gazowy. Zdrada, śmierć, długi powrót, LEA. Atak stworów.

Zdążył przypomnieć sobie twarze. Uberfuhrera z pokiereszowaną gębą i szaleńczo świetlistymi, niebieskimi oczyma, Miszę, który jednak został diggerem, Mandelę, który nie bał się oddychać na powierzchni, Liczygwiazdę, Szakiłowa, Siwego, Lali, Mario. Wszystkich...

Tania, pomyślał Iwan. Oto wszystko skończone. Zaraz się usmażę.

I wtem zapaliła się zielona lampka.

W drzwiach coś zapiszczało, potem szczęknęło. I zaczęły się powoli otwierać...

• • •

Iwan zamknął nieboszczykowi oczy i wyprostował się. Martwa cisza. Popatrzył na obecnych. Tania zerwała się z miejsca, miała białą twarz.

Na Iwana patrzył generał.

– Jednak zdumiewający z ciebie człowiek. Dlaczego nie jesteś ze mną, Iwanie? – Memow pokręcił głową. – Teraz jest już niestety za późno. Aresztujcie go! – nakazał ochronie.

Szare mundury ruszyły w stronę Iwana z dwóch stron, podnosząc automaty. No, no, pomyślał digger. Iwan opuścił strzelbę, rozluźnił ręce. Nie zdąży jej zwyczajnie przeładować.

Generał popatrzył na Iwana:

– Przecież wiedziałeś, że przyjść tutaj to samobójstwo? Wiedziałeś?

– Tak – powiedział Iwan. – Oczywiście.

– W takim razie dlaczego przyszedłeś?

„Czasem wolność to prawo, by strzelić sobie w głowę".

– Miałem dość uciekania. Zło powinno być ukarane, generale. Tak myślę.

Iwan wyprostował się. Ci z Admiratielskiej podeszli do niego z dwóch stron. Jednym z nich był ten z brodawką na policzku, niedoszły gwałciciel z Placu Powstania. Iwan uśmiechnął się. Jakie miłe spotkanie.

– Rzuć broń, baranie – nakazał ten z brodawką ostrym tonem.

W rękach trzymał kałacha.

– A trzeba? – zapytał Iwan.

Kątem oka widział, jak Paszka podjeżdża na swoim wózku. Wżż, wżż.

– Rób, co mówię!

Iwan wzruszył ramionami – jak trzeba, to trzeba. Puścił prawą rękę, strzelba stuknęła kolbą o granitową posadzkę. Płynnym ruchem puścił lewą. Stuk. Strzelba upadła i leżała teraz na ziemi. Szkoda, to była dobra broń.

Żołnierze otoczyli go szczelnie.

– Mój ulubiony cukierek – powiedział Iwan, powoli podnosząc głowę. – Słyszysz, bydlaku? To bato...

– Nie! – krzyknął generał. – Nie...

• • •

Zelencow schylił się i wszedł do tunelu. Ramiona dotykały odrapanych betonowych ścian. Światło latarki wychwytywało z ciemności długie przejście, które prowadziło... Dokąd? Zelencow nie wiedział. Chociaż był z tego powodu zły. Na razie zbadał tylko swoją trasę i parę rozgałęzień.

Dopiero niedawno przeniesiono go z obsługi technicznej obiektu 30 do służby ochrony operacji specjalnych, do wojsk podziemnych, i jeszcze do tego nie przywykł. Chociaż przeszedł wszystkie testy na stabilność psychiczną, opanowanie i tak dalej, wyraźnie czegoś mu brakowało w tych betonowych piwnicach, gdzie od ścian ciągnie chłodem, a światło elektryczne jest rozcieńczone, bez smaku. Zelencowowi brakowało powietrza. Jakie pod ziemią jest powietrze? Jakaś mieszanina z tlenem, a nie powietrze.

Zelencow szedł dalej. W pewnym miejscu na ścianie zobaczył napis: „Enigma dobry człowiek TM", pokręcił głową. Humor dawnych mieszkańców podziemi na razie był dla niego niezrozumiały, wydawał się nawet nie humorem, lecz atawistycznym odruchem – kiedy małpa, która z człowieka znów stała się małpą, bierze pilota i klika przed martwym telewizorem. Tak jakby kanały za którymś razem mogły się zmienić, i małpa zobaczy ruchome, mające sens obrazki.

Pod ziemią wszystko jest nie tak.

Zelencow nie mógł spać pod ziemią. A raczej podczas dyżuru trudno mu było nie ziewać i utrzymywać się w normalnym stanie, oczy same się zamykały – ale wystarczyło dotrzeć do łóżka… koniec. Godziny mąk. Długie godziny mąk.

Pod ziemią – Zelencow parsknął. Zabawne, że zasadnicza część schronu znajdowała się głębiej, a tutaj była akurat górna kondygnacja, przylegająca do reszty metra. Ale na dole były ogrody, szklarnie, a nawet zwierzyniec, przytulne wielopiętrowe pomieszczenia dla pana i pozostałych, baseny i sale sportowe. Było tu wszystko, czego można zapragnąć, w tym dla obsługi schronu. Panowie spędzali czas na rozrywkach, a tacy jak Zelencow ich obsługiwali.

Zelencow z dziada pradziada był sługą.

W pokoju kontrolnym miał za zadanie siedzieć przed rzędami monitorów. Zelencow czerpał swego rodzaju przyjemność z obserwacji, jak dzikusy krzątają się tam, na zewnątrz. Ogromna różnica między życiem tutaj, gdzie byli nieliczni wybrańcy, i tam, gdzie dzikusy tłoczyli się i zabijali nawzajem za kawałek szczurzego mięsa albo nabój, była wyraźnie widoczna na ekranie monitora. „My jesteśmy Elojami – powiedział jeden z panów – oni – Morlokami. Stworami podziemi. Ludożercami".

Słysząc sygnał – w śluzie zadziałał czujnik ruchu – Zelencow przyspieszył kroku.

Cofnął się. Powinien był skończyć obchód i wrócić do panelu sterowania metrem. To była teraz jego praca – dopóki pan nie wymyśli, by go awansować, lub przeciwnie, zdegradować.

Przed nim stał jeden z tych dzikusów.

Brudny, zły i niebezpieczny.

Dzikus wycelował w Zelencowa dubeltówkę. Zresztą strażnik nie miał wątpliwości, że gdyby zechciał, rozszarpałby go gołymi rękami.

– Jak mam włączyć światło na Wasilieostrowskiej? – zapytał dzikus ochrypłym głosem. – No, zastanów się.

– Jak pan tu wszedł?! – zapytał Zelencow.

– Nieważne. Dawaj, prowadź. Gdzie masz sterowanie elektrycznością?

Jaki wykształcony dzikus. Zelencowowi nie pozostało nic innego, jak zaprowadzić go do pokoju kontrolnego. Dzikus z zainteresowaniem przyjrzał się rzędom monitorów, potem popatrzył na plan metra z oznaczeniami stacji i bunkrów.

– Podobny do tablicy kontrolnej reaktora – powiedział dzikus.

Zelencow wybałuszył oczy – dzikus naprawdę jest wykształcony. Ale ten już się odwrócił:

– Wasilieostrowska?

Zelencow wskazał w milczeniu na przełącznik z napisem: „Was."

– Włączaj.

– Pan nie rozumie. To dostarcza prąd do tablicy rozdzielczej...

– Poradzimy sobie – powiedział dzikus. – Włączaj.

Klik. Lampka zapaliła się na zielono.

– To wszystko? – Dzikus popatrzył na Zelencowa.

– Wszystko.

– Uważaj – powiedział dzikus tak, że strażnik poczuł gęsią skórkę na plecach. Uśmiechnął się. – Jeśli lampka przestanie się świecić, wrócę tu... – Obejrzał Zelencowa od stóp do głów. – I pozabijam was wszystkich w jasną cholerę.

Kiedy dzikus poszedł, Zelencow długo siedział przed pulpitem, spoglądając na rzędy diod oznaczających linie i stacje.

Ręka podniosła się, żeby wyłączyć... Inaczej pan go ukarze...

Potem przypomniał sobie oczy dzikusa. Jednak nie. Cofnął rękę, popatrzył na zielone światełko: „Was.". Zelencow oparł się w fotelu. Niech trochę się poświeci. Lepiej już tak...

Niż żeby wrócił ten dziki i wszystkich pozabijał.

• • •

– Nie! – krzyknął Memow. Zrobił krok do przodu.

Iwan widział, jak generał zmienił się na twarzy. Z Admiratielskiej było ośmiu ludzi, tak czy inaczej jestem trupem. Tak więc zabawimy się.

W następnym momencie czubkiem buta podważył strzelbę. Szarpnięcie w górę. Strzelba wzleciała. Czas się zatrzymał. Iwan zobaczył powoli rozciągającą się twarz tego z brodawką. Digger chwycił strzelbę dwiema rękami, zacisnął. Ciężka. Dobrze.

I od razu machnięcie w prawo. A masz! Uderzeniem kolby Iwan zniósł temu z brodawką pół twarzy. Żołnierz poleciał do tyłu na pół kroku, zaczął padać na ziemię.

Iwan machnął strzelbą w drugą stronę. I raz. Chrzęst. Lufy uderzyły drugiego żołnierza w twarz. Bryznęła krew.

Pada. Ubyło dwóch. Zostało sześciu.

Ułamek sekundy później Iwan przyklęknął na jedno kolano, kryjąc się przed strzałami…

• • •

Najtrudniejsze okazało się dostać z Gostinego Dworu do Wasilieostrowskiej. Blokadę zdjęto, ale nie przywrócono jeszcze normalnej komunikacji ze stacją. Ceną zdjęcia blokady było odejście Postyszewa i nowy komendant. Sazonow znalazł się w samą porę. Wjechał na Wasilieostrowską na białym koniu, przynosząc światło i pokój.

Nowy komendant potrzebował też żony.

Dlaczego się zgodziła? – zapytał Iwan sam siebie.

Dlatego.

Założył maskę przeciwgazową, odetchnął kilka razy. W normie.

Iwan wyszedł na powierzchnię przez tunel przechodzący pod Newą, przez tunel z opuszczonym ruchomym chodnikiem, który prowadził wprost na Wyspę Wasiliewską. Teraz trzeba było dojść do szybu wentylacyjnego położonego obok Primorskiej. O wiele dalej niż do Wasilieostrowskiej, ale o wiele bezpieczniej. Oczywiście jeśli przechadzka po martwym mieście w ogóle może być bezpieczna.

Iwan wydostał się z zawalonego holu wejściowego, przyklęknął na jedno kolano i rozejrzał się dookoła.

Czas białych nocy się skończył. Teraz to była normalna letnia noc. Nad kościołem luterańskim wysoko na ciemnym niebie krążyły skrzydlate stwory. Mają tam jednak gniazdo, pomyślał Iwan.

Doleciał do niego smutny, przejmujący do szpiku kości wrzask.

• • •

Iwan przykucnął, kryjąc się przed wystrzałem.

I nagle rozbłysło światło.

• • •

To był opuszczony bunkier na Primorskiej. Iwan od razu go rozpoznał – chociaż nie był tu już od bardzo dawna. Wody było po kolana, światło latarki prześlizgiwało się po odrapanych ścianach. Zawilgocone strzępy jadowiciezielonej farby zwisały aż do ziemi. Ciężkie, zatęchłe powietrze. Plask, plask – brzmiały jego kroki.

Iwan podniósł dubeltówkę, była do niej przymocowana latarka.

Przeszedł przez „czystą" śluzę, pokój odpoczynku i znalazł

się przed drzwiami magazynu. Pchnął je nogą. Wszedł, oświetlając sobie drogę. Plama światła tańczyła na mętnej, zielonkawej wodzie.

Iwan stanął.

W pierwszej chwili pomyślał, że brak mu powietrza. Potem – że jest go aż za dużo. Zakręciło mu się w głowie.

Bluźnierstwo. Tak jakby na jego oczach działo się coś potwornego. A on patrzy, nie będąc w stanie temu przeszkodzić.

Stary agregat Diesla z Wasilieostrowskiej, „wykradziony" przez Chodników, stał w wodzie. Zardzewiały i sparciały.

A my zabijaliśmy za niego ludzi, pomyślał Iwan.

• • •

To było jak we śnie. Iwan przyklęknął, złapał strzelbę za łoże. Teraz trzeba ją przełamać, wsadzić naboje…

Kątem oka widział, jak żołnierz podnosi kałacha. Odciągamy dźwignię…

Cyk!

Seria przeszła Iwanowi nad głową.

Przełamujemy strzelbę. Denka łusek. Trzema palcami, parząc się, Iwan wyciągnął dymiącą łuskę, syknął z bólu, wyjął drugą.

I nagle rozbłysło światło.

Przez moment Iwanowi wydało się, że znów próbuje wyjrzeć przez okno bloku LEA za dnia. Na dworze jest pochmurno, powiedział Fiodor. Zresztą on wie lepiej. Iwanowi wydało się, że zanurzył się w oceanie wściekle palącego światła. W następnej chwili coś mocno uderzyło go w ramię, ale nie wypuścił dubeltówki.

I wtedy przyszedł ból.

Trafili mnie, zrozumiał ze zdziwieniem. No jasne.

To się nigdy nie skończy.

Władza to potwór z tysiącem przezroczystych macek i różowym skupiskiem nerwów w miejscu mózgu.

Dlaczego musimy walczyć i umierać za czyjeś tam ideały?

Nad leżącym diggerem pochylił się Memow.

– Leż spokojnie, Iwanie. Zaraz znajdziemy lekarza.

Diggerowi zabrali strzelbę. Iwan leżał i czuł, jak życie wycieka z niego równym ciepłym strumieniem, niczym z pękniętej manierki. Gdzieś daleko słyszał krzyki Tani: „Puszczajcie! Puszczajcie mnie!". Zgiełk niezadowolonych głosów. Ale zdaje się, że generałowi udało się jednak zapobiec rebelii. Stary, ale mocny tyran. Gdzie mi do niego.

– To światło to twoje dzieło? – zapytał Memow. Popatrzył na stację. – Trochę późnawo, oczywiście, ale robi wrażenie. Zawsze w ciebie wierzyłem.

– Bydlak z ciebie, generale – powiedział Iwan. Zaschło mu w ustach. – Nawet gorzej. Polityk.

Twarz generała pociemniała. Co, nie spodobało się?!

– Zaraz cię opatrzą – powtórzył Memow. – Żałuję, Iwanie. Miałem nadzieję, że mnie zrozumiesz. Miałem nawet nadzieję, kiedy walczyliśmy po tej samej stronie, że będziesz kontynuował moje dzieło. Że zjednoczysz ludzi. Każdy twórca imperium potrzebuje godnego następcy, rozumiesz?

– Imperium? To jest twoje marzenie, generale?

– Tak. Zjednoczona ludzkość. Cała pasja skierowana w jedną stronę. Czy ktoś go w końcu opatrzy?!

• • •

Ale opatrzyć Iwana nie zdążyli. Basowe dudnienie cekaemu przecięło ciszę panującą na stacji. Potem gwałtownie się urwało. Krzyknął jakiś człowiek. Potem drugi.

Generał wstał.

– Co to za… – umilkł.

Cisza.

Taka cisza, że Iwan słyszał, jak potrzaskują elektryczne spirale w świetlówkach. Peron był zalany światłem, ludzie stali i siedzieli, nie rozumiejąc jeszcze, co znaczą te dźwięki. Te krzyki.

A znaczą, pomyślał Iwan chłodno, że ktoś albo coś przedarło się przez posterunek. Idzie tu ktoś obcy.

Iwan szarpnięciem, omal nie tracąc przytomności, obrócił się na bok. W oczach mu pociemniało. Kiedy wreszcie odzyskał wzrok, nie uwierzył własnym oczom.

W ich kierunku, z drugiego końca stacji, szedł „pasażer". Blokadnik.

Ogromna szara postać kroczyła po peronie Wasilieostrowskiej.

Krzyki. Łoskot przewróconego stołu.

Na drodze „pasażera" znalazł się jeden z żołnierzy Admiratielskiej. Człowiek podniósł automat…

Uciekaj, pomyślał Iwan.

Gruchnęła seria.

Stwór nagle przyspieszył, chwycił żołnierza i podniósł go do góry. Zmiażdżył. Połamana figurka w rękach stwora. Jak szmaciana lalka.

Krew trysnęła na granit posadzki, jakby ktoś ją wycisnął.

Stwór puścił żołnierza, ten padł złożony wpół. „Pasażer" przestąpił przez martwe ciało, ruszył w kierunku ludzi. Niespiesznie i jakby kulejąc.

Iwan znów zdumiał się, jak małą stwór miał twarz – w porównaniu z ogromnym, ponadtrzymetrowym wzrostem. Płaski krążek z dwiema dziurami zamiast oczu. Wielkości twarzy dziecka. I nie ma ust. To znaczy…

Ciekawe, jak on je?

Memow wyprostował się. Rozejrzał dookoła.

– Dzieci do schronu! – zawołał generał. – Szybciej! Mężczyźni, do mnie.

Powszechny zamęt. Biegnący ludzie, krzyki.

W końcu nad diggerem pochylił się Oleg Kułagin.

– Wan... ty... co mamy robić?!

– Iwan. – Generał odwrócił się do niego. – Nie ma teraz czasu na dyskusje...

– Róbcie, co mówi – Iwan odchylił głowę. Nie miał zupełnie sił.

Kułagin zastanowił się i skinął głową.

Czerwona mgła przed oczami. Noż kurna. Ktoś złapał Iwana pod ręce. Digger z zainteresowaniem obserwował, jak buty podskakują, kiedy wloką go po peronie. Pozostawiały za sobą krwawy ślad.

Pociągnęli go po granicie, oparli plecami o przewrócony na bok stół.

– Barykaduj – zakomenderował Memow.

Otwarto przejścia u południowego krańca Wasilieostrowskiej, uciekały tam dzieci i kobiety. Krzyki, płacz, zawodzenie.

Szybciej.

Obrońcy w swoich najlepszych garniturach, starannie ogoleni, w najświeższej bieliźnie, ustawili się za zaimprowizowaną barykadą. Słusznie, w bój trzeba iść odświętnie ubranym, pomyślał Iwan. Broń palną miało tylko kilku ludzi, pozostali uzbroili się w co popadło. Nogi od krzeseł, pałki, a nawet pięści.

Wasilieostrowska i Admiratielska stały ramię w ramię.

Oto, co jednoczy ludzi, pomyślał Iwan. Nie śmierć. A nienawiść.

Może ta ksenofobia nie jest wcale taka zła?

Generał stanął z brzegu.

– Przygotować się – powiedział ochrypłym, zerwanym głosem. Za to spokojnym tonem dowódcy. Podniósł pistolet i wycelował w stwora. – Strzelać tylko na moją komendę.

„Pasażer" zbliżał się płynnymi ruchami. Zdawało się, że nieomal unosi się nad peronem, tak bezszelestnie i płynnie się poruszał.

Czarne otwory oczu patrzyły na ludzi.

– Ognia – rozkazał generał.

Huknęły automaty i strzelby. Błyski wystrzałów.

Broni mieli tyle co nic. Głównie w zbrojowni za plecami stwora, pomyślał Iwan z goryczą. Generał chciał zabezpieczyć się przed buntem – i zagrał po stronie stwora. Memow też to zrozumiał. I próbuje naprawić sytuację.

Ale jest już chyba za późno.

Błyski. Stwór drgnął.

Ułamek sekundy później Blokadnik wbił się w szyk, rozrzucając ludzi jak zabawkowe żołnierzyki. Błyskawiczne ruchy jego długich ni to rąk, ni łap zdawały się tak szybkie, że aż rozmazane. Krzyki bólu i huk wystrzałów wypełniły stację.

Chwilę później Iwan zobaczył, jak „pasażer" pochyla nad nim szarą, okrągłą twarz.

• • •

„Cześć, Iwan".

To już koniec, pomyślał Iwan. Spróbował się odsunąć...

– Aaa, fantastycznie, przyjacielu! – usłyszał.

Wżżż!

Paszka rozpędził się i wjechał w „pasażera". Bam. Trzask.

Szara twarz obróciła się na grubej szyi. Zdawało się, że stwór ze zdziwieniem patrzy na człowieka, który taranował go wózkiem. Wżżż. Bam! Paszka znów odjechał i jeszcze raz... wżżż... bam!

Błyskawiczny ruch długiej kończyny. Paszka odleciał razem z wózkiem, wywrócił się na bok, poturlał. Zgrzyt metalu.

– Nie – powiedział Iwan.

Obrócił nieposłuszne ciało na prawy bok. Wstać, nakazał sobie. Muszę...

Paszka wypadł z wózka, obrócił się na brzuch i pełzł, podciągając się na rękach. Iwan widział jego spocone uparte czoło. Za Paszką wlokły się gumowe, jakby sflaczałe nogi.

Twarz Paszki płonęła ogniem. Uparty jest.

Co on chce zrobić? Co on w ogóle może przeciwko tej potwornej maszynie śmierci?

My, ludzie, jesteśmy tacy uparci.

Stwór machnął długą, grubą łapą. Uderzenie. Paszkę przybiło do peronu, praktycznie zgniotło. Światło w upartych oczach zgasło. Głowa opadła na posadzkę.

„– Myślisz, że jej się spodoba?

– Co? – Paszka wzdrygnął się, oderwał się od kuli. – Wybacz, przyjacielu, ale głupiec z ciebie. Prezent – fantastyczny".

Gdzie moja broń? – Iwan omal nie jęknął z bezsilności.

Obok niego stanął generał. Iwan widział jego profil, oświetlony sufitowymi lampami.

Stwór zatrzymał się, nie mogąc podjąć decyzji.

Przesuwał spojrzenie ciemnych oczodołów z Iwana na Memowa. I z powrotem. I znów na diggera, potem na generała...

Jakby nie potrafił wybrać.

Iwan zobaczył, że stwór jednak porządnie oberwał. Gładka, szara skóra była miejscami przecięta głębokimi ranami – na całym ciele czerniały ciemne punkty od kul. Z licznych ran ciekła czarna, oleista ciecz. Krew? Jedna z kończyn stwora była dziwnie wygięta – tak jakby ktoś bił w nią czymś ciężkim. Ze wściekłością.

„Ze skinami, kurna, zadarłeś, rozumiesz?!"

Stwór patrzył. Przechylił się jakby na jeden bok.

Czarna ciecz powoli rozlewała się po granitowej posadzce.

Zdaje się, pomyślał Iwan, że nie tylko ja trzymam się tu ostatkiem sił.

– No, na co czekasz? – zapytał Memow stwora.

Zrobił krok naprzód.

Między Iwana i „pasażera”. Podniósł pistolet, wycelował w okrągłą, małą, niemal dziecięcą twarz.

– Może i jestem draniem i bydlakiem, Iwanie – powiedział generał półgłosem, nie odwracając się. – Ale nie politykiem. Mając wybór między potworem i człowiekiem zawsze wybiorę człowieka.

Wystrzał. Błysk.

Twarz stwora drgnęła.

– Nie – powiedział Iwan bezgłośnie.

Ułamek sekundy później potworny cios odrzucił Memowa. Generał poleciał pod sufit i zwalił się w dół, potoczył, jakby w ogóle nie miał kości. Zresztą może tak teraz było.

„Zabijesz własnego ojca”.

Twarz Blokadnika znów zbliżyła się do Iwana…

Wystrzał. Wystrzał. Wystrzał.

Obok oczu stwora pojawiły się nowe, czarne otwory.

Iwan podniósł wzrok.

Obok niego stała Tania w białej, zbryzganej krwią sukni ślubnej, i trzymała w rękach rewolwer Sazonowa.

Z lufy Colta Pythona unosił się dym.

• • •

Powoli, niczym wielki gmach, Blokadnik runął w bok i padł na ziemię. Iwan fizycznie poczuł, jak zatrząsł się peron. Skończone. Umierający szary stwór wyciągnął w stronę Iwana długą łapę… Znieruchomiał. Z przepastnych oczodołów – okrągłych, bezdennych – patrzyła na niego inna ekosfera. Wariant rezerwowy, w którym dla ludzkości po prostu nie było miejsca.

Jesteśmy dinozaurami, pomyślał Iwan.

Triceratops, brontozaur, iguanodon. Człowiek.

– Wynocha stąd – powiedział Iwan do szarego. – Tak czy inaczej, pozabijamy was w cholerę. Zadusimy gołymi rękami, jeśli będzie trzeba. Jeszcze, kurna, nie zrozumieliście, z kim zadarliście! Z ludzkością zadarliście, rozumiecie?!

Szary patrzył.

I wtedy Iwan wszystko zrozumiał. Mój „punkt scalający".

Stary miał rację. Istnieją cele wyższego rzędu. Nie ratunek oddzielnego człowieka, ale ludzkości.

I generał miał rację. Wegan trzeba powstrzymać.

Nawet jeśli są ludźmi.

To nie natura, lecz coś innego czyni człowieka człowiekiem. Syn staruszka jest bardziej człowiekiem niż Sazonow. Niż Weganie…

Iwan zacisnął zęby i zajęczał. Wszystko stracone.

I nikt nie posyłał tego stwora za mną. Posłano go za Memowem, kiedy tamci – Weganie? – poczuli, że generał jest niebezpieczny. A stwór wziął mnie za niego, dlatego że jesteśmy bliskimi krewnymi. Nie wiem, co mamy wspólnego – zapach, krew? Fale mózgowe? Ale stwór szedł za mną, chociaż powinien iść za generałem. Pomyłka. Najpierw w metrze – to stąd ten ciężar w tyle głowy. Potem do LEA i z powrotem.

Wynika z tego, że sam naprowadziłem Blokadnika na Memowa.

I nie zostało mi żadnej nadziei. W niczym nie miałem racji. We wszystkim się myliłem. Jestem nieudacznikiem. Zaprowadziłem stwora do własnego ojca. Zrobiłem to, co chcieli osiągnąć Weganie. Wojna jednak wybuchnie.

Generał jeszcze żył. Ojciec. Szybciej, pomyślał Iwan. Muszę sam mu powiedzieć… Zdążyć cokolwiek naprawić. Poczołgał się, podciągając się rękami i palcami. Paznokcie ślizgały się na granicie.

– Generale!

Jasne oczy Memowa poruszyły się, z trudem zatrzymały się na twarzy Iwana.

– Iwan... ty... mam takiego... słonia... – oczy Memowa zastygły.

Iwan bezgłośnie zaryczał.

„Jestem twoim synem. Słyszysz, martwy stary tyranie! Jestem twoim cholernym synem. Masz następcę” – chciał powiedzieć.

Lecz było już za późno. W martwych oczach Memowa odbijał się jasny, pokryty plamami wilgoci sufit Wasilieostrowskiej.

Iwan obrócił się na plecy. To już wszystko.

Heroiczny nieudacznik. Oto kim jesteś, Iwanie. Heroiczny, kurna...

– Iwan, nie umieraj.

To nic, zostały mi jeszcze naboje, pomyślał Iwan. Jeszcze poszalejemy... Tylko w nogi mi zimno. A poza tym to całkiem, całkiem. Teraz tylko trochę odpocznę i wstanę.

– Iwanie! – Ktoś nim potrząsnął. Skrzywił się, nie otwierając oczu. Co takiego się dzieje... nawet pospać nie dadzą...

Głos Tani:

– Iwanie, ty sukinsynu! Draniu, idioto, łajdaku. Gdzie ty się szlajałeś? Tylko spróbuj mi teraz zdechnąć, to własnoręcznie cię uduszę! Słyszysz, idioto?!

Biała, pomyślał Iwan. Gdzie ja ją widziałem w tej sukience? Tamtego wieczoru, kiedy szedłem na wojnę. Oczywiście. Iwan znów czuje, jak jego ręka obejmuje Tanię w talii, czuje jej chłodne dłonie. Fakturę materiału pod palcami...

– Słyszysz?!

Otworzył oczy i zobaczył jej twarz. Wreszcie.

– Cześć, Taniu. – Uśmiechnął się przez czerwone smugi bólu. Peron pod nim odpływał w dół i w bok. I to było dobre. – Wróciłem do domu.

EPILOG

Wszędzie wokoło śnieg. Dużo śniegu. Iwan słyszy, jak chrzęści pod nogami – jest suchy, zleżały. W oddali widać dom. Białe czapy na dachu. Na płot padają wielkie śnieżynki. Mróz wyrzeźbił wzór na szybach.

W oknach pali się światło.

Drewniany płotek. Deski są pomalowane nierówno, gdzieniegdzie zieją puste miejsca. Główka gwoździa sterczy pod kątem z białej farby. W miejscu, w którym wchodzi w drewno, powstał malusieńki, granatowy cień. Iwan widzi to tak wyraźnie, jakby stał już pod domem.

Tak naprawdę ma jeszcze jakieś dziesięć minut drogi.

Śnieg zapada się pod nim, lekko, ale jednak. Po każdym kroku pozostaje pęknięcie w zamarzniętej skorupie.

Iwan postał przez kilka sekund, spoglądając na dom z góry, potem zaczął schodzić w dół.

Długo tam na niego czekali.

„Są pomysły tak proste i genialne, że kiedy ktoś na nie wpadnie, trudno uwierzyć, że nikt ich wcześniej nie wykorzystał. Tak jest z *Metrem 2033* Dmitrija Glukhovsky'ego. Siłą powieści jest szalona i fascynująca wizja moskiewskiego metra. (...) *Metro 2033* to opowieść o woli przetrwania, heroizmie, ale przede wszystkim o głupocie i o tym, że naszym największym wrogiem jesteśmy my sami. To obraz zmęczonego, wykoślawionego świata, który mimo nędzy własnej egzystencji desperacko walczy o przeżycie. *Metro 2033* to jedna z najlepszych książek fantastycznych, które ukazały się w ostatnim czasie na polskim rynku."

Wojciech Chmielarz, „Nowa Fantastyka"

„(...) Metro 2034 typową opowiastką s-f nie jest; podobnie jak jej wielki poprzednik – Metro 2033 – pretenduje do miana powieści głębokiej, wielowarstwowej i niemal monumentalnej. (...) Na niezwykle pozytywny odbiór powieści zdecydowanie ma wpływ kunszt pisarski jej autora. Czasami odnosiłem wrażenie, że Glukhovsky nie tyle opisuje świat metra, co maluje go słowami w wyobraźni odbiorcy. Dzięki temu zdarzenia z kolejnych kart książki, choć czasem zupełnie niewiarygodne, zdają się niemal namacalne, a posępną atmosferę mrocznych tuneli i zdewastowanych stacji można dosłownie odczuć na własnej skórze. Bohaterowie w powieści są z krwi i kości, ich poczynania potrafią skłonić Czytelnika do refleksji, wzbudzić w nim żywe emocje. (...)"

Kamil Dolik, „Qfant"